W0024458

MIRA®

Der Preis dieses Bandes versteht sich einschließlich
der gesetzlichen Mehrwertsteuer.

Umwelthinweis:
Dieses Buch wurde auf chlor- und säurefreiem Papier gedruckt.

Michael H. Schenk wurde 1955 geboren und lebt in der Nähe von Bonn. Er arbeitet im Informationswesen einer Bundesbehörde.

Sein besonderes Interesse gilt den Menschen und ihrer Entwicklungsgeschichte, woraus sich auch seine Idee zur Reihe der Pferdelords entwickelt hat. Im Bereich der Fantasy geht es ihm vor allem darum, eine fantasievolle Umgebung zu schaffen, die jedoch noch immer so realistisch wirkt, dass sie vom Leser als natürlich empfunden wird. Dazu gehört auch die Entwicklung einer Historie, von Landschaften, Lebensformen und von Personen, mit denen sich der Leser bei aller Unterschiedlichkeit immer noch identifizieren kann und die ihn zusammen mit einer spannenden und aktionsgeladenen Handlung gleichermaßen fesseln und unterhalten sollen.

Die Pferdelords und die Paladine der toten Stadt

MIRA® TASCHENBUCH
Band 65018
1. Auflage November 2008

MIRA® TASCHENBÜCHER
erscheinen in der Cora Verlag GmbH & Co. KG,
Valentinskamp 24, 20350 Hamburg
Originalausgabe

Die Veröffentlichung dieses Werkes erfolgt auf Vermittlung der Autoren- und
Verlagsagentur Peter Molden, Köln

Konzeption/Reihengestaltung: fredebold&partner gmbh, Köln
Umschlaggestaltung: pecher und soiron, Köln
Lektorat: Ulf Müller, Köln
Illustrationen: Alexander Jung, Hamburg
pecher und soiron, Köln
Satz: Buch-Werkstatt GmbH, Bad Aibling
Druck und Bindearbeiten: CPI – Ebner & Spiegel, Ulm
Printed in Germany
ISBN: 978-3-89941-527-8

www.mira-taschenbuch.de
www.pferdelords.de
www.mirafantasyblog.de

Michael H. Schenk

Die Pferdelords und die Paladine der toten Stadt

Roman

N
W
O
S
Eternas
Hochmark
25 Tausendlängen
Die versteinert
Südpass
Alte Festung
Nordmar
Eodan
Hammerturm
Reitermar
Furten des Eisen
Westmark
Gondan
Bergfestung
Enderon
Königsmar

Die Marken der Pferdelords
Die weißen Sümpfe
Merdonan
OSTMARK
SÜDMARK
Hedan
Grenze
Hauptfluss
Handelsroute

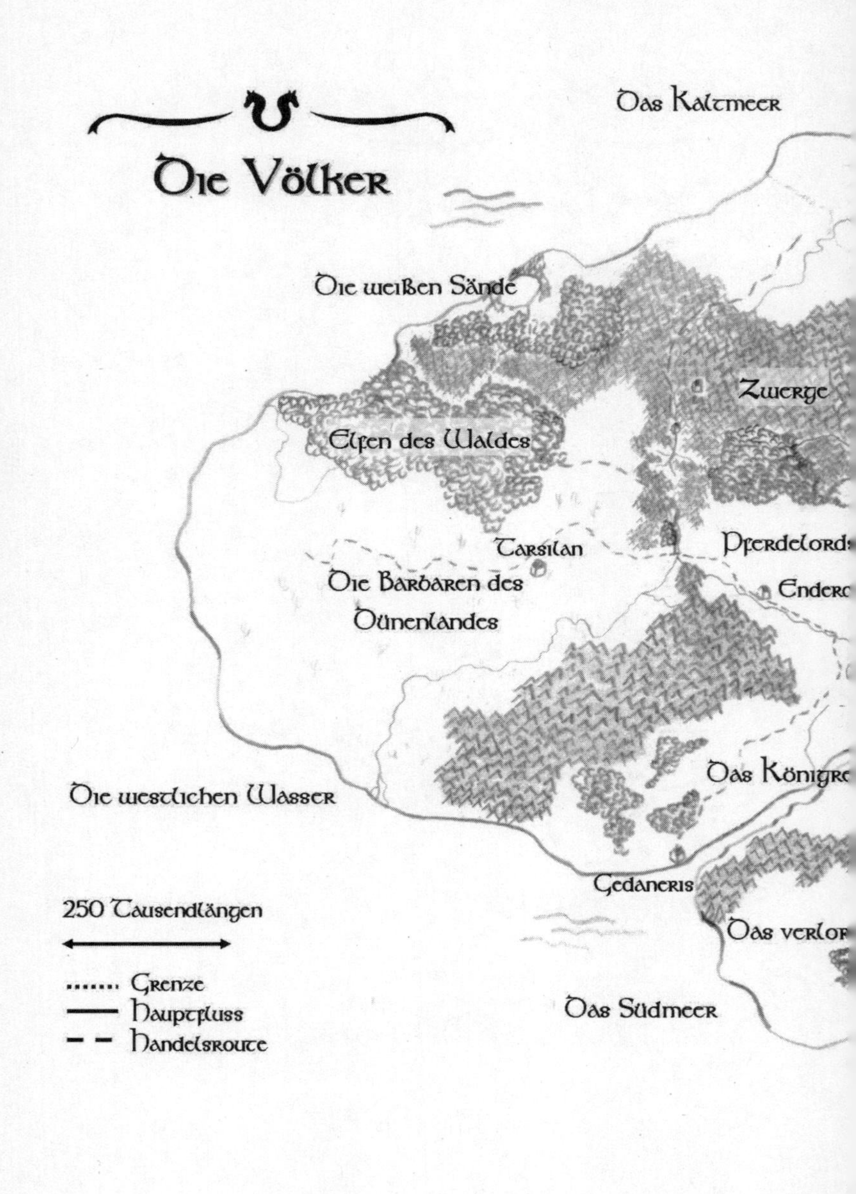

Die Völker
Das Kaltmeer
Die weißen Sände
Zwerge
Elfen des Waldes
Tarsilan
Pferdelord
Die Barbaren des
Dünenlandes
Ender
Das Königr
Die westlichen Wasser
Gedaneris
250 Tausendlängen
Grenze
Hauptfluss
Handelsroute
Das verlo
Das Südmeer

N
W
O
S
as Eisvolk
Die Nachtläufer
Orks
Das Volk der
Lederschwingen
neris
oa
Orks
Die Sandbarbaren
nigreich

Die nördliche Öde / Rushaan
Rushaan
Eren
Nal´t´hanas
Die Zwerge
Das Nordgebirge / Noren-Brak
Nal´t´rund
Eternas
Die versteinerten Wälder
Pferdelords
Eodan
Eren

Die Nachtläufer
Pass von Rushaan
Nargath
Cantarim
Orks
Die grosse Ebene von Cantarim
Merdoret
Pass von Merdoret

1

Die Männer bewegten sich vorsichtig.
Sie waren es gewöhnt, über losen Felsgrund zu steigen. Ihre Füße tasteten sich vorwärts, behutsam wie scheue Wesen, und wenn sie Halt gefunden hatten, verlagerten die Männer ihr Körpergewicht, ohne dabei ihre Aufmerksamkeit von der Umgebung zu wenden. Viele Geschichten erzählten von dem Reich Rushaan, und keine von ihnen war angenehm. Es war ein Land, das fremd und unheimlich war. Nicht umsonst nannte man es die Öde, denn hier gab es nur wenig Leben. Selbst die Pflanzen schienen davor zurückzuschrecken, sich in dem trostlosen Landstrich auszubreiten.

Die Öde war abweisend und verlockte nicht zum Verweilen, aber die Not hatte die vier Männer hierher getrieben. Elmoruk führte den kleinen Jagdtrupp der Zwerge, und seine Hand lag um den Griff der Bolzenschleuder. Er und seine Begleiter stammten aus der gelben Kristallstadt Nal't'hanas. Wie alle Städte des Zwergenvolkes hatte sie einst tief verborgen in einer riesigen Höhle gelegen, überwölbt von den Felsmassen des Gebirges und geschützt von einer Kuppel aus Platten gelben Kristalls. Ihre Bewohner waren ungestört ihrer Arbeit nachgegangen und hatten ein gutes Leben geführt. Sie hatten nach Erzen, Mineralien und Kristallen geschürft, hatten sich um ihre Nahrung gesorgt und ihren Nachwuchs, die Hüpflinge, aufgezogen.

Es gab nicht viel, wovor sich ein Axtschläger des Zwergenvolkes fürchtete. Da waren zum einen die Feuerbestien aus den Abgründen der Welt und zum anderen die Gefahr, dass ihnen der Felsenhimmel ihres Reiches auf den Kopf stürzen könnte. Und eben dies war vor etlichen Jahren in Nal't'hanas geschehen.

Ein Beben hatte einen Teil des steinernen Doms zum Einsturz gebracht. Dabei hatten gewaltige Felsbrocken die Kuppel zerstört und viele der Bewohner erschlagen. Männer, Frauen und Hüpflinge waren getötet worden. Viel zu viele kostbare Leben waren vergangen, und Trauer hatte in Nal't'hanas geherrscht. Mühsam hatten die Zwerge die Opfer geborgen und in Ehren bestattet, so, wie es ihre Tradition verlangte.

Dann hatten sich die Zwerge, in ihrer typischen Zähigkeit, an den Wiederaufbau gemacht. Inzwischen war eine lange Zeit verstrichen, aber Nal't'hanas hatte sich noch immer nicht ganz von dem Schicksalsschlag erholt. Aus dem Felsendom war ein großes Tal geworden, an dessen einem Ende nun die Stadtkuppel lag, nur noch halb verdeckt vom schützenden Gestein; eine Veränderung, die sich stark auf das Leben der Zwerge ausgewirkt hatte.

Der Einsturz des Doms hatte viele der Pilzbeete verschüttet, die sich auf den Dächern der Zwergenhäuser befanden und die Nahrungsgrundlage des Volkes lieferten. Die restlichen Beete waren ungeschützt der Witterung ausgesetzt gewesen und zum großen Teil eingegangen. Zwar hatten die Zwerge sofort begonnen, die Kristallkuppel zu reparieren, aber es war aufwendig, die zerstörten Platten zu ersetzen. Doch schließlich hatte man es geschafft; die gelbe Kristallstadt war wieder von ihrer Kuppel umgeben, sodass der Regen die Dachbeete nicht mehr überfluten konnte und die Eigenwärme der Stadt verhinderte, dass die Pilze weiter unter dem Schnee und Eis des Winters litten. Allerdings blieb der östliche Teil der Stadt dem Sonnenlicht ausgesetzt, was zu empfindlichen Einbußen bei der Pilzernte führte. Daher waren die Bewohner der Stadt bestrebt, sich zusätzliche Nahrungsquellen zu erschließen.

Denn nur eine ausreichende Ernährung konnte zusammen mit der Vermehrungsfreudigkeit des kleinen Volkes dafür sorgen, dass Nal't'hanas seine einstige Stärke zurückerlangte.

Natürlich hatten die kleinen Männer versucht, Hilfe aus den anderen Kristallstädten zu erhalten, denn auch wenn man einander nur selten besuchte, so war die Verbundenheit unter den Zwergenvölkern doch groß. Zwei Trupps hatten die Zwerge der Stadt ausgeschickt, um Kontakt aufzunehmen, aber keiner von ihnen war zurückgekehrt. Vielleicht waren die Männer einem Unfall zum Opfer gefallen oder von einem Feind getötet worden.

Denn über der Erde herrschte Gewalt, seitdem die Häuser der Menschen und Elfen im Krieg gegen die Orks des Schwarzen Lords der Finsternis standen. Ein Krieg, von dem auch die Kristallstädte des kleinen Volkes nicht verschont bleiben würden, wenn der Feind sie entdeckte.

Weitere Männer auszusenden, erschien dem König der Stadt daher als zu riskant; zu leicht hätte ein Trupp ungewollt einen Gegner heranführen können. Die Zwerge waren vorsichtig und betrachteten jeden als Feind, der nicht ihrem Volk angehörte, etwa die Elfen, deren Land an das Gebiet der gelben Stadt grenzte. Diese Wesen waren hochmütig und kümmerten sich kaum um die Belange der Sterblichen. Es war besser, ihnen aus dem Weg zu gehen, und so hielten sich die Zwerge gut verborgen, wenn ein Trupp der Elfen durch die Berge marschierte.

Bislang war Nal't'hanas unentdeckt geblieben, aber die Gefahr wurde immer größer, denn um ihr Volk zu ernähren, mussten sich die Jagdtrupps immer weiter von der Stadt entfernen.

Seit drei Jahreswenden versuchten die Zwerge nun Felsböcke zu fangen und in ihr verborgenes Tal zu bringen. Die

Tiere mochten die saftigen Dornsträucher, die dort wuchsen, und die Zwerge mochten das saftige Fleisch der Böcke; was lag also näher, als sie vor Ort zu züchten? Ein paar hatten sie bereits gefangen, aber das reichte nicht aus, um die Herde schnell zu vergrößern.

So war Elmoruks Trupp ausgerückt, um weitere Felsböcke in die Stadt zu holen.

Die Jagd hatte sich gut angelassen.

In der Nähe fanden sie die Spuren eines kleinen Rudels, denen sie folgten. Mehrmals waren sie nahe genug an die Tiere herangekommen, um sie sehen zu können. Ein kapitaler Bock mit drei beeindruckenden Hörnern auf der Stirn, dazu drei Kühe und zwei Jungtiere. Ein guter Fang, wenn sie die alle ins Tal bringen konnten.

Aber leicht machte es ihnen das Rudel nicht.

Die vier Zwerge waren nun schon viele Tageswenden auf der Spur der Felsböcke. Schon mehrmals hätten sie Gelegenheit gehabt, die Tiere zu erlegen. Aber sie wollten sie lebend fangen, und das war bedeutend schwieriger.

Schon vor zwei Tageswenden hatten sie die Ausläufer des Gebirges verlassen und unwirtliches Gebiet betreten, die Öde von Rushaan. Aber nun, da sie so dicht vor ihrem Ziel standen, wollte Elmoruk die Jagd nicht abbrechen. Die Männer bewegten sich wie Schemen durchs Gelände und nutzten die Deckung der Felsen, während sie den Spuren des Felsbockrudels folgten und sich ihm immer weiter annäherten. Elmoruk und Parnuk gingen in der Mitte, die beiden anderen Zwerge in einigem Abstand an den Flanken. Diese Männer waren, ebenso wie Elmoruk, erfahrene Axtschläger und sollten die beiden Jäger vor Gefahren schützen, besonders Parnuk, der als Einziger von ihnen kein Kämpfer, sondern einfacher Schürfer war. Wenn der kapitale Rudelführer die Zwerge witterte und keinen Ausweg sah, würde er angreifen. Ein Felsbock konnte mit seinen drei ausladenden Stirnhörnern tödliche Wunden schlagen, und bevor dies geschah, würde man ihn selbst töten müssen.

Elmoruk hob eine Hand, und die anderen erstarrten. Wieder einmal spähte der erfahrene Axtschläger und Jäger über einen der Felsen und sah erleichtert das Rudel vor sich. Kaum eine Dutzendlänge entfernt standen die Tiere an einem kleinen Wasserloch und tranken. Der Bock hob immer wieder witternd den Kopf und sah sich um, aber der Wind stand günstig für die Zwerge.

Keiner der Männer trug ein metallenes Rüstungsteil oder einen Helm. Nichts sollte klappern oder ihre Anwesenheit durch Lichtreflexe verraten.

Elmoruk nickte Parnuk zu, und lautlos ordneten die beiden Männer die Fangnetze, um sich auf den entscheidenden Wurf vorzubereiten. Sie hatten sich zuvor abgesprochen. Der Schürfer würde die nächststehende Kuh übernehmen und Elmoruk den kapitalen Bock. Wenn es gelang, sie mit den Netzen zu fangen, würden die beiden Jungtiere einfach stehen bleiben, denn der Instinkt würde sie bei den Muttertieren halten. Die beiden anderen Kühe würden zu fliehen versuchen, aber in ihren Eutern war keine Milch, und die Jungen würden sich ihnen nicht anschließen.

Die Maschen und Gewichte des Netzes glitten durch Elmoruks prüfende Finger, und er nickte Parnuk zu. Als dieser die Geste erwiderte, richteten sich die beiden Männer hinter dem Felsen auf und warfen ihre Fangnetze blitzschnell auf ihre Beute.

Der Bock bemerkte die Bewegung und wandte sich ihr instinktiv zu, während er den Schädel senkte und die Hörner der möglichen Gefahr entgegenstellte. Wäre er zur Seite gesprungen, dann hätte ihn das Netz nicht getroffen, aber Elmoruk hatte damit gerechnet, dass der Bock sein Rudel verteidigen wollte.

Die Maschen glitten über die Spitzen der drei Hörner hinweg, und das Netz legte sich über Schädel und Rücken des Bocks, während die Gewichte es zusammenzogen. Als das Tier die Berührung spürte, richtete es sich auf und versuchte zu entkommen, aber es war zu spät. Mit einem wütenden Blöken verlor es den Halt und stürzte zur Seite um. Der von Parnuk ausgewählten Kuh erging es nicht besser. Während die beiden gefangenen Felsböcke zu Boden gingen, stürmten die beiden anderen Kühe blindlings los. Zwei Pfeilbolzen zischten durch die Luft, und die Tiere überschlugen sich und blieben liegen.

„Packt sie“, schrie Elmoruk und warf sich nach vorne.

Sie brauchten nicht mehr vorsichtig zu sein, nun kam es auf Schnelligkeit an, damit der Anfangserfolg nicht zunichtegemacht wurde.

Der Bock blökte erneut und versuchte erfolglos, wieder auf die Beine zu kommen. Dann sah er Elmoruk, wandte ihm den Schädel zu und stieß nach ihm. Doch der Zwerg wich aus, sprang an den Rücken des Tieres und fesselte die Beute gekonnt. Parnuk hingegen erhielt einen schmerzhaften Tritt von der Kuh und schrie wütend auf. Das Tier richtete sich halb auf, aber der Getroffene drückte es wieder nach unten. „Verdammt, packt mal mit an. Das Vieh wehrt sich wie verrückt.“

„Sie will ihre Jungen schützen“, erwiderte einer der Axtschläger.

Gemeinsam fesselten sie das Tier. Der vierte Mann stand vor den beiden verängstigten Jungtieren, die keinen Versuch machten, zu entkommen. Im Gegenteil drängten sie der gefesselten Mutter entgegen, denn ihre Instinkte waren noch darauf ausgelegt, Schutz und Nahrung bei ihr zu finden.

„Ein guter Fang“, knurrte Elmoruk und richtete sich ächzend auf.

„Ein verdammt guter Fang“, bestätigte Axtschläger Maratuk auflachend. „Ein starker Bock, der die Kühe ordentlich bespringen wird, und dazu ein Muttertier mit zwei Jungen, die rasch heranwachsen werden. Ah, ein wahrhaft guter Fang.“

„Die Jungen sind groß genug und werden ins Tal laufen können.“ Parnuk rieb sich das getroffene Bein und sah zu den beiden erlegten Kühen hinüber. „Das ist gut. Dann brauchen wir sie nicht den ganzen Weg zu tragen und können das Fleisch der beiden Kühe mitnehmen.“

„Ja, nehmen wir sie aus. Es hat wenig Sinn, das ungenießbare Zeug mitzuschleppen. Schneiden wir also nur die guten Stücke heraus.“ Elmoruk legte seine Bartzöpfe in den Nacken und verknotete sie, damit sie bei der nun folgenden Arbeit nicht beschmutzt würden, und zückte sein scharfes Messer.

Während die Bauchdecken der erlegten Kühe geöffnet wurden, füllte Maratuk die Wasserflaschen des Trupps auf. Dann bezog er Posten an einem der Felsen und hielt Ausschau nach Gefahr. Unterdessen machten sich die anderen daran, die beiden toten Kühe auszunehmen.

„Reibt das Fleisch gut mit Salz ein“, meinte Elmoruk. „Wir haben einen weiten Weg vor uns, und es soll nicht verderben.“ Er deutete mit der blutigen Klinge auf Parnuk. „Nimm eines der Felle und schabe es sorgfältig aus, damit es sauber ist und wir die besten Stücke darin tragen können.“

„Ich bin zwar zum ersten Mal auf der Jagd, aber ich weiß sehr wohl, was zu tun ist“, erwiderte der Schürfer errötend.

„Dein Netzwurf war gut“, lobte Elmoruk. „Sei also nicht gleich beleidigt.“

Der andere Axtschläger zog soeben Darm und Eingeweide aus dem Bauch der zweiten Kuh, trennte beides ab und warf es zur Seite. Überall stank es nach Blut und dem Darminhalt, den die Tiere im Tode von sich gegeben hatten. „Trotzdem hat er sich einen kräftigen Tritt eingefangen.“ Er sah Parnuk forschend an. „Wirst du bis nach Hause durchhalten?“

„Ich denke, schon.“

„Lass mich mal sehen.“ Elmoruk machte eine auffordernde Geste, dann steckte er das Messer in den Boden und sah zu, wie Parnuk sein Hosenbein nach oben zog. „Nichts gebrochen. Aber du wirst ein bunt geschecktes Bein und Schmerzen bekommen.“ Er musterte Parnuk ernst. „Wenn es nicht mehr geht, dann melde dich.“

„Es wird gehen.“

„Wir sollten uns beeilen.“ Der Wächter kratzte sich am Bart. „Da hinten kommt Nebel auf, und das gefällt mir nicht.“

„Nebel? Jetzt schon?“ Elmoruk erhob sich ächzend und trat zu dem Posten. „Es sind noch mehrere Zehnteltage bis zum Einbruch der Dunkelheit. Vor dem Morgen wird es keinen Nebel geben, denn die Luft ist klar und trocken.“

„Sieh selbst.“ Der Axtschläger wies nach Norden.

Elmoruk beschattete seine Augen. „Du hast recht. Das sieht nach Nebel aus.“

Nördlich von ihnen erstreckte sich ein ausgedehntes Geröllfeld, dessen Felsen im Sonnenlicht scharf konturiert wirkten. Doch hin und wieder wurden die Konturen von einem seltsamen Wallen verdeckt, einem milchig trüben Nebel, wie er am Morgen den Wechsel vom Tag zur Nacht ankündigte, zu dieser Zeit aber höchst ungewöhnlich war.

„Das gefällt mir gar nicht“, brummte der Wächter. „Der

Nebel wird immer dichter und breitet sich aus." Er sah Elmoruk an. „Und er kommt direkt auf uns zu."

„Ja, seltsam", bestätigte der erfahrene Axtschläger. „Aber die nördliche Öde ist auch ein seltsames Land."

„Kein Land, in dem ich leben oder sterben möchte."

„Hm." Elmoruk sah zu den beiden anderen, welche die Felsböcke zerlegten. „Beeilt euch. Wir wollen sehen, dass wir bald wieder in den Schutz der Berge kommen."

Parnuk nickte erleichtert. „Einen halben Zehnteltag noch. Wir müssen das Fleisch etwas abhängen lassen, damit das Blut heruntertrieft und wir die Stücke salzen können, sonst verderben sie."

Elmoruk biss sich auf die Unterlippe und sah den Wächter an. „Hilf ihnen. Ich werde das da selber im Auge behalten."

„Meine Augen sind gut."

„Ich weiß." Elmoruk legte dem Mann die Hand auf die Schulter. „Aber beim Salzen hast du die flinkeren Finger."

Der Axtschläger lachte auf und nickte, dann warf er nochmals einen Blick zum Geröllfeld hinüber. „Da geht etwas vor sich, Elmoruk. Achte gut darauf."

Der Zwerg verzichtete auf eine Erwiderung. Während seine Gefährten sich beeilten, die eingefangenen Tiere und das erbeutete Fleisch für den Transport vorzubereiten, lehnte er am Felsen und spähte misstrauisch zu dem fernen Nebel hinüber. Immer wieder sah er auch in die anderen Richtungen, aber seine Aufmerksamkeit galt der ungewöhnlichen Erscheinung. Das Wabern und Wallen machte es schwer festzustellen, wohin die Nebelfront sich bewegte. Also konzentrierte sich der erfahrene Kämpfer auf einen der Felsen und konnte nun erkennen, dass der Stein immer undeutlicher wurde. Ja, der Nebel kam näher. Wenn es denn Nebel war.

Es sah aus, als verdampfe dort sehr viel Wasser, doch anstatt nach oben zu steigen, hielt sich der Dunst in Bodennähe und wurde immer dichter, während er langsam auf Elmoruk zufloss. An den undurchdringlichsten Stellen des Nebels bemerkte der Zwerg gelegentlich ein Aufblitzen, als tobe dort ein winziges Gewitter. Aber eigentlich war es gar kein richtiges Blitzen, sondern ein sanftes Glühen, das sich ausbreitete wie die Wellen auf der Oberfläche eines Sees, nachdem man einen Stein hineingeworfen hatte, und das dann ebenso wie diese Wellen verebbte.

Nein, der Anblick erfüllte Elmoruk mit immer größerem Unbehagen.

„Wie weit seid ihr?", rief er den Gefährten zu.

„Fast fertig", erwiderte Maratuk. „Was macht der verdammte Nebel?"

„Er kommt näher."

Maratuk nickte. „Dann sollten wir verschwinden."

Elmoruk bückte sich, hob etwas Sand vom Boden und säuberte sich die Hände, während er abermals zu dem Nebel hinübersah. Er war noch dichter geworden und schien nun auch dunkler zu sein. Der Axtschläger verengte die Augen, als er feste Konturen innerhalb des Wallens zu erkennen glaubte. Täuschten ihn die Sinne?

Inmitten des Nebels meinte er zwei menschliche Gestalten auszumachen. Für einen Augenblick schien das Metall von Rüstungen zu funkeln, aber dann verdichtete sich der Dunst erneut und verschlang alles. Der Zwerg konzentrierte sich auf die Stelle, an der er das Phänomen gesehen hatte. Doch es war nichts mehr zu erkennen. Nur der Nebel, der sich mit einem Mal schneller zu bewegen schien.

Elmoruk hatte nichts gegen einen Kampf einzuwenden, bei dem man einem sichtbaren Feind gegenüberstand, bei dem man wusste, dass die Klinge der eigenen Axt auf Stahl und Fleisch des Gegenübers treffen würde. Aber dieses Wallen und Glühen war ihm unheimlich. Was immer sich in dem Nebel verbarg, es war ihm und den anderen feindlich gesinnt, und Elmoruk hatte das unangenehme Gefühl, dass ihm der gute Stahl seiner Axt hier wenig nützen würde.

Ein wenig blass geworden, wandte er sich endgültig ab und hastete zu den Gefährten. „Beeilt euch, wir müssen los!"

Sie hoben den gefesselten Bock und die geschnürte Kuh auf die Schultern Parnuks und des anderen Axtschlägers, und Maratuk nahm das schwere Fell mit den frischen Fleischvorräten. Als alles bereit war, seufzte Elmoruk erleichtert und blickte sich um.

Zwischen den Felsen am Wasserloch sah es nach einer wilden Schlächterei aus. Blut befleckte den Boden, und die unbrauchbaren Überreste der toten Felsbockkühe lagen achtlos zwischen den Steinen verstreut. Unter anderen Umständen hätten die Zwerge die Spuren sorgfältig beseitigt, aber keinen von ihnen verlangte es danach, länger als nötig an diesem Ort zu verweilen.

Parnuk hatte es besonders eilig, wieder ins Gebirge zu kommen, wenngleich sein Bein verletzt war und er so das Tempo des kleinen Trupps bestimmte. Er merkte kaum, dass Elmoruk immer wieder einen Blick zurückwarf. Aber niemand folgte ihnen, und nachdem ein Zehnteltag verstrichen war, ohne dass ein unheilvoller Nebel oder fremde Gestalten sich auf sie stürzten, war der Truppführer erleichtert. Schließlich ließ er eine Rast einlegen, obwohl sie die Öde noch nicht hinter sich hatten. Aber der Rand des Gebirges Noren-Brak war nun nahe, und inmitten einer Felsengruppe fühlten sie sich einigermaßen sicher.

Sie hatten den ausgewachsenen Felsböcken die Mäuler zugebunden, damit ihr Blöken die Gruppe nicht verriet. Die beiden Jungen waren folgsam auf ihren dürren Beinen mitgelaufen und wirkten nun erschöpft. Sie störten sich nicht an den Fesseln des Muttertieres, sondern stürzten sich sofort auf dessen Zitzen, als Maratuk es auf den Boden legte.

„Wir müssen den Älteren die Fesseln lösen“, brummte Elmoruk, „damit auch sie etwas saufen und fressen können.“

Parnuk nickte und sah auf die beiden jungen Felsböcke, die gierig saugten. „Wir sollten uns ebenfalls etwas zubereiten. Es wird sowieso bald dunkel. Am besten lagern wir im Schutz dieser Felsen und braten uns etwas Fleisch.“ Er leckte sich über die Lippen. „Ich habe schon lange kein geröstetes Felsbockfleisch mehr gegessen.“

Der Gedanke war sicherlich verlockend. Elmoruk strich sich über die Enden seiner langen Bartzöpfe. Eine der gelben Schnüre, mit denen sie gebunden waren, hatte sich ein wenig gelockert, und der Truppführer ließ sich ächzend nieder und löste den Knoten. „Die Felsen bieten uns Schutz. Ich denke, du hast recht. Mit der Beute schaffen wir es vor Einbruch der Nacht nicht mehr ins Gebirge. Also schön, richten wir uns hier für die Nacht ein.“ Er sah die anderen eindringlich an. „Aber kein Feuer.“

„Keinen Braten?“, brummte Parnuk enttäuscht. „Bei den feurigen Abgründen von Irghil, wozu die ganze Plackerei, wenn wir uns nicht einmal einen herzhaften Bissen gönnen dürfen?“

„Wir sind noch immer in der Öde“, entgegnete Maratuk an Elmoruks Stelle. „Fremdes Land, Parnuk. Feindliches Land.“

„Es ist vor allem totes Land“, versetzte Parnuk störrisch. „Ich kann hier keine Gefahr entdecken.“

„Dein Hunger ist größer als dein Verstand“, zischte der andere Axtschläger. „Als wir die Öde betraten, konntest du es kaum erwarten, sie wieder zu verlassen. Und jetzt willst du hier ein gemütliches Feuer machen, damit man uns auf große Entfernung sehen kann. Verdammter Schürfer."

„Was soll das heißen?" Erbost wandte sich Parnuk dem Axtschläger zu. „Ich habe meinen Teil dazu beigetragen, dass wir nun das Fleisch haben. Du hast kein Recht, mich zu beleidigen."

„Ruhe!" Elmoruk ließ das Zopfende sinken, das er gerade neu flocht, und hob den Kopf. „Seid still, ich höre etwas!"

Die anderen schwiegen und lauschten. Parnuk nickte zögernd. „Ich auch. Steine, die sich bewegen."

Elmoruk deutete auf die jungen Böcke. „Haltet ihnen die Mäuler zu. Da marschiert jemand durch die Öde, und ich will nicht, dass er uns bemerkt."

Begleitet von Maratuk, schob sich Elmoruk in die Deckung einiger größerer Felsen und spähte in die Richtung, aus der die schwachen Geräusche erklangen. Ab und zu war das leise Klicken und Poltern eines rollenden Steines zu hören.

„Wer immer das auch ist", hauchte Maratuk, „er bewegt sich leise."

Der Boden war dicht mit Geröll bedeckt, und so ließen sich Geräusche nicht ganz vermeiden. Ein Glück für die Zwerge, die sonst die Herannahenden wohl nicht bemerkt hätten.

Elmoruk legte die Hand auf die Schulter des anderen Axtschlägers und deutete nach rechts. Dort erschienen undeutlich Gestalten, die langsam näher kamen. „Elfen", flüsterte der erfahrene Kämpfer. „Wenigstens eine Hundertschaft."

Auf die Entfernung konnte man weder ihre Gesichter noch die spitzen Ohren erkennen, aber ihre Gestalt machte sie unverwechselbar: schlanke, hochgewachsene Männer mit den hellblauen Umhängen ihres Volkes. Sie trugen die typischen hohen Helme mit dem Nackenschutz und dem aufragenden Symbol ihres Hauses an der Stirn. Die Zwerge konnten das Zeichen nicht erkennen, aber es mussten Elfen von einem der Häuser des Waldes sein, denn die Muster auf Kleidung und Helmen waren eindeutig. Über den Schultern ragten die langen Bogen empor, und an den Hüften hingen Pfeilköcher und Schwerter. Viele der Elfen trugen zudem schwere Lasten mit sich.

„Sie marschieren in die Öde hinein", murmelte Maratuk.

„Nein, nicht in die Öde." Elmoruk duckte sich tiefer hinter die Felsen. Elfische Krieger hatten verdammt scharfe Sinne, und er wollte nicht, dass die Spitzohren ihn und seine Männer bemerkten. Er zog Maratuk nach unten und bedeutete ihm zu schweigen. „Sie marschieren nach Osten, am Rand des Gebirges entlang", flüsterte er. „Wahrscheinlich zum Pass von Rushaan, der in die Länder der Orks hineinführt."

„Ob es wieder Krieg gibt?", fragte Maratuk erschrocken. „Werden die Legionen des Schwarzen Lords wieder gegen den Bund kämpfen?"

„Ich glaube nicht, dass die Elfen in den Kampf ziehen. Dafür sind es zu wenige. Gerade mal eine Hundertschaft ihrer Bogen."

„Ja, du hast recht."

Die Elfen zogen vorüber, schweigend und nahezu lautlos. Nur gelegentlich rollte ein Stein unter dem Tritt eines Fußes. Eine schemenhafte Prozession, die schon bald wieder aus dem Blickfeld der Zwerge verschwunden war.

„Glaubst du wirklich, sie wollen zum Pass von Rushaan?"

Elmoruk nickte entschlossen. „Sie werden nicht in die Öde vordringen. Niemand dringt dorthin vor."

Maratuk nickte mit düsterer Miene. „Und wer es tut, kommt nicht mehr zurück. Die ‚Anderen', die Wächter, sie dulden es nicht."

„Die Wächter sind nur ein Gerücht, nicht mehr als ein Aberglaube“, brummte Elmoruk. Aber seine Stimme verriet Zweifel. Er musste an die Schemen denken, die er in dem Nebel gesehen hatte.

„Es macht keinen Unterschied, ob die Elfen den ‚Anderen‘ oder den Orks begegnen.“ Maratuk richtete sich auf und bedeutete den Begleitern mit einem Wink, dass die Gefahr vorüber sei. „Sie sind so gut wie tot. Kein lebendes Wesen wird den Wächtern entkommen. Und um einer Legion der Orks standzuhalten, sind sie zu wenige.“

„Sollten wir sie nicht warnen?“

„Wozu?“ Maratuk zuckte die Schultern. „Die Elfen sind nicht unsere Freunde. Und sie leben schon lange genug, um zu wissen, was in Rushaan vor sich geht.“

Parnuk und der andere Axtschläger waren erleichtert und beeilten sich, die Tiere zu versorgen. Sie erhoben keinen Widerspruch, als Elmoruk entschied, in die hereinbrechende Nacht zu marschieren. „Je eher wir den Schutz unserer Berge erreichen, desto besser“, seufzte Parnuk. „In dieser Öde fühle ich mich nicht wohl.“

Elmoruk sah nachdenklich in die Richtung, in der die Elfen verschwunden waren. „Es heißt, sie werden das Land bald verlassen.“

Maratuk lachte und schulterte den gefesselten Felsbock. „Wer? Die Elfen? Das kümmert mich wenig. Kommt, lasst uns lieber zusehen, dass wir das Fleisch nach Hause schaffen. Ich möchte hier nicht länger bleiben. Das ist ein Land des Todes.“

Elmoruk nickte. Er glaubte nicht, dass einer der Elfen aus der Öde zurückkehren würde. Egal, was ihr Ziel war, sie würden nur den Tod finden.

2

Sie marschierten im Kampfschritt des elfischen Volkes. Zehn Schritte gehen, zehn Schritte laufen, immer im steten Wechsel; eine rasche Schrittart, welche die Männer nicht zu schnell ermüdete. Die Hundertschaft hatte nun fast dreihundert Tausendlängen in der nördlichen Öde zurückgelegt. Fünf Tageswenden, in denen sie dem Verlauf des Gebirges Noren-Brak gefolgt waren, wobei sie vermieden hatten, die Öde von Rushaan zu betreten. Nun waren sie fast am Ziel, und der Führer der Bogen war erleichtert, als er die gewaltige Felsklippe von Niyashaar vor sich sah. Sie ähnelte einem zerklüfteten Kegel und ragte mehrere Hundertlängen in den Himmel auf. Dabei schien sie sich auf gefährliche Weise dem Vorposten zuzuneigen, der sich an ihrem Fuß erhob. Elgeros beschlich jedes Mal ein unangenehmes Gefühl, wenn er diese Klippe sah und sich vorstellte, sie könnte in sich zusammenstürzen. Zweifellos würde sie Niyashaar dabei zerstören. Aber die Klippe hatte all die Äonen ohne merklichen Schaden überstanden, und es gab keinen Grund, warum dies nicht auch in Zukunft so sein sollte. Klobig und aus massivem Fels würde sie noch stehen, wenn die Elfen das Land längst verlassen hatten.

„Noch drei Zehnteltage, ihr Elfen des Hauses Tenadan“, sagte er an die Männer gewandt, „dann haben wir Niyashaar erreicht.“

„Die Wachen dort werden erfreut sein, uns zu sehen“, erwiderte Unterführer Neolaras. „Wir kommen früher als erwartet.“

Die Anspannung der Männer ließ nun, da sie in der Nähe

des Vorpostens waren, ein wenig nach. Keiner von ihnen fühlte sich in dem toten Land der Öde wohl, und der befestigte Posten versprach Schutz, die Nähe anderer Elfen und die Ruhe, die man nach einem anstrengenden Marsch benötigte.

Die Kleidung und das Schuhwerk der Männer waren ebenso von Staub bedeckt wie ihre Gesichter. Nur der Schmutz abweisende Stoff der hellblauen Umhänge wirkte fremdartig in seiner Sauberkeit und hellen Farbe. Elgeros verzog das Gesicht zu einem Lächeln voller Vorfreude, als er an den erfrischenden Wein dachte, der im Stützpunkt auf sie wartete. Gut gekühlt, leicht sauer und auf der Zunge prickelnd. So, wie ein elfischer Wein sein sollte, der einem Krieger zu entspannen half.

„Sie werden neugierig auf das sein, was sich ereignet hat." Neolaras schloss zu seinem Freund auf und deutete auf den Vorposten, der mit jedem Schritt näher kam. „Sechs Monde halten sie hier schon die Stellung. Eine einsame und lange Wache."

„Eigentlich müssten sie bis zur Ablösung eine volle Jahreswende wachen. Sie können sich also denken, dass wir wichtige Kunde bringen."

„Ja, wir werden die letzte Wache am Pass von Rushaan sein." Neolaras nickte zufrieden zu seinen Worten. „Die letzte Wache, bevor der Posten Niyashaar aufgegeben wird und wir endlich das Land verlassen. Auf zu den Neuen Ufern." Er schob seinen Bogen weiter auf die Schulter zurück. „Wahrlich, Elgeros, mein Freund, ich habe viele Jahrtausendwenden auf diesen Tag gewartet."

„Das haben wir alle, Neolaras."

„Ich frage mich, warum die Besatzung überhaupt noch abgelöst wird. Man sollte Niyashaar schon jetzt aufgeben."

Elgeros lachte. „Du weißt, dass das nicht geht. Bevor

nicht die letzten Häuser die Schiffe bestiegen haben, muss die Grenze noch gesichert werden. Eine Jahreswende mag das noch dauern, aber dann werden wir endlich in die neue Heimat reisen.“

Schon seit vielen Jahrtausenden planten die elfischen Häuser, das alte Land zu verlassen und die künftige Heimat an den Neuen Ufern aufzusuchen. Zur Zeit des Ersten Bundes, als die Häuser der Elfen mit den Reichen der Menschen gegen den Schwarzen Lord und seine Orks standen, war eine Expedition zu den Neuen Ufern aufgebrochen. Auf ihrer Rückreise erlitt sie Schiffbruch, und nur Jalan-olud-Deshay, der Erste und Älteste des Hauses Deshay, erreichte die alte Heimat. Aber dann ereilte ein verhängnisvolles Schicksal die Elfen, und gelähmt durch den Fluch eines Grauen Wesens konnte Jalan sein Wissen über die Neuen Ufer nicht mehr weitergeben. Erst vor wenigen Jahreswenden war er von dem Fluch befreit worden, und nun bereiteten sich die Elfen darauf vor, endgültig abzureisen.

Die Häuser der See bauten die notwendigen Schiffe, und Vorräte wurden angelegt und an Bord gebracht, denn die Reise würde lange dauern, und viele Tausend Elfen würden versorgt werden müssen. Zwei der Häuser des Waldes waren bereits aufgebrochen, andere sammelten sich an den Weißen Sänden, wo die Schiffe bereitlagen. Das Haus Tenadan würde zum nächsten Transport gehören.

„Niyashaar hätte auch von der jetzigen Besatzung gehalten werden können“, murmelte Neolaras. „Das hätte uns den Weg erspart. Ein einzelner Bote hätte genügt.“

„Unter der Besatzung Niyashaars befinden sich Männer, die sich vor der Reise noch der Schröpfung unterziehen müssen.“

„Hm.“ Neolaras seufzte. Diesem Argument konnte er nichts entgegensetzen.

„Seltsam. Ich kann keinen Mann auf der Mauer oder auf dem Turm erkennen“, murmelte Neolaras ein wenig später. „Sie müssten uns doch längst erspäht haben.“

Elgeros ließ seinen Blick über die marschierende Kolonne schweifen. Hinter den Männern stieg Staub auf, der von ihren Füßen hochgewirbelt wurde, und die hellblauen Umhänge der Krieger hoben sich farbenfroh von der Umgebung ab. Die Hundertschaft war also kaum zu übersehen. Der Bogenführer sah zum Turm des Vorpostens hinüber. „Du hast recht. Sie müssten uns längst bemerkt haben.“

Sie waren dem Vorposten nun nahe genug, um Einzelheiten erkennen zu können.

Niyashaar war nach den Schlachten des Ersten Bundes errichtet worden. Zuvor hatte das mächtige Menschenreich Rushaan das Land beherrscht und seine Grenzen geschützt, aber Rushaan war vergangen und zur Öde geworden, und die Grenze nach Osten hatte offen gestanden. Obwohl der Schwarze Lord bezwungen schien, hatten die Elfen den Vorposten an der einzigen Verbindung zwischen der Ebene von Cantarim und der Öde Rushaans erbaut. Es war ein einsamer Vorposten, weit entfernt von den elfischen Häusern. Dennoch war seine Lage mit Bedacht gewählt worden. Er würde niemals einem massierten Ansturm standhalten können, aber das war auch nicht seine Aufgabe. Vielmehr sollte er Spähtrupps der Bestien aufhalten und verhindern, dass sie nach Westen einsickerten, und er sollte einen Vormarsch der feindlichen Armee an die fernen Häuser melden, sodass deren Krieger sich rechtzeitig sammeln konnten. Über fünftausend Jahreswenden hatte Niyashaar diese Aufgabe erfüllt, doch nun war der Zeitpunkt gekommen, an dem die Anlage endgültig aufgegeben würde.

Niyashaar war ein schlichtes Mauergeviert mit wenigen

Gebäuden und einem einzelnen, alles überragenden Turm. Das einzige Tor, das aus massigen, durch Metallbänder verstärkten Balken bestand, war nach Westen gerichtet und lag somit auf der dem Pass von Rushaan abgewandten Seite. Insgesamt ließ die Anlage die Eleganz der elfischen Baukunst vermissen, aber sie erfüllte ihren Zweck.

Elgeros und die Hundertschaft der Bogenschützen konnten direkt auf das Tor sehen, und was sie dort erkannten, gefiel ihnen nicht.

„Das Tor von Niyashaar ist offen“, sagte Neolaras mit einem grimmigen Unterton in der Stimme.

„Und es ist beschädigt“, ergänzte Elgeros. Der Bogenführer hob einen Arm und ließ die Kolonne haltmachen. „Schwärmt aus, ihr Elfen des Hauses Tenadan, und achtet mir auf die Flanken. Etwas ist in Niyashaar geschehen, und was ich sehe, macht mir Sorgen.“

Beide Flügel des nach innen aufgehenden Tores standen ein Stück weit offen, der eine etwas weiter als der andere. Das war ungewöhnlich und deutete darauf hin, dass die Besatzung Niyashaar aufgegeben hatte.

Neolaras schien derselbe Gedanke gekommen zu sein. „Ob sie den Posten verlassen haben?“

Hinter ihnen schwärmte unterdessen die Hundertschaft in zwei auseinandergezogenen Linien aus. Die vordere Reihe zog die leicht gekrümmten Schwerter, die hintere hielt ihre Bogen bereit.

Elgeros schüttelte den Kopf. „Dann wären sie uns begegnet. Außerdem hätten sie Niyashaar nicht ohne Befehl des Ältesten oder zwingende Not geräumt. Nein, mein Freund, hier ist etwas geschehen.“ Der Bogenführer strich sich nervös über das Kinn. „Wir sehen es uns gemeinsam an. Deine Zehn soll uns folgen.“

Neolaras wandte sich kurz um. „Meine Zehn folgt in fünf Schritten Abstand. Die anderen halten die Stellung.“

Ihre Schritte knirschten auf dem Sand, während sie sich langsam dem Vorposten näherten. Alle ihre Sinne waren gespannt und auf Anzeichen von Gefahr gerichtet, aber alles blieb ruhig. Der Schatten des Torbogens fiel über sie, dann knarrte einer der Torflügel leise, als Neolaras ihn weiter öffnete. Nun konnten sie auch den Innenhof der Anlage übersehen, bis auf den Bereich, der von dem massigen Turm verdeckt wurde. Die Gebäude des Postens zogen sich an den Innenseiten der Mauern entlang: zwei bescheidene Unterkünfte, das Vorratshaus und ein weiteres, in dem die Speisen zubereitet wurden und die Männer sich zur Geselligkeit trafen.

„Niemand zu sehen“, brummte Neolaras. Er hielt ebenfalls seinen Bogen bereit und hatte einen Pfeil aufgelegt. „Auch keine Spur eines Kampfes.“

„Ja, das ist seltsam.“ Elgeros war nicht leicht aus der Ruhe zu bringen, aber nun krampften sich seine Finger um den Griff seines Schwertes. „Keine Toten, keine Kadaver von Bestien. Nicht einmal Blut.“

Der Bogenführer hörte die Schritte der zehn Elfen, die zu Neolaras' Gruppe gehörten, und machte mit der freien Hand ein paar Zeichen in der lautlosen Fingersprache des elfischen Volkes. Die Krieger schwärmten aus und sicherten die beiden Führer, die nun auf den Turm zuschritten.

Eine kurze steinerne Treppe führte zu der dortigen Tür, die ebenfalls offen stand. Sie war aus einer schweren Metallplatte und zeigte die Symbole der elfischen Häuser. In die Rahmen waren filigrane Muster eingearbeitet und die Zeichen der Einheiten, die hier gedient hatten. Elgeros' Schritt stockte auf halber Höhe der Treppe, und er deutete vor sich. „Dort. Sieh dir diese Stelle an.“

Neolaras trat neben ihn, bückte sich und strich mit den Fingern über zwei der Treppenstufen. Der Stein war an einer Stelle geschwärzt und schimmerte wie Glas. „Das war kein Brandgeschoss. Zumindest kenne ich keines, das eine solche Hitze entwickeln könnte."

„Du hast recht. Der Stein ist geschmolzen. Zwar nur an der Oberfläche, doch die Hitze muss enorm gewesen sein."

„Auch dort an der Türeinfassung und an der Wand des Turms sind solche Stellen." Neolaras trat neben die metallene Tür und betastete den Rahmen. „Und hier ist ein Loch im Metall." Er schob seine Hand durch die Öffnung und schüttelte den Kopf. „Als habe man eine glühende Lanze hindurchgerammt."

„Ich kenne keine Waffe und keinen Zauber, die das bewirken könnten." Elgeros wandte sich um und gab seinen Männern einen Wink. „Fünf von euch durchsuchen die Gebäude, die anderen halten die Mauer. Gebt der Truppe Zeichen, dass sie einrücken soll." Er senkte seine Stimme und sah seinen Freund an. „Ich glaube nicht, dass uns noch Gefahr droht. Hier werden wir kein lebendes Wesen mehr finden."

Durch die offen stehende Tür fiel nur wenig Licht in den Raum, der sich über die ganze untere Ebene des Turms erstreckte. Er wirkte ungemütlich und kalt und strahlte eine finstere Drohung aus. Nur einige Tische und Bänke standen umher, und in der Mitte befand sich eine erkaltete Feuerstelle. Hinten erhob sich das gemauerte Rund des Brunnens von Niyashaar, und eine steinerne Treppe führte an den Wänden entlang hinauf zu den oberen Ebenen. Ein hölzerner Waffenständer war umgestürzt, und einige Waffen lagen auf dem Boden verstreut.

Elgeros zog fröstelnd die Schultern zusammen und bewegte sich zur Treppe hinüber. Misstrauisch spähte er nach oben und betrat dann zögernd die Stufen. Neolaras folgte, und ihre Schritte hallten hohl in dem Gemäuer wider. Auf der nächsten Ebene lagerten ein paar Notvorräte und es gab einfache Schlafstätten. Hier oben war Ordnung und es wirkte ganz so, als habe die elfische Besatzung aufgeräumt, bevor sie verschwunden war. Die Decken waren sorgsam gefaltet und an einem der Bettgestelle lag eine Schriftrolle bereit, die nur darauf zu warten schien, dem Ruhe suchenden vor dem Schlaf noch etwas Entspannung zu bieten. Ob es auch hier die eigentümlichen Brandspuren gab, konnten die Elfen nicht feststellen, denn dazu war es zu dunkel. Aber sie bezweifelten es. In diesem Raum war sicherlich nicht gekämpft worden.

Im Hof waren Kommandos zu hören, als die Hundertschaft einrückte. Man vernahm das Zufallen der Torflügel und die Geräusche von Männern, die auf die Wehrmauer hasteten.

Elgeros deutete über sich und dann machten sich die beiden Führer daran, auch noch die zwei oberen Turmebenen zu durchsuchen. Dort fiel durch die Schießscharten genug Licht ein, sodass sie Einzelheiten der Einrichtung erkennen konnten. Die Öffnungen in den Turmmauern waren mit Klarstein geschlossen, der die Witterung draußen hielt und freie Sicht gewährte. Er war von hervorragender Qualität und verzerrte nicht den Blick. Auch die Menschen verstanden sich inzwischen darauf, feinen Quarzsand zu schmelzen und mit Zusätzen zu versehen, sodass der durchsichtige Klarstein entstand. Aber die Scheiben, welche sie daraus fertigten, waren dick und von Schlieren durchzogen.

Neolaras trat an eine der Fensteröffnungen und blickte in den Hof hinunter, während Elgeros den Raum absuchte. Er war im Lauf der Jahrtausendwenden mit liebevollen Details versehen worden und hatte viel von seiner ursprünglichen

Zweckmäßigkeit und Kälte verloren. Der Boden aus feinen Hölzern wies Einlegearbeiten auf, und dick gewobene Tücher in bunten Farben und Mustern bedeckten das grobe Mauerwerk der Wände. Mehrere zierliche Regale standen im Raum, gefüllt mit den Büchern und Schriftrollen des Volkes. An den farbigen Bändern, mit denen sie verschlossen waren, erkannte der Bogenführer, dass es sich überwiegend um Poesie handelte. Er konnte das gut verstehen, denn er hatte selbst schon Wache in Niyashaar gehalten und wusste, wie sehr es einen Elfen an diesem einsamen Ort nach Schönheit verlangte.

Ein kleiner Schreibtisch stand auf sieben gedrechselten Beinen, sieben Stützen, welche die Häuser der Elfen symbolisierten. Schreibzeug lag griffbereit neben einer halb geöffneten Schriftrolle. Elgeros entrollte sie, aber sie enthielt keinen Hinweis auf das, was hier geschehen war. Er musterte jede Zehntellänge des Raumes, fand aber keine Anzeichen von Unordnung und keine Brandspuren.

„Hier gibt es nichts, was das Schicksal der Besatzung aufklären könnte", sagte er missmutig. „Lass uns hinuntergehen und sehen, ob die anderen etwas gefunden haben."

Doch auch ihre Männer waren auf keine Spuren gestoßen. Das heißt, Spuren gab es reichlich, aber keine, die das Verschwinden erklärt hätten. Geodas, einer der Elfen, stützte sich auf seinen langen Bogen. „Wir haben die beiden Unterkünfte durchsucht. Alles sieht danach aus, als hätten die Männer sie gerade erst verlassen, um ihrem Tagesgeschäft nachzugehen. Was auch geschah, es passierte am hellen Tag. Die Betten sind ordentlich gemacht, und die persönlichen Besitztümer liegen an ihrem Platz. Nur die Männer und ihre Waffen fehlen."

Keodaros, ein anderer Mann, nickte. „Im Vorratshaus ist es das Gleiche, ebenso im Gemeinschaftshaus. Dort sind die Tische für das Essen gedeckt. Man könnte meinen, die Männer wären mitten im Mahl aufgestanden und hätten Niyashaar verlassen. In einem der Kessel ist Essen verbrannt. Es muss schon ein oder zwei Zehntage zurückliegen."

„Jedenfalls haben sie den Posten nicht einfach aufgegeben. Denn in dem Fall hätten sie Vorräte für den Marsch mitgenommen, und darauf deutet nichts hin."

„Und außerdem weist nichts auf einen Überfall oder eine Plünderung hin." Neolaras zuckte die Schultern. „Bis auf die merkwürdigen Brandmale."

Elgeros seufzte. „Das ist eine Menge ‚nichts'." Er hielt noch immer sein Schwert in der Hand und schob es nun in die Scheide zurück. Als er aufschaute, sah er die Blicke der anderen auf sich gerichtet, die offenbar eine Entscheidung erwarteten. Auch wenn einige Elfen unter den Männern waren, die älter und erfahrener als er selbst sein mochten, so war er doch der Führer der Bogen und musste bestimmen, was nun zu tun war. „Nun gut, wir werden Niyashaar besetzt halten und einen Boten zu den Häusern entsenden, der sie über die Vorkommnisse hier unterrichtet. Die erste und zweite Zehn beziehen Wache auf der Mauer und oben auf der Turmplattform. Eine Gruppe überprüft das Tor, die anderen richten Niyashaar für unsere Bedürfnisse her. Sammelt das Eigentum der verschwundenen Besatzung ein und schaut, ob Dinge dabei sind, die wir den Familien überstellen sollten. Geodas, du teilst die Wachen ein. Du, Keodaros, prüfst die Vorräte und bereitest ein Mahl vor." Er sah seinen Freund nachdenklich an. „Und du, Neolaras, wirst mich begleiten. Ich will mich weiter umsehen."

Die Hundertschaft zerfiel in geschäftige Gruppen, und Elgeros konnte sich darauf verlassen, dass der Vorposten bald gegen einen Angriff gewappnet sein würde. Denn dass ein solcher bevorstand, war jedem von ihnen bewusst, schließlich verschwand eine elfische Hundertschaft nicht einfach spurlos.

Elgeros und Neolaras gingen nebeneinander her über den Innenhof. „Die Besatzung ist nicht ausgerückt. Sie hat sich nicht auf einen Ansturm vorbereitet. Es finden sich keine Kratzer von Pfeilen, Bolzen oder Schwertklingen an Mauern und Wänden und keinerlei Blutflecken auf dem Boden." Elgeros deutete mit einer vagen Handbewegung um sich. „Nur diese Brandmale, deren Ursache wir nicht kennen."

„Jedenfalls hat kein Pfeil oder sonstiges Geschoss sie verursacht. Der Flammzauber eines Grauen Wesens wäre vielleicht stark genug, einen Körper zu verbrennen."

Elgeros nickte. „Aber nicht stark genug, um massiven Stein zu schmelzen. Ich habe keine Erklärung, aber ich spüre, dass uns Gefahr droht. Jemand hat die Besatzung von Niyashaar überwältigt, und ich bin mir sicher, dass keiner unserer Freunde mehr am Leben ist. Wer immer sie bezwang, wird bald bemerken, dass der Posten wieder besetzt ist. Er wird versuchen, auch uns zu vernichten. Wir müssen vorbereitet sein."

Neolaras schürzte die Lippen und lachte dann leise auf. „Auch die verschwundene Hundertschaft war auf einen Kampf vorbereitet."

„Wir haben dennoch einen Vorteil, mein Freund. Im Gegensatz zu den anderen wissen wir von der Gefahr, die uns droht. Wer uns bezwingen will, der muss sich uns zeigen, und dann wird er unseren Klingen und Pfeilen begegnen."

Neolaras nickte. „Wohl gesprochen, Bogenführer. Wollen wir hoffen, dass man uns noch Gelegenheit zur Gegenwehr gibt."

Elgeros blickte hinauf zur Turmplattform, über der das blaue Elfenbanner lustlos im Wind flappte. Die Schatten wurden länger, und es würde bald dunkel werden. „Ich werde den

Boten bei Tagesanbruch losschicken. Nendas ist der schnellste Läufer. Er soll die Nachricht überbringen."

Sie erreichten eine der steinernen Treppen, die auf die Wehrmauer führten, und schritten nebeneinander die Stufen hinauf. Oben angelangt, wandten sie sich der Ostmauer zu und konnten so gleichermaßen nach Norden und Osten sehen.

„Ich glaube nicht, dass es Orks oder Graue Wesen waren", sagte Neolaras leise. „Wir kennen die Handschrift dieser Bestien nur zu gut."

Elgeros legte seine Hände auf eine der Zinnen und nickte bedächtig. „Es heißt, die nördliche Öde sei tot. Rushaan ist vergangen."

„Jenseits der alten Grenzen Rushaans lebt das Volk von Julinaash."

„Vor wenigen Monden kehrte ein Spähtrupp des Hauses Elodarion aus dem Norden zurück. Sie sind bis an den Rand des Eises marschiert, fanden aber keine Hinweise dafür, dass das Volk des Eises nach Süden vorstößt. Im Gegenteil, sie entdeckten eine verlassene Siedlung. Nein, die Julinaash haben sicherlich andere Probleme zu lösen, bevor sie sich nach Süden wenden können."

„Fand der Trupp Anzeichen für Leben in Rushaan?"

„Das Reich Rushaan ist vergangen, mein Freund. Es wird nicht wieder auferstehen."

Elgeros löste sich von der Zinne und blickte zum Pass hinüber. „Dennoch ... Irgendetwas befindet sich in dieser trostlosen Öde. Etwas, das uns nicht wohlgesinnt ist."

3

Es kommt selten vor, dass sich ein ganzes Rudel in die Hochmark verirrt." Der stämmige Mann, der soeben gesprochen hatte, stand weit über die Spuren gebeugt und fuhr sich nachdenklich mit der Hand durch den dichten Bart. Er trug die kniehohen rotbraunen Stiefel der Pferdelords und deren bodenlangen grünen Umhang. Dieser war mit einem schmalen blauen Saum eingefasst und damit von der gleichen Farbe wie der lange Rosshaarschweif am Helm des Mannes. Es waren die Farben der Hochmark des Pferdefürsten Garodem, und der kleine Trupp bestand aus seinen Männern. „Aber es sind mindestens fünf Tiere. Eher sechs."

Hinter ihm beugte sich ein Mann im Sattel vor, und das Leder knarrte leise. „Ich glaube auch, dass es sechs Raubkrallen sind, guter Herr Kormund. Eine große und fünf kleine."

Scharführer Kormund richtete sich wieder auf und stützte sich dabei unmerklich auf die lange Lanze, an welcher sein dreieckiger Wimpel flatterte.

Einer der anderen Reiter beugte sich nun ebenfalls vor. „Möglicherweise ein Männchen und fünf Weibchen. Das würde mir gar nicht gefallen. Wenn wir sie nicht erwischen, wimmelt es in der Hochmark bald von den verdammten Biestern, und dann ist keine Herde mehr sicher."

Kormund schüttelte zweifelnd den Kopf. „Ich glaube eher, dass es ein Weibchen mit seinen Jungen ist. Übel genug für die Herden." Er blickte in das Tal hinein, an dessen Eingang sie gehalten hatten. „Aber wenn wir Glück haben, erwischen wir sie hier. Der Zugang des Tals ist schmal und die Hänge sind sehr steil, auch für ein Raubkralle. Zwei Mann decken den

Zugang und achten darauf, dass keines der Biester entkommt, ihr anderen folgt mir.“ Er blickte kurz in den Himmel hinauf. „Und wir sollten uns beeilen. Das Wetter wird bald umschlagen, und dann dürfte es verdammt ungemütlich werden.“

Kormunds alte Narbe an der Brust, die ein Ork ihm beigebracht hatte, schmerzte wieder einmal. Seine Erfahrung täuschte ihn nur selten, und wenn er behauptete, das Wetter werde umschlagen, dann hatten die anderen keinen Grund, daran zu zweifeln. Zwei von ihnen hielten Pfeil und Bogen schussbereit, die beiden anderen folgten Kormund ins Tal hinein.

Die Hochmark des Pferdefürsten Garodem war die nördlichste Mark des Reitervolkes. Sie bestand aus einer Reihe miteinander verbundener Täler, gut geschützt durch die steil aufragenden Berge und nur über zwei Pässe zugänglich. Der nördliche von ihnen wurde von der Stadt und Festung von Eternas geschützt, der südliche durch die Wachen der Schwertmänner.

Die Täler boten Raum für die wachsenden Herden an Pferden, Schafen und Hornvieh sowie für die zahlreichen Äcker, auf denen Getreide wuchs. Die Berge waren reich an Metallen und Brennstein, nur an Holz mangelte es, doch das konnte durch den Handel mit den unteren Marken besorgt werden.

Kormund und seine vier Begleiter waren Pferdelords wie die meisten wehrhaften Männer der Marken. Sie hatten gelernt, dass Einigkeit ihr Volk stark machte und man die eigene Freiheit mit der Waffe verteidigen musste. Zu oft waren sie von Orks und anderen Feinden bedroht worden, als dass das Pferdevolk diese Lektionen nicht gelernt hätte.

Aber auch im Frieden war eine Mark Bedrohungen ausgesetzt. Es gab Raubwild oder Barbaren und Ausgestoßene, gegen die es die Grenzen zu schützen galt. Dafür unterhielt der Pferdefürst einer Mark eine Truppe Schwertmänner: Pferdelords, die ständig unter Waffen standen und von ihrem Herrn versorgt und ausgerüstet wurden. Sie waren die Elite der Kämpfer und verstanden sich auch auf den Umgang mit Schwert und Lanze.

Die Hufe der Pferde pochten leise auf dem mit Gras bewachsenen Boden, während Kormund und seine beiden Flankenreiter aufmerksam in das Tal und zu dessen Hängen spähten. Der stämmige Scharführer musste auf den Bogen verzichten, denn die alte Wunde verhinderte, dass er ihn ausreichend spannen konnte. So hielt er die Stoßlanze mit dem Berittwimpel bereit und folgte mit den Blicken den Spuren des kleinen Rudels.

Die Schatten im Tal wurden länger, Wolken zogen sich zusammen; es würde wohl nicht mehr lange dauern, und einer der heftigen Gewitterstürme brach über das Land herein. Noch war es Herbst, doch die Nächte wurden schon ungewöhnlich kalt. Vermutlich würde es ein schwerer Winter werden, der den Herden zusetzte. Da konnte kein Pferdelord ein Rudel Raubkrallen dulden, das die kostbaren Tiere hungrig belauerte.

Ursprünglich hatte das Rudel aus acht Tieren bestanden, aber die Herdenwächter des Hammergrundweilers hatten zwei von ihnen erlegt.

Anschließend hatten die Bewohner des Weilers den Pferdefürsten gebeten, einen Trupp Schwertmänner zu entsenden, um die Raubkrallen zu stellen. Obwohl Kormund nicht mehr der Jüngste war, hatte er sich gefreut, wieder einmal hinausreiten zu können, denn der Ritt würde ihm auch Gelegenheit geben, einen alten Freund zu besuchen.

„Die Abdrücke sind frisch“, raunte er. „Sie müssen hier irgendwo herumstreichen. Seid vorsichtig. Sie kennen unsere

Pfeile und fürchten sie. Aber wenn sie in die Enge getrieben werden ..."

„Ich bin nicht zum ersten Mal einer Raubkralle auf der Spur, guter Herr Kormund", brummte einer der Schwertmänner.

„Ja, aber diese hier sind besonders gefährlich", erwiderte der Scharführer und sah den Schwertmann ernst an. „Sie haben zwei Herdenwächter des Hammergrunds angefallen und einen von ihnen getötet, bevor jemand eingreifen konnte. Diese Bestien haben Blut geleckt. Menschenblut. Sie wissen nun, dass man uns töten kann, und werden nicht mehr davor zurückschrecken."

Die drei Reiter zogen sich zu einer weiten Linie auseinander. Während Kormund die Spuren des Rudels, die tiefer ins Tal hineinführten, im Auge behielt, entfernten sich die beiden anderen von ihm, damit sie die Hänge besser übersehen konnten.

Die Raubkrallen scheuten davor zurück, ein Risiko einzugehen. Ein Angriff, bei dem sie sich verletzten, konnte sie daran hindern, weiter auf die Jagd zu gehen, und sie so einem qualvollen Hungertod preisgeben. Im Rudel war die Chance größer, dass ein geschwächtes Tier genug Nahrung abbekam, um wieder gesund zu werden. Nein, sie riskierten nicht viel, diese eleganten Räuber, aber deswegen waren sie keineswegs feige. Wenn es darauf ankam, kämpften sie rücksichtslos. Kein vernünftiger Mann würde sie unterschätzen.

Doch Terwin, der Schwertmann an Kormunds rechter Seite, war nicht vernünftig. Obwohl er sich im Kampf gegen die Orks bewährt hatte, fehlte ihm der Instinkt, die Raubkrallen richtig einzuschätzen. Kormund merkte das, als der Reiter sich entfernte und auf den steilen Hang zuhielt, der den Raubkrallen ein Entkommen unmöglich machte. Der erfahrene Scharführer wandte den Kopf und musterte die Felsen, die vereinzelt und in Gruppen am Fuße des Hanges lagen. Irgendwann hatte die Erosion sie gelöst und von oben herabstürzen lassen. Einige lagen wohl schon viele Jahreswenden dort, denn sie waren an der dem Wind zugewandten Oberseite mit Moos bewachsen.

Kormund brauchte nur Augenblicke, um die Stellen zu erkennen, an denen der Bewuchs frisch abgeschabt war; er öffnete den Mund zu einem Warnruf.

Terwin hatte den Felsen nur einen flüchtigen Blick geschenkt und war dann zwischen sie geritten, die Augen auf den vor ihm liegenden Hang geheftet, wo er zuvor eine schemenhafte Bewegung wahrgenommen hatte. Tatsächlich erkannte er dort einen goldgelben Schatten. Unzweifelhaft eine Raubkralle, und sie zog einen Hinterlauf nach. Terwin frohlockte, denn verletzt würde sie eine leichte Beute sein.

Hinter ihm ertönte Kormunds Warnschrei, aber er nahm ihn kaum wahr. Er hatte einen Pfeil aufgelegt und den Bogen halb gespannt und verfluchte allein die Tatsache, dass sich das verletzte Tier immer nur für wenige Augenblicke zeigte und dabei tiefer und tiefer zwischen die Felsen humpelte. Auf den Gedanken, dass die Raubkralle ihn in eine Falle locken könnte, kam der Pferdelord nicht. Er jagte ein Tier, und Tiere waren dumm. Eigentlich hätte er es besser wissen müssen, aber das Jagdfieber hatte ihn gepackt.

„Zurück, Terwin!“, schrie Kormund auf. „Das Biest lockt dich zwischen die Felsen!“

„Er ist scharf auf das Fell“, knurrte der andere Schwertmann. „Verdammter Narr.“

Die beiden Reiter zogen ihre Pferde herum und trieben sie in Terwins Richtung. Der Wind stand auf dem Hang und verhinderte so, dass das Pferd des Schwertmanns den Geruch der

Raubkrallen aufnahm. Erneut hörte Terwin den warnenden Schrei des Scharführers hinter sich, aber er hatte die verletzte Raubkralle nun deutlich im Blick und konnte den Bogen endlich zum Schuss spannen. Dann, gerade als er den Pfeil lösen wollte, geschah es.

Auf dem Felsen, an dem Kormund die verräterischen Spuren gesehen hatte, erschien eine weitere Raubkralle und duckte sich zum Sprung. Nervös peitschte ihr Schwanz, während sie mit dem Becken die typischen Bewegungen machte, mit denen die Tiere ihre Muskeln spannten. Begleitet von Kormunds Aufschrei sprang die Raubkralle los.

Terwin schoss in dem Moment den Pfeil ab, als das Tier gegen ihn prallte. Mit seinem Körper von der Größe eines Schafes und der Wucht des Sprunges warf es Mann und Pferd einfach um. Der Schwertmann schrie auf, als sein eines Bein unter dem stürzenden Pferd begraben wurde und brach, während das liegende Tier auskeilte und versuchte, wieder auf die Läufe zu kommen. Der Räuber hatte unterdessen seine Krallen in den Leib des Mannes geschlagen und riss ihm blutige Wunden, bevor der Schwung des Sturzes sie wieder voneinander trennte.

Der Pfeil Terwins ging ins Leere, denn die scheinbar verletzte Raubkralle, auf die er gezielt hatte, war plötzlich herumgefahren und hastete nun mit weiten Sprüngen heran. Zwei weitere Tiere erschienen zwischen den Felsen und näherten sich ebenfalls.

Das Pferd kam hoch und wieherte erregt, als es die anstürmenden Raubkrallen sah. Seine Instinkte verlangten, dass es flüchtete und sich in Sicherheit brachte, aber Terwins Reittier war gut ausgebildet, und so stellte es sich zum Kampf, statt zu fliehen. Noch während der Gestürzte versuchte, sich vom Boden zu erheben, stieg sein Hengst auf die Hinterhand und zerschmetterte einer der Raubkrallen mit dem Vorderlauf den Schädel.

Die andere sprang jedoch am Pferd vorbei und traf den Schwertmann, der mittlerweile aufrecht stand, das gebrochene Bein aber nicht belasten konnte. Er wollte gerade den Bogen fallen lassen und sein Schwert ziehen, als das frontal von vorn kommende Tier gegen seine Brust prallte. Terwin stürzte hintenüber, und eine der Tatzen der Raubkralle zog eine blutende Wunde über sein Gesicht. Wäre der schützende Helm nicht gewesen, hätte er sicherlich ein Auge verloren. Aber er war auch so schon übel zugerichtet.

Innerhalb weniger Augenblicke hatten ihn zwei Raubkrallen angegriffen. Nun blutete er aus mehreren tiefen Wunden, hatte ein gebrochenes Bein, und zudem war auch noch sein Schwert weg. Er warf sich herum und versuchte die Klinge zu ergreifen, dann setzte auch die dritte Raubkralle zum Angriff an.

Kormund schrie in einer Mischung aus Schmerz und Wut auf. Er war kaum mehr eine halbe Hundertlänge vom Geschehen entfernt und schleuderte die Wimpellanze mit aller Kraft. Der daraufhin einsetzende Schmerz in seiner Wunde raubte ihm fast die Sinne, und er konnte sich nur mühsam im Sattel halten. Aber die Lanzenspitze bohrte sich bis zum grünen Tuch des Wimpels in die Brust der heranschnellenden Raubkralle, die durch die Wucht des Aufpralls zurückgeworfen wurde und mit zuckenden Läufen liegen blieb.

Die Raubkralle, die als Erste angegriffen hatte, war unterdessen herumgeschnellt und rannte nun geduckt mit weiten Sätzen über den Boden. Terwin hatte sein Schwert ergriffen und rollte sich genau in dem Moment herum, als die Bestie sich auf ihn warf. Die stählerne Klinge fuhr ihr zwischen die Rippen, traf ihr Herz und tötete sie auf der Stelle. Aber selbst im Tod zuckten ihre krallenbewehrten Läufe noch und rissen Terwin weitere Wunden.

Kormunds Begleiter löste einen Pfeil, ein zweiter folgte, und der vierte Räuber maunzte getroffen auf und humpelte hastig in die Deckung einiger Felsen zurück. Jetzt waren Kormund und sein Begleiter endlich heran, und während sich der Scharführer schmerzerfüllt im Sattel hielt, sprang der andere Mann behände vom Pferd, zog mit einer gleitenden Bewegung seine Klinge und vergewisserte sich, dass die Raubtiere tot waren.

Erst danach warf er einen forschenden Blick auf Kormund. „Geht es, Scharführer, oder braucht Ihr Hilfe?"

Kormund verbiss sich den Schmerz und schüttelte den Kopf. „Kümmert Euch um Terwin, er hat es nötiger. Die Krallen haben ihn übel zugerichtet, und er verliert viel Blut."

In dem Moment näherte sich das Geräusch von Hufschlag; es war einer der beiden Schwertmänner vom Taleingang. „Wir haben zwei von ihnen erwischt", sagte er, als er sein Pferd neben ihnen gezügelt hatte. „Eine andere sprang irgendwo zwischen den Felsen hervor und versteckt sich nun weiter hinten im Tal. Eldwin ist ihr auf der Spur. Sie blutet stark und wird ihm nicht entkommen."

„Wir können Eure Hilfe brauchen", brummte Kormund. „Terwin ist verletzt."

Der Schwertmann sah sich kurz um und stieß dann ein verächtliches Schnauben aus. „Er hat sich zwischen den Felsen überrumpeln lassen, nicht wahr? Verdammter Narr, man sollte diese Biester niemals unterschätzen. Sie sind verflucht schlau, Scharführer."

„Ja, ich weiß."

Dann kümmerten sich die beiden Schwertmänner um Terwin. Der Verletzte stöhnte gelegentlich auf, als die Männer seine Kleidung auftrennten, um an die Wunden heranzukommen. Sein Pferd war nun, da die Gefahr vorüber war, ein Stück zur Seite getrabt, hielt sich aber in der Nähe, um auf den Pfiff seines Reiters hin herbeizueilen.

Kormund ließ sich unterdessen langsam aus dem Sattel gleiten. Für einen Moment hielt er sich am Sattelknauf fest und löste die Wasserflasche. Er hatte keinen Durst, aber er wollte nicht, dass die Männer sahen, wie sehr er im Augenblick den zusätzlichen Halt des Sattels brauchte. So heftig war der Schmerz schon lange nicht mehr gewesen, aber der stämmige Scharführer hatte auch schon lange keinen solchen Wurf mehr gemacht. Er nahm einen Schluck, spülte den Mund und spuckte aus, um anschließend zu trinken. Nachdem er die Flasche wieder verschlossen hatte, hängte er sie zurück und trat zu der toten Raubkralle, in deren Körper noch die Wimpellanze steckte. Er befreite diese vorsichtig, darauf gefasst, erneut den Schmerz zu spüren, doch diesmal blieb er verschont. Kormund würde Spitze und Tuch im Wasserloch säubern, sobald Terwin versorgt war.

„Raffinierte Biester“, brummte einer der Männer. „Es war tatsächlich ein Muttertier mit seinen fünf Jungen. Ganz, wie Ihr vermutet habt, guter Herr Kormund. Die vier Jungtiere hier versuchten uns abzulenken und aufzuhalten, während sich das Muttertier mit einem weiteren Jungtier davonschleichen wollte. Sie opfern sich für ihr Rudel auf.“

Kormund lächelte halbherzig. „Darin sind sie uns ähnlich, nicht wahr? Wie geht es ihm?“

Terwin stöhnte noch immer, aber er versuchte, sich den Schmerz zu verbeißen. Er wusste, dass er die Wunden seinem Übereifer zu verdanken hatte, der Ausdruck in seinen Augen verriet es. Mit einem verzerrten Lächeln erwiderte er Kormunds Blick.

„Es war mein Fehler, Scharführer. Ich hätte auf Euch hören müssen, aber das Jagdfieber hatte mich gepackt."

Kormund nickte. „Lernt daraus, Schwertmann Terwin. Ihr werdet ein paar Narben und unangenehme Erinnerungen zurückbehalten. Aber das wird vielleicht Eure Instinkte schärfen."

Terwin grinste schief. „Und auch meine Ohren. Für die Worte erfahrenerer Männer."

Kormund nickte erneut. Terwin hatte einen Fehler gemacht, aber er war nicht zu stolz, dies einzugestehen; eine gute Voraussetzung, dass er daraus lernte. Wenn er künftig solche Risiken vermied und das Schicksal es gut mit ihm meinte, könnte er als Pferdelord alt werden.

Aus dem Tal trabte Eldwin heran. Es war ihm anzusehen, dass er die letzte Raubkralle erlegt hatte. Er blieb ihm Sattel und achtete auf die Umgebung, während Terwin auf ein Stück Leder biss und die Männer seine schlimmsten Wunden vernähten.

„Die Nähte sind ein wenig grob", brummte Buldwar und säuberte die blutverschmierte Nadel. „Aber sie werden erst einmal halten. Er sollte jedoch nicht zu weit reiten, sonst reißen sie wieder auf. Diese verdammten Biester haben mörderische Krallen."

Über ihnen war ein dumpfes Grollen zu hören, und Kormund blickte auf. Finstere Wolken zogen sich am Himmel zusammen. Es würde nicht mehr lange dauern, und der Gewittersturm brach über sie herein.

„Eldwin, reitet zum Hammergrund und berichtet dort, was sich ereignet hat", entschied Kormund. „Sie sollen sich die Felle der Raubkrallen holen, das wird sie ein wenig für das verlorene Vieh entschädigen." Er musterte den Verletzten nachdenklich. „Und wir bringen Terwin zu Balwins Gehöft.

Der gute Herr Dorkemunt wird sich über den Besuch freuen, und wir können Terwin dort versorgen, bis ein Heiler nach ihm sieht.“

„In Eternas könnte sich die Hohe Frau Meowyn um ihn kümmern“, meinte Eldwin zögernd. „Sie ist die beste Heilerin.“

„Der Weg ist zu weit für Terwin, und der Sturm wird bald da sein. Das Gehöft könnten wir gerade noch erreichen, bevor es zu blitzen und zu hageln beginnt.“

Sie hoben den verletzten Schwertmann auf sein Pferd und saßen auf. Erneut spürte Kormund einen schwachen Schmerz, aber es war zu ertragen. Erleichtert setzte er den metallenen Bodendorn der Wimpellanze in den Köcher am Steigbügel, dann gab er den Befehl zum Aufbruch.

Sie verließen das kleine Seitental und wandten sich nach links, dem Verlauf des Bergmassivs folgend, das sich innerhalb der Hochmark wie ein eigenständiges Gebirge erhob und doch nur ein Teil des gewaltigen Noren-Brak war. Sie würden an Halfars Gehöft vorbeireiten. Auch dort hätten sie Schutz vor dem Unwetter und Hilfe für Terwin gefunden, aber Kormund drängte es danach, seinen alten Freund Dorkemunt wiederzusehen.

Das Grollen über ihnen wurde lauter, und die ersten Regentropfen fielen. Im Sommer waren diese Unwetter verheerend genug. Der Boden war dann von der Sonne derart ausgetrocknet, dass er die Wassermengen, die ein Regensturm brachte, nicht schnell genug aufnehmen konnte. Im Tal von Eternas trat dann gelegentlich der kleine Fluss Eten über die Ufer, und immer wieder lösten sich bei den heftigen Güssen Felsen aus den Hängen und stürzten herab. Aber das war nichts im Vergleich zur Gewalt eines Gewittersturms, wie er im Herbst oftmals tobte. Dabei fielen nicht nur Regentropfen vom Himmel herab, sondern auch dicke Hagelkörner, die Mensch und Tier verletzen und Gebäude beschädigen konnten. In der hoch gelegenen Mark Garodems waren diese Stürme besonders berüchtigt.

Auch dieses Unwetter würde bedrohlich werden, das spürte Kormund sofort. Schon in die ersten Regentropfen mischten sich winzige Eisbröckchen, die wie Nadeln auf die ungeschützte Haut einstachen. „Beeilung, Männer, es wird ein schwerer Sturm."

Doch die anderen brauchten nicht angetrieben zu werden. Sie kannten die Gefahren, und alle waren erleichtert, als sich endlich das kleine Tal vor ihnen öffnete, in dem Balwins Gehöft lag.

Eigentlich wurde ein Gehöft nach seinem Besitzer genannt, aber in diesem Falle war es anders. Denn Balwins Gehöft gehörte Nedeam, dem Ersten Schwertmann der Hochmark, der es von seinem verstorbenen Vater übernommen hatte. Viele Jahreswenden hatte es dem jungen Pferdelord und seinem älteren Mentor Dorkemunt als Heimstatt gedient. Gemeinsam hatten sie hier ein wenig Hornvieh und ihre Schafe gezüchtet, doch seitdem Nedeam als Schwertmann Garodems in Eternas diente, bewirtschaftete sein Freund Dorkemunt den kleinen Hof allein, auch wenn es ihm im Alter zunehmend schwerfiel.

Der kleinwüchsige Pferdelord ließ sich das nur ungern anmerken, aber die vielen Jahre, die er kämpfend im Sattel verbracht hatte, hatten ihre Spuren hinterlassen. Dorkemunt nahm dies ohne großes Murren hin und hatte im letzten Jahr die Witwe eines Pferdelords und deren zwei Söhne bei sich aufgenommen, die nun bei ihm lebten und ihm zur Hand gingen.

Der Regen wurde dichter und nahm den Männern zunehmend die Sicht. Glücklicherweise war er noch nicht stark von

Hagel durchsetzt, doch das würde sich rasch ändern. Kormund konnte nun die einzelnen Gebäude des Gehöfts ausmachen.

An dem halb fertigen Stall waren zwei verschwommene Gestalten zu erkennen, und als der Trupp der Schwertmänner näher kam, hörten sie Flüche und das Blöken von Schafen. Schließlich erkannte Kormund seinen Freund Dorkemunt, der zusammen mit einem fast erwachsenen Jungen die kleine Schafherde unter das schützende Dach trieb. Das Donnern des Unwetters und das Prasseln von Regen und Eis dämpfte die Geräusche, sodass der kleine Pferdelord die Ankunft der Reiter erst bemerkte, als diese das Gehöft erreichten. Sofort verzog sich sein faltiges Gesicht zu einem freudigen Lächeln.

Einer der Böcke war besonders störrisch. Dorkemunt hatte es soeben geschafft, das Tier an den Hörnern zu packen, und der junge Mann an seiner Seite schickte sich an, einen Riemen um die Hinterläufe zu binden. Das Schnauben von Kormunds Pferd ließ den Jungen erschrocken aufblicken, und der Bock nutzte die Gelegenheit. Er keilte aus, warf den Jungen hintenüber und stürmte dann quer über den Hof.

„Bei den Finsteren Abgründen, packt das verdammte Biest", schrie Dorkemunt wütend auf.

Unverzüglich trieb Buldwar sein braunes Pferd an und schnitt dem Bock den Weg ab. Das Tier senkte die Hörner, aber der Schwertmann drehte die Lanze in seiner Hand und stieß das stumpfe Ende an den Schädel des Widerspenstigen. Der Bock sackte auf die Hinterbeine und blieb benommen sitzen, sodass der Junge und Dorkemunt ihn endlich fesseln konnten.

„Habt Dank für die Hilfe", sagte der kleine Pferdelord ächzend und grinste dann seinen Freund Kormund an. „Obwohl er mir nicht entkommen wäre, wenn Anderim sich nicht derart erschrocken hätte."

Der Junge zog den letzten Knoten fest und machte dabei ein beleidigtes Gesicht. Aber dann fiel sein Blick auf Terwin, der von dem anderen Schwertmann gestützt wurde. „Der gute Herr Schwertmann ist verletzt. Hattet Ihr einen Kampf?“ Der Junge sprang eifrig auf, um zu den Reitern hinüberzulaufen, aber Dorkemunts Stimme hielt in zurück.

„Der Schwertmann ist in guten Händen, was ich von unserem Bock noch nicht behaupten kann.“ Dorkemunt wies zum halb fertigen Stall. „Bring ihn zu den anderen, und dann komm ins Haus.“ Der alte Pferdelord wischte sich Regen aus Gesicht und Haaren und ignorierte die herabprasselnden Eisstücke. „Stellt eure Pferde unter, Freund Kormund. Ich habe unsere schon in den Stall gebracht. Er ist zwar noch nicht fertig, aber dieser Gewittersturm wird übel, und das Dach bietet etwas Schutz.“

Kormund und der andere Schwertmann halfen dem Verletzten vom Pferd und führten ihn zum Haus hinüber, während Buldwar die Reittiere in Sicherheit brachte. Immer mehr kleine Eiskörner mischten sich in den Regen, und es hörte sich an, als würde ein Hagel von Pfeilen auf die Dächer trommeln. So waren sie alle froh, als sie den Schutz des Hauses erreichten.

Als sie eintraten, empfing sie eine blonde Frau in mittleren Jahren, die beim Anblick Terwins nicht zögerte und den Männern sofort half, ihn in eine der Kammern zu bringen. „Helft mir, seine Kleidung zu öffnen, damit ich mir die Wunden ansehen kann.“

„Wir haben sie schon versorgt, gute Frau.“ Kormund legte Helm und Umhang ab und setzte sich seufzend auf die Bank unter dem Fenster.

„Das will ich Euch gerne glauben, guter Herr Kormund“, erwiderte die Frau freundlich. „Aber in solchen Dingen sind die Hände einer Frau oft geschickter als die eines Mannes."

„Hm." Buldwar schätzte es nicht, wenn man an der Qualität seiner Stiche zweifelte, und sein Blick verriet deutlich seinen Unmut.

„Glaubt mir, Buldwar", wandte Dorkemunt in versöhnlichem Ton ein, „die gute Frau Henelyn versteht sich auf die Wundversorgung. An ihr ist wahrhaftig eine Heilerin verloren gegangen."

„Nun, wenn Ihr es sagt, guter Herr Dorkemunt." Buldwar legte seinen Waffengurt ab und sah die blonde Frau forschend an. „Soll ich Euch zur Hand gehen?"

„Ich komme zurecht." Henelyn öffnete Terwins Kleidung und betrachtete die Binden, die teilweise durchblutet waren. „Doch, Ihr könntet vielleicht so freundlich sein und mir heißes Wasser bringen."

„Und frische Tücher", wies Dorkemunt einen Knaben an, der sich im Hintergrund hielt und die Schwertmänner mit großen Augen ansah. „Geh, Lenim, und hilf deiner Mutter. Die Tücher sind in der Truhe."

Der Junge nickte und konnte den Blick kaum von den Männern lösen, bis ein Ruf der Mutter ihn fortriss.

„Es sind gute Jungs, sie kommen nach ihrer Mutter", sagte Dorkemunt leise und öffnete den kleinen Schrank, in dem Brot, Käse, Trockenfrüchte und Fleisch aufbewahrt wurden. „Henelyn hat es nicht leicht mit ihren Kindern. Sie vermissen ihren Vater Kelmos, der vor Merdonan fiel." Er lächelte und zuckte die Schultern. „Ah, und ich werde wohl auch meinen Teil zu dem Durcheinander beitragen. Frauen haben einen anderen Ordnungssinn als wir."

Allein konnte Dorkemunt das Gehöft nicht mehr bewirtschaften, und die hübsche Witwe hatte sein Angebot gerne angenommen, mit ihren Kindern zu ihm zu ziehen. Der Pferdelord war aus dem Alter heraus, da er schönen Frauen nachstellte, obwohl Henelyns Anblick einen Mann durchaus in Versuchung bringen konnte. Aber er konnte der kleinen Familie ein Heim bieten und erhielt als Gegenleistung die Unterstützung, die er benötigte. Es war zu gegenseitigem Vorteil, doch manchmal bereute Dorkemunt seinen Entschluss. Oft hörte er in der Nacht das Weinen Henelyns, die um ihren Mann trauerte, oder das leise Schluchzen der beiden Jungen, die ihren Vater vermissten. Dann fühlte der alte Pferdelord sich hilflos und verfluchte sein Unvermögen, den dreien ausreichend Trost zu spenden. Er versuchte in seiner raubeinigen Art, ihnen über den Kummer hinwegzuhelfen, hielt sie beschäftigt und vermittelte, was er an Wissen besaß. Gelegentlich hörte er dann das Lachen von Mutter oder Kindern, und das waren die Augenblicke, in denen er merkte, dass er ihnen doch etwas gab. Eines Tages würde sich Henelyn sicherlich auch wieder einem Mann öffnen können, und der kleine Pferdelord verspürte zwiespältige Gefühle bei diesem Gedanken.

„Es ist ein ungewöhnlich schwerer Gewittersturm für diese Jahreszeit“, brummte Buldwar.

„Und ungewöhnlich kalt ist es auch“, erwiderte Dorkemunt. „Wir werden einen harten Winter bekommen.“

„Ja, die Schafe haben dicke Wolle angesetzt.“ Kormund sah sich in der Stube um und bemerkte, dass sein Freund sich die Bettstatt im Wohnraum errichtet hatte. Offenbar wollte er es Mutter und Kindern möglichst bequem machen. Dorkemunt bemerkte den Blick des Scharführers und lächelte sanft. „Ich habe genug Platz, alter Freund. Zudem liege ich dort etwas näher am Kamin, und inzwischen weiß ich die Behaglichkeit eines wärmenden Feuers zu schätzen.“

Kormund nickte verständnisvoll. „Du hättest für die Kinder einen Raum anbauen können.“

„Das Haus ist gut, so wie es ist. Wehrhaft und stabil.“

Damit hatte Dorkemunt seinem Freund alles gesagt. Sie waren Pferdelords, und der Schutz der Familie hatte Vorrang vor ihrer Bequemlichkeit. Ein Mauerdurchbruch für einen Anbau hätte das Haus geschwächt. Und ein zusätzliches Gebäude zu errichten, in dem er oder die Kinder schlafen konnten, wäre ihm niemals in den Sinn gekommen. Denn wurde das Gehöft angegriffen, musste die Familie versammelt sein und zusammenstehen, um den Feinden, seien es zweibeinige oder vierbeinige, zu begegnen.

„Wie steht es mit deinen Vorräten, alter Freund?“, fragte Kormund.

Dorkemunt füllte seinen Becher nach und schob den Krug zu den anderen hinüber. „Nehmt, Freunde. Mit Wasser verdünnter Wein. Genug, um etwas Geschmack auf der Zunge zu haben, aber zu wenig für einen Rausch.“

„Er wird dennoch gehaltvoller sein als der, den man im ‚Donnerhuf‘ in Eternas bekommt“, spottete Buldwar. „Je mehr der Schankwirt Malvin an Jahreswenden zulegt, desto sparsamer geht er mit den Trauben um.“

„Nun, Dorkemunt?“ Der Scharführer sah seinen Freund auffordernd an.

Der kleine Pferdelord zuckte die Schultern. „Die letzten Jahreswenden waren hart, Kormund, alter Freund. Ich muss gestehen, allein hätte ich das Gehöft wohl nicht halten können. Aber gemeinsam mit Henelyn und ihren Söhnen schaffe ich es. Wir werden über den Winter kommen, Kormund, sei unbesorgt. Etwas Futter für das Hornvieh brauchen wir noch, aber das ist kein Problem. Weißt du, alter Freund, als ich noch allein war, konnte ich die Wolle nicht spinnen. Aber nun macht Henelyn hervorragende Fäden daraus, und du weißt, die bringen einen guten Preis. Nein, du brauchst dich wirklich nicht zu sorgen.“

Kormund nickte erleichtert. „Ja, die letzten Jahreswenden waren sicherlich hart für dich.“ Er beugte sich ein wenig näher zu Dorkemunt. „Etwas an Henelyns Blick gefällt mir nicht.“

Der kleine Pferdelord senkte seine Stimme ebenfalls. „Es sind die grünen Umhänge, alter Freund. Sie war glücklich mit ihrem Mann Kelmos. Aber dann folgte er Garodems Banner nach Merdonan und kehrte nicht mehr zurück. Der Anblick der grünen Umhänge lässt ihre Wunden wieder aufbrechen.“

Dafür hatte Kormund Verständnis. Egal, wie ruhmreich ein Kampf auch verlief, immer gab es Opfer und Frauen und Kinder, die allein zurückblieben. Zwar sorgte das Pferdevolk für die seinen, aber das minderte nicht den Schmerz über den persönlichen Verlust.

Dorkemunt räusperte sich und deutete zur Kammer hinüber, in der die blonde Witwe den verletzten Terwin versorgte. „Lenim ist nun fünfzehn Jahreswenden alt, und er könnte bald den Eid als Pferdelord ablegen. Ich glaube, er ist dazu bereit, aber er weiß auch, welchen Schmerz er seiner Mutter damit zufügen würde.“ Er zuckte die Schultern. „Ich kann nicht sagen, wie er sich entscheiden wird.“

Kormund schenkte sich nach. „Der Jüngere scheint schon jetzt bereit zu sein.“

„Anderim? Er ist jetzt zwölf und kann es kaum erwarten, ein Pferdelord zu werden. Ah, du solltest seine Augen sehen, wenn ich vom Sturm unserer Beritte erzähle.“ Der alte Pferdelord seufzte. „Natürlich nur, wenn Henelyn nicht dabei ist.“

Buldwar räusperte sich vernehmlich, und als Dorkemunt und Kormund ihre Köpfe hoben, sahen sie die blonde Frau in der Türöffnung ihrer Kammer stehen. In ihren Händen hielt sie einige blutige Binden. „Eure Stiche waren gut, Pferdelords. Dennoch habe ich eine der Nähte erneut geöffnet. Eine Wunde muss sauber sein, bevor sie verschlossen wird, sonst entzündet sie sich."

„Wir waren in großer Eile", murmelte Kormund entschuldigend.

„Ihr Pferdelords seid meist in großer Eile." Die Frau legte die Binden in einen Korb und wusch sich die Hände. Dabei hob sie lauschend den Kopf. „Der Sturm ist ungewöhnlich stark. Wird das Dach halten, guter Herr Dorkemunt?"

„Dieses in jedem Fall. Es ist aus guten Steinplatten und fest gefügt." Der kleine Pferdelord wiegte den Kopf. „Was den Stall betrifft, bin ich mir nicht so sicher. Wir haben sein Dach mit Stein gedeckt, aber noch nicht mit Grassoden belegt. Immerhin sind die Balken und Stützen tief eingegraben und fest. Es wird wohl halten."

„Hoffentlich. Wir können uns nicht erlauben, Schafe oder Hornvieh zu verlieren", seufzte die Witwe. Sie trocknete ihre Hände ab und trat an den Tisch. Die anderen rückten ein wenig zusammen, um ihr Platz zu machen, und auch die beiden Jungen gesellten sich dazu.

„Für Anderim nur Wasser", sagte Henelyn rasch. „Es hat noch Zeit, bis er vom Wein kosten kann."

Der zwölfjährige zog eine Schnute, aber als Dorkemunt ihn mahnend ansah, nickte er rasch.

„Wie macht sich Nedeam, alter Freund?", fragte Dorkemunt, da sich verlegenes Schweigen am Tisch ausbreitete.

Kormund lehnte sich ein wenig zurück und grinste breit. „Nichts gegen den Hohen Herrn Tasmund. Du weißt, Dorkemunt, ich schätze ihn sehr. Aber Nedeam ist wohl der beste Erste Schwertmann, den die Marken jemals hatten."

Die anderen Schwertmänner nickten beifällig, und Buldwar lächelte verschmitzt. „Nur im Umgang mit der Lanze tut er sich schwer.“

„Hört, hört“, brummte Kormund und schlug Buldwar auf die Schulter. „Das sagt mir gerade der Richtige.“

Dorkemunt wies zur Tür, neben der seine Axt lehnte. „Er schätzt den Bogen, wie ich meine Axt schätze. Aber er ist der beste Pferdelord, dem ich je begegnet bin. Nun, von mir vielleicht einmal abgesehen.“

„Die Männer werden ihm jedenfalls folgen“, sagte Kormund, und sein Gesicht wurde ernst. „Er wird Garodems Banner und der Hochmark Ehre machen. Anders als Garwin, der mir Kummer bereitet.“

Garwin war der Sohn von Pferdefürst Garodem und dessen Gemahlin Larwyn. Garodem hatte all seine Hoffnung in den Sohn gesetzt, aber seine Erwartungen schienen enttäuscht zu werden. Obwohl sich Garwin als perfekter Reiter und Kämpfer erwies, fehlten ihm die Achtung vor den Traditionen des Pferdevolkes und, was noch weitaus bedenklicher war, der Wille, sich vorbehaltlos für das Volk und dessen Freunde einzusetzen.

Dennoch würde der Sohn des Pferdefürsten eines Tages, wenn Garodem den letzten Ritt zu den Goldenen Wolken antrat, das Banner der Hochmark aufnehmen und ihre Geschicke lenken. Eine Vorstellung, die viele Pferdelords mit Unbehagen erfüllte.

„Garodem hat seinem Sohn mehr Verantwortung übertragen“, seufzte Kormund. „Er hofft, dass er daran wachsen wird. Niemand zweifelt an seinem Mut, doch viele misstrauen seinem Herzen.“ Er sah seine Leute drohend an. „Doch das bleibt unter uns, Schwertmänner der Mark. Sollte Garwin eines Tages das Banner des Hohen Lords aufnehmen, darf kein Zweifel an seinem Führungsanspruch aufkommen.“

Buldwar wandte sich zur Seite und spuckte aus. Als er Henelyns Blick bemerkte, errötete er und verrieb den Speichel hastig mit dem Stiefel auf der Steinplatte des Bodens. „Möge Garodem das lange Leben der Elfen beschieden sein."

Dorkemunt nickte. „Darauf will ich gerne meinen Becher erheben."

Kormund schenkte allen nach, wobei Henelyn sehr darauf achtete, dass der junge Anderim auch diesmal keinen Wein erhielt. „Auf den Hohen Lord Garodem und die Hochmark des Pferdevolkes."

„Schneller Ritt ...", stimmte Dorkemunt ein.

„... und scharfer Tod!", ergänzten die anderen die Losung der Pferdelords.

Henelyns Gesichtsausdruck war schwer zu deuten, und Dorkemunt spürte, dass der Trinkspruch böse Erinnerungen in ihr wachrief. Aber sie war eine Frau des Pferdevolkes und würde der Vergangenheit nicht ewig ausweichen können. Ein Volk wie auch der Einzelne musste aus seiner Geschichte lernen, sonst hatte keiner von beiden eine Zukunft. Eine Weisheit der Elfen, der Dorkemunt aus ganzem Herzen zustimmte.

„Der Sturm legt sich." Kormund hob lauschend den Kopf, und die anderen taten es ihm gleich.

„Du hast recht, alter Freund." Dorkemunt erhob sich, trat an eines der Fenster und öffnete den Rahmen mit der wertvollen Klarsteinscheibe. Früher waren die Fenster des Gehöfts mit Schafdarm bespannt gewesen und hatten wenig Licht hereingelassen und kaum Ausblick nach draußen geboten. Doch inzwischen florierte der Handel, und der durchsichtige Klarstein hielt überall Einzug in den Häusern. Er bot freie Sicht, war fast ohne Schlieren und, zu Henelyns Entzücken, leicht zu reinigen. Der kleine Pferdelord stieß den Sturmladen auf und atmete tief durch. „Ja, das Unwetter ist vorbei. Noch etwas Regen, aber kein Eis mehr in der Luft, und es klart schon wieder auf.“

„Dann sollten wir aufbrechen.“ Kormund erhob sich. „Ich würde es begrüßen, gute Frau Henelyn, wenn Terwin noch ein wenig bei Euch bleiben könnte.“

„Das ist selbstverständlich, guter Herr Scharführer“, erwiderte sie freundlich. „Ich hätte es ohnehin nicht zugelassen, wenn Ihr ihn nun schon hättet mitnehmen wollen. Er muss sich erst erholen, bevor er wieder ein Pferd besteigen kann.“

„Unter Eurer kundigen Pflege wird das rasch geschehen“, versicherte Kormund lächelnd. „Dorkemunt, mein Freund, lass uns nachsehen, ob das Gehöft Schaden genommen hat. Wir werden erst reiten, wenn alles in Ordnung ist.“

Aber Gebäude und Tiere hatten den Gewittersturm unbeschadet überstanden. Dorkemunt und Henelyn standen mit den Kindern vor dem Haupthaus, als Kormund mit seinen Begleitern aufsaß und den Bewohnern des Gehöfts zum Abschied zunickte.

„Grüß mir Nedeam, alter Freund“, rief Dorkemunt dem Scharführer nach.

„Darauf kannst du dich verlassen“, erwiderte dieser und gab das Zeichen zum Aufbruch.

Die Hufe der Pferde patschten über den aufgeweichten Boden, als die kleine Gruppe aus dem Seitental in das weite Haupttal ritt, durch das die Handelsstraße der Mark verlief. Links führte der Weg in die Hochmark hinein, zu den großen Weilern und schließlich zur Stadt und Festung von Eternas. Rechts ging es zum südlichen Pass mit seiner gut bewachten Schlucht, der die Verbindung zu den anderen Marken des Pferdevolkes schuf. Ein Stück voraus erkannte man den Turm, der sich am Nordende des Passes erhob. Er war von einer kleinen Wachtruppe der Schwertmänner besetzt und trug eines der

Signalfeuer, welche die Marken miteinander verbanden und bei Gefahr die Pferdelords zu den Waffen riefen. Unterhalb des Turms erkannte man den Einschnitt, der in die Schlucht hineinführte.

„Bewegung am Pass, guter Herr Kormund“, sagte Buldwar in die Stille hinein.

„Habe ich gesehen.“ Kormund verengte die Augen. „Das sieht mir nicht nach den Wagen eines Handelszuges aus. Buldwar, deine Augen sind besser. Was kannst du erkennen?“

„Eine kleine Marschkolonne. Eine Handvoll Reiter und etwas Fußvolk.“ Buldwar stieß einen überraschten Laut aus. „Ein blaues Elfenbanner. Ah, Scharführer, es scheint, als würde die Mark Besuch von den Elfen bekommen.“

„Elfen?“ Kormund reckte sich im Sattel und blickte unbewusst in Richtung Eternas. „Das ist wahrhaftig ein seltener Besuch. Elfen verlassen die Länder ihrer Häuser nicht ohne guten Grund. Da wird es wohl interessante Neuigkeiten geben. Kommt, Männer der Mark, lasst uns die Gäste begrüßen und nach Eternas geleiten.“

Die Reiter trabten an, und je näher sie der kleinen Formation der Elfen kamen, desto mehr verspürte Kormund Unbehagen. Die Elfen waren Freunde des Pferdevolkes und hatten Seite an Seite mit ihm gefochten. Dennoch war es ungewöhnlich, dass sie die Hochmark aufsuchten, noch dazu, wie Kormund feststellte, mit Elodarion und Jalan, den Führern von zweien ihrer Häuser. So sehr es ihn auch freute, sie nun in der Hochmark willkommen zu heißen, so spürte er doch mit dem Instinkt eines Pferdelords, dass der unerwartete Besuch nichts Gutes zu bedeuten hatte.

4

Nendas aus dem elfischen Hause Tenadan, dem Geblüt des Waldes entstammend und unter dem Zeichen der Wildblüte geboren, war ein erfahrener Kämpfer, der schon viele Schlachten gesehen und überstanden hatte. Er gehörte nicht zu den ältesten Elfen, und doch hatte er schon manches Menschengeschlecht entstehen und wieder vergehen sehen. Im Gegensatz zu vielen seiner Art hatte er nie das Interesse an dem verloren, was sich außerhalb der elfischen Häuser ereignete. Er war fasziniert davon, wie viel sich in den anderen Reichen veränderte, die einem steten Wandel unterworfen waren, während die Häuser der Elfen als ruhende Pole erschienen, fern jeder Hektik eines endlichen Lebens.

Nun würden die Häuser des elfischen Volkes zu den Neuen Ufern reisen. Ein fernes und verheißungsvolles Land, das es zu entdecken und zu erforschen galt. Nendas freute sich darauf und war froh, das alte Land, das vom Untergang bedroht war, bald verlassen zu können. Der endlos scheinende Kampf gegen den Schwarzen Lord und seine Orks zehrte an den Kräften der elfischen Häuser, während die Legionen der Finsternis in ihren Bruthöhlen raschen Nachschub erhielten. So würden sich die Menschen bald allein der Finsternis entgegenstemmen müssen, und niemand vermochte zu sagen, ob ihnen dies gelingen würde.

Nendas hatte den Vorposten von Niyashaar vor einigen Tageswenden verlassen und die nördliche Öde im raschen Schritt seines Volkes passiert, ohne eine längere Rast einzulegen. Das Verschwinden der elfischen Besatzung in Niyashaar bereitete ihm Sorge. Eine ganze Hundertschaft verschollen und vermutlich tot, kostbare Leben, die nun vergangen waren. Nendas kannte die Bedeutung Niyashaars für die große Reise der Häuser. Hier verlief die letzte Grenze, die von den Elfen gehalten wurde und von den Mächten der Finsternis bedroht war. Wurde der Vorposten bedrängt, dann blieb den Häusern nur noch wenig Zeit, das Land zu verlassen. Niyashaar sollte rechtzeitig vor dieser Bedrohung warnen und ihnen die erforderliche Zeit verschaffen. Nun war seine Besatzung verschwunden und der Posten gefallen, und doch war er nicht eigentlich genommen worden, denn keine Legionen der Orks marschierten über den Pass von Rushaan. Für Nendas war das ein Rätsel. Welcher Sinn lag darin, einen befestigten Posten zu nehmen und den so erlangten Vorteil nicht zu nutzen? Nein, in Niyashaar war etwas geschehen, dessen Bedeutung noch nicht abzusehen war. Die Kunde musste die Ältesten erreichen, und sie mussten entscheiden, was zu tun war. Dies war Nendas' Aufgabe, und er erfüllte sie mit der Sorgfalt eines elfischen Kriegers.

Rastlos war sein Blick umhergehuscht, um jede Gefahr rechtzeitig zu erspähen, und ebenso rastlos waren seine Schritte gewesen, die ihn an der Öde vorbeitrugen. Er hatte den Pass von Eten im Gebirge von Noren-Brak erreicht, war dem Flussverlauf gefolgt und dabei immer auf der Hut gewesen. Bald würde er den verborgenen Pfad erreichen, der rechter Hand durch das Gebirge führte und an den Häusern des Waldes endete. Dort, im Schutz der elfischen Bogen, würde er in Sicherheit sein. Doch bis dahin war es noch weit.

Nendas' Schritt war nicht mehr so leicht und federnd wie noch bei seinem Aufbruch in Niyashaar. Der Lauf zehrte zunehmend an seinen Kräften, außerdem führte der Weg nun durchs Gebirge, über enge, steile Pfade mit losen Steinen, auf denen man ausgleiten konnte. Auch gab es hier gefährliches

Wild und es gab Zwerge, und beidem wollte Nendas möglichst aus dem Wege gehen. Denn auch wenn es begrenzten Handel mit der Zwergenstadt von Nal't'rund gab, so traute Nendas den kleinen Herren nicht sehr. Eigentlich traute er keinem sterblichen Wesen; zu schnell verfielen sie der Gier. Und die Beständigkeit des elfischen Lebens fehlte den Zwergen ebenso wie den Menschenwesen. Zwar hatten sich die Menschen mit den grünen Umhängen durchaus Verdienste erworben, doch die Treue dieser sterblichen Wesen währte nur so kurz wie ihre Lebensspanne. Er hatte das schon oft erlebt. Sechs der sieben Menschenreiche waren zerfallen, weil Uneinigkeit und Gier in ihnen geherrscht hatten. Das Schicksal des vergangenen Reiches Rushaan hätte den Menschen eine Mahnung sein sollen, doch sie lernten nicht aus ihrer Vergangenheit, sondern eiferten den Fehlern ihrer Vorfahren nach. Sie kannten nicht einmal Bücher, durch die das unendliche Wissen des elfischen Volkes bewahrt wurde. Nein, es war gut, das Land zu verlassen und nicht in den Sog vergänglichen Lebens hineingezogen zu werden.

Der Pfad zu den Häusern der Elfen führte an jenen Bergen vorbei, unter denen sich eine der Zwergenstädte befinden sollte. Kundschafter hatten berichtet, die Stadt sei bei einem Erdbeben zerstört worden, aber Nendas kannte die Fähigkeit des kleinen Volkes, sich im Verborgenen zu halten. So achtete er auf Spuren von ihnen, während er den Pfad entlangeilte und dem Verlauf der Berge und Täler folgte, mal hoch über dem Talgrund, dann mitten durch ihn hindurch. Wer diesen Weg nicht kannte, würde ihn nur durch Zufall finden, und selbst wenn ein Feind darauf stieß, so war er so schmal und schwer zu begehen, dass der elfische Posten am Ende des Pfades kaum Mühe haben würde, einem Angriff zu begegnen.

Der Tag neigte sich erneut seinem Ende zu, und Nendas beschloss, an einer geeigneten Stelle zu rasten und das Tageslicht abzuwarten, bevor er seinen beschwerlichen Weg fortsetzte. Er suchte sich einen Platz unter einem Felsüberhang, der ihn vor einem möglichen Steinschlag schützen konnte, trank etwas Wasser und nahm ein paar Bissen der elfischen Marschverpflegung, die aus einer Mischung aus Brot, Gemüse, Früchten und Fleisch bestand. Dann legte er seine elfische Klinge und den Bogen griffbereit neben sich und hüllte sich in seinen blauen Umhang. Er konzentrierte sich einen Moment auf die Entspannungsübungen und schlief dann mit der Gewissheit ein, beim ersten Licht des neuen Tages zu erwachen. Seine Instinkte, geschult in einem fast ewigen Leben, würden ihn zuverlässig wecken, wenn Gefahr drohte.

Die Spitzen der Berge im Osten verfärbten sich gerade rot, als er am nächsten Morgen erwachte. Die Nacht war kalt gewesen, und gefrorener Tau überzog die Steine und den Umhang, der den Elfen zuverlässig warm gehalten hatte. Nendas erhob sich, schüttelte den Umhang aus und legte ihn sich um die Schultern. Er nahm sich die Zeit, den Sonnenaufgang zu genießen, während er ein paar Schlucke Wasser trank. Nach all den Jahreswenden, die er nun schon lebte, hatte dieses morgendliche Farbenspiel nichts von seiner Faszination verloren: der Wechsel vom tiefen Rot über ein orangefarbenes Glühen bis zu dem strahlenden Goldgelb, mit dem sich das Himmelsgestirn dann über den Horizont erhob. Sofort spürte der Elf die Kraft der wärmenden Strahlen. Schon in wenigen Augenblicken würde der Reif geschmolzen und der Pfad wieder trocken sein. Er schob das Schwert in die Scheide, gürtete den Pfeilköcher und hielt einen der Pfeile am Bogen bereit. Dann folgte er weiter dem Pfad.

Schritt um Schritt führte ihn der Weg den Häusern weiter entgegen. Noch einmal wand er sich um einen Berg herum, dann würde Nendas auf die hölzerne Brücke stoßen, die ein Stück zerstörten Pfades ersetzte. Obwohl er dann den größten Teil des Weges hinter sich hatte, würde er noch zwei Tageswenden benötigen, bis er den Vorposten des Hauses Elodarion erreichte und seine Botschaft überbringen konnte.

Wie würden die Ältesten auf die Nachricht reagieren, dass eine volle Hundertschaft in Niyashaar verschwunden war? Würden sie den Vorposten endgültig aufgeben, ungeachtet der kostbaren Vorwarnzeit, die sie damit opferten? Oder würden sie, im Gegenteil, die Besatzung noch verstärken?

Nendas Schritt stockte.

Er hatte die Brücke nun im Blickfeld und erkannte sofort, dass sie beschädigt war. Zwei der stützenden Pfeiler waren zur Seite geknickt, und der Steg der Brücke war eingesackt. Nur die Balken auf der rechten Seite, die den Bohlen dort als Auflage gedient hatten, schienen unversehrt. Was auch immer dies bewirkt hatte, es war ärgerlich, wenn auch kein ernsthaftes Hindernis. Nendas konnte sich mühelos an den Trümmern entlangbewegen. Aber wenn ein größerer Trupp die Brücke benutzen wollte, mit all seinen Vorräten und seinem Gepäck, dann würde man Holz mitnehmen müssen, um den Schaden ausbessern zu können. Auch das mussten die Ältesten erfahren.

Er erreichte die Brücke und nickte betrübt. Die linke, dem Abgrund zugewandte Seite war von herabstürzenden Felsen zerstört worden. An der rechten Seite standen die Stützen noch, aber die Auflagebalken waren ebenfalls beschädigt. Einer hatte sich aus seiner Verankerung gelöst, und Nendas war sich nicht sicher, ob das Holz dem Gewicht seines Leibes standhalten würde.

Der Elf schob den Pfeil in den Köcher und schlang sich den Bogen über die Schulter. Er brauchte seine Hände nun, um sich Halt zu verschaffen. Vorsichtig packte er das Geländer, setzte einen Fuß tastend auf den Balken und belastete ihn vorsichtig. Das Holz hielt. Langsam und vorsichtig schob er sich weiter auf den Balken und balancierte dabei mit den Armen, um sein Gleichgewicht zu halten. Er setzte Fuß vor Fuß, um den Abgrund, der sich unter ihm öffnete, sicher zu überqueren. Ein Fehltritt nur, und er würde einige Längen in die Tiefe stürzen, direkt auf den steilen Hang, von dem aus er eine endlose Fahrt ins Tal anträte, die er gewiss nicht lebend überstehen würde. Es ging kaum Wind, der ihn behindert hätte, und Fuß um Fuß kam er voran. Gelegentlich knarrte das Holz drohend, und einmal senkte sich der Balken um eine volle Zehntellänge. Nur seine Reflexe bewahrten ihn vor dem Tod. Dann erreichte er den zweiten Balken, dessen Auflage noch intakt war, und er atmete erleichtert auf.

Bis er das drohende Brummen neben sich hörte.

Nendas hatte sich voll auf seine Füße und den Balken konzentriert und zu wenig auf die Umgebung geachtet. Der Anblick des großen Pelzbeißers am Ende der Brücke, nur wenige Schritte entfernt, überraschte ihn.

Das riesige Tier war aufgerichtet weitaus größer als ein Elf. Mit dichtem braunen Pelz bedeckt, schien es sonst nur noch aus Muskeln, Tatzen und einem albtraumhaften Gebiss zu bestehen.

Pelzbeißer und Elf sahen einander an, belauerten sich und warteten auf einen Hinweis darauf, was der andere wohl beabsichtigte. Nendas überlegte, ob er eine der elfischen Melodien anstimmen sollte, diese sanften, zweistimmigen Folgen von Pfiffen, wie sie nur die Kehlen von Elfen oder Zwergen erzeugen konnten. Schon oft hatten diese Klänge aggressive Tiere beruhigt, aber dieser Pelzbeißer war auf eine Mahlzeit aus.

Dennoch begann er zu singen. Vielleicht beruhigte es den

Pelzbeißer ja doch ein wenig oder lenkte ihn zumindest ab, bis er sich auf den entscheidenden Schuss vorbereitet hatte. Geschickt auf dem Balken balancierend, zog Nendas mit langsamen Bewegungen den Bogen von der Schulter, der sich einen Moment im langen Umhang des Elfen verfing, dann aber wieder freikam. Nendas nahm einen Pfeil und legte ihn an die Sehne. Es kam auf diesen einen entscheidenden Schuss an, das wusste der erfahrene Krieger.

Das gewaltige Raubtier brüllte erneut, und seine feucht schimmernde Nase schnüffelte in Nendas Richtung. Eines seiner Augen fehlte offensichtlich, das andere wirkte dafür umso bösartiger. Der elfische Krieger überlegte, ob er auf das verbliebene Auge schießen sollte. Das hatte Vor- und Nachteile. Wenn der Pfeil nicht genau traf und das Gehirn des Pelzbeißers verfehlte, würde das Tier dadurch noch rasender werden. Wurde das Auge allerdings zerstört, wäre der Räuber vollständig geblendet. Es war zumindest einen Versuch wert.

In einen gleitenden Bewegung hob Nendas den Bogen, spannte ihn und löste den Pfeil. Das Geschoss schnellte vor und bohrte sich in das geöffnete Auge des Pelzbeißers.

So rasch der Schuss auch erfolgt war, das Ungetüm hatte sich unmerklich bewegt, und der Pfeil durchschlug Auge und Augenhöhle, ohne das Gehirn zu treffen. Stattdessen trat er seitlich wieder aus und zerfetzte dabei ein Ohr.

Der Pelzbeißer brüllte schmerzerfüllt auf, stellte sich auf die Hinterbeine und schlug blind mit seinen Pranken in Nendas' Richtung. Dabei verlor er den Halt und kippte vornüber. Nendas erkannte entsetzt, dass der schwere Körper auf den Balken prallen würde, auf dem er selber stand, und instinktiv versuchte er nach hinten auszuweichen, doch es war zu spät.

Das Raubtier schlug wuchtig auf den Balken, der unter dem Gewicht des tobenden Tieres nachgab.

Nendas hörte das krachende Splittern, mit dem das Holz brach. Er ruderte hilflos mit den Armen und spürte, wie der Boden unter ihm nachgab. Für wenige Augenblicke fühlte er, wie die Luft an ihm vorbeistrich, und er war überrascht, wie gleichgültig ihn das Sterben ließ. Den Aufprall spürte er kaum.

Staub wallte auf, als die beiden Körper den steilen Hang hinab in die Tiefe stürzten und dann, auf seltsame Weise im Tode vereint, am Fuß des Steilhangs liegen blieben.

Die Botschaft von Niyashaar würde die Häuser der Elfen nicht mehr erreichen.

5

Die Nachricht vom Erscheinen der Elfen in der Hochmark eilte der Gruppe und Kormund voraus. Der erfahrene Scharführer hatte Buldwar losgeschickt, damit der ungewöhnliche Besuch in Eternas gebührend empfangen werden konnte. Mit seinem Pferd würde der Schwertmann weitaus schneller dort anlangen als die Gruppe der Elfen.

Kormund ritt mit seinem Wimpel an der Spitze wie ein Bote, der die Ankunft eines bedeutsamen Mannes verkündete. In der elfischen Gruppe befanden sich gleich mehrere wichtige und hochgestellte Persönlichkeiten. Elodarion-olud-Elodarion, der Älteste des Hauses Elodarion, Jalan-olud-Deshay, der Älteste des Hauses Deshay und, zu Kormunds Überraschung, das gute Graue Wesen Marnalf, der nicht nur Magier, sondern auch Berater des Pferdekönigs Reyodem in Enderonas war. Dies alles deutete auf Ereignisse von großer Bedeutung hin, und Kormund spitzte die Ohren, um wenigstens ein paar Gesprächsfetzen aufzufangen, die seine Neugierde befriedigten. Doch zu seiner Enttäuschung fielen nur wenige Worte, und diese galten den Beobachtungen der Besucher auf ihrem Weg durch die Hochmark. Keiner von ihnen machte Anstalten, den Scharführer ins Vertrauen zu ziehen. Kormund konnte das auch nicht erwarten, aber dennoch wurmte es ihn.

Die Gruppe der Elfen, begleitet von Kormund und seinem letzten Schwertmann, hatte den Hammergrundweiler passiert und schließlich den südlichen Zugang zum großen Tal von Eternas erreicht. Vor ihnen breiteten sich die Stadt, die Festung der Hochmark und die Straße aus, die schnurgerade zur

Stadt und durch diese hindurch zur Festung führte. Die Straße war mit gerillten Steinplatten ausgelegt und wurde sorgsam gepflegt; kein Kraut wucherte in den Rillen und ein Trupp war gerade dabei, eine Platte auszubessern, die sich unter dem Gewicht eines Handelswagens gesenkt hatte. Offensichtlich hatte Buldwar die Ankunft bereits verkündet, denn die Blicke der Männer verrieten keine Überraschung, nur Neugier über den ungewöhnlichen Besuch.

Je näher sie der Stadt kamen, desto intensiver wurden die Vielfalt der Aromen und der Lärm. Menschliche Ausdünstungen mischten sich mit den Gerüchen gebratenen Fleisches, erhitzten Metalls, wilder Kräuter und zahlloser anderer Dinge, die das Leben des Pferdevolkes begleiteten. Als vom Ufer des Eten ein gleichförmiges Stampfen herüberdrang, wandte sich Marnalf Kormund zu. „Ich höre, Ihr nutzt nun ebenfalls die Brennsteinmaschinen aus dem Reich Alnoa?"

Kormund nickte. „Der Händler Helderim brachte eine von ihnen aus dem Reich der weißen Bäume. Zunächst wussten wir nichts damit anzufangen, aber Guntram, der alte Schmied, kam auf den Gedanken, die Gebläse der Essen damit zu betreiben." Der Scharführer wies in Richtung der Geräuschquelle. „Es funktioniert, und nun werden gleich zwei Schmieden mit dieser dampfenden Brennsteinmaschine betrieben. Aber wenn es dunkelt, muss sie abgestellt werden. Bei diesem Lärm kann ja kein Mensch schlafen."

„Treibt Euer Schmied nur das Gebläse oder auch den Hammer damit an?" Marnalf sah forschend über die Stadt. „Im Reich Alnoa gibt es kaum ein Werkzeug mehr, das nicht durch die Kraft einer solchen Maschine bewegt wird."

„Solchen Unsinn werdet Ihr bei uns nicht finden", erwiderte Kormund entschieden. „Eine gute Rüstung und ein treffliches Schwert müssen von Hand geschmiedet werden.

Keine Maschine erreicht die Kunstfertigkeit eines erfahrenen Schmiedes."

„Wohl gesprochen, guter Herr Pferdemensch", sagte Jalan-olud-Deshay lächelnd. „Jeder Waffenmeister des elfischen Volkes wird Euch das bestätigen."

Am Stadtrand waren die Häuser zweigeschossig, zum Zentrum hin wiesen sie oft drei Stockwerke auf. Die meisten waren aus sorgfältig behauenem und geglättetem Stein errichtet, und die Klarsteinscheiben in den Fenstern zeugten vom Wohlstand ihrer Bewohner. Viele der Straßen waren mit Steinen gepflastert, und an den Ecken der Häuser standen lange Stangen mit Brennsteinbecken, die in der Nacht Licht spendeten.

Die Bewohner von Eternas säumten die Straße, als die Gruppe zum Zentrum kam, und die Blicke und Worte, die sie den Neuankömmlingen zuwarfen, waren freundlich. Die beiden Ältesten und die sie begleitende Elfin, mit schönem Gesicht und langen schwarzen Haaren, winkten und lächelten den Menschen zu, während die elfischen Krieger der Eskorte kaum eine Miene verzogen.

Schließlich erreichten sie den Stadtausgang und sahen wenige Hundertlängen voraus die Festung von Eternas.

Über dem Haupttor ertönte das metallene Horn der Hochmark, und ein weiteres Horn nahm den Ton auf, als Kormund und die Elfen die letzten Längen zum Tor zurücklegten. Im Innenhof waren Kommandos zu hören, und als der kleine Trupp aus dem Schatten des Torbogens in den Hof gelangte, nahm eine Ehrenformation der Schwertmänner Haltung an.

Die Männer boten, wie nicht anders zu erwarten, einen untadeligen Anblick. Im Gegensatz zu den einfachen Pferdelords waren sie einheitlich ausgerüstet und, zu Fuß und zu Pferd, in jeder erdenklichen Formation und an jeder möglichen Waffe ausgebildet.

Die Ehrenwache hatte den grünen Rundschild mit dem Symbol der Pferdelords und dem blauen Rand der Hochmark über den linken Arm gestreift und führte ihn eng am Leib. Die rechte Hand hielt die lange Stoßlanze aufrecht, die den Reitern beim Angriff ihre tödliche Kraft verlieh. Von der Lanze des Wachführers hing der Wimpel seines Beritts schlaff herab, und das Tuch strich gelegentlich über das Gesicht des Trägers, was dieser hinnahm, ohne auch nur eine Miene zu verziehen. Die Formation aus zwanzig Schwertmännern stand vom Tor in Richtung Haupthaus, vor dessen Stufen Garodem mit seiner Begleitung wartete.

Der Herr der Hochmark war noch immer von kraftvoller Statur und hielt sich aufrecht wie seine Männer. Haupthaar und Bart waren weiß und kontrastierten stark mit dem gebräunten und wettergegerbten Gesicht des Pferdefürsten. Er trug ein schlichtes grünes Wams und den Umhang der Pferdelords, der am Hals mit der goldenen Spange in Form des doppelten Pferdekopfes verschlossen war. Um die Hüften lag der rotbraune Schwertgurt, aber Garodem trug weder Rüstung noch Helm.

Sein Gesicht verzog sich zu einem Lächeln, als er die Elfen und Marnalf erkannte. Er nickte Kormund freundlich zu und ging dann zu Jalan hinüber, der als der ranghöchste Elf nach vorne getreten war. Mit festem Griff legten sie ihre Hände ineinander. „Jalan-olud-Deshay, Herr des Hauses Deshay, Ihr seid mir willkommen. Mögen meine Lanze und mein Schild Euer Schutz und mein Atem Eure Wärme sein.“ Er sah Elodarion und Marnalf an. „Und das gilt ebenso für die Hohen Herren, die ich in Eurer Begleitung sehe. Euer Anblick erfreut mein Gemüt.“

So viel Herzlichkeit zwischen Elfen und Menschen war eher ungewöhnlich, doch diese Männer hatten Seite an Seite in der Schlacht gestanden und fühlten sich auf besondere Weise verbunden.

Jalan lächelte ebenfalls. „Seid bedankt für Schutz und Wärme, Hoher Lord Garodem. Mein menschlicher Freund, es tut uns wohl, Euch in der Hochmark zu besuchen."

Die Elfen und Marnalf verneigten sich höflich vor der Hohen Dame Larwyn, die zu Ehren der Gäste ein elfisches Gewand angelegt hatte, das ihre schlanke Figur umschmeichelte.

Einen Schritt hinter dem Herrscherpaar der Mark stand die blonde Heilerin Meowyn, die darauf gehofft hatte, ihre elfischen Freunde Lotaras und Leoryn wiederzusehen. Sie verbarg ihre Enttäuschung, als sie keinen von ihnen sah, und verneigte sich zusammen mit ihrem Ehemann Tasmund zum Gruß. Tasmund war Garodems engster Freund und Berater, und Jalan-olud-Deshay trat vor und legte ihm die Hand auf die Schulter. „Noch ein guter Freund, dem das Haus Deshay zu danken hat."

Tasmund hatte vor acht Jahreswenden als Erster Schwertmann der Hochmark an der Befreiung des Hauses Deshay mitgewirkt. Dabei hatte er eine schwere Verwundung erlitten, die ihm den weiteren Dienst unmöglich gemacht hatte. Tasmund freute sich sehr über die herzliche Geste des Elfen.

Dann erreichte Jalan einen jungen Mann, den er lange musterte, bevor er auch ihm die Hand auf die Schulter legte. „Ein wahrhaftiger Erster Schwertmann der Pferdelords. Es ist wohl getan, und du hast es von Herzen verdient. Auch dir hat das Haus Deshay viel zu verdanken, Nedeam, Pferdelord. Und nicht nur dieses Haus."

Nedeam nickte lächelnd. Er fühlte sich ein wenig unwohl, denn in der Gruppe der Elfen befand sich eine schlanke Gestalt mit einem lieblichen Gesicht, das seine Gefühle in Aufregung versetzte. „Mein, äh, Schwert und Schild sind Euer

Schutz", murmelte er verlegen.

Jalan folgte kurz dem Blick des Ersten Schwertmanns und nickte verständnisvoll. „Du, Nedeam, Pferdemensch, bist einer der Gründe, warum wir die Hochmark aufsuchen."

Nedeam war sichtlich überrascht, und auch Garodem runzelte die Stirn. „Ihr seid weit gereist, meine Freunde", sagte er dann und musterte die Eskorte elfischer Krieger. „Und sicher wollt Ihr Euch zunächst erfrischen. Buldwar brachte Kunde von Eurer Ankunft, und alles ist für eine Erfrischung und ein kräftigendes Mahl vorbereitet. So kommt nun herein in die Halle der Schwertmänner, stärkt Euch und lasst uns unsere Freundschaft erneuern."

Gefolgt von den elfischen Kriegern betraten Garodem, Larwyn und die anderen das Haupthaus. Die Ehrenwachen stießen die Lanzenenden zum Gruß auf den Boden, und der Schlag hallte im Innenhof wider. Während die Männer und Frauen im Gebäude verschwanden, trat die Ehrenformation ab, und Scharführer Kormund ließ sich erleichtert aus dem Sattel gleiten.

„Stärkt Euch und lasst uns unsere Freundschaft erneuern", murmelte er und grinste dann breit. Garodem war schon immer ein schlauer Bursche gewesen. Der Pferdefürst hatte schnell reagiert und versucht, dem Besuch der Elfen die besondere Bedeutung zu nehmen. Ein netter kleiner Freundschaftsbesuch ... Nein, Kormund war zu erfahren, um das zu glauben.

Auch Garodem und die anderen wussten es besser. Es lag nicht in der elfischen Art, viel Zeit mit sinnlosen Gesten zu verschwenden. So lange, wie das Leben eines Elfen auch währte, sie vergeudeten nur wenige Augenblicke davon. Dennoch bezähmte er seine Neugier, und sie alle wahrten die Tradition, indem sie an der langen Tafel in der Halle von Eternas Platz nahmen und Getränken und Mahl zusprachen. Es war eine kleine Stärkung mit Brot, Käse und kaltem Braten, dazu gab es verdünnten Wein und Gerstensaft. Am Abend würde es dann ein ausgiebiges Fest geben, mit mehreren Gängen und begleitet von Musik und Tanz.

Während die elfischen Krieger schweigend aßen, machten Marnalf und die anderen anerkennende Bemerkungen über die Hochmark. Garodem war stolz auf die Entwicklung seiner Mark, dennoch nahm er die Worte als höfliches Geplauder, das nur den Augenblick vorbereiten sollte, an dem die Elfen den wahren Grund ihres Besuches verraten würden. Er war erleichtert, dass es nicht zu lange dauerte, bis Jalan, als Wortführer der Elfen, seinen Stuhl zurückschob und sich erhob.

„Nachdem wir uns nun von der Reise erholt und uns erfrischt haben, würde ich gerne einen Blick auf die Karte werfen, die im Amtsraum unseres Gastgebers Garodem hängt. Es interessiert mich brennend, welche neuen Entdeckungen unsere menschlichen Freunde gemacht und auf ihr verzeichnet haben."

Garodem zeigte ein unverändert freundliches Gesicht, während sich Tasmund verschluckte und dann beschämt errötete. Es war eine Karte der Elfen, ein Geschenk an Garodem und die Hochmark, und es gab nichts, was Menschen daran hätten verbessern können. Auf dieser Karte waren viele Dinge eingezeichnet, die nie zuvor ein Mensch erblickt hatte. Zumindest kein Mensch des Pferdevolkes. Ganz offensichtlich war es Jalan, der die Karte zu ergänzen dachte. Aber warum diese Vorsicht? Hier war niemand im Raum, der ein Geheimnis nach außen tragen würde.

Nedeam sah unterdessen die schöne Elfin Llarana forschend an. Er tat es unter halb gesenkten Lidern, denn ihr Anblick machte ihn verlegen. Ihm fiel auf, wie oft sie Blicke mit dem guten Grauen Marnalf wechselte.

Nedeam war ein schlanker Mann, durchtrainiert, aber nicht

unbedingt muskulös. Er hatte ein offenes und freundliches Gesicht, in dem seine großen braunen Augen dominierten. Inzwischen hatte er sich einen sauber gestutzten Bart wachsen lassen, da er dies praktischer fand, als sich jeden Morgen zu rasieren. Das schulterlange Haar war mit einem schwarzen Band im Nacken zusammengebunden, und er trug die uniform wirkende Kleidung der Schwertmänner. Doch führte er statt des breiten Schwertes mit dem Handschutz in Form des Pferdelordsymbols eine leicht gekrümmte elfische Klinge.

Vor nicht allzu langer Zeit hatte die junge Frau Nedeam gepflegt und ihm beigestanden, als ihn ein bösartiger Zauberer mit Hilfe seiner geheimnisvollen Kräfte verhört hatte. Dabei war zwischen der Elfin und ihm eine Beziehung entstanden, zumindest hoffte Nedeam das. Er hatte versucht, Llarana die Gefühle, die er für sie hegte, zu erklären, aber sie war vor seiner Liebe zurückgeschreckt. Sie konnte und wollte sich nicht mit einem Sterblichen verbinden, denn es wäre ihr unerträglich, nach einer kurzen Phase gemeinsamen Glücks zusehen zu müssen, wie der Körper des Geliebten langsam verfiel. Das zumindest hatte sie Dorkemunt gegenüber behauptet. Doch der enttäuschte Nedeam hoffte noch immer, seine unglückliche Liebe zu dem elfischen Wesen werde Erfüllung finden.

„Gehen wir in meinen Amtsraum, meine Freunde“, sagte Garodem und wies einladend zur Treppe, die ins Obergeschoss hinaufführte.

„Ich habe eine Bitte, Garodem, mein Freund“, sagte Jalan leise und legte die Hand an den Arm des Pferdefürsten. „Eigentlich ist es eher eine Bitte von unserem Freund Marnalf, dem guten Grauen Wesen. Er möchte mit Eurem Ersten Schwertmann sprechen. Unter vier Augen, Ihr versteht?“

„Mit Nedeam?“ Garodem sah forschend zu Marnalf und wirkte ratlos. „Jetzt?“ Er zögerte. „Wenn Ihr dringende Angelegenheiten mit uns besprechen wollt, erscheint es mir doch sinnvoller, dass mein Erster Schwertmann dabei ist.“

„Ich muss Euch dennoch bitten.“ Jalans Blick wurde eindringlich. „Es ist durchaus von Bedeutung, Pferdefürst Garodem.“

„Das muss es wohl sein.“ Garodem sah Jalan nachdenklich an. Der Elf setzte sich einfach über den Wunsch seines Gastgebers hinweg; eine Unhöflichkeit, die zeigte, wie wichtig es dem Ältesten war, dass Marnalf mit Nedeam sprach. Und dass Nedeam nicht an ihrem eigenen Gespräch teilnahm. „Schön, dann werden wir es so machen, Hoher Lord Jalan. Nedeam, seid so freundlich und begleitet den guten Herrn Marnalf.“

Nedeam nickte überrascht, und dann griff Garodem Jalans Arm. „Und Ihr, mein elfischer Freund, werdet mir nun erklären, was das alles zu bedeuten hat. Nedeam ist nicht nur mein Erster Schwertmann, sondern auch ein guter Freund.“

„Ihr werdet es erfahren, Garodem, Ihr werdet es erfahren.“ Jalan sah den Pferdefürsten und dessen Berater Tasmund entschuldigend an. „Alles ist wohlbegründet und wird sich zusammenfügen. Lasst uns nun zur Karte gehen, Ihr menschlichen Freunde, denn sie ist von Bedeutung für Euch. Und“, seine Stimme war ungewohnt ernst, „für Eure Zukunft.“

Normalerweise hätte Larwyn ihren Gemahl begleitet, denn alle Entscheidungen, welche die Hochmark betrafen, berührten auch sie selbst. Aber die Frau des Pferdefürsten hatte gespürt, dass dies nicht den Wünschen der Elfen entsprochen hätte. Sie war eine höfliche Gastgeberin und respektierte die Geheimnistuerei der Ältesten, zumal sie wusste, dass Garodem sie uneingeschränkt ins Vertrauen ziehen würde. Trotz der Weisheit eines langen Lebens waren die Elfen doch nicht weise genug, die Frauen an ihrer Seite als wirklich gleichberechtigte Wesen zu akzeptieren. Für das Pferdevolk galt das nicht. Zu oft hatten Männer und Frauen Schulter an Schulter ihre Gehöfte und Weiler verteidigt. Man lebte, und starb nötigenfalls, gemeinsam, und man tat dies bedingungslos und mit den gleichen Rechten. So gab die Herrin der Hochmark ihrer Freundin Meowyn einen unauffälligen Wink, und die beiden Frauen machten sich daran, die Bediensteten zu suchen, um ihre Anweisungen für den Abend zu geben.

Die beiden Ältesten, Garodem und Tasmund, stiegen die Treppe zum Obergeschoss hinauf und betraten den Amtsraum. Der Pferdefürst war gleichermaßen neugierig wie missgestimmt, und er rätselte, was Jalan wohl bewogen hatte, Nedeam aus ihrer Runde auszuschließen. Der Herr der Hochmark umrundete den massigen Schreibtisch, der an der Stirnseite des Raumes stand, und setzte sich in den hochlehnigen gepolsterten Stuhl. Hinter ihm stand in einem Gestell seine Rüstung, die er nun schon einige Jahreswenden nicht mehr getragen hatte, wenn man von der jährlichen Feier absah, in der die neuen Pferdelords vereidigt wurden.

Tasmund trat zu einem kleinen Schrank, der neben einem Regal mit Büchern und Schriftrollen stand, öffnete ihn und nahm Becher und eine Karaffe heraus. Während Elodarion auf einem anderen Stuhl Platz nahm, schenkte Tasmund ihnen allen ein. Garodem sah angespannt zu, wie Jalan an die große Karte trat, die an der linken Wand hing.

Durch die großen Klarsteinscheiben der Fenster fiel helles Licht herein und hob jede Einzelheit der Karte hervor. Diese zeigte die Marken des Pferdevolkes und die angrenzenden Länder und war weitaus genauer und mit deutlich mehr Details versehen als die üblichen Karten der Menschen.

Jalan-olud-Deshay trat nahe an die Karte heran, betrachtete sie eine Weile schweigend und nahm geistesabwesend den Becher entgegen, den Tasmund ihm hinstreckte. Als der

Freund und Berater Garodems zurücktrat und sich neben den Pferdefürsten stellte, räusperte sich der Elf, wandte sich um und sah die Menschen ernst an.

„Dies ist unsere Welt, meine menschlichen Freunde, und sie ist im Wandel, so wie alles im Wandel ist. Die Häuser der Elfen haben das Menschengeschlecht für lange Zeit begleitet. Vieles, was unsere Augen sahen, hat uns nicht gefallen. Euer kurzlebiges Wesen ist von Habgier und Machtstreben bestimmt; Ihr achtet zu wenig auf das, was die Natur Euch im Übermaß schenkt, und schätzt es nicht; Ihr vermehrt Euch und verbreitet Euch über das Land. Vom Standpunkt eines elfischen Wesens aus besehen, gibt es nur weniges, was für Euch spricht."

Garodems Augen verengten sich, und Tasmunds Blick nahm einen drohenden Ausdruck an. Doch Jalan hob beschwichtigend eine Hand und lächelte sanft. „Ich will Euch nicht beleidigen, meine Freunde. Es gibt natürlich auch Dinge, die ich an Euch schätze, denn sonst würde ich Euch nicht meine Freunde nennen. Wir Elfen sind mit solchen Bekundungen sehr sparsam, das wisst Ihr."

„Das ist wahr", stimmte Garodem zu, und die beiden Pferdelords entspannten sich wieder. „Aber Ihr scheint nicht gerade eine hohe Meinung von uns Menschen zu haben, Freund Jalan."

„Ich bedaure das. Wir Elfen sprechen die Dinge aus, wie sie sind." Jalan lachte freundlich. „Oder wenigstens, wie sie uns erscheinen. Falschheit und Lüge liegen uns fern. Ich war lange Zeit ein Gegner des Bundes zwischen Menschen und Elfen. Manches Eurer Reiche habe ich zerfallen sehen – nicht etwa bezwungen von einem äußeren Feind, sondern zersetzt durch Hass und Missgunst untereinander. Als der Schwarze Lord sich erhob, traten die elfischen Häuser an die Seite der Menschen, um den gemeinsamen Feind zu bezwingen. Heute weiß ich, dass diese Entscheidung richtig war. Es gibt Menschen, an deren Seite man dem Tod unbekümmert entgegentritt. Ihr, Garodem, und Ihr, Tasmund, gehört dazu."

„Und Nedeam?" Garodems Stimme war leise.

Jalan-olud-Deshay zögerte mit der Antwort. „Das wird sich rasch erweisen, Garodem, Fürst der Hochmark. Nein, stellt nun keine Frage. Nur Marnalf kann darüber entscheiden."

„Was, bei den Finsteren Abgründen, geht hier vor?", fragte Tasmund grimmig. „Nedeam ist der Erste Schwertmann der Mark. Ein wahrer und aufrechter Pferdelord. Das hat er oft genug bewiesen." Tasmunds Stimme wurde kalt. „Unter anderem auch im Kampf um Euer Haus, Herr Elf."

„Ich kann den Zorn in Euch spüren, Pferdemensch Tasmund." Jalan löste sich von der Karte und trat auf Tasmund zu, wobei er die offenen Handflächen zeigte als Zeichen des Friedens. „Doch zürnt mir nicht, Hoher Herr Tasmund. Ich trage keine Schuld an dem Schicksal, das Eurem Volk bestimmt ist."

„Seht es mir nach, Ihr Hohen Herren", stieß nun Garodem hervor. „Ich bin ein einfacher Krieger und an offene Worte gewöhnt. Sprecht gerade heraus, was vor sich geht. Gilt Euer Besuch meinem Ersten Schwertmann oder der Mark?"

„Ich will es Euch erklären, so gut ich kann." Jalan nahm die Karaffe vom Schreibtisch und schenkte sich nach. Nachdem er an seinem Becher genippt hatte, trat er erneut zur Karte. „Wie Ihr wisst, werden die Häuser der Elfen das Land verlassen. Schon lange beabsichtigen wir, zu den Neuen Ufern aufzubrechen. Nun, da unser Volk über das notwendige Wissen verfügt, ist es so weit." Er sah in die Augen der Menschen und nickte. „Ja, es ist so weit. Die Häuser der Elfen gehen fort. Zwei sind schon auf der Reise über das Meer, und die anderen werden rasch folgen."

„Wie rasch?", fragte Garodem.

„Zur Wende des kommenden Jahres werden die letzten von uns Elfen aufgebrochen sein."

„So rasch?" Tasmunds Stimme klang bestürzt.

„Ich kann Eure Sorge verstehen, Tasmund." Elodarion seufzte schwer. „Ich weiß, dass dann die Last, die wir bislang teilten, allein auf Euren Schultern liegt. Es ist nun an den Menschenreichen, dem Schwarzen Lord zu widerstehen."

„Bei den Finsteren Abgründen", murmelte Garodem mit tonloser Stimme. „Ich dachte, es bliebe uns noch mehr Zeit."

„Der Moment ist gekommen." Jalan blickte auf den Boden. „Das Zeitalter der Elfen ist vorbei und das der Menschen ist angebrochen."

„Oder das der Orks", stieß Tasmund heiser hervor. „Verdammt, der Schwarze Lord ist noch lange nicht geschlagen. Seine Legionen stehen an den Grenzen und werden immer stärker."

„Wir haben gehofft, Ihr Elfen würdet uns zur Seite stehen", warf Garodem leise ein. „Es wird schwer sein ohne Euch."

„Es geht nicht anders. Wir müssen gehen, Garodem, Pferdefürst." Jalan wandte sich der Karte zu und legte seinen Finger auf eine der eingezeichneten Regionen. „Wenn wir Elfen das Land verlassen, wird sich manches ändern. Die Kraft der Menschen wird entscheiden, ob zum Guten oder zum Schlechten. Hier, im Süden, liegt das Reich der weißen Bäume, das Königreich Alnoa. Es ist das letzte der alten Königreiche und noch immer stark. Seine Festungen und Truppen schützen den Süden und halten die Pforte von Alnoa bei Maratran sowie den Pass von Dergoret. Das vergangene Königreich von Jalanne und die südliche Öde von Irghil bilden einen zusätzlichen Schutz gegen das Vordringen der Orks." Der Finger glitt am mächtigen Ostgebirge entlang nach oben. „Das Land des Pferdevolkes. Und hier die Stadt Merdonan an den Weißen Sümpfen, wo wir Seite an Seite standen. Jenseits dieser Sümpfe führt der Pass von Merdoret ins Reich der Finsternis. Doch Merdonan ist stark, und die Sümpfe bilden ein natürliches Hindernis. Auch von dort droht nur wenig Gefahr."

Tasmund stieß ein leises Schnauben aus. „Erst vor acht Jahreswenden fochten wir dort, und es war ein harter Kampf."

„Aber Ihr habt ihn bestanden."

„Mit Eurer Hilfe, Jalan-olud-Deshay." Garodem erhob sich hinter seinem Schreibtisch. „Mit der Hilfe von fünftausend elfischen Bogen, die uns in Zukunft fehlen werden."

„Ja", sagte Jalan schlicht. „Sie werden Euch fehlen." Es lag nicht in seiner Art, die Situation zu beschönigen. „Und Ihr werdet in Zukunft noch eine weitere Grenze schützen müssen. Hier oben im Norden." Sein Finger glitt den nördlichen Pass entlang und folgte dem Verlauf des Eten. „Die nördliche Öde des toten Reiches Rushaan. Dahinter liegt das Eisland, doch von dort droht keine Gefahr. Die kommt vielmehr von hier." Er tippte auf eine bestimmte Stelle. „Der Pass von Rushaan. Der Schwarze Lord hat zwei Möglichkeiten, mit seinen Truppen von der Ebene Cantarim in Euer Land vorzustoßen. Über den Pass von Merdoret und die Weißen Sümpfe oder über den Pass von Rushaan, an der nördlichen Öde vorbei und weiter durch den Pass des Eten nach Süden."

„Und direkt in unsere Hochmark", brummte Garodem.

„So ist es", bestätigte Jalan. „Doch bislang war diese nördliche Grenze geschützt. Hier, am Pass von Rushaan, liegt Niyashaar. Eine kleine Feste, die von den Häusern des Waldes gehalten wird. Es ist nur ein Vorposten, nicht stark genug, um einem massiven Angriff standzuhalten."

Garodem trat neben Jalan. „Ich verstehe. Er soll Euch Zeit verschaffen, nicht wahr?" Er tippte auf den Pass des Eten. „Warum habt Ihr den Posten nicht hier errichtet?"

„Es gab … Gründe“, antwortete Jalan ausweichend.

„Jedenfalls werden wir Niyashaar bald aufgeben“, meldete sich Elodarion zu Wort. „Dann wird der Pass von Rushaan offen und ungeschützt sein.“

Garodem stieß ein leises Schnauben aus. „Wir können die Orks nicht bis zur Hochmark vorstoßen lassen. Das ließe uns zu wenig Raum zum Manövrieren. Und zu wenig Zeit, um die Truppen zu versammeln. Wir müssten den Feind, genauso wie Ihr Elfen, früh genug entdecken, um noch angemessen reagieren zu können.“ Der Pferdefürst nickte sorgenvoll. „Außerdem würde es unsere kleinen Freunde in Bedrängnis bringen. An diesem Pass liegt die grüne Kristallstadt Nal’t’rund. Sie könnte einem massiven Ansturm der Legionen nicht standhalten, wenn niemand sie unterstützt.“

Tasmund nickte. „Und der Schwarze Lord weiß, wo die Stadt liegt.“

Garodem und Tasmund waren beide erfahrene Kämpfer. Sie hatten oft genug in der Schlacht gestanden und erlebt, wie die sorgfältige Planung eines Kampfes zerfiel, sobald man dem Feind begegnete. Sie waren Pragmatiker, und über den Abzug der Elfen zu jammern, würde an ihrer Situation nichts ändern. Sie mussten sich der neuen Lage stellen und eine Lösung für das Problem finden.

„Niyashaar liegt ungünstig.“ Tasmund leckte sich über die Lippen, nippte an seinem Becher und trat zu den anderen. „Viel zu weite Wege. Es würde zu lange dauern, bis wir Nachrichten von dort bekämen und den Posten verstärken könnten. Der nördliche Ausgang des Passes Eten, noch oberhalb Nal’t’runds, wäre ein guter Kompromiss. Wir könnten die Befestigung innerhalb des Passes anlegen. Dann würde auch eine kleine Truppe reichen, um eine große Übermacht für längere Zeit aufzuhalten.“

„Eine solche Befestigung muss erst erbaut werden." Garodem ließ sich nachschenken und nahm ein paar Schlucke, um etwas Zeit zu gewinnen und seine Gedanken zu ordnen. „Wir bräuchten viele Hände, um das zu vollbringen."

„Und bis ein solches Bollwerk vollständig errichtet ist, müsste ein Vordringen der Orks über den Pass von Rushaan verhindert werden."

„Richtig, Tasmund, mein Freund", stimmte Garodem zu. „Oder zumindest so lange aufgehalten werden, bis sich die Pferdelords und unsere kleinen Freunde in ausreichender Zahl gesammelt haben."

Jalan trat ein wenig zurück, und in seinem Blick lag Verständnis. „Ich bedauere sehr, dass es keinen anderen Weg für mein Volk gibt. Aber wir müssen gehen und Euch zurücklassen. Daher kann ich Euch, als aufrechter Freund, nur raten, Niyashaar zu besetzen und den Pass des Eten im Norden zu befestigen. Der Schwarze Lord wird es rasch bemerken, wenn der Weg für ihn frei ist, und er wird die Gelegenheit nutzen."

„Ich verstehe. Also werden wir sehr schnell eine Truppe hinschicken müssen, um die Lage zu erkunden und dann entscheiden zu können, was zu tun ist." Garodem seufzte schwer. „Es gibt nur einen Mann, dem ich diese Aufgabe anvertrauen kann. Meinem Ersten Schwertmann Nedeam."

Jalan wich dem Blick seiner menschlichen Freunde aus. Elodarion hingegen trat zu ihnen und legte ihnen die Hände auf die Schultern. „In diesem Augenblick spricht der gute Herr Marnalf mit Nedeam. Dabei wird sich erweisen, ob Euer Erster Schwertmann noch Euer Vertrauen verdient."

6

Das Vorratshaus?"

Nedeam sah Marnalf fragend an, und der Magier nickte. „Es ist am besten geeignet."

„Nun, wie Ihr meint." Der Erste Schwertmann schritt neben Marnalf durch eines der Tore der Zwischenmauer in den hinteren Hof der Burg. Rechts lag die Heilerstube, in der seine Mutter Meowyn die Verletzten und Erkrankten behandelte, daran schlossen sich, der runden Mauer folgend, Schmiede, Stallungen und das massige Vorratshaus an, das auf der linken Seite den Abschluss bildete und an das Haupthaus angebaut war. Das kleine Gebäude diente nicht nur der Einlagerung von Vorräten, sondern war auch Zugang zu den Fluchtgewölben, die sich unter der Burg befanden. Die kleine Festung stand über einem Felsendom, der den Bewohnern der Stadt im Falle eines Angriffs Schutz bieten konnte, und verteidigte dessen Zugang.

Ein Schwertmann und eine der Küchenmägde waren gerade dabei, Getreidesäcke zu kontrollieren, die in den Vorraum gestellt worden waren und eingelagert werden sollten. „Achte darauf, dass alles trocken ist und keine Schädlinge in den Säcken sind", mahnte die Frau. „Erst letzte Jahreswende hatten wie den Nagerjäger hier."

Auf Marnalfs Wink hin schickte Nedeam die beiden hinaus. „Guter Herr Marnalf, Euer Verhalten ist mir ein Rätsel. Ihr tut sehr geheimnisvoll", gestand Nedeam.

„Es hat alles seinen Grund, Erster Schwertmann." Marnalf betrachtete die Regale, in denen die unterschiedlichsten Vorräte lagerten. „Seid so gut und schließt die Tür. Und legt den

Sperrbalken vor, wir wollen nicht gestört werden."

Nedeam sah den Grauen forschend an. Marnalf hatte sein Leben eingesetzt, um den König des Pferdevolkes zu retten, und später hatte er auch in Merdonan ohne Vorbehalte für die Menschen gekämpft. Es gab keinen Grund, an seinem guten Wesen zu zweifeln, und doch beschlich den Pferdelord ein unbehagliches Gefühl. Zögernd legte er den Sperrbalken in die Halterungen.

„Schön, guter Herr Marnalf, ich habe Euren Wunsch erfüllt. Doch nun erklärt mir, was dies alles zu bedeuten hat."

Marnalf zog einen Schinken aus dem Regal, schnupperte daran und seufzte anerkennend. „Wundervoll. Hervorragend gewürzt. Leiht mir mal Euer Messer, Hoher Herr Nedeam. Seht es mir nach, aber ich kann diesem Duft nicht widerstehen."

Nedeam unterdrückte seinen Unmut, zog das kurze Messer aus dem Gürtel und reichte es, den Griff voran, Marnalf hinüber. Kaum hatte der es gepackt, machte er eine schnelle Bewegung mit der Hand, und Nedeam schrie erschrocken auf und sprang instinktiv zurück. Blut floss aus einem tiefen Schnitt, den das Graue Wesen ihm über die Handfläche gezogen hatte.

„Verflucht, was soll das?", zischte Nedeam, und seine unverletzte Hand legte sich um den Griff seines elfischen Schwertes. „Erklärt Euch, Marnalf! Seid Ihr verrückt geworden?"

Marnalf sah ihn forschend an. „Ist der Schnitt tief? Blutet er stark?"

„Natürlich ist er tief und blutet", knurrte Nedeam.

„Wirklich?" Marnalf lächelte sanft, aber in diesem Augenblick konnte Nedeam darin nichts Beruhigendes sehen. „Zeigt es mir."

„Wenn Ihr nicht rasch erklärt, was das zu bedeuten hat,

dann werde ich Euch meine Klinge zeigen, Herr Marnalf."

„Ah, das heiße Blut der Menschen", seufzte der Zauberer. „Und das der Pferdemenschen war schon immer leicht zum Kochen zu bringen." Er streckte seine Hand aus. „Nun kommt schon, zeigt mir die Wunde."

Nedeams Misstrauen war geweckt. Marnalf war der Letzte der guten Grauen, alle anderen waren verschwunden oder an die Seite des Schwarzen Lords getreten. War nun auch Marnalf den Mächten der Finsternis verfallen? „Ich werde jetzt diese Tür öffnen, Marnalf. Ihr werdet Euch mir erklären, und zwar im Beisein der anderen."

Marnalf lächelte gelangweilt. „Meint Ihr denn, die anderen könnten Euch schützen?"

Der Schlag, der nun folgte, traf Nedeam nicht ganz unvorbereitet. Das Verhalten des Zauberers hatte ihn alarmiert, und er hatte auf ein Anzeichen gewartet, dass Marnalf sich gegen ihn wenden würde. Aber die Fähigkeiten des Zauberers waren größer als die Nedeams. Der Erste Schwertmann bekam seine elfische Klinge nicht mehr frei; er wurde herumgewirbelt und von einer unbarmherzigen Gewalt mit dem Rücken gegen die Wand neben der Tür geschmettert. Der wuchtige Aufprall nahm ihm für einen Moment den Atem, und er fühlte, dass seine Füße den Boden nicht berührten. Eine unsichtbare Macht hielt den hilflosen Nedeam an der Wand. Er kannte diese Macht; es war der Wuchtzauber der Grauen Wesen, mit dem sie Gegenstände bewegen und sogar zerschmettern konnten.

„Nun, wie fühlt es sich an, Nedeam, Pferdemensch?" Marnalf hielt den Ersten Schwertmann fest im Blick, während er ungerührt einen Streifen von dem Schinken schnitt und in seinen Mund führte. „Keine Sorge, noch sind alle Eure Knochen heil. Übrigens ist dies ein ganz hervorragender Schinken. Es gibt wahrlich Dinge, die ich an Euch Menschen bewundere. Diese Würzmischung ist einzigartig."

„Verfluchte Bestie", keuchte Nedeam. „Wann seid Ihr dem Wahnsinn verfallen? Wer hat Euch in ein solches Monster verwandelt?"

Marnalf lächelte sanft. „Ihr täuscht Euch sehr." Er machte eine unmerkliche Bewegung mit der freien Hand, und Nedeam spürte, wie die Kraft, die auf ihn wirkte, stärker wurde. Der Druck auf seine Brust begann ihm die Luft abzuschnüren. Marnalf legte den Kopf schief und drehte sich ein wenig vor Nedeam, ohne ihn dabei aus den Augen zu lassen. „Nun, was ist, Nedeam, Pferdemensch? Wie sehe ich aus?"

„Ihr habt einen guten Schneider", ächzte der Erste Schwertmann.

„Wahrhaftig, den habe ich." Marnalf lachte leise. „Ihr scheint stark zu sein, wenn Ihr noch immer scherzen könnt."

Erneut verstärkte sich der Druck. Nedeam spannte seine Muskeln an und versuchte, sich der Kraft zu entziehen, aber es war sinnlos. Solange das Graue Wesen ihn sehen konnte, vermochte es seine Zauberkraft auch gegen ihn einzusetzen. Das war die einzige offensichtliche Schwäche dieser geheimnisvollen Kreaturen: Wenn sie das Ziel ihrer Magie nicht mit den Augen fixieren konnten, waren sie machtlos.

Nedeam spürte das Hämmern seines Pulses. Er versuchte zu schreien, aber er konnte bloß ein leises Krächzen ausstoßen. Nur seine Augen vermochte er frei zu bewegen, und so huschte sein Blick umher, um einen Weg zu finden, den verräterischen Grauen zu bezwingen. Es brannte nur eine einzelne Brennsteinlampe im Vorraum des Magazins. Der Brennstein war sorgsam von einem Schirm aus Klarstein abgedeckt, denn bei der Lagerung von Getreide und anderen Gütern konnten staubfeine Partikel aufwirbeln und sich an einer offenen Flamme entzünden. Der Brennstein war frisch aufgefüllt, und es bestand keine Aussicht, dass die Lampe so bald erlosch. Dunkelheit würde Nedeam dem Blick Marnalfs entziehen und ihm die Chance geben, sich zu wehren. Aber hier würde sie nicht zu seinem Verbündeten werden.

Marnalf lehnte sich mit gelangweiltem Gesicht an eines der Regale. „Warum wehrt Ihr Euch nicht, Nedeam? Seid Ihr zu feige?"

Der Druck wurde noch stärker und begann Nedeam die Sinne zu rauben. Dann trat Marnalf näher. Sein Gesicht blickte drohend und schien ins Bösartige verzerrt. „Niemand wird erfahren, wie Ihr gestorben seid, Nedeam, Pferdemensch. Euer Herz hat versagt, so etwas kommt vor." Marnalf lachte kalt. „Niemand wird mich verdächtigen, denn ich bin ein Freund der Menschen. Sicherlich wird man sehr um Euch trauern." Marnalf leckte sich über die Lippen. „Und da gibt es ein elfisches Wesen, das sich besonders grämen wird. Nun, sie ist sehr ansehnlich, die Elfin Llarana, findet Ihr nicht? Vielleicht sollte ich meine besonderen Fähigkeiten einsetzen, um mich mit ihr zu paaren?"

Voller Zorn versuchte Nedeam zu schreien, aber es wurde nur ein leises Krächzen daraus. Mit aller Kraft stemmte er sich gegen die Magie des Grauen Wesens und glaubte tatsächlich zu spüren, wie die Macht schwächer wurde, die gegen seinen Körper drückte.

Dann nickte Marnalf und trat zurück. „Nun weiß ich, was ich erfahren musste."

Unvermittelt erlosch die Macht, die Nedeam festhielt. Er hatte nicht einmal die Kraft zu schreien, als er vornüberstürzte und schwer auf dem Boden aufprallte. Es wäre Marnalf leichtgefallen, ihn zu töten, warum hatte der Graue von seinem Vorhaben abgesehen?

Nedeam gelang es, sich auf die Seite zu wälzen, und starrte das Graue Wesen hasserfüllt an. „Bringt es zu Ende, Marnalf", keuchte er. „Denn wenn ich erst wieder zu Kräften komme, werde ich nicht zögern, Euch zu erschlagen."

„Gesprochen wie ein wahrer Pferdelord." Die Bösartigkeit in den Zügen des Grauen Wesens war einem gütigen Lächeln gewichen. „Und glaubt mir, Nedeam, ich hatte nicht vor, Euch ein Leid zuzufügen."

Nedeam konnte sich nun auf die Knie aufrichten. Er schätzte die Entfernung zu Marnalf ab und die Kraft, die er zum Sprung benötigte.

Doch der Graue schien seine Gedanken zu erraten. „Lasst es sein, Nedeam. Es gibt keinen Grund zur Feindschaft. Ich habe Euch nur einer Prüfung unterzogen."

„Einer … Prüfung?" Er atmete einige Male tief durch und lockerte die verkrampften Muskeln, bevor er sie für einen Sprung erneut anspannte.

„Der Ehrenwerte Jalan-olud-Deshay und seine Tochter Llarana haben sie sich gemeinsam mit mir ausgedacht. Sie sind in Sorge um Euch."

Nedeam wich dem Blick des Wesens aus, denn auch die Augen konnten dem Gegner verraten, was man beabsichtigte. Er kniete auf einem Bein, jederzeit bereit hochzuschnellen. Es gab nur eine Chance, er musste sein Schwert mit einer einzigen Bewegung ziehen, es nach vorne schwingen und dabei den Hals der Bestie durchtrennen.

„Eure Aura ist rot, mein Freund", sagte Marnalf leise. „Glaubt mir, ich werde Euch kein Leid zufügen. Begreift Ihr denn nicht, dass ich Euch prüfen musste?" Das Graue Wesen schüttelte seufzend den Kopf. „Seht auf Eure Hand. Auf die Wunde, die ich Euch zugefügt habe. Blutet sie noch?"

Nedeam wurde unsicher. Er kannte die Kräfte eines Grauen Wesens. Marnalf hätte keine Mühe gehabt, ihn zu töten, stattdessen versuchte er, ihn zu beschwichtigen. Was steckte dahinter?

„Es ist nur ein kleiner Schnitt", erwiderte Nedeam, ohne auf seine Wunde zu achten. Schließlich musste er vorbereitet sein, wenn Marnalf ihn erneut angriff. Aber der Pferdelord spürte, dass es dazu nicht kommen würde.

„Ein winziger Schnitt. Und er wird sehr schnell heilen. Ungewöhnlich schnell", fügte Marnalf eindringlich hinzu. „Wie mir die Hohe Frau Llarana berichtet hat. Ihr versteht noch immer nicht, habe ich recht?" Der Graue sah in Nedeams Augen und lächelte bekümmert. „Nein, Ihr versteht es nicht. Seid Ihr bereit, Euren Zorn zu mäßigen und Euer Schwert ruhen zu lassen? Oh, ich weiß, dass Ihr es gerne ziehen würdet, ich kann es sehen. Eure Muskeln sind angespannt, und die rechte Schulter ist ein wenig zurückgedreht. Um das zu deuten, braucht es keine magischen Kräfte, nur ein gutes Auge. Also, reden wir oder wollen wir uns im Kampf verausgaben? Glaubt mir, Nedeam, mein Freund, ich bin ein alter Mann und würde lieber reden."

„Schön, reden wir." Nedeam erhob sich und lehnte sich an das andere Regal, sodass sie beide nur zwei Schritte voneinander entfernt waren.

Marnalf seufzte erleichtert. „Wollt Ihr nicht auch ein wenig von dem Schinken probieren? Er ist sehr gut, und ich muss gestehen, es entspannt mich, davon zu kosten."

„Ich bin nicht hungrig", brummte Nedeam. „Aber ich will endlich wissen, was für einer Prüfung Ihr mich unterzogen habt."

„Das ist Euer gutes Recht." Der Graue Zauberer schien zu überlegen. „Ihr wisst nur wenig von meiner Art, Ihr Menschenwesen. Ich muss also etwas ausholen. Ihr kennt die Elfen und wisst, dass sie sich regelmäßig der Schröpfung unterziehen müssen?“

„Ja. Aber was hat das mit uns beiden zu tun?“

„Wenig und doch sehr viel.“

Nedeam seufzte. Solch unklare Worte waren nicht nach seinem Geschmack. „Erklärt es.“

„Ich bin ja dabei. Es ist nur nicht so einfach. Wo war ich? Ja, nun, die Schröpfung. Ein Elf bringt sein Wissen zu Papier und leert dann in der Zeremonie der Schröpfung sein Gedächtnis. Es geschieht im Kreise der Familie, damit kein Wissen von persönlichem Belang gelöscht wird. Wir Grauen Wesen verfügen über eine ähnliche Fähigkeit. Doch sie dient uns dazu, die Verbindung mit einem anderen Wesen aufzunehmen, um sein Wissen in uns zu transferieren. Das Graue Wesen, dem Ihr bei den Elfen begegnet seid, hat genau das bei Euch versucht.“ Nedeam erinnerte sich an den bösartigen Magier, der ihn im Haus des Urbaums verhört hatte, und nickte unbewusst. Marnalf lächelte. „Dann habt Ihr gegen das Wesen gekämpft und es bezwungen. Mit Hilfe der Elfin Llarana habt Ihr es über die Brüstung eines Balkons geschoben, und es ist zu Tode gestürzt. War es so?“

„Ja, so war es.“

„Der Kampf war nicht leicht und dauerte eine Weile, nicht wahr? Das Wesen hat sich heftig gewehrt, mit seinen Körperkräften und den Kräften seines Geistes. Bis zuletzt hat es versucht, in Euren Geist einzudringen und ihn zu beherrschen.“ Marnalf trat näher an Nedeam heran, der es zuließ, da er wusste, dass von dem Magier keine Gefahr mehr ausging. „Wenn ein Wesen vergeht, so wird Energie freigesetzt, die Aura seines Lebens. Dabei ist völlig gleichgültig, welches Leben vergeht. Eine Blume etwa hat eine winzige Aura, die eines

Menschen ist ungleich größer. Und die eines Wesens meiner Art könnt Ihr kaum ermessen. Aber als der Graue Zauberer begriff, dass er sterben würde, da wart Ihr, Nedeam, in körperlichem Kontakt zu ihm."

„Das gilt auch für Llarana. Sie ergriff seine Beine, als wir das Wesen über die Brüstung hoben."

„Aber Euer Geist war es, mit dem sich die Kreatur verschmolzen hatte. Nur wenige Augenblicke lang, Nedeam, Pferdelord, nur wenige Augenblicke. Aber die haben Veränderungen in Euch bewirkt." Marnalf nickte zu seinen Worten. „Manchmal gehen dabei Fähigkeiten auf ein anderes Wesen über. Das ist bei Euch geschehen, Nedeam. Ohne Zweifel."

Der Erste Schwertmann erblasste. „Was hat das zu bedeuten?"

„Zeigt mir die Wunde, Nedeam. Seht Ihr? Es hat schon aufgehört zu bluten. Bis sie sich schließt, wird es zwar noch dauern, aber sie heilt sehr schnell, nicht wahr?"

Nedeam bedeckte die Wunde instinktiv mit der anderen Hand. Da schüttelte Marnalf den Kopf und legte seine Hände auf die von Nedeam. „Es darf Euch nicht beunruhigen, Nedeam. Es geschieht, und Ihr könnt es nicht verhindern. Seht, als das Graue Wesen dem Tode nahe war, ging ein wenig von seiner Kraft auf Euch über. Die Fähigkeit der Selbstheilung gehört dazu. Bei meiner Art ist sie sehr ausgeprägt, und wenn eine Wunde nicht zu schwer oder nicht sofort tödlich ist, so heilt sie rasch und zuverlässig. Ihr seid deswegen nicht unverwundbar …" Marnalf lachte gutmütig. „Aber Ihr könnt Verletzungen besser überstehen. Und ich denke, das ist nicht das Einzige, was das Graue Wesen auf Euch übertragen hat."

„Daher also die Prüfung?" Nedeam spürte, dass seine

Beine schwach wurden. Furchtbare Gedanken schossen ihm durch den Kopf. „Glaubt Ihr … glaubt Ihr, ich werde zu einem … einem …?“

„Unsinn.“ Marnalf schüttelte entschieden den Kopf. „Hätte er Euer Wesen verwandelt, so hätte sich das vorhin gezeigt. Ihr seid noch immer Nedeam, der Pferdelord.“

„Wie schön“, ächzte dieser erleichtert.

Der Graue Magier lachte auf, und es klang freundlich. „Ich fragte vorhin, ob Euch etwas an meinem Aussehen auffällt. Nun, ich will es etwas genauer formulieren. Seht Ihr gelegentlich andere Menschen von einer seltsamen Erscheinung umgeben? Einem farbigen Licht? Ah, ich dachte es mir. Verschiedene Farben, nicht wahr? Wann fiel es Euch zum ersten Mal auf? Geschieht es regelmäßig? Könnt Ihr es kontrollieren?“

„Langsam, guter Herr Marnalf, das sind recht viele Fragen. Manchmal sehe ich Menschen wie vor einem farbigen Leuchten stehen. Mal ist es rot, dann grün oder blau.“

„Wenn Ihr die rote Aura seht, was empfindet Ihr dann?“

Nedeam lachte bitter. „Zuerst dachte ich, ich wäre krank. Oder meine Augen seien nicht in Ordnung.“

„Oh, seid unbesorgt, das sind sie. Wir Grauen haben die Fähigkeit, die Stimmung eines anderen Wesens zu erkennen. Wenn es uns feindlich gesinnt ist, erscheint es in einer roten Aura. Eine grüne Aura bedeutet freundliche Stimmung.“ Marnalf lachte erneut. „Es hat uns schon oft geholfen, Feind von Freund zu unterscheiden.“

„Nun verstehe ich.“ Nedeam griff ebenfalls zu dem Schinken und schnitt sich ein großes Stück ab. Er hatte keinen Hunger, aber er musste sich nun irgendwie beschäftigen, um seine Nerven zu beruhigen. „Zum ersten Mal bemerkte ich es, als ich in die Stadt Gendaneris kam, die von den Korsaren der

See besetzt war. Einige von ihnen waren von dem roten Licht umgeben. Ich konnte es nicht deuten, aber ich spürte instinktiv, dass etwas nicht in Ordnung war."

„Wir Grauen können diese Gabe gezielt einsetzen. Ich fürchte, das ist bei Euch nicht der Fall, Nedeam, aber dennoch kann sie Euch gute Dienste leisten. Wenn auch nicht dabei, Wesen meiner Art zu erkennen, denn wir können die Ausstrahlung unserer Aura unterbinden. Deshalb fällt es mir auch schwer, meine eigenen Artgenossen aufzuspüren." Marnalf fühlte die Besorgnis des Pferdelords. „Ihr seid und bleibt ein Mensch, Nedeam, Pferdelord. Ihr verfügt nun lediglich über ein paar besondere Fähigkeiten. Sie verändern Euer Wesen nicht, aber dennoch solltet Ihr sie geheimhalten. Die anderen Menschen werden kaum verstehen, was da mit Euch geschehen ist. Sie könnten Euch mit Furcht, ja sogar mit Hass begegnen."

„Ich verstehe es ja selber nicht."

„Jedenfalls solltet Ihr niemandem von diesen Fähigkeiten erzählen." Marnalf blähte die Backen und stieß dann die Luft explosionsartig aus. „Eine ... unbedeutende Kleinigkeit wäre da noch zu erwähnen. Die Fähigkeit der Heilung ist mit einem längeren Leben verbunden."

Nedeams Lippen zitterten. „Ein Leben wie das der Elfen?"

„Nein, nur ein paar zusätzliche Jahreswenden. Vermutlich werdet Ihr etwas langsamer altern. Aber Ihr werdet ebenso dahinscheiden wie alle sterblichen Wesen." Marnalf nahm Nedeam den Schinken und das Messer aus den zitternden Händen. Dann legte er den Schinken ins Regal zurück, wischte das Messer sauber und schob es wieder in Nedeams Gürtel. „Denkt immer daran, Pferdemensch Nedeam, Ihr seid ein sterbliches Wesen und verfügt über keinerlei Zauberkraft. Nur ein paar Gaben, die ungewöhnlich sind für einen Menschen. Aber Ihr könnt sie nicht beherrschen; sie beherrschen Euch. Aber sie haben Euer Wesen nicht verändert, mein Freund. Dessen musste ich mich vergewissern." Er schlug Nedeam aufmunternd auf die Schulter. „Und nun sollten wir wieder zu den anderen gehen, sonst machen sie sich noch Sorgen." Er lächelte sanft. „Doch zuvor lasst uns noch ein Stück diese Schinkens mitnehmen. Er ist wirklich zu köstlich."

Die Ruhe oder Unruhe der anderen berührte Nedeam in diesem Augenblick nicht sonderlich. Was der gute Graue Marnalf ihm da eröffnet hatte, war unfassbar, und er wusste nur, dass es sein Leben entscheidend beeinflussen konnte.

7

Der Wind kam von Norden, und es schien, als wolle sich der Posten von Niyashaar in den Schutz der steilen Felsklippe ducken, die hoch über ihm aufragte. Es war eine klare Nacht, und in der eiskalten Luft funkelten die Sterne besonders hell. Nur fern im Nordwesten zog eine einsame Wolkenbank über den Himmel, sanft angestrahlt vom Licht des Mondes.

Es war ungewöhnlich kalt, und die elfischen Wachen auf der Wehrmauer von Niyashaar hüllten sich eng in ihre Umhänge. Doch selbst die besondere Machart des elfischen Tuches konnte sie nicht vor dem beißenden Wind schützen, der durch jede Öffnung zog und leise pfeifend um den hohen Turm strich, auf dessen Spitze das ovale Banner des Hauses Tenadan wie ein Brett im steten Luftstrom stand.

Elgeros, Bogenführer des Hauses Tenadan und Kommandierender der Hundertschaft, fand keinen Schlaf. Er hatte im obersten Stockwerk des Verteidigungsturms auf dem Bett gelegen, die Hände im Nacken verschränkt, und war vollständig angekleidet. Obwohl er die Decke über seinen Körper gezogen hatte, war ihm kalt. Im Kamin des Turmzimmers brannte kein wärmendes Feuer, und auch in den Unterkünften waren die Feuerstellen kalt geblieben. Einige der Männer hatten gemurrt, aber Elgeros hatte darauf bestanden, in der Nacht keine Feuer und Lampen zu entzünden. Irgendetwas war da draußen, und es war den Elfen feindlich gesinnt. Ein Licht würde weit in die Nacht hinausstrahlen, und der Bogenführer wollte den unbekannten Feind nicht unnötig auf die neue Besatzung von Niyashaar aufmerksam machen. Die verschwundene Hundertschaft, welche die Anlage zuvor besetzt gehalten hatte, ging ihm nicht aus dem Kopf. Die Disziplin der elfischen Krieger war zu groß, als dass die Truppe Niyashaar einfach aufgegeben hätte. Sie würde auch nicht versäumt haben, einen Boten zu den Häusern zu schicken. Nein, die Elfen hier waren von irgendetwas überrascht und überwältigt worden. Elgeros glaubte nicht, dass es Orks gewesen waren. Diese Bestien hätten ihre Spuren hinterlassen. Aber wer war dann für das Verschwinden der Elfen verantwortlich? In der nördlichen Öde existierte nichts mehr, was einer Hundertschaft ihrer Bogen gefährlich werden könnte. Und das Volk des Eises, das hoch im Norden lebte, ging nicht so weit nach Süden, denn es fürchtete die Öde. Oder hatten es die Eismenschen doch gewagt?

Elgeros fand einfach keine Ruhe. Über sich hörte er gelegentlich das leise Scharren von Füßen, wenn die beiden Elfen auf der Turmplattform ihren Standort wechselten. Sie bewegten sich öfter, als es üblich war. Vielleicht wegen der Kälte oder weil auch sie beunruhigt waren …

Er seufzte leise und richtete sich auf. Sein Blick schweifte durch den Raum. Die mit Klarstein verschlossenen Fensteröffnungen ließen genug Sternenlicht herein, um sich mühelos orientieren zu können. Er brauchte keine Lampe zu entzünden, als er sich erhob und zu dem Schreibtisch hinüberging, der gegenüber an der Wand stand. Von unten hörte er leises Schnarchen. Er hatte die Hundertschaft aufgeteilt und je zu einem Drittel in den beiden Unterkünften und im Turm untergebracht. Sollte es einem Feind gelingen, über die Mauer zu gelangen, würde er so von drei Seiten unter Beschuss genommen werden.

Mit wenigen Handgriffen legte Elgeros seinen Waffengurt um und vergewisserte sich, dass der kurze Kampfdolch und das Schwert leicht durch ihre Scheide glitten. Dann hängte er den gefüllten Pfeilköcher an den Gurt, legte den Umhang um seine Schultern und griff seinen Bogen. Holz knarrte, als er durch den Raum schritt und zur Treppe hinüberging. Einer der schnarchenden Schläfer verstummte für einen Moment. Elgeros hörte das Ächzen des Schlafgestells und das Rascheln, als der Elf sich herumwälzte, dann setzte das leise Schnarchen wieder ein. Wenigstens einer seiner Männer fand in dieser Nacht Schlaf.

Er erreichte die unterste Ebene. Zwei Zehnen der Männer hielten auf Turm und Mauer Wache, eine dritte Gruppe lag hier unten in Bereitschaft. Die Männer dösten und wirkten entspannt, aber ihre Köpfe hoben sich sofort, als ihr Führer den Raum betrat. An ihren Augen konnte Elgeros erkennen, dass keiner von ihnen wirklich geschlafen hatte. Raubte Niyashaar auch diesen Männern die nächtliche Ruhe? Oder spürten sie wie er selbst, dass eine finstere Bedrohung über diesem Ort lag?

Er nickte ihnen mit einem aufmunternden Lächeln zu und verließ den Turm. Der eisige Wind ließ ihn frösteln, und er zog den Umhang enger um seine Schultern. Rasch sah er sich um. Vor dem sternklaren Nachthimmel waren die Wachen gut zu erkennen. Jeder Mann war auf seinem Posten. Vier Krieger standen direkt am Tor, und er sah, wie sie sich die Hände rieben und ihre Füße bewegten. Es war wirklich kalt und vielleicht ein Fehler, den Männern kein wärmendes Feuer zu gönnen. Aber schließlich waren sie abgehärtete Kämpfer, und auch wenn der Wind schneidend kalt war, so war dies noch nichts gegen die Fröste des Winters. Elgeros schätzte den Winter in den Wäldern von Neshaar, wo die meisten Häuser der Waldelfen standen. Selbst zur kalten Jahreszeit wurde man dort vom Wind verschont. Der Fluss Sam sowie die Bachläufe und kleinen Seen froren niemals zu; nur der Schnee bedeckte Baumwipfel und Boden und glich einem weichen weißen Teppich, der den Füßen schmeichelte. Was für ein Gegensatz zu dieser schrecklichen Öde. Einen Winter lang hatte Elgeros einmal hier in Niyashaar gewacht, und er war dankbar gewesen, als er wieder zurück nach Süden gehen konnte.

Er hörte das leise Knirschen seiner Schritte. Sand und kleine Steine schienen gefroren zu sein, obwohl der Boden trocken war. Elgeros nickte den Torwachen zu und ging dann zu der steinernen Treppe hinüber, die auf den nördlichen Wehrgang führte. Er wusste, dass er dort seinen Stellvertreter und Freund Neolaras antreffen würde, der sicherlich ebenso wenig Ruhe fand wie er selbst.

Die Wachen, die in regelmäßigen Abständen postiert waren, wandten nur kurz den Kopf, als sie seine Schritte hörten. Er legte jedem von ihnen flüchtig die Hand auf die Schulter; ein stummes Zeichen der Verbundenheit. Elgeros wusste, wie wichtig dies für die Männer war, denn auch wenn der nächste Posten nur wenige Längen entfernt stand, so war doch die Wache in der Nacht immer ein einsames Geschäft. Wenigstens hatte sie das ewige Leben Geduld gelehrt, und die Männer waren so erfahren, dass sie sich nicht durch das Spiel der Schatten am Boden irritieren ließen. In unregelmäßigen Abständen würden sie ihre Augen für wenige Momente schließen, sodass sie nicht so rasch ermüdeten.

Ein Stück voraus erkannte Elgeros seinen Freund. In seiner typischen Art stand er, leicht vorgeneigt, auf den langen Bogen gestützt. Wer ihn nicht kannte, mochte glauben, er sei eingedöst, aber Neolaras' Sinne waren hellwach. Ohne sich Elgeros zuzuwenden, erkannte er seinen Bogenführer. „Du hast Schmerzen im Bein. Ich höre, wie du links ein wenig stärker aufsetzt. Schmerzt die alte Wunde?"

Elgeros seufzte leise. „Sie schmerzt wieder. Die Kälte setzt ihr zu."

„Das Eisland ist nicht fern", murmelte Neolaras. „Ich frage mich, wie das Volk von Julinaash dort überleben kann."

„Sie haben ein grünes Tal und heiße Quellen", erwiderte Elgeros. „Eine solche wärmende Quelle könnte ich jetzt auch gebrauchen."

Die beiden Elfen standen nahe der Stelle, an der nördliche und östliche Mauer zusammentrafen. Von hier hatte man einen guten Blick in beide Richtungen. Der Einschnitt des Passes von Rushaan lag im Licht des Mondes und hob sich deutlich von den aufsteigenden Felswänden des Gebirges ab. Der Norden hingegen wirkte trostlos. Die Öde machte ihrem Namen Ehre: ein endlos erscheinendes Feld aus Sand, Geröll und Felsen, deren Konturen die sternklare Nacht scharf hervortreten ließ. Nichts regte sich, nur ab und zu ließ der Wind kleine Wirbel von Sand und Staub aufsteigen, die sich kreisend erhoben und dann zerfaserten.

„Ein trostloses Land", flüsterte Elgeros.

„Es ist die Öde."

„Einst war das Land schön, mit fruchtbaren Ebenen und riesigen Wäldern. Der Glanz seiner Städte erhellte die Nacht."

„Das ist lange vergangen", seufzte Neolaras. „Die Sonnenfeuer haben alles verschlungen."

„Und was die Feuer nicht vernichteten, das zerstörten die Beben."

Elgeros nickte und sah nachdenklich nach Süden. „Es ist an der Zeit, dass wir das Land verlassen. Die Zeichen werden immer deutlicher." Er spürte die Hand des Freundes an seinem Arm und wandte sich ihm zu. „Was ist?"

„Dort." Neolaras deutete in die Öde hinaus. „Die Wirbel

verdichten sich. Der Wind scheint zuzunehmen."

Der Wind war beißend und kalt, aber er war nicht stärker geworden. Elgeros schüttelte unbewusst den Kopf. „Davon kann ich nichts spüren."

„Aber die Sandwirbel werden dichter."

Sie starrten nun beide zu den aufsteigenden Wirbeln hinüber. Erneut schüttelte Elgeros den Kopf. „Das ist kein Sand."

Neolaras sah hinauf in den Himmel. „Noch drei Zehnteltage, bis der Tag anbricht. Es kann noch kein Morgennebel sein."

„Aber Dunst ist es."

Neolaras beugte sich weiter vor und stützte sich dabei auf seinem Bogen ab, der sich unter der Last ein wenig bog. „Du hast recht, es ist Nebel. Aber er zeigt sich nur dort."

„Und er breitet sich aus und kommt näher", murmelte der Bogenführer.

Es war eine ungewöhnliche Erscheinung. Noch nie hatten sie gesehen, wie Nebel so übergangslos aus dem Nichts entstand und sich auf so merkwürdige Weise ausbreitete wie dieser hier. Er verdichtete sich schnell, bis er einer milchigen Flutwelle glich. Dabei war die Nebelbank kaum zwei Längen hoch und gerade mal eine Hundertlänge breit, ein eng abgegrenztes Areal dunstigen Wallens.

„Hast du das gesehen?" Neolaras beugte sich weiter vor. „Dieses Glühen und Gleißen?"

„Ja, als würde in dem Nebel ein Gewitter toben." Der Bogenführer musterte den nächtlichen Himmel. „Aber die Sterne stehen klar, und keine Wolke ist in Sicht."

„Das gefällt mir nicht", brummte Neolaras. „Wir sollten die Männer zu den Waffen rufen."

„Wegen Nebels?"

„Wenn es Nebel ist." Neolaras richtete sich auf und zog

einen Pfeil aus seinem Köcher. „Und wer weiß, was sich in diesem Wallen verbirgt."

„Du hast recht", seufzte Elgeros. „Die meisten von uns können ohnehin nicht schlafen."

Der Bogenführer wandte sich dem Innenhof zu und legte die Hände an den Mund, um die Männer zu den Waffen zu rufen.

„Da ist etwas im Nebel, ich kann es sehen", zischte Neolaras erregt. „Mir scheint, es ist der Umriss einer Gestalt."

Elgeros wandte sich wieder der Öde zu. „Wo?"

Sein Blick folgte dem Fingerzeig des Freundes, der nun einen Pfeil an die Sehne legte. Der Nebel pulsierte nun stärker, er schien sich auszudehnen und wieder zusammenzuziehen, wobei er unaufhörlich näher kam. In dem weißlichen Dunst erschienen dunkle Schatten und verschwanden wieder, und ein bläuliches Licht blinkte kurz auf, bevor es erlosch.

Elgeros war sich nun sicher, dass sich etwas in dem Wallen verbarg, das den Elfen feindlich gesinnt war. Er wandte sich halb zur Seite, um seine Männer endgültig auf die Mauer zu rufen, da sah er aus den Augenwinkeln ein kurzes Aufblitzen.

Der Bogenführer des Hauses Tenadan fand nicht einmal mehr Zeit zu schreien. Ein glühender Schmerz erfüllte seine Brust, begleitet von einem grellen Gleißen, dann versank die Welt um ihn in ewiger Finsternis.

8

Nedeam, Erster Schwertmann der Hochmark Garodems, trabte langsam die Hauptstraße von Eternas entlang, gefolgt von einer Gruppe Schwertmänner, die lediglich ihre Schwerter am Waffengurt trugen und auf die übrigen Waffen und ihre Rüstungen verzichtet hatten. Jeder von ihnen führte zwei zusätzliche Handpferde mit sich, die ungesattelt waren. Die kleine Gruppe erreichte den Markplatz von Eternas und bog in Richtung Flussufer ab. Das gleichmäßige Stampfen der kleinen Dampfmaschine wurde lauter, als sie sich den Werkstätten und Schmieden näherten. Ein paar Wäscherinnen und Feldarbeiter unterbrachen ihre Arbeit und sahen zu, wie die Schwertmänner zu Guntrams Schmiede ritten und dort hielten.

Nedeam beugte sich im Sattel vor und spähte unter das kleine Vordach der Schmiede. „Guter Herr Guntram, seid Ihr da? Hier ist Nedeam, ich habe Arbeit für Euch."

Aus der Schmiede war lautes Hämmern zu hören, und Nedeam rief erneut, worauf der Lärm verstummte. Ein muskulöser Mann trat aus dem Hintergrund des Raumes. Seine Haltung war vom Alter gebeugt, und am nackten Oberkörper waren Narben zu erkennen, die auf bestandene Kämpfe hindeuteten. Die Haare des Mannes waren fast weiß und zeigten nur noch wenige graue Strähnen. Schweiß lief über das Gesicht und tropfte auf die Brust. Als der Schmied Nedeam erkannte, verzog sich sein Gesicht zu einem erfreuten Lächeln, und ein nahezu zahnloser Mund wurde sichtbar.

„Ah, der Hohe Herr Nedeam. Verzeiht, aber ich habe Euch nicht kommen hören. Der Lärm in der Schmiede, Ihr versteht?

Und meine Ohren sind auch nicht mehr die besten."

„Aber Euer Handwerk ist noch immer einzigartig, guter Herr Guntram." Nedeam schwang sich aus dem Sattel. „Wir bringen Pferde, die neu beschlagen werden müssen."

Guntram nickte den anderen Männern zu und musterte dann die Pferde. „Keine neuen darunter, alles gut ausgebildete Tiere. Wollt Ihr auch Ersatzeisen?" Als Nedeam nickte, grinste der Schmied. „Dann habt Ihr einen weiten Ritt vor Euch, Nedeam. Und nicht ohne Gefahr, sonst hättet Ihr nicht ausschließlich erfahrene Kampftiere gewählt."

Guntram war ein alter Pferdelord und kannte die Vorbereitungen, die einem langen und gefährlichen Ritt vorausgingen. Unglücklicherweise hatte er nicht nur Erfahrung, sondern auch ein loses Mundwerk. Nach der Arbeit würde er seinen Durst in Malvins „Donnerhuf" stillen und dabei jede Einzelheit zu einer aufregenden Geschichte für die Gäste der Schänke werden lassen.

„Es geht ins Gebirge", sagte Nedeam beiläufig. „Wir wollen unsere Freunde, die Zwerge der grünen Kristallstadt Nal't'rund, besuchen."

„Ah, ja." Guntram nickte, und man spürte, dass er kein Wort davon glaubte. „Mit zwei vollen Beritten? Ich hörte, dass zwei Hundertschaften Schwertmänner zusammengestellt werden."

„Nun, Guntram, Ihr kennt die kleinen Herren Zwerge. Sie mögen es, beeindruckt zu werden."

Der Schmied spuckte grinsend aus. „Nun, wenn Ihr das sagt … Wann sollen die Pferde und Ersatzeisen fertig sein?"

„Wir warten und werden Euch helfen."

Guntram runzelte die Stirn. „Dann wird es spät werden. Schön, fangen wir mit dem Euren an, Hoher Herr. Ein schönes Tier. Was macht Stirnfleck, den Ihr sonst geritten habt?"

„Er kommt in die Jahre, und ich will ihm das Gebirge nicht mehr zumuten."

„Ja, niemand von uns wird jünger", brummte Guntram und schritt zwischen den Pferden hindurch, wobei er sich jeden der Hufe besah. Bei einem der Tiere blieb er stehen. „Dieses Pferd solltet ihr zurücklassen. Das Eisen der linken Hinterhand ist einseitig abgetreten. Es setzt den Fuß falsch auf."

Nedeam trat zu dem Schmied und betrachtete den Huf. „Ihr habt recht." Er sah den Schwertmann an, der das Pferd geführt hatte. „Das hätte Euch auffallen müssen, Hildur. Bringt es zur Koppel und holt Euch ein anderes."

Der Schwertmann nahm den Rüffel hin, nickte und zog sein Pferd herum.

Dann holte Guntram Nedeams Pferd heran. Es war ein kräftiger Brauner, breit gebaut und stark, dabei mit hohen Schultern; ein ausdauerndes und schnelles Tier. Guntram trat an einen der Hinterläufe, zog den daraufhin hochschnellenden Fuß zwischen seine Beine und begann die Hufnägel und das Eisen zu lösen. „Habt Ihr ihn selbst ausgebildet?"

„Natürlich." Nedeam lächelte.

„Dann wird er Euch gut dienen. Sogar bei den Zwergen."

Nedeam lachte leise auf. „Das wird er sicherlich." Er sah über Guntrams Schulter hinweg zu der stampfenden Dampfmaschine, die neben der Schmiede auf einem Podest stand. „Wie seid Ihr mit der Brennsteinmaschine zufrieden, guter Herr?"

Guntram wandte sich dem nächsten Eisen zu. „Sie macht viel Lärm, aber meine Ohren sind ja zum Glück nicht mehr so empfindlich. Wir haben sie über lederne Riemen gleich mit zwei Schmieden verbunden. Das Leder überträgt die Kraft der Stampfmaschine auf die Blasebälge. Wirklich gute Riemen, die Schuhmacherin Esyne hat sie gemacht. Ich habe auch versucht, den Hammer mit der Maschine anzutreiben, aber dazu taugt sie nicht.“ Guntram hob kurz den Blick. „Für eine solche Arbeit braucht man ein gutes Auge und viel Gefühl.“

„Nun, ich hörte, Eure Augen …“

„Unsinn“, stieß Guntram heftig hervor. „Schön, sie sehen nicht mehr so scharf wie früher, doch das kann ich durch Erfahrung und die Fertigkeit meiner Hände wettmachen. Ich mache Euch noch immer die besten Rüstungen und Waffen.“ Er räusperte sich. „Und die besten Hufeisen, lasst Euch das versichern.“

„Davon bin ich überzeugt“, erwiderte Nedeam beschwichtigend.

„Ah, bei der Gelegenheit … Ihr könnt nachher auch die kleinen Querbogen mitnehmen, die ich für den Hohen Herrn Garwin gefertig habe. Die zwei Zehnen, die er davon bestellt hatte, sind nun alle fertig. Mitsamt der Bolzen.“

„Was für Querbogen?“ Nedeam runzelte die Stirn. „Solche, wie die Orks sie haben?“

„Besser. Viel besser.“ Guntram richtete sich auf. „Wartet, ich hole Euch einen.“

Nedeams Gesicht verfinsterte sich zunehmend. Garwin, der Sohn des Pferdefürsten, war nun neunzehn Jahreswenden alt und erwies sich immer mehr als Problem für den Ersten Schwertmann der Mark. Der junge Mann war sich bewusst, dass er eines Tages die Nachfolge seines Vaters antreten würde, und das ließ er die Menschen in seinem Umfeld spüren. Die Bescheidenheit, die man von einem Mitglied des Pferdevolkes erwartete, fehlte ihm. Er war Schwertmann und inzwischen sogar zum Scharführer eines Beritts aufgestiegen, aber die meisten der Männer sahen darin eine Bevorzugung durch seinen Vater. Garwin war sicherlich ein exzellenter Reiter und Kämpfer, aber ihm fehlte das mitfühlende Herz eines

Pferdelords, und immer wieder stellte er auch die Traditionen des Volkes in Frage. Zwar tat er dies selten offen, denn Garwin wusste, dass es den Unmut seines Vaters hervorgerufen hätte, aber er zeigte oft ein Verhalten, das seinen Widerwillen deutlich machte. Viele Männer aus Garodems Umfeld hatten ein unbehagliches Gefühl bei der Vorstellung, dass Garwin einst die Geschicke der Mark leiten würde.

Für Nedeam war die Situation besonders unangenehm. Er stand zwischen der großen Hoffnung des Vaters und den Männern der Beritte. Obwohl ihm Garwins Auftreten missfiel, versuchte er stets zu vermitteln, denn eines Tages, wenn Garwin das Banner Garodems aufnahm, würden die Männer ihm bedingungslos folgen und vertrauen müssen. Nedeam schätzte Garodem über alles, und so gab er sein Bestes, die von Garwin provozierten Verstimmungen abzumildern, aber es fiel ihm zunehmend schwer. Je älter Garwin wurde und je höher er aufstieg, desto unerträglicher benahm er sich. Nedeam ahnte, dass er eines Tages ernstlich mit dem Sohn des Pferdefürsten aneinandergeraten würde, aber er hoffte, dass dieser Tag noch fern war.

Der Erste Schwertmann schreckte aus seinen Gedanken, als Guntram wieder aus der Werkstatt trat. Der Schmied hielt eine Waffe in Händen, die an den berüchtigten Querbogen der Orks erinnerte und aussah, als habe man einen winzigen Bogen quer über einen hölzernen Schaft gelegt. In diesem verlief eine tiefe Rinne, die dem ungefiederten Bolzen Führung verlieh. Der Schmied, der sichtlich stolz auf seine Arbeit war, trat neben Nedeam und erklärte ihm die Waffe.

„Sie ist viel kleiner als ein Querbogen der Orks, Hoher Herr. Aber ich garantiere Euch, dass ihre Bolzen jede Rüstung eines orkschen Rundohrs durchschlagen. Seht, ich habe die Sehne aus geflochtenem Draht gefertigt, und hier ist ein

Hebel, den man von vorne nach hinten umklappt. So, seht Ihr? Durch diesen Haken wird die Sehne gespannt, dann der Bolzen in die Führung eingelegt – und fertig."

Der Schmied legte die Waffe an und zog dann an einem kleinen Hebel unter dem Schaft. Mit einem vernehmlichen Schnalzen löste sich der Bolzen und schlug mit einem harten Schlag in einen der Stützpfeiler des Vordachs. Nedeam war überrascht, wie tief das Geschoss ins harte Holz eindrang. Gemeinsam mit Guntram und den aufmerksam gewordenen Schwertmännern trat er an den Pfeiler heran. Er hatte Mühe, den Metallbolzen zu lösen.

„Ist ganz einfach, Hoher Herr. Den Hebel hier oben nach vorne klappen. Seht Ihr? So greift der Haken in die Sehne. Dann legt Ihr den Hebel wieder zurück an den Schaft, und schon ist die Waffe neu gespannt."

Nedeam nickte anerkennend. „Auf welche Entfernung kann sie eine Rüstung durchschlagen?"

Guntram reckte sich stolz. „Ich habe es ausprobiert. Eine gute Hundertlänge. Allerdings ist dann die Treffsicherheit nicht mehr so hoch. Die Waffe eignet sich eher für kurze Distanzen. Zum Beispiel dann, wenn ein Beritt in die Reihen des Feindes prallt."

„Einen guten Bogen kann sie nicht ersetzen", murmelte Nedeam, der den seinen liebte und vortrefflich damit umzugehen verstand.

„Nein. Das kann sie nicht." Guntram schien ein wenig beleidigt zu sein, denn Nedeams Einwand schmälerte seine Arbeit. „Aber auf kurze Entfernung ist sie absolut tödlich. Und sie ist leicht und lässt sich bequem tragen. Man kann sie mit der Bolzentasche am Waffengurt befestigen."

„Sie ist meisterlich gefertigt", versicherte Nedeam, und diese Bemerkung schien Guntram ein wenig zu versöhnen.

„Doch lasst uns nun nach den Pferden sehen. Sie sollen am Abend bereit sein.“

„Werdet Ihr die Waffen mitnehmen? Übrigens nenne ich sie Bolzenbogen. Sie unterscheiden sich doch wesentlich von dem Querbogen der Orks, Hoher Herr. Da steht ihnen schon ein eigener Name zu, findet Ihr nicht? Herr Garwin schätzt sie sehr.“

„Natürlich, guter Herr Guntram. Seid ohne Sorge, wir werden diese, äh, Bolzenbogen mitnehmen.“

Der Erste Schwertmann der Hochmark sah sorgenvoll in Richtung der Burg von Eternas. Als erfahrener Kämpfer hatte er nichts dagegen, wenn Waffen entwickelt und verbessert wurden, doch dies wurde im Kreis der Schwertmänner und des Pferdefürsten besprochen. Man wog die Vor- und Nachteile sorgfältig gegeneinander ab, bevor man eine Entscheidung traf. Garwin hatte sich darüber hinweggesetzt, und das würde wieder einmal böses Blut geben. Es war seltsam: Der Sohn des Pferdefürsten strahlte etwas aus, das nur zu leicht den Unmut der Männer hervorrief, und er tat nichts dafür, sie versöhnlich zu stimmen. Nedeam nahm sich vor, noch vor dem Abritt nach Norden mit dem Pferdefürsten zu sprechen, aber er ahnte bereits, was der ihm antworten würde.

Pferdefürst Garodem stand in diesem Moment zusammen mit seiner Gemahlin auf der Plattform des Signalturms der Festung Eternas. Die große Kristallschüssel war ein Stück zur Seite gedreht und mit einem Tuch abgedeckt, das sie vor Schmutz schützen sollte. Einst hatte hier das metallene Becken für das Signalfeuer gestanden, doch Garodem hatte sich das Wissen des Zwergenvolkes zu Nutze gemacht und eine jener Schüsseln zur Signaleinrichtung umbauen lassen, mit denen die kleinen Herren den Feind verbrennen konnten. Die Wache, die hier eigentlich stand, hatte sich zurückgezogen, denn die Bewohner der Burg wussten, wie sehr es der Pferdefürst schätzte, hier gelegentlich allein mit Larwyn zu verweilen.

Sie blickten über den großen Paradeplatz, der von den Gebäuden umgeben war, in denen Pferde und Reiter Unterkunft fanden. Dort herrschte geschäftiges Treiben. Mehrere Gruppen waren an der Koppel und wählten ihre Reittiere aus, andere hatten Ausrüstungen aus den Unterkünften geholt und saßen nun im wärmenden Sonnenlicht, um jedes Detail zu überprüfen.

Ein einzelner Beritt, der jedoch nicht hinausreiten würde, übte sich in den engen Reitformationen der Schwertmänner. Sie trugen die Lanzen, die den Reitern beim Einfall in eine feindliche Formation die unvergleichliche Stoßkraft der Pferdelords verliehen. Am Rande des Platzes standen Elfen und sahen den Vorbereitungen der Menschen interessiert zu. Elodarion sprach gerade mit einem der Scharführer und gab wohl Ratschläge. Der Pferdelord würde klug genug sein, den Hinweis des erfahrenen Ältesten nicht einfach in den Wind zu schlagen.

Garodem strich sanft über Larwyns Hand und tätschelte sie. Es war offensichtlich, dass ihn unangenehme Gedanken plagten, doch Larwyn kannte ihn gut genug, um ihn die Worte selbst finden zu lassen. In der Schlacht handelte der Pferdefürst schnell und instinktiv, und meist waren seine Entscheidungen richtig. Aber wenn es um weiter in die Zukunft reichende Belange ging, dann stützte er sich gerne auf Larwyns Rat. Er war nicht zu stolz, ihn anzunehmen, und schätzte es, dass sie die Dinge nicht nur vom Standpunkt eines Kämpfers sah.

„Die Elfen gehen viel früher, als ich gedacht habe", sagte Garodem schließlich. „Ihre Bogen werden uns im Kampf gegen den Schwarzen Lord fehlen. Zudem müssen wir nun auch noch die Grenze hoch im Norden bewachen. Das missfällt mir, denn es schwächt unsere Reihen in der Hochmark, und die Signalwege von dort bis hierher sind lang."

„Aber deine Idee ist gut, Garodem, mein Gemahl. Der gute König Balruk in der grünen Kristallstadt Nal't'rund wird uns sicherlich beistehen."

„Das hoffe ich", brummte Garodem. „Immerhin liegt ihre Stadt noch viel weiter oben im Norden und ist noch früher bedroht als unsere Mark. Das wird den kleinen Herren ebenso wenig gefallen wie uns."

„Nal't'rund ist bestimmt so stark gewachsen wie unsere Hochmark." Larwyn lächelte ihn an. „Sie wird sich vom Sturm der Orks erholt haben."

„Dennoch reichen ihre Kräfte nicht, um die Grenze im Norden allein zu hüten. Wir müssen diese Aufgabe gemeinsam wahrnehmen, und ich hoffe nur, Balruk stimmt dem zu."

„Das wird er", sagte Larwyn zuversichtlich. „Er ist ein sehr kluger Mann und sorgt sich ebenso um sein Volk wie du dich um das unsere."

„Wenn man scharf reitet, benötigt man mindestens einen vollen Zehntag zum Pass von Rushaan oder zurück. Ein weiter Weg, wenn es gilt, eilige Botschaften zu überbringen."

„Warum drängst du so, Garodem? Noch bewachen die Elfen den Pass. Sie würden uns warnen, wenn von dort Gefahr drohte."

„Mag sein." Garodems Stimme verriet seinen Unmut. „Aber die Elfen haben es plötzlich sehr eilig, das Land zu verlassen."

„Traust du ihnen nicht? Elodarion und Jalan sind doch unsere Freunde."

„Sind sie das wirklich?" Garodem sah sie ernst an. „Noch vor wenigen Tageswenden hätte ich dem vorbehaltlos zugestimmt. Wir standen Seite an Seite, kämpften gegen Orks und

Korsaren. Und doch … Mir scheint, die elfischen Wesen verbergen etwas vor uns. Ich kann es spüren." Garodem zuckte die Schultern. „Nein, ich kann und will mich nicht mehr ausschließlich auf ihr Wort verlassen. Ich muss selbst herausfinden, was in der nördlichen Ebene und am Pass von Rushaan vor sich geht."

„Du meinst, Nedeam muss es herausfinden."

„Ja, natürlich." Er lächelte entschuldigend. „Meine Zeit im Sattel ist vorbei. Nun muss Nedeam für mich Augen und Ohren offen halten. Er ist der richtige Mann dafür. Tasmund kann ihn in der Mark vertreten."

„Und Garwin wird mit hinausreiten."

„Ja, das wird er."

Larwyn seufzte entsagungsvoll. Sie wusste, welche Sorgen ihr gemeinsamer Sohn dem Gemahl bereitete. Im Grunde musste sie Garodem recht geben. Aber mit dem Instinkt der Mutter versuchte sie zugleich, den Sohn zu schützen. „Er macht sich gut als Führer des Beritts."

„Ja, er ist noch nicht vom Pferd gefallen."

„Garodem!" Sie sah ihn schockiert an. Diese Worte waren beleidigend. „Du bist verbittert."

„Das mag sein", räumte er ein und erwiderte ihren Blick. Sie war überrascht von der Trauer, die sie in seinen Augen erkannte. „Als ich ihn zum ersten Mal in meinen Armen hielt, da war Garwin mein ganzer Stolz und meine Hoffnung für die Zukunft unserer Mark. Aber nun sorge ich mich nur noch um den Augenblick, da mein Banner in seine Hand übergehen wird. Er ist eigensinnig, störrisch und missachtet die alten Traditionen."

„Das ist das Vorrecht der Jugend. Sie muss Bestehendes anzweifeln, um Neues hervorzubringen."

„Traditionen gilt es zu bewahren", knurrte er. „Sie sind es, die unser Volk geeint und stark gemacht haben. Sie geben uns Zusammenhalt und Kraft."

„Ja, das tun sie." Larwyn strich mit der Hand sanft über seine Wange. „Doch manche Dinge muss man in Frage stellen. Unsere Welt ändert sich. Unsere Zeit vergeht, und die Garwins bricht an."

„Vor Gendaneris hat er versagt." Garodem spürte, wie die Erinnerung daran seinen Zorn weckte. „Er zögerte, unseren Freunden, den Elfen, beizustehen. Nun verlassen sie das Land, und dann stehen nur noch das Reich Alnoa und die kleinen Herren Zwerge an unserer Seite. Es darf keinen Zweifel an unserer gegenseitigen Treue geben, Larwyn, sonst wird dieser Bund zerfallen."

„Schickst du Garwin aus diesem Grund zusammen mit Nedeam hinaus?"

„Unter anderem, ja." Der Pferdefürst seufzte. „Die nördliche Öde ist unbekanntes Gebiet. Da muss sich jeder auf den anderen verlassen können. Vielleicht bringt ihn das den Männern näher."

„Du weißt, dass Garwin die Männer führen kann."

Garodem schüttelte traurig den Kopf und legte dann den Arm um ihre Schultern. „Vielleicht kann er sie führen, das ist nicht schwer. Aber kann er sie gut führen, Larwyn? Darauf wird es ankommen. Er braucht nicht nur ihren Gehorsam, er braucht auch ihr Vertrauen. Nedeam hat beides."

„Garodem, mein geliebter Gemahl, es tut mir weh, diese Worte aus deinem Mund zu hören. Ich liebe unseren Sohn."

Der Pferdefürst zog sie enger an sich. „Das tue ich auch."

9

Die Macht des Schwarzen Lords stützte sich auf die magischen Fähigkeiten der Grauen Wesen und auf die Schlagkraft seiner Legionen. Diese Legionen bestanden aus Orks, die in den unterirdischen Bruthöhlen gezüchtet wurden und voll ausgewachsen aus den Schleimbeuteln schlüpften. Fehlerhafte Exemplare wurden sofort wieder dem Nährschlamm zugeführt, die anderen wurden von den Brutmeistern gesichtet und dann zu den Schmieden geführt, wo sie die Waffen und Ausrüstungen erhielten, die ihren Aufgaben entsprachen. Es gab zwei Sorten von Orks: die großen muskulösen Rundohren, die enorm kräftig und ausdauernd waren und dem Feind in schwerer Rüstung begegneten; und die kleineren Spitzohren, die einen schmächtigen Körperbau hatten, aber über besonders gute Reflexe verfügten. Während die Rundohren Stolz empfanden, wenn sie dem Feind offen gegenübertraten, bevorzugten es die Spitzohren, vom Mut ihrer größeren Brüder zu profitieren. Sie waren, ihrer Art entsprechend, ein wenig feige und hinterlistig. Aber die Spitzohren hatten Gefühl und Augenmaß im Umgang mit Bogen und Pfeil. Die Besten von ihnen erhielten sogar die gefährlichen Querbogen. Der Schwarze Lord setzte auf die Rundohren, wenn es galt, dem Feind mit Schwert oder Spieß gegenüberzutreten, und bevorzugte die Spitzohren, wenn aus der Ferne gekämpft werden musste. So bildete er seine Legionen aus beiden Arten.

Der Führer einer solchen Legion hatte stark und klug zu sein, und er musste sich als Kämpfer bewährt haben. Die beiden Legionsführer, die nun auf einem Hügel oberhalb der

Ebene von Cantarim standen, trugen beide den Doppelkamm des Befehlshabers auf dem Helm, und doch hätten sie verschiedener nicht sein können. Sowohl in ihrer äußeren Erscheinung als auch ihrem inneren Wesen nach.

Fangschlag war ein Rundohr von ungewöhnlicher Größe und Stärke. Er trug die schwere Rüstung mit vollem Körperpanzer, den massigen Helm, der klobig wirkte und auch Kinn und Nacken schützte, sowie die gepanzerten Stiefel, die, eine Eigenheit der orkischen Bewehrung, die Zehen frei ließen. An seinem Gurt hing ein schweres Schlagschwert, bestehend aus einem einfachen Handgriff und einer groben, blattartigen Klinge, die so massiv war, dass sie jeden Panzer zertrümmern konnte. Die Spitze des Schlagschwertes war zu einem Haken ausgezogen, den man in Rüstung oder Bein eines Reiters schlagen konnte, um diesen dann vom Pferd zu ziehen.

Der Legionsführer neben ihm war ungewöhnlich, denn er gehörte den Spitzohren an. Eine nutzlose und feige Made, wie Fangschlag fand, aber die Kreatur hatte es geschafft, den Allerhöchsten von ihren angeblichen Fähigkeiten zu überzeugen. Dieser Legionsführer hieß Einohr, und sie beide kannten sich schon lange und hassten einander von Herzen. Unter anderen Umständen hätte Fangschlag vielleicht eine Möglichkeit gefunden, den aufgeblasenen Einohr versehentlich über eine Klippe stürzen zu lassen, aber einen solchen Unfall konnte man sich nicht erlauben, wenn einem dabei ein Brutmeister über die Schulter sah.

Der Brutmeister trug eine dunkelrote Robe mit den Zeichen von Cantarim und hatte seine Kapuze tief ins Gesicht gezogen. Er verbarg es wie die meisten seiner Zunft. Kein Ork vermochte mit Sicherheit zu sagen, um was für Wesen es sich bei den Brutmeistern handelte. Manche spekulierten, es seien Orks, andere hielten sie für Menschenwesen und wieder andere meinten, es seien Kreaturen gänzlich anderer Art. Es gab Gerüchte, dass ihre Augen denen der Menschen glichen, und auch solche, die besagten, die Meister hätten gelbe und geschlitzte Pupillen. Aber kein vernünftiger Ork hatte das Verlangen, die Kapuze und damit das Geheimnis zu lüften.

Fangschlag und Einohr kannten sich seit vielen Jahreswenden. Einst hatten sie in derselben Legion gedient, unter Kommandeur Blutfang, der mit ihnen die grüne Kristallstadt der Zwerge genommen hatte. An diesen Marsch dachte Fangschlag nur mit Unbehagen zurück. Damals waren sie auf einem verborgenen Pfad von der Ebene Cantarim über die rote Kristallstadt Nal't'bron zum Pass des Eten gelangt. Zweimal hatten die Legionen diesen Weg gemacht, zuerst, als sie gegen die grüne Kristallstadt marschierten, und später erneut, als sie ins Dünenland vorstießen. Doch dieser Pfad war nun verschüttet und unpassierbar. Fangschlag bedauerte das nicht, denn der Marsch war beschwerlich und lang gewesen. Der Angriff auf Nal't'rund hatte hoffnungsvoll begonnen. Damals war ihnen nur der Zwergenkönig mit einer Handvoll Krieger entkommen, Bastarde, die noch kleiner als ein Spitzohr waren, aber, wie Fangschlag anerkennen musste, den Mut eines Rundohrs hatten. Man war ihnen gefolgt, doch der König entkam und holte die verfluchten Pferdemenschen zu Hilfe. Gemeinsam hatten sie den Legionen die Stadt wieder entrissen, und dabei war der alte Legionsführer getötet worden. Irgendwie hatte es der verfluchte Einohr danach geschafft, zum Führer aufzusteigen.

Als sie ins Dünenland der Barbaren marschierten, war Fangschlag einer der Kohortenführer in Einohrs Legion, und wieder waren die ewig verfluchten Pferdelords erschienen. Dann folgte der Kampf um Merdonan, die Stadt der Pferdemenschen. Die Legionen hatten sie genommen, doch wenig später waren Elfen und Reiter gemeinsam auf sie eingestürmt. Viele gute Kämpfer wurden vor Merdonan erschlagen. Einohr war nicht darunter, aber er war ja auch kein Kämpfer. Das verdammte Spitzohr hatte die Flucht ergriffen, während Fangschlags Legion ausgeharrt hatte. Ja, seine Männer hatten den Reitern mit den grünen Umhängen einen guten Kampf geliefert. Aber schließlich waren sie der Übermacht gewichen. Verfluchte Pferdemenschen. Wenn Fangschlag etwas hasste, dann waren es Pferdemenschen. Von Einohr einmal abgesehen, den hasste er noch etwas mehr.

Der Hügel bot einen guten Ausblick auf die große Festung Cantarim und die gleichnamige Ebene, in der sie sich erhob. Die Festung stand viele Tausendlängen entfernt, und doch war die riesige Anlage mit ihren mächtigen Mauern und wuchtigen Türmen vom Hügel aus gut zu erkennen. Ihre Steinquader waren sorgfältig behauen und einst nahezu fugenlos gewesen. Aber Cantarim war alt, und die vergangenen Jahrtausendwenden hatten dem Stein zugesetzt und manche Kante abgeschliffen. An einigen Stellen waren die Narben von Geschosseinschlägen zu sehen, Zeugnisse eines lange vergangenen Kampfes. Einst war dies die letzte und größte Festung eines der vergangenen Königreiche gewesen, und die Orks hatten sie berannt und eingenommen. Nun diente die Anlage ihren neuen Herren. Legionen von Arbeitern hatten sich in den Boden unterhalb der Festung gegraben und dort jene Bruthöhlen angelegt, aus denen der Nachwuchs für die Truppen des Schwarzen Lords schlüpfte. Damit das gewaltige Gewicht Cantarims die riesigen Felsendome nicht zum Einsturz brachte, hatte man Hunderte massiger Pfeiler und Stützen aus Fels und Metall errichten müssen. Ein immenser Aufwand, doch auf diese Weise konnte die Festung schützen, was unter ihr verborgen lag.

So, wie Cantarim sich auf diese unzähligen Pfeiler stützte, so stützte sich die Macht des Schwarzen Lords auf die Bruthöhlen, Schmieden und Legionen Cantarims. Zwar war die Festung nur ein Teil der Macht, über die der Schwarze Lord verfügte, aber sie war wichtig, denn von hier aus konnten die Legionen über den Pass von Merdoret die Menschenstadt Merdonan und über den von Rushaan die nördliche Öde erreichen.

Bald, sehr bald würde es einen erneuten Vorstoß gegen die Reiche der Menschen, Elfen und Zwerge geben. Wer sah, was sich in der Ebene von Cantarim abspielte, konnte daran keinen Zweifel haben.

Fangschlag war in mancher Schlacht gewesen und kannte die Kampfweise der Feinde, vor allem jene der Pferdemenschen. Sie hatte sich über die Jahrtausendwenden kaum gewandelt, ebenso wenig wie die Taktik der Legionen. Auch die benutzten Waffen waren in all der Zeit fast unverändert geblieben. Die Rüstungen waren besser geworden, leichter und zugleich stärker, und die Waffen wirkungsvoller. Aber immer noch wurden Spieße, Lanzen und Schwerter oder Pfeile und Bolzen von herkömmlicher Bauart verwendet.

Kaum ein Ork stellte das in Frage, jedoch nicht so Fangschlag. Vielleicht lag das daran, dass er nun schon einige Kämpfe bestanden hatte.

Die Schlacht um Merdonan vor nunmehr acht Jahreswenden … Sie hatte ihm gezeigt, dass die Legionen anders auftreten mussten. Damals war er Legionsführer geworden, und er hatte seine Kämpfer unbarmherzig gedrillt, bis sie dem Feind standzuhalten vermochten. Oder ihm zumindest länger standhielten als jede andere Legion. Am Ende hatten die Pferdelords sie dennoch überritten, nicht ohne jedoch einen ungewöhnlich hohen Preis dafür zu bezahlen. Für Fangschlag und seine Legion war es eine Niederlage gewesen, daran gab es nichts zu beschönigen. Doch das mächtige Rundohr hatte daraus gelernt, und es schien ganz so, als habe der Schwarze Lord vernommen, wie tapfer sich die Legion geschlagen hatte. Dies war der Grund, warum Fangschlag nun mit Einohr und dem Brutmeister auf dem Hügel stand und in die Ebene von Cantarim hinunterblickte.

Es gab Veränderungen. Und zwar solche, die endlich den Sieg über die Menschen und ihre Verbündeten bringen sollten. Fangschlag empfand einen gewissen Stolz, dass eine dieser Veränderungen auf seine Anregung zurückging. Was nun hier geschah, war ein erster Versuch, seine Idee umzusetzen, doch sie hatte sofort den Unmut aller Spitzohren hervorgerufen.

Fünf Legionen standen in der Ebene. Fünf sehr ungewöhnliche Legionen, denn keine von ihnen wies auch nur ein einziges Spitzohr auf. Sie bestanden ausschließlich aus Rundohren, die somit auch die legionsübliche Anzahl an Bogen- und Querbogenschützen stellten. Dies hatte weder den Rundohren noch den Spitzohren gefallen.

„Es ist ehrlos, den Feind mit Pfeil oder Bolzen zu töten", hatte einer der neuen Bogenschützen während der Formierung der Kohorten gesagt und die ungewohnte Waffe verächtlich von sich gestreckt. „Ihn mit dem Schwert zu schlachten, das bringt Ehre."

Unter anderen Umständen hätte Fangschlag seinen Rang als Legionsführer ausgespielt oder dem Rundohr schlicht die Fänge eingeschlagen. Aber er hatte erkannt, dass er seine Krieger von der neuen Kampfweise überzeugen musste. „Der Feind kämpft mit diesen Waffen, und er schlachtet uns ab, bevor wir nahe genug heran sind, um unsere Schwerter einzusetzen. Du weißt genau, dass auch wir diese Waffen nutzen müssen. Jedes Menschenwesen, das von einem unserer Pfeile oder Bolzen getötet wird, schwächt ihre Linie und macht uns die Arbeit leichter.“ Er hatte den unwilligen Schützen angesprochen, doch seine Worte galten allen Rundohren, die von nun an mit den Fernwaffen töten sollten. Er musste sie überzeugen, wenn die neuen Legionen mit Macht auftreten wollten. „Aber man braucht Mut, die Geschosse zu lösen, während der Feind auf seinen Pferden einem entgegenprescht. Mut, den die Spitzohren nicht haben.“ Sein Blick war über die Reihen der Kämpfer geglitten. „Ihr wisst selbst, wie viele Rundohren in der Vergangenheit gefallen sind, wenn die nutzlosen Maden ihre Pfeile und Bolzen wahllos verschossen haben.“

„Ja, die kleinen Bastarde nässen sich die Füße, wenn der Feind stürmt“, hatte ein stämmiger Krieger gebrüllt und dabei vergnügt die Fänge gebleckt.

„Ihre nassen Füße interessieren mich nicht“, war Fangschlags kalte Erwiderung gewesen. „Es geht mir darum, dass sie in ihrer Panik auch auf Rundohren schießen. Glaubt ihr etwa, dass aus einem Spitzohr ein tapferer Kämpfer werden kann?“

Nein, das glaubte keiner von ihnen.

Fangschlag hatte viel sagend genickt und dann über die angetretenen Kohorten gewiesen. „Dies werden die neuen Legionen des Allerhöchsten Lords sein. Mit kraftvollen und ehrenhaften Rundohren in den ersten Reihen. Und mit kraftvollen und ehrenhaften Rundohren in der hinteren Reihe. Echten Kämpfern, die ihre Pfeile und Bolzen abschießen und tapfer stehen bleiben, wenn der Feind naht. Die ihn töten, statt wegzulaufen und sich auf die Füße zu machen.“

Die Kämpfer hatten geschwiegen, und er hatte seine Worte auf sie wirken lassen. Er war kein sehr gewandter Redner, aber sie verstanden, was er ihnen sagen wollte. Möglicherweise waren sie auch verwirrt, denn ein anderer Legionsführer hätte ihnen seinen Willen einfach aufgezwungen, und wer sich geweigert hätte, der wäre im Nährschlamm geendet. Fangschlag hatte wütend ausgespuckt. „Ich könnte es mir leicht machen und euch einfach den Befehl erteilen, das wisst ihr nur zu gut. Aber ihr sollt die neuen Waffen nicht mit Unwillen, sondern mit Lust benutzen und danach gieren, den Feind mit ihnen zu töten."

„Nun ja, wenn wir ihn vom Pferd geschossen haben", hatte einer der Kohortenführer geknurrt, „dann können wir ihm ja immer noch mit dem Schlagschwert den Rest geben." Er hatte Fangschlag forschend angesehen. „Oder sollen wir ganz auf unsere Schwerter verzichten?"

„Natürlich nicht", entgegnete Fangschlag. „Die Spitzohren sind zu schwach, um eines zu tragen, aber ihr seid Rundohren. Das Schlagschwert ist für euch gemacht. Doch habt ihr auch den Mut, dem Feind ins Auge zu sehen und Pfeil und Bolzen auf ihn abzuschießen? Den Mut, zu warten, bis euer Schuss den Gegner sicher trifft?"

Empörtes Murren hatte sich erhoben, und Fangschlag war zufrieden gewesen. Die Ehre eines Kämpfers war etwas, an dem man ein Rundohr packen konnte. Das unterschied sie von den Spitzohren.

Prahlerisch, wie sie manchmal waren, hatten sie sich kurz darauf mit einigen Spitzohren angelegt. Unglücklicherweise hatte der Brutmeister davon erfahren, bevor die Verlierer in den Nährschlamm wandern konnten. Den Verlust einiger Maden konnte der Meister verschmerzen, doch er wollte keinen Unfrieden in den Legionen. Fangschlag hatte einige gute Kämpfer eingebüßt, als sie der Brutmeister den erschlagenen Spitzohren folgen ließ. Danach hatte einigermaßen Ruhe geherrscht, und selbst die üblichen Pöbeleien zwischen den beiden Orkgruppen waren unterblieben, denn die Macht und Rücksichtslosigkeit der Brutmeister war nur zu bekannt. Und kein Ork hatte große Lust, als Madenfutter zu enden.

Dann war eingetreten, wovor Fangschlag sich gefürchtet hatte. Seine Rundohren sollten den Beweis erbringen, dass sie wirklich wie die Spitzohren mit Pfeil und Bogen umgehen konnten.

Einer Vorführung mit dem Querbogen hätte der Legionsführer ungerührt entgegengeblickt. Die Waffen ließen sich leicht handhaben, vor allem, wenn man über die Körperkräfte eines Rundohrs verfügte. Das galt zwar auch für den kurzen Orkbogen, doch konnte man mit ihm schlechter zielen.

So standen Fangschlag, Einohr und der Brutmeister nun oben auf dem Hügel, und unter ihnen waren die fünf Legionen der Rundohren angetreten, um ihre Schießkünste zu demonstrieren.

Einohr war ebenso nervös wie Fangschlag, der seine Unruhe aber besser verbergen konnte. Für sie beide stand viel auf dem Spiel. Fangschlag konnte das Gesicht verlieren, doch Einohr musste gar um seine Existenz bangen. Denn wenn sich die Rundohren an den Bogen und Querbogen bewährten, dann war durchaus fraglich, ob der Allerhöchste Lord überhaupt noch Verwendung für die schmächtigen Spitzohren hatte. Fangschlag unterdrückte mühsam ein zufriedenes Bellen, als er die Zusammenhänge begriff.

Denn auch wenn seine Schützen versagten, war der Herr der Finsternis noch immer auf die Rundohren angewiesen. Kein Spitzohr würde sich schließlich in vorderster Linie gegen den Feind stellen.

Nein, Fangschlag war nicht sonderlich beunruhigt, als die Legionen in vorbildlicher Ordnung antraten und sich in Gefechtsformation aufstellten. Die Bewegungen erfolgten in perfektem Gleichmaß und bewiesen den vorzüglichen Drill der Kämpfer.

„Im Herumgestampfe sind sie gut", spottete Einohr, „und sicher sind sie auch vorzüglich darin, blindlings auf den Feind zu stürmen. Es ist kein Kunststück, ein Schwert in einen Leib zu rammen. Aber um mit einem Pfeil auf weite Entfernung zu treffen, braucht man gute Reflexe und ein sicheres Auge."

„Meine Kämpfer haben gute Reflexe", knurrte Fangschlag, und seine Hand legte sich an den Griff des Schlagschwerts. „Und auch ihre Augen sind gut."

Der Brutmeister stieß ein leises Zischen aus. „Mit Worten kann man den Feind nicht bezwingen, Legionsführer. Dafür braucht man Taten, und die ich will nun sehen. Also zeigt mir, was die neuen Legionen der Eisenbrüste können."

Eisenbrüste. Der Name gefiel Fangschlag. Auch wenn die Oberkörper der Rundohren schon lange mit stählernen Rüstungen gepanzert waren, symbolisierte dieser Name den Willen und Mut der neuen Legionen. Dazu passend prangte auf den Brustteilen der dunklen Harnische das Zeichen einer blutroten Hand mit gespreizten Klauen, und es wiederholte sich in den schwarzen Bannern der fünf Einheiten.

Eine Hundertlänge vor den Legionen waren metallene Schilde in den Boden gerammt, und auf die Kommandos der Kohortenführer hin sandten die Einheiten nacheinander ihre Pfeilhagel aus. Schwärme schwarz gefiederter Pfeile erhoben sich in die Luft und senkten sich dann ihren Zielen entgegen. Das Ergebnis war wenig beeindruckend, selbst für Fangschlags voreingenommenes Auge.

„Sie sollten noch ein wenig üben", spottete Einohr prompt. „Dabei haben sich die Schilde nicht einmal bewegt."

„Die Pferdemenschen auf ihren Pferden sind viel größer", knurrte Fangschlag missmutig. „Außerdem kommen sie dicht gedrängt. Das bietet ein großes Ziel, das man nur schwer verfehlen kann." Er war klug genug, nicht die schlechte Qualität der Pfeile anzuführen. Diese waren bei Weitem nicht so sorgfältig gefertigt wie die der Feinde. Zum einen mangelte es den Orks an gutem Holz, zum anderen an der Kunstfertigkeit der Waffenschmiede, die überwiegend Spitzohren waren. Dennoch erzielten die kleinen Bastarde mit den Pfeilen weitaus bessere Ergebnisse als Fangschlags Schützen.

Der Brutmeister hatte bislang geschwiegen. Er sah auf die Legionen hinunter, die weiterhin Salve um Salve lösten. Schließlich wandte er sich Fangschlag zu. „Verschwenden wir keine weiteren Pfeile mehr. Zumindest werden die Eisenbrüste nicht davonlaufen, und auf kurze Entfernung könnten ihre Geschosse sogar treffen. Vielleicht werden die neuen Donnerrohre die Schwäche der Schützen ausgleichen."

Fangschlag entblößte ehrerbietig seine Kehle. Dann nickte er und gab seinem Bannerträger einen Wink, worauf dieser das riesige schwarze Tuch senkte. Die Legionen der Eisenbrüste verharrten, und die Aufmerksamkeit aller konzentrierte sich nun auf jene neue Waffe, die der Brutmeister als Donnerrohr bezeichnet hatte.

Das Wissen der Grauen Magier hatte es den Waffenmeistern ermöglicht, große Mengen des grauschwarzen Sprengpulvers herzustellen. Seine Wirkung war schon oft genutzt worden, um die Bruthöhlen anzulegen. Nun sollte es als Waffe dienen, indem mit seiner Kraft große Eisenkugeln auf den Feind geworfen wurden.

Drei dieser Donnerrohre waren inzwischen gebaut worden. Eines davon war bei einer Schießübung auseinandergeplatzt und hatte die gesamte Bedienungsmannschaft getötet oder verstümmelt. Fangschlag hatte mit einer gewissen Genugtuung davon gehört, denn die neuen Waffen wurden ausschließlich von Spitzohren bedient. Sie luden sie, richteten sie auf das Ziel und feuerten sie ab.

Die beiden noch verfügbaren Donnerrohre wurden nun zwischen den Legionen der Eisenbrüste und dem Hügel in Stellung gebracht. Ein mühseliges Unterfangen, denn das gewaltige Gewicht presste die Radscheiben tief in den sandigen Untergrund. Furchen blieben hinter den Waffen zurück, die jeweils von vier gehörnten Bestien gezogen wurden. Fangschlag empfand fast so etwas wie Mitleid mit den Spitzohren, die diese Kolosse bändigen mussten.

Einohr gehörte zu den glühenden Verfechtern der neuen Donnerrohre. Fangschlag wunderte das wenig, denn immerhin sollte diese Waffe aus beträchtlicher Distanz töten, was den Spitzohren die gewünschte Sicherheit garantierte. Der Legionsführer vergaß jegliche Furcht vor dem Brutmeister und reckte sich stolz, während er auf die beiden Waffen hinabdeutete.

„Zu Ehren des Brutmeisters haben wir uns etwas ganz Besonderes einfallen lassen", verkündete er. „Ursprünglich waren die Donnerrohre dafür gedacht, Kugeln auf den Feind zu schleudern und seine Reihen oder Mauern zu zerschmettern." Er warf einen gehässigen Blick auf Fangschlag. „Da ich mit den mäßigen Schussleistungen der Eisenbrüste gerechnet habe, habe ich mir vorher mit den Führern der Donnerrohre Gedanken gemacht, wie man die Waffe optimieren könnte."

Der Brutmeister wandte ihm den Kopf zu. „Sprich weiter."

„Ja, nun, wenn die Pferdemenschen oder andere Feinde auf uns zustürmen, dann wird jede der Kugeln ihre Reihen durchpflügen und eine blutige Bresche hineinschlagen." Einohr entblößte amüsiert die Fänge. „Es wird aber nur eine schmale Bresche sein, nicht wahr? Nun, ich und die anderen, wir haben uns überlegt, dass man die Bresche verbreitern könnte, wenn man die Kugeln der zwei Rohre, über die jedes Gerät verfügt, miteinander verbindet." Der Brutmeister schwieg, und Einohr fuhr hastig fort. „Die beiden Kugeln jedes Donnerrohres sind also über eine lange metallene Kette miteinander verbunden. Werden nun beide Kugeln gleichzeitig abgeschossen, so ziehen sie die Kette mit sich und spannen sie. Dadurch wird sie wie ein riesiges Schwert in die Reihen des Feindes schneiden. Eine sehr blutige und sehr breite Bresche", fügte er bellend hinzu.

Der Brutmeister stieß ein leises Zischen aus. Es verhieß wohl Zustimmung und klang dennoch Unheil verkündend. Fangschlag fragte sich, welch eine Kehle einen solchen Laut hervorrufen konnte.

Unten an den Donnerrohren wurden soeben Fässer mit Sprengpulver geöffnet. Spitzohren traten mit seltsam geformten Schaufeln an die Mündungen und schoben das Pulver in die Rohre, um es dann mit langen hölzernen Stöcken nach hinten zu pressen.

„Das Stopfen muss mit großer Vorsicht geschehen", kommentierte Einohr. „Zu viel Druck oder Reibung, und das Pulver platzt auseinander und mit ihm das Donnerrohr. Eine Arbeit, die mit großer Sorgfalt ausgeführt werden muss." Er warf einen Blick auf Fangschlag. „Nichts für die groben Kräfte eines Rundohrs."

Fangschlag hätte seine groben Kräfte gerne an dem Spitzohr demonstriert, aber die Arbeit der Donnerrohrmannschaft nahm ihn zu sehr gefangen. Beide Rohre einer Waffe wurden gleichzeitig geladen. Nachdem das Pulver nach hinten geschoben worden war, setzten die Spitzohren die metallenen Kugeln in die Mündungen und schoben auch sie mit dem Ladestock tief hinein. Man erkannte die massige lange Kette, welche die Kugeln miteinander verband. Sehr sorgfältig wurde sie unterhalb der Mündungen ausgelegt.

Schließlich trat die Lademannschaft zur Seite, und ein paar Orks rannten an das Ende der Waffe, um diese unter lauten Rufen auf das Ziel auszurichten, bis der Donnerrohrführer zufrieden schien. Als er nickte, traten zwei andere Spitzohren mit brennenden Fackeln an die hinteren Enden der Rohre, während die übrigen Helfer förmlich auseinanderspritzten und sich zu den Seiten in Sicherheit brachten. Die Fackeln senkten sich, Stichflammen zuckten aus den Zündlöchern empor, und die Donnerrohre brüllten auf.

Die Wucht des doppelten Abschusses warf die Waffe nach hinten, die sich dabei aufbäumte und dann schwer auf ihre Lafette zurückkrachte, nachdem sie die beiden Eisenkugeln aus den Mündungen geschleudert hatte. Die beiden Kugeln waren gut zu erkennen, und der scheinbar langsame Flug täuschte über die enorme Wucht der Geschosse hinweg. Die Kette wurde mitgerissen und spannte sich. Entgegen Fangschlags Erwartung riss sie nicht entzwei. Dennoch verlief die Vorführung nicht so, wie Einohr und die Geschützbedienungen es sich erhofft hatten.

Die beiden Kugeln hatten die Geschützrohre nicht genau gleichzeitig verlassen. Eine von ihnen war der anderen eine Winzigkeit voraus, und da die Geschosse durch die Kette miteinander verbunden waren, begannen sie sich nun umeinander zu drehen. Ein heulendes Kreischen begleitete die unkontrollierte Rotation, bis die Kette doch noch riss und die beiden Kugeln mit ihren Kettenstücken ins Gelände schlugen. Ein gutes Stück abseits des Ziels stiegen Fontänen aus Sand und Geröll auf.

„Sie sollten noch ein wenig üben“, spottete Fangschlag und bleckte amüsiert die Fänge. „Deine Donnerrohre haben kaum mehr als den Sand erschreckt.“

„Die Pferdemenschen auf ihren Pferden sind viel größer", erwiderte Einohr bissig und zitierte bewusst Fangschlags eigene Worte. „Sie kommen dicht gedrängt, nicht wahr? Das bietet ein großes Ziel, das man nicht leicht verfehlen kann."

Fangschlags rotgrün geschecktes Gesicht verdunkelte sich ein wenig. Er hatte die Anspielung verstanden und musste Einohrs Geschick bewundern. Dieser kleine Bastard war feige, aber nicht dumm.

Der Brutmeister stieß erneut ein leises Zischen aus. „Eisenbrüste und Donnerrohre werden weiter üben. Bei jedem Licht, von der Tages- bis zur Nachtwende. In einem Zehntag müssen sie bereit sein." Die beiden ungleichen Legionsführer sahen den Brutmeister überrascht an. Für einen flüchtigen Augenblick glaubte Fangschlag, ein rötlich gelbes Schimmern im Dunkel der Kapuze zu erkennen, als der Brutmeister sich bewegte und in die Ebene hinunterwies. „In einem Zehntag werdet ihr zur Festung marschieren. Dann solltet ihr bereit sein. Der Allerhöchste Lord möchte nicht gerne dabei zusehen, wie eure Kämpfer versagen."

„Der … Allerhöchste?" Fangschlags Gesichtsfärbung hellte sich ein wenig auf.

Der Brutmeister nickte. „Der Schwarze Lord höchstpersönlich wird nach Cantarim kommen."

Das Rundohr ließ seinen Blick über die formierten Legionen und die beiden Donnerrohre schweifen. Der Schwarze Lord. Der Allerhöchste. Er würde nach Cantarim kommen. Das konnte nur eines bedeuten. Schon bald würden die Eisenbrüste gegen die Menschen und ihre Verbündeten ziehen.

10

Nacht hatte sich über die Hochmark gesenkt. Schon bald nach Sonnenuntergang setzte eine Kühle ein, die einen harten Winter ankündigte. Noch war sie nicht so groß, dass man die Wärmefeuer entzünden musste, aber schon in wenigen Zehntagen konnte der erste Schnee fallen.

„In diesem Jahr wird der Winter früh kommen", sagte die schlanke Frau mit den langen schwarzen Haaren. Ihre Stimme war sanft, und ihre Augen erschienen Nedeam im Licht der Sterne unnatürlich groß. „Kein guter Zeitpunkt, um mit den Männern nach Rushaan vorzustoßen."

Ein Stück hinter ihnen stand ein Brennsteinbecken auf der nördlichen Wehrmauer und warf sein warmes Licht über Llaranas schlanke Gestalt.

Nedeam räusperte sich. Sie hatten sich eher zufällig auf der Mauer getroffen, und die Nähe der schönen Elfin machte ihn verlegen. „Im Kampf gegen den Schwarzen Lord und seine Orks können wir nicht warten, bis uns der Zeitpunkt passt. Wir müssen jetzt erkunden, was in Rushaan geschieht."

Llarana lächelte. „Gesprochen wie ein Erster Schwertmann des Pferdevolkes."

Er spürte die Ironie in ihren Worten und errötete ein wenig. „Würdet ihr elfischen Wesen nicht so rasch zu den Neuen Ufern aufbrechen und uns verlassen, müssten wir auch nicht so rasch nach Norden ziehen."

„Das ist wahr. Aber jedem sind die Wege seines Schicksals vorbestimmt." Llarana blickte nach Norden und seufzte leise. „Wir haben nur wenig Einfluss darauf. Uns Elfen ist es bestimmt, zu den Neuen Ufern zu gehen."

„Und wir Menschen werden hierbleiben."

Llarana wandte sich ihm zu und lehnte sich mit dem Rücken an eine der Zinnen. „Wäre das Haus Deshay damals nicht dem Zauber der Grauen Wesen erlegen, so wäre unser Volk schon längst in seiner neuen Heimat. Es gibt keinen Grund, uns zu zürnen, Nedeam, Pferdemensch." Sie legte eine Hand sacht an seinen Arm. „Nicht allen von uns fällt es leicht, euch zurückzulassen."

„Fällt es dir leicht?"

Erneut trafen sich ihre Blicke, und Llarana zögerte. „Ich weiß es nicht, Nedeam, Pferdemensch."

„‚Nedeam, Pferdemensch', das klingt so …" Er brach ab. „Wir haben gemeinsam einiges erlebt, Llarana. Die Befreiung deines Hauses, die Schlacht um Merdonan und schließlich den Kampf gegen die Schwärme der See und ihren wahnsinnigen Malaquant. Ich hatte gehofft, das würde uns einander näherbringen."

„Wir sind uns nah", versicherte sie ihm. „So nah, wie ein menschliches und ein elfisches Wesen sich nur sein können."

„Du meinst, ein sterbliches und ein unsterbliches Wesen." Seine Stimme klang bitter, und diesmal legte er seine Hand an ihren Arm. „Ich empfinde mehr für dich als nur Freundschaft, Llarana."

„Ich weiß." Ihre Stimme war kaum mehr als ein Hauch.

„Auch du empfindest mehr." Es war mehr Wunsch als Gewissheit. Nedeam kannte die Gefühle, die Mann und Frau füreinander empfinden konnten, die jenes feste Band zwischen ihnen woben und alles andere nebensächlich erscheinen ließen. Obwohl er nun ein erfahrener Kämpfer war und die jungen Frauen des Pferdevolkes ihn begehrten, hatte er sich nie dem schnellen Verlangen hingegeben, sondern auf jene Frau gewartet, die sein Herz erstürmen würde. Es war vollkommen unerwartet geschehen. Niemals hätte er damit gerechnet, einer elfischen Frau zu verfallen, noch dazu auf eine so bedingungslose Art.

Dorkemunt war in Sorge gewesen, als er die unglückliche Liebe Nedeams zu der schönen Elfin erkannte. Der kleine Pferdelord hatte versucht, für seinen jungen Freund zu vermitteln, denn so mutig Nedeam auch dem Feind entgegentrat, so gehemmt wirkte er doch dem anderen Geschlecht gegenüber. Für den erfahrenen Pferdelord stand rasch fest, dass es nur einen einzigen Grund gab, warum Llaranas Herz sich nicht erweichen ließ – ihre Furcht, sich als unsterbliches Wesen der Liebe zu einem Sterblichen hinzugeben; eine kurze Spanne des Glücks, auf die eine lange Zeit des Leids folgen würde. Der gleiche Grund, weshalb die Elfen die Nähe vergänglichen Lebens mieden.

Nedeam seufzte leise. „Du weißt, was ich für dich empfinde, und es sind aufrichtige Gefühle. Es zerreißt mich, dich vor mir zu sehen und meine Liebe nicht mit dir zu teilen. Ich weiß, welchen Schmerz es dir bereiten könnte, wenn … wenn …“

„Nein, das weißt du nicht.“ Ihre großen Augen schimmerten im Sternenlicht. „Kein sterbliches Wesen kann ermessen, welche Qual es für uns bedeutet, ein geliebtes Wesen verwelken zu sehen. Was zurückbleibt, ist Leid, und für uns unsterbliche Wesen heißt dies ewiges Leid.“

Nedeam wollte nicht, dass Llarana jemals litt. Und doch, obwohl er ihre Beweggründe verstand, sträubte sich alles in ihm dagegen, sie zu verlieren. Er konnte gegen seine Gefühle nicht ankämpfen, und auch Llarana sträubte sich nicht, als er sie sanft an sich zog. Durch das dünne Gewand hindurch spürte er das Schlagen ihres Herzens, spürte er den warmen Hauch des Atems an seiner Wange. Seine Hand glitt nach oben und führte sanft ihren Kopf. Er spürte, wie sich die Elfin für einen Moment versteifte, als ihre Lippen sich berührten. Doch dann schmiegte sich Llarana in seine Arme, und für einen kurzen, kostbaren Augenblick erwiderte sie seinen Kuss.

Aber dieser Moment währte nur kurz. Mit unerwarteter Kraft stieß sie plötzlich gegen Nedeam und löste sich aus seinen Armen.

„Wie kannst du erwarten, dass ich solche Qualen auf mich nehme?“ Sie sah ihn traurig an, und ihre Stimme war kaum mehr als ein Flüstern.

Abrupt wandte sie sich ab und eilte mit hastigen Schritten davon. Nedeam starrte ihr benommen nach, hilflos streckte er die Hände aus, als könne er sie noch festhalten. Doch da war sie schon, einem Schemen gleich, seinem Blick entschwunden.

„Weil ich dich liebe.“

Sie hörte seine Worte längst nicht mehr.

Nedeam wandte sich um und starrte blicklos nach Norden. Er stützte sich auf den Stein der Zinne und spürte die Kälte nicht, die von ihm ausging. Er fühlte eine unsägliche Furcht in sich aufsteigen. Aber nicht vor einem Feind im Norden, der sein Leben bedrohen könnte. Er verfluchte seine Gefühle, sein Sehnen, das ihm einen flüchtigen Augenblick des Glücks geschenkt und vielleicht zugleich dazu beigetragen hatte, es endgültig zu verlieren.

„Llarana.“

Der kühle Nachtwind trug das Wort mit sich, doch brachte er keine Erwiderung.

11

Der Sand knirschte leise unter seinen Schritten, aber in Anbetracht seiner immensen Größe war es erstaunlich, wie wenig Geräusche er verursachte. Sein Körper war vollständig von silbrig schimmerndem Metall umgeben, das sorgfältig poliert und gepflegt wirkte, an dem aber die vielen Zeitalter nicht spurlos vorbeigegangen waren. Einige Kratzer und Beulen waren nur unvollkommen beseitigt worden, und matte Stellen zeigten an, wo die Rüstung beschädigt, aber nicht durchdrungen worden war. Nur dort, wo sich die Gelenke befanden, war der seidig schwarze Schimmer von dunklem Leder zu erkennen. Die Hände steckten in gepanzerten Handschuhen, und der Helm ließ nur den Bereich um die Augen frei. Doch diese selbst ließen sich nur erahnen, denn ihre Konturen verschwammen hinter einem sanften blauen Glühen.

Er war ein Wächter. Einer der letzten Paladine von Rushaan.

Sein Name war Helipant-Priotat, *der* Wächter Rushaans also, denn als Priotat befehligte er all jene, die das alte Reich noch schützten und seine Geheimnisse behüteten.

Seine Schritte verstummten, als er die Gruppe der anderen Wächter erreichte. Sie sahen ihn erwartungsvoll an, während sie ihre Lanzen respektvoll an die rechte Körperseite stellten. Die Lanzen hatten schwarze Schäfte und waren versehen mit einem silbrigen Bodendorn und einer ebenso silbrigen Spitze, die ein Stück über die Helme aufragte. Die Spitze hatte die Form eines Halbmondes, der an den Außenseiten scharf geschliffen war und dessen Enden sie schon viel zu oft dem Feind entgegengestreckt hatten.

Heliopant-Priotats Stimme klang sanft, fast weich, als er sich an die anderen wandte. „Ist jemand von ihnen entkommen?"

Ein Wesen, das ihm im ersten Augenblick aufs Haar zu gleichen schien, schüttelte unmerklich den Kopf. Sein Helm war auf der rechten Seite beschädigt und eingebeult, und das rechte Auge wirkte schwarz und leer. „Nein. Wir haben die Elfen gebrannt, wie wir es mit allen Feinden tun."

„Gut." Der Erste Wächter Rushaans nickte. „So hat Rushaan sie ebenso spurlos aufgesogen wie all die anderen, die vor ihnen kamen und nach ihnen kommen werden."

„Sollten wir die Toten in Zukunft nicht einfach liegen lassen? Als Warnung für alle Nachfolgenden?" Der Wächter mit dem erloschenen Auge stieß einen seltsamen Laut aus, der einem menschlichen Lachen ähnelte und doch völlig anders war. „Es könnte sie davon abhalten, nach Rushaan vorzudringen, und würde uns viel Arbeit ersparen. So könnten wir unsere Lanzen schonen."

„Vielleicht hast du recht, Onteros-Prion. Es würde Furcht in ihre Herzen treiben, und Furcht ist eine wichtige Waffe. Denn so mächtig wir auch sind, wir dürfen nie vergessen, wie sehr unsere Zahl geschrumpft ist."

Der Wächter mit dem einzelnen Auge und dem beschädigten Helm nickte zögernd. „Ja, wir werden weniger, das ist wahr." Onteros-Prion stieß einen leisen Seufzer aus. „Ich sehne den Augenblick herbei, in dem auch ich erlöst werde."

Heliopant empfand dieselbe Qual wie sie alle und legte dem anderen in einer mitfühlenden Geste die Hand auf die Schulter. „Wir sind die ewigen Wächter Rushaans. Die letzten Hüter seiner Macht. Wir müssen unsere Aufgabe erfüllen, dazu sind wir verdammt. So lange, bis die Grenzen sicher sind."

„Bis die Grenzen sicher sind", bestätigten die anderen im Chor.

Es klang wie eine Beschwörung.

„Die Wache ist eine schwere Last", sagte einer der Männer leise. „Wir werden weniger, doch die Grenze zu bewachen, wird immer schwieriger. Denkt an die Zwerge, die uns entkommen sind. Ihre Spuren führten recht weit in die Öde hinein."

„Das darf niemals wieder geschehen", bekräftigte Heliopant-Priotat mit fester Stimme und stieß zur Bekräftigung den Dorn seiner Lanze hart auf den Boden. „Die Geheimnisse Rushaans müssen bewahrt bleiben. Nur wenn wir jeden Eindringling vernichten, wird die Grenze eines Tages sicher sein. Eines Tages, ihr Wächter Rushaans, wird niemand mehr die Grenze bedrohen. Dann erst wird der Fluch gebrochen sein, und wir können endlich unseren Frieden finden."

Schon viele Fremde hatten das tote Reich Rushaan betreten. Doch die Wächter waren gut darin, sie aufzuspüren und zu töten; in den Jahrtausendwenden, die sie die Grenzen nun schon hielten, hatten sie es gelernt. Die Wege nach Niyashaar und die Festung selbst hatten sie bislang verschont. Denn die dort wachenden Elfen waren nie tiefer in das tote Reich eingedrungen, und da sie auch die Orks eben davon abzuhalten schienen, hatten die Wächter sie toleriert. Doch dann war ein Streiftrupp der Elfen in die Öde vorgestoßen, und so hatten sie die Leiber ihrer Hundertschaft gebrannt. Nun warteten sie auf die nächsten Eindringlinge, und sie taten es mit der ihnen eigenen unendlichen Geduld und der Gewissheit, dass irgendwann erneut jemand die Grenze überschreiten würde.

12

Fangschlag war noch nicht ganz zufrieden mit den Ergebnissen der zahlreichen Übungen. Er trieb die Schützen der Eisenbrüste unbarmherzig an, und viele der Rundohren murrten bereits. Sie waren harten Drill gewöhnt, denn sobald sie aus den Brutbeuteln des Nährschlamms schlüpften, wurden ihnen die Rüstungen und Waffen angepasst, dann trieb man sie aus den Höhlen, damit sie sich im Gebrauch von beidem übten. Die Rundohren besaßen ein natürliches Talent im Umgang mit Schlagschwert und Spieß, doch nicht die angeborene Fähigkeit der Spitzohren, mit den Fernwaffen umzugehen. Das mussten sie erst mühsam erlernen.

Fangschlag wusste, dass seine Kämpfer besser mit den Querbogen schossen als mit Pfeil und Bogen. Also hatte er den Brutmeister um größere und stärkere Ausführungen dieser Waffen gebeten. Vor zwei Tageswenden nun hatten die fünf Legionen das erbetene Material erhalten: Querbögen, deren Spannhebel ein Spitzohr kaum handhaben konnte, da ihm die Kräfte dazu fehlten, und Bolzen, mit denen man auf anderthalb Hundertlängen jede Rüstung durchschlagen konnte. Sicher, es waren immer noch Fernwaffen, aber die Tatsache, dass diese von den kleinen Spitzohren nicht benutzt werden konnten, stachelte den Ehrgeiz der Eisenbrüste an.

Mittlerweile gaben sie leidlich gute Schützen ab, und Fangschlag war zuversichtlich, dass diese Legionen dem Feind eine böse Überraschung bereiten würden.

Die Eisenbrüste fühlten sich den anderen Legionen überlegen, und das wohl nicht ganz zu Unrecht. Fangschlag hatte nicht einfach alles genommen, was man ihm aus den Bruthöhlen angeboten hatte. Jeden einzelnen der Rundohren hatte er persönlich ausgewählt und besonders bei den Unterführern auf erfahrene Kämpfer gesetzt. In den anderen Legionen gab es Unruhe, als Fangschlag ihre Besten zu sich nahm, aber niemand widersetzte sich ihm, denn er war ein außerordentlich starkes Rundohr und besaß zudem die Unterstützung des Brutmeisters.

Dieser war zufrieden mit dem Ergebnis, und das spornte wiederum die Orks der einfachen Legionen an, die nun versuchten, den Eisenbrüsten nachzueifern; denn in diesen lag die Zukunft der Legionen. In wenigen Tageswenden würde der Allerhöchste Lord einem Manöver seiner Truppen beiwohnen, und für Fangschlag gab es keinen Zweifel, dass seine Eisenbrüste bis dahin einsatzfähig waren.

Doch auch bei den Spitzohren zeigten sich Veränderungen. Inzwischen waren zwei weitere Donnerrohre fertig gestellt, und ihre Geschützmannschaften hatten sich darauf verlegt, die Kugeln ohne Ketten abzufeuern. Fangschlag glaubte nicht, dass diese Waffen gegen eine Streitmacht große Wirkung entfalten könnten, aber ihre Wucht gegen Festungsmauern war beeindruckend. Diese Donnerrohre waren ganz nach dem Geschmack der Spitzohren, und man musste anerkennen, dass sie die Waffen immer sicherer und geschickter bedienten.

Die Ebene von Cantarim hallte wider vom stampfenden Marschtritt der Legionen, den gebrüllten Kommandos der Kohortenführer und dem Dröhnen, mit dem die Donnerrohre sich entluden. Zwanzig Legionen übten sich in Formation und Kampf, und ihre bloße Zahl wirkte beeindruckend.

Fangschlag stand mit dem Brutmeister auf der Wehrmauer der Festung von Cantarim, die einen guten Ausblick über die

Truppen bot. Gelegentlich nahm ihnen aufwallender Staub die Sicht, aber ein kräftiger Wind blies die Schleier sogleich wieder auseinander.

„Ihre Zahl ist beeindruckend, nicht wahr, Legionsführer?" Der Brutmeister sah Fangschlag nicht an, sondern schien ganz versunken in das, was sich vor den Mauern abspielte.

„Wir waren schon oft in beeindruckender Zahl." Fangschlag empfand eine gewisse Furcht vor dem unheimlichen Wesen, doch er war ein erfahrener Kämpfer, und die Ehre verlangte von ihm, dass er seine Meinung vertrat – natürlich mit der gebotenen Vorsicht.

Der Brutmeister zischte leise und schien amüsiert. „Ich verstehe, was du meinst, Legionsführer. Trotz ihrer Stärke wurden die Legionen immer wieder überritten. Glaubst du, mit deinen Eisenbrüsten wird es anders sein?"

Fangschlag dachte an Merdonan zurück und nickte. „Das wird es, Brutmeister."

„Nun, das sollte es auch." Die Kapuze wandte sich ihm zu. „Wenn dir dein Kopf lieb ist."

„Die Eisenbrüste werden nicht weichen."

Der Brutmeister zischte. „Rundohren weichen nie. Sie kämpfen lieber bis zum Tod." Er sah Fangschlag an, der erneut das gelblich rote Schimmern inmitten des Dunkels der Kapuze erkannte. Hatte dieses Wesen überhaupt so etwas wie ein Gesicht? „Aber du bist bei Merdonan vor dem Feind gewichen."

Fangschlag wurde ein wenig blass. „Der Kampf war bereits verloren."

„Ah, siehst du, Legionsführer? Manchmal ist es besser, vor einer Übermacht zu weichen, um dann erneut zu kämpfen." Das Wesen machte eine Bewegung mit der Hand, und Fangschlag sah oberhalb des Gelenks einen Streifen schuppig wirkende Haut. „Die Rundohren sind zu selten gewichen und die Spitzohren zu oft. Wen sollen da die hohen Verluste der Legionen wundern? Weißt du, Fangschlag, warum der Allerhöchste Lord dich zum Führer der Eisenbrüste gemacht hat?“ Das Wesen schien ihn eindringlich anzusehen, und Fangschlag schwieg. Schließlich zischte der Brutmeister leise. „Weil du den Mut hast, dich dem Feind zu stellen, und die Einsicht, zurückzuweichen, wenn der Kampf hoffnungslos ist und man die eigenen Kräfte besser schont. Das ist es, was unsere Feinde tun und was auch wir lernen müssen. Die Zeiten des blinden Stürmens sind vorbei.“ Der Meister machte eine kurze Pause. „Wenn der Befehl kommt, werden die Legionen samt der Donnerrohre marschieren, und wir haben sie zum Sieg zu führen.“

„Ich werde dem Allerhöchsten mit all meiner Kraft dienen“, stimmte Fangschlag zu.

„Natürlich wirst du das.“ Das Wesen sah auf die Truppen hinunter. „In der Schlacht wirst du die Eisenbrüste kommandieren, und Legionsführer Einohr die Donnerrohre.“

Fangschlag stieß ein leises Knurren aus, und der Brutmeister antwortete mit einem Zischen, das wohl ein Lachen war. „Ihr mögt euch nicht, das weiß ich. Aber es wird euren Ehrgeiz anstacheln.“

Als habe er damit das Stichwort gegeben, ertönten hinter ihnen Schritte, und Einohr erschien, voll gerüstet und mit den beiden Kämmen eines Legionsführers am Helm. Es mutete seltsam an, ein Spitzohr im metallenen Harnisch zu sehen, aber der kleine Legionsführer hatte sich einen solchen schmieden lassen, der wesentlich leichter als die gewöhnlichen Panzerungen war. Fangschlag verachtete dies, denn die Rüstung taugte nicht für den Kampf und war mehr Behinderung als Schutz. Aber für Einohr bedeutete sie ein Statussymbol.

Das Spitzohr beachtete Fangschlag nicht, grüßte aber den Brutmeister ehrerbietig und bemerkte ihm gegenüber, wie zufrieden er über die Fortschritte der Donnerrohre war.

Das Wesen in der roten Robe nickte unmerklich. „Sie werden von Nutzen sein, da bin ich mir sicher. Doch bevor die großen Rohre donnern, müsst ihr beide noch eine andere Aufgabe erfüllen."

Der Brutmeister langte in die Tiefen seines Gewandes, und als er seine Hand wieder daraus hervorzog und sie öffnete, lag ein dunkler Stein darin. Er war oval und wirkte wie poliert, und sein schwarzes Material war von rötlichen Schlieren durchzogen. Einer jener geheimnisvollen Sprechsteine, mit deren Hilfe sich der Schwarze Lord mit seinen Dienern in Verbindung setzen konnte, auch über große Entfernung hinweg.

Fangschlag und Einohr sahen fasziniert zu, wie ein sanftes Glühen von dem Stein ausging, das sich auf dessen Oberfläche ausbreitete und zu einem seltsamen Wallen heranwuchs. Orangefarbene Schlieren schienen durch das Material hindurchzugleiten und den Stein mit unheimlichem Leben zu erfüllen. Der Brutmeister machte einige magische Bewegungen, und das Wallen wurde stärker und durchlief alle Farben des Regenbogens, bis sich schließlich schwarze Schatten bildeten, die immer festere Formen annahmen. Eine Halle aus schwarzem Glas wurde sichtbar, und in deren Mitte stand eine ebenso schwarze Gestalt. Sie zeichnete sich scharf ab, obschon doch alles von gleicher Farbe war. Das Wesen wurde größer, bis nur noch ein ebenmäßiges Gesicht den Stein ausfüllte.

Vor dem Brutmeister empfand Fangschlag Respekt und eine gewisse Furcht, doch der Anblick des Allerhöchsten Lords erweckte ein Gefühl der Panik in ihm. Es war ein Gesicht ohne Konturen und doch mit einem Ausdruck, der kaltes Grauen erregte. Ein Antlitz, das man sah, aber nicht beschreiben konnte, und in dem noch die glanzlosen Augen voller dunklem Leben steckten.

Die Stimme des Schwarzen Lords war ein sanftes Vibrieren, das alles auszufüllen schien. Doch so deutlich man sie auch vernehmen mochte, wusste Fangschlag aus Erfahrung, dass sie wenige Längen vom Stein entfernt nicht mehr wahrnehmbar war. Es sei denn, der Allerhöchste wollte es so. „Berichte, Brutmeister."

„Die Legionen und Donnerrohre machen große Fortschritte, Allerhöchster Lord. In wenigen Tageswenden werden sie bereit sein, deinen Willen zu erfüllen. Die du auserwählt hast, sind nun hier."

Das Vibrieren schien einen amüsierten Unterton anzunehmen. „Zweifellos." Das Gesicht und die Augen sahen niemand bestimmten an, und doch hatte jeder Einzelne von ihnen das Gefühl, der Schwarze Lord konzentriere seinen Blick allein auf ihn. „Die Legionen und Donnerrohre werden schon bald in die Öde von Rushaan vordringen. Bevor es zerbrach, war Rushaan ein mächtiges und großes Reich, das den Norden beherrschte. Und ein wenig von seiner alten Macht ist noch geblieben, denn ein Schatten liegt über der Öde, der mir den Blick verwehrt. Ich vermag die Wolken der Dunkelheit nicht zu weben, die mir offenbaren könnten, was sich dort tut. Fangschlag und Einohr, ihr werdet mit einer kleinen Truppe über den Pass von Rushaan gehen und dort die Grenze erkunden. Von eurem Bericht wird abhängen, wie ich mich entscheide. Ich habe euch dazu bestimmt, denn dein Mut, Fangschlag, ist mir ebenso bekannt wie deine Vorsicht, Einohr. Zwischen euer beider Meinungen werde ich dann abwägen, um das richtige Maß zu finden."

„Die nördliche Öde? Mit einer kleinen Truppe?" Die Aussicht schien Einohr nicht besonders zu gefallen. „Es gibt Gerüchte über die Öde. Man erzählt sich von Elfen und … den ‚Anderen'."

Es kostete das Spitzohr bestimmt alle Kraft, diesen Einwand vorzubringen, und Fangschlag fragte sich für einen Moment, ob der kleine Bastard vielleicht doch nicht so feige war.

Das Vibrieren wurde eindringlicher und drängender. „Deshalb werdet ihr nur die Grenze zur Öde erkunden. Hinter ihr verbirgt sich viel, große Gefahren und großes Wissen. Jene, die man die ‚Anderen' nennt, bewahren das, was Rushaan einst zu seiner Macht verhalf. Es darf nicht zerstört werden, denn ich will es nutzen. Ihr sollt nun einen Weg finden, auf dem die Legionen marschieren können, ohne sofort entdeckt zu werden. In drei Zehntagen erwarte ich euch in Cantarim zurück."

Übergangslos verschwand das Vibrieren, und das Wallen erlosch. Scheinbar harmlos lag der Sprechstein in der Handfläche des Brutmeisters, der ihn schnell in sein Gewand zurückschob. „Ihr habt den Allerhöchsten Lord vernommen", sagte er knapp. „Nun geht und erfüllt seinen Willen."

Fangschlag und Einohr sahen einander kurz und noch ein wenig benommen an. Aber da der Brutmeister nichts hinzufügte, grüßten sie und machten sich auf den Weg zurück zu ihren Gruppen.

Der Brutmeister blickte über die Wehrmauer Cantarims. Rundohren streiften auf ihr entlang, und in regelmäßigen Abständen waren Katapulte aufgestellt. Ein Stück entfernt war eine Hebekonstruktion errichtet worden, und Gruppen von Orks waren dabei, eines der neuen Donnerrohre auf die Mauer zu hieven. Die Streitmacht des Schwarzen Lords veränderte sich, und diese Veränderungen bezweckten, dem Feind den Tod zu bringen.

13

Garodem wollte kein großes Aufsehen um die Beritte, die bald nach Norden aufbrachen. Es hieß, man werde die Stadt der Zwergenfreunde besuchen und bei dieser Gelegenheit den Pass von Eten weiter Richtung Norden erkunden. Da man vorbereitet sein müsse, sei es ein sehr starker Streiftrupp, denn man könne unbekannten Gefahren begegnen. Immerhin war dies die halbe Wahrheit. Der Pferdefürst der Hochmark wollte seinem Volk nicht alles anvertrauen, um die Menschen nicht unnötig zu beunruhigen. Denn noch war nicht sicher, ob es im Norden tatsächlich eine Bedrohung gab. Darüber musste er sich Klarheit verschaffen. Zwar hielten die Elfen Niyashaar noch besetzt, aber es galt sich auf jenen Zeitpunkt vorzubereiten, an dem sie den Posten verlassen würden. Wenn es so weit war und Garodem in Erfahrung gebracht hatte, wie man sich am besten auf die neue Lage einstellte, würde er handeln. Doch zuvor brauchte er Informationen, um sorgfältig abwägen zu können, ganz wie es die Aufgabe eines guten Pferdefürsten war.

Nedeam war sich der Bedeutung dieses Ritts bewusst, und obwohl er nun schon seit einigen Jahreswenden Erster Schwertmann der Hochmark war, packte ihn eine gewisse Nervosität. Zum ersten Mal sollte er die Männer in unbekannte Gebiete führen. Er wollte keinen Fehler dulden, weder bei sich noch den Pferdelords, und so kümmerte er sich persönlich darum, dass alles perfekt vorbereitet war. Die Irritation, die er dadurch auslöste, bemerkte er erst, als Kormund ihn darauf ansprach.

„Was haltet Ihr von den Männern, Hoher Herr Nedeam?“

Der Angesprochene sah den Scharführer verwirrt an. „Warum so förmlich, Kormund, mein Freund?"

„Vielleicht ist es angebracht." Kormund kratzte sich ausgiebig am Vollbart. „Nun?"

„Was nun?"

„Sind es gute Männer?"

Nedeam nickte mechanisch. „Natürlich sind sie gut. Schwertmänner der Hochmark eben. Sie sind die Besten."

„Das will ich wohl meinen." Kormund legte seine Hand freundschaftlich an Nedeams Arm. „Ich denke, wir können darauf vertrauen, dass sie sich ordentlich vorbereiten, nicht wahr?" Er sah das Unverständnis in Nedeams Blick und lächelte. „Du läufst zwischen ihnen herum wie ein aufgeschreckter Kratzläufer, der nach Körnern pickt. Jedem siehst du auf die Finger. Das macht die Männer unruhig."

„Hm." Der Erste Schwertmann räusperte sich verlegen. „Ich will nur sicher sein, dass …"

„Lass es die Männer machen, Nedeam. Sie sind erfahrene Pferdelords und Schwertmänner Garodems. Sie wissen, was zu tun ist. Kümmere dich in Ruhe um deine eigenen Vorbereitungen und sei gewiss, wenn es so weit ist, werden die Männer bereit sein."

Nedeam musste dem älteren Scharführer recht geben, und als das Horn der Hochmark an diesem Morgen zum Sammeln blies und die beiden ausgewählten Beritte auf dem großen Paradefeld westlich der Festung von Eternas antraten, war alles bereit, ganz wie Kormund es vorhergesagt hatte. Der erfahrene Scharführer, ein alter, kampferprobter Weggefährte, würde den einen Beritt führen, Garodems Sohn Garwin den anderen, und beide standen sie unter Nedeams Kommando. Die Einheiten waren in jeweils zwei Reihen angetreten. Den Zügel des Reitpferdes hielten die Männer in der linken Hand und die aufgerichtete Stoßlanze in der rechten; Wasserflaschen und Rundschild hingen am vorderen Sattelknauf, Decke und Proviantasche waren hinten am Sattel befestigt. Dort, wo bei annähernd der Hälfte der Reiter auch die ledernen Köcher saßen, in denen Pfeil und Bogen verstaut waren. Zwanzig von Garwins Schwertmännern hatten obendrein die neuen, von Guntram gefertigten Bolzenbogen dabei sowie lederne Taschen mit etlichen der kurzen metallenen Geschosse für die neue Waffe.

Die Beritte würden zwanzig zusätzliche Handpferde mit sich führen, als Ersatz für Tiere, die verletzt oder getötet wurden, und zum Transport von Lasten. Da die nördliche Öde unbekanntes Gebiet war und man nicht wusste, ob die Pferde dort genügend Futter finden würden, musste man etliche Säcke mit Futterkorn mitnehmen. Zudem hatte man, als Geschenk für die kleinen Wesen der grünen Kristallstadt, einige Säcke Getreide aufgeladen, denn die Zwerge schätzten den Geschmack von frischem Brot.

Alle Ausrüstungsteile waren überprüft worden, und Männer und Pferde gleichermaßen warteten nun ungeduldig, dass es endlich losging. Immer wieder glitten die Blicke zur Festung hinüber. Von dort musste der Pferdefürst kommen, der sie persönlich verabschieden wollte, wie es die Tradition des Pferdevolkes verlangte.

Auch Nedeam war ein wenig unruhig. Auf diesem Ritt würden zwei elfischen Wesen die Pferdelords begleiten, um der Besatzung von Niyashaar die Worte der Ältesten zu übermitteln. Der Erste Schwertmann erwartete die beiden mit gemischten Gefühlen, denn eine von ihnen würde Llarana sein. Er hatte sie seit ihrer Begegnung auf der Wehrmauer nicht wieder getroffen und ihre Nähe sogar gemieden. Würde sie ihm sein Verhalten verzeihen? Oder es wenigstens verstehen? Wie sollte er ihr sagen, dass er sein ungestümes Verhalten bereute? Vielleicht hätte der gute Graue Marnalf einen Rat gewusst, aber die Abordnung der Häuser der Elfen und der Magier hatten die Hochmark längst wieder verlassen. Der Abschied war kurz und sachlich gewesen; sie hatten gesagt, was es zu sagen gab, und kein einziges Wort verschwendet. Vielleicht, um es allen leichter zu machen, dass man einander wohl niemals wiedersehen würde. Nedeam und viele der anderen konnten sich kaum vorstellen, wie es sein mochte, wenn die edlen Wesen ihr Land endgültig verlassen hatten. Jedenfalls würden sie eine schmerzliche Lücke hinterlassen.

Garodem ließ ungewöhnlich lange auf sich warten, und Nedeam hieß die Schwertmänner bequem stehen, sodass sie sich etwas entspannen konnten. Kormund übergab die Zügel seines Pferdes einem anderen Mann und kam zu seinem Freund und Führer herübergeschlendert.

Der Scharführer grüßte und lehnte die Lanze mit seinem Berittwimpel in die Armbeuge. „Ich frage mich, was da los ist. Es ist nicht Garodems Art, seine Männer sinnlos in der Sonne stehen zu lassen. Alles ist bereit, und wir könnten längst aus dem Tal sein."

„Du hast recht, mein Freund." Nedeam blickte zu Garwins Beritt hinüber. Der Sohn des Pferdefürsten blickte starr geradeaus und riss unwillig am Zügel, als sein Pferd den Kopf bewegte. Ein anderer Mann hätte das Tier mit wenigen Worten beruhigt, aber Versöhnlichkeit schien in Garwins Wesen nicht angelegt zu sein.

Kormund folgte seinem Blick. „Mit dem Herrn dort werden wir noch Probleme bekommen, Nedeam. Die Stimmung in seinem Beritt ist nicht besonders gut. Immerhin sind die Männer froh, dass es hinausgeht. Ein Ritt in die Fremde ist vielleicht das richtige Mittel, damit Garwin zu sich und den Männern findet.“

Nedeam schwieg. Er wollte keinen Brennstein ins Feuer schütten, obwohl er Kormund innerlich beipflichtete. So versuchte er, ein gleichgültiges Gesicht zu machen, aber der alte Scharführer lachte leise auf. „Keine Sorge, Nedeam, ich werde Auge und Ohr auf den jungen Herrn richten. Außerdem sind gute und erfahrene Männer in seinem Beritt.“ Kormund wies über Nedeams Schulter. „Ah, da kommt Garodem, und er hat sich uns zu Ehren gerüstet.“

Nedeam blickte rasch zur Festung hinüber und sah den Pferdefürsten mit seinem Bannerträger und den beiden Elfen aus dem Burgtor hervorreiten. Garodem hatte seine Rüstung angelegt, obwohl er nicht mit den Schwertmännern hinausreiten würde. Es war eine Geste, mit der er seine Männer ehren wollte, und die Haltung der Pferdelords straffte sich, als sie den Hohen Lord erblickten.

Kormund hastete zu seinem Beritt, und Nedeam saß auf, trabte der kleinen Gruppe entgegen und senkte zum Gruß seinen Wimpel. Garodem nickte ihm freundlich zu und ritt vor die Front.

Noch immer war die Stimme kraftvoll, mit der er zu den Männern sprach, doch Nedeam achtete nicht auf die Worte, sondern sah nur Llarana an, die seinen Blick kühl erwiderte und ein Stück zur Seite ritt. Lotaras bemerkte, wie sich Nedeams Gesicht daraufhin verdüsterte, und lenkte sein Pferd neben ihn. „Mir scheint, ihr beide geht euch aus dem Weg. Gibt es etwas, was ich wissen sollte?“

Nedeam sah den Elfen an. Er war ein Freund, daran gab es keinen Zweifel. Aber er war auch ein elfisches Wesen. Empfand er die gleichen Gefühle wie ein Mann des Pferdevolkes?

Lotaras bemerkte Nedeams Zögern und legte ihm flüchtig

die Hand an den Arm. „Du und Llarana, ihr habt gemeinsam einiges erlebt. Und doch steht etwas zwischen euch. Vielleicht wird der Ritt in die Öde euch helfen, diese Entfremdung zu überwinden."

Nedeam nickte stumm und sah wieder zum Pferdefürsten, der in seiner Rede fortgefahren war.

„... werdet Ihr in den Norden vorstoßen, und Eure Augen werden ein Land sehen, von dem alte Legenden berichten. Ich würde Euch gerne begleiten, Ihr Schwertmänner meiner Hochmark, doch das ist mir verwehrt. So liegt es an meinem Ersten Schwertmann Nedeam, Euch hinauszuführen. Legt der Hochmark Ehre ein, so, wie Ihr es immer getan habt. Und seid gewiss, dass mein Herz bei Euch ist."

Garodem nickte den Männern zu, und diese ließen ihn hochleben. Während der Pferdefürst zu Nedeam herübertrabte, ritten Kormund und Garwin vor die Front ihrer Beritte und ließen sie aufsitzen. Sattelleder knarrte und die Pferde schnaubten unruhig, denn sie wussten, dass es nun endlich losging. Die Reiter stellten die Stoßlanzen in den Köcher des rechten Steigbügels, und Nedeam gab seine Befehle mit fester Stimme. „Scharführer Kormund übernimmt die Nachhut mit den Packpferden. Scharführer Garwin, lasst anreiten."

Garodems Sohn wirkte überrascht, doch dann ritt er vor die Front und gab seine Befehle. Kormund hingegen löste sich von seinem Beritt und warf Nedeam einen nachdenklichen Blick zu. Die Männer beim Ausritt zu befehligen, war eine ehrenvolle Geste des Ersten Schwertmanns Garwin und Garodem gegenüber. Ein metallenes Horn ertönte, und die Reihen der Schwertmänner schwenkten ein, um sich zur Viererkolonne zu formieren. Auf das nächste Signal hin trabten sie an, und Garwins Wimpel senkte sich zum Gruß vor seinem Vater, dessen Bannerträger in gleicher Weise antwortete.

„Es ist besprochen, was es zu besprechen gab", sagte der Pferdefürst leise. „Von diesem Ritt in die Öde wird vieles abhängen. Du, Nedeam, wirst mich beraten müssen, wie wir die neue Grenze schützen können. Ich weiß, dass du ein hervorragender Erster Schwertmann bist und kämpfen kannst. Aber sei darauf gefasst, Dinge zu entdecken, denen man mit Stahl nicht begegnen kann. Man sagt, es gäbe Leben hoch im Norden. Es mag uns feindlich gesinnt sein, doch vielleicht finden wir auch neue Freunde. Urteile also niemals vorschnell und handle überlegt, wie es einem Ersten Schwertmann gebührt." Garodem legte seine Hand kurz an Nedeams Arm. „Ich vertraue dir diese Männer an, Nedeam, und bin mir sicher, dass du sie gut führen wirst. Bringe sie hinaus ins Unbekannte und auch wieder heim in die Mark."

Ihre Blicke trafen sich, und Nedeam nickte. „Das werde ich, Hoher Lord Garodem."

Der Pferdefürst lächelte knapp, nickte noch den beiden Elfen zu, bevor er langsam zur Burg zurückritt. Unterdessen setzten sich die Beritte in Bewegung und trabten an der westlichen Mauer der Anlage entlang nach Norden, während Männer und Frauen der Burgbesatzung hinter den Zinnen standen und zum Abschied winkten.

Am Ende der Kolonne schwenkten nun die Reiter mit den Packpferden ein. Kormund lenkte sein Pferd an Nedeams Seite und wies lächelnd nach Süden. „Es hätte mich wahrhaftig gewundert, wenn er es nicht geschafft hätte."

Nedeam zog eine Augenbraue hoch, wandte den Blick und erkannte auf der Straße nach Eternas einen Reiter, der seinen Wallach rasch vorantrieb. „Dorkemunt! Das ist wirklich eine Freude."

Der kleinwüchsige Pferdelord wirkte ein wenig abgehetzt, als er sein Pferd neben den Freunden parierte. „Ich fürchtete schon, ich käme zu spät. Ich war mir nicht sicher, wann ihr abreiten würdet, und wollte euch noch etwas für meinen Freund Olruk, den guten Axtschläger aus Nal't'rund, mit auf den Weg geben." Er lächelte verlegen. „Wie du weißt, schätzt er das Trockenfleisch, das ich nach meinem Rezept würze." Dorkemunt langte hinter sich und zog zwei Beutel hervor, von denen einer einen beachtlichen Umfang aufwies. „Der kleinere ist für dich, Nedeam. Ich kenne ja das Zeug, das in der Festung als Marschverpflegung gilt", murmelte er und grinste breit. „Das hier wird dir besser schmecken."

„Demnach ist der große für den kleinen Herrn Olruk." Nedeam nahm die Beutel lachend entgegen und warf sie sich über die Schulter.

„Ach, du kennst ja unseren Freund." Der alte Pferdelord grinste breit. „Einem guten Bissen ist er ebenso wenig abgeneigt wie einer guten Axtschlägerei."

Es war eine nette Geste von Dorkemunt, an den Zwergenfreund zu denken, mit dem sie einst gemeinsam im versteinerten Wald bei Merdonan gekämpft hatten. Aber es war sicher nicht der Grund für sein Erscheinen, und das wussten sie beide. Es war das erste Mal, dass Nedeam ohne seinen alten Freund und Mentor hinausreiten würde. Das erste Mal, dass sie nicht Seite an Seite stehen konnten. Für beide war dies ein schmerzliches Gefühl.

Nedeam biss sich auf die Unterlippe. „Du bist ein freier Pferdelord, Dorkemunt, alter Freund."

Dieser lächelte traurig. „Oh ja, das bin ich. Aber ich bin auch ein alter Pferdelord, Nedeam. Du wirst noch viele ruhmreiche Taten vollbringen, ich dagegen werde mich nun gemütlich am Kaminfeuer zurücklehnen und von dem erzählen, was ich vollbracht habe. Vieles davon haben wir gemeinsam erreicht, mein Sohn, und das erfüllt mich mit Stolz."

Wehmütig legten sie einander die Hände auf die Schultern, und Kormund wandte sich taktvoll ab, als seinem alten Freund die Tränen über die Wangen liefen.

Dorkemunt wischte sich über die Augen und räusperte sich. „Ich erwarte, dass du mir ausführlich berichtest, was du in der Öde erlebt hast", sagte er heiser. „Und dass du mir auf die Männer achtgibst. Du bist der Erste Schwertmann der Hochmark, Nedeam, vergiss das niemals." Er schniefte erneut. „Ach, was rede ich da für einen Unsinn? Ich weiß, du wirst den Pferdelords Ehre machen. Wahrhaftig, das wirst du."

Dorkemunt wandte sich abrupt ab und stieg auf seinen treuen Wallach. „Ich werde derweil auf das Gehöft achten und darauf, dass es der braven Henelyn und ihren Söhnen gut ergeht. Und unseren Schafen und Hornviechern ebenfalls. Ah, Nedeam, mein Sohn, ich sage dir, man darf sie kaum aus den Augen lassen."

Es war nicht klar, ob Dorkemunt damit die Söhne Henelyns oder die Tiere des Gehöfts meinte. Henelyn war eine erfahrene Frau des Pferdevolkes und ihre Söhne sicherlich groß genug, sodass sie für eine Weile auch allein zurecht gekommen wären. Aber Nedeam begriff, dass Dorkemunt sich dieser Aufgabe widmen musste, um nicht zu verzweifeln. Sie beide verlangte es danach, gemeinsam hinauszureiten, aber sie wussten auch, welche Anforderungen ein Ritt ins Unbekannte an die Männer stellte. So sehr Nedeam sich auch gefreut hätte, wenn Dorkemunt sein Pferd herumgezogen und sich in die Beritte eingereiht hätte, so war es doch besser, wenn dies nicht geschah. Denn vermutlich war der kleine Pferdelord den anstehenden Belastungen nicht mehr gewachsen, und Nedeam wollte nicht, dass Dorkemunt dadurch vor den anderen bloßgestellt wurde.

Sein Freund, sein Mentor und Ziehvater, trieb seinen Wallach an. Nach einigen Längen wandte er sich noch einmal halb im Sattel um. „Schneller Ritt, mein Sohn …“

„… und scharfer Tod“, erwiderte Nedeam die Losung und hob zum Abschied die Hand.

Dorkemunt ritt davon, ohne sich noch einmal umzusehen, und Nedeam und Kormund konnten sich den Grund wohl denken. Auch der Erste Schwertmann hatte verdächtig feuchte Augen. „Verdammter Wind“, knurrte er. „Treibt einem ständig den Dreck ins Gesicht.“

Kormund blickte auf den schlaff herabhängenden Wimpel an seiner Lanze und nickte dann. „Ja, verdammter Wind.“

14

Fangschlag hätte lieber eine Kohorte seiner Eisenbrüste mitgenommen. Rundohren, auf deren Stärke und Mut er sich blind verlassen konnte. Stattdessen musste er sich, auf Befehl des Brutmeisters, mit einer der üblichen Einheiten begnügen, in der die Spitzohren die Schützen stellten. Vermutlich hatte Einohr darauf gedrungen, da er Fangschlag und den Rundohren nicht über den Weg traute. Und tatsächlich hatte Fangschlag überlegt, ob sich auf dem Erkundungsmarsch nicht eine Gelegenheit ergeben könnte, die lästige Made verschwinden zu lassen. Ein wirklich verlockender Gedanke, der nun aber hinfällig war, denn er konnte nicht alle Spitzohren zum Schweigen bringen, ohne dass es unangenehme Fragen gegeben hätte. Zu allem Überfluss musste Fangschlag sich das Kommando über die zweihundert Orks auch noch mit Einohr teilen. Es war klar, dass dies nicht ohne Konflikte abgehen würde.

Der Marsch von Cantarim zum Gebirge von Noren-Brak war friedlich verlaufen, doch mit Erreichen des Passes von Rushaan begannen die ersten Streitigkeiten.

„Der Allerhöchste verlangt, dass wir den Pass erkunden", knurrte Fangschlag missgelaunt und stieß mit einer Stiefelspitze wütend in den Boden. Er ignorierte den Schmerz, als einige Steine sich dabei in seine frei liegenden Zehen bohrten. „Es ist üblich, dass die Spitzohren als Kundschafter vorausgehen. Sie tragen nur lederne Kleidung, sind klein und können sich rasch bewegen."

„Ah, plötzlich sieht der übermächtige Fangschlag ein, wie sehr er die Spitzohren braucht, was?" Einohr reckte sich ein wenig und wippte auf den Fersen. „Ja, um das Gebiet zu erkunden, da braucht man flinke Orks mit scharfen Augen und guten Reflexen. Ihr Rundohren dagegen scheppert und lärmt mit euren dicken Panzern durch die Gegend, dass ein Feind euch schon auf viele Tausendlängen Entfernung hören kann."

„Was willst du?" Fangschlag bleckte seine Fänge. „Es ist üblich, dass ein Kundschaftertrupp der Spitzohren vorausgeht."

„Es ist üblich, es ist üblich ..." Einohr spuckte aus. „Du legst doch so großen Wert auf deine neuen Eisenbrüste, nicht wahr? Dann lass die doch vorgehen. Dieser Pass ist eng und gefährlich. Warum sollen meine Spitzohren ihr Leben riskieren und sich Pfeile einfangen, die die Rüstungen deiner Eisenbrüste mühelos abhalten würden?"

Fangschlag reichte es. Seine Hand schnellte vor, und die Klauen legten sich um Einohrs mageren Hals. Er zog den kleinen Legionsführer mit einer ruckartigen Bewegung an sich, sodass dessen Helm mit den Kämmen nach hinten rutschte und scheppernd zu Boden fiel. Einohr strampelte mit den Beinen, und Fangschlag sah ihn drohend an.

„Wir haben den Befehl des Allerhöchsten, den Pass von Rushaan zu erkunden und einen Weg in die Öde zu finden. Also werden wir das auch tun. Oder willst du dich dem Willen des Allerhöchsten widersetzen, du verfluchte Made?"

Einohr hörte auf zu strampeln und war sichtlich blass. Sein gesundes Ohr knickte ein, und seine Stimme klang keuchend, während er versuchte, den Griff von Fangschlags Klaue mit seinen Händen zu lösen. „Lass mich los, du verfluchtes Rundohr. Oder meine Leute werden dem Allerhöchsten berichten, dass du mich angegriffen hast."

Fangschlag blickte zur Seite. Die Orks der Kohorte sahen

interessiert herüber. Rundohren und Spitzohren waren gleichermaßen nervös und fingerten bereits an ihren Waffen.

Er spreizte die Klauen, und Einohr plumpste unsanft auf den Boden. Sofort erhob sich das Spitzohr wieder, nahm seinen Helm und stülpte ihn sich über den Schädel. „Na schön“, knurrte Fangschlag. „Den ganzen Weg von Cantarim bis hier hast du nichts als Schwierigkeiten gemacht. Ich wusste sofort, dass es nicht gut ist, wenn wir zwei uns das Kommando teilen müssen.“

„Da bin ich ganz deiner Meinung.“ Einohr trat ein paar Schritte zurück. „Ein geteiltes Kommando ist kein gutes Kommando. Ich schlage daher vor, dass du mir die alleinige Führung der Kohorte übergibst.“ Er sah den Gesichtsausdruck des Rundohrs und beobachtete, wie etwas Geifer zwischen dessen Fängen hervortropfte. „Warte, Fangschlag, handle jetzt nicht übereilt. Was ist unser Auftrag, hm? Denk einmal darüber nach. Wir sollen einen Weg erkunden. Heimlich und unbemerkt, nicht wahr? Damit der Allerhöchste die Legionen ebenso heimlich und unbemerkt in die Öde führen kann. Ist das richtig?“

Fangschlag biss sich auf die Unterlippe und spürte kaum, wie dabei etwas dunkles Blut hervorquoll. „So lautet der Befehl“, stimmte er zu.

„Na also. Der Allerhöchste hat uns nicht angewiesen, mit lautem Geschepper durch den Pass zu stürmen und jeden Feind auf uns aufmerksam zu machen. Wie würden sich deine Rundohren denn verhalten, wenn sie auf einen Gegner stießen? Sie würden sich auf ihn stürzen, nicht wahr?“

„Selbstverständlich.“

Einohr seufzte. „Und schon wäre es mit der Heimlichkeit vorbei. Nein, nein, Fangschlag, bei diesem Auftrag müssen wir wie die Schemen schleichen und unentdeckt bleiben, müssen wir uns verborgen halten, wenn wir den Feind erspähen. Kennst du jemanden, der besser dafür geeignet wäre als die Spitzohren?“

„Nein“, brummte Fangschlag. Das entsprach ziemlich genau dem feigen Charakter dieser Maden. Aber vielleicht hatte Einohr wirklich recht. Die Spitzohren waren weitaus besser darin, sich zu verbergen, als die Rundohren. Ein wahrer Krieger verkroch sich nicht, sondern stellte sich dem Feind. Doch hier galt es tatsächlich, den Gegner nicht auf sich aufmerksam zu machen. Es gefiel Fangschlag nicht, aber der Auftrag schien dieses unwürdige Verhalten zu erfordern.

„Nun?“ Einohr sah Fangschlag auffordernd an.

Das Rundohr nickte widerwillig. „Schön. Du führst die Kohorte.“

Einohr ließ ein zufriedenes Schnauben hören.

Der Triumph im Blick des kleinen Legionsführers ärgerte Fangschlag. „Aber wenn wir doch kämpfen müssen“, sagte er grimmig, „dann werde ich die Kohorte wieder führen.“

„Nun, wenn es wirklich dazu kommt“, erwiderte Einohr freundlich, „dann habe ich nichts dagegen.“

Das konnte Fangschlag wohl glauben. Sobald es ernst würde, versteckten sich die feigen Spitzohren wieder hinter ihren mächtigen großen Brüdern. Nun, irgendwann würde sich die Gelegenheit ergeben, diesen verdammten Einohr von den Felsen zu stürzen.

Wenig später betrat die Kohorte den Pass, der die Ebene von Cantarim mit dem Land Rushaan verband. Fangschlag kannte bereits den Pfad, der von Merdoret zu den Weißen Sümpfen und weiter nach Merdonan führte, und auch den, der das Gebiet der Zwerge und das Dünenland miteinander verband. Beide unterschieden sie sich vom Pass von Rushaan. Zwar gab es auch hier steil aufragende und zerklüftete Felsen, und auch dieser Pass wechselte oft die Richtung, wies breite und schmale Stellen auf. Doch was ihn wirklich vor den anderen auszeichnete, war der seltsam ebenmäßige Boden. Er war mit Sand und kleinen Steinen bedeckt und stieg eine Weile sanft an, um dann ebenso sanft wieder abzufallen. Wie eine gewöhnliche Straße schien er sich durch die Berge zu ziehen; nur an seinen Rändern lagen Steine und Felsen, die sich von den Wänden gelöst hatten, und an manchen Stellen wuchsen dichte Büschel scharfkantigen Grases.

Fangschlag begriff sofort, warum dieser Pass für den Allerhöchsten Lord so wichtig war. Denn auch wenn sich das Land Rushaan als bedeutungslos erwies, so konnte man auf diesem Weg von Norden in die Reiche der Elfen, Zwerge und Menschen gelangen. Es war ein sehr weiter Weg, aber dafür einer, den auch die schweren Donnerrohre nehmen konnten.

Einohr hatte unmittelbar nach der Übernahme der Befehlsgewalt seine Kommandos gegeben, und Fangschlag räumte ein, dass der kleine Bursche diesen Teil des Kriegshandwerks perfekt beherrschte. Er schickte zwei seiner Spitzohren ein Stück voraus, und die beiden hielten sich rechts und links an den Seitenwänden des Passes. So waren sie weniger rasch zu entdecken, als wenn sie mitten auf dem Pfad gelaufen wären. Ein Stück dahinter folgte eine Fünfergruppe der Bogenschützen und erst danach eine gemischte Gruppe aus je zehn Rundohren und Spitzohren. Der Rest der Kohorte marschierte abermals eine gute Hundertlänge dahinter.

Fangschlag hatte sich zurückfallen lassen und befand sich nun neben den letzten Kämpfern der Einheit. Zu ihnen gehörte ein Rundohr, das vor Jahreswenden mit ihm bei Merdonan gekämpft hatte. Sein narbiges Gesicht verzog sich, als der Legionsführer neben den Krieger trat.

„Ich mag Einohr auch nicht“, knurrte das Narbengesicht.

„Ich habe mit dir in der Stadt der Pferdemenschen gekämpft, bei den Weißen Sümpfen, und ich weiß, dass er eine feige Made ist.“ Fangschlag nickte. Die nächsten Worte des alten Kriegers überraschten ihn. „Aber dein Streit mit ihm ist nicht gut, Fangschlag. Er bringt Unfrieden in die Legionen.“

„Was soll das heißen?“

„Du brauchst mir deine Fänge nicht zu zeigen. Es gibt keinen Grund, uns zu streiten, Legionsführer.“ Das Narbengesicht senkte die Stimme, da sich einige der anderen Krieger nach ihnen umdrehten. „Du hast schon vor der Schlacht bei den Weißen Sümpfen einen Groll gegen Einohr gehabt, das habe ich damals bemerkt. Er hat deinen Zorn sicherlich verdient, aber du ziehst auch die anderen Kämpfer mit in diesen Streit hinein. Nicht alle Spitzohren sind schlecht. Einige von ihnen sind ganz gute Schützen, und sie verstehen es, mit diesen neuen Donnerrohren umzugehen.“ Das Rundohr warf Fangschlag einen forschenden Blick zu. „Natürlich sind sie feige. Das ist nun mal ihre Natur. Aber sie sind auch nützlich, verstehst du? Sie haben sich schon immer hinter uns versteckt. Sie verlassen sich auf unseren Schutz. Genau das ist unsere Aufgabe, Fangschlag – den Feind abzuschlachten und die kleinen Brüder zu schützen.“

Legionsführer Fangschlag kickte nachdenklich einen kleinen Stein vom Pfad. Er fand es erstaunlich, dass ein einfaches Rundohr solche Gedanken hatte, und noch weitaus überraschender, dass diese einfache Einschätzung durchaus richtig war.

„Wir Orks müssen zusammenstehen“, bekräftigte das Narbengesicht. „Das macht uns stark, verstehst du? Ein Streit zwischen den Spitzohren und uns nutzt nur dem Feind.“

„Den Spitzohren ist nicht zu trauen“, murmelte Fangschlag.

„Nun, wenn man ihre Feigheit akzeptiert, dann weiß man

besser mit ihnen umzugehen."

Fangschlag schlug dem Narbengesicht anerkennend auf die Schulter. „Du hast recht", räumte er ein. „Ich werde an deine Worte denken und meinen Zorn gegen Einohr zügeln. Der Kampf gegen den Feind geht vor."

Die Worte hatten den Legionsführer nachdenklich gemacht. Seinen Gedanken nachhängend, stapfte er mit der Kohorte durch den Pass. Das Narbengesicht hatte wahrhaftig recht. Sein Hass gegen Einohr trieb einen Keil zwischen Rundohren und Spitzohren. Das war nicht gut. Er musste seine Gefühle im Zaum halten, denn Uneinigkeit war schlecht für die Kampfkraft der Legionen. Warum hatte er das nicht selbst bedacht? Hatte der Brutmeister nicht einmal erzählt, wie der Allerhöchste Lord Zwietracht zwischen den Menschenreichen säte und sie dadurch schwächte? Nein, er, Fangschlag, durfte nicht gleich alle Spitzohren in den Nährschlamm werfen, nur weil eines von ihnen dies zweifellos verdiente.

Als er an der Kohorte entlang wieder nach vorne schritt und dabei einigen Spitzohren aufmunternd zunickte, erntete er verwirrte Blicke. Er konnte die Verwunderung der Schützen verstehen und bleckte vergnügt die Fänge. Das Narbengesicht hatte auch hierin recht: Im Herumschleichen und Schießen waren die kleinen Kerle gar nicht so übel. Das musste man nutzen, spätestens wenn man das fremde Land der Öde erreichte, denn dann würde man diese Fähigkeiten benötigen.

Sieben Tageswenden später erreichten sie das Ende des Passes. Es war ein ereignisloser Marsch gewesen, nur von einigen Pausen unterbrochen, in denen die Kohorte sich versorgt und ein paar Zehnteltage geruht hatte. Als sich der Pass dann langsam öffnete, gingen sie besonders vorsichtig weiter, jederzeit darauf gefasst, auf versteckte Wachen zu stoßen. Aber kein verschreckter Posten war bei ihrem Anblick geflohen, keine verborgene Truppe hatte sich erhoben, um sich ihnen entgegenzustellen.

Nun standen sie an jener Stelle, an der die Felswände weit auseinanderwichen und den Blick freigaben auf die gewaltige Felsenklippe und die Anlage von Niyashaar, die am Fuß der Klippe lag. Nichts regte sich dort, und die Kohorte, die sich zunächst in den Schutz des Passes zurückgezogen hatte, war wieder hervorgekommen und betrachtete nun misstrauisch die Bauwerke, die im Licht der sinkenden Sonne vor ihnen lagen.

„Nichts regt sich dort, es muss eine verlassene Anlage sein“, meinte eines der Rundohren.

„Sicher steht sie schon seit Jahrtausendwenden dort und wird nicht mehr benutzt“, stimmte ein anderer Kämpfer zu.

„Ihr seid blinder Dung“, meldete sich das erfahrene Narbengesicht zu Wort und spuckte verächtlich aus. „Seht ihr nicht das blaue Oval dort oben auf dem Turm? Es ist ein elfisches Banner, und wo ein solcher Lappen weht, sind die verfluchten Elfen nicht weit.“

Einige der Spitzohren zuckten zusammen, bis Einohr spöttisch auflachte. Der kleine Legionsführer war ein Stück aus dem Pass herausgetreten und schirmte seine Augen gegen die sinkende Sonne ab. „Die Anlage ist nicht besonders groß. In ihren besten Zeiten werden dort zwei oder drei ihrer Kohorten stationiert gewesen sein. Aber ich kann keinerlei Bewegung erkennen. Wie ausgestorben.“

„Vielleicht sind sie wirklich tot“, flüsterte ein Spitzohr hoffnungsvoll. „Das erspart uns die Mühe, sie zu schlachten.“

Fangschlag spuckte aus und verkniff sich einen Kommentar über Schützen, die ohnehin nur aus dem zweiten Glied heraus töten konnten. „Sie könnten sich aber auch in den Gebäuden versteckt halten.“

„Warum sollten sie das tun?“ Einohr blickte zu Fangschlag zurück und lachte meckernd. „Sie wussten ja nicht, dass wir kommen. Und wenn sie uns entdeckt hätten, als wir aus dem Pass kamen, würden sie jetzt auf die Mauern rennen.“

„Vielleicht sind sie krank geworden und einfach gestorben.“

„Elfen werden nicht krank“, erwiderte Fangschlag nachdenklich. „So sagt man wenigstens.“

„Irgendwo müssen sie geblieben sein.“ Das Narbengesicht legte eine Hand um den Griff seines Schlagschwertes. „Sie werden ihr Banner nicht einfach zurückgelassen haben.“

„Ganz recht“, stimmte Einohr zu. „Wir werden nachsehen müssen, was sich in der Festung verbirgt.“

Fangschlag fand die Bezeichnung „Festung“ etwas übertrieben. Genaugenommen war es eine armselige Anlage. Aber der mangelnde Mut und die geringe Größe der Spitzohren ließ sie ihnen vielleicht größer vorkommen, als sie war. Er spuckte erneut aus und bleckte vergnügt die Zähne. Dann rief er sich zur Ordnung. Er musste seine Meinung über die verdammten Maden zurückstellen. Sie hatten zusammenzuarbeiten, damit der Allerhöchste zufrieden war.

„Ich werde zehn meiner Kämpfer nehmen und die Anlage erkunden“, schlug er vor. „Wir haben noch einen halben Zehnteltag Tageslicht, bevor die Sonne endgültig versinkt.“

Einohr nickte. „Ich werde dich mit zehn meiner Schützen begleiten“, stimmte er überraschend zu. „Gemeinsam können wir mehr entdecken.“

Das Narbengesicht übernahm den Befehl über den Rest der Kohorte und brachte sie am Pass in Stellung, während Fangschlag und Einohr mit ihren Gruppen im raschen Laufschritt auf Niyashaar zutrabten. Auch ohne einen Befehl nahmen die Rund- und Spitzohren sofort die typische Kampfformation ein. Die gepanzerten Rundohren in der ersten Reihe, ein Stück dahinter die Spitzohren mit schussbereiten Bogen. Ihre Linien waren weit auseinandergezogen. Je näher sie der Anlage kamen, desto offensichtlicher wurde es, dass sie verlassen war. Kein Feind zeigte sich auf der Wehrmauer, und als die Gruppe Niyashaar umrundete und auf das Tor stieß, fand sie es weit offen.

„Entweder liegen die elfischen Langohren drinnen im Hinterhalt, oder sie haben die Anlage wirklich verlassen“, sagte Fangschlag und leckte sich nervös über die dunklen Lippen.

„Nicht ohne ihr Banner.“

Sie drangen ein, fanden aber keine Antwort auf ihre Fragen.

„Keine Lebenden und keine Toten“, stellte ein Rundohr mit Unbehagen fest.

Der Kämpfer hatte recht. Die Anlage wirkte, als sei sie gerade erst verlassen worden. Sie fanden vorbereitete Speisen und die Habseligkeiten elfischer Wesen, doch keine Spur von diesen selbst. Keine lebenden Elfen und auch keine Überreste von ihnen. Nur das elfische Banner, das über dem Turm wehte, bis es schließlich von einem der Rundohren heruntergerissen wurde. Der Kämpfer versuchte den Stoff zu zerreißen, gab aber schließlich auf und warf das Banner wütend in den Hof hinab, wo es von den Füßen der einrückenden Kohorte in den Staub getreten wurde.

„Keine Spuren eines Kampfes, nur diese eigenartigen Brandmale überall“, überlegte Fangschlag. Er kniete an einer Stelle des Wehrgangs und strich mit seinen Klauen über eine ungewöhnliche Brandspur, die länglich war und sich tief in den Stein gebrannt hatte. „Es muss ein sehr heißes Feuer gewesen sein, der Stein ist geschmolzen.“

„Ach, die paar Stellen.“ Einohr war schon damit zufrieden, dass sich kein Feind zeigte. „Das hat nichts zu bedeuten.“

„Vielleicht doch. Irgendetwas muss die Elfen ja von hier vertrieben haben." Fangschlag richtete sich auf und blickte nach Norden, in die Öde hinein. Der westliche Horizont hatte sich rötlich verfärbt, und bald würde die Sonne endgültig versunken sein. „Sie wären niemals ohne ihr Banner gegangen."

„Ihr Banner, ihr Banner", stieß Einohr hervor. „Es ist nichts als ein buntes Stück Tuch."

Fangschlag ließ ein drohendes Knurren hören. „Die Legionen des Allerhöchsten haben auch ein Banner. Spotte also niemals über die Zeichen der Ehre."

Einohr machte eine obszöne Geste und deutete dann hinauf zum Turm. „Wir müssen Wachen aufstellen. Morgen, wenn wir uns erholt haben, marschieren wir zurück nach Cantarim und melden dem Brutmeister und dem Allerhöchsten Lord, dass der Weg frei ist."

„Zurück nach Cantarim?" Fangschlag bleckte die Fänge. „Wir sollen die Grenze erkunden, du kennst den Befehl des Allerhöchsten."

„Nun, soweit ich es sehen kann, ist die Grenze frei." Einohr trat an eine der Schießscharten, beugte sich vor und legte demonstrativ die Hand über die Augen, so, als spähe er angestrengt in die Öde. „Nein, wahrhaftig, ich kann keinen Elfen sehen. Und auch sonst keinen Feind." Er wandte sich dem Rundohr zu. „Morgen marschieren wir zurück. Die Grenze ist frei."

„Das kannst du nicht wissen", sagte Fangschlag grimmig. „Wir mögen den Feind nicht sehen können, aber irgendjemand hat die Elfen von hier vertrieben."

„Nun, dann wird es wohl unser Freund gewesen sein, nicht wahr?"

„Vielleicht will er uns ebenfalls vertreiben!"

„Du brauchst nicht gleich so zu brüllen. Wir Spitzohren haben gute Ohren. Außerdem sind sie nicht von so viel Metall bedeckt wie die euren.“ Einohr schnaubte spöttisch. „Du kannst ja hinausmarschieren in die Öde und dich dort ein wenig umsehen. Aber du wirst nichts finden und mit deinen großen Füßen nur Staub aufwirbeln.“

Fangschlag war versucht, seine guten Vorsätze zu vergessen und das grinsende Spitzohr einfach über die Mauer zu werfen, hinaus in die Öde. Er blickte nach Norden, als wolle er schon Maß für den Wurf nehmen, da erstarrte er überrascht. „Was ist das?“

„Was ist was?“ Einohr bemerkte Fangschlags Konzentration und trat näher. „Hast du etwas gesehen?“

„Dort draußen.“ Fangschlag deutete nach Nordwesten. „Ein Glühen.“

Einohr seufzte leise. „Ein Glühen, so, so. Ist dir vielleicht aufgefallen, dass die Sonne gerade untergeht?“

Fangschlag war viel zu konzentriert, um auf Einohrs Beleidigung einzugehen. „Das Glühen war nicht rötlich, sondern blau. Ein grelles und funkelndes Blau.“

Für einen Moment schien der Horizont aufzuflammen, als die Sonne endgültig versank. Es war das typische Blitzen der letzten Strahlen, mit dem sich jenes Zwielicht ankündigte, das der Nacht vorausging. Dann flackerte es für einen kurzen Augenblick blau auf.

Einohr schnaufte überrascht. „Jetzt habe ich es auch gesehen. Was kann das sein?“

„Ich weiß es nicht. So etwas ist mir noch nie begegnet.“ Fangschlag kratzte sich im Nacken. „Es scheint sich nicht zu bewegen. Vielleicht ist es ein Feuer.“

„Wer sollte blaues Feuer verwenden, und wozu?“

„Woher soll ich das wissen!“, fauchte Fangschlag. „Das hier

ist die Öde. Das tote Land von Rushaan."

Einohr erblasste ein wenig. „Ja, das tote Land. Vielleicht sind es Geister? Es gibt da Geschichten ..."

„Das da draußen ist keine Geschichte, Einohr. Dieses blaue Leuchten ist real, wir beide können es sehen."

„Gut, gut", sagte Einohr zögernd, „wir sollten es im Auge behalten. Vielleicht bewegt es sich ja doch noch."

„Nein, wir sollten es erkunden." Fangschlag sah das Spitzohr düster an. „Wenn es eine Feuerstelle ist, wäre es wichtig zu erfahren, wer sie benutzt."

„Äh, ja, mag sein." Einohr leckte sich über die Lippen. „Wir könnten morgen einmal nachsehen. Am besten, du gehst dann mit ein paar Männern hinaus und vergewisserst dich."

„Dann kann es schon zu spät sein. Jetzt ist die Stelle gut zu erkennen. Und wenn es ein Feuer ist, werden seine Benutzer seine Wärme und sein Licht suchen. Unsere orkschen Augen sind sehr gut in der Dunkelheit. Wir sehen besser als die Menschen und können uns noch lautlos in der Nacht bewegen, wenn sie schon blind herumtappen."

„Du weißt nicht, ob das dort Menschen sind." Einohr schien zu frösteln. „Aber schön, wenn du in die Nacht hinauswillst, werde ich dich nicht davon abhalten."

Es war klar, dass sich Einohr nicht aus dem Schutz der Festung wagen würde. Fangschlag hingegen empfand die Sicherheit, die sie bot, eher als fragwürdig. Sie schien auch den Elfen nichts genützt zu haben. Wer sich in der Befestigung aufhielt, konnte dem Feind nicht ausweichen wie auf freiem Feld. Vermutlich spürte Einohr instinktiv, dass dieses Feuer, oder was auch immer hinter dem Glühen steckte, nicht von Wesen verursacht wurde, die den Orks freundlich gesinnt waren. Sie mussten herausfinden, wer dafür verantwortlich war, und die Dunkelheit schützte die Orks weitaus besser als jeden ihrer Feinde.

„Gut, ich gehe hinaus“, brummte Fangschlag. „Ich werde eine meiner Gruppen mitnehmen.“

„Schön, wenn du willst.“ Einohr nickte bedächtig. „Ich werde meine Schützen auf der Mauer postieren. Sie werden dir und deinen Schwertschlägern den Rücken decken.“

Das war durchaus üblich, aber Fangschlag hätte auf diesen zweifelhaften Schutz lieber verzichtet.

Nur wenig später schlich er mit einer Handvoll seiner Rundohren aus dem Tor der Festung. Fangschlag beschloss, einen weiten Bogen zu machen und sich der Lichterscheinung nicht von der Festung her zu nähern. Denn wenn ein Feind an der eigenartigen Feuerstelle lauerte, würde er die Orks aus eben dieser Richtung erwarten. Also marschierte die Gruppe, so leise es ging, zunächst ein Stück nach Westen und bewegte sich dann erst auf das Glühen zu.

Es war die ganze Zeit deutlich zu erkennen. Wahrscheinlich ging das blaue Licht tatsächlich von einer größeren Feuerstelle aus. Es flackerte ein wenig, gerade so, wie man es von einem Lagerfeuer erwarten würde. Mal war es schwächer, dann wurde es wieder stärker, sodass es Fangschlag schwerfiel, die Entfernung richtig einzuschätzen. Er teilte seine Rundohren in drei Gruppen auf. Jeweils drei Kämpfer zu beiden Seiten versetzt und er selbst, mit den übrigen vier, in der Mitte. Obwohl sie sich möglichst leise bewegten, ließen sich Geräusche nicht ganz vermeiden. Gelegentlich stieß einer der gepanzerten Kampfstiefel gegen einen Stein, und die Schritte der schweren Rundohren knirschten, wenn der Grund unter ihrem Gewicht nachgab. Fangschlag hatte den Kämpfern eingeschärft, die Scharnierteile der Rüstungen gut zu fetten und die Schlagschwerter mit Stoff zu umwickeln, dennoch klirrte es ab und zu metallisch.

In der Nacht trugen diese Geräusche ungeheuer weit; trotzdem hoffte der Legionsführer, sich der Feuerstelle unerkannt und nahe genug annähern zu können, um zu überblicken, was dort vor sich ging. Vielleicht lagerte dort eine starke Kriegshorde, bereit, gegen die Kohorte loszuschlagen, wie sie es zuvor schon gegen die Elfen getan haben mochte.

„Ich glaube, sie löschen die Feuer", raunte das Rundohr neben ihm.

Fangschlags Pupillen weiteten sich ein wenig, um die Dunkelheit noch besser zu durchdringen. Der sternklare Himmel spendete gute Sicht, und sie hatten keine Mühe, den Weg zu finden und Hindernissen auszuweichen. Das Rundohr hatte recht. Das blaue Glühen wurde undeutlich und schien hinter Schwaden von Dunst zu verschwinden, wie sie entstanden, wenn eine Feuerstelle mit Wasser gelöscht wurde.

„Ich hoffe, sie haben uns noch nicht entdeckt", murmelte er. „Beeilen wir uns."

Je näher sie der Stelle kamen, desto größer wurden Fangschlags Zweifel, ob es sich wirklich um den Dampf eines verlöschenden Feuers handelte. Der Dunst breitete sich aus und wurde dichter, während das Glühen wieder an Intensität gewann. Instinktiv umklammerte er sein Schlagschwert mit festerem Griff und hörte, wie auch die anderen blankzogen.

„Es kommt auf uns zu."

Der Dunst oder Nebel bewegte sich. Er breitete sich aus, und kam, immer dichter werdend, auf die Gruppe zu. Das blaue Glühen gewann an Stärke und wurde wieder schwächer, ein Pulsieren, als stecke Leben darin. Fangschlag glaubte, dass es von mehreren, eng beieinander liegenden Quellen ausging. Dieses Wabern und Glosen war ihm unheimlich, und seinen Kämpfern erging es ebenso.

„Beim Allerhöchsten", ächzte plötzlich einer der Krieger.

Der Nebel samt dem Glühen darin war unvermittelt vorgeschnellt und erreichte die Orks mit unfassbarer Geschwindigkeit. Von einem Augenblick zum nächsten waren die Krieger davon umgeben. Fangschlag glaubte eine schattenhafte Bewegung vor sich zu erkennen und hob das Schlagschwert, um sich auf die Begegnung vorzubereiten, als er unvermittelt einen brutalen Schlag gegen den Schädel erhielt und Nebel und Glühen gleichermaßen in Finsternis versanken.

Das Erwachen war von grellem Schmerz begleitet.

Fangschlag brauchte eine Weile, bis er zu sich fand. Er spürte die Härte des Bodens unter sich, und der stählerne Harnisch drückte unangenehm gegen seine Brust, als er sich unter Stöhnen zur Seite wälzte. Benommen schüttelte er den Kopf, um das harte Pochen in seinem Schädel zu bezwingen, und stöhnte dann erneut auf. Aus den Augenwinkeln sah er das Blitzen einer Rüstung. Ächzend versuchte er sich aufzurichten, stemmte sich auf die Knie und tastete instinktiv nach seiner Waffe, die er hatte fallen lassen.

Seine Finger berührten etwas Heißes, Glühendes, das ihm die Fingerspitzen verbrannte, und er zog die Hand mit einem heiseren Fluch zurück.

Er erkannte die Gestalt eines seiner Rundohren, das reglos am Boden lag. Die Rüstung war die der Legionen, doch ansonsten erinnerte nicht mehr viel an den Kämpfer, der die Panzerung einst ausgefüllt hatte. Fangschlag richtete sich ruckartig auf und übersah das Kampffeld, oder besser das Schlachtfeld. Rings um ihn herum lagen die Überreste seiner Gefährten, doch nirgends gab es eine Spur von ihren Schlächtern; der wallende Nebel und das blaue Glühen waren verschwunden.

Fangschlag zwang sich dazu, die Toten zu untersuchen. Er huschte gebückt von einem zum anderen, und der Anblick war überall der gleiche. Die Rüstungen wiesen handgroße, sternförmige Löcher auf, deren Ränder noch immer glühten. Das Metall der Panzer war so heiß, dass er es kaum berühren konnte. Jene, die in ihnen gesteckt hatten, waren bis zur Unkenntlichkeit verbrannt und verkohlt. Ein entsetzlicher und unwürdiger Tod, denn keiner von ihnen schien Gelegenheit zur Gegenwehr gehabt zu haben.

Er fand ein Schlagschwert und nahm es an sich. Warum lebte er selbst noch? Wie war er diesem Gemetzel entgangen? Fangschlag tastete an seinen schmerzenden Schädel. Er trug noch immer den Helm und spürte eine tiefe Schramme an einer Seite. Grimmig nahm er den Kopfschutz ab und untersuchte ihn. Einer der beiden aufgenieteten Kämme, sein Rangabzeichen als Legionsführer, war verbogen, und darunter befand sich eine merkliche Delle. Ein sehr harter, scharfkantiger Gegenstand musste dort den Helm getroffen haben, und nur das dicke Metall hatte Fangschlags Leben bewahrt. Doch an den Toten seiner Gruppe hatte er keinerlei ähnliche Spuren gefunden. Wahrscheinlich hatte einer seiner Kämpfer, im Versuch, einen Feind abzuwehren, zum Schlag ausgeholt und dabei versehentlich Fangschlag getroffen, ihn unabsichtlich betäubt und so sein Leben gerettet.

Der Legionsführer sah sich erneut um. Wie lange hatte er bewusstlos am Boden gelegen? Es war noch immer tiefe Nacht. Fangschlag erblickte in der Ferne die Festung und fuhr zusammen. Er konnte die Anlage kaum erkennen, denn dort schien ein heftiges Gewitter zu toben. Ein Unwetter, das aus wallendem Nebel und zuckenden Blitzen bestand. Aber diese Blitze kamen nicht etwa aus düsteren Wolken herab, denn der Himmel über den Gebäuden war sternenklar. Vielmehr gleißten sie, grellen Pfeilen gleich, über den Boden hinweg.

Aus der Ferne waren Schreie und Donnergrollen zu hören, und Fangschlag wusste, dass dort soeben seine Kohorte starb.

Er brüllte auf in hilflosem Zorn, denn er begriff, dass er nur den Tod finden würde, wenn er seinen Rundohren und den Spitzohren Einohrs zu Hilfe kommen wollte.

Der Allerhöchste Lord musste davon erfahren.

Hier konnte er nichts mehr ausrichten, aber wenn er dem Schwarzen Lord berichtete, würde dies vielleicht anderen Kämpfern das Leben retten. Möglicherweise wusste der Allerhöchste, wie man dem blauen Glühen und den Blitzen begegnen konnte.

Fangschlag ignorierte den Anblick der attackierten Anlage und nahm den raschen Lauf der Orks auf. Wer immer dort die Kämpfer schlachtete, es würde ihn von allem anderen ablenken, und so war der Tod seiner Krieger ihr letzter Dienst an ihm und dem Allerhöchsten. Fangschlag umklammerte den Griff des Schlagschwertes. Er würde mit den Legionen zurückkehren, und mit ihnen würde er die Kohorte rächen.

15

Die beiden Beritte der Hochmark waren dem Verlauf des Eten nach Norden gefolgt und hatten schließlich das kleine Seitental erreicht, in dem sich der Wasserfall mit dem dahinter gelegenen Zugang zum Reich der Zwerge von Nal't'rund befand.

Eine Streife der kleinen Herren hatte sie schon längst entdeckt und Kunde in die grüne Kristallstadt getragen, dass die Freunde aus der Hochmark auf dem Weg zu ihnen waren. Als die Pferdelords in das Tal einritten, waren die beiden Treppen, die rechts und links des Wasserfalls hinaufführten, bereits von Axtschlägern gesäumt, welche die Männer herzlich willkommen hießen.

Nedeam ließ die Beritte absitzen und schritt mit den beiden Elfen und einer Handvoll Männer die Treppen empor und durch die Höhle hindurch, die hinter dem Wasserfall zum fünfeckigen Eingangstor des Zwergenreiches führte. Über den langen Gang, der Erinnerungen an die blutigen Kämpfe gegen die Orks aufleben ließ, erreichten sie schließlich die riesige Höhle, in der sich Nal't'rund erhob.

Als sie die kegelförmig aufragende Stadt erreicht hatten, geleitete Nedoruk, Waffenmeister und Erster Axtschläger Nal't'runds, die Ankömmlinge die Straße hinauf zu der großen Plattform, die sich auf der Spitze des Kegels befand und den Versammlungen der Zwerge diente. Hier oben erhob sich der Thron des Königs, und hier erwartete der Herr der Stadt nun seine Freunde.

Balruk, der gute und weise König Nal't'runds, hatte einst die Pferdelords der Hochmark um Hilfe gerufen, und sie waren diesem Ruf gefolgt. Nedeam hatte damals die Axt Grünschlag in den Thron gesteckt und so die Waffenkammern geöffnet. Diese symbolische Waffe mit ihren beiden Schneiden aus grünem Kristall hielt Balruk nun über den Kopf, als die Pferdelords und die beiden Elfen die Plattform betraten.

„Der Anblick meiner menschlichen Freunde erwärmt mein Herz“, grüßte er mit voll tönender Stimme. „Mögen Eure Schürfgründe stets reich und Eure Legenden voller ruhmreicher Taten sein. Mein Atem sei Euer Atem, und meine Wärme sei Eure Wärme.“

Balruk trat vor, und Nedeam musste sich ein wenig bücken, als ihn der König mit herzlicher Geste umfing. Er war von stattlicher Gestalt, gedrungen und massig, wie es die Eigenheit der Zwerge war. Die Enden der flammend roten Bartzöpfe hatten sich schwarz gefärbt und zeigten, dass die Jahreswenden nicht spurlos an dem tapferen Mann vorübergegangen waren. Er wandte den Blick zu den beiden Elfen und blinzelte überrascht, da ihm Llaranas samtige schwarze Haare auffielen. „Auch Ihr seid gegrüßt und willkommen in meinem Reich, elfische Wesen.“

Lotaras und Llarana verbeugten sich knapp. Es war zu spüren, dass zwischen Elfen und Zwergen eine Distanz bestand, die Höflichkeit verlangte und Herzlichkeit nicht zuließ. Im Augenblick ging es Nedeam ähnlich. In den vergangenen Tageswenden hatte sich eine Kluft zwischen ihm und seinen elfischen Begleitern aufgetan, die er sich nicht erklären konnte. Llarana und Lotaras wirkten in sich zurückgezogen, auch wenn sie dies zu überspielen suchten. Aber Nedeam kam das durchaus gelegen, denn so musste er sich weder ihren noch seinen Gefühlen stellen.

„An diesem Abend werden wir die Becher mit Blor füllen und auf unsere gemeinsamen Abenteuer anstoßen“, verkündete Balruk gut gelaunt. „Wir werden uns viel zu erzählen haben. Nal't'rund gedeiht prächtig, meine Freunde, und ich hoffe, das gilt auch für Eure Hochmark. Wie geht es Garodem, dem Pferdefürsten? Ah, niemals vergesse ich seine ruhmreiche Attacke vor unserer letzten Zuflucht."

„Er lässt Euch und Euer Volk von ganzem Herzen grüßen", versicherte Nedeam.

„Ihr müsst mir von ihm erzählen. Und auch von der braven Heilerin Meowyn. Eure Mutter, wenn ich mich recht entsinne?" Balruk legte seine Hand an Nedeams Arm. „Aber das hat Zeit. Zunächst müsst Ihr Euch erfrischen."

Nedeam spürte, wie Balruk ihn unauffällig zur Seite nahm, und bemerkte, dass Nedoruk und einige andere Zwerge die Elfen und Nedeams Begleiter in ein Gespräch verwickelten. Balruk sah ihn forschend an. „Zwei volle Beritte Eurer Pferdelords sind ein wenig viel für einen freundschaftlichen Besuch", sagte der Zwergenkönig. „Außerdem sind zwei elfische Wesen mit dabei. Euer Ritt nach Nal't'rund wird Euch also noch weiterführen, nicht wahr?"

„Bis hinauf in die nördliche Öde", erwiderte Nedeam. Balruk war ein kluger Mann, und es wäre nicht richtig gewesen, etwas vor ihm zu verbergen. So berichtete er dem Herrn der Stadt, welche Aufgabe er zu erfüllen hatte und was dahintersteckte.

Balruk schwieg einen Moment und strich nachdenklich über die Enden seiner Bartzöpfe. „So, so, die Elfen werden also das Land verlassen. Offen gesagt, hält sich mein Bedauern darüber in Grenzen. Ich weiß, Nedeam, mein Freund, Ihr seid ihnen auf besondere Weise verbunden. Aber nehmt es mir nicht übel, diese Wesen sind nicht immer nur freundlich. Na, lassen wir das. Viel wichtiger ist, dass Ihr Euch nach Norden begeben werdet. Ich glaube, ich habe es Euch noch nicht erzählt, aber dort gibt es eine weitere Stadt meines Volkes." Balruk seufzte. „Einst gab es sieben von ihnen, so, wie es sieben Reiche der Menschen gab. Jede der Kristallstädte war unvergleichlich und hatte ihre eigene Pracht. Ah, wahrhaftig, Nedeam, wir waren ein großes und starkes Volk. Aber viele von uns sind dem Schwarzen Lord und seinen Horden zum Opfer gefallen. Wir wissen nicht einmal, wie viele Opfer es wirklich gab." Er seufzte abermals. „Oh, wir haben versucht, es herauszufinden, haben Kundschafter zu den anderen Städten entsandt. Doch keiner von ihnen kehrte jemals zurück. Vielleicht sind wir nun sogar die Letzten unseres Volkes. Ein schmerzlicher Gedanke, Nedeam, mein Freund, ein überaus schmerzlicher."

Der kleine Mann straffte sich und schlug dem Ersten Schwertmann aufmunternd an den Arm. „Aber vielleicht sind das zu düstere Gedanken. Vielleicht werdet Ihr es vollbringen und hoch im Norden auf die Stadt Nal't'hanas stoßen, die gelbe Kristallstadt. Ein Juwel, das seinesgleichen sucht. Wenn man von Nal't'rund einmal absieht."

Balruk schlenderte mit Nedeam an den Rand der Plattform. Von hier hatten sie einen großartigen Ausblick auf die Höhle. Die grünen Kristallplatten der Kuppel waren derart genau gearbeitet, dass sie den Blick kaum verzerrten. „Bevor die Orks uns einst berannten, hatten wir noch Kontakt zu Nal't'hanas. Und sobald wir wieder zu Kräften kamen, schickte ich Männer dorthin. Doch die sind verschollen. Vielleicht wurde auch Nal't'hanas von den Bestien eingenommen. Ihr solltet also vorsichtig sein, wenn Ihr in diese Gegend kommt, Nedeam, Pferdelord. Würde Nal't'hanas noch bestehen, so hätten seine Bewohner sicherlich ihrerseits den Kontakt zu uns gesucht." Der Zwergenkönig deutete über die gewaltige Höhle. „Nal't'rund befindet sich in einer ungewöhnlichen Lage. Einst waren alle unsere Städte im Schutz der Berge verborgen, und niemand außer unserem Volk kannte ihre Lage. Doch das hat sich geändert. Wir wissen mit Sicherheit, dass die rote Kristallstadt entdeckt und genommen wurde und die Bestien sämtliche Bewohner töteten. Auch wissen wir, dass der Schwarze Lord Nal't'runds Lage kennt, schließlich hat er uns ja angegriffen. Auch wenn wir noch im Schoß der Erde leben, sind wir hier doch nicht mehr vor ihm sicher. Eines Tages werden die Horden der Finsternis erneut auf uns einstürmen." Er sah Nedeam an und lächelte unmerklich. „Es tut gut, Freunde zu haben, auf die man zählen kann."

Es war eine simple Feststellung, und Nedeam war gerührt von der Selbstverständlichkeit, mit der Balruk zum Bund mit den Pferdelords stand. „Wir haben Seite an Seite gestanden und unser Blut vergossen. Kein Pferdelord wird dieses Bündnis je vergessen."

Für einen Moment standen die beiden schweigend hoch über der Stadt. Nedeam sah die metallene Rohrleitung, die von dem kleinen See zur Stadt führte und sie mit Wasser versorgte. Mit ihrer Hilfe hatten sie einst gemeinsam eine der Feuerbestien bezwungen. Ja, es gab vieles, was ihre Völker miteinander verband.

Der Erste Schwertmann dachte an den langen Ritt ins Ungewisse, der noch vor ihnen lag. „Guter König, wenn wir auf den Ritt nach Norden gehen, wäre es hilfreich, wenn Ihr uns ein paar Eurer Axtschläger mitgeben könntet. Das würde es uns erleichtern, die Stadt Nal't'hanas zu finden."

„So soll es geschehen. Doch Nedoruk kann ich nicht entbehren, und auch nicht sehr viele andere Männer. Nicht ohne ernstliche Not, mein Freund. Wir treiben neue Gänge ins Gebirge und vergrößern unsere Zuflucht. Solange die nicht gesichert ist, kann ich kaum auf eine Hand verzichten. Aber ich denke, Olruk würde Euch sicher gern begleiten.“

Nedeam lachte auf. „Ich kann mich gut an ihn erinnern. Eine treffliche Wahl, König Balruk, denn er versteht sich auch aufs Reiten.“

Balruk lachte dröhnend. „Seine Geschichten haben uns manchen Abend verkürzt. Seine Abenteuer im Haus der Elfen und bei der Schlacht um Merdonan … Nun, jedes Mal, wenn er davon erzählt, werden sie ein wenig spannender. Olruk hat sich inzwischen verbunden. Nun hat er seine sehr hübsche Olrukona und drei kleine Hüpflinge. Sie lassen ihm kaum Ruhe, wenn er nach einem langen Arbeitstag nach Hause kommt. Ich schätze, ein Ausflug ins Abenteuer wird ihm erholsam erscheinen. Bei dieser Gelegenheit, mein Freund … Ich vermisse den guten Herrn Dorkemunt unter Euren Begleitern.“

„Ihm ist nichts zugestoßen“, sagte Nedeam rasch, als er die aufrichtige Sorge in Balruks Blick bemerkte. „Aber er konnte die Mühsal des langen Ritts nicht mehr auf sich nehmen.“

Der Zwergenkönig nickte. „Glaubt mir, Nedeam, das kann ich gut verstehen. Ich bin froh, der König von Nal't'rund zu sein und nur noch meine brave Kristallaxt Grünschlag stemmen zu müssen. Die Zeiten, da ich wie ein rechter Zwerg Hammer auf Meißel schlagen konnte, sind leider vorbei.“ Erneut stieß er Nedeam aufmunternd an. „Doch die Eure ist es noch lange nicht. Lasst uns nun zu den anderen zurückkehren. Wir werden die Einzelheiten später besprechen.“

Sie verbrachten den Abend in Geselligkeit, und während sich die Bäuche füllten, das Blor durch ihre Kehlen floss und die Geschichten immer abenteuerlicher wurden, empfand Nedeam die Gewissheit, unter Freunden zu sein. Am Morgen würden sie aufbrechen und, vielleicht, für lange Zeit keinem freundlich gesinnten Wesen mehr begegnen.

16

Fangschlag war am Ende seiner Kräfte. Anfangs war er dem Verlauf des Passes in raschem Schritt gefolgt, doch jedes Mal, wenn sein Fuß den Boden berührte, durchfuhr ein pochender Schmerz seinen Schädel. Obwohl er nur eine mächtige Beule und kein Blut ertastet hatte, wusste er, dass er stark verletzt war. Wahrscheinlich wäre es besser für ihn gewesen, sich zu schonen und erst einmal zu Kräften zu kommen. Aber die Ereignisse der Nacht trieben ihn voran. Zudem hatte er keine Vorräte bei sich, nicht einmal Wasser, um seinen quälenden Durst zu stillen.

Nun schleppte er sich nur noch mühsam voran, taumelte immer wieder und drohte zu stürzen. Aber sein eiserner Wille zwang seinen geschundenen Leib, die letzten Reserven zu mobilisieren. Der Allerhöchste musste erfahren, was geschehen war. Er, Fangschlag, war der einzige Überlebende der Kohorte, und somit konnte nur er über ihr Ende berichten.

Immer wieder rätselte er darüber, was geschehen war. Für ihn stand fest, dass es sich bei dem wallenden Nebel und dem blauen Glühen nicht um Feuer gehandelt hatte. Jedenfalls keine gewöhnlichen Feuer, wie Kämpfer sie zum Aufwärmen in kalten Nächten entzündeten. Nein, es musste mit den „Anderen“ zusammenhängen, jenen geheimnisvollen Wesen, die den Gerüchten zufolge die Öde und das tote Reich Rushaan bewachten. Es mussten Wesen von Furcht erregender Macht sein. Er hatte die Toten seiner Gruppe gesehen und war sich sicher, dass es der Kohorte in der Festung nicht anders ergangen war. Er hatte in der Dunkelheit nicht sehen können, ob an der Kampfstatt Blut geflossen war, aber das hielt er auch für unwahrscheinlich. Die Kohorte war auf entsetzliche Weise verbrannt worden, und die Elfen, welche die Anlage zuvor besetzt hielten, hatte wohl dasselbe Schicksal ereilt. Das schien ihm überhaupt das einzig Positive: Jene „Anderen“ waren keine Freunde der Elfen.

Fangschlag näherte sich dem östlichen Ende des Passes. Kleine Steine und Sandkörner hatten sich in seine Kampfstiefel geschoben und seine bloß liegenden Zehen aufgeschürft. Doch er spürte es kaum, denn seine Beine fühlten sich nahezu taub an, und inzwischen hatte diese Taubheit auch seine Arme erfasst. So warf er denn ab und zu einen unsicheren Blick auf seine Hand, um zu sehen, ob sie noch den Griff des fremden Schlagschwertes festhielt. Er kannte diese zunehmende Empfindungslosigkeit. Die Orks wuchsen in den heißen Bruthöhlen heran und liebten die Wärme. Kälte hingegen setzte ihnen zu und ließ ihre Körper langsam erstarren. Dann wurden die Kämpfer hilflos und fielen in einen todesähnlichen Schlaf, aus dem sie nicht mehr erwachen würden, wenn man sie nicht rechtzeitig fand und wärmte. Bei totaler Erschöpfung trat ein ähnlicher Effekt ein, und Fangschlag machte sich nun ernstlich Sorgen.

Nicht, weil sein Leben enden könnte, sondern weil es auf so sinnlose Weise geschah. Wenn er wenigstens seinen Bericht abgeben konnte, dann hatte sein Sterben immerhin einen Sinn. Aber noch war es nicht so weit. Noch nicht ganz.

Unter normalen Umständen hätte Fangschlag viele Zehntage marschieren und laufen können, ohne sich nur annähernd so erschöpft zu fühlen. Es war die Kopfwunde, die ihm so zusetzte. Dennoch musste er froh sein, sie erhalten zu haben, denn ohne diese Verletzung wäre er längst ebenso tot wie die ganze Kohorte.

So sehr sein Körper auch litt und seine Kräfte verfielen,

sein Geist arbeitete und alle seine Gedanken waren darauf fixiert, Cantarim zu erreichen.

Es war eine Frage des Willens. Den Fuß heben, ein Stück vorstrecken, wieder senken und auf den Boden setzen. Danach das Gleiche mit dem anderen Fuß wiederholen. Fuß um Fuß, Länge um Länge.

Dann spürte Fangschlag wie er nach vorne kippte. Er konnte nichts dagegen tun. Er fühlte nur den harten Aufprall auf den Boden und einen sengenden Schmerz, der durch seinen Schädel zuckte.

Die hart zupackenden Hände, die ihn ergriffen, spürte er dagegen nicht mehr.

17

Nach ihrem Abstecher in die grüne Kristallstadt Nal't'rund waren sie dem Verlauf des Eten weiter gefolgt. Einen halben Zehntag waren sie nun wieder unterwegs, und mittlerweile ritten sie durch unbekanntes Gebiet. Noch nie zuvor waren Pferdelords so weit nach Norden vorgestoßen. Sie ritten nur mit Vorhut und Nachhut, auf Flankenschutz konnten sie verzichten, da der Pass hier zu schmal war und die steil aufragenden Wände sich dicht am Wegesrand erhoben.

Sie folgten nicht direkt dem Verlauf des Eten, der in der Hochmark entsprang. Zwar bewegten sich die Beritte dort, wo der Fluss sich einst seinen Weg geebnet hatte, doch vor vielen Jahrtausendwenden hatte ein Erdrutsch seinen Lauf verstellt. Stellenweise floss das Wasser nun unterirdisch. Die Spuren des alten Flussbettes waren allerdings unverkennbar; immer wieder stießen die Hufe der Pferde gegen Kiesel, wie nur fließende Gewässer sie formen können. Der Pass war an einigen Stellen mehrere Tausendlängen breit, oft maß er jedoch kaum eine Hundertlänge, und es gab sogar Stellen, an denen sich kaum zwei Reiter nebeneinander bewegen konnten. Diese Engpässe hielten die Marschkolonne auf, und Nedeam merkte sich ihre Lage, da sie gut zu verteidigen waren.

Die Felswände waren von herabgestürztem Gestein gesäumt, wildes Gras wuchs an einigen Stellen, und die Reiter sahen sogar hier und da die widerstandsfähigen und anspruchslosen Büsche, die für den Südpass der Hochmark charakteristisch waren. Im Verlauf des ehemaligen Flussbettes gab es eine Reihe von Tümpeln, die vermutlich von den im

Hochgebirge zahlreichen Regenstürmen regelmäßig wieder aufgefüllt wurden. Hier fanden sich auch immer wieder die Spuren größerer und kleinerer Tiere. Anscheinend ernährte die Umgebung des Passes eine überraschende Vielzahl von ihnen. Doch keines dieser Tiere ließ sich blicken; das zwischen den Felsen widerhallende Dröhnen der zahlreichen Hufe schreckte sie wohl ab. Ein einziges Mal sahen die Pferdelords eine Gruppe von Felsböcken, die hoch über ihnen auf einem Grat verharrten und der dahinziehenden Truppe mit misstrauischem Blick hinterherschauten.

Nedeam achtete darauf, dass Vorhut und Nachhut öfter ausgetauscht wurden. Denn die Hufe der Pferde wirbelten Wolken von Staub auf, der bei dem schwachen Wind nur langsam verwehte und die hinteren Reiter und Pferde mit einer pudrigen Schicht überzog. Am Ende der Kolonne schützten sich die Männer mit den Umhängen, und ihr unterdrücktes Husten war immer wieder zu hören.

„Es wird Zeit, dass wir aus diesem engen Pass herauskommen“, murmelte Kormund mit düsterer Stimme. „Falls uns ein Feind begegnet, haben wir kaum Raum zum Manövrieren. Der Lärm unserer Hufe verschluckt jeden anderen Laut, und der Staub nimmt uns den Atem.“

Nedeam nickte und spülte den Dreck mit einem Schluck Wasser aus dem Mund. „Ja, dieser Weg ist wenig erfreulich. Dabei haben wir erst die Hälfte der Strecke bis zum Passausgang zurückgelegt.“

„Ich hoffe, das Staubschlucken lohnt sich wenigstens.“ Kormund rieb sich die Brust.

„Schmerzen?“, fragte Nedeam mitfühlend. „Die alte Pfeilwunde?“

„Wahrscheinlich ist es nur der aufgewirbelte Dreck“, murmelte der Scharführer. „Er macht mir das Atmen schwer, und dann meldet sich die Narbe wieder."

Der jüngere Erste Schwertmann bemerkte die forschenden Blicke, mit denen Kormund die aufsteigenden Felswände musterte. „Ist es der Dreck oder dein Gespür für Gefahr?"

„Vielleicht beides."

Am Mittag hatte die Sonne hoch über der langen Schlucht gestanden und sie mit gnadenloser Hitze erfüllt. Inzwischen war die Sonne weiter über den Himmel gewandert, doch es war noch immer drückend heiß. Die rechts von ihnen aufsteigenden Felswände begannen nun lange Schatten zu werfen, und der Grund der tiefen Schlucht würde schon früh am Tag im Dunkel liegen.

Nedeam kannte die Instinkte des alten Scharführers. Sie waren bedeutend besser ausgeprägt als die seinen. Er entsann sich der Worte Marnalfs, der von den besonderen Fähigkeiten gesprochen hatte, eine Gefahr zu spüren und die Ausstrahlung eines Wesens deuten zu können. Doch seine Sinne meldeten nichts Ungewöhnliches. Dennoch zögerte er nicht, als Kormund erneut seine Brust rieb. „Ich werde der Vorhut sagen, sie soll die Augen besonders gut aufhalten."

Er löste sich von seinem Nebenmann und trieb sein Pferd an den Reihen entlang nach vorne, wo Garwin mit zehn seiner Männer die Spitze hielt. Bei ihnen befand sich auch der Axtschläger Olruk, der zusammen mit den Pferdelords dazu beigetragen hatte, das elfische Haus Deshay aus dem Fluch der Grauen Wesen zu erlösen. Der tapfere Zwerg sah Nedeam entgegen und schob sich dabei einen der getrockneten Fleischstreifen in den Mund, die sein Freund Dorkemunt für ihn zubereitet hatte. Eigentlich besaß das Zwergenvolk kein sonderlich gutes Verhältnis zu Pferden, doch der Axtschläger hatte sich als leidlicher Reiter erwiesen.

„Hoher Herr Nedeam, wenn Ihr mir vielleicht für ein

oder zwei Augenblicke Euer Ohr leihen wollt?“

Solche gedrechselten Worte waren für den kleinen Herrn ungewöhnlich. Die Zwerge schätzten eigentlich die direkte Art, und dass Olruk so übertrieben höflich sprach, verriet Nedeam, dass der kleine Mann verstimmt war. So nickte er und trieb sein Pferd neben ihn. Aus der Nähe erkannte er, dass Olruk sich nur mühsam beherrschen konnte. Der Blick, den der Zwerg dabei auf Garwin warf, verriet ihm auch sofort den Grund.

„Wahrhaftig, Pferdemensch Nedeam, wir kennen uns, und ich muss sagen, ich schätze dich sehr. Ich hoffe, du schenkst meinen Worten mehr Aufmerksamkeit als dieser Herr Garwin hier.“

„Er behauptet, wir würden beobachtet“, warf Garodems Sohn ein. „Dabei haben wir jeden Stein und jeden Grashalm im Auge und können nichts entdecken.“

„Unser Volk lebt in den Bergen und weiß, wie man sich dort verbirgt.“ Olruk deutete mit dem Fleischstreifen in der Hand zu den Felsen hinauf. „Seit über einer Tageswende werden wir verfolgt, und ich bin mir sicher, dass es die Späher von Nal’t’hanas sind.“

Nedeam dachte an Kormunds schmerzende Narbe und nickte. „Dann sind wir also in der Nähe der Stadt?“

„Ich habe sie noch nie gesehen“, räumte Olruk ein. „Aber den alten Beschreibungen nach müsste dort vorne der Pfad abzweigen, der an Nal’t’hanas vorbei ins Land der Elfen führt.“ Er sah Garwin spöttisch an. „Auch wir Zwerge wissen, wie man die Straßen unserer Reiche im Auge behält.“

„Ich kann nichts erkennen“, knurrte Garwin. „Und ich habe auch keine rollenden Steine gehört.“

„Bei dem Lärm, den ihr Pferdemenschen macht, ist das auch kein Wunder.“ Erneut wies der kleine Axtschläger über die Felsen. „Glaubt mir, Hoher Herr, dort könnte sich eine ganze Schar von Axtschlägern verbergen, und Ihr würdet sie nicht bemerken."

„Wenn wirklich Zwerge dort stecken, warum zeigen sie sich dann nicht?" Garwin wandte sich zur Seite und spuckte aus. „Haben sie Angst vor uns?"

Olruks Gesicht verfinsterte sich, und Nedeam legte seinem Freund beschwichtigend die Hand an den Arm. „Ich glaube nicht, dass die kleinen Herren vor irgendetwas Angst haben."

Olruk nickte. „Außer davor, dass uns der Felsenhimmel auf den Kopf stürzen könnte." Er verschloss den Beutel mit den Fleischstreifen und hängte ihn sorgfältig zurück an den Sattel. „Die Zwerge von Nal't'hanas wissen nichts von der Freundschaft, die Nal't'rund mit euch Pferdelords verbindet. Für sie seid ihr Menschen, denen man mit Vorsicht begegnen muss."

„Aber dich haben sie sicherlich erkannt, Olruk, als einen der ihren." Nedeam leckte sich über die Lippen. Er konnte kein Hinweis darauf erkennen, dass sich irgendwo Zwerge verbargen. „Also müssen sie auch sehen, dass wir Seite an Seite stehen."

Der kleine Axtschläger lächelte verschmitzt und strich sich über die Enden seiner Bartzöpfe. „Ah ja? Zweihundert lärmende und schwer bewaffnete Menschenreiter in Begleitung zweier elfischer Wesen und eines einzelnen Zwerges ... Wer würde da nicht befürchten, dass ich gezwungen werde, mit euch zu reiten?"

„Du hast deine Waffen, daran sehen sie, dass du kein Gefangener bist."

Nun musste der kleine Mann doch lachen. „Zwei Äxte gegen zweihundert Pferdelords? Das wäre wahrhaftig ein denkwürdiger Kampf. Nein, Nedeam, sie werden abwarten, ob wir ihr Gebiet betreten oder nach Norden weiterreiten."

„Du könntest sie anrufen", schlug Nedeam vor.

„Sie würden sich dennoch nicht zeigen", versicherte Olruk. „Wir Zwerge sind misstrauische Wesen, und diese Vorsicht hat uns nie geschadet."

„Schön, dann müssen wir selbst die Initiative ergreifen." Nedeam seufzte leise. „Was meinst du, Olruk, wie können wir vorgehen?"

„Wir betreten ihr Gebiet. Aber nur du und ich, Nedeam, sonst niemand." Der kleine Mann deutete nach Norden. „Ein Stück voraus weitet sich der Pass zu einem Kessel, an dem es auch Wasser gibt. Eure Pferdelords können dort lagern, bis wir zurück sind."

„So werden wir es machen." Nedeam ignorierte Garwins Protest und Kormunds besorgten Blick und gab die entsprechenden Befehle.

Die beiden Beritte trabten an ihnen vorbei und hüllten sie in Wolken von Staub, die sich nur langsam wieder senkten. Nedeam und Olruk folgten den Männern in einigem Abstand.

„Wie werden wir die Stadt finden, wenn du nicht weißt, wo sie liegt?"

Olruk zuckte die Schultern. „Die Axtschläger der Stadt haben uns bereits gefunden. Sie werden sich schon melden, wenn wir Nal't'hanas zu nahe kommen."

Wenig später erreichten sie die Stelle, an welcher der Pfad nach Westen abzweigte, dem sie nun weiter folgten. Zehnteltag um Zehnteltag zogen sie dahin, ohne ein Zeichen dafür zu entdecken, dass sie von Zwergen beobachtet wurden. Es gab auch sonst keine Spuren, die darauf hinwiesen, dass die kleinen Männer diese Gegend bestreiften.

Nedeam musterte die Umgebung mit den Augen eines Kriegers. Der Pfad war gut zu sichern; eine kleine Schar konnte hier eine große Truppe aufhalten. Notfalls ließen sich Steinschläge auslösen, die eine ganze Armee vernichten würden. Wenn Nal't'hanas an diesem Pfad lag, ließ es sich leichter verteidigen als die grüne Kristallstadt Nal't'rund.

Olruk war aus dem Sattel geglitten und schritt voran, während Nedeam das Pferd des Freundes am Zügel führte. An einigen Stellen, dort, wo der Weg zu schmal war, musste er absitzen und die Pferde führen. An einer dieser Engstellen geschah es dann.

Nedeam hörte einen metallischen Schlag, als etwas gegen den Rundschild prallte, der an seinem Sattelknauf hing. Ein handlanger Metallbolzen fiel kraftlos zu Boden. Instinktiv zog der Erste Schwertmann den Kopf ein und suchte nach dem Schützen, der sich jedoch weiterhin verborgen hielt.

Olruk hingegen stieß einen tremolierenden Pfiff aus, jenen melodischen Zweiklang, wie ihn nur die Kehlen von Elfen oder Zwergen erzeugen konnten. „Hier steht Olruk, Axtschläger der grünen Kristallstadt Nal't'rund, und an seiner Seite Nedeam, ein Mensch und doch ein Freund unseres Volkes. Wir bringen Grüße von Balruk, unserem König."

Keine drei Längen neben ihnen erschien unvermittelt ein stämmiger Zwerg, als sei er aus dem Boden gewachsen. Er trug keinen Helm und keinen Schild, nichts, was an eine Rüstung erinnerte. In seinen Händen hielt er eine merkwürdige, geschwungene Keule. Nedeam sah einen der Bolzen, der auf dieser Keule auflag.

„Hier steht Herollom, Axtschläger der gelben Kristallstadt Nal't'hanas. Das Menschenwesen soll mir seine friedlichen Absichten bekunden."

„Du musst nun deine Waffen ablegen, Nedeam", sagte Olruk zur Seite gewandt. „Als Beweis deiner guten Absichten und deines Vertrauens." Er senkte die Stimme. „Tue es rasch, Pferdemensch. Dieser Herollom ist nicht allein."

Nedeam nickte und trat ein wenig zur Seite, sodass der

fremde Axtschläger ihn gut im Blickfeld hatte. Betont langsam öffnete er seinen Schwertgurt und hängte ihn an den Sattel.

Die Augen Herolloms musterten das Schwert interessiert. „Eine Elfenwaffe. Du hast sie den Langohren abgenommen, Menschenwesen?“

Es war die Waffe, die Jalan-olud-Deshay Nedeam vor einiger Zeit geschenkt hatte. Der Pferdelord kannte mittlerweile die Vorbehalte, die das Volk der Zwerge den Elfen gegenüber hatte. Vielleicht war es im Augenblick besser, die Freundschaft zwischen Pferdelords und Elfen zu verschweigen. So lächelte er nur freundlich und zuckte die Schultern, ohne auf die Frage zu antworten.

Ringsum war Bewegung, als sich vier weitere Zwerge erhoben, die allesamt die seltsamen Bolzenwaffen bereithielten. Zwei der Männer waren voll gerüstet, und hinter ihren gepanzerten Schultern ragten die Griffe ihrer Kampfäxte hervor. Sie betrachteten Olruk neugierig und bedachten Nedeam mit abschätzenden Blicken.

Herollom trat nah an Nedeam heran, musterte den Pferdelord von oben bis unten und warf dann einen langen Blick auf das elfische Schwert. „Du hast meine Frage nicht beantwortet, Menschenwesen.“

Nedeam zuckte die Achseln. „Die Klinge ist ein Geschenk. Von einem elfischen Freund.“

„Dennoch ist er auch ein Freund unseres Volkes“, fügte Olruk rasch hinzu.

Der Blick, mit dem Herollom Nedeam fixierte, war durchdringend. Schließlich nickte der Zwerg. „Ich denke, das ist die Wahrheit.“ Er wandte sich seinen Männern zu. „Maratuk und Elmoruk, ihr bleibt hier und schützt den Pfad. Und du, Elmoruk, bist mir verantwortlich, denn in der Öde hast du dich als Jagdführer bewährt. Wir anderen werden unsere Besucher nach Nal't'hanas führen. Dort mag der König entscheiden." Er warf Olruk einen freundlichen Blick zu. „Es tut gut, endlich wieder einen Mann aus einer anderen Stadt zu sehen. Wir befürchteten schon, die letzten lebenden Zwerge zu sein."

„Wahrhaftig, wir hatten die gleiche Sorge", räumte Olruk postwendend ein.

Nedeam sah gerührt zu, wie die beiden Männer sich gegenüberstanden und einander an den Bartzöpfen zogen. Er wusste, dass dies eine Geste tiefer Verbundenheit war. Auch wenn die Männer aus Nal't'hanas ihm selbst gegenüber reserviert wirkten, war ihre Freude über die Begegnung mit Olruk offenkundig.

Als Herollom zurücktrat, deutete er auf Nedeams Pferd. „Du kannst nun deine Elfenwaffe wieder umschnallen, Menschenmann. Da du sie so bereitwillig abgelegt hast und Olruk für dich eintritt, gewähren wir dir dies als Geste unserer Gastfreundschaft. Und nun lasst uns aufbrechen. Es ist noch ein weiter Weg bis zur Stadt."

Herollom hatte nicht übertrieben. Sie benutzten einen beschwerlichen Weg, und Nedeam bereute es bald, die Pferde mitgenommen zu haben. Aber nun konnte er sie nicht mehr zurücklassen. Während des Marsches entspann sich ein angeregtes Gespräch. Die Zwerge hatten bislang kaum Kontakt zu Menschen gehabt, und Angehörige des Pferdevolkes waren ihnen noch nie begegnet. Nedeam erzählte ihnen bereitwillig vom Leben in der Hochmark, und die Zwerge, die ihre anfängliche Scheu schnell überwanden, sprachen ebenso offenherzig von den Sorgen, die sie plagten. Die Sonne begann bereits zu sinken und warf immer längere Schatten. Manchmal bewegte sich die Gruppe so tief zwischen den Felsen, dass Dunkelheit sie umfing. Doch die Zwerge fanden den Weg mit traumwandlerischer Sicherheit, und im letzten Licht des Tages erreichten sie das Tal, in dem Nal't'hanas lag.

Die Beschaffenheit des Tals und die relativ ungeschützte Lage der Stadt machten offensichtlich, welche Katastrophe diese Zwerge einst heimgesucht hatte, und verliehen den Worten der kleinen Männer eine bedrückende Anschaulichkeit. Überrascht sahen Nedeam und Olruk die kleine Herde Felsböcke, die nicht weit entfernt von ihnen in dem Tal äste und keinerlei Scheu zeigte, als die Gruppe an ihnen vorbei zu der gelben Kristallkuppel der Stadt schritt.

Während sie sich dieser weiter näherten, bemerkte Nedeam eine auffällige Stelle in einer der Felswände. Ein Teil des Steins war dort von unzähligen fünfeckigen Segmenten bedeckt, die alle aus gelbem Kristall bestanden.

„Dort ruhen die Opfer der Katastrophe", erklärte Herollom. „Wir empfanden es als angemessen, sie auf diese Weise zu bestatten. Es gemahnt uns an das furchtbare Geschehen, und für die Verstorbenen dort oben mag es ein Trost sein, zu sehen, dass Nal't'hanas neu erstanden ist."

So groß das Tal und so beeindruckend die Kuppel der Stadt auch waren, sie bildeten nur einen kleinen Teil des Reiches, über das die Zwerge herrschten, denn ihre Stollen und Gänge reichten viele Tausendlängen weit durchs Gebirge. So lag die Stadt am Scheidepunkt zweier Welten, der unter dem Himmel und der unter dem Stein.

Auch hier lief das Zwergenvolk zusammen, als die Kunde von der Ankunft zweier Fremder umging. Die kleinen Wesen blickten ihnen neugierig entgegen, aber der Pferdelord bemerkte, dass sie auch beunruhigt waren und sich fragten, was der Besuch für das Schicksal der Stadt bedeuten mochte.

Vieles hier erinnerte Nedeam an Nal't'rund, und doch war einiges anders. Zwar gab es auch hier einen Stadtkegel mit umlaufender Straße. Aber Herollom führte die Gruppe nicht zum

Dach der Stadt hinauf, sondern in den breiten Gang gegenüber dem Stadttor. In Nal't'rund führte dieser Gang zur Waffenkammer, doch hier, in Nal't'hanas, befand sich an ihm zusätzlich der Raum, in dem der König der Stadt residierte. Herollom gab dazu keinen Kommentar, doch Nedeam vermutete, dass dies mit dem Einsturz des Felsengewölbes zusammenhing.

Neben einer Tür standen zwei gerüstete Wachen, die unverzüglich öffneten, als sie Herollom erkannten. „Der König erwartet euch", sagte einer der Männer. „Hendruk Hartschlag ist erfreut, Kunde von außerhalb zu erhalten."

Olruk stieß ein leises Zischen aus. „Hendruk Hartschlag. Ah, ich habe von ihm gehört. Aber wer hat das nicht? Der Mann ist eine Legende in unserem Volk, Nedeam. Einer der größten Kriegsherren, die das Zwergenvolk jemals hervorgebracht hat. Er bezwang einst die Kreaturen aus Neard mit hartem Schlag, so berichten es die Legenden. Daher auch sein Beiname. Wahrhaftig, er muss schon sehr, sehr alt sein."

Als sie den großen fünfeckigen Saal mit dem Thron der Stadt betraten, war der erste Eindruck überwältigend. Wände und Decke waren mit Segmenten aus gelbem Kristall bedeckt, und Säulen aus schwarzem Kristall stützten einen gewaltigen Schild aus blitzendem Stahl, der den Thron wie ein Baldachin überspannte. An einer Seite stand ein Kristallstock in voller Blüte; wie die Zwerge es geschafft hatten, lebende Kristalle im Thronsaal zu züchten, war selbst Olruk ein Rätsel.

Wenn schon der Saal beeindruckend war, so galt dies noch mehr für den Mann, der auf dem Thron saß und sich nun, beim Eintritt der Gruppe, erhob.

Hendruk Hartschlag war bestimmt der älteste der Zwerge. Sein Haupthaar und die Bartzöpfe waren tiefschwarz, und das Alter hatte enorme Furchen in das Gesicht des Mannes gegraben. Er musste einst eine kräftige Statur besessen haben, doch nun war seine Haltung gebeugt, und er stützte sich, wenn auch unmerklich, auf einer Axt mit gelben Kristallschneiden ab, dem Symbol seiner Würde.

„Seid mir willkommen in Nal't'hanas." Die Stimme war leise und klang ein wenig heiser; das Sprechen schien dem König Mühe zu bereiten. „Mögen Eure Schürfgründe stets reich und Eure Legenden voller ruhmreicher Taten sein. Mein Atem sei Euer Atem, und meine Wärme sei Eure Wärme."

Nedeam und Olruk dankten und überließen es Herollom, von ihrer ersten Begegnung zu berichten. Hendruk Hartschlag runzelte die Stirn, als er von den Beritten der Pferdelords und den beiden Elfen hörte. Nachdem der Axtschläger geendet hatte, sah der König seine Gäste nachdenklich an und nickte dann zögernd. „Ich bin überzeugt, dass ihr in Frieden gekommen seid. Aber zweihundert Menschenwesen unter Waffen, so dicht an den Grenzen von Nal't'hanas, sind beunruhigend. Ich werde Sandfallom zu Rate ziehen, er soll mitanhören, was Ihr zu sagen habt."

Der Zwerg, der wenig später eintrat, war auf seine eigene Weise beeindruckend. Er war nicht einmal besonders groß oder muskulös für einen Zwergenmann, aber er bewegte sich mit raubtierhafter Gewandtheit, und die Art, mit der er Nedeam und dessen ungewöhnliche Waffe musterte, verriet, dass er die Kampfkraft des Menschen sofort richtig einschätzte.

„Sandfallom ist Erster Axtschläger der Stadt", sagte der König mit brüchiger Stimme, „und er dient ihr gut. So erzähle uns nun, Nedeam von den Menschenwesen, was dich mit deinen Pferdereitern und den Elfen nach Norden treibt."

Unzweifelhaft war Sandfallom ein erfahrener Krieger, und sein Blick wurde hart, als Nedeam von ihrer Aufgabe berichtete. Ohne die Augen von dem Ersten Schwertmann zu wenden, richtete er seine Worte an den König.

„Wir wissen nicht viel von den Menschen, doch das wenige ist beunruhigend. Vor langer Zeit gab es noch Handel mit den Bewohnern des Reiches Rushaan. Es waren hartherzige Menschen, nur auf ihren Vorteil bedacht. Die Legenden berichten, dass sich ihr Land im Krieg befand." Sandfallom sah Nedeam ironisch an. „Im Krieg mit einem anderen Menschenreich. Was sollen wir von Wesen halten, die sich untereinander zerfleischen? Ich glaube nicht, dass die Menschen friedfertig sind. Ihr Pferdemenschen mögt da anders sein, denn immerhin verbürgt sich Olruk für euch, und er sagt, ihr hättet unserem Volk beigestanden. Das spricht für euch." Sandfallom machte eine kurze Pause und lächelte unmerklich. „Eure Freundschaft zu den Elfen spricht jedoch eher gegen euch."

Nedeam hatte nie von einem Krieg der Elfen gegen die Zwerge gehört. Woher also kam die Abneigung, welche die kleinen Wesen gegen das elfische Volk empfanden?

„Das Pferdevolk hat Elfen und Zwergen gleichermaßen beigestanden", sagte er bedächtig, „ebenso wie uns Elfen und Zwerge in unserer Not zu Hilfe kamen. Im Kampf gegen den Schwarzen Lord und seine Orks stehen wir alle auf der gleichen Seite. Wir können ihn nur gemeinsam schlagen, denn die Mächte der Finsternis sind stark."

Hendruk Hartschlag sah auf seinen Ersten Axtschläger. „Das mag sein. Doch wenn du auf dem Kriegsmarsch bist, Nedeam, Pferdelord, und Nal't'rund an eurer Seite steht, wo sind dann die Axtschläger der grünen Kristallstadt? Ich kann nur einen von ihnen sehen."

„Wir ziehen nicht in den Kampf", entgegnete Nedeam, „sondern zum Pass von Rushaan und zur Festung Niyashaar, um die Lage dort zu erkunden. Wir müssen uns auf die Zeit vorbereiten, wenn die Elfen ihr Land verlassen haben."

„Wahrlich treue Waffenbrüder." Sandfalloms Stimme klang hart. „Ihr redet von einem Bund zwischen Zwergen, Elfen und Menschen, doch scheint mir der nicht gerade fest zu sein."

Olruk ließ ein leises Knurren hören. „Nal't'rund steht entschlossen an der Seite des Pferdevolkes. Wer das bezweifelt, mag den Schneiden meiner Äxte begegnen."

Sandfallom sah ihn forschend an und lächelte dann. „Ich zweifle nicht an deiner Aufrichtigkeit, Axtschläger Olruk, nur an jener der Menschen." Er machte eine beschwichtigende Geste. „Nal't'hanas hat viel gelitten und sich noch immer nicht ganz erholt. Unser Leben im Verborgenen hat uns in der Vergangenheit geschützt, und das wird es auch in Zukunft tun. Doch würden wir diesen Schutz verlieren, wenn unsere Axtschläger mit euch in ein fremdes Land und einen fremden Krieg ziehen würden."

„Das ist wohl gesprochen", stimmte König Hendruk Hartschlag zu. Er wandte sich um, ging schwerfällig zu seinem Thron und ließ sich erleichtert in den Sitz sinken. „Ich muss zum Wohle unseres Volkes handeln. Nal't'hanas ist nicht stark genug, um in einem Krieg zu bestehen."

„Nicht stark genug, um ihn allein zu bestehen." Nedeam sah den alten König eindringlich an. „Wenn sich die Mächte der Finsternis erheben, dann werden sie über jeden herfallen, guter König. Ob er allein kämpft oder an der Seite seiner Freunde. Es wird keinen Schutz und keine Gnade geben, nur die Gewissheit, dass wir alle sterben, wenn wir uns nicht zusammenschließen. Nur im Bund werden wir stark genug sein, der Gefahr entgegenzutreten."

„Gute Worte für eine gute Sache", stimmte der König zu.

„Wenn sie denn aufrichtig sind", schränkte Sandfallom ein.

„Ihr Zwerge habt Euch zu lange im Schutz Eurer Berge vergraben", seufzte Nedeam. „Ihr glaubt, die Ereignisse an der Oberfläche würden Euch nicht berühren. Doch das tun sie. Nal't'rund und andere Städte mussten das bereits schmerzlich erfahren. Auch Nal't'hanas wird nicht unentdeckt bleiben. Nicht auf Dauer."

„Dem stimme ich zu, wenn auch nur ungern." Der alte König seufzte. „Der Angriff auf Nal't'rund hat das bewiesen. Vielleicht müssen wir uns tatsächlich vereinen. Aber die gelbe Kristallstadt hat nicht mehr ihre einstige Stärke. Ah, wir haben gute Axtschläger, wahrlich, die haben wir. Doch ihre Zahl ist gering, und wir brauchen jeden einzelnen von ihnen, um den Zugang zu unserer Stadt zu sichern. Nein, ich kann euch keine Kämpfer zur Begleitung geben, Nedeam von den Pferdemenschen und Olruk aus Nal't'rund. Aber ihr könnt eure Vorräte bei uns auffüllen, und unsere besten Wünsche werden euch auf eurem Weg begleiten."

Proviant und die besten Wünsche.

Nedeam wusste, dass der alte König seine Meinung nicht ändern würde, und er hatte das Gefühl, versagt zu haben, als Olruk und er in Herolloms Begleitung den Saal verließen.

„Grämt euch nicht", versuchte Herollom sie zu trösten, da er ihre Enttäuschung spürte. „Immerhin konntet ihr Sandfallom überzeugen, und er ist ein starker Fürsprecher."

Nedeam sah den Zwerg überrascht an. „Sandfallom ein Fürsprecher? Er scheint mir alles andere zu sein als das."

Herollom lachte. „Ah, wahrhaftig, Nedeam, Pferdemensch, du kennst Sandfallom nicht."

Das mochte wohl stimmen. Aber in jedem Fall kannte Nedeam seine Aufgabe. Er würde weiter nach Norden reiten, notfalls auch allein. Denn er stand bei Garodem im Wort, und das würde er unter keinen Umständen brechen.

18

Fangschlag erwachte in einem Raum, den man fürsorglich abgedunkelt hatte. Sein Kopf schmerzte noch immer, aber aus dem hämmernden Schlagen war ein mäßiger Druck geworden. Im ersten Augenblick begriff er kaum, wo er sich befand, bis er aus der Ferne wohlbekannte Kommandos hörte. Dort wurden die Kämpfer einer Legion an ihren Waffen gedrillt, der barsche Ton der Ausbilder und ihre wüsten Drohungen waren unverwechselbar.

Er richtete sich halb auf und sah sich um. Es war eine der Unterkünfte, wie sie für die Offiziere einer Legion üblich waren. Ein hölzerner Rahmen, gefüllt mit weichem Sand, auf dem er schon einige Zeit gelegen haben musste. Daneben ein kleines Regal, in dem Unterkleidung, Rüstung und Waffen lagen. Seine Kampfstiefel standen davor, noch immer bedeckt vom Schmutz des langen Weges.

Ächzend schwang er die Beine aus dem Bett und setzte die Füße auf den kalten Steinfußboden. Die sorgfältig gefügten Steinquader der Wände und der Bogendecke zeigten ihm, dass es sich um einen Raum der Festung Cantarim handeln musste. Also hatte er es doch noch geschafft, die Anlage zu erreichen, wenn auch nicht auf eigenen Füßen. Wahrscheinlich hatte ihn eine der Legionsstreifen gefunden und hierher gebracht.

Fangschlag erhob sich, taumelte und musste sich am Rand des Sandbetts abstützen. Auch wenn es ihm besser ging, so war er noch längst nicht genesen. Instinktiv tastete er an seinen Schädel und fand dort eine sorgsam angelegte Binde. Man hatte sich Mühe gegeben, ihn zu versorgen. Das war keineswegs üblich; verwundete Legionäre halfen sich selbst oder wurden von ihren Kampfgefährten betreut. Was sich mit Binden oder groben Stichen nicht flicken ließ, galt als zu schwere Verletzung. Der Betroffene wurde ohne viel Aufhebens getötet und direkt an Ort und Stelle in handliche Portionen zerlegt. So war es üblich, seit Anbeginn, und kein Ork erwartete sonderliche Gnade. Daher gab es in den Legionen zwar zahlreiche Kämpfer, die Narben von einer Art trugen, als habe eine unerfahrene Näherin ihre Stiche an ihnen geübt; doch Verstümmelte, deren Kampfkraft zweifelhaft gewesen wäre, sah man nicht. Wer hatte sich also die Mühe gemacht, ihn zu versorgen, obwohl er durchaus reif für den Nährschlamm gewesen wäre?

Erst jetzt stellte er fest, dass er nackt war, und mit steifen Gliedern ging er zum Regal hinüber, um sich anzukleiden. Sein Helm fehlte, er würde sich einen neuen besorgen, sofern er überhaupt noch einen brauchte. Er musste dem Brutmeister und dem Allerhöchsten Lord Bericht erstatten und war sich nicht sicher, ob sie ihm nicht vorwerfen würden, versagt zu haben. In dem Fall brauchte er sich keine Gedanken um eine neue Schädelbedeckung zu machen, denn für die hätte er dann bald ohnehin keine Verwendung mehr.

Schwere Schritte näherten sich der Tür. Dann schwang sie auf, und ein Kohortenführer stand in der Öffnung. „Wie ich sehe, bist du wieder auf den Beinen. Das ist gut. Ich habe schon befürchtet, die Verletzung sei zu schwer gewesen. Aber du bist ein ungewöhnlich starkes Rundohr. Es war eine gute Entscheidung, dich zum Legionsführer zu machen." Der Kämpfer trat zur Seite. „Aber nun komm, der Brutmeister erwartet deinen Bericht."

Fangschlag nickte. „Ich kann mir denken, dass er wissen will, was sich ereignet hat."

Die Antwort, die er erhielt, überraschte ihn. „Das weiß er bereits. Einohr hat es ihm berichtet."

Also hatte Einohr wieder einmal jene Fähigkeit unter Beweis gestellt, die ihn so sehr auszeichnete: Er hatte überlebt. Fangschlag fragte sich, wie es das Spitzohr diesmal geschafft haben konnte. Vermutlich war er geflohen, noch bevor die „Anderen“ angegriffen hatten. Wie sonst hätte die verdammte Made entkommen können?

„Ich bin gespannt auf seine Version der Geschichte“, knurrte Fangschlag grimmig. „Ich glaube nicht, dass sie wirklich viel mit den wahren Ereignissen gemein hat.“

Überall in den Gängen standen Rundohren, deren Rüstungen und Waffen auf Hochglanz gebracht waren. Es waren weitaus mehr Wachen zu sehen als üblich, und Fangschlags Begleiter nickte zu seiner diesbezüglichen Frage. „Heute noch soll der Allerhöchste Lord in Cantarim eintreffen. Alles ist vorbereitet, und der Brutmeister will, dass Cantarim und seine Truppen bereit sind.“

„Der Allerhöchste trifft heute ein? Wie lange war ich denn ohne Sinne?“

„Einen vollen Zehntag.“ Der Kohortenführer warf Fangschlag einen ironischen Blick zu. „Manche sahen dich schon im Nährschlamm schwimmen.“

Fangschlag nickte. Es war durchaus noch möglich, dass er dort endete. Alles kam darauf an, was Einohr erzählt hatte und in welcher Laune der Brutmeister war.

Ihre Schritte hallten in den Gängen wider, und rings um sie her war rege Betriebsamkeit. Cantarim war eine große Festung und beherbergte eine Vielzahl von Legionen. Viele davon waren noch nicht fertig ausgerüstet und ausgebildet, aber ihre Führer würden Wert darauf legen, dass sie dennoch einen guten Eindruck machten.

Sie betraten eine Rampe, schritten eine lange Wendeltreppe hinauf und erreichten eine Tür, vor der vier Rundohren Wache hielten. Diese öffneten die Tür, und Fangschlag erkannte sofort Einohrs Stimme, die hastig auf jemanden einsprach. Das Rundohr blieb zurück, und Fangschlag trat in den vor ihm liegenden Raum.

Der Brutmeister stand über einen großen Kartentisch gebeugt, den kleinen Legionsführer neben sich. Die beiden drehten sich um, als sie Fangschlags Schritte hörten. Das Spitzohr zuckte kurz zusammen, fing sich jedoch sofort wieder. „Ah, Legionsführer Fangschlag. Er wird meine Worte bestätigen können."

Natürlich. Einohr wusste sicherlich schon seit Tageswenden, dass er, der verletzte Fangschlag, sich in Cantarim befand. Zeit genug, um seine Geschichte darauf abzustimmen.

„Tritt näher, Legionsführer. Deinem Schädel geht es besser?" Es war keine Fürsorge. Der Brutmeister wollte nur sichergehen, dass Fangschlag wusste, wovon er sprach. Der Legionsführer nickte, und das Wesen winkte ihn heran. „Berichte mir in deinen eigenen Worten, was sich ereignet hat. Lasse nichts aus und füge nichts hinzu."

Fangschlag warf einen kurzen Blick auf Einohr und erzählte dann, was sich ereignet hatte, von dem Moment an, da sie die verlassene Festung erreicht hatten, bis zu seinem Rückzug über den Pass.

„Die Kohorte kämpfte noch in Niyashaar?"

Damit hatte die Anlage nun auch für ihn einen Namen. Fangschlag nickte. „Ich wusste, dass ich dort nichts mehr bewirken konnte, und hielt es für wichtiger, dass Ihr, Brutmeister, von den Ereignissen erfahrt."

„Dein Mut steht außer Frage, Fangschlag. Du hast ihn schon oft bewiesen", meinte der Angesprochene. „Ich kann deine Umsicht nur loben. Du hast richtig gehandelt."

Fangschlag empfand Erleichterung. Auch wenn er sich selbst nichts vorzuwerfen hatte, so hätte der Brutmeister ganz anderer Auffassung sein können. „Und Einohr?“

„Auch er handelte umsichtig. Er hatte großes Glück.“

„Als Fangschlag loszog, um den Feind auszukundschaften, meinte ich plötzlich Bewegung am Pass zu erkennen“, sagte der kleine Legionsführer hastig. „Ich sah es als meine Pflicht an, mich dort umzusehen. Vielleicht hatte der Feind ja vor, uns den Rückweg zu versperren.“

„Ja, sehr umsichtig“, knurrte Fangschlag. „Der ... Vorsicht ... eines Spitzohrs angemessen.“

„Als die ‚Anderen‘ dann Niyashaar angriffen, war mir sofort klar, dass die Kohorte gegen diese Übermacht und ihre furchtbaren Waffen keine Chance hatte. Also habe ich meine Pflicht erfüllt und bin nach Cantarim geeilt.“

„Habt ihr die Waffen aus der Nähe gesehen?“

Einohr schüttelte den Kopf, und auch Fangschlag musste dies verneinen. „Ich habe ihre Wirkung gesehen. Sie flammten seltsame Löcher in die Rüstungen meiner Rundohren und verbrannten ihre Leiber, sodass sie vollständig verkohlten.“

„Ähnlich dem Flammzauber der Grauen Wesen“, murmelte der Brutmeister. „Und doch auf schreckliche Weise anders.“

Ein tiefes Dröhnen war plötzlich zu vernehmen.

Auf einem der drei großen Ecktürme der Festung ertönte eines der Signalhörner. Augenblicke später fielen die der anderen Türme ein.

Die Gestalt des Brutmeisters straffte sich. „Der Allerhöchste Lord. Er ist da. Lauft sofort zu euren Legionen und lasst sie antreten. Wir wollen den Herrscher mit den ihm gebührenden Ehren empfangen.“

Der Klang der Hörner und die Befehle der Führer und Unterführer trieben die Legionen an. Diejenigen, die einsatzbereit waren, traten in die vorderen Reihen, dahinter fieberten die Neulinge dem Erscheinen des Allerhöchsten Lords entgegen. Die Aufregung war verständlich. Obwohl er allgegenwärtig schien, hatte doch kaum einer der Orks ihn jemals zu Gesicht bekommen. Selbst die Brutmeister traten nur über die Sprechsteine mit ihm in Kontakt. Nun aber würde der Oberherr aller Orks sich ihnen zum ersten Mal leibhaftig zeigen.

Fangschlags Legion war vor der Festung angetreten, und er selbst stand vor seinen Eisenbrüsten und sah nach Südosten, dorthin, wo sich Rusamak und der Schwarze Turm erhoben, das Heim des Schwarzen Lords. Von dort musste er kommen, und tatsächlich sah Fangschlag in dieser Richtung eine dünne Staubfahne über der Ebene von Cantarim aufsteigen. Der Staub verdichtete sich und veränderte seine Farbe. Es schien, als gleite eine Wolke aus schwarzen und grauen Schatten über den Boden und nähere sich Cantarim mit unfasslicher Schnelligkeit.

Konnte Schwärze Licht ausstrahlen? Konnte Finsternis Helligkeit bewirken? Jene Wolke schien es zu können. Fangschlag kam es vor, als strahle das Gebilde wie ein gleißender Edelstein, doch vielleicht war es auch nur die Gegenwart des Allerhöchsten, die mit jeder Länge, die er näher kam, deutlicher zu spüren war.

Die Wolke schob sich über den Boden, und nun wurde unter ihr ein Gegenstand erkennbar. Ein ovales Objekt, das den Sprechsteinen der Brutmeister auf frappierende Weise ähnelte: ein glatter schwarzer Stein, von Schlieren durchzogen, die in kräftigem Orange und Gelb pulsierten und glühten. Seine Größe war zunächst nicht abzuschätzen, aber als er immer näher glitt, erfasste Fangschlag die enormen Abmessungen.

Das alles geschah in vollkommener Lautlosigkeit, und der Legionsführer meinte seinen und den Atem der anderen Kämpfer unnatürlich laut zu vernehmen. Irgendwo klirrte etwas metallisch, und als Fangschlag, verärgert über diese Störung, den Blick wandte, sah er, wie man ein Rundohr aus der

Reihe trug. Der Anblick dessen, was sich dort näherte, musste den Kämpfer überwältigt haben.

Fangschlag starrte auf den Boden unterhalb des schwebenden Steins. Obwohl die Sonne hoch am Himmel stand, warf weder dieser Stein noch die Wolke darüber einen Schatten. Fangschlag empfand plötzlich Angst vor dem Unbegreiflichen und zugleich Stolz, ihm zu dienen. Das alles musste vom Allerhöchsten bewirkt werden und zeigte seine Macht. Wer würde solchem Zauber widerstehen können?

Das Oval aus Schwarz, Orange und Gelb verharrte. Fangschlag schätzte es auf eine Höhe von gut zwanzig Längen. Innerhalb von Augenblicken löste sich die Wolke auf, und zurück blieb nur der gewaltige Stein, der senkrecht stehend ein Stück über dem Boden schwebte. Die Luft dazwischen schien wie unter großer Hitze zu flimmern.

Es gab kein Zeremoniell, denn dieses Ereignis war neu für die Truppen in Cantarim, und selbst der Brutmeister schien nicht zu wissen, was der Allerhöchste Lord erwartete. Ein Kommando ertönte von irgendwoher, und mit dem festen Aufstampfen des rechten Fußes nahmen die vierzig Legionen Cantarims Haltung an. Ein Wall von Spießen erhob sich senkrecht in die Luft, und dann, ohne dass es einen Befehl gegeben hätte, begannen einzelne Rundohren mit ihren Schlagschwertern an die Schilde zu hämmern, jenes rhythmische Schlagen, mit dem sich die Legionen auf die Schlacht einstimmten. Andere fielen ein, und schließlich trommelte jeder Kämpfer begeistert an seinen Schild, und auch Fangschlag stand vor seinen Eisenbrüsten und tat es ihnen gleich.

Dann löste der Stein sich auf.

Es gab ein leichtes Flimmern, und ER stand vor ihnen.

Eine schwarze Gestalt, an die fünfzehn Längen hoch und von perfekter Erscheinung. Schwarz von den metallenen Stiefeln bis hinauf zu seinem Helm. Auch Gesicht und Augen waren schwarz, und doch war jede Falte deutlich sichtbar. Und wenn man genau hinsah, ging von seinen Augen ein Gleißen oder Funkeln aus, das an den Anblick des nächtlichen Sternenhimmels erinnerte. Keine Waffe war zu sehen, aber was hätte ein solch übermächtiges Wesen auch damit anfangen sollen?

„Legionen!"

Das wesenlose Vibrieren schien alles zu erfüllen.

Augenblicklich verstummte das Schlagen der Schwerter. Jeder konnte den Allerhöchsten sehen, und sein Anblick ließ sie alle in Ehrfurcht erstarren.

„Legionen, ich bin bei euch."

Es war eine ausgesprochen schlichte Feststellung, und Fangschlag begriff nicht, warum er wie die anderen in wilde Begeisterungsrufe ausbrach. Für einen Moment war jegliche Disziplin dahin. Rundohren und Spitzohren gleichermaßen reckten ihre Waffen in die Luft und schrien sich die Kehlen wund. Es kam jenem Gefühl gleich, das jeden Legionär erfüllte, wenn er die Klinge zum Todesstoß in den Leib des Feindes senkte. Dem Gefühl des Sieges.

Der Allerhöchste Lord hob eine Hand und ging langsam auf seine Truppen zu. Erneut geschah ein Wunder, denn mit jedem Schritt schien seine übermächtige Gestalt zu schrumpfen. Als er die ersten Kämpfer erreichte, war er nur wenig größer als ein Rundohr. Der Schwarze Lord sah niemand an, und doch schienen seine Augen jeden Einzelnen von ihnen zu fixieren. Die Köpfe und Augen der Kämpfer bewegten sich und folgten dem Herrscher, der gemessenen Schrittes auf das Tor von Cantarim zuschritt und schließlich darin verschwand.

Der Schwarze Lord, der Allerhöchste Herr der Finsternis, war zu seinen Legionen nach Cantarim gekommen, und nun hatte ER seine Festung in Besitz genommen.

19

Die Beritte warteten.

Einer von ihnen stand in Gefechtslinie formiert, der zweite verharrte ein Stück dahinter. Von diesem hatten sich mehrere Gruppen gelöst, die ausschwärmten, um die Umgebung zu sichern. Nur eine kleine Gruppe Pferdelords folgte Nedeam und den Elfen zum Tor von Niyashaar. Keiner von ihnen erwartete, auf einen Feind zu treffen.

Die Festung war eine Stätte des Todes, daran gab es keinen Zweifel.

Unterhalb der Mauer lagen die Kadaver von Bestien, und zwei verkohlte Rundohren klemmten in den Schießscharten zwischen den Zinnen. Man konnte sie nur an ihren Rüstungen erkennen, die Leiber selbst waren zu schwer verbrannt. Als zwei der Pferdelords die Flügel des Tores ganz aufstießen, fanden sie eine Gruppe Rundohren in einem Haufen übereinanderliegen. Über Hof und Mauer verstreut lagen weitere.

„Sie hatten einen schrecklichen Tod", raunte Lotaras benommen. „Wer oder was mag sie derart zugerichtet haben? Und wo sind die Bogen meines Volkes? Hundert Männer hielten Niyashaar besetzt. Wo sind sie hin? Ich kann keinen von ihnen sehen."

Nedeam bückte sich und untersuchte eines der toten Rundohren, dann ging er weiter zum nächsten. „Ich glaube nicht, dass hier die Bogen deines Hauses gegen die Orks gekämpft haben. So gut die elfischen Krieger auch sind, bei einem Kampf gegen die Bestien hätten auch sie Verluste gehabt. Doch hier sind keine toten Elfen. Außerdem weisen die Kadaver keine Spuren von Pfeilen oder Klingen auf. Seht euch die Wunden an, sie sind seltsam."

Llarana sprang mit elegantem Schwung von ihrem Pferd und schritt zu einer Gruppe toter Orks hinüber. Sie rümpfte die Nase, als sie einen von ihnen herumrollte. „Er ist sehr leicht. Alle Flüssigkeit muss aus ihm verschwunden sein." Sie öffnete die Schnallen der Rüstung mit einem Messer und zog den Harnisch ab. „Das Fleisch ist vollständig verkohlt. Aber hier kann ich eine Wunde erkennen. Und sie stimmt mit dem Loch in seinem Panzer überein. Es ist, als habe man glühende Eisen in ihre Leiber gestoßen."

„Es erinnert an die Verbrennungen, die der Flammzauber eines Grauen Wesens verursacht," murmelte Nedeam, der zu Llarana getreten war. Er stieß den Kadaver mit dem Fuß an, und das Gewebe fiel knirschend auseinander. „Aber ich habe die Opfer eines solchen Zaubers in Merdonan gesehen. Dies hier hat kein Grauer getan."

Lotaras sah ein Stück blauen Tuches im Schmutz des Platzes liegen. Er ging hinüber und zog ein elfisches Banner hervor. Als er es schüttelte, fielen Staub und Dreck davon ab, und es leuchtete in seinen Farben, als diene es noch immer seinem elfischen Haus. „Ihr Banner. Doch wo sind die Männer?"

„Ich glaube, du brauchst nicht nach ihnen zu suchen", seufzte Nedeam. „Von ihnen wird wohl keiner überlebt haben. Sie werden ebenfalls erschlagen worden sein. Von den Bestien hier oder von deren Schlächtern."

„Ich fürchte, Nedeam, mein Freund, du hast recht." Lotaras warf sich das Banner über die Schulter und blickte zum Turm hinauf. „Wer immer das hier tat, ist kein Freund der Orks und von uns wohl ebenso wenig." Er seufzte schwer. „Es wäre nicht richtig, das Banner der Elfen über Niyashaar zu hissen. Ich fürchte, mein Freund, die Pferdelords der Hochmark werden den Pass von Rushaan weitaus früher schützen müssen als geplant."

Der Erste Schwertmann der Hochmark trat zu seinem elfischen Freund und legte ihm mitfühlend die Hand auf die Schulter. „Es tut mir leid um die Kämpfer deines Volkes. Mögen sie ruhmreich zu den Goldenen Wolken gelangt sein. Heute Abend werden wir ihrer gedenken, doch vorher gibt es noch einiges zu tun. Ich stimme dir zu, wir Pferdelords müssen hier nun die Wache übernehmen."

Er drehte sich zur Seite und stieß einen gellenden Pfiff aus, woraufhin bei den Beritten Kommandos ertönten. Die Reiter formierten sich und trabten in die Festung ein; und auch die Kampferfahrenen unter den Schwertmännern verzogen die Gesichter, als sie die verbrannten Kadaver sahen.

„Bei den Finsteren Abgründen", murmelte einer der Männer. „Es sind zwar nur Bestien, aber sie sind schrecklich zugerichtet. Ich scheue mich nicht, einem Kämpfer gegenüberzutreten, der eine Waffe aus Stahl in Händen hält, seine Axt schwingt oder einen Pfeil auf mich löst. Aber diese Verbrennungen sind schrecklich. Sagt mir, Erster Schwertmann, welchem Feind werden wir entgegentreten? Einem aus Fleisch und Blut oder einem magischen Wesen?"

„Ich weiß es nicht, guter Herr", räumte Nedeam ein. „Aber kennen wir nicht alle die Grauen Magier und ihre schreckliche Macht? Und wissen wir nicht auch, dass sie zu bezwingen sind? Wer auch immer uns angreifen mag, wir werden uns ihm stellen und nicht auf diese Weise enden."

Der Schwertmann sah ihn forschend an, spuckte aus und nickte dann. „An mir soll es nicht liegen, Hoher Herr Nedeam."

Kormund und Garwin traten heran, die Wimpellanzen der Beritte in den Armbeugen.

„Die elfische Besatzung wurde wohl überrannt“, stellte Garwin fest. „Wir sollten das rasch in die Hochmark melden.“

„Das werden wir“, stimmte Nedeam zu. „Der Hohe Lord Garodem muss davon erfahren. Doch zuvor werden wir uns in dieser Festung einrichten.“

„Ihr wollt hierbleiben?“ Garwin runzelte die Stirn. „Mein Vater erwartet, dass wir die Gefahr erkunden und die Möglichkeiten, ihr zu begegnen. Es war die Aufgabe der Elfen, die Grenze zu schützen, und sie haben versagt. Hierzubleiben hat keinen Sinn. Wir müssen die Hochmark benachrichtigen und einen neuen Grenzposten errichten, der näher an der Mark liegt und leichter zu schützen ist als diese Anlage.“

„Dem stimme ich zu.“ Nedeam lächelte kühl. „Doch können wir die Grenze nicht ungeschützt lassen. Vor uns liegt der Pass, der Rushaan mit Cantarim verbindet. Wir haben nun mehrere Aufgaben zu erfüllen, Scharführer Garwin. Wir müssen den Pass sichern, in Erfahrung bringen, was hier geschah und wer dafür verantwortlich ist, und wir müssen die Hochmark und unsere Freunde warnen.“

„Gut, Erster Schwertmann der Hochmark.“ Garwin erwiderte Nedeams Lächeln. „Dann lasst uns reiten. Wir können am Passausgang des Eten einen Vorposten errichten.“

Kormund stieß ein leises Schnauben aus und rammte demonstrativ den Bodendorn seiner Wimpellanze in die Erde. „Wir haben viel zu tun und nur wenig Zeit zum Reden. Niyashaar ist der äußerste Vorposten zur Öde und zur Grenze ins Reich der Finsternis. Wir können ihn nicht einfach aufgeben.“

„Dass Ihr der Stimme des Ersten Schwertmanns folgt, war mir klar“, knurrte Garwin.

„Es ist die Stimme der Vernunft“, wandte Lotaras ein. „Der Hohe Lord Garodem wird wissen wollen, was in Niyashaar geschehen ist, und vor allem, ob daraus eine Gefahr für das Pferdevolk erwächst. Es kann ja sein, dass erst die Elfen durch die Orks getötet wurden und dann jemand, den wir nicht kennen, an den Bestien Rache nahm. Wir können noch nicht mit Bestimmtheit sagen, ob es ein Feind oder ein Freund der Menschen ist. Doch das muss Euer Fürst Garodem wissen, damit er angemessen reagieren kann. Vielleicht lauert in der Öde ein schrecklicher Feind, vielleicht ist es aber auch ein wertvoller Verbündeter."

„Ein bisschen viel ‚vielleicht'", sagte Garwin verdrießlich.

Lotaras deutete eine Verneigung an. „Wer kann schon die Zukunft vorhersagen?" Dann sah er zu Nedeam hinüber. „Das Banner?"

„Wir werden es in Ehren zu den elfischen Häusern zurückbringen, mein Freund." Der Erste Schwertmann wies auf den Turm. „Doch von nun an weht das Banner des Pferdevolkes über Niyashaar."

Ein Scharführer und sein Beritt mussten unter ihrem Wimpel kämpfen, und ein zusätzliches Banner führten sie nicht mit sich. Eher symbolisch wehte daher wenig später der grüne Umhang der Pferdelords über dem Turm. Ein Behelf, doch er zeigte deutlich genug, wer nun die Mauern von Niyashaar bewachte.

20

Der Schwarze Lord stand über den Kartentisch gebeugt und musterte die Symbole und Zahlen, welche die Karte bedeckten. Eigentlich war es eher eine Miniatur der Landschaft, denn die Konturen waren plastisch hervorgehoben. Die Kartenlandschaft war ausgesprochen detailliert, was den Herrschaftsbereich des Allerhöchsten und die bekannten Gebiete seiner Feinde betraf. Aber hier und da gab es auch schwarze konturlose Stellen; sie bezeichneten Landstriche, über die der Herrscher keine ausreichenden Informationen besaß. Dies galt vor allem für das nördliche Kaltland und, sehr zum Ärger des Allerhöchsten, auch für das Land von Rushaan.

Über die Miniaturlandschaft huschte ein rötlicher Lichtstrahl, der vom ausgestreckten Zeigefinger des Schwarzen Lords ausging. Der Strahl zuckte hin und her und verriet, wie intensiv sein Besitzer nachdachte. Neben jenem Brutmeister, der die Festung von Cantarim befehligte, hatten sich auch die beiden anderen eingefunden, die für die Würfe der Orks in den Bruthöhlen und die Ausrüstung der Legionen verantwortlich waren. Alle drei standen sie schweigend und respektvoll im Hintergrund und beobachteten andächtig das rote Licht.

Einer von ihnen nippte an einem Pokal mit herbem Wein, die beiden anderen genossen frisches Blut, so, wie es ihrem Ursprung entsprach. Der Allerhöchste hingegen begnügte sich mit klarem Wasser. Sie hatten Durst, denn der Aufenthalt in den Bruthöhlen unter Cantarim war lang und Kräfte zehrend gewesen. Die Hitze hatte ihren Körpern zugesetzt, obwohl die beiden reptilischen Brutmeister sie weitaus besser vertrugen.

„Die Festungen in Rumak, Rusamak und Thar haben ihre Kontingente fast erfüllt", sinnierte der Schwarze Lord schließlich.

„Wir hatten Glück, dass wir die Stämme der Glan unterwerfen konnten, Allerhöchster." Der Brutmeister der Höhlen zischte zufrieden. „Ihre Leiber haben dem Schlamm reichlich Nährstoff zugeführt, sodass wir die Anzahl der Würfe deutlich erhöhen konnten und, wenn ich das so sagen darf, die Qualität sich sehr gebessert hat."

Der Blick des Allerhöchsten wandte sich dem Wesen zu. „Die Augen?"

Der Brutmeister nickte. „Sie sind nun nicht mehr so lichtempfindlich. Es ist noch nicht optimal, aber immerhin ein Fortschritt."

„Die Rüstungen und Waffen?"

Der menschliche Brutmeister trat vor. „Es gibt ausreichend Hitze für die Schmieden und genug Arbeiter. Aber es fehlt an Metall. Wir haben ohnehin schon zu wenig, um all die neuen Kämpfer ausrüsten zu können, und die Fertigung der neuen Donnerrohre hat viel von unseren Vorräten verbraucht. Wir benötigen mehr Erz, Allerhöchster, sonst werden wir nicht genug Waffen und Rüstungen fertig bekommen."

Auch ein Brutmeister empfand Furcht vor dem Allerhöchsten, doch die Diener des Oberherrschers hatten früh gelernt, dass er das offene Wort schätzte. Nichts durfte beschönigt werden, damit die richtigen Entscheidungen gefällt werden konnten.

Der Schwarze Lord nickte. Seine unergründlichen Augen blickten zu einem der Fenster des Hauptturms. „Metall und Erz kommen in den Schwarzen Bergen von Uma'Roll im Süden vor. Aber das Volk der Lederschwingen wacht eifersüchtig darüber. Es ist noch zu stark, um es endgültig niederzuringen, auch wenn seine Kraft schwindet. Nein, wir müssen uns die großen Vorkommen im Norden aneignen. In der Öde, die einst das Reich Rushaan genannt wurde."

Die Brutmeister schwiegen. Es war die Entscheidung des Herrschers, wohin seine Legionen marschierten, sie waren lediglich die Werkzeuge, welche die Truppen für diesen Zweck vorbereiteten.

Die schwarze Gestalt wandte sich wieder der Kartenlandschaft zu. „Es liegt ein Schatten über Rushaan, den ich nicht durchdringen kann. Einst war es ein mächtiges Reich, das sich meinem Willen widersetzte." Er beugte sich vor, und diesmal strich einer seiner Finger direkt über die dunkle Fläche auf der Karte. „Und es gibt noch immer Widerstand dort. Nur ein Rest der alten Macht, aber noch immer voller Kraft."

Die Gestalt straffte sich. „Kein Zauber vermag sie zu überwinden. Erst wenn die Quelle des Widerstands gefunden und ausgelöscht ist, wird Rushaan uns gehören. Eure Legionen müssen das bewirken." Der Allerhöchste drehte sich zu den Brutmeistern um. „Eine Streitmacht, die stark genug ist, jeden Widerstand zu zerschlagen."

„Vierzig Legionen stehen in Cantarim bereit, Allerhöchster Lord", sagte der Brutmeister der Höhlen mit sichtlichem Stolz.

„Eher zwanzig", schränkte der Waffenmeister ein. „Wie ich Euch sagte, mein Gebieter, es fehlt an Eisen."

„Unser Land ist ausgelaugt." Der Herrscher lehnte sich an den großen Tisch. „Zu viele Legionen wurden schon ausgeschickt und kehrten nicht zurück. Wir haben die Kämpfer, um die Reiche der Elfen und Menschen zu bezwingen, doch es fehlt an Rüstungen und Waffen. Die Legionen von Rumak werden nach Süden vorstoßen, in die Wüste von Irghil. Auch dort gibt es reiche Vorkommen – und heftigen Widerstand. Rushaan war ein kleines Reich. Die Legionen, die dorthin marschieren, müssen die Quelle des Widerstandes finden. Sie müssen die Öde erkunden und vernichten, was meinen Zauber hemmt. Erst danach können wir das Land nutzen und die Macht der Legionen voll entfalten."

„Wir könnten den Feind mit der bloßen Masse unserer Kämpfer erdrücken."

Der Schwarze Lord sah den Brutmeister der Höhlen kopfschüttelnd an. „Da ich nicht weiß, wie stark der Feind ist, werde ich ihm die Legionen nicht zum Fraß vorwerfen. Ich scheue mich nicht, sie zu opfern, doch ihr Tod muss einen Sinn haben. Sie zu verschwenden, würde uns Zeit kosten, denn wir müssten neue brüten und ausrüsten. Nein, ich werde fünf Legionen entsenden. Zehntausend Kämpfer, die besten, die Cantarim zu bieten hat. Wie viele Donnerrohre sind bereit?"

Der Waffenmeister überlegte kurz. „Wir konnten bislang zwanzig bauen, Gebieter. Zehn stehen auf den Mauern, fünf sind bei den Legionen. Für die anderen fehlt es noch an Sprengpulver und Geschossen."

„Dann sorge dafür, dass alles beschafft wird. Fünf Legionen und zehn Donnerrohre werde ich über den Pass nach Rushaan entsenden. Ich will die Fähigsten der Legionsführer für diese Aufgabe."

„Wer von uns wird sie führen?"

Der Allerhöchste schüttelte den Kopf. „Keiner von euch. Wesen von eurer Art und Fähigkeit gibt es nicht viele. Die besten Legionsführer werden die Truppen führen. Wählt einen aus, der das Oberkommando übernimmt, und gebt ihm einen Sprechstein."

„Da kommt nur einer in Frage. Fangschlag", meinte einer der Brutmeister, und die anderen stimmten sofort zu. „Er ist mutig und stark, und er ist nicht dumm."

Und er war, was keiner erwähnen musste, entbehrlich.

21

Dampfende Schüsseln mit Fleisch, Gemüse und gerösteten Wurzeln standen auf dem Tisch, und der Duft des Essens schmeichelte Dorkemunts Nase. Er war vom ersten Tageslicht an auf den Beinen gewesen und hatte mit Lenim, dem größeren Sohn Henelyns, die Koppel repariert, in der sich die kleine Hornviehherde befand. Später war auch Anderim hinzugekommen, doch Dorkemunt hatte ihn bald mit einer anderen Aufgabe betraut. Der 12-Jährige hatte seinen Bruder eher von der Arbeit abgehalten, und die Zeit drängte, denn in den letzten Tageswenden hatte es immer wieder heftige Regenstürme gegeben. Der kleine Bachlauf, an dem Balwins Gehöft lag, war angeschwollen und reißend geworden. Das Wasser hatte einige der Pfosten unterspült, und das Gatter würde kaum noch standhalten, wenn eines der Tiere ernstlich dagegendrückte.

Henelyn blickte auf, als Dorkemunt und Lenim eintraten. „Säubert eure Hände für das Mahl", sagte sie entschieden und blickte kritisch auf die schmutzigen Stiefel der beiden. „Und das gilt auch für eure Füße. Ich will nicht jedes Mal hinter euch herfegen."

„Da hat deine Mutter recht", brummte Dorkemunt und stieß den Jungen an, damit sich dieser ebenfalls die Stiefel auszog.

Henelyn hatte eine geflochtene Matte an die Tür gelegt, direkt neben der Truhe, in der Dorkemunts Ausrüstung eines Pferdelords lag. Sie klopften die Stiefel vor der Türe ab und stellten sie dann auf die Matte. Der kleinwüchsige Pferdelord seufzte. Seine gute und treue Axt, die schon so manches

Stück Holz und manchen Orkschädel gespaltet hatte, stand nun auch nicht mehr griffbereit an der Truhe, sondern hing an zwei Haken neben der Tür. Henelyn hatte sie sogar über die Tür hängen wollen, bis Dorkemunt ihr begreiflich gemacht hatte, dass er nicht jedes Mal auf einen Schemel steigen wolle, um sie zu ergreifen. Es hatte eine rege Diskussion gegeben, da die hübsche Witwe darauf beharrte, dass Dorkemunts Kriegszeiten vorbei seien.

„Sag das den Pelzbeißern und Raubkrallen, die immer wieder die Mark heimsuchen", hatte er wütend erwidert und mit diesem Argument die Auseinandersetzung beendet.

Dorkemunt wollte sich nicht beklagen. Henelyn war ein gutes und fürsorgliches Weib, und sie kochte vorzüglich. Dennoch fand er, dass es ihr an Respekt fehlte, den Pferdelords im Allgemeinen, aber besonders ihm selbst gegenüber. Denn was nutzte ein reinlicher Boden, wenn man seine Axt nicht rasch ergreifen konnte und ein eindringender Feind die frisch geputzten Steinplatten mit dem Blut der Bewohner bedeckte?

„Seid Ihr mit der Koppel fertig geworden, guter Herr Dorkemunt?"

Ah, er hasste diesen abschätzenden Blick, mit dem sie die Reinlichkeit seiner Finger prüfte. Hastig wischte er sich die Hände an der Hose ab und ignorierte ihren mahnenden Blick. „Zwei Holme müssen wir noch neu binden, dann ist es vollbracht", erwiderte er und ließ sich am Tisch nieder. „Der alte Bulle verträgt sich nicht mit dem neuen. Der beginnt sich für die Kühe zu interessieren, und das behagt dem alten nicht."

Lenim grinste breit, und sein Bruder Anderim beugte sich vor und griff hungrig nach einer der Schüsseln. „Der junge Bulle hat eine von ihnen bestiegen", sagte er fröhlich, „und der alte hat ihn wieder heruntergestoßen."

„Anderim!"

Galt der scharfe Ruf den voreiligen Händen oder seiner Beschreibung? In jedem Fall zog der Junge die Hände rasch zurück. Mit gerötetem Gesicht wartete er, bis sich auch Henelyn an den Tisch setzte. Der Tradition gemäß, reichte sie Dorkemunt die erste Schüssel, und der verteilte ihren Inhalt großzügig auf die Schalen der anderen.

„Ihr solltet Euren Bart ein wenig stutzen", sagte Henelyn beiläufig. „Ich könnte Euch dabei behilflich sein."

„Warum sollte ich das tun? Es ist bald Winter, und da wärmt ein dichter, langer Bart das Gesicht."

„Dann bindet Euch bei Tisch ein Tuch um, guter Herr. Es ziert Euch nicht sonderlich, wenn man die Speisefolge an Eurem Bart ablesen kann."

Dorkemunt errötete. „Ich werde ihn nach dem Mahl ausbürsten."

Ah, sie mochte wirklich ein gutes Weib sein, ganz gewiss. Aber manchmal fragte sich Dorkemunt, ob ihr gefallener Mann Kelmos es nicht auch genossen hatte, mit den Pferdelords hinauszureiten und so seinem Eheweib für ein paar Tageswenden zu entkommen.

Sie sprachen über das, was sie an diesem Tag vollbracht hatten und was sie sich für den folgenden vornahmen. Die Jungen halfen ihrer Mutter nach dem Mahl, alles zu säubern und wieder ordentlich herzurichten, und Dorkemunt nutzte die Zeit, um nochmals hinauszugehen und sich zu vergewissern, dass das Viehzeug gut versorgt war.

Als er zurückkehrte, waren die Jungen für die Nacht bereit und drückten Dorkemunt kurz, bevor sie in ihren Schlafstellen verschwanden. Henelyn hatte sich wieder an den Tisch gesetzt und ihr Nähzeug ausgebreitet. Es gab genug zu flicken, denn viele der Kleidungsstücke waren alt und stark strapaziert.

„Anderim wird bald neue Beinkleider benötigen“, stellte sie fest. „er trägt zwar die von Lenim auf, sobald der herausgewachsen ist, aber dieses hier ist doch zu arg verschlissen.“

Das große Loch in dem wollenen Tuch war nicht zu übersehen, und Dorkemunt nickte. „In einem Zehntag werden wir nach Eternas reiten und die letzten Vorräte für den Winter kaufen. Dieses Jahr war recht ordentlich. Ich denke, wir sollten für dich und die Jungen ein paar neue Sachen anschaffen.“

„Ich brauche nichts, guter Herr“, versicherte sie. „Doch habt Dank für Eure Fürsorge.“

„Unsinn.“ Dorkemunt erhob sich und schritt zu seiner Waffentruhe. „Henelyn, Ihr seid ein hübsches Weib und solltet Euch nicht immer verstecken. Es wird Tanz und Kurzweil in der Stadt geben. Die Gelegenheiten sind selten, an denen ihr das Tanzbein schwingen könnt. Es würde Euch guttun.“

Sie ließ das Nähzeug kurz sinken. „Meint Ihr wirklich?“

„Ja, bestimmt, gute Frau Henelyn. Und auch den Jungen wird es in der Stadt gefallen. Sicherlich wird dabei das eine oder andere Stück Süßwurzel für sie abfallen.“

Henelyn lachte. „Und auch für Euch. Ich habe schon bemerkt, dass Ihr es ebenso gerne mögt.“

„Ich werde mit Timmin sprechen. Damit er für einige Tageswenden unser Gehöft im Auge behält.“

Dorkemunt öffnete die Waffentruhe und sah nachdenklich auf ihren Inhalt herab.

„Ihr seid unruhig.“

Es war eine sachliche Feststellung, und Dorkemunt sah Henelyn kurz an und nickte dann. „Ein wenig.“

„Es ist das erste Mal, nicht wahr?“

„Was ist das erste Mal?“

„Dass Euer Freund Nedeam ohne Euch hinausreitet.“

Dorkemunt seufzte schwer.

Die Witwe begutachtete ein anderes der Wäschestücke und stimmte in Dorkemunts Seufzen ein, wenn auch sicher aus einem anderen Grund. „Warum tut Ihr es nicht?"

„Was soll ich tun?" Seine Hand strich zögernd über den ledernen Harnisch und den Kuppelhelm.

„Ihm folgen." Henelyn hob den Blick und sah ihn mit einem sanften Lächeln an. „Die letzten Tageswenden seid Ihr unablässig um diese Truhe herumgeschlichen, habt ein ums andere Mal hineingesehen und den Deckel mit schwerem Seufzen wieder geschlossen. Nein, guter Herr, schüttelt nun nicht den Kopf. Ihr wisst es ebenso gut wie ich. Ihr seid in Sorge um Euren Freund, und alles drängt Euch danach, ihm hinterherzureiten."

„Mag sein." Dorkemunt schloss die Truhe mit einer Geste der Resignation.

„Es ist so." Henelyn legte die Wäsche und das Nähzeug zur Seite. An Dorkemunt vorbei ging sie zum Küchenschrank hinüber und nahm eine prall gefüllte Tasche heraus. Der alte Pferdelord erkannte seine Provianttasche, die er auf jedem Ausritt mitgeführt hatte. „Ich kann das Elend in Euren Augen nicht mehr mit ansehen, Dorkemunt. Ihr seid ein guter Mann, und Ihr seid ein Pferdelord. Ich habe Euch Wegzehrung für drei Zehntage vorbereitet. Und nun geht und sattelt Euer Pferd."

Der kleinwüchsige Pferdelord sah sie überrascht an. Henelyn lachte auf, trat zu ihm und zog ihn für einen kurzen Augenblick an sich. „Seid nicht so erstaunt, guter Herr. Auch wenn es gegen alle Vernunft sein mag, so weiß ich doch, dass Ihr nicht aus Eurer Haut herauskönnt. Euch steckt der Pferdelord im Blut." Sie trat zurück, drückte ihm die Tasche in die Hand und ging dann zum Tisch zurück, um ihre Näharbeit wieder aufzunehmen. „Und nun reitet endlich, bevor ich es mir anders überlege und Euch den Boden schrubben lasse."

Nur wenig später war Dorkemunt gerüstet und stieg auf einen kräftigen Braunen. Sein Wallach war mittlerweile einfach zu alt, um noch einen langen Ritt in die Gefahr durchzustehen. Er hatte sich sein Gnadenbrot redlich verdient. Es war finstere Nacht, als er sein Pferd herumzog. Henelyn stand in der geöffneten Tür des Haupthauses, und der Schein der Lampe umspielte ihre Figur.

„Erklärt es Euren Söhnen, gute Frau", brummte er verlegen. „Und seid ohne Sorge, Henelyn. Ich werde zurückkehren."

Sie nickte stumm und lauschte dem Hufschlag des Pferdes, bis er verklungen war. Dann trat sie ins Haus zurück und setzte sich an den Tisch. Eher unbewusst glitten die Finger über den Stoff. Sie glaubte noch immer den Hufschlag zu hören und spürte, wie Tränen über ihre Wangen liefen.

22

Fangschlag trug einen neuen Helm mit den beiden Kämmen eines Legionsführers. Obwohl er noch immer zweifelte, ob er beim ersten Vorstoß nach Niyashaar nicht doch versagt hatte, beließ der Allerhöchste Lord ihm das Kommando seiner Legion. Und damit nicht genug, waren die sonst schwarzen Kämme nun noch mit roter Farbe bestrichen, was den weiteren Aufstieg Fangschlags zeigte. Er war auserwählt worden, die Legionen in die Öde zu führen, und zu diesem Zweck mit dem ungewohnten Titel eines Legionsoberführers bedacht worden. Er empfand Freude darüber, da er an der Spitze seiner Eisenbrüste marschierte und Einohr ihm unterstellt war, doch zugleich fühlte er auch die Last der Verantwortung.

Normalerweise wurden die Legionen von einem der Brutmeister befehligt, doch nun lag es an ihm, sie zum Sieg oder zur Niederlage zu führen. Wäre es gegen Menschen oder Elfen gegangen, hätte Fangschlag sich auf deren Kampfweise einstellen können. Wie aber sollte er gegen glühendes Wallen und Blitze vorgehen? Ihm war noch keine Lösung eingefallen, und die Ratschläge der Brutmeister waren wenig hilfreich gewesen.

Seit fünf Tageswenden zogen die Truppen nun durch den Pass von Rushaan, einer starken Vorhut hinterher. Für diese hatte Fangschlag die übliche Anzahl an Spitzohren gewählt und sie durch zwanzig Schützen seiner Eisenbrüste verstärkt. Auf diese Weise würde der Mut der Rundohren die wachen Sinne der Spitzohren ergänzen. Zudem verfolgte Fangschlag damit einen weiteren Zweck. Wenn die Vorhut auf schwachen

Widerstand traf, würden sich die Spitzohren zurückziehen und wie gewohnt auf Verstärkung warten. Er wollte dem Gegner jedoch nicht Gelegenheit geben, zurückzuweichen oder die eigene Position zu verstärken. Die Eisenbrüste würden die Lage besser einschätzen als die kleinen Maden und, wenn es Erfolg versprach, entschlossen vorrücken.

Fangschlag hielt mit zwei Legionen der Eisenbrüste ein wenig Abstand. Er wollte nicht, dass der von den Felsen widerhallende Marschtritt der Truppe den Feind warnte. Die übrigen drei Legionen folgten einen Tagesmarsch dahinter. Einohr hatte dagegen protestiert, doch Fangschlag war eisern geblieben. Zehn der gewaltigen Donnerrohre wurden von der Truppe mitgeführt, und jedes von ihnen war so unhandlich und schwer, dass es von zehn Hornbestien gezogen werden musste. Diese riesigen Biester waren kaum zu bändigen, und schon am ersten Tag hatte einer der Bullen zwei Spitzohren mit seinen drei Hörnern aufgespießt. Frischfleisch für die Truppe, so klein die Portionen auch gewesen waren. Einohr hatte gezetert, Fangschlag könne ruhig ein paar kräftige Rundohren als Treiber abstellen. Bei ihrer Stärke würden sie besser mit den Hornbestien fertig. Doch Fangschlag hatte entschieden abgelehnt. „Du betonst immer so, dass nur die Spitzohren die Donnerrohre bedienen könnten“, hatte er grimmig erwidert. „Nun, dann stell es unter Beweis.“

Diese verfluchten Biester hielten den Marsch der Truppe auf. Eigentlich hätte Fangschlag sie auch schlachten lassen können. Seine Rundohren hätten die Donnerrohre schon bewegt, dessen war er sich sicher. Aber er gönnte den Spitzohren die Mühsal, die sie mit ihren Zugtieren hatten, von ganzem Herzen und bedauerte manchmal nur, dass er ihre Plackerei nicht mit ansehen konnte.

Vor einer Tageswende hatte es einen gewaltigen Gewittersturm gegeben. Die Felswände hatten von den krachenden Schlägen widergehallt, Blitze waren zu Dutzenden herabgezuckt, und einer von ihnen hatte einen schweren Steinschlag ausgelöst. Die Legionen hatten zwar keinen Schaden genommen, doch es hatte eine Weile gedauert, den Pass wieder freizuräumen. Dabei war eine unerwartete Entdeckung zu Tage gefördert worden, und Fangschlag und Einohr standen nun mit einigen Kohortenführern an dem seltsamen Fundstück.

„Es ähnelt einer riesigen Pfeilspitze", stellte Einohr mit Unbehagen fest. „Oder einer Lanzenspitze. Was für Wesen mögen das sein, die solche Geschosse werfen können?"

„Ich glaube nicht, dass es ein Geschoss war. Ich kann keine Fuge für die Sehne sehen und keine Stelle, an der sich ein Lanzenschaft befestigen ließe." Der Kohortenführer, dessen Truppe das Objekt gefunden hatte, grinste spöttisch.

„Jedenfalls ist es ein rätselhaftes Ding." Fangschlag strich über sein Kinn und klopfte dann gegen das Fundstück. „Es ist aus Metall und es ist hohl."

„So weit waren wir auch schon", giftete Einohr.

Das fremdartige Objekt war noch immer halb von Felsen bedeckt. Es musste sich vor Urzeiten in die Felswand gebohrt haben und erinnerte tatsächlich an eine Pfeilspitze. Zumindest wenn man den sichtbaren Teil in Gedanken verlängerte. Die Grundform schien dreieckig und flach gewesen zu sein.

„Es muss gebrannt haben." Einohr trat hinter das Objekt und reckte sich. „Alles ist versengt. Vielleicht war es ein Brandgeschoss."

„Es war kein Geschoss", brummte der Kohortenführer. „Keine Waffe vermag ein solches Ding zu schleudern. Vielleicht war es ein Bauwerk."

„Aus Metall?" Einohr lachte meckernd. „Bah, wer baut ein Gebäude aus kostbarem Metall, wenn es guter Stein genauso tut? Nein, niemand verschwendet Metall für so etwas."

„Ein Schild. Vielleicht war es ein großer Schild."

Fangschlag schlug erneut gegen das Objekt. Es war unzweifelhaft hohl und gänzlich aus Metall erbaut. Das Material war hellblau und musste ursprünglich glatt poliert gewesen sein. Doch inzwischen hatte ihm das Alter zugesetzt. An einigen Stellen war Rost zu erkennen, an anderen warf die Oberfläche Blasen.

„In jedem Fall ist es nicht aus einem Stück geschmiedet." Der Kohortenführer strich mit der Hand an der Flanke des Objekts entlang. „Man kann man es fühlen, hier sind kaum merkliche Rillen, so als habe man Platten dicht an dicht gefügt."

Einohr stand an der breitesten und dicksten Stelle dieses Dings. Hier waren drei kreisförmige Löcher zu sehen, die sich trichterförmig in das Objekt hinein verjüngten. Sie waren an Innenseiten und Rändern schwarz verbrannt, doch fehlte die Rußschicht eines gewöhnlichen Feuers. Die Schwärzung musste von enormer Hitze eingebrannt worden sein.

Der Kohortenführer zog sich auf die Oberseite des Objekts hinauf, wo sich flacher Buckel über die gesamte Länge der Hülle zog. Er ließ sich auf die Knie nieder und wischte mit den Händen Schmutz und Steine zur Seite. „Beim Nährschlamm meiner Bruthöhle, das müsst ihr euch ansehen. Da ist jemand drin."

„Was?" Einohr versuchte ebenfalls, sich auf die Hülle hinaufzuziehen, scheiterte aber an seiner geringen Größe und der mangelnden Hilfsbereitschaft der Rundohren. Beleidigt sah er zu, wie Fangschlag hinaufkletterte. „Was gibt es zu sehen?"

Der Legionsoberführer kniete nun neben dem Kohortenführer, und sie beide versuchten zu verstehen, was sie dort im Innern des Objekts erkennen konnten. Das Material unter ihren Händen war wohl einmal durchsichtig gewesen, inzwischen aber hatte es sich eingetrübt, sodass alles, was sich dahinter befand, wie von dichtem Nebel umhüllt schien. Dennoch konnte man zwei Gestalten erkennen.

„Was meinst du, Legionsoberführer? Sind das Menschen oder Elfen?“ Das Rundohr neben Fangschlag beugte sich so weit vor, dass sein Gesicht das Material fast berührte. „Oder sogar ganz andere Wesen?“

„Wer kann das schon sagen?“ Fangschlag spuckte auf das Material und verrieb den Speichel, doch die Sicht wurde davon nicht besser. „Sie scheinen nebeneinander zu sitzen und Rüstungen zu tragen. Aber die Helme verdecken die Köpfe, und ich kann die Gesichter nicht erkennen.“

Er zog sein Schlagschwert vom Gurt und schlug mit brutaler Kraft auf das durchscheinende Material. Es klirrte metallisch, doch das Material hielt stand.

„Nicht einmal ein Kratzer“, murmelte der Kohortenführer betroffen. „Das ist kein Klarstein und auch kein Kristall. Beides wäre unter deinen Hieben zerborsten. Wahrhaftig, Fangschlag, dieses Ding macht mir Angst. Ob die Wesen dort drinnen zu den ‚Anderen‘ gehören, welche die Öde und das tote Reich bewachen?“

„Die hier sind jedenfalls tot und können uns nicht mehr schaden.“

„Ich habe von den alten Legenden gehört“, raunte der Kohortenführer. „Von den Geschichten, die man sich über Rushaan und seine Herrscher erzählt. Es heißt, sie hätten mit Licht getötet. Es müssen Zauberer von ungeheurer Macht gewesen sein.“

„Ja, gewesen, denn ihr Reich ist vergangen.“ Der Legionsführer richtete sich auf, stieß den Kohortenführer auffordernd an und sprang dann von dem metallenen Objekt herunter.

„Nun sag schon, was gab es da zu tuscheln?“, ereiferte sich Einohr. „Was habt ihr da oben gesehen?“

„Ich weiß es nicht", knurrte Fangschlag, und es war die Wahrheit. Er konnte nicht sagen, was ihr Fund zu bedeuten hatte. „Das Ding liegt schon sehr lange hier im Pass, und was immer es bewirken sollte, es stellt nun keine Gefahr mehr dar."

„Es heißt, sie hätten mit Licht getötet", wiederholte der Kohortenführer voller Unbehagen. „Vielleicht gehören sie zu den Wesen, die die Kohorte in Niyashaar ausgelöscht haben."

„Auch die Zwerge sollen mit Licht töten können", meldete sich ein anderer zu Wort. „Angeblich verwenden sie Schüsseln aus Kristall, um die Sonnenstrahlen zu sammeln und dann auf den Feind zu werfen."

Fangschlag nickte. „Ja, das habe ich selbst einmal erlebt. Doch mit Wundern hat das nichts zu tun."

„Und wenn schon. Wir wissen, dass man die kleinen Bastarde töten kann", stellte ein Kämpfer fest, der zu jenen gehörte, die den Weg frei gemacht hatten. „Dazu brauchen wir nicht einmal Licht zu werfen. Ein gutes Schlagschwert reicht vollkommen."

„So ist es", bekräftigte Fangschlag und sah die anderen auffordernd an. „Dieses Rätsel hier werden wir nicht lösen können. Aber es liegt noch blutiges Handwerk vor uns, Legionäre, und wir haben hier schon zu viel Zeit verschwendet. Lasst uns endlich über den Pass ziehen und die Macht des Allerhöchsten in die Öde tragen."

Befehle liefen die lange Kolonne entlang, dann setzten sich die Legionen wieder in Marsch.

Fangschlag warf einen letzten Blick auf das blaue Metallobjekt. Sie würden wohl niemals herausfinden, was es einst gewesen war und welchem Zweck es gedient hatte. Das einzig Beruhigende beim Anblick des Rätseldings war, dass es schon sehr lange hier gelegen hatte und nun niemandem mehr schaden konnte.

23

Garodem, der Pferdefürst der Hochmark, setzte sein Zeichen unter das Schriftstück und legte die Feder zur Seite. Seufzend lehnte er sich in seinem Stuhl zurück und las den Text nochmals durch. Die Schrift war nicht mehr so sicher wie vor einigen Jahreswenden, doch das lag sicher an seiner Müdigkeit. Es war ein langes Schreiben, und er hatte es zweifach ausfertigen müssen. Darüber hatte er die Zeit vergessen, und es war spät geworden. Die Nacht war längst hereingebrochen, und gelegentlich drang der Ruf eines Postens von den Mauern herüber.

Es war kühl, und Garodem freute sich darauf, bald die Wärme von Larwyns Körper zu spüren. Aber das Schreiben war dringend, und er hatte es vollenden müssen. Reyodem, der König des Pferdevolkes, musste erfahren, dass die Elfen das Land schon so früh verließen, denn das Pferdevolk hatte sich darauf einzustellen. Also würde am Morgen ein Bote Garodems in die Hauptstadt Enderonas reiten. Das zweite Schreiben würde in die Stadt Alneris gehen, die Hauptstadt des Reiches Alnoa. Auch König Venval ta Ajonas, der Herrscher über das große Königreich der weißen Bäume, musste über die Veränderungen informiert werden.

Garodem legte das Schreiben zurück, fand noch eine feuchte Tintenstelle und streute etwas Sand zum Trocknen darauf. Dann verschloss er das Fässchen mit Schreibflüssigkeit sorgfältig und schüttelte den Sand wieder herunter. Er rollte die Schriftstücke zusammen und versiegelte sie. Und dann, endlich, war sein Tagewerk getan.

Der Pferdefürst seufzte erneut und wandte sich der elfischen Karte zu, die an der Wand des Arbeitsraumes hing. Wäre es nur um seine Hochmark gegangen, hätte ihn der Rückzug der Elfen im Norden wenig gekümmert, denn der nördliche Pass war gut zu verteidigen. Doch bevor der Weg in der Hochmark endete, berührte er das Reich des guten Königs Balruk mit dessen grüner Kristallstadt Nal't'rund. Dort, in unmittelbarer Nähe der Zwergenstadt, zweigte ein anderer Weg ab, der hinüber zu den elfischen Häusern des Waldes in Neshaar führte und dann weiter in das Dünenland, das einst dem Pferdevolk Heimat gewesen war und nun dem Sandvolk gehörte. Nein, zu viele Leben hingen an diesem einen Pass, und er musste dort verteidigt werden, wo die ersten von ihnen bedroht waren: oberhalb der Zwergenstadt. Ein weiter Weg für Verstärkungen und Nachschub, wenn der Feind überraschend angriff. Und die Orks hatten bislang nie die Neigung gezeigt, ihr Erscheinen vorher anzukünden. Die Festung Niyashaar war von großer Bedeutung, denn sie verschaffte wirklich wertvolle Zeit. Sie musste gehalten werden, bis man einen anderen Vorposten errichtet hatte, der den Pass des Eten schützen konnte. Doch was war dann mit den Gebieten nördlich davon? Mit der geheimnisvollen Öde und dem, was noch dahinter lag?

Der Pferdefürst stieß ein leises Schnauben aus. Diese Dinge wollten wohlüberlegt sein, und sie berührten nicht nur die Interessen der Hochmark und des Pferdevolks. Sobald Nedeam und Garwin aus dem Norden zurück waren, würde Garodem einen Rat einberufen, an dem Zwerge und Menschen gleichermaßen teilnehmen sollten.

Ah, Garwin. Wie stolz war er gewesen, als er den Sohn zum ersten Mal in den Armen gehalten hatte. Welche Hoffnungen hatte er auf ihn gesetzt. Garwin hatte sich zu einem prachtvollen Reiter und Kämpfer entwickelt, und doch enttäuschte sein Wesen den Vater zutiefst. Eines Tages würde das Banner der Hochmark in Garwins Hände übergehen, so verlangte es die Tradition des Pferdevolkes. Eben jene Tradition, die Garwin so oft missachtete. Selbst das hätte Garodem ihm nachgesehen, wenn wenigstens das Herz eines wahrhaftigen Pferdelords in seiner Brust geschlagen hätte. Aber Garwin hatte noch nicht begriffen, dass man den Eid der Pferdelords nicht einfach nur sprach, sondern ihn lebte.

„In des Lebens Wonne und des Todes Not soll Eile sein stets das Gebot, in Treue fest dem Pferdevolk, der Hufschlag meines Rosses grollt", flüsterte Garodem, und sein Blick fiel auf seine Rüstung, die er in so vielen Kämpfen getragen hatte. „Soll Lanze bersten, Schild zersplittern, so wird mein Mut doch nie erzittern, ich stehe fest in jeder Not, mit schnellem Ritt und scharfem Tod." Garodem strich über den Griff seines Schwertes. „In jeder Not, Garwin, mein Sohn, so verlangt es der Eid. Und das gilt dem Pferdevolk ebenso wie unseren Freunden. Was habe ich falsch gemacht, dass du das nicht begreifen willst?"

In Gendaneris, der westlichen Küstenstadt des Reiches Alnoa, waren Menschen und Elfen in Not gewesen, und Garwin hatte gezögert, ihnen beizustehen, in einem Moment, da er unverzagt hätte handeln müssen. Dies war die schlimmste Enttäuschung für den Pferdefürsten.

Garodem zog sein Schwert ein Stück aus der Scheide und ließ den Blick über die alte Klinge schweifen, die nichts von ihrem Glanz und ihrer Schärfe eingebüßt hatte. Es schnappte metallisch, als er sie mit einem Ruck zurückstieß.

„Vielleicht wird es mir noch gelingen, dir die Bedeutung des Schwurs nahezubringen, mein Sohn." Garodem erhob sich, und der Stuhl glitt scharrend über den Boden. „Wahrhaftig, du hast in Tasmund, Nedeam und Kormund die besten Lehrmeister, wenn auch, vielleicht, in mir nicht den besten Vater."

Ah, diese trübseligen Gedanken. In letzter Zeit hatte er oft diese melancholische Stimmung. Wahrscheinlich war er einfach übermüdet. Ein paar Stunden Schlaf und Larwyns Nähe würden ihm nun guttun.

Aber zuvor musste er noch einen Schluck Wasser trinken. Seine Kehle war wie ausgedörrt. Garodem schritt zu dem kleinen Schränkchen hinüber, das neben der Tür zur Treppe stand. Der Krug war leer, und er überlegte, ob sich die Mühe lohnte, deswegen hinunter in die Küche zu gehen.

„Ah, Garodem, Pferdefürst der Hochmark, du wirst bequem auf deine alten Tage", murmelte er und musste über sich selbst lachen. „Ein paar Schritte werden dir nicht schaden."

Er öffnete die Tür, und der Ehrenposten auf dem Podest der Treppe zuckte erschrocken zusammen. Wahrscheinlich war er zu dieser späten Stunde ein wenig eingenickt. Kein Wunder, bei der einsamen und ereignislosen Wache, die er hier hielt. Garodem legte dem Schwertmann die Hand an den Arm und lächelte.

„Es war für uns beide eine lange Nacht, mein Freund", sagte er verständnisvoll.

„Die meine wird noch ein wenig dauern", erwiderte die Wache. „Verzeiht, Hoher Lord, ich war eingenickt. Es wird nicht wieder vorkommen."

„Dessen bin ich mir sicher, Embertwin. Ah, wir sind schon oft gemeinsam geritten und haben manche Nacht im Felde verbracht." Garodem lachte leise. „Ich glaube, dort ist es leichter, die Augen und Ohren offen zu halten. Da sind die Sinne auf andere Weise geschärft. Zudem", er lachte erneut, „liegt es sich dort nicht so bequem wie in einer Bettstatt."

Der Schwertmann grinste und sah zu, wie Garodem mit dem leeren Krug die Treppe hinunterschritt.

Dann erscholl ein kurzer Schrei. Das Klirren eines berstenden Kruges mischte sich mit vernehmlichem Poltern.

„Garodem?“

Embertwin zog instinktiv die Klinge blank und sprang mit weiten Sätzen die Treppe hinab. Doch jede Hilfe kam zu spät.

Garodem, der Pferdefürst der Hochmark, war tot.

24

Werdet ihr sie mitnehmen?“ Nedeam bemerkte den fragenden Blick seines elfischen Freundes und wies auf das Buch, das er in Händen hielt. „All die Schriften und Bücher eures Volkes. Selbst hier in Niyashaar gibt es wohl mehr davon als in der ganzen Hochmark zusammengenommen.“

Lotaras lächelte und trat an das Regal. „Nun, auch bei euch Menschen verbreitet sich die Fähigkeit, zu lesen und zu schreiben. Dies hier sind überwiegend philosophische Betrachtungen meines Volkes. Sie befassen sich mit dem Sinn des Lebens. Woher wir kommen und wohin wir gehen, du verstehst?“

„Nun, ihr Elfen werdet jedenfalls bald zu den Neuen Ufern gehen.“

Die schlichte Feststellung des ersten Schwertmanns ließ Lotaras auflachen, und Nedeam stimmte ein, während er das Buch zurückstellte. Sie befanden sich im Raum des Festungskommandanten. Über ihnen waren die Schritte zweier Wachtposten auf der Turmplattform zu hören, und Llarana und Olruk standen am Schreibtisch mit den sieben gedrechselten Beinen. Sie hatten eine Karte entrollt und beugten sich darüber, wobei der kleine Olruk auf dem Stuhl des Kommandanten kniete.

Nedeams Schritte klangen hart auf dem Boden mit den kostbaren Einlegearbeiten, als er zu den beiden hinüberging. „Die Orks können nicht lange in Niyashaar gewesen sein. Es liegt nur wenig Dung von ihnen herum, und sie haben nicht viel zerstört. Sie fanden wahrscheinlich keine Zeit dazu.“

Olruk nickte. „Ganz deiner Meinung. Ich glaube, sie wurden kurz nach ihrem Erscheinen in Niyashaar angegriffen und überwältigt."

„Zu dem Zeitpunkt war die elfische Besatzung längst verschwunden." Llarana wies auf die umliegenden Bände mit den kostbaren Stoffen und dann auf die Regale. „Der Turm ist die letzte Zuflucht. Man hält die Plattform bis zum Schluss."

„Und hofft darauf", seufzte Lotaras, „dass im letzten Augenblick ein Freund erscheint und Rettung bringt."

„In diesen Räumen wurde nicht gekämpft", sagte Llarana sachlich. „Also sind sich Elfen und Bestien hier nicht begegnet."

„Was nur einen einzigen Schluss zulässt", folgerte Nedeam betrübt. „Die unbekannten Herren der Öde haben auch die Orks erschlagen. Ich fürchte, sie werden sich jedem Eindringling entgegenstellen, auch uns."

Über ihnen war ein deutliches Pochen zu hören. Einer der Turmwächter stieß das Ende seiner Stoßlanze mehrmals auf den Boden. Nedeam ging zur Tür und blickte hinauf zum Gang. Die Luke zur Plattform stand offen. „Was gibt es zu melden, guter Herr?"

„Eine der Streifen kehrt zurück, Erster Schwertmann. Ich kann Kormunds Wimpel erkennen."

„Gut. Haltet weiter die Augen offen." Nedeam sah den Schwertmann an, der an der Tür auf Posten war. „Verständigt den Hohen Herrn Garwin. Er wird mitanhören wollen, was Kormund zu berichten hat."

Man vernahm das leise Quietschen der Torflügel und den dumpfen Schlag, mit dem sie wieder in ihre Fassung fielen, nachdem die kleine Schar auf den Hof geritten war.

„Versorgt die Pferde und dann Euch selbst", war Kormunds müde Stimme zu hören. „Ich erstatte dem Ersten Schwertmann Bericht."

Wenig später trat der Scharführer in den Raum, begleitet

von Garwin, der in einem der Vorratshäuser gewesen war. Nedeam füllte einen Becher mit klarem Wasser, reichte ihn seinem Freund und wartete, bis der sich die Kehle angefeuchtet hatte. Dennoch war dessen Stimme heiser, als er seinen Bericht begann.

„Da wir auf unserem Marsch hierher auf keine Spuren stießen, habe ich die Streife ein Stück abseits des Weges geführt. Ein übles Land, das kann ich euch sagen. Es wird nicht umsonst die Öde genannt, und dabei befinden wir uns nur an ihrem Rand." Kormund trat an die Karte und beugte sich ein wenig vor. Sein Finger tippte auf eine Stelle nahe der eingezeichneten Festung Niyashaar. „Ungefähr hier fanden wir eine Handvoll Kadaver. Rundohren, wie die Rüstungen uns verrieten, und sie starben auf die gleiche Weise wie die anderen."

„Gab es Spuren der Angreifer?"

Kormund nickte düster. „Deshalb bin ich so schnell zurückgekehrt. Wir fanden einige Abdrücke, die wohl von Schuhwerk stammten. Sie hatten sich tief in den Boden gedrückt und waren ungewöhnlich groß. Größer noch als die der Rundohren."

„Also besonders große und schwere Wesen", murmelte Nedeam. „Und mit besonderen Fähigkeiten ausgestattet. Habt ihr außer den Abdrücken noch etwas gefunden?"

Kormund schüttelte bedauernd den Kopf. „Wir sind ausgeschwärmt und ein gutes Stück in die Richtung geritten, aus der die Fremden kamen. Nichts, Nedeam. Überhaupt nichts. Es müssen sehr disziplinierte und gut ausgebildete Kämpfer sein. Kein Knopf, keine Schnalle, kein Stückchen Stoff. Nicht einmal Dung am Wegesrand. Offen gesagt, wenn wir die Abdrücke nicht gefunden hätten, würde ich glauben, wir hätten es mit Schattenwesen zu tun."

„Sie tragen Schuhwerk, also haben sie auch Leiber wie

wir.“ Olruk strich über die Enden seiner Bartzöpfe. „Und was einen Leib hat, ist verletztbar. Sie werden bluten, wenn wir unsere Äxte in sie senken.“

Nedeam nickte. „Sie mögen außergewöhnliche Fähigkeiten haben, aber Olruk hat recht: Sie sind auch verwundbar. Das nimmt dem Ganzen etwas von seinem Schrecken.“

Kormund lächelte erschöpft. „Ich werde es den Männern sagen. Denn der Gedanke, gegen Schattenwesen zu kämpfen, hat sie mit Unbehagen erfüllt.“

Garwin räusperte sich. „Es wird höchste Zeit, meinem Vater davon zu berichten. Der Pferdefürst muss alles erfahren. Ihr verliert zu viel Zeit, Erster Schwertmann der Mark.“

„Seid unbesorgt, Scharführer Garwin.“ Nedeam betonte den Rang des anderen mit Bedacht. Ihm war die Spitze nicht entgangen, mit der Garwin deutlich gemacht hatte, dass er sich als der künftige Herr der Hochmark sah. „Sobald die anderen beiden Streifen zurück sind, reitet ein Bote nach Eternas.“

„Ich bin noch immer anderer Meinung“, erwiderte der Sohn des Pferdefürsten kalt. „Niyashaar wurde schon zweimal berannt und genommen und seine Besatzung getötet. Diese Festung ist nicht stark genug und zu exponiert, um sie halten zu können. Ich sage nochmals, wir sollten uns zum Pass des Eten zurückziehen.“

„Und ich sage nochmals, dass wir Niyashaar halten werden.“ Nedeam wies auf die Karte. „Es gilt, den Pass von Rushaan zu sichern und herauszufinden, was sich in der Öde verbirgt.“

„Eure Entscheidung ist falsch, Nedeam.“ Garwin wies um sich. „Dieser Posten ist befestigt und wurde dennoch überwältigt. Und um herauszufinden, was in der Öde geschieht, müsst Ihr die schützenden Mauern sogar verlassen. Ihr führt die Männer sinnlos zur Schlachtbank.“

„Garwin!“ Kormund funkelte den Scharführer grimmig an.

„Was denn?“ Der junge Pferdelord wandte sich Kormund zu und ignorierte Nedeam. „Es ist meine Meinung, und als Pferdelord habe ich das Recht, sie zu äußern. Nedeams Entscheidung ist falsch, das sage ich jedem von Euch.“

„Ein Pferdelord hat das Recht, seine Meinung zu äußern, das ist wohl wahr“, erwiderte Kormund wütend. „Aber er hat auch die Pflicht, dem Wimpel seines Scharführers und dem Banner der Mark zu folgen, selbst dann, wenn die Entscheidung ihrer Träger falsch sein könnte.“

„Nicht in fremdem Land“, ereiferte sich Garwin. „Der Eid verpflichtet uns zur Verteidigung unserer Marken. Aber jeder Pferdelord kann diesen Dienst verweigern, wenn die Landesgrenzen überschritten sind.“

„Ihr seid nicht nur Pferdelord, sondern auch Schwertmann, und zudem noch Scharführer.“ Kormunds Gesicht war gerötet, und er schien sich auf Garwin stürzen zu wollen, der den Blick des Älteren trotzig erwiderte.

„Hört auf!“ Nedeam trat zwischen sie. Kormund focht hier einen Kampf, den eigentlich er selbst führen musste. Es war nicht richtig, dass der Freund für ihn in die Bresche sprang. „Ihr habt beide recht. Aber Ihr, Hoher Herr Garwin, Scharführer der Schwertmänner, habt eines nicht bedacht. Seht noch einmal auf die Karte. Im Moment ist hier, in Niyashaar, die Grenze unserer Mark. Wir haben uns das nicht ausgewählt, Garwin, und doch müssen wir damit umgehen. Dies hier ist nun der äußerste Vorposten der Hochmark.“ Nedeams Stimme wurde kalt. „Also erfüllt Eure Pflicht, Scharführer.“

Garwin atmete schwer, und seine Hände öffneten und schlossen sich mehrmals. Angespanntes Schweigen herrschte im Raum. Schließlich nickte Garodems Sohn widerwillig. „Schön, hoher Herr Nedeam, Ihr seid der Erste Schwertmann der Mark, und ich bin einer Eurer Scharführer. So sei es also.“ Er straffte sich. „Habt Ihr noch Weisungen für mich, Hoher Herr? Andernfalls werde ich mich nun meinen Pflichten widmen.“

Er wollte ihn provozieren, Nedeam wusste es, und die anderen wussten es ebenfalls. „Ich bin mir sicher, dass Ihr Eure Pflichten vorbildlich erfüllt.“

Garwin machte eine perfekte Ehrenbezeugung, dann drehte er sich um und verließ in grimmigem Schweigen den Raum.

„Wahrhaftig, Nedeam, es fehlte nicht viel, und ich hätte diesen arroganten Kerl gefordert“, sagte Kormund. „Ich weiß, das ist nicht üblich, aber Garwin bringt mich in große Versuchung.“

Llaranas Stimme klang spröde, als sie sich zu Wort meldete. „Es ist jene Uneinigkeit, die einst auch die Reiche der Menschen entzweite. Ihr Menschen werdet euch niemals ändern. Das ist der Grund, warum mein Vater Jalan-olud-Deshay am Ersten Bund zweifelte.“

„Garwin steht nicht für das ganze Pferdevolk“, wandte Lotaras sanft ein. „Ich kenne die Menschen der Hochmark nun schon einige Jahreswenden und habe sie zu schätzen gelernt.“

„Ich weiß, dass du dich ihnen verbunden fühlst, Lotaras aus dem Hause Elodarion.“ Llarana trat an eines der Fenster und blickte durch den Klarstein in die Öde hinaus. „Es ist so, wie mein Vater sagte. Die Menschen sind untereinander zerstritten, obwohl die gemeinsame Gefahr sie versöhnen sollte.“ Ihre Stimme wurde bitter. „Euer Leben ist offenbar zu kurz, um daraus lernen zu können.“

Olruk seufzte vernehmlich. „Sorgen wir erst einmal dafür, dass unser Leben nicht noch kürzer wird, Hohe Frau Llarana."

Nedeam lachte trocken. „Olruk hat recht. Nun, ich meine, Niyashaar ist denkbar gut auf einen Angriff vorbereitet. Wir haben Vorräte für viele Zehntage und zwei volle Beritte zur Verfügung. Weder die Elfen noch die Orks, die Niyashaar vor uns besetzten, hatten Reittiere zur Verfügung. Die machen uns schnell und verleihen uns zusätzliche Kraft. Und sie geben uns die Fähigkeit, rasch in die Öde vorzustoßen oder uns wieder aus ihr zurückzuziehen." Nedeam betrachtete die Markierungen auf der Karte. „Das Land Rushaan und die Gebiete nördlich davon scheinen auch dem elfischen Volk Rätsel aufzugeben." Er sah Lotaras lächelnd an. „Eure Karten sind bemerkenswert detailliert. Sie zeigen auch Orte, die kein Mensch zuvor betreten hat. Aber Rushaan scheint ihr nie erkundet zu haben."

„Es gab Kontakte zum alten Reich." Lotaras strich sich nachdenklich über die langen Haare. „Aber es waren nur wenige, und sie beschränkten sich auf das Grenzgebiet. Als das Reich Rushaan verging, streiften Kundschafter unserer Häuser durch die Öde. Jene wenigen, die zurückkehrten, erstatteten Bericht. Sicherlich gibt es Aufzeichnungen und auch Karten. Doch ich kenne sie nicht."

„Die Elfen in Niyashaar hätten sie eigentlich kennen müssen." Kormund klopfte auf den Tisch. „Warum haben sie die Karten nicht ergänzt?"

Lotaras zuckte die Schultern. „Vielleicht weil feststand, dass wir ohnehin zu den Neuen Ufern aufbrechen. Wozu Karten anfertigen, die man doch nicht mehr benötigt?"

Olruk grinste unverschämt. „Dann lasst auch ihr Elfen es hin und wieder an Sorgfalt vermissen, nicht wahr? Man behauptet von euch, ihr würdet alles Wissen sammeln und bewahren. Offensichtlich gibt es Lücken in euren Büchern und Schriftrollen."

„Hier, nördlich von Niyashaar, gibt es eine Markierung." Nedeam legte den Finger auf die betreffende Stelle. „Sie muss von besonderer Bedeutung sein, wenn die Elfen den Ort einzeichneten."

„Ich verstehe." Kormund nahm mehrere Schlucke Wasser und überlegte. „Das ist der Ort, den du erkunden willst."

„Wir müssen erfahren, wer oder was sich in der Öde verbirgt." Nedeam lachte. „Garodem wird mit ein paar Abdrücken nicht zufrieden sein."

„Zwei Streifscharen sind noch draußen", sinnierte Kormund. „Eine davon ritt nach Norden, nicht weit zwar, aber vielleicht hat sie etwas entdeckt. Zumindest wird sie ein Stück des Weges ausgekundschaftet haben."

„Wir warten ab, bis die Streifen zurück sind und berichtet haben." Nedeam reckte sich. „Danach entscheiden wir."

Einen Zehnteltag später ritt die zweite der drei Streifen in die Festung ein.

Die dritte jedoch, diejenige, die nach Norden vorgestoßen war, kehrte nicht mehr zurück.

25

Heliopant-Priotat senkte das Bodenstück seiner Lanze langsam in den Schrein. Das blaue Glühen breitete sich aus und wurde intensiver. Es schien sich um die Lanze herum zu konzentrieren und langsam an ihr hinaufzuwandern. Auch bei den Lanzen der anderen Wächter war dies der Fall.

„Der Schrein verliert an Kraft", sagte der einäugige Onteros-Prion. „Er braucht länger, um die Macht der Lanzen wieder aufzufüllen."

„Es wird reichen." Der Erste Wächter hob seine Lanze an. „Er spendet seit Jahrtausendwenden Kraft und wird es bis in alle Ewigkeit tun."

„Ja, das befürchte ich auch." Der Einäugige trat vom Schrein zurück. „Ich wäre froh, wenn er sich erschöpfen würde."

Heliopant verließ das Gebäude des Schreins und blickte nachdenklich über die Landschaft.

„Manchmal frage ich mich, was wir überhaupt bewachen." Einer der anderen Wächter trat an die Seite des Priotats. „Ich kann mich noch an jene Zeit erinnern, da Rushaan ein großes und starkes Reich war. An seine riesigen Wälder und die fruchtbaren Felder, auf denen die Menschen die Ernte einbrachten. An die prachtvolle Stadt Rushaan und ihre Dichter, deren Worte die Theater füllten und den Geist erfreuten."

Heliopant-Priotats Augen glühten sanft. „Ich kann mich an die Kinder erinnern, an ihr Lachen."

„Das alles ist vergangen und verfallen. Was bewachen wir

hier noch? Warum wachen wir?“

„Weil der Fluch es verlangt und der Schrein uns die Macht dazu gibt.“

„Wir sind verfluchte Wesen.“

Heliopant-Priotat sah den anderen Wächter an. „Ja, Prion, das sind wir.“

26

Die Nachricht traf die Bewohner der Hochmark wie ein Schock. Garodem, der Pferdefürst der Hochmark, war tot. Die Kunde hatte sich wie ein Lauffeuer verbreitet, und die Fröhlichkeit war aus den Gesichtern der Menschen gewichen. Viele von ihnen waren einst mit Garodem aus der Königsmark aufgebrochen, um hier, im Schutz des gewaltigen Gebirges von Noren-Brak, auf die Täler zu stoßen, aus denen später die Hochmark entstand. Damals war Garodem, einer der beiden Söhne des Pferdekönigs, noch ein junger Mann gewesen, und als sein Bruder in der Schlacht fiel, hatte er zu Gunsten Reyodems, dem Sohn seines Bruders, auf den Thron verzichtet. Garodem hatte die Hochmark gut geführt, darin war man sich einig, und so war er bei allen beliebt gewesen.

Larwyn, die Witwe des Pferdefürsten und Herrin der Mark, stand auf der Plattform des Signalturms von Eternas, an jenem Ort, den ihr Gemahl so sehr geliebt und immer dann aufgesucht hatte, wenn er in sich gehen wollte. Manches ernste Wort hatten sie hier ausgetauscht, und manche liebevolle Zärtlichkeit.

Die Nacht war sternenklar, typisch für die Hochmark und das Gebirge, und der Mond stand voll und tauchte das Tal von Eternas in milchiges Licht. Auf der Mauer waren die Schritte der Wachen zu hören und ein gelegentlicher Ruf, mit dem sie sich verständigten. Doch jeder Laut schien gedämpft, als wolle keiner der Männer Larwyns Trauer stören; auch der Posten des Signalturms hatte sich schweigend entfernt.

Sie war allein auf der Plattform, und die Einsamkeit, die

sie mit einem Mal umgab, machte sich schmerzlich bemerkbar. Niemals wieder würde sie Garodems Stimme hören, den Blick in seine Augen senken oder die Sanftheit seiner Hände spüren. Niemals wieder würde sie ihm Rat geben oder den seinen einholen können. Welchen Trost konnte ihr da das Mitgefühl der anderen Menschen geben, wenn es auch von Herzen kam?

Sie hörte Schritte auf der Leiter, die zur Plattform hinaufführte, dann ein leises Räuspern. Auch ohne sich umzusehen, wusste sie, dass es Meowyn war. Eine gute Freundin und die beste Heilerin der Mark. Aber selbst sie konnte die Wunde nicht heilen, die Garodems Tod geöffnet hatte. Sie spürte, wie Meowyn neben sie trat, und fühlte die sanfte Berührung, als die Freundin eine Hand über die ihre legte. So standen sie eine Weile schweigend da, und Larwyn war dankbar dafür, dass die blonde Frau die Stille nicht durchbrach.

Irgendwo unter ihnen erklang die Stimme einer Frau. Die Worte waren zunächst nicht zu verstehen, aber sie folgten einer Melodie, die Larwyn nur allzu gut kannte. Es musste eine der Mägde sein, vielleicht sogar die alte Köchin Margwyn selbst, die zu später Stunde noch in der Küche hantierte und wohl einen warmen Trank für die Wachen zubereitete. Eine weitere Frauenstimme fiel ein, dann noch die eines Mannes.

„Der Ritt zu den Goldenen Wolken“, flüsterte Meowyn. „Sie singen die alte Ballade zu Ehren Garodems.“

„Er starb so sinnlos“, schluchzte Larwyn auf. „Nicht ruhmreich in der Schlacht, wie er es sich als Pferdelord gewünscht hatte. Er stürzte die Treppe hinab und brach sich den Hals. Warum nur, Meowyn? Warum hat er mich auf solche Weise verlassen müssen?“

„Weil sein Schicksal es so bestimmte.“ Meowyn legte den Arm um die weinende Frau und war nun selbst den Tränen nahe. „Mag auch sein Tod nicht ruhmvoll gewesen sein, sein Leben war es sicherlich.“

Larwyn stand kurz vor dem Zusammenbruch und konnte sich kaum auf den Beinen halten. So umfing Meowyn sie mit den Armen und stützte sie. Die Freundin sanft streichelnd, flüsterte sie tröstende Worte, von denen sie hoffte, dass sie Larwyns Trauer durchdringen konnten. Über ihre Schulter hinweg sah die Heilerin Bewegung im Westen, auf dem Platz unterhalb der Burg.

Vor den Unterkünften der Schwertmänner brannten einige Brennsteinbecken, und nun gesellten sich andere Lichter hinzu. Männer in voller Rüstung traten aus den Gebäuden hervor und formierten sich nahezu lautlos in den Viererreihen der Schwertmänner. Einige trugen brennende Fackeln die schweigenden Reihen entlang, aus denen weitere Fackeln sich ihnen entgegensenkten, die eine nach der anderen entzündet und dann wieder angehoben wurden, sodass es schien, als laufe eine Kette aus Feuer die Formation entlang. Leises Stampfen erklang, als die Männer Gleichschritt aufnahmen. Kein Kommando war zu hören, keine Stimme, nur der Gleichtakt der Schritte, in dem die Formation sich auf die Burg zubewegte. Er mischte sich mit dem sanften Rollen der Ballade, die aus dem Inneren der Burg erklang, schien sich ihr anzupassen.

Knapp unterhalb der Burgmauer ertönte dann ein einziges Kommando, und das Stampfen der Schritte verstummte. Eine kräftige Männerstimme erhob sich und fiel in die Ballade ein, dann folgten auch die anderen, und das Meer aus Lichtern wogte. Die Festung war nun ganz erfüllt von der Ballade, die den Ruhm der Pferdelords besang.

Larwyn wandte schluchzend den Kopf, sie konnte kaum erkennen, was dort vor sich ging.

„Die Schwertmänner Garodems", sagte Meowyn leise. „Sie erweisen ihm die Ehre. Auch wenn es später noch eine große Trauerfeier geben wird, so ist doch dies der Augenblick, in dem sie ihre Seele öffnen."

Die Pferdelords hatten sich untereinander abgesprochen und alles vorbereitet, doch dies galt nicht für die Menschen auf der Straße, die nach Eternas hineinführte. Auch dort war nun Bewegung. Erst einzeln, dann in Gruppen folgten die Menschen dem Gesang, bis sich eine regelrechte Flut auf die Festung zubewegte. Auch dort wurden nun Fackeln oder Brennsteinlampen entzündet.

„Du bist nicht allein, liebste Larwyn." Die Heilerin drückte die Hand der Freundin. „Es ist die ganze Mark, die mit dir trauert. Du bist nun die Herrin der Mark, Larwyn", sagte sie sanft. „An dir ist es nun, all diese Menschen zu führen. Die Marken müssen von Garodems Tod erfahren, ebenso wie Garwin, euer Sohn."

Larwyn straffte sich und tupfte sich die Augen ab. „Ich weiß. Ich kenne meine Pflichten, Meowyn."

„Und ich kenne deine Trauer. Wir müssen hinnehmen, was das Schicksal für uns bereithält. Garodems Leben mag vergangen sein, und doch wird er immer einen Teil deines Herzens bewohnen. Und wenn es jemals einen Pferdelord gab, der seinen Ritt zu den Goldenen Wolken in Ehren verdient hat, dann ist es Garodem."

Und so geleiteten die zahllosen Lichter und Stimmen den toten Pferdefürsten auf seinem letzten Ritt.

27

Noch immer nichts?“

Garwin hatte turnusgemäß den Befehl über die Wache und schüttelte den Kopf. „Nichts. Es ist fast Morgen. Sie werden nicht zurückkehren, Erster Schwertmann.“

Der Vorwurf in Garwins Stimme war nicht zu überhören. Früher hätte Nedeam den Verlust der Männer betrauert. Er hätte ihn mit Zorn und Rachegefühlen erfüllt. Doch damals war er ein einfacher Pferdelord gewesen, nun trug er als Erster Schwertmann die Verantwortung für seine Männer. Garwins unausgesprochener Vorwurf traf ihn hart, denn er fragte sich selbst, ob es richtig gewesen war, sie hinaus und ins Unbekannte zu schicken. Aber es gab keinen anderen Weg, als die Umgebung Niyashaars zu erkunden. Er hatte es tun müssen und dabei fünf gute Schwertmänner verloren, die nun wohl niemals wieder gemeinsam mit ihren Kameraden über die Ebenen reiten würden.

„Ihr habt die Wachen kontrolliert, Scharführer?“

Garwin nickte. „Alle sind auf ihren Posten, Erster Schwertmann. Ich habe Doppelwachen aufgestellt. Es ist kühl und früh am Morgen, und der Ritt war lang. Die Männer sind müde, und so verhindert jeder, dass der andere einschläft.“

„Eine gute Entscheidung, Garwin. Wie steht es mit Eurer eigenen Müdigkeit?“

„Kormund müsste jeden Moment kommen und mich ablösen.“

„Sagt ihm, man soll Euch drei Zehnteltage Schlaf lassen.“ Nedeam lächelte unmerklich. „Wir brauchen Euch ausgeruht.“

„Und Ihr?“

Der Erste Schwertmann zuckte die Achseln. „Ich habe vorhin ein wenig geruht und die Füße ausgestreckt."

Immerhin war es die halbe Wahrheit. Er hatte auf dem Stuhl des Kommandeurs gesessen und die Füße lang gestreckt, während er sich mit den Elfen und dem Zwerg beraten hatte.

Niyashaar war vorbereitet, so gut es eben ging. Nedeam hatte darauf geachtet, dass die Männer auf alle Gebäude verteilt waren, ebenso wie die Scharführer und er. Die Nacht war bislang ruhig verlaufen, und nur im Innenhof ertönte gelegentlich das leise Schnauben der Pferde oder das Stampfen ihrer Hufe. Die Anlage war nicht auf Pferde ausgelegt, es fehlten Ställe und Futtervorräte. Daher mussten die Tiere mit einem Teil des Innenhofes und dem Proviant vorliebnehmen, den die Beritte mitgebracht hatten. Doch diese Vorräte würden nicht lange halten, denn ursprünglich hatte man nicht geplant, Niyashaar besetzt zu halten. Am Morgen würde daher ein Bote in die Hochmark reiten, um den Pferdefürsten zu ersuchen, er möge weitere Männer und vor allem Vorräte heranschaffen lassen.

Hinter ihnen waren Schritte zu hören, und Scharführer Kormund tauchte auf. Er hatte sich eng in seinen grünen Umhang gehüllt. „Eine verdammte Kälte ist das, so hoch oben im Norden", brummte er. „Schon in der Hochmark ist mir aufgefallen, dass der Winter diesmal früh kommt. Aber hier in Niyashaar ... Wenn wir länger bleiben, Nedeam, dann müssen wir uns etwas für die Pferde überlegen. Bei Schnee und Eis brauchen wir Ställe. Und Wintervorräte. Und, verdammt, auch Holz oder Brennstein, sonst werden wir am Boden festfrieren, wenn wir uns nicht ständig bewegen."

„Noch ist es nicht so weit." Nedeam gähnte herzhaft. „Aber du hast recht, alter Freund. Niyashaar muss auf den Winter vorbereitet sein."

„Das wird nicht einfach werden. Vor allem wegen der

Pferde." Kormund blickte missmutig über die Anlage. „Uns fehlt Holz, um einen Stall zu errichten. Stein gibt es hier ja reichlich, aber der müsste erst geschlagen werden. Es wird uns nichts anderes übrig bleiben, als das Material aus der Mark heraufzuschaffen. Verdammt, Nedeam, bis die schwer beladenen Wagen hier eintreffen, ist der Winter längst da."

Garwin lächelte. „Ein Rückzug wäre wohl angemessen gewesen. Er hätte uns manches erleichtert."

„Fangt nicht schon wieder damit an." Kormund spuckte unwirsch auf den Boden. „Der Entschluss, zu bleiben, steht fest. Lebt damit und tut Eure Pflicht."

„Belehrt mich nicht", zischte Garwin.

„Keinen Zwist, Ihr Scharführer." Nedeam schlug wütend mit der flachen Hand auf die Zinne vor ihm. „Morgen reitet der Bote nach Eternas. Er wird ein Handpferd mitführen und die Hochmark rasch erreichen. Dann werden wir Garodems Urteil hören. Bis dahin wird Niyashaar gehalten."

„Der Nebel steigt auf." Kormund blickte über die Mauer nach Norden, hinaus in die Öde. „Es wird bald Tag werden. Ich bin froh, wenn die Sonne uns wieder wärmt. An diesem Land ist nichts Freundliches. Nur Sand und Steine, Felsen und fremde Gefahren. Da lobe ich mir unsere Hochmark." Er lächelte knapp. „Sand und Steine, Felsen und Gefahren, die ich kenne. Grünes Gras und freundliche Gesichter und ein frischer Wind, der über unsere Mark streift und nicht diese schneidende Kälte bringt."

„Sobald der Bote reitet, werde ich einen kleinen Streiftrupp hinausführen", unterbrach Nedeam die Schwärmerei seines Freundes. „Nach Norden, wo die elfische Karte einen Ort verzeichnet und unsere Schar verschwunden ist."

„Nur einen Streiftrupp?" Kormunds Sorge war unüberhörbar und spiegelte sich in seiner Miene.

„Warum viele Leben gefährden?“, entgegnete Garwin sachlich. „Immerhin wird der erfahrenste Kämpfer sie führen.“

Kormunds Augen verengten sich. Was trieb diesen verfluchten Kerl an?

Als Garwin ihn unsanft am Arm packte, dachte der alte Scharführer zunächst, der junge Pferdelord wolle tatsächlich Streit. Aber dieser sah ihn überhaupt nicht an, sondern blickte wie gebannt in die trostlose Landschaft hinaus.

„Dort. Zwei Finger breit nach Osten, an der Felsgruppe.“ Garwins Stimme war zu einem Flüstern geworden. „Könnt Ihr ihn erkennen?“

Sie spähten alle drei angestrengt in die bezeichnete Richtung, und schließlich nickte Nedeam. „Ich sehe ihn. Oder was immer das auch sein mag.“

„Es sieht aus wie ein Mann“, murmelte Kormund.

„Oder ein verfluchtes Rundohr.“ Garwin leckte sich aufgeregt über die Lippen. „Nein, das Wesen muss größer als ein Rundohr sein. Ich sah unsere Streife dort vorbeireiten und kann die Größe der Felsen ungefähr einschätzen. Dieses Wesen muss so groß sein wie ein Mann auf einem Pferd. Wenn nicht noch größer.“

Die aufsteigenden Nebel des herannahenden Morgens trübten die Sicht. Immer wieder verschwand das fremde Wesen hinter milchigen Schleiern. Dennoch war seine menschliche oder besser menschenähnliche Gestalt nicht zu leugnen. Er schien etwas in Händen zu halten, was die Pferdelords nicht genau erkennen konnten. Doch ohne Zweifel trug das Wesen eine metallene Rüstung.

Dann verdichtete sich der Nebel und verbarg es endgültig vor ihren Blicken.

„Es muss einer von denen gewesen sein, die das Gemetzel hier veranstaltet haben.“ Garwin stützte sich auf die Zinnen und beugte sich vor, aber das Wesen blieb verschwunden. „Und nun bereitet es sich darauf vor, auch uns zu töten.“

„Einer von ihnen wird nicht reichen, und es steht nicht fest, ob er unser Feind ist.“

„Ihr seht recht unbeschwert in die Zukunft, Kormund“, spottete Garwin.

„In jedem Fall müssen wir erfahren, was er vorhat.“ Nedeam ließ keinen Zweifel an seiner Entscheidung. „In zwei Zehnteltagen führe ich die Streife hinaus. Und Ihr, Scharführer der Hochmark, wappnet Euch gegen einen Überfall. Ich weiß nicht, ob die Unbekannten uns angreifen werden. Aber denkt an die erschlagenen Orks. Der Schwarze Lord wird seine Kohorte vermissen, und er wird Truppen entsenden, die nach ihr forschen.“

Kormund und Garwin sahen sich betroffen an.

Schließlich stieß der alte Scharführer einen grimmigen Fluch aus. „Bei den Finsteren Abgründen, da denke ich die ganze Zeit an die unheimlichen Wesen, die uns bedrohen könnten, und lasse unsere alten Gegner außer Acht. Du hast recht, Nedeam, möglicherweise werden wir uns zwei Feinden stellen müssen.“

Dieses Mal verzichtete Garwin auf einen Kommentar.

28

Die Spitzohren der Vorhut waren erfahren, und sie waren vorsichtig, wie es ihrer Art entsprach. Das Rundohr, das die kleine Truppe befehligte, gehörte glücklicherweise zu den umsichtigeren Kämpfern, die beim Anblick des Feindes nicht sofort losstürmten. Als die vorausgehenden Spitzohren ihm Zeichen gaben, eilte der Unterführer nach vorne und duckte sich neben den kleinen Schützen in den Schatten einiger Felsen.

„Pferdemenschen." Die Überraschung in der Stimme des Spitzohrs war nicht zu überhören. „In Niyashaar sind Pferdemenschen."

Ein anderes Spitzohr wandte sich um. „Dann haben die Pferdemenschen unsere Kohorte überrannt?"

Der Unterführer schüttelte den Kopf. „Fangschlag und Einohr sagten, die Kämpfer seien verbrannt worden. Das ist nicht die Art der Pferdemenschen."

„Ja, stimmt", räumte das erste Spitzohr ein, vermutlich der Sprecher. „Sie stürmen immer auf ihren Pferden herum."

„Sind es auch wirklich Pferdemenschen?"

„Bist du blind? So sehr kann die Sonne doch nicht blenden, dass du es nicht erkennst." Das Spitzohr stieß den Unterführer an, der den leichten Knuff hinnahm. „Man kann ihre grünen Umhänge sehen, und dort, über dem Turm, hängt ein grünes Tuch."

„Ein Banner scheint es aber nicht zu sein."

„Ah, es ist grün, und das reicht. Nur die Pferdemenschen haben solche Tücher an ihren Stangen."

„Wie viele es wohl sind? Eine oder zwei ihrer Kohorten?"

Der Unterführer kratzte sich im Nacken. „Das kann man schwer erkennen."

Der Sprecher der Spitzohren schüttelte den Kopf. „Ich glaube nicht, dass es so viele sind. Zwei Kohorten brauchen Raum, und die dort haben auch noch ihre Pferde mit. Außerdem ist Niyashaar recht klein. Zweihundert Kämpfer, schätze ich, vielleicht auch dreihundert, aber keine zwei volle Kohorten."

„Die überrennen wir im ersten Ansturm", knurrte der Unterführer selbstsicher.

Daran hatten auch die Spitzohren keinen Zweifel. Zwei Legionen folgten ihnen dichtauf, und ein Stück dahinter näherten sich drei weitere mit den neuen Donnerrohren. Nein, die Pferdemenschen dort hatten keine Chance gegen sie.

„Wartet, da unten tut sich was."

Sie lagen im Ausgang des Passes von Rushaan verborgen, und da die Sonne noch nicht lange am Himmel stand, warf sie lange Schatten, die vorzügliche Deckung boten. So konnten sie unentdeckt auf die Anlage spähen, die im Schatten der aufragenden Felsklippe lag.

„Eine Gruppe Reiter verlässt die Festung. Nur ein kleiner Trupp, gerade einmal eine Klaue. Aber sie führen ein grünes Tuch." Das Spitzohr bleckte seine Fänge. „Es muss einer der Anführer unter ihnen sein. Nur die haben solche Tücher."

Das Rundohr nickte. „Sie reiten nach Norden, in die Öde hinein."

„Das ist nicht gut", meinte das Spitzohr. „Gar nicht gut."

„Warum sollte das nicht gut sein?" Das Rundohr lachte bellend. „Jetzt nehmen uns die, die unsere Kohorte verbrannt haben, die Arbeit ab."

„Vielleicht." Der Sprecher der Spitzohren wiegte nachdenklich den Kopf. „Aber vielleicht ist alles auch ganz anders.

Was ist, wenn die Pferdemenschen mit den ‚Anderen' verbündet sind? Wenn die ‚Anderen' unsere Kämpfer nur verbrannten, damit die verfluchten Pferdemenschen Niyashaar besetzen konnten?"

Das Rundohr wurde ein wenig blass. Diese Möglichkeit gefiel ihm überhaupt nicht. „Du meinst, die Pferdemenschen haben einen Bund mit den ‚Anderen'? So wie mit den verfluchten Elfen?"

„Wäre immerhin möglich, oder?" Das Spitzohr spuckte aus. „Ah, wer weiß schon, was in dieser Öde vor sich geht."

„Um das herauszufinden, sind wir hier", erwiderte der Unterführer.

„Genau, du großer, starker Kämpfer. Also muss man herausfinden, wohin die Pferdemenschen reiten und was sie dort wollen."

„Schön", brummte der Unterführer kurz entschlossen. „Dann teilen wir uns auf. Ein paar bleiben hier, und die anderen gehen mit mir. Wir folgen den Pferdemenschen und finden es heraus."

Er richtete sich auf, aber das Spitzohr ergriff seinen Arm und zog ihn hastig zurück. „Bleib unten, du Narr. Willst du etwa jetzt, bei Tageslicht, aus dem Pass marschieren? Da kannst du ja gleich eine Parade für die Pferdemenschen abhalten." Das Spitzohr lachte spöttisch. „Wir müssen die Dämmerung abwarten. Dann sehen die Menschenwesen nicht mehr gut, und wir können unentdeckt an ihnen vorbeischleichen. Bis dahin haben auch die Legionen zu uns aufgeschlossen, und dann kann Einohr entscheiden, was geschieht."

„Du meinst Legionsoberführer Fangschlag."

Erneut lachte das Spitzohr. „Ah, ja, natürlich. Wen sollte ich sonst meinen?"

Wenig später machte die Spitze der vorderen Legion ein

Stück hinter ihnen Halt, und Fangschlag und Einohr eilten nach vorne, um zu erfahren, was die Vorhut herausgefunden hatte. Fangschlag war beunruhigt. Die Pferdemenschen hatte er hier nicht erwartet, und die Aussicht, dass sie einen Bund mit den „Anderen“ haben könnten, ließ ihn zögern.

„Wir halten uns bis zur Dämmerung verborgen“, beschloss er. „Dann wird eine Kohorte über den Pass nach Norden schleichen. Wir werden Niyashaar erst angreifen, wenn wir wissen, was da vor sich geht.“

29

Dorkemunt schätzte, dass er ungefähr die Hälfte des Passes zurückgelegt hatte. Nal't'rund, der letzte freundliche Ort, der ihm bekannt war, lag schon weit hinter ihm. Er war einer Streife der Axtschläger begegnet, und sie hatten sich kurz miteinander unterhalten, doch der kleine Pferdelord hatte die herzliche Einladung abgeschlagen, da ihn die Sorge um Nedeam weitertrieb. Er konnte diese Sorge nicht begründen; immerhin war der Freund in Begleitung zweier voller Beritte der Schwertmänner, der besten Kämpfer, die man sich nur wünschen konnte. Zudem war die Grenze im Norden durch die Elfen geschützt, wie es hieß. Dennoch verspürte der alte Pferdelord eine unerklärliche Unruhe.

Die Spuren der Beritte waren nicht zu übersehen. Zweihundert Männer und ihre Pferde hinterließen eine Menge Hinweise. Die Hufabdrücke, den Dung der Tiere und ihrer Reiter und ein paar Krumen Brot, Käsebröckchen oder ein paar Körner, dort, wo man gerastet hatte. Dorkemunt kannte die Gewohnheiten der Pferdelords und konnte genau abschätzen, wie rasch die Truppe vorangekommen war. Manchmal erkannte er sogar die Hufabdrücke zweier Pferde, die sehr leichte Last getragen hatten. Dort mussten die Elfin Llarana und der Zwerg Olruk entlanggeritten sein.

Es begann zu dämmern, und die Nacht würde bald hereinbrechen, Zeit also, sich einen Lagerplatz zu suchen. Die Tage, da der kleine Pferdelord einer sicheren Stelle jederzeit den Vorzug vor einer bequemen gegeben hätte, waren vorüber. Natürlich wählte er den Ort noch immer mit Bedacht, aber nun suchte er auch nach einem nicht zu harten Untergrund, der seinem Rücken bekam.

Am Rand der Schlucht wurde er fündig. Mehrere große Felsen lehnten dort in einer Weise aneinander, dass sie einen Unterschlupf boten, der vor Wind und Wetter gleichermaßen schützte. Daneben befand sich eine kleine Wasserstelle, an deren Rand ein paar Gräser ihr karges Dasein fristeten. Genug, um seinen Braunen über die Nacht zu versorgen und Dorkemunts Durst zu stillen. Er ritt hinüber, saß ab und nahm seine Axt in die Hand. Vorsichtig stocherte er mit dem langen Stiel zwischen den Steinen umher. Eine winzige Echse huschte in wilder Panik davon, und der Pferdelord nickte beruhigt. Hier verbargen sich keine Schlangen und auch sonst kein giftiges Getier, sonst hätte die kleine Echse hier nicht gehaust.

Er warf einige größere Steine heraus, glättete den Boden und seufzte erleichtert. Wenn er seine Decke doppelt gefaltet unterlegte und sich in seinen Umhang hüllte, würde er es relativ bequem haben, und die Felsen würden vor der größten Kälte schützen.

Dorkemunt lockerte den Bauchgurt des Sattels und überlegte kurz. Seinen alten Wallach hatte er lange ausgebildet und ihm blind vertrauen können. Aber den Braunen ritt er erst seit Kurzem. Zwar reagierte er schon auf den leisesten Pfiff seines Herrn, doch der alte Pferdelord hatte kein Verlangen danach, am Morgen nach seinem Reittier zu suchen, denn er kannte die Unternehmungslust des jungen Hengstes. Er zog einen Lederriemen aus der Satteltasche und legte ihn um die Vorderläufe des Tieres. So konnte es kleine Schritte machen und bequem grasen, ohne dass es in Versuchung geführt wurde, den Pass eigenständig zu erkunden.

Dorkemunt breitete die Decke in seinem Unterschlupf aus, trug die Provianttasche hinein und stillte dann seinen Durst, bevor er sich ein kaltes Mahl gönnte. Die Axt griffbereit neben sich, hüllte er sich in seinen Umhang und war kurz darauf eingeschlafen.

Als er erwachte, war es noch früh am Morgen, die Zeit des Nebels und der klammen Kälte, die jede Kleidung durchdrang. Ihn fror, und obwohl er noch ein wenig verschlafen war, richtete er sich halb auf. Seine alten Knochen verfluchend, schob er sich aus dem Unterschlupf ins Freie.

Die Gewissheit, dass sich die beiden Beritte vor ihm befanden und keine Gefahr hinter ihm lag, gaben Dorkemunt ein Gefühl relativer Sicherheit. Vielleicht wurde er auch im Alter zu leichtfertig, oder seine Sinne hatten nicht mehr die gewohnte Schärfe, sonst hätten seine Instinkte ihn rechtzeitig gewarnt.

Die Raubkralle musste sich viel Zeit genommen haben, sich auf die Felsen hinaufzuschleichen, und der Wind hatte so ungünstig gestanden, dass der Hengst sie nicht gewittert hatte. Erst im allerletzten Moment spürte Dorkemunt Gefahr und warf sich instinktiv zur Seite. Diese Bewegung rettete ihm das Leben.

Er spürte, wie der schwere Körper gegen ihn prallte und seinen Sturz beschleunigte. Eher unbewusst schrie er auf, als er auf den harten Boden prallte und sich sofort abrollte. Das Raubtier war durch seine schnelle Reaktion verwirrt worden und landete ein Stück von Dorkemunt entfernt am Boden. Mit der typischen Schnelligkeit dieser Tiere wirbelte es herum und sprang erneut.

Der kleine Pferdelord stieß einen wilden Fluch aus. Er hechtete in seinen Unterschlupf zurück, wobei er schmerzhaft mit dem Knie gegen einen Stein prallte, und streckte die Hand nach seiner Axt aus. Warum das Biest ihm nicht sofort folgte, war ihm rätselhaft. Es hätte ihn wohl leicht bezwungen, doch dieses Zögern verschaffte Dorkemunt eine Atempause, und er war von Herzen dankbar dafür, als er den Griff der Axt in seiner Hand spürte.

Nun musste er nur noch aus diesem Loch heraus. Mit einer überraschend schnellen Bewegung zwängte er sich durch die Öffnung, bereit, sein Leben jederzeit zu verteidigen. Aber die verfluchte Raubkralle war aus seinem Blickfeld verschwunden. Er hörte nun das Schnauben seines Braunen, doch das war wenig hilfreich und verriet nur, dass sich das Raubtier noch in der Nähe befand, nicht jedoch, wo es auf ihn lauerte. Erneut fluchte der alte Pferdelord. Seinem Wallach hätte er die Vorderläufe nicht binden müssen. Der war erfahren und selbst ein Kämpfer, und seine Hufe hätten dem verdammten Vieh arg zugesetzt, wenn es in deren Reichweite gekommen wäre. Der Braune jedoch würde nun nicht einmal mehr davonlaufen oder sich wehren können, wenn sich die Raubkralle für die leichtere Beute entschied.

Genau das tat sie.

Dorkemunt hörte das schrille Wiehern seines Pferdes, ein von Schmerz und Todesangst erfüllter Laut.

„Verdammte Bestie", brüllte er wütend. „Mögen die Finsteren Abgründe dich verschlingen!"

Sein Pferd stand rechts von ihm, dort musste also auch die Raubkralle sein.

Dorkemunt stürmte vor. Er sah seinen Braunen am Boden liegen, die Hufe schlegelten hilflos in der Luft, und die Raubkralle hatte ihre Fänge in die Kehle des Tieres gegraben. Es sollte ihre letzte Mahlzeit gewesen sein, denn der alte Pferdelord warf nun seine Axt in kampferprobter Manier. Eine der Schneiden grub sich tief in die Wirbelsäule des Raubtieres.

„Verdammt, ich werde alt", keuchte Dorkemunt und ging steifbeinig zu den beiden leblosen Körpern hinüber. „Früher wäre mir so etwas nicht geschehen."

Die Axt steckte sehr fest, und er musste sie einige Male bewegen, bevor er sie frei bekam. Seufzend sah er auf den toten Braunen hinunter.

Diesmal ließen seine Sinne ihn nicht im Stich und warnten ihn rechtzeitig.

Die Raubkrallen waren zu zweit gewesen, und warum sich die andere bislang zurückgehalten hatte, wurde dem Pferdelord sofort begreiflich. Einer ihrer Hinterläufe war verletzt, und das Tier hatte nicht die gewohnte Sprungkraft. Das war Glück für Dorkemunt, der herumfuhr und seine Axt von unten nach oben schwingen ließ, um sie dem Gegner in den Brustkorb zu schmettern. Sein Pech war nur, dass die Steine vom Blut des toten Braunen und der erlegten Raubkralle schlüpfrig geworden waren.

Dorkemunt rutschte aus und stürzte nach hinten. Instinktiv versuchte er die Richtung seines Schlages zu korrigieren, und spürte, wie die Raubkralle gegen seine Waffe prallte und sie ihm dabei aus der Hand riss. Beide fielen sie hinter die Kadaver, und der kleine Pferdelord war sich sicher, dass er die Bestie nicht richtig getroffen hatte. Sie war gegen die flache Seite der Schneiden geprallt und schwerlich ernsthaft verletzt worden.

Nun stand Dorkemunt unbewaffnet einer bösartigen Raubkralle gegenüber, die zudem verletzt war. Er warf sich herum und hastete auf die Felsen zu. Aber nicht zu dem Unterschlupf, der ihm zu einer Todesfalle geworden wäre, sondern zu der Felswand, die er, wie er instinktiv begriff, hinaufmusste. Raubkrallen waren sicherlich bessere Kletterer als die Pferdelords, und auch von diesen war Dorkemunt ja nicht mehr der Gelenkigste. Aber das Biest zog das Hinterbein nach und war verletzt. Womöglich schwer genug, um Dorkemunts Nachteil wieder auszugleichen.

Sein Knie schmerzte, und es war mehr ein hastiges Humpeln als ein schneller Lauf, doch er erreichte die Felswand vor der Raubkralle und fand eine Stelle, die er erklimmen konnte.

So rasch er es vermochte, kletterte er die Felsen hinauf. Es war nicht einmal sonderlich mühsam und ging überraschend schnell, zumal ihn der Anblick des Raubtiers, das ihm bereits folgte, anspornte.

Dorkemunt verfluchte sein Ungeschick und seine Instinkte, die ihn im Stich gelassen hatten, verfluchte die Leichtfertigkeit, nicht mit Gefahr gerechnet zu haben, und vor allem verfluchte er die Raubkrallen. „Mein Bedarf an diesen Biestern ist wahrhaftig gedeckt", knurrte er und zog sich ein Stück höher die Felsen hinauf. „Sonst sieht man über Jahreswenden keine einzige, und nun scheinen sie es alle gleichzeitig darauf anzulegen, meine Bekanntschaft zu machen. Verfluchte Brut. Mögen die Finsteren Abgründe sie verschlingen."

Ah, die Finsteren Abgründe ... Er hatte keine Waffe, aber war nicht der Fels, den er soeben erklomm, ebenso eine Waffe? Ein gezielt geworfener Stein konnte einen Schädel zertrümmern. Viele Steine konnten sogar eine ganze Schar unter sich begraben. Wahrhaftig, er war von Waffen umgeben. Er musste sie nur nutzen. Dorkemunt tastete um sich und fluchte grimmig. Umgeben von Steinen und Felsen, und doch ließ sich keiner von handlicher Größe finden. Hatte sich denn alles gegen ihn verschworen?

Er nahm sich die Zeit, sich gründlich umzusehen, auch wenn dies der Raubkralle Gelegenheit gab, zu ihm aufzuschließen. Trotz ihrer Verletzung war sie der bessere Kletterer.

„Verfluchtes Biest", schrie Dorkemunt hinunter. „Ist dir der Braune nicht genug? Warum begnügst du dich nicht mit seinem Fleisch? Oder gefällt es dir mehr, an Knochen herumzunagen? Wahrhaftig, du Mistvieh, die meinen wirst du nicht bekommen."

Dort vorne. Dort ragte eine kleine Klippe vor, oder besser ein gestürzter Fels, der nicht mehr viel Halt in der Wand hatte. Dorkemunt stellte sich vor, wie der Steinbrocken endgültig abkippte und die Raubkralle unter sich begrub. Der Gedanke gefiel ihm ausnehmend gut. Hoffentlich lag der Felsen wirklich nur sehr locker auf, denn Dorkemunt hatte keinen Hebel, den er nutzen konnte.

Er kroch, tastete, hangelte, kletterte irgendwie zu der Stelle hinüber, und da er sich seitwärts bewegen musste, kam ihm die Raubkralle immer näher.

„Wahrhaftig, du Biest, du hast dir wohl nicht nur das Bein verletzt“, knurrte Dorkemunt. „Du musst dir ja auch den Schädel mächtig angestoßen haben, so verrückt wie du bist. Warum rennst du mir so hartnäckig hinterher, wenn dort unten eine viel bequemere Mahlzeit auf dich wartet?“

Das Verhalten dieses Raubtieres war mehr als nur ungewöhnlich. Als werde es von einem persönlichen Hass auf Dorkemunt vorangetrieben, kletterte es beständig höher und folgte ihm unaufhaltsam. Dorkemunt begann nun eine ebenso persönliche Abneigung gegen die Beharrlichkeit der Raubkralle zu entwickeln.

Als der kleine Pferdelord es schaffte, sich mit letzter Kraft und aufgeschürfter Haut auf den angestrebten Felsen zu ziehen, war das Raubtier kaum zwei Längen unter ihm. Schwer atmend starrte er auf das Tier hinunter und begriff, dass ihm nicht mehr die Zeit blieb, den Felsen zu lösen. Wenn er dies überhaupt vermocht hätte.

Denn der Felsen löste sich von selbst.

Dorkemunt spürte das Knirschen mehr, als dass er es hörte. Er riss die Augen auf und krallte sich instinktiv an die Steinplatte, die sich langsam zu neigen begann und dann ein wenig absackte. Seine Beine strampelten hilflos in der Luft, nur ein kleines Stück über der Raubkralle, die prompt nach ihnen schlug. Dann kippte der Felsen mit unerwarteter Schnelligkeit ab.

Abermals schrie Dorkemunt auf. Er rutschte mit dem Stein nach unten und hörte ein wildes Fauchen und das Poltern anderer Steine, die nun ebenfalls gelöst wurden. Dann erfolgte ein harter Schlag, der ihm die Sinne raubte.

Kaum einen halben Zehnteltag später trieb ein einsamer Reiter sein Pferd durch den Pass. Rosshaarschweif und Saum des Umhangs wiesen ihn als Schwertmann der Hochmark aus. Er ritt schnell und hatte ein Handpferd bei sich. Seine Augen spähten aufmerksam nach einer möglichen Gefahr, doch dem Steinschlag, der unterhalb einer Felswand herabgekommen war, schenkte er keine sonderliche Beachtung. Noch immer hing etwas Gesteinsstaub in der Luft, und da dieser die Sicht einschränkte, trieb der Schwertmann die Tiere an, um die Stelle rasch zu passieren.

Der Hufschlag der Pferde war kaum verklungen, als in all dem Staub eine schwache Bewegung sichtbar wurde. Ein leises Stöhnen war zu hören, Steine rollten zur Seite, und eine von Schmutz fast unkenntliche Gestalt richtete sich taumelnd auf, machte ein paar Schritte und brach erneut zusammen.

Wieder verging Zeit. Die Sonne wanderte über den Pass hinweg, neigte sich der anderen Seite zu und begann schließlich lange Schatten zu werfen.

Als Dorkemunt wieder zu sich kam, gab es kaum eine Stelle an seinem Leib, die nicht schmerzte. Dass er überhaupt noch lebte, war ein Wunder. Er begriff es, als er sich endgültig aus der Steinlawine befreit hatte und diese und die Felswand überblicken konnte. Die Geröllmassen hatten alles unter sich begraben. Von den Raubkrallen und seinem toten Pferd war nichts mehr zu sehen, und dies galt auch für die Axt, die ihm stets so gut gedient hatte. Aber er selbst war am Leben.

Er hatte unzählige Abschürfungen und etliche Beulen davongetragen, und die Blessuren würden in kurzer Zeit alle erdenklichen Farbnuancen annehmen, doch er hatte überlebt.

Dorkemunt wankte zu einem der größeren Steine hinüber und ließ sich stöhnend darauf niedersinken. Sein Blick fiel auf ein paar Felsen, die am Rand der Steinlawine aufragten. Es waren jene, zwischen denen er in der Nacht Unterschlupf gefunden hatte.

Der alte Pferdelord humpelte hinüber und seufzte erleichtert, als er Decke, Umhang, Wasserflasche und Provianttasche vorfand, die ebenfalls wie durch ein Wunder unbeschädigt waren, wenn man einmal von der dicken Staubschicht absah, die sie bedeckte. Er wischte den Schmutz ab, spülte sich den Mund mit einem Schluck und trank einen weiteren, um die Kehle anzufeuchten. Nachdem er seinen Durst gestillt hatte, füllte er die Flasche auf. Er wusste nicht, wann er wieder eine Wasserstelle finden würde.

Der alte Pferdelord setzte sich und lehnte sich an einen der Felsen, um die langsam sinkende Sonne zu betrachten. Was sollte er nun tun? Er hatte sein Pferd und seine Waffe verloren. Natürlich hatte er noch sein Messer, mit dem sich Brot, Käse und gegebenenfalls auch Kehlen durchschneiden ließen. Aber gegen einen gut bewaffneten Angreifer war das eine kümmerliche Waffe. Zudem hatte er sein Pferd verloren, und sein Körper fühlte sich an, als sei eine Herde junger Hengste darüber hinweggaloppiert. Was also sollte er nun tun?

Zurück nach Nal't'rund, wo er Hilfe finden würde?

Oder weiter nach Norden, unbekannten Gefahren entgegen? Ohne Pferd und Waffen und ohne ausreichenden Proviant?

Ah, was gab es da zu überlegen?

Hatte er sich nicht auf den Weg gemacht, um seinen Freund Nedeam zu finden?

Und wahrhaftig, so wahr er Dorkemunt und ein Pferdelord war, genau das würde er auch tun.

30

Ah, versucht nur, mich von diesem Abenteuer abzuhalten, guter Freund Nedeam. Versucht es nur." Olruk, die Hände in die Hüften gestemmt und zu voller Größe aufgerichtet, wippte auffordernd auf den Fersen. „Wir haben gemeinsam die versteinerten Wälder überstanden und die Schlacht von Merdonan. Und nun willst du mir den Ausritt in die Öde verwehren? Ah, wahrhaftig, mein Freund, ich werde nicht zurückbleiben, wenn ihr hinausreitet."

Die Empörung des kleinen Axtschlägers war ehrlich. Nedeam lächelte halbherzig. „Versteh es nicht falsch. Wir werden nach den Fremden suchen und wissen nicht, ob sie uns freundlich oder feindlich gesinnt sind. Wir wissen, dass sie die Elfen getötet haben, daher werden uns Llarana und Lotaras nicht begleiten. Wir wissen nicht, wie sie sich einem Zwerg gegenüber verhalten würden. Also werde ich dein Leben nicht riskieren, mein Freund."

„Ich bin keiner Eurer Pferdereiter, Hoher Herr Nedeam", entgegnete Olruk förmlich. „Ich stehe nicht unter Eurem Befehl. Stimmt Ihr dem zu?"

Der Erste Schwertmann seufzte. „Dem stimme ich zu."

„Schön. Dann reitet ohne mich hinaus", sagte Olruk treuherzig. „Das wird mich nicht daran hindern, Euch zu folgen." Der kleine Axtschläger grinste. „Und wenn du mir das Pferd nimmst, Nedeam, mein menschlicher Freund, dann werde ich euch zu Fuß folgen."

Nedeam kannte die Sturheit des kleinen Volkes und seufzte entsagungsvoll.

Hildur, einer der Schwertmänner, die sich soeben für den

Ausritt bereit machten, beugte sich im Sattel vor, musterte Olruk von oben bis unten und lächelte ihn verschwörerisch an. „Es wäre vielleicht nicht schlecht, den kleinen Herrn dabeizuhaben, Erster Schwertmann. Bei seiner Größe sollte es ihm leichtfallen, den Feind unbemerkt auszuspähen."

Olruk nickte mit ernstem Gesicht. „Genau das wollte ich dem Hohen Herrn verständlich machen. Mir fielen nur die rechten Worte nicht ein."

„Da bin ich gerne behilflich", sagte Hildur grinsend.

Nedeam war endgültig geschlagen. „Also ist es beschlossen", lenkte er ein. „Holt Olruks Pferd, damit wir endlich aufbrechen können. Aber eine Bedingung stelle ich. Unser braver Axtschläger wird sich in den Umhang eines Pferdelords hüllen. So sticht er nicht sofort aus unserer Schar hervor."

Olruk musste den für ihn monströs langen Umhang raffen, um überhaupt darin gehen zu können, promt stolperte er und warf einem der Männer einen finsteren Blick zu, der dabei aufgelacht hatte. „Wahrhaftig, Nedeam, wenn wir dort draußen durch die Öde schleichen, werde ich dieses unhandliche Stück Stoff auf dem Pferd zurücklassen."

Von den besten Wünschen der anderen begleitet, trabte wenig später die kleine Schar aus dem Tor der Festung Niyashaar und schwenkte sofort nach Norden ein. Viele der Männer hatten sich freiwillig gemeldet, und Nedeam hatte Elwin und Hatmerlemin aus Kormunds Beritt sowie Hildur aus der Truppe Garwins ausgewählt, und so waren sie nun zu fünft. Der Erste Schwertmann hatte bewusst seine Wimpellanze mitgenommen, obwohl das flatternde Tuch bestimmt sehr auffällig war. Aber die Gruppe wollte sich auch nicht verbergen, sondern suchte den Kontakt zu den unbekannten Herren der Öde.

„Wenn wir heimlich durch ihr Land schleichen, werden

sie uns eher als Feinde betrachten", hatte Nedeam argumentiert. „Also reiten wir offen und mit einer so kleinen Gruppe, dass sie uns nicht als Gefahr betrachten."

„Ein schreckliches Land." Hatmerlemin sah sich missmutig um. „Es trägt seinen Namen zu Recht. Sand, Steine, Felsen und nur wenig Grün und keinerlei Leben."

„Das täuscht." Nedeam versuchte sich einige Landmarken einzuprägen. Ganz Unrecht hatte der Schwertmann nicht. Die Landschaft bot tatsächlich wenig Abwechslung. „Wir haben hier schon Felsböcke und kleinere Tiere gesehen."

„Ja, mag sein", räumte der Schwertmann ein. „Aber ist es Euch aufgefallen, Hoher Herr? Selbst die Blutsauger meiden dieses Land."

Die Anzahl der Flugstecher, welche die Menschen oft genug plagten, war tatsächlich überraschend gering. „Sie mögen die Kälte nicht", erklärte Elwin. „Hier ist es wahrhaftig ein wenig kühl und unfreundlich."

„Ein karges und unwirtliches Land." Olruk nestelte an dem ausgeliehenen Umhang herum. „Ich bezweifle die alten Legenden, nach denen hier einst ein mächtiges Volk gelebt haben soll. Es hätte sich irgendwie ernähren müssen. Aber vielleicht waren sie ja genügsam und beschränkten sich auf den Verzehr von Steinen und Sand."

„So ein Unsinn." Elwin lachte. „Selbst die Orks, die nun wirklich jeden Dreck fressen, können nicht von Sand oder Steinen leben."

„Dieses Land bietet jedenfalls nichts, wovon ein Volk leben könnte", stellte Olruk fest. „Selbst wenn es ein sehr kleines wäre."

Der Landstrich, durch den sie ritten, war relativ flach und nur von sanften Hügeln durchzogen. Im Süden, im Osten und weit im Norden waren die gewaltigen Berge zu erkennen, die

Rushaan umgaben. Jene im Norden trugen weiße Spitzen und waren von ewigem Eis und Schnee bedeckt. Allein ihr Anblick ließ die Männer frösteln. Der Boden, über den sie ritten, bestand nicht nur aus Sand und Steinen. Es gab auch fruchtbarere Stellen, an denen Büsche oder Gräser wuchsen, aber sie alle wirkten kümmerlich. Es schien wirklich ein seltsam lebloses und totes Land zu sein.

„Nicht einmal Bäume gibt es hier", stellte Elwin fest. „Habt ihr bemerkt, dass hier kein einziger Baum steht?"

„In der Hochmark wachsen sie auch nur im Tal von Eternas oder am Südpass", schränkte Hatmerlemin ein.

„Aber überall bei uns sprießt saftiges Gras und stehen Büsche und wilde Beeren." Elwin seufzte. „Ein Narr, wer auf dieses Land hier Anspruch erhebt."

Vor ihnen wurde ein Rudel Felsböcke aufgeschreckt, und Elwin langte sofort nach seinem Bogen. Doch Hatmerlemin legte die Hand an seinen Arm. „Lass sie. Sie haben es schon schwer genug, in diesem Land zu überleben."

Elwin nickte zögernd. „Du hast recht, Hatmerlemin. Ist ohnehin nicht viel dran an ihnen."

Kleine Echsen und Schlangen schien es reichlich zu geben. Immer wieder bemerkten sie huschende Bewegungen, wenn die Reptilien vom Hufschlag der Pferde aufgeschreckt wurden. Die Gruppe ritt einen der zahlreichen Hügel hinauf, erreichte seine Kuppe und verharrte überrascht. Unter ihnen breitete sich eine riesige Senke aus.

„Bei den Finsteren Abgründen", ächzte Elwin. „Was ist hier geschehen? War dies einmal ein Wald?"

„Sieht ganz so aus." Nedeam reckte sich im Sattel und schirmte seine Augen gegen das Sonnenlicht ab. „Hier scheint einst ein schreckliches Feuer getobt zu haben."

Hatmerlemin nickte verständnisvoll. „In der Nordmark

sah ich einmal einen Wald, in den der Blitz eingeschlagen hatte. Ein großer Teil war niedergebrannt. Dies Gebiet sieht ähnlich aus, doch es ist sehr viel größer."

Die Senke maß viele Tausendlängen im Durchmesser und war angefüllt mit schwarz verkohlten Strünken. Als sie zögernd hinabritten und einen von ihnen untersuchten, schien es fast, als sei das Holz versteinert. Vor sehr langer Zeit musste hier ein beachtlicher Wald gestanden haben. Sie alle kannten die verheerenden Brände, die von den einschlagenden Blitzen eines Gewittersturms hervorgerufen werden konnten. Doch so vernichtend ein Feuer auch war, in seiner Folge entstand doch immer wieder neues Leben. Meist dauerte es keine zwei Jahreswenden, bis der Wald neu zu sprießen begann. Natürlich brauchte es Zeit, bis wieder alles seine alte Pracht und Größe erlangte, aber die Fülle an Leben, die nach einem Waldfeuer zu erkennen war, überraschte immer wieder.

Der Brand, der hier gewütet hatte, hatte den Boden mit einer dichten Ascheschicht überzogen. An vielen Stellen trat diese schwarz wie ein Symbol des Todes hervor, doch sie war zugleich die Lebensgrundlage für einen dichten Wuchs an Gräsern, wie ihn die Pferdelords in der Öde noch nicht gesehen hatten.

„Ein schwarzes Land, von grünem Tuch bedeckt", sagte einer der Männer.

Die Asche schien zu einer festen Schicht verbacken zu sein. Sie wirbelte kaum auf, als die Reiter ihre Pferde durch die Senke trieben. Diese war zu groß, um sie zu umreiten, und Nedeam wollte hier nicht allzu viel Zeit verlieren. Gelegentlich knirschte der Boden unter den Hufen der Pferde, und die Männer waren erleichtert, als sie am gegenüberliegenden Hang wieder hinaufritten.

„Immerhin gab es hier früher einmal Wälder", stellte Elwin fest. „Oder wenigstens einen Wald."

Sie fanden immer mehr Grün. Offensichtlich wurde der Boden fruchtbarer, je weiter sie nach Norden vorstießen. Es war ein fahles Grün und zeigte sich nur an Büschen und Gräsern, aber deren Anblick besserte die Stimmung der Männer merklich.

Dann, gegen Mittag, stießen sie auf die Siedlung.

Nedeam hob die Hand, und die Männer ritten rechts und links von ihm zu einer Linie auf. Sie verharrten oberhalb einer Senke, in der sich erstreckte, was einmal eine Siedlung des Reiches Rushaan gewesen sein musste: keine sehr große zwar, doch unverkennbar das einstige Heim von Menschen. Manches an ihrem Aufbau erinnerte die Männer an die heimatliche Hochmark, anderes war so fremdartig, dass ihnen dessen Sinn verborgen blieb.

„Es muss einer ihrer Weiler gewesen sein", sagte Nedeam nachdenklich. „Ein eher kleiner Ort, der Anzahl der Gebäude nach zu urteilen."

„Keine Mauer, keine Palisade, keine letzte Zuflucht", brummte Elwin. „Nicht gerade ein wehrhafter Ort, und genau das scheint ihnen zum Verhängnis geworden zu sein."

„Das wissen wir nicht." Nedeam wies in die Senke hinunter. „Vielleicht hatten sie die Siedlung verlassen, bevor sie verwüstet wurde."

Der Ort hatte einst Leben beherbergt, doch nun lag er in Trümmern und war eine Stätte des Todes. Auch hier wuchsen Gräser und Büsche, doch sonst regte sich nichts in den Straßen. Selbst der Wind schien diese Stätte zu meiden.

Die Siedlung hatte eine rechteckige Grundform und war von zwei größeren Straßen durchzogen, die sich in der Mitte trafen und dort in einen großen Platz mündeten. Ob dieser den Versammlungen der Bewohner gedient hatte, war nicht zu ergründen. Die Tatsache, dass sich dort das größte Gebäude erhob, wies zumindest darauf hin. Die Häuser unterschieden sich von allem, was die Pferdelords bislang gesehen hatten. Denn sie besaßen die Form von stumpfen Kegeln, die jedoch auf den Kopf gestellt waren und sich demgemäß nach oben hin verbreiterten. Ihre Größe nahm vom Rand des Ortes zu seiner Mitte hin zu, doch sie alle wiesen knapp unterhalb ihrer Oberkante eine Vielzahl von Öffnungen auf, die einst mit Klarstein versiegelt sein mochten, nun aber finster und leer wirkten. Zwischen den Gebäuden gab es keine Wege, und an ihren Sockeln fehlten Türen, zumindest ließ sich vom Hügel aus nichts dergleichen erkennen. Aber es gab eine Vielzahl von Stegen, welche die Häuser auf halber Höhe miteinander verbanden. Sie wirkten grazil und standen auf zierlichen Streben, die jedoch an etlichen Stellen geborsten waren. Die meisten der Gebäude wirkten einigermaßen intakt, doch bei einigen war der Kegel zerstört und verbrannt.

Außerhalb des Ortes war ein gleichmäßiges Raster von Feldern zu sehen. Dort musste einst Getreide gewachsen sein, doch nun war der Boden schwarz verbrannt. An einigen Stellen schimmerte er allerdings, als sei er von feinem Kristall überzogen.

Nedeam räusperte sich. „Wir sollten hinunterreiten und es uns aus der Nähe ansehen. Vielleicht erfahren wir so, wer hier gelebt hat und was dort geschehen ist."

Elwin nickte. „Sehen wir es uns an."

Die Schwertmänner vergewisserten sich instinktiv, dass ihre Waffen bereit waren. Eine unbewusste Handlung angesichts einer Stätte, die nur den Tod beherbergte.

Als sie den Hang hinabtrabten und den Gebäuden näher kamen, wuchs ihr Staunen. Beim Blick vom Hügel aus hatten sie die Größe der Bauwerke unterschätzt. Selbst die kleinen Kegel am Rand des Ortes überragten die Reiter um viele Längen.

„Diese komischen Brücken sind hoch", brummte Elwin und legte den Kopf in den Nacken. „Wohl an die drei Längen über mir."

„Irgendwo muss es einen Zugang geben." Nedeam wies vor sich. „Die Wesen, die hier wohnten, werden wohl schwerlich hinaufgesprungen sein."

„Wer kann schon sagen, was für Wesen hier gehaust haben?", knurrte Hatmerlemin.

„Äußerlich müssen sie uns geglichen haben." Nedeam zog fröstelnd die Schultern zusammen. Diese Stätte strahlte Kälte und Tod aus. „Das Wesen, das die Scharführer und ich gesehen haben, ähnelte uns sehr."

Sie erreichten die Gebäude am Ortsrand, die aus dicht gefügtem weißem Stein bestanden. Die einst glatte Oberfläche war durch die vergangenen Zeitalter rau geworden, einige Steine hatten sich verschoben und Spalten hatten sich gebildet, die jedoch zu schmal waren, um Einblick ins Innere zu gewähren. Einer der Kegel allerdings war teilweise eingestürzt, und man konnte sehen, dass er aus mehreren Ebenen bestand. Teile der ursprünglichen Einrichtung waren zu erkennen: Tische, Stühle, Betten, Kisten, wie es sie in ähnlicher Form auch beim Pferdevolk gab. Die ursprünglichen Farben waren verblasst, und doch konnte man erkennen, dass die Bewohner einst Buntes geschätzt hatten.

„Wir suchen uns eine Stelle, an der wir auf die Stege hinaufgelangen können." Nedeam wies mit der Lanze vor sich. „Zwischen diesen Häusern hier scheint es keinen Aufgang zu geben. Sehen wir uns also das große Gebäude im Zentrum der Siedlung an. Wenn es eine Treppe gibt, dann werden wir sie dort finden."

„Ein wahrhaft seltsamer Ort.“ Hatmerlemin wies um sich. „Häuser, die auf dem Kopf stehen und keinen Eingang haben. „Ein ziemlicher Umstand, immer ins Zentrum eilen zu müssen, wenn man sein Haus betreten will.“

„Es hat auch seinen Vorteil“, brummte Elwin. „Angreifern wird es so schwerer gemacht. Wenn man nur in dem großen Gebäude hinaufgelangen kann, lässt sich der Ort leichter verteidigen. Und von den Stegen herab können die Verteidiger vortrefflich Pfeile oder Bolzen auf die Feinde schießen.“

„Dazu bieten sie zu wenig Deckung“, brummte Hildur skeptisch.

„Nicht, wenn der Feind keine Pfeile oder Bolzen kennt“, erwiderte Hildur. „Vielleicht suchten sie Schutz gegen etwas, das sich nur auf dem Boden bewegen konnte.“

„Möglich.“ Nedeam seufzte. „Aber das werden wir wohl nie erfahren.“

Sie ritten über eine der Straßen, die zu dem mittleren Gebäude führten. Der Untergrund war von Schmutz bedeckt, aber die Gräser hatten den Weg nicht überwuchert. Gelegentlich riefen die beschlagenen Hufe der Pferde einen seltsam metallischen Ton hervor.

„Ich vermute, sie haben den Ort aufgegeben, bevor er verwüstet wurde.“ Hatmerlemin beugte sich zur Seite und spuckte aus. „Hier liegt nichts herum. Wenn eine Siedlung angegriffen wird, lassen die Bewohner alles stehen und liegen und eilen zu ihren Waffen. Doch hier sehe ich nichts. Kein Karren, mit dem man Waren transportiert, kein Fass und keine Kiste, die herumstehen. Kein Werkzeug, keine Waffe; überhaupt nichts. Ich wette, sie haben diesen Ort verlassen, und er ist von allein verfallen.“

„Auch das ist möglich“, räumte Nedeam ein.

Das große Gebäude in der Ortsmitte stand auf einem Platz,

der mit Steinplatten ausgelegt war. Ringförmig um ihn herum zog sich ein Graben, aus dem in regelmäßigen Abständen verzierte Säulen aufragten. Keiner zweifelte daran, dass dies einst Brunnen oder Tränken darstellten, die nun jedoch ausgetrocknet waren.

Die Pferdelords und Olruk saßen ab und umrundeten das Gebäude. Schon nach wenigen Längen fanden sie den Zugang: eine Zugbrücke, die halb zusammengesackt war und deren Reste zu einer Öffnung hinaufführten, die sich vier Längen über dem Boden befand. Die Konstruktion bestand aus Metall, das, einst schimmernd, nun von Rost überzogen war.

„Eine Zugbrücke", meinte Elwin. „Dort oben sind Öffnungen im Mauerwerk. Da hindurch werden einst die Zugseile geführt haben."

Es gab massige Ösen am unteren Ende der Rampe; der Schwertmann mochte also durchaus recht haben.

„Ich hoffe, sie wird uns noch tragen." Nedeam trat skeptisch gegen das rostige Metall. Schmutz und Rostteile lösten sich und rieselten herab. „Es wäre schade, wenn wir keinen Blick hineinwerfen könnten."

Olruk stieß ein leises Schnauben aus und sprang kurzerhand auf die Konstruktion. Sie knirschte, hielt aber seinem Gewicht stand. „Es sollte immer nur einer über die Rampe gehen. Ich traue ihr nicht recht. Sie ist schon alt und das Metall fast durchgerostet. Aber wenn wir einzeln hinaufgehen, wird sie halten."

„Ich frage mich eher, ob dieses Gebäude halten wird." Elwin leckte sich nervös über die Lippen. „Seht euch die Risse im Mauerwerk an. Und überall die schwarzen Stellen."

„Wie in der Festung Niyashaar", brummte Hatmerlemin.

Nedeam strich sich über das Kinn. „Das stimmt. Es könnten die Spuren der Waffen sein, mit denen die Herren Rushaans den Vorposten angriffen."

„Angenommen, es wäre so, Hoher Herr Nedeam, warum stürmten sie ihr eigenes Zuhause?"

„Vielleicht finden wir die Antwort dort drinnen."

Olruk nickte und legte instinktiv seine Bartzöpfe in den Nacken, um sie zu verknoten. Eine Angewohnheit des kleinen Volkes, mit der es sich auf einen Kampf vorbereitete.

„Erwartet Ihr einen Feind?", fragte Elwin prompt.

Olruk schüttelte den Kopf. „Ich bin nur gerne vorbereitet."

Nedeam steckte die Lanze mit dem Berittwimpel in eine der alten Ösen. Sie war zu unhandlich, um sie in das Gebäude mitzunehmen, so beeindruckend dies auch hätte wirken können. Er betrat als Zweiter die Zugbrücke, nachdem der Zwerg ihr oberes Ende erreicht und ihnen Zeichen gegeben hatte, dass alles in Ordnung sei.

Als er neben den Freund trat und nach vorne sah, blickte er in einen großen Raum. Viel konnte er nicht erkennen, denn durch den offenen Zugang fiel nur wenig Licht ein. Er wandte sich zu Hatmerlemin um, der schon halb auf der Rampe war. „Wir brauchen Fackeln, fertigt welche an."

Aber das war leichter gesagt als getan. Schließlich behalfen sie sich damit, einige der Binden, die sie zur Wundversorgung mit sich führten, um zwei ihrer Schwerter zu wickeln und mit der Pferdesalbe einzuschmieren, welche Reittier und Reiter gleichermaßen zur Behandlung von wunden Stellen diente.

„Es brennt furchtbar, wenn man sie sich aufs Gesäß schmiert", sagte Elwin lächelnd. „Vielleicht brennt sie auch stark genug, um nun die Dunkelheit zu vertreiben."

Die provisorischen Fackeln brannten tatsächlich. Sie spendeten wenig Licht, und der Gestank war entsetzlich, doch sie wollten sich hier ohnehin nicht lange aufhalten. Verrottete Winden und metallene Kästen standen in dem Raum, dazwischen lagen Bündel von Kleidungsstücken und Rüstungsteilen am Boden, und alles war von einer dicken Staubschicht bedeckt.

Elwin bückte sich und hob eine Lanze auf, deren Schaft aus schwarzem Metall gefertigt war. An den Enden besaß sie einen silbernen Bodendorn und eine halbmondförmige Klinge. Der Schwertmann wiegte sie prüfend in der Hand. „Keine Wurflanze. Das Gewicht ist schlecht verteilt. Und zum Stoßen taugt sie auch nicht viel. Mit dieser Klinge kann man allenfalls einen Hals durchschneiden."

Nedeam bückte sich nach einer Rüstung, die in sich zusammengefallen am Boden lag. Sie war schlicht gearbeitet und musste einmal einem sehr großen Mann gehört haben, dessen Körper sie fast vollständig umgeben hatte. Die Rüstung war verschlossen, und Nedeam konnte in ihrem Inneren die Überbleibsel verfallener Kleidung erkennen. Eine genauere Untersuchung blieb ihm jedoch verwehrt, denn trotz aller Bemühungen gelang es ihm nicht, die Panzerung zu öffnen.

„Alles hier liegt durcheinander, als sei es in blinder Panik achtlos zur Seite geworfen worden", murmelte Olruk.

„Da oben." Hatmerlemin deutete hinauf zu einem breiten Gang, der über ihren Köpfen ringförmig an der Mauer entlanglief. „Dort werden die Zugänge zu den Stegen sein."

Zwei Treppen führten zu dem Gang empor und weiter hinauf in die höheren Stockwerke. „Ich glaube nicht, dass uns hier Gefahr droht. Teilen wir uns auf", entschied Nedeam. „Wenn jemand etwas Seltsames bemerkt, stößt er einen Pfiff aus. Wir sammeln uns dann wieder bei den Pferden."

Olruk und Nedeam benutzten eine der Treppen, um in die oberen Ebenen zu gelangen. Die Stufen waren breit, aber höher, als der Pferdelord es gewöhnt war, und für den armen Zwerg bedeuteten sie eine regelrechte Tortur. Die Grundfläche der oberen Stockwerke wurde von Ebene zu Ebene größer, entsprechend dem Durchmesser des Kegels. Man hatte die Schrägen genutzt, um Sitzbänke oder Schränke zu errichten, und die Machart der Möbel wirkte vertraut, wenn man von ihren grellen Farben und der Größe einmal absah. Nedeam empfand die Farbgebung als unangenehm, doch Olruk konnte dem einiges abgewinnen.

„Es erinnert an die Farbenfülle in unserem Felsendom", schwärmte er. „Helles Licht und das Funkeln von buntem Kristall und Erzen und …"

„Ich kenne Nal't'rund, und es ist gewiss eine schöne Stadt", unterbrach Nedeam den kleinen Freund. „Doch dieser Ort hier ist anders. Hier könnte ich mich nicht sehr wohlfühlen."

Olruk schnaubte leise, dann machten sich die beiden daran, einige der Schränke und Truhen zu öffnen, die in ihrer Nähe standen. Manche enthielten Bücher und Schriftrollen, Unmengen davon, wenn man alles zusammenzählte. Vielleicht hatten auch die Bewohner Rushaans ein langes Leben geführt und die Schröpfung gekannt. Vielleicht war dies eines ihrer Archive gewesen. Denn wie sonst konnte man sich solche Mengen an Schriften erklären. Als Nedeam eines der Bücher hervorholen wollte, zerbröselte es unter seinem Griff.

„Es muss wahrhaftig lange hier gelegen haben." Nedeam schob die Überreste mit dem Fuß zusammen. Auch hier häufte sich vereinzelt Kleidung am Boden, und alles war dick mit Staub bedeckt.

„Zur Zeit des Ersten Bundes soll Rushaan schon lange vergangen gewesen sein", murmelte Olruk. „Lotaras hat mir davon erzählt. Es soll eines der ersten Menschenreiche gewesen sein, das der Finsternis zum Opfer fiel."

„Ich bin mir nicht sicher, ob es die Finsternis war. Alle

Reiche, die der Schwarze Lord eroberte, hält er auch besetzt. Warum dieses nicht? Warum nicht auch Rushaan?“

Olruk zuckte die Schultern. „Vielleicht ist es ihm hier zu kalt.“

Der Zwerg fröstelte und verzog das Gesicht. „Wahrhaftig, Nedeam, es scheint mir wirklich kälter geworden zu sein. Oder liegt es an dem namenlosen Grauen, das uns umgibt?“

Nedeam blickte zu einem der Fenster hinüber. „Wie lange sind wir schon hier im Gebäude, Olruk?“

„Höchstens einen Zehnteltag. Warum fragst du?“

„Weil es bereits dunkelt.“ Nedeam trat an die Fensteröffnung. Sie war noch immer von einem durchsichtigen Material verschlossen, das dem Klarstein ähnelte. Er wischte Staub von der Scheibe und spähte hinaus. „Das ist nicht die Dämmerung. Dort ziehen sich Wolken zusammen. Es sieht nach einem schweren Sturm aus. Lass uns die anderen zusammenrufen.“

Olruk stieß einen gellenden Pfiff aus, und wenig später versammelten sich die Männer im unteren Geschoss des Gebäudes. Inzwischen hatten sich die Wolken weiter verdichtet, und ein erstes Grollen war in der Ferne zu hören.

„Das gibt einen üblen Wettersturm“, prophezeite Hatmerlemin. „Am besten bleiben wir hier im Gebäude. Und wir sollten auch die Pferde hereinholen.“

„Wenn die Zugbrücke sie trägt“, brummte Elwin.

Noch während sie die Pferde nacheinander über die Rampe führten, begannen die ersten Blitze über den Himmel zu zucken. Der Donner hallte zwischen den Gebäuden wider und wurde so noch verstärkt. Schon fielen die ersten Regentropfen, und noch bevor der letzte Mann im Inneren des Gebäudes war, wandelte sich der Regen in Eis. Aber es waren nicht jene kleinen Eiskristalle, die sie aus der Hochmark kannten.

Diese hier schlugen, Geschossen gleich, auf den Boden, und Nedeam sah mit Entsetzen, dass einige von ihnen die Größe einer Männerfaust hatten.

„Wir können froh sein, dass wir hier Unterschlupf gefunden haben“, sagte er. „Im Freien würde uns dieses Unwetter böse zusetzen.“

„Ein Land der Finsternis“, bemerkte Olruk verdrießlich. „Selbst das Wetter lässt hier jede Freundlichkeit vermissen.“

Hatmerlemin klopfte gegen die schräge Wand des Gebäudes. „Nun verstehe ich auch, warum die Leute hier so schiefe Wände gebaut haben. Die Eisgeschosse können sie auf diese Weise nicht beschädigen. Selbst der Klarstein der Fenster ist geschützt. Und ich wette, die Dächer dieser Häuser sind außergewöhnlich hart und dick.“

Plötzlich krachte es über ihnen vernehmlich. „Was war das?“

Elwin starrte mit gerunzelter Stirn zur Decke hinauf. „Ich bin mir nicht sicher, aber ich meine vorhin gesehen zu haben, dass das Dach beschädigt ist. Seine Kuppel ist eingerissen.“

„Verdammt, wollen wir hoffen, dass sie wenigstens noch dieses eine Unwetter übersteht“, murmelte Nedeam und tätschelte die Flanke seines Pferdes, das unruhig zu tänzeln begonnen hatte.

„Ich möchte bei diesem Wetter wahrlich nicht draußen sein.“ Elwin lehnte an der Öffnung der Zugbrücke und starrte schaudernd hinaus. „Seht nur, mit welcher Wucht das Eis aufprallt. Die großen Brocken zerspringen in zahllose kleine Stücke. Bei den Finsteren Abgründen!“, entfuhr es ihm dann. „Dort vorne stürzt einer der Stege in sich zusammen.“

Krachen und Poltern folgten seinen erschrockenen Worten.

„Habt Ihr eines der anderen Häuser durchsucht? Wie sieht es dort aus?“, fragte er mit Unbehagen. Das Rumoren des Unwetters ließ nicht nach, sondern schien sich sogar noch zu verstärken. Wie erging es wohl in diesen Augenblicken den Männern und Pferden in der Festung Niyashaar? Oder blieben sie vielleicht von diesem Gewittersturm verschont?

„Wie man es in einem Haus erwartet", antwortete Hatmerlemin brummend. „Es gab Wohnstuben und Schlafkammern. Wir fanden sogar eine kleine Schmiede im Haus. Die Werkzeuge waren ungewöhnlich geformt, aber ich erkenne eine Esse, wenn ich sie sehe."

Erneut gab es über ihnen einen lauten Schlag, dem diesmal ein Krachen folgte.

„Das klingt nicht gut", murmelte Olruk erblassend. „Gerade so, als drohe einem der Felsenhimmel auf den Kopf zu fallen."

Nedeam blickte wie die anderen nach oben und erbleichte. In der Decke über ihnen bildete sich ein Riss. Staub rieselte herab, während sich der Riss zu einem Spalt weitete, dann tropfte Nässe herunter, und über ihnen begann es unheilvoll zu rumoren.

„Rüber zu den Wänden", befahl Nedeam. „Rasch. Ich traue der Konstruktion nicht."

Wie zur Bestätigung senkte sich ein Stück der Decke mit lautem Knirschen herab, und die Männer sprangen hastig zu den Seiten. Sie hatten die Wände kaum erreicht, als das Bruchstück sich löste und zu Boden krachte. Es traf keinen der Männer, und auch die Pferde blieben verschont, aber diese waren zu Tode erschrocken. Hatmerlemins Pferd keilte panisch aus, und einer der Hufe traf Hildur, der hinzutreten wollte, um es zu beruhigen. Der Schwertmann wurde von dem Tritt nach hinten geschleudert und sackte stöhnend in sich zusammen.

Wieder senkte sich Mauerwerk ab, und ein Schwall eisiges Wasser, vermischt mit Schmutz, ergoss sich in den Raum.

Hatmerlemins Pferd war nun nicht mehr zu halten. Es preschte durch den Raum und auf die Rampe hinaus, wo es nach nur wenigen Längen von den schweren Eisbrocken getroffen wurde und zusammenbrach.

Elwin stand noch immer an der Öffnung der Zugbrücke und sah, wie Blut unter dem Schädel des Tieres hervorsickerte und sofort gefror. „Nun braucht der gute Hatmerlemin ein neues Reittier", sagte er lakonisch. „Wahrhaftig, keiner von uns könnte da draußen bestehen."

„Wenn noch mehr von der Decke herabkommt", brummte Hatmerlemin, „dann werden wir auch hier drinnen nicht bestehen."

Es war zu gefährlich, den Raum zu durchqueren. Nedeam konnte nur darüber staunen, welche Kräfte die Eisbrocken beim Aufschlag offensichtlich freisetzten, denn in kürzester Zeit schienen sie das Dach und mehrere Zwischendecken über ihnen schwer beschädigt zu haben. Möglicherweise war das Mauerwerk in den vielen vergangenen Jahrtausendwenden mürbe geworden. Und wenn das Dach schon seit Längerem offen war, hatten Unwetter der Konstruktion immer wieder zusetzen können. Dennoch mussten diese Gebäude standhaft wie Festungen errichtet worden sein, sonst hätten sie der Zeit und Witterung nicht so lange trotzen können.

Der Erste Schwertmann schob sich an der Wand entlang, um sich dem stöhnenden Hildur zu nähern. „Haltet die Pferde fest. Das fehlte noch, dass ein weiteres durchgeht."

Hildur lehnte rücklings an der schrägen Wand und hatte das Gesicht schmerzhaft verzogen. Sein Atem ging keuchend. „Hat mir einen ordentlichen Tritt verpasst, der Gaul", versuchte er zu scherzen. „Das hätte ich ihm nicht zugetraut. Ich fürchte nur, Hoher Herr, der Tritt hat mir ein oder zwei Rippen gebrochen. Es schmerzt furchtbar, wenn ich atme."

Von der anderen Seite kam Olruk heran, der den Schwertmann besorgt musterte. „Könnt Ihr Euch bewegen?"

„Ich werde es wohl müssen", keuchte Hildur. „Ich glaube nicht, dass ich den Rest meiner Tageswenden an diesem Ort verbringen will."

„Eben ist einer der Hauskegel zusammengebrochen", meldete Elwin. Seine Stimme klang seltsam ruhig, als habe er bereits mit seinem Leben abgeschlossen. „Ist einfach abgebrochen und zur Seite gekippt. Wahrhaftig, ihr müsstet sehen, was das Unwetter im Ort anrichtet. Ich glaube nicht, dass es schon viele solcher Eisstürme gegeben hat, sonst hätten wir hier wohl nichts mehr vorgefunden."

„Wir werden Euch den Harnisch abnehmen und ein paar straffe Binden anlegen müssen." Nedeam öffnete die Schnallen des Brustpanzers, und Hildur standen Schweißperlen auf der Stirn, als die Rüstung endlich abgenommen war.

„Was immer Ihr meint, Erster Schwertmann", ächzte er. „Aber beeilt Euch, ich bekomme kaum Luft zum Atmen. Es sticht mörderisch."

Sie schnitten die Kleidung Hildurs auf, und Nedeam betastete den Brustkorb, ungeachtet der Schmerzen, die der Schwertmann dabei verspürte. „Drei der Rippen scheinen gebrochen zu sein, Schwertmann. Aber sie haben ihre Lage nicht verändert, und das ist gut. Sie könnten sonst Eure Lunge verletzen."

„Ah, verdammt, woher wollt Ihr das wissen?"

Nedeam lächelte. „Man lernt so einiges, wenn die eigene Mutter Heilerin ist. Davon profitiert Ihr nun." Er wandte sich Hatmerlemin zu. „Ich brauche ein paar Binden. Ich muss sie fest um seine Brust wickeln und gut verknoten, damit sie sich nicht lösen." Er sah Hildur mitfühlend an. „Es wird ein wenig schmerzen, wenn ich Euch die Binden anlege. Aber ich muss sie gut festmachen, damit sich Eure Rippen beim Atmen nicht so stark bewegen können und Ihr weniger Schmerzen habt."

„Ganz wie es Euch beliebt." Hildur grinste verzerrt. „Wenn Ihr mir nur noch etwas Raum zum Luftholen lasst."

Während Olruk und Nedeam den Verletzten versorgten, kam der Sturm ebenso plötzlich zum Erliegen, wie er entstanden war. Unvermittelt endete das Donnern und Prasseln, und das schwache Licht der behelfsmäßigen Fackeln wurde zögernd wieder vom Tageslicht überstrahlt.

„Wir müssen warten, bis die Sonne höher steigt und den Boden erwärmt." Elwin seufzte vernehmlich. „Dort draußen ist alles mit Eis überzogen. Darauf werden wir uns nicht bewegen können."

Hildur ließ sich auf die Seite sinken und nahm dankbar etwas Wasser von Hatmerlemin entgegen. Nedeam und Olruk traten unterdessen an die Rampe und blickten hinaus.

„Bislang ist der Ritt in die Öde nicht sonderlich gut verlaufen", stellte Olruk fest.

„Da hast du leider recht", erwiderte Nedeam grimmig. „Ein Pferd verloren und ein Mann verletzt. Er kann nicht mit uns reiten, und zurücklassen können wir ihn nicht."

„Also, geht es zurück nach Niyashaar?"

Der Erste Schwertmann nickte betrübt. Er starrte auf die Lanze mit seinem Wimpel, die noch immer am Fußende der Zugbrücke stand. Der Stoff hatte unter dem Eisregen schwer gelitten und war hart gefroren. Ein Wunder, dass sie diese Kälte im Gebäude kaum gespürt hatten.

„Ja, zurück nach Niyashaar. Es geht nicht anders. Hatmerlemins Pferd wird uns auf dem Rückmarsch fehlen."

„Wenn die Sonne das Eis wieder taut, kann ich auch laufen", sagte Olruk treuherzig.

„Nichts gegen deine Ausdauer, mein Freund, doch deine Beine sind recht kurz und die Schritte klein." Nedeam legte dem kleinen Mann die Hand auf die Schulter. „Ich werde dich zu mir aufs Pferd nehmen, und Hildur kann dann deines nutzen."

Die Sonne brach mit Kraft hervor. Dennoch dauerte es lange, bis das Eis geschmolzen war.

Als die kleine Schar sich auf den Rückweg zur Festung Niyashaar machte, waren sie alle in gedrückter Stimmung.

Nach einer Weile trieb Elwin sein Pferd neben Nedeam. „Sagt, Hoher Herr, wird es noch einmal hinaus in die Öde gehen?"

„Ich gebe mich ungern geschlagen", antwortete Nedeam seufzend. „Ja, guter Herr Elwin, wir werden in die Öde zurückkehren."

Der Schwertmann lächelte unmerklich. „Gut. Dann will ich mich in Niyashaar nach einem zusätzlichen Stück Eisenblech für meinen Helm umsehen."

Der trockene Humor des Mannes ließ Nedeam auflachen.

Auch wenn sie nun unverrichteter Dinge zum Vorposten zurückritten, so würden sie sich durch diesen Misserfolg doch nicht abschrecken lassen.

31

Das Unwetter hatte den Vorposten nicht verschont. Zwar war das Eis rasch abgetaut und der Boden durch die Sonne getrocknet worden, doch der eisige Gewittersturm hatte deutliche Schäden hinterlassen und auch schmerzliche Verluste verursacht.

„Wir haben getan, was wir konnten“, meldete Kormund betrübt. „Aber das verfluchte Eis kam einfach zu schnell über uns. Es fehlten die Dächer, um die Pferde zu schützen. Wahrhaftig, Nedeam, du hättest die Männer sehen sollen und wärest stolz auf sie gewesen. Sie haben sich nicht in den Gebäuden verkrochen, sondern sind zu den Pferden geeilt und haben versucht, sie mit den Schilden zu bedecken.“

„Das galt wohl auch für dich, alter Freund.“ Nedeam legte dem Scharführer mitfühlend die Hand an den Arm. „Man sieht es an deinem zerschundenen Gesicht.“

„Nur ein paar Schrammen. Die hindern mich nicht am Kämpfen“, knurrte Kormund. Er deutete in den Hof der Anlage. „Andere haben weitaus mehr gelitten. Wir haben zwei gute Männer verloren, die von Eisbrocken erschlagen wurden. Fast zwanzig Männer sind verletzt und haben Schädelwunden oder Knochenbrüche erlitten. Einigen wurde die Schulter zerschlagen. Das ist wirklich übel, Nedeam, äußerst übel. Solche Verletzungen heilen nur schwer, wenn sie denn überhaupt richtig heilen. Fünfzehn Pferde sind tot. Ein paar wurden vom Eis getroffen, andere sind darauf ausgeglitten und haben sich die Läufe gebrochen. Wir mussten sie töten.“

„Dieses Unwetter hat uns wahrlich schwer mitgespielt.“

„Das ist noch nicht alles.“ Kormund spuckte wütend aus.

„Wir haben Späher der Orks am Pass entdeckt. Eher zufällig, wie ich gestehen muss."

Nedeam blickte in Richtung Pass und seufzte schwer. „Es war zu erwarten, dass sie früher oder später auftauchen."

„Unter diesen Umständen wäre mir später bedeutend lieber gewesen." Kormund spuckte abermals aus, und es war etwas Blut im Speichel. Als er den fragenden Blick des Freundes bemerkte, zuckte er die Schultern. „Ein Zahn. In all der Hektik bin ich an den Ellbogen eines der Männer geraten. Er kann froh sein, dass ich nicht im Reflex zugebissen habe."

„Dessen bin ich mir sicher." Nedeam blickte noch immer zum Pass hinüber. „Was meinst du? Wie viele sind es?"

„Keine Ahnung. Derzeit wohl nur ein kleiner Trupp, sonst wären sie längst über uns hergefallen. Aber sie beobachten uns und werden ihre Legionen heranführen. Du weißt ja, wie diese Bestien sind, sie greifen nur in beachtlicher Stärke an. Das sind keine guten Aussichten für uns." Kormund zuckte die Schultern. „Wenigstens ist die Stimmung nicht gedrückt. Die Männer zerren nicht gerade an den Leinen, wenn du verstehst, was ich meine, doch sie sind bereit, sich dem Feind zu stellen. Ganz gleich, in welcher Übermacht die Orks auch aufmarschieren, sie sind ein Feind, den wir zu nehmen wissen." Kormund schlug gegen die Wehrmauer. „Niyashaar selbst hat keinen Schaden genommen. Eines der Dächer ist zertrümmert, aber alle Vorräte und Mauern sind intakt."

„Wir haben einen vollen Zehntag von der Hochmark bis zu diesem Vorposten gebraucht, aber wir sind auch nicht besonders rasch geritten." Nedeam überlegte. „Wenn unser Bote sich beeilt, müsste er die Mark in fünf Tageswenden erreichen. Wenn Garodem rasch handelt, und davon bin ich überzeugt, wird er zwei Tageswenden benötigen, um die Beritte in den Sattel zu bringen. Weitere fünf, wenn wir Glück haben, vier Tageswenden, bis die Verstärkung hier ist.“

„Also einen Zehntag und eine Tageswende, die wir standhalten müssen. Gegen eine sicherlich stattliche Anzahl Orks und einen unbekannten Feind, der in der Öde lauert.“ Kormund verzog das Gesicht. „Wahrhaftig beglückende Aussichten. Wir könnten Boten zu den Zwergen entsenden.“

„Ja, vielleicht sollten wir das tun. Aber du weißt, dass sie kaum starke Truppen stellen können, und vor allem von Nal’t’hanas sollten wir nicht viel erwarten.“

„Am Ende war das Pferdevolk immer gut beraten, wenn es sich nur auf sich selbst verlassen hat.“

Nedeam schüttelte den Kopf. „Zumindest dem guten König Balruk tust du damit Unrecht.“

Der alte Scharführer nickte. „Ja, ich weiß. Seine Treue steht außer Frage.“

Sie standen nebeneinander auf der östlichen Wehrmauer der Anlage, und hinter ihnen war der Innenhof von hektischem Leben erfüllt. Dort unten wurden soeben die toten Pferde geschlachtet, denn der Beritt konnte es sich nicht leisten, auf das wertvolle Fleisch zu verzichten, auch wenn es keinem der Männer behagte, die eigenen Pferde zu zerteilen. Der Geruch von Blut hing in der Luft, und es fiel nun umso stärker auf, dass hier die Flugstecher fehlten, die sonst in Schwärmen von dem Aroma angelockt wurden. Eine Gruppe von Schwertmännern trug unterdessen Betten und Kisten aus einer der Unterkünfte, während ihre Kameraden Steine aus der Wand stemmten, um den Zugang zum geräumten Gebäude zu vergrößern. Die Pferdelords würden sich mit der anderen Unterkunft begnügen, damit wenigstens ein Teil der Pferde untergestellt werden konnte, denn die verheerenden Folgen des Eisregens waren den Männern eine Mahnung gewesen.

„Du solltest dich ein wenig ausruhen, Nedeam.“ Kormund

lehnte die Lanze seines Wimpels in die Armbeuge und deutete zum Turm. „Bald wird die Nacht hereinbrechen. Wenn die Orks etwas versuchen wollen, dann in der Dunkelheit."

Nedeam fühlte sich erschlagen und ausgelaugt. Nicht dass er sich körperlich verausgabt hätte. Aber die hohe Verantwortung und das Scheitern bei ihrem ersten Vorstoß in die Öde belasteten ihn mehr, als er sich eingestehen wollte. „Weck mich, wenn es Anzeichen für einen Angriff gibt, spätestens aber zur Nachtneige, wenn die Nebel aufsteigen."

Der Erste Schwertmann ging zunächst in die Unterkunft, in der die Verletzten auf den Schlafstellen lagen. Es war wichtig, ihnen zu zeigen, dass er Anteil an ihrem Schicksal nahm. Vor allem die Männer, deren Schultern zerschmettert waren, bekümmerten ihn. Er wusste, wie sehr Tasmund, der vorige Erste Schwertmann der Hochmark, unter seiner Schulterverletzung litt und welche Schmerzen sie ihm immer wieder bereitete. Er hatte sein Schwert nicht mehr wie gewohnt führen können und es sich mühsam beigebracht, die andere Hand zu benutzen. Aber die alte Fertigkeit hatte er damit nie erreicht. Einige der Verletzten würden wohl niemals wieder mit den Beritten hinausreiten können, da sie einfach nicht mehr kämpfen konnten. Dennoch waren sie Pferdelords und würden es im Herzen auch immer bleiben. In Zukunft würden sie wehmütig am Rande des Paradefeldes stehen und zusehen müssen, wie die Beritte sich sammelten und ohne sie ausrückten.

Nedeam zwang sich zu scherzhaften Worten und empfand doch Trauer, als er die Unterkunft verließ und zum Hauptturm hinüberging. Mit müden Schritten stieg er die Treppe hinauf und fand die beiden Elfen im Raum des Festungskommandanten.

„Es lief nicht sonderlich gut, wie ich hörte", sagte Lotaras mitfühlend, füllte einen Becher mit verdünntem Wein und reichten ihn Nedeam hin.

Dieser nahm ihn dankbar entgegen. „Nicht sonderlich, nein."

Sein Blick traf Llarana. Die schöne Elfin trug nun nicht mehr ihr gewohntes Gewand aus dem weich fließenden und mit elfischen Mustern verzierten Stoff, der ihre fraulichen Formen bislang umschmeichelt hatte. Sie hatte sich offensichtlich aus den Hinterlassenschaften der elfischen Besatzung ausgestattet und eine eng anliegende Hosen angelegt sowie einen hohen Schienbeinschutz, der bis über die Knie reichte. Darüber trug sie ein leichtes Kettenhemd und einen elfischen Harnisch. Ihr Schwert lag auf dem Kartentisch. Die beiden Elfen hatten sich Köcher mit zusätzlichen Pfeilen aus den Hinterlassenschaften der elfischen Besatzung genommen und waren gerade dabei gewesen, das Material zu überprüfen.

Llarana bemerkte seinen forschenden Blick, doch ihr Gesicht blieb nahezu unbewegt. „Ich kenne euch Pferdemenschen, Nedeam. Ihr werdet Niyashaar nicht aufgeben. Ihr sterblichen Wesen habt eine bemerkenswerte Neigung, euer kurzes Leben weiter zu verkürzen."

„Wir können Niyashaar nicht aufgeben", erwiderte Nedeam leise.

Lotaras schenkte dem menschlichen Freund nach. „Und wir Elfen können unsere Freunde nicht im Stich lassen." Er lächelte sanft. „Auch wenn unsere Streitmacht hier im Moment nicht sonderlich beeindruckend ist."

„Dafür danke ich euch von Herzen", sagte Nedeam offen.

„Bei einigen der Pfeile ist die Befiederung beschädigt." Llarana erhob sich und warf Nedeam dabei einen merkwürdigen Blick zu, den er nicht deuten konnte. Dann ergriff sie zwei der Pfeilköcher. „Ich werde mich nach Ersatz umsehen."

Lotaras wartete, bis sie die Tür hinter sich geschlossen hatte, und schenkte sich dann selber ein. „Mein Freund, wir müssen miteinander reden."

„Wegen Llarana?"

Der Elf nickte und sah Nedeam ernst an. „Ja, wegen ihr." Er schritt zum Schreibtisch hinüber, schob die Karte zur Seite und setzte sich auf die Tischplatte. „Sie leidet, und das möchte ich nicht. Sie hat das nicht verdient."

„Gibst du mir die Schuld daran?"

Lotaras nippte an seinem Becher und sah Nedeam über dessen Rand hinweg an. Als er ihn absetzte, zuckte er verlegen die Schultern. „Du weißt, ich bin den Menschen des Pferdevolkes verbunden, ganz besonders dir, mein Freund. Es geschieht nicht oft, dass ein Elf einen Menschen als Freund bezeichnet."

Nedeam nickte lächelnd und wusste insgeheim, dass den offenen und freundlichen Worten nun solche folgen würden, die ihn in ihrer Offenheit auch treffen konnten. „Freunde sollten ehrlich sprechen, Lotaras, das weißt du."

„Und das habe ich nun vor." Der Elf legte die Fingerspitzen aneinander und betrachtete seine Hände, als hoffe er, sie würden ihm ein Geheimnis offenbaren. „Llarana empfindet mehr für dich, als gut für sie ist." Er lächelte schwach. „Oh, ich weiß, dass du ein ehrenhafter Mann bist, Nedeam, und gerade deshalb richte ich nun diese Worte an dich. Du liebst Llarana, das spürt man. Jeder Mann, der sein Herz schon einmal einer Frau geschenkt hat, weiß die Blicke zu deuten, mit denen du Llarana ansiehst. Doch ist dir nicht bewusst, was du von ihr verlangst? Wenn sie deine Liebe erwidern würde, so wäre sie dazu verurteilt, dein Leben langsam verfallen zu sehen, hilflos mitanzuschauen, wie du vergehst. Glaube mir, Nedeam, es ist schon schwer genug, dies bei einem Freund zu erleben. Wie schmerzlich erst muss diese Erfahrung bei einem Wesen sein, dass man von Herzen liebt? Nein, Nedeam, sage jetzt nichts, ich bin noch nicht fertig. Du weißt, wir Elfen verlassen das Land und brechen zu den Neuen Ufern auf. Wenn du Llarana liebst, dann stelle dir die Frage, ob du dein eigenes Volk verlassen würdest, um eine kurze Spanne des Glücks mit jemand anderem zu teilen. Du bist ein Pferdelord und der Erste Schwertmann der Mark Garodems. Ich glaube nicht, dass du das tun würdest. Dennoch erwartest du, dass Llarana so handelt. Sie müsste allein zurückbleiben, Nedeam, um ihre Liebe mit dir zu teilen, denn die elfischen Häuser brechen auf. Und noch ein Letztes musst du bedenken. Wir elfischen Wesen sind unsterblich und müssen uns alle fünfhundert Jahreswenden der Schröpfung unterziehen. Die Zeit für ihre erste Schröpfung ist nun bald gekommen. Noch kann ihr elfisches Haus sie dabei begleiten. Doch was wird später? Nur ein Elf kann einem anderen Elfen bei der Schröpfung beistehen. Geschieht dies nicht und unterbleiben die Schröpfungen, so verfallen wir unsterblichen Wesen allmählich dem Wahnsinn." Lotaras ließ seine Worte wirken und spührte Nedeams Betroffenheit. „Bedenke also wohl, was du von ihr erwartest. Soll sie den Schutz ihres Volkes aufgeben, den Wahnsinn riskieren, nur um dann dem Verfall deines Leibes beizuwohnen?"

Nedeam starrte den Freund mit offenem Mund an. Er wollte etwas erwidern, aber die Worte hatten ihn bis ins Mark getroffen. Was Lotaras da sagte, entsprach der Wahrheit.

Der Elf stieß sich vom Tisch ab und stellte dann seinen Becher darauf. „Du solltest meine Worte nun bedenken und in Ruhe überlegen, was zu tun ist. Aber ich glaube, da du ein Mann von Ehre bist, kennst du die Antwort auf meine Frage bereits."

Lotaras ergriff einen der Pfeilköcher und schwang ihn über

seine Schulter. „Ich werde die Waffenkammer überprüfen und dich nun deinen Gedanken überlassen. Ich weiß, meine Worte machen dich betroffen. Doch bedenke, dass ein Freund sie gesprochen hat."

Bevor Nedeam etwas erwidern konnte, stieß über ihnen die Lanze eines Turmwächters auf den Boden der Plattform. „Ein Reiter im Westen", war seine Stimme zu hören. „Er nähert sich rasch."

Lotaras runzelte die Stirn. „Kehrt unser Bote unverrichteter Dinge zurück oder ist es ein Reiter Garodems?"

Nedeam zuckte auf seine Frage hin die Schultern. „Wir werden es gleich erfahren."

Im Grunde war der Erste Schwertmann froh über die Ablenkung, welche die Ankunft des Reiters bot. Er wusste keine Antwort auf Lotaras' Frage und scheute auch davor zurück, sich mit ihr zu beschäftigen.

So eilten die beiden Freunde die Treppe hinunter und erreichten den Hof in dem Moment, als der Reiter zwischen den massigen Torflügeln hindurchritt. Es war unzweifelhaft ein Bote aus Eternas und nicht der Mann, den Nedeam in die Hochmark entsandt hatte.

Der Pferdelord führte ein Handpferd mit sich und war ebenso wie die Tiere mit Staub und Schweiß bedeckt. Er ließ sich aus dem Sattel gleiten, übergab die Zügel an einen Schwertmann und eilte zu Nedeam. „Ich bringe böse Kunde, Erster Schwertmann. Garodem, der Herr der Hochmark, ist tot."

Es war ein Schlag für sie alle. Die Betroffenheit der Männer zeigte sich in ihren Gesichtern. Überall wurde die Arbeit unterbrochen, als sich die Nachricht verbreitete.

„Garodem tot?" Nedeams Stimme war tonlos.

„Er stürzte eine Treppe hinab und starb auf der Stelle", bestätigte der Bote. „Die Hohe Dame Larwyn hat mich geschickt, um Euch sofort darüber zu informieren.“

„Das ist wahrhaft böse Kunde“, murmelte Kormund. „Der Hohe Lord tot. Ich fasse es nicht.“

Nedeam straffte seine Haltung. „Gab ... Gab die Herrin Weisung für Niyashaar?“

„Nein, Hoher Herr.“

„Was ist geschehen?“ Die Stimme Garwins war unverkennbar. „Ist es wahr? Mein Vater ist tot?“

Der Sohn Garodems drängte sich durch die Menge, die sich rasch gebildet hatte.

Erneut nickte der Bote. „Es ist wahr, Hoher Herr.“

„Dann müssen jetzt Entscheidungen getroffen werden.“ Garwin sah Nedeam auffordernd an. „Bereitet alles vor, Erster Schwertmann. Wir werden Niyashaar beim ersten Tageslicht verlassen.“

„Wie?“ Nedeam schüttelte benommen den Kopf. „Was sagt Ihr da?“

„Niyashaar ist ein schwacher Posten und mit unseren Kräften nicht zu halten.“ Garwin lächelte kalt. „Daher befehle ich, ihn aufzugeben.“

„Wir können ihn nicht aufgeben.“ Nedeam fühlte sich wie gelähmt.

„Eure Meinung ist nun nicht gefragt, Erster Schwertmann. Ihr habt dem alten Pferdefürsten gut gedient, und ich will hoffen, dass Ihr dem neuen ebenso ergeben seid.“

Dem neuen Pferdefürsten. Garwin war Garodems Sohn und sein rechtmäßiger Nachfolger. Dies war die unumstößliche Tradition des Pferdevolkes.

„Niyashaar kann nicht aufgegeben werden.“ Nedeam schüttelte entschlossen den Kopf. „Sobald wir aus dem Tor sind, werden uns die Orks auf dem Fuß folgen. Ohne schützende Mauern sind wir ihnen hoffnungslos unterlegen.“

„Unsere Pferde machen uns schnell“, erwiderte Garwin kalt. „Wir reiten ihnen einfach davon.“

„Wir haben zu wenige Pferde und zu viele Verwundete, die kaum noch reiten können“, wandte Kormund ein. Er sah dabei Nedeam an, und es war klar, auf wessen Seite er stand. Dennoch fühlte er sich in einer furchtbaren Zwickmühle, denn das Wort des Pferdefürsten galt und stand über dem seines Ersten Schwertmannes.

„Niyashaar jetzt zu verlassen, hieße, diese Männer dem Tod preiszugeben.“ Nedeams Stimme war kalt. „Es würde bedeuten, dem Feind den Pass zu öffnen, sodass er ohne Vorwarnung in die Hochmark vorstoßen könnte. Wisst Ihr, was das für Folgen hätte, Garwin?“

„Bedenkt, wem Ihr dient.“ Der Sohn Garodems sah die Umstehenden an. „Ihr alle seid Schwertmänner der Hochmark. Meiner Hochmark. Ihr habt dem Pferdefürsten die Treue geschworen und seid somit verpflichtet, meinem Wort zu folgen.“

„Das ist wahr“, knurrte Kormund verdrießlich.

„Noch ist er kein Pferdefürst.“ Nedeam trat entschlossen vor Garwin. „Noch habt Ihr den Eid des Pferdefürsten nicht geschworen.“

„Was soll das? Es ist nur eine Formsache, ein alter Ritus“, fauchte Garwin. „Ich bin der Sohn des Pferdefürsten und sein Nachfolger. Wollt Ihr das in Frage stellen?“

„Nein, das will ich nicht.“ Nedeams Stimme verriet jedoch, dass er genau dies tat. „Aber solange Ihr nicht in der Halle von Eternas den Eid des Pferdefürsten abgelegt habt, solange seid Ihr, ob Garodems Sohn oder nicht, ein Scharführer unter meinem Befehl.“

„Ah, ich sehe, das könnte Euch gefallen.“

Garwins Hand legte sich an den Griff seines Schwertes,

und Kormund trat rasch vor und stellte sich zwischen die Kontrahenten. „Ihr seid der Pferdefürst der Hochmark, Garwin, oder werdet dies sehr bald sein. So, wie es die Tradition des Pferdevolkes verlangt. Doch die Tradition verlangt auch, dass wir die Weisung des Pferdefürsten erfüllen."

„So ist es", knurrte Garwin, „und ich habe sie Euch so eben gegeben."

„Noch gilt Garodems Wort", schränkte Kormund ein. „Und zurzeit, bis Ihr Euren Eid geleistet habt, ist die Hohe Dame Larwyn die rechtmäßige Herrin der Mark. Sie hat Garodems Weisung nicht aufgehoben."

„Hiermit tue ich es!"

„Sobald Ihr den Eid in Eternas geleistet habt", bestätigte Kormund.

Garwin erblasste. „Ihr widersetzt Euch Eurem Pferdefürsten?"

Kormunds Augen verengten sich. „Niemand tut das. Aber Ihr habt den Eid noch nicht gesprochen."

Nedeam achtete auf die Gesichter der Umstehenden. Sie waren die Schwertmänner der Hochmark und in den Traditionen der Pferdelords aufgewachsen. In die Betroffenheit über den Tod Garodems mischte sich zunehmend Verwirrung über den Streit, der da zwischen Garodems Erben und dem Ersten Schwertmann entbrannt war. Dergleichen hatte es nie zuvor gegeben, und die Männer waren unschlüssig, wie sie sich verhalten sollten. Garwin und Nedeam hatten, von ihrem jeweiligen Standpunkt aus gesehen, beide recht. Für die braven Pferdelords stellte sich nun die Frage, ob sie Garwin, der unzweifelhaft ihr Pferdefürst war oder es sehr bald sein würde, den Gehorsam verweigern sollten. Sich ihm entgegenzustellen, würde einen Keil zwischen den Herrn der Hochmark und seine besten Streiter treiben.

Nedeam spürte den Zwiespalt der Männer, und er erinnerte sich gut an das, was ihm seine Lehrmeister Dorkemunt, Garodem und Tasmund immer wieder eingeschärft hatten. Es waren die bedingungslose Einigkeit und die Aufopferungsbereitschaft des Pferdevolkes, welche diesem bislang das Überleben ermöglicht hatten. Sein Streit mit Garwin durfte die Männer nicht entzweien. Aber wenn er nun nachgab, konnten die Folgen verheerend sein.

„Wir sind Pferdelords, und ein jeder von uns ist stolz darauf, ein Schwertmann der Hochmark zu sein. Ein jeder wird dem Pferdefürsten Gefolgschaft leisten. Wenn Pferdefürst Garwin befiehlt, dass wir Niyashaar räumen, so werden wir das ohne Zögern tun." Nedeam sah die Überraschung in den Blicken der Männer und Genugtuung in Garwins Augen. Er lächelte unmerklich. „Daher sollte Garwin den Eid des Pferdefürsten so schnell wie möglich leisten, damit wir ihm folgen können."

Garwins Augen verengten sich. „Ich verstehe." Sein Blick war eisig. „Gut, dann werde ich in die Hochmark eilen und den Eid in Eternas leisten. Ich denke, Ihr werdet verstehen, Nedeam, wenn ich meinen Beritt als Eskorte mitnehme."

„Der Beritt steht unter dem Oberbefehl des Ersten Schwertmanns", schränkte Kormund ein.

Garwin lachte kalt. „Ich sehe, Ihr seid Euch wirklich einig. Na schön, dann werde ich die Verwundeten mitnehmen und eine ausreichende Bedeckung, um sie zu schützen. Oder habt ihr auch dagegen etwas einzuwenden?"

Nedeam schüttelte den Kopf, obwohl er wusste, wie sehr Garwins Forderung die Besatzung des Vorpostens schwächen würde. Aber es gab keinen berechtigten Einwand gegen sie. „Reichen Euch zwanzig Männer als Begleitung?"

„Ja, das reicht", versicherte Garwin.

„Gut, dann ist es so beschlossen.“ Nedeam sah die Umstehenden an. „Zwanzig Männer aus Garwins Beritt. Und bereitet die Verwundeten für den morgigen Transport vor.“

Garwin räusperte sich. „Da die Bedeckung sehr klein ist, werden wir die Dunkelheit der Nacht nutzen und sofort aufbrechen.“ Er lächelte kalt. „Das erhöht zudem die Chance, dass die Orks unseren Abzug nicht bemerken.“

„Ihr habt es gehört“, lenkte Nedeam ein. „Der Aufbruch erfolgt sofort.“

Die Männer verstreuten sich, um die nötigen Vorbereitungen zu treffen, und Garwin ging in seine Unterkunft, um seine Sachen zu richten. Nedeam schickte den Boten Larwyns in die Küche, damit er sich verpflegen konnte, und zog dann Kormund zur Seite.

„Es sind gute Männer in Garwins Beritt, nicht wahr?“

„Welche Frage. Es sind Schwertmänner …“ Schwertmänner Garodems hätte Kormund eigentlich sagen wollen, sich den Namen aber gerade noch verkniffen. Der Verlust des beliebten Pferdefürsten war hart.

„Nedeam, auf ein offenes Wort als Pferdelord und Freund.“ Kormund kämpfte einen Moment mit sich. „Ich denke, Garwin befindet sich im Recht. Er hat Anspruch auf deine Gefolgschaft. Auch wenn der Eid noch nicht abgelegt ist.“

„Dennoch hast du mir beigestanden. Aus alter Freundschaft oder gab es noch einen anderen Grund?“

„Auch du hast recht“, brummte der alte Scharführer. „Dieser einsame Vorposten ist zurzeit das einzige Bollwerk zwischen den Orks und unserer Mark. Und unseren Zwergenfreunden“, fügte er leise hinzu. „Offen gesagt war ich mir nicht sicher, ob ich dir oder Garwin beistehen sollte. Auch wenn seine Entscheidung falsch ist, er ist der Pferdefürst.“

„Der künftige Pferdefürst.“

„Meinetwegen.“ Kormund zuckte die Schultern. „Weiß du, warum ich mich für dich entschied? Weil nicht ein einziges Wort der Trauer um Garodem über seine Lippen kam. Das ist nicht recht, Nedeam, wahrhaftig nicht. In ihrem Sohn wird die Hohe Dame Larwyn keinen Trost finden.“

„Das steht zu befürchten. Ich weiß auch nicht, was Garwin in Eternas berichten wird. Du kennst seine Einstellung, die wird seine Worte beeinflussen.“ Nedeam sah den Freund bittend an. „Achte darauf, dass einige Männer mitreiten, die mit Tasmund sprechen werden. Er muss erfahren, was hier wirklich vor sich geht. Tasmund wird wissen, was zu tun ist, und mit Larwyn reden. Ich hoffe, sie werden die richtige Entscheidung treffen.“

„Larwyn ist eine gute Herrin, Nedeam, und du kennst Tasmund. Keiner von ihnen wird uns im Stich lassen.“

Wenig später brachte man die Verletzten zu den Pferden. Die meisten konnten reiten, auch wenn es ihnen Schmerzen bereiten würde. Einige waren bestimmt froh, den Vorposten zu verlassen und in die Sicherheit der Hochmark zurückzukehren. Andere wären offensichtlich lieber bei den Kameraden und Freunden geblieben, um ihnen, so gut es ging, zur Seite zu stehen. Denn dass bald jede Hand und Waffe gebraucht würde, daran hatte niemand einen Zweifel.

Garwin saß auf und stellte die Lanze mit dem Berittwimpel in die Halterung am Steigbügel. Er sah Nedeam und Kormund mit einem Lächeln an, an dem die Augen nicht teilhatten. „Sobald ich den Eid geleistet habe, werde ich Euch einen Boten mit meinem Befehl senden. Aber ich fürchte, er wird hier keine lebende Seele mehr vorfinden.“

Er trabte ohne weitere Worte an, doch aus den Reihen der Verwundeten und der Eskorte waren die besten Wünsche für die Zurückbleibenden zu hören. Als das Tor von Niyashaar hinter dem letzten Reiter in die Einfassung fiel, schritten Nedeam und Kormund in stillem Einvernehmen über den Hof und betraten die Wehrmauer. Ihre Blicke galten nicht den entschwindenden Reitern, sondern dem Pass von Rushaan und der nördlichen Öde.

„Nedeam, ich möchte nicht in deiner Haut stecken." Kormund vergewisserte sich, dass niemand sie hören konnte. „Garwin ist ein verdammt nachtragender Mensch, und er wird es dir nicht nachsehen, wie du dich verhalten hast. Du weißt, ich stehe auf deiner Seite, und du hast richtig gehandelt. Aber Garwin wird dich und auch andere dafür büßen lassen."

Nedeam sah den Freund sorgenvoll an. „Garodems Tod ist ein schwerer Verlust. Er war ein guter Pferdefürst, ein hervorragender Pferdelord und, vor allem, ein Freund."

„Ah, das war er gewiss." Kormund nickte. „Niemand kann ihn ersetzen. Schon gar nicht Garwin. Mein Freund, ich bin in Sorge um die Zukunft unserer Mark."

„Zunächst sollten wir uns um die eigene Zukunft sorgen."

„Rund zwanzig Verwundete, dazu die Toten der vermissten Schar und jene, die dem Unwetter zum Opfer fielen. Ferner zwanzig Männer, die als Begleitung hinausgeritten sind. Somit bleiben uns noch rund hundertundfünfzig Pferdelords, um die Mauern zu halten." Kormund stützte sich auf eine der Zinnen. „Und davon sind nicht mehr alle beritten. Wir können dem Feind also nicht mehr auf dem Rücken unserer Pferde begegnen, und", er lächelte dünn, „wir können ihm auch nicht davonreiten. Es sei denn, wir lassen andere zurück."

Nedeam schwieg, und der alte Scharführer wies nach Norden. „Ich vermute, dass du dennoch wieder hinauswillst, nicht wahr?"

Der Erste Schwertmann der Mark nickte. „Die unbekannten Herren Rushaans haben die Orks bekämpft, Kormund.

Der Feind meines Feindes ist mein Freund."

Kormund schwieg einen Moment. „Vielleicht, Nedeam. Vielleicht ist es so."

Doch bevor sie sich dem Unbekannten stellten, blieb noch etwas Zeit.

Zeit für die Trauer um Garodem.

32

Das Unwetter hatte die Legionen im Pass unvorbereitet getroffen. Doch selbst wenn sie es hätten kommen sehen, hätten sie sich kaum davor schützen können. Viele Kämpfer waren von den eisigen Brocken erschlagen worden, und es hatte eine Menge Verletzter gegeben. Zwar hatte der Eissturm nur die beiden vorderen Legionen getroffen, doch diese waren um fast dreihundert Kämpfer dezimiert worden. Die schwer gepanzerten Rundohren hatten das Bombardement besser überstanden als die leicht gerüsteten Spitzohren, deren lederne Harnische und Kuppelhelme den Eisklumpen kaum Widerstand boten.

Dennoch war die Stimmung unter den Eisenbrüsten miserabel. Zum einen hassten sie es, untätig zu bleiben, während der Feind vor ihnen lag, zum anderen behagte es niemandem, schutzlos einem Eishagel ausgesetzt zu sein.

„Ein verfluchtes Land, diese Öde“, knurrte einer der Kohortenführer, der Fangschlag und Einohr soeben Bericht erstattete. „Dabei haben wir sie noch nicht einmal richtig betreten, sondern stecken in diesem verfluchten Pass fest.“

„Das wird sich bald ändern“, versicherte Fangschlag. Einer der beiden roten Kämme auf seinem Helm war von einem aufprallenden Eisbrocken eingeknickt, aber der Kopfschutz hatte den Legionsoberführer vor Schlimmerem bewahrt. „In dieser Nacht wirst du mit zwei Kohorten in die Öde hinausmarschieren.“

„Schleichen“, warf Einohr hastig ein. „Du wirst mit deinen Kämpfern schleichen und nicht lautstark herumtrampeln.“

Der Kohortenführer sah das Spitzohr mit gebleckten Fängen an. „Ich kenne meine Aufgabe, und meine Krieger sind darauf vorbereitet."

„Hör zu, Schlagstark", wandte Fangschlag beschwichtigend ein, „du bist einer meiner fähigsten Kohortenführer, daher habe ich dich mit dieser Aufgabe betraut."

„Wir haben dich damit betraut." Einohr war dem Unwetter wie durch ein Wunder entronnen, und dieser Umstand schien das Selbstbewusstsein des Legionsführers merklich gesteigert zu haben.

„Die Späher, die der Schar Pferdemenschen in die Öde folgten, sind nicht zurückgekehrt." Fangschlag stieß ein grimmiges Knurren aus. „Wahrscheinlich wurden sie von diesem elenden Unwetter erschlagen. Leider galt das nicht für die Schar selbst, auch wenn sie mit einem Verwundeten zurückkehrte. Ich kenne diese Pferdemenschen." Fangschlag sah den Kohortenführer Schlagstark eindringlich an. „Es sind zähe Kämpfer, wie wir Eisenbrüste. Sie werden es nicht bei diesem einen Versuch belassen und erneut vorstoßen. Wahrscheinlich am Tag, da sie auf das helle Licht angewiesen sind. Du, Schlagstark, wirst mit den beiden Kohorten noch vor ihnen in die Öde einrücken und dich dort verborgen halten, damit du ihnen folgen kannst."

„Du musst noch in der Nacht an Niyashaar vorbeigelangen", ergänzte Einohr. „Deine Rundohren sind schwerfälliger und lauter als meine Spitzohren. Aber da für Fangschlag ja nur Rundohren in Frage kommen, bleibt euch bloß die Nacht und die Hoffnung, dass die Menschenwesen ihre Augen und Ohren verschlossen haben."

Schlagstark spuckte aus. „Alle beweglichen Teile der Rüstungen sind gut geschmiert, sie werden nicht klappern. Und wir werden uns in Tücher wickeln, die unsere Rüstungen verbergen."

„Gut so“, sagte Einohr grinsend. „Irgendwann werdet ihr Rundohren sogar als Späher taugen.“

Fangschlag musterte den Kohortenführer und nickte unbewusst. Schlagstark nahm die Beleidigung hin und beherrschte sich. Ein umsichtiger Kämpfer. Er hatte die richtige Wahl getroffen und war zufrieden.

„Wartet bis zur Nachtwende“, befahl er dem Unterführer. „Dann sind die Pferdemenschen schläfrig und unaufmerksam. Das ist der richtige Moment, um an ihnen vorbeizukommen. Beobachte, was sie dort tun, und berichte mir dann. Falls sich eine günstige Gelegenheit ergibt und sie sich mit den ‚Anderen‘ treffen, dann achte darauf, was dabei geschieht. Nötigenfalls musst du sie alle töten.“

Schlagstark nickte. „Wenn ich mir sicher bin, dass keiner von ihnen entkommt, dann werde ich es tun.“

Fangschlag nickte erneut. Er hatte wirklich den richtigen Kämpfer ausgewählt.

33

Als Nedeam zur Nachtwende geweckt wurde, hatte er noch kein Auge zugetan. Seine Gedanken waren erfüllt von Trauer und Sorge. Trauer über Garodems Tod und über Lotaras' Worte, deren tiefe Wahrheit ihn betroffen machte; Sorge über das, was kommen würde. Denn der Posten Niyashaar, die Hochmark und auch er selbst sahen einer ungewissen Zukunft entgegen. Als Kormund zu ihm kam, um ihn zu wecken, wusste der erfahrene Scharführer auf den ersten Blick, dass Nedeam keine Ruhe gefunden hatte. Er legte ihm für einen Moment aufmunternd die Hand auf die Schulter.

Die knappen Worte des alten Kämpfers verrieten seine Müdigkeit. „In der Küche bereitet man einen heißen Trunk zu. Draußen ist alles ruhig, aber das kann sich ändern. Der Himmel ist ein wenig bedeckt, keine klare Sicht. Gut für die Orks und schlecht für uns, sofern sie etwas im Schilde führen."

„Wie viele Männer sind auf Posten?" Nedeam schwang die Beine von der Bettstatt. Zumindest hatte er sich etwas ausgeruht, das musste genügen.

„Nur zwei Zehnen, den anderen habe ich Ruhe befohlen." Kormund lächelte unmerklich. „So sind sie bereit, wenn sie gebraucht werden. Ich glaube nicht, dass von ihnen viele schlafen können. Obwohl einige lautstark etwas anderes verkünden. Bei ihrem Schnarchen könnte sich eine ganze Kohorte unbemerkt anschleichen."

Nedeam wusch sich hastig, und da er im Unterzeug genächtigt hatte, brauchte er nur die Reithosen und den Harnisch anzulegen. Er wickelte die gefetteten Lappen um die Füße und zog die Reitstiefel an. Während er seinen grünen Umhang umlegte, blickte er durch die winzige Sichtöffnung des Raumes nach draußen. Ein paar Sterne standen am Himmel, wurden aber immer wieder von Wolken verdeckt. So herrschte ein Zwielicht, das die Schatten verwischte und es schwer machte, einen Feind zu erkennen.

„Wie viele Männer willst du dieses Mal mit hinausnehmen?"

„Wieder nur fünf. Eine größere Zahl könnte auch nicht mehr bewirken. Aber ich werde Handpferde mitnehmen, das macht uns beweglicher."

Kormund nickte. „Ich hoffe nur, dass wir keinen neuen Eisregen erleben."

„Das hoffe ich auch."

Elwin und Buldwar gehörten zu den Schwertmännern, die erneut mit Nedeam hinausreiten würden. Er traf sie in der Küche, wo sie behaglich einen Becher des heißen Getränks schlürften, das in einem großen Kessel brodelte. „Hellgut und Teadem sind bei den Pferden, Hoher Herr", berichtete Elwin. „Sie werden auch gute Handpferde auswählen."

Nedeam nickte und nahm sich ebenfalls einen Becher. „Wurde der gute Herr Olruk bereits geweckt?"

„Ich sah ihn vor einer Weile auf der Mauer." Buldwar zuckte die Schultern. „Er scheint nicht viel Schlaf gefunden zu haben."

„Das haben sicher die wenigsten von uns." Nedeam stellte den leeren Becher zurück. „Prüfen wir die Ausrüstung. Mit dem ersten Schimmer der Morgenröte will ich aufbrechen."

Sie sattelten die Pferde, führten sie auf den Hof und kontrollierten noch einmal alles. Nedeam sah sich forschend nach Olruk um, der sie eigentlich begleiten wollte, doch es war nichts von ihm zu sehen.

„Vielleicht hat er doch noch ein Eckchen zum Schlafen gefunden“, meinte Elwin gutmütig. „Ich werde sehen, ob ich ihn finden kann, und ihn wecken. Er wäre kaum begeistert, wenn er dieses Abenteuer versäumen würde.“

In dem Moment trat Lotaras mit Nedeams Wimpellanze im Arm auf den Hof hinaus. Er präsentierte sie lächelnd, und Nedeam sah überrascht die feinen Stiche, mit denen das vom Eis zerschlissene Tuch ausgebessert worden war. „Ein Erster Schwertmann kann wohl schwerlich ohne das Zeichen der Pferdelords hinausreiten“, meinte der Elf. „Mehr war in der Eile nicht zu machen, doch ich denke, es wird gehen.“

„Wie ich sehe, haben die Elfen viele Talente“, sagte Nedeam anerkennend. „Ich danke dir, Lotaras.“

„Nun, du solltest Llarana danken.“ Lotaras drückte Nedeam die Lanze in die Hand. „Meine Stiche wären sicherlich sehr viel gröber geworden.“ Er seufzte leise. „Und weniger gefühlvoll.“

Nedeam runzelte die Stirn, da die Worte für ihn doppeldeutig klangen, doch bevor er seinen Freund fragen konnte, eilte Elwin herbei. Sein Gesicht war besorgt. „Er ist nirgends zu finden. Der gute Herr Olruk scheint verschwunden zu sein.“

„Unsinn“, brummte Buldwar. „Niemand verschwindet einfach aus Niyashaar.“

Nedeam erblasste. „Suchen wir ihn.“

Olruk jedoch blieb verschwunden, wenn auch nicht ganz spurlos.

Einer der Männer fand einen Hinweis auf der Südmauer, die der hoch aufragenden Klippe zugewandt war. Nedeam und die anderen eilten auf seinen Zuruf hin hinüber. „Hier, Ihr guten Herren. Hier ist ein Seil an eine der Zinnen geknüpft.“

„Bei den Finsteren Abgründen, das muss der kleine Herr hier angebunden haben“, brummte Teadem. „Was mag nur in ihn gefahren sein? Wieso ist er heimlich davongeschlichen?"

„Ich weiß es nicht", seufzte Nedeam. Ihm erschien Olruks rätselhaftes Verschwinden wie ein schlechtes Omen. „An Mut fehlt es dem kleinen Mann sicher nicht. Er muss einen guten Grund gehabt haben, sich davonzustehlen."

„Vielleicht wollte er nicht an diesem verfluchten Ort sterben." Elwin sah Nedeam entschuldigend an. „Nein, ich zweifle ebenso wenig an seinem Mut. Aber wenn es dem Ende entgegengeht, ist man gerne unter seinesgleichen."

Buldwar nickte. „Das mag sein. Doch ein Freund lässt den anderen nicht im Stich."

„Olruk hat uns nicht im Stich gelassen." Nedeam sah in den Nebel hinaus, der nun aufzusteigen begann. „Ich kann nur hoffen, dass unserem Freund nichts zustößt und er beenden kann, was immer er vorhat."

„Jedenfalls ist er mit Bedacht über diese Mauer gestiegen. Sie ist der Klippe zugewandt, und ich denke nicht, dass die Orks diese Seite ausspähen. Wenn sie denn überhaupt dort draußen im Nebel sind."

„Nun, guter Herr Buldwar, ihre Späher werden es in jedem Fall sein."

„Dann dürfte ihnen unser Aufbruch nicht verborgen bleiben."

„Ja, das stimmt." Nedeam lächelte sanft. „Aber wir sind zu Pferde und bedeutend schneller."

Teadem runzelte die Stirn. „Ihr meint also, wenn wir in die Öde hinausreiten, wird es ein Wettrennen mit den Orks geben?"

„Nun, wenn ich an ihrer Stelle wäre, würde mich interessieren, was eine Schar Pferdelords in der Öde vorhat."

„Da habt Ihr recht, Hoher Herr." Elwin grinste. „Nun, gegen ein gutes Rennen gibt es wohl nichts einzuwenden."

Sie gingen in den Innenhof zurück und fanden zu ihrer Überraschung Lotaras und Llarana, die ihre Pferde gesattelt hatten. Llarana sah Nedeam mit einem rätselhaften Lächeln an. „Eure Pferde sind schneller als unsere elfischen Füße. Doch unsere Augen und Ohren sind besser als die euren.“ Ihr Lächeln vertiefte sich. „So kann jeder seinen Teil beitragen.“

Kormund stand an der Nordmauer und spähte zum Pass hinüber. Die ersten Strahlen der Morgensonne begannen den Nebel zu vertreiben. Die Sicht wurde langsam klar, und die Wärme der Sonne würde sich bald wohlig bemerkbar machen. „Es ist nichts zu sehen“, meldete der alte Scharführer. „Aber ich bin mir sicher, dass ein paar ihrer Späher da draußen im Norden sind. Ich kann sie spüren, meine alte Narbe schmerzt.“

„Sie haben uns gestern aus dem Norden zurückkehren sehen“, erwiderte Nedeam. „Sie werden ahnen, dass wir es erneut versuchen.“

Kormund nickte. „Ja, sie sind nicht dumm. Liefert ihnen ein gutes Rennen, Nedeam. Schneller Ritt …“

„… und scharfer Tod“, erwiderte der Freund.

Die fünf Pferdelords trabten unter Nedeams Wimpel aus dem Tor, gefolgt von den beiden Elfen. Im Gegensatz zu Olruk waren die elfischen Wesen perfekte Reiter, und so trieb die Gruppe ihre Pferde an und verschwand rasch aus dem Blickfeld der Zurückbleibenden. Nedeam ging davon aus, dass die Orks sie beobachten und sich an ihre Fersen heften würden. Die Pferde würden ihnen jedoch einen Zeitvorteil verschaffen, und auf dem Rückweg könnten sie nötigenfalls einen weiten Bogen schlagen.

Ein Pferdelord, der ein Gelände einmal erkundet hatte, prägte es sich ein. Geländemarken halfen ihm, niemals die Orientierung zu verlieren. Das konnten Pflanzen oder Pflanzengruppen ebenso wie Steinformationen sein. Selbst die unterschiedliche Beschaffenheit des Bodens ließ sich nutzen, um einen Weg wiederzufinden. In ihrem Fall war es sehr einfach. Beim ersten Mal waren sie geradewegs nach Norden geritten und hatten dabei die alte Siedlung entdeckt. Nun wollte Nedeam noch weiter vorstoßen. Er hatte sich die Karte des elfischen Kommandanten noch einmal angesehen und war zu der Überzeugung gelangt, dass die dort eingezeichnete Markierung nicht den zerstörten Weiler darstellte. Nein, der Führer der Bogen musste etwas anderes gemeint haben, etwas Bedeutsameres als alte, zerfallende Ruinen.

Elwin verzog kaum das Gesicht, als sie erneut durch die Senke mit dem verbrannten Wald ritten, doch bei den Elfen war die Erschütterung deutlich spürbar. Sie gehörten den Häusern des Waldes an und fühlten sich daher den Bäumen auf besondere Weise verbunden. Das zart sprießende Grün des Grases konnte ihnen da kaum ein Trost sein. Als sie die alte Siedlung passierten, war Lotaras' Interesse geweckt, doch Nedeam trieb die Gruppe weiter voran.

Die Landschaft war karg. „Kleine Inseln von Gras und Leben, in einem Meer von Düsternis", so formulierte es Lotaras. „Die Größe einstigen Reichtums und vergangener Pracht hat sich in Schrecken und Leblosigkeit verwandelt."

„Nennt es einfach die Öde", hatte Buldwar lakonisch erwidert. „Es braucht nicht so viele Worte."

Die Sonne stand noch nicht im Zenit, als sie sich dem Gebiet näherten, das der Markierung auf der Karte entsprechen musste. Zumindest wenn diese und Nedeams Orientierungssinn nicht trogen.

In der Ferne zeichnete sich ein fester Umriss ab, dessen gleichmäßige Form nur künstlichen Ursprungs sein konnte.

„Das muss der Ort sein", rief Nedeam erleichtert und trieb

sein Pferd zu schnellerer Gangart an.

Lotaras hätte gerne zu mehr Vorsicht gemahnt, doch die Pferdelords galoppierten einfach an ihm vorbei, und so gab auch er seinem Tier die Zügel frei. Das Objekt zeichnete sich immer deutlicher ab, und weitere Konturen wurden erkennbar. Es gab Ähnlichkeiten mit der Siedlung, und doch war sofort klar, dass diese Anlage eine gänzlich andere Bedeutung gehabt haben musste.

Die Objekte schimmerten in einem sanften Blau. Sie standen auf der Kuppe eines ausgedehnten Hügels und schienen noch immer das Land unter ihnen zu beherrschen.

„Sieht aus, als hätte dort ein Kratzläufer sein Gelege abgesetzt", murmelte Elwin.

Er hatte nicht ganz Unrecht, obwohl die Bemerkung eher sein Unbehagen verriet. Aber die Gebäude der Anlage erinnerten tatsächlich an überdimensionierte Eier, die auf ihrem stumpfen Ende auf dem Boden standen. Drei kleinere dieser Formen waren in einem gleichmäßigen Dreieck um eine vierte, sehr viel größere gruppiert. Trotz der gänzlich anderen Struktur war es offensichtlich, dass die Anlage von denselben Baumeistern stammte, die auch die verfallene Siedlung errichtet hatten. Denn auch hier gab es in vier Längen Höhe eine Verbindung zwischen dem zentralen Gebäude und den kleineren Bauwerken. Jedoch nicht in Form von grazilen, auf Säulen gelagerten Stegen, sondern als durchgehende Scheibe, aus deren Mitte das große Bauwerk aufragte und in deren Ränder die kleineren eiförmigen Gebilde eingelassen waren.

„Die Bauweise ist befremdend", murmelte Lotaras, „aber der Zweck ist mir klar." Er deutete nach vorne. „Um diese seltsame Scheibe läuft eine Festungsmauer herum. Es muss sich also um eine Burg oder etwas Entsprechendes handeln."

„Wenn Rushaan ein so großes und mächtiges Reich war,

ist das dort sicher nur eine unbedeutende Burg gewesen", knurrte Elwin. „Sie ist kaum größer als die von Eternas."

„Ein Pfeil ist kleiner als ein Mann", erwiderte Llarana sanft, „und doch kann seine Spitze töten."

Elwin kratzte sich verwirrt am Kopf.

„Die Burg mag klein sein", half ihm Nedeam auf die Sprünge, „doch sie kann mächtige Waffen tragen."

Elwin nickte zögernd. „Tröstlich, dass sie so alt und verfallen ist."

Nedeam suchte die Anlage nach einer Bewegung oder einem Anzeichen von Gefahr ab. „Sehen wir uns an, wie alt und verfallen sie wirklich ist."

Sie trabten langsam weiter, die Hände in der Nähe ihrer Waffen, und Lotaras legte instinktiv einen Pfeil an die Sehne seines langen Bogens. Je näher sie der Anlage kamen, desto deutlicher wurde es, dass sie tatsächlich sehr alt war, aber keineswegs verfallen.

„Die drei kleineren Eier waren sicherlich die Wehrtürme und das große Ei der Hauptturm." Nedeam schätzte die Größe. „Selbst die kleinen sind wohl an die fünfzehn Längen hoch und messen fünf im Durchmesser. Sie sind sehr ebenmäßig geformt. Lotaras, was meinst du, bestehen sie aus Steinquadern?"

Der Elf schüttelte den Kopf. „Ich kann es nicht beschwören, aber mir scheinen es eher Platten aus Metall zu sein, dicht an dicht gefügt."

„Wahrscheinlich haben sie hier Erzadern gezüchtet", spottete Teadem. „Kostbares Metall verbaut nur, wer grenzenlos reich ist oder verschwendungssüchtig."

„Oder überleben will. Es ist jedenfalls kein elfisches Metall", sinnierte Lotaras. „An einigen Stellen ist Rost zu erkennen, vor allem in den Fugen, wo die Platten aneinanderstoßen. Einige scheinen sogar ganz vom Rost zerfressen zu sein. Unsere Waffenmeister wissen schon seit vielen Jahrtausendwenden, wie man das verhindert."

Nedeam wies auf einen der eiförmigen Türme. „Seht Ihr die länglichen Kerben? Sie sind mannshoch und ziehen sich ringförmig um jedes Ei. Nur beim großen Turm fehlen sie."

Buldwar wiegte den Kopf. „Die Öffnungen sind zu breit für eine taugliche Schießscharte und zu schmal, um ein Katapult oder Pfeilgeschütz dahinter zu verbergen." Er pfiff leise. „Seht, selbst die Scheibe und die Mauer sind aus Eisen."

„Dort vorne ist eine Zugbrücke", rief Elwin. „Ähnlich wie die in der Siedlung. Sie scheint zum Hauptturm und auf die Scheibe hinaufzuführen."

Die Gruppe hatte soeben den äußeren Rand der Anlage erreicht, und keiner von ihnen fühlte sich wohl, als sie in den Schatten der großen Scheibe gelangten. Nedeam streckte den Arm weit aus, doch die Spitze der Wimpellanze reichte nicht bis an die Scheibe heran. Ein Stück vor ihnen berührte die Zugbrücke den Boden. Durch die Öffnung hindurch fiel Sonnenlicht auf die Rampe herab und zeigte, dass sie intakt war.

„Hier sind Spuren." Nedeam beugte sich vor. „Sehr große und tiefe Spuren, wahrscheinlich von sehr großen und schweren Männern."

„Die Herren der Öde", murmelte Teadem.

„Dann wissen wir wenigstens, dass die seltsame Gestalt, die ihr beide, Kormund und du, gesehen habt, tatsächlich einer der Herren der Öde war. Offensichtlich ist Rushaan doch nicht so ausgestorben, wie man behauptet."

„Sind sie frisch oder schon älter?", fragte Lotaras angespannt.

„Die Ränder sind unscharf und bröckeln. Bei diesem Boden würde ich schätzen, dass sie eine oder zwei Tageswenden alt sind."

„Sehen wir uns erst einmal ihr Heim an, bevor wir uns den Herren Rushaans selbst zuwenden." Nedeam machte eine einladende Bewegung zur Rampe hin.

„Schaut Euch die Seile der Zugbrücke an", raunte Buldwar. „Sie sind aus geflochtenem Metall."

Die Brücke selbst bestand aus dicken gerillten Metallplatten, die den Hufen der Pferde ausreichend Halt geboten hätten. Aber die Gruppe saß ab, und Buldwar und Teadem blieben bei den Tieren zurück. Die anderen betraten die Rampe und schritten auf ihr nach oben. Sie knirschte, und das Metall schien leicht zu federn, hielt aber der Belastung stand.

Plötzlich stutzte Llarana mitten auf der Rampe und bückte sich. Ihr Gesicht nahm einen ungläubigen Ausdruck an. Tastend glitten ihre Finger über die Metallplatten, dann blickte sie forschend zur Seite und nickte schließlich. „Auf diesen Platten müssen früher einmal bearbeitete Hölzer aufgelegen haben. Diese seltsamen Rillen und dort die Fugen an den Seiten gaben dem Holz den nötigen Halt."

„Ich sehe hier kein Holz."

„Es ist zerfallen." Llarana erhob sich wieder und sah die Männer ernst an. „Nur sehr lange Zeiträume oder ein großer Zauber können das bewirkt haben."

Nachdenklich gingen sie weiter und betraten schließlich die Scheibe. Dicht neben ihnen erhob sich der Hauptturm. Elwin eilte auf die ringförmige Mauer zu, welche die Scheibe umgab. „Von hier aus sieht man, dass es Mauerwerk ist. Könnt ihr es erkennen? Unzweifelhaft Steine, aber sehr fein gefugt. Die Metallplatten sind nur außen befestigt."

„Es mag sein, dass man diese Burg zunächst aus Stein und Holz errichtet und sie dann erst mit Metall verkleidet hat."

Nedeam strich sich nachdenklich über das Gesicht und betrachtete den großen Turm. „Vielleicht kamen die schrecklichen Unwetter erst später auf, und man hat die Anlage nachträglich dagegen gerüstet. Seht Ihr die Spitze des Turms? Sie schimmert silbrig und unterscheidet sich von den kleinen Eiern. Deren Schale erscheint durchgängig blau."

„Das Eigelb werden wir aber im Hauptturm finden." Llarana lachte auf. „Das meine ich ernst. Das Eigelb ist am Ei das Schmackhafteste. Und ich glaube, im großen Turm werden wir eher Antworten erhalten als in den kleinen."

Ihr Lachen verzauberte Nedeam, und er warf ihr einen langen Blick zu. Er hatte sie schon länger nicht mehr so unbeschwert lachen gesehen und wünschte, er selbst sei der Grund dafür. Elwin riss ihn aus seinen Gedanken, als er an die Tür zum Innern des Turmes trat.

Sie war verschlossen. Zumindest war ihr Griff nicht zu bewegen, und so sehr sie auch daran rüttelten, die Tür ließ sich weder nach außen ziehen noch nach innen drücken.

„Es muss ein Schloss oder einen geheimen Mechanismus geben." Nedeam klopfte das Türblatt mit dem Schwertgriff ab. Es klang überall hohl, und er konnte keine Stelle finden, an der sich vielleicht ein Riegelbalken von innen gegen die Tür presste. „Nun, es wäre auch seltsam, wenn die Herren der Öde ihr Haus unbewacht und offen zurückgelassen hätten. Schließlich wissen sie, dass wir in Niyashaar sind und mit Streiftrupps die Öde durchforschen."

„Vielleicht finden wir einen anderen Weg, eine Schießscharte oder ein Fenster, wodurch wir einsteigen können", seufzte Elwin.

„Unsinn. Guter Herr, seht Ihr irgendwo an diesem Ei eine Öffnung? Vielleicht ist die silbrige Spitze aus Klarstein, aber wie sollen wir dieses runde, glatte Gebilde erklimmen?" Hellgut war erzürnt, dass sich die Tür widersetzte und sie vielleicht unverrichteter Dinge wieder abziehen mussten. „Vielleicht kann ich sie aufhebeln. Wartet, ich probiere es."

Er setzte die Spitze seiner Stoßlanze in den Spalt zwischen Türrahmen und Blatt und drückte kraftvoll dagegen, wobei er die Lanze hin und her bewegte, um der Spitze festeren Halt zu verschaffen. Plötzlich erstarrte er und wandte sich um.

„Die Tür ist offen", stellte er verblüfft fest. „Man muss sie nur zur Seite schieben." Er drückte mit der Waffe, und nun sahen die anderen, wie sich ein schmaler Spalt öffnete.

„Packt mit an." Nedeam langte an den Türgriff, und die anderen unterstützten ihn.

Die Tür glitt derart leicht zur Seite, dass die Männer strauchelten und übereinanderpurzelten. Hellgut hielt seine Lanze und sah auflachend auf die anderen hinunter, die schließlich in sein Lachen einstimmten. Man sah nun, dass die Tür aus einer Platte bestand, die an allen Seiten von Nuten geführt wurde. Auf ihr erneutes Drücken hin verschwand die Platte bis zum Handgriff in der Wand des Turms. In der Öffnung dahinter erblickten Pferdelords und Elfen einen kreisrunden Raum, der von hellem Sonnenlicht durchflutet war.

„Schön, sie haben andere Häuser und Festungen als wir und auch andere Türen", sagte Nedeam, dessen Laune mit dem Öffnen des Zugangs wieder gestiegen war. „Sehen wir uns an, was sie sonst noch zu bieten haben."

Der Raum war überwältigend und maßlos enttäuschend zugleich. Zumindest für Nedeam. Über die Gesichter der Elfen hingegen glitt ein Ausdruck des Verzückens.

„Oh, wie wundervoll", rief Llarana freudig und eilte an Nedeam vorbei. „Schaut Euch nur diesen einzigartigen Brunnen an."

„Es muss eine elfische Konstruktion sein", schwärmte

Lotaras. „Seht die filigranen Arbeiten. So etwas kann nur elfische Handwerkskunst hervorbringen."

„Festhalten." Nedeam handelte instinktiv, obwohl er noch nicht begriff, was hier vor sich ging. „Haltet die beiden fest, verdammt."

Er warf sich nach vorne und konnte Llarana ergreifen, während es Elwin gelang, Lotaras an dessen elfischem Umhang zurückzureißen.

„Was soll das?", fragte der Elf verwirrt. „Wir haben alle Durst, und ich habe nie zuvor einen erquickenderen Quell gesehen."

Llarana sah Nedeam ebenso verständnislos an, aber sie sträubte sich nicht gegen seinen Griff. Er hielt sie weiterhin fest, während er sich umsah. Das Innere des großen Turms bestand aus einem einzigen Raum, der an der Basis wohl zwanzig Längen in der Höhe maß und fünfzehn im Durchmesser. Oben befand sich eine Kuppel aus durchsichtigem Material, durch die das Sonnenlicht einfiel. Einige Stellen wirkten matt, und es gab zwei gezackte Sprünge oder Kratzer; genau konnte Nedeam das nicht erkennen. Bis dicht unter die Kuppel zogen sich ringförmige Stege, schmal und ohne Geländer, in denen Nischen zu erkennen waren. Fast alle Stege hatten dieselben Maße, nur die oberen sprangen ein wenig vor, da sie der Wand des eiförmigen Gebäudes folgten. Doch vor der Gruppe befand sich im Boden das, was die Elfen als Brunnen oder Quelle bezeichnet hatten.

„Was siehst du, Llarana?", fragte er leise.

„Was soll ich schon sehen?" Ihr Blick pendelte fragend zwischen dem Objekt und Nedeams Augen hin und her. „Einen wundervollen Brunnen von einzigartiger Bauweise."

Die kreisrunde Fläche maß etwa sechs Längen im Durchmesser und fügte sich ohne Absatz in den Boden ein. Sie wirkte wie ein Teil des Bodenbelags, und doch war sie anders als dieser; denn sie befand sich in sanfter Bewegung, wie die Wasseroberfläche eines stillen Sees. Ein unmerkliches blaues Leuchten ging von ihr aus, dem Wallen des Morgennebels ähnlich, wenn die Sonne ihn erwärmte und auflöste.

Llarana am Arm haltend, sah Nedeam die Pferdelords an. „Was könnt Ihr erkennen?"

„Das weiß ich nicht", knurrte Elwin. „Jedenfalls weder Brunnen noch Quelle. Es ähnelt einem am Boden liegenden, flüssigen Schild."

„Was redet Ihr da?" Lotaras schüttelte den Kopf. „Ich kann Wasserblumen erkennen. Und dort schwimmen sogar kleine Fische, seht Ihr?"

Die Elfen nahmen offensichtlich etwas anderes wahr als die Menschen. Nur wer von ihnen konnte seinen Sinnen trauen?

„Wartet." Nedeam löste sich von Llarana und trat an den Rand des Objekts. Dann ging er in die Knie und streckte den Arm aus, um es vorsichtig zu berühren. Doch die Neugier überwog nun, und als er die Finger ausstreckte, verstärkten sich die Wellenbewegungen. Er fühlte ein sanftes Kribbeln in den Fingerspitzen, das sich über Hand und Arm ausbreitete. Es war ein angenehm warmes Gefühl, doch kam es ihm unheimlich vor, und so zog er seine Hand rasch zurück.

Elwin, der gesehen hatte, dass Nedeam nichts geschehen war, wollte seinem Beispiel folgen. Er hatte die Hand kaum nach vorne gebracht, als ihn ein brutaler Schlag traf. Mit einem wilden Aufschrei flog der Pferdelord nach hinten und krachte hart gegen die Wand.

„Bei den Finsteren Abgründen", keuchte Hellgut und streckte seine Lanze instinktiv dem Objekt entgegen. „Was hat das zu bedeuten?"

Der Gesichtsausdruck der Elfen hatte sich gewandelt. „Warum ist der gute Herr Elwin zurückgesprungen?"

„Er ist nicht gesprungen, verdammt", fluchte Nedeam. „Er wurde geworfen oder geschlagen. Was auch immer, er tat es nicht freiwillig. Bleibt diesem … Ding … fern."

Nedeam eilte zu Elwin, während Hellgut die Elfen im Auge behielt. Elwin richtete sich gerade wieder auf; er wirkte benommen, schien sich jedoch nicht ernstlich verletzt zu haben. Die Haare seines Bartes und jene, die unter seinem Helm hervorschauten, standen wirr ab, und als Nedeam den Schwertmann berührte, gab es ein leises knisterndes Geräusch.

„Mir ist nichts weiter geschehen, Hoher Herr", versicherte Elwin schwer atmend. „Ein heftiger Hieb, wahrhaftig. Aber ich bin wohlauf, seid ohne Sorge."

Nedeam half dem Pferdelord auf die Beine und sah seine elfischen Freunde an. „Glaubt ihr noch immer, dieses Ding sei ein Brunnen?"

Lotaras' Gesicht war bleich, als er nickte. „Allerdings weiß ich nun, dass es sich kaum um normales Wasser handelt. Ich begreife nicht, was geschehen ist. Ihr scheint etwas völlig anderes zu sehen als wir. Und warum erhielt der gute Herr Elwin diesen brutalen Schlag und du nicht, Nedeam?"

„Ich weiß es nicht." Der Erste Schwertmann betrachtete die wallende Fläche vor ihm. „Ich kann es mir einfach nicht erklären."

Hing es mit den Veränderungen zusammen, von denen Marnalf, das gute Graue Wesen, gesprochen hatte? Hatten es ihm die Fähigkeiten der Grauen Wesen ermöglicht, das Objekt zu berühren? Und wenn ja, bedeutete das vielleicht, dass dieses Wallen ein Werk der Grauen Magier war? Erwiesen sich diese letzlich als die geheimnisvollen Herren der Öde? Das konnte, das durfte nicht sein. Nedeam schüttelte unbewusst den Kopf. Die Herren der Öde hatten Orks verbrannt. Sie konnten daher nicht mit ihnen verbündet sein wie die Grauen Wesen. Allerdings zählte auch Marnalf zu den Grauen, und dennoch stand er fest an der Seite der Menschen. So, wie es einst alle seiner Art getan hatten, bevor sie der Macht des Schwarzen Lord verfielen. Gab es hier, in der Öde, noch andere gute Graue? Das Wesen, das er und Kormund gesehen hatten, hatte einem Grauen kaum geähnelt. Doch die Magier konnten ihre Gestalt wandeln …

„Nedeam?“

Er schreckte aus seinen Gedanken auf und nickte. „Was immer dies auch ist und welche Bedeutung es hat, ich fürchte, die Antwort werden wir hier nicht finden.“

„Ja“, ächzte Elwin, „lasst uns diesen unbehaglichen Ort verlassen.“

Sie verzichteten darauf, die Anlage weiter zu durchsuchen, und berichteten, zurück bei den Pferden, Buldwar und Teadem, was sie gefunden hatten, aber nicht verstehen konnten. Dann saßen sie auf.

Nedeam wies auf die verwischten Spuren am Boden. „Folgen wir ihnen. Mit etwas Glück führen sie uns zu den Herren der Öde.“

„Wollen wir es hoffen“, seufzte Elwin. „Wahrhaftig, Hoher Herr, wir könnten ein wenig Glück gebrauchen.“

34

Starkschlag gab das Zeichen, und die Krieger der beiden Kohorten schienen mitten in ihren Bewegungen zu erstarren. Wie eingefroren standen sie da und warteten ab, was der Anführer der beiden Einheiten wohl entscheiden mochte. Nur an den Flanken der Marschkolonne war Bewegung, als sich die dortigen Kämpfer eine Deckung suchten und dann aufmerksam in die Umgebung spähten. Unterdessen kam der andere Kohortenführer nach vorne geeilt.

Starkschlag hatte zur Vorhut aufgeschlossen und starrte nun auf die eiförmigen Gebilde, die sich vor den Orks auf einem Hügel erhoben. Der Anblick war fremdartig und unheimlich, und der bläuliche Schimmer erinnerte an jenes dreieckige Objekt, das sie am Pass entdeckt hatten.

„Es wirkt verlassen und tot", sagte eines der Rundohren. „Soll ich vorangehen und es erkunden?"

Starkschlag schüttelte den Kopf. „Noch nicht. Warte, bis ich mich mit Zweiklaue beraten habe."

Das Rundohr nickte. Starkschlag wusste, dass es begierig darauf war, sich einen Namen zu machen. Die Würfe in den Bruthöhlen wurden nicht benannt. Die Brutmeister begnügten sich mit einem schlichten „Du da" oder He, du", um sich Gehör zu verschaffen. Aber ein Ork konnte sich seinen Namen durchaus verdienen, zum Beispiel durch besondere Fähigkeiten oder Taten. Das hob ihn aus der Masse der anderen hervor. Ein Name brachte Ansehen und größere Bissen bei der Verteilung des begehrten Fleisches. Außerdem konnte man so aufsteigen, zum Unterführer, Kohortenführer oder gar zum Anführer einer Legion. Die Rundohren waren begierig darauf, sich aus der Anonymität emporzuarbeiten. Bei den Spitzohren hingegen war dieser Drang weniger ausgeprägt, denn wer einen Namen besaß, blieb auch eher im Gedächtnis der Brutmeister haften, was einem nicht immer zum Vorteil gereichte. Schließlich hatte der Träger eines Namens auch Verpflichtungen und musste diesen vornehmlich in der vordersten Linie und Aug in Aug mit dem Feind nachkommen.

Das Rundohr, das nun aufmerksam zu den eiförmigen Gebilden hinüberspähte und dabei sein Schlagschwert umkrampft hielt, wartete schon lange darauf, sich einen Namen zu machen. Schlagstark hatte nichts dagegen einzuwenden, denn es war ein guter und starker Krieger.

Zweiklaue war mittlerweile herangekommen. Er hatte einst den Lanzenstoß eines alnoischen Gardisten mit der Hand abgefangen und dabei zwei seiner Klauen eingebüßt. Aber das hatte ihn nicht daran gehindert, weiterzukämpfen, und so hatte er sich kurz darauf den ersten Bissen vom Körper jenes Soldaten einverleiben können.

„Was meinst du, was das ist?“ Starkschlag hatte sich bereits seine Meinung gebildet, und er war neugierig, ob Zweiklaue sich ihr anschloss.

„Eine Befestigung“, sagte dieser ohne Zögern. „Ich erkenne Zugbrücke und Zinnen, es kann nichts anderes sein. Aber die Mauer ist merkwürdig, es sieht aus, als schwebe sie über dem Boden. Diese Eier dort scheinen die Konstruktion zu stützen. Ich wette, wenn man ihre Schale zerschlägt, fällt alles in sich zusammen.“

„Möglich“, murmelte Starkschlag. „Aber es wird nicht leicht sein, sie zu zertrümmern. Die Schale scheint aus dem blauen Metall zu sein, das wir am Pass fanden.“

„Nun, wir brauchen sie auch nicht unbedingt zu zerschlagen“, erwiderte der andere Kohortenführer pragmatisch. „Das Tor steht offen.“

„Meinst du, es ist eine Falle, und sie wollen uns hineinlocken?“

„Schick ein paar Kämpfer vor, und wir werden es sehen.“

Starkschlag nickte dem Rundohr zu, das scharf darauf war, sich Ruhm zu erwerben. Begleitet von einer Handvoll weiterer Kämpfer eilte es wenig später den Hang hinauf und näherte sich der Anlage. Die anderen sahen aus sicherer Entfernung, wie die Gruppe die Zugbrücke erreichte und auf ihr verschwand. Kurz darauf erschien eines der Rundohren zwischen zwei Zinnen und winkte.

Nun marschierten auch die Kohorten hinüber und betraten die seltsame Anlage. Deren Befestigungen beeindruckten die Orks nicht im Geringsten. Als sie das größere Gebäude betraten und die seltsam schimmernde Fläche im Boden entdeckten, trat erneut das ehrgeizige Rundohr vor und versuchte, das Wallen zu berühren. Doch noch während es die Klaue danach ausstreckte, zerfiel sein Leib vor den Augen der anderen zu Staub, so schnell, dass die schwere Rüstung noch einen Moment aufrecht stand, bevor sie polternd zusammenstürzte.

Starkschlag und die anderen wichen entsetzt zurück, und zwei der Kämpfer lösten instinktiv, doch ohne Wirkung, ihre Querbogen aus. Sie alle starrten auf die leere Hülle der Panzerung. Sie war ebenso unversehrt wie Helm und Kampfstiefel.

„Fasst das nicht an“, befahl Starkschlag, als er sich wieder gefangen hatte.

„Wir sollten es zerstören“, zischte einer der Kämpfer.

Starkschlag nickte. „Ja, aber weißt du auch, wie wir das bewerkstelligen sollen? Das dort ist eine Form von Magie, die wir nicht kennen. Immerhin kann es sich nicht bewegen und uns nicht schaden, solange wir Abstand halten. Lassen wir es also weiter glühen und wallen und meiden wir seine Nähe."

Die Truppe verließ die Anlage wieder und formierte sich neben der Zugbrücke. Zweiklaue bemerkte die Spuren dort und kniete sich nieder, um sie zu untersuchen. „Pferdemenschen und ein paar Abdrücke, die von Kampfstiefeln stammen könnten."

„Außer uns ist kein Ork in der Öde unterwegs", stellte Starkschlag fest. „Vielleicht sind es die Spuren der ‚Anderen'." Er überlegte einen Moment. „Wenn sie Abdrücke hinterlassen, dann haben sie auch Leiber, und Leiber kann man erschlagen. Folgen wir den Spuren."

„Seltsam, dass sie die Festung nicht besetzt halten", stellte Zweiklaue fest.

Starkschlag nickte. „Fangschlag muss davon erfahren. Ich werde einen Boten schicken."

„Hat das nicht Zeit?"

„Nein, hat es nicht." Starkschlag bleckte die Fänge. „Es ist die erste Festung der ‚Anderen', die wir zu Gesicht bekommen, und sie ist nicht besetzt. Sie mögen ja über starke Gaben verfügen, aber ihre Zahl scheint gering zu sein. Das ist eine wichtige Information, der Kommandeur muss davon erfahren."

Wenig später folgten die Kohorten den Spuren der Pferdelords, tiefer hinein in die fremde Öde.

35

Nedeams Trupp übernachtete zwischen einer kleinen Felsengruppe. Sie lag ein wenig erhöht und bot einen relativ guten Ausblick über das Umland. Zugleich schützte sie die Männer vor der Sicht und vor dem Wind, der mit Einbruch der Dunkelheit schneidend kalt wurde. Die Pferde standen eng beieinander, da sie Wärme suchten, und den Menschen erging es nicht anders.

Sie hatten ein winziges Feuer gemacht, das diese Bezeichnung kaum verdiente und gerade groß genug war, um sich die Hände daran zu wärmen. Da sie kein Holz und nur wenig Brennstein mitführten, hatten sie einige Binden mit der Pferdesalbe bestrichen und angezündet. Die Wärme, die das Feuer spendete, machte den Gestank der brennenden Salbe erträglich.

Nedeam glaubte, seine Zähne klappern zu hören, als er zu Buldwar hinüberging, der die Wache übernommen hatte und nun ein paar Schritte abseits in der Deckung der Felsen kauerte. Die Sicht war ausgezeichnet, dafür sorgten ein sternenklarer Himmel und ein nur leicht abnehmender Mond.

Der Erste Schwertmann ging neben dem Pferdelord in die Hocke und klemmte die Hände unter die Achselhöhlen. „Ist etwas zu sehen, guter Herr Buldwar?“

„Weder zu sehen noch zu hören, Hoher Herr.“ Buldwar hatte sich, wie die anderen, eng in den Umhang gehüllt und die Stoßlanze seitlich an einen Felsen gelehnt. „Falls uns jemand folgt, weiß er sich zu verbergen.“

„Falls uns jemand folgt, wird er Mühe haben, uns einzuholen.“ Nedeam schauderte. „Eine verfluchte Kälte ist das. Am

Tag lässt es sich gut aushalten, doch in der Nacht frieren uns fast die Wasserflaschen ein."

„Ja, die Kälte in der Mark ist anders", brummte Buldwar. „Wir werden nachher ein heißes Getränk zubereiten. Das wird ein wenig helfen."

Der Pferdelord nickte. „Heißes Wasser und Kräuter? Nicht gerade mein Lieblingsgetränk. Aber Ihr habt recht, die Wärme wird uns guttun. Wisst Ihr, was mir an diesem Eiswetter gefällt?"

„Nein, sagt es mir."

Buldwar schniefte und sah dann seinen Anführer grinsend an. „Dass die Orks stärker darunter leiden als wir. Gegen Kälte sind sie viel empfindlicher. Wenn sie jetzt da draußen sind, werden sie sich kaum noch rühren können."

Nedeam klopfte ihm aufmunternd auf die Schultern. „Und sie werden auch kein heißes Wasser mit Kräutern haben. Bleibt wachsam, guter Herr. Teadem wird Euch in einem Zehnteltag ablösen und bringt dann auch den Trank mit. Ich selbst übernehme die Wache vor der Nachtwende."

„Was ist mit den Elfen? Nichts gegen Sie, Hoher Herr, doch ihre Sinne sind schärfer als die unseren. Sie würden eine Gefahr noch rascher bemerken als wir."

Der Erste Schwertmann lächelte halbherzig. „Auch sie sind empfindlicher und leiden stärker unter der Kälte als wir Menschen."

Buldwar strich sich über das Kinn. „Wenn Ihr mögt, Hoher Herr, könnt Ihr der Hohen Frau Llarana meinen Umhang geben."

„Danke für das Angebot, Buldwar, aber sie hat schon den meinen abgelehnt. Auch den von Teadem und den anderen."

Buldwar lachte leise. „Eigentlich ist sie ein zähes Wesen, diese Elfin. Und sie versteht sich auf Schwert und Bogen. Mir scheint, sie ist darin sogar noch besser als der Hohe Herr Lotaras. Sie haben in Niyashaar geübt, und es war eine Freude, ihnen zuzusehen." Er räusperte sich verlegen. „Erlaubt Ihr mir eine offene Frage?"

„Nur zu."

„Es gibt da Gerüchte unter den Männern. Wegen dem Hohen Lord Garwin."

„Die Männer erzählen sich gerne Geschichten, Buldwar, das wisst Ihr. Wie oft haben wir schon gemeinsam im Saal von Eternas gesessen und von den alten Legenden erzählt und die Balladen des Volkes gesungen?"

„Ja, sicher, ein langer Abend lässt sich mit guten Geschichten und Liedern verkürzen." Buldwar grinste. „Vor allem bei einem solchen Wetter. Jedenfalls ist der Hohe Lord Garwin nicht sonderlich gut angesehen bei den Männern, wenn Ihr versteht? Nicht so wie der Hohe Lord Garodem. Ah, er war ein verdammt guter Pferdefürst und ein Mann von großer Ehre."

„Ja, das war er wirklich." Und er würde der Mark fehlen! „Doch seid gewiss, der Hohe Lord Garwin wird uns ebenfalls ein guter Pferdefürst sein. Was er noch nicht beherrscht, werden die Hohe Dame Larwyn und der Hohe Herr Tasmund ihm vermitteln."

„Mit Verlaub, Hoher Herr", Buldwar spuckte aus, „Garwin wird nicht auf sie hören."

„Er wird es lernen", versicherte Nedeam. „Aber nun will ich zu den anderen zurück. Teadem wird nachher zu Euch kommen."

„Wie Ihr es sagtet, Hoher Herr."

Nedeam ging die wenigen Schritte zu dem winzigen Feuer, kauerte sich zwischen die anderen und streckte seine Hände nach vorne. Wirklich, der Geruch der brennenden Pferdesalbe war unerträglich, aber die Hitze der kleinen Flammen ließ Nedeams eiskalte Finger kribbeln, als das Gefühl endlich in sie zurückkehrte.

Am Rand der Feuerstelle standen die mit Wasser gefüllten Becher – einen Topf oder Kessel hatten sie nicht dabei. Lotaras prüfte die Wassertemperatur in seinem Becher und nickte, woraufhin Llarana in eine der kleinen Taschen griff, die sie am Gürtel trug, und eine Handvoll Kräuter herausnahm. Sie zerrieb sie zwischen den Handflächen und verteilte sie in die Becher. „Es muss eine Weile ziehen."

„Ich hoffe, das Wasser ist heiß genug dafür." Lotaras sah Nedeam über die Feuerstelle hinweg an. „Ist es dir schon aufgefallen?"

„Was meinst du?"

„Die Kälte ist sehr ungewöhnlich." Lotaras lächelte schwach. „Du hast es wirklich noch nicht bemerkt? Warte, ich zeige es dir." Er holte tief Luft und atmete dann aus. „Hast du es gesehen?" Er lachte freundlich, als er das verwirrte Gesicht des Freundes sah. „Der Atem. Es ist so kalt, dass er eigentlich als Dampf aus unserem Mund strömen müsste, nicht wahr? Ah, jetzt hast du verstanden. Wahrhaftig, es tröstet mich, dass meine elfischen Sinne es vor dir bemerkt haben." Llarana räusperte sich. „Nur gut, dass Llaranas Sinne es zuerst bemerkten."

„Die Kälte, die wir empfinden, ist nicht wirklich körperlich", warf Llarana ein. „Sieh dir den Boden und das Wasser an. Nirgends ist Reif, nirgends gefriert es. Nur in unseren Gedanken ist es so. Wir fühlen Kälte, wo keine ist."

Elwin meldete sich zu Wort. „Aber der Eisregen. Der war echt."

„Ja, das ist wahr." Lotaras zuckte die Schultern. „Ein wirkliches, furchtbares Unwetter. Und die Winter hier sind sicherlich sehr hart und voller Eis und Schnee. Aber das, was wir im Moment empfinden, ist keine reale Kälte."

„Offen gesagt, ich weiß nicht, was ich glauben soll", brummte Nedeam. Aber in einem hatten die Elfen sicherlich recht, der Atem war nicht sichtbar, und das hätte er bei diesen Temperaturen sein müssen. Ein weiteres Rätsel der Öde.

Doch wie es sich auch damit verhielt, die Kälte kam Nedeam und den anderen ausgesprochen real vor, und sie froren, obwohl sie sich in die Umhänge hüllten und eng beieinander hockten. Es war eine Kälte, die den Schlaf raubte und die Glieder steif machte.

Als der Morgen dämmerte, waren sie alle froh, wieder aufbrechen zu können.

Bislang hatte sich kein Verfolger gezeigt. Weder ein Ork noch eines der unheimlichen Wesen, welche die Öde für sich beanspruchten. Mit dem ersten Sonnenstrahl brachen sie nach Norden auf.

Nedeam war sich über das Ziel ihrer Mission nicht sicher. Auf der Karte des elfischen Bogenführers war nur die verlassene Burg verzeichnet gewesen. Aber da der Elf auch die alte Siedlung nicht eingetragen hatte, konnte es gut sein, dass es noch weitere Überbleibsel des mächtigen Reiches Rushaan gab. Warum war wohl die Befestigung eingetragen worden? Waren die Elfen doch in die Öde hinausmarschiert, um sie zu erkunden?

Am späten Vormittag sahen sie abermals fremdartige Konturen am Horizont. Wieder waren sie viel zu gleichmäßig, um natürlichen Ursprungs zu sein. Erst erkannten sie einzelne Gebilde, dann fügten sich diese zu Gruppen zusammen, bis sich schließlich ein ganzer Wald fremdartiger Strukturen vor der Gruppe ausbreitete, darunter rechteckige und eiförmige, Kegel, die auf der Spitze standen, und solche, die auf ihrer Basis ruhten. Sie waren von unterschiedlichster Größe und Farbe, auch wenn ein milchiges Weiß vorherrschte. Einander gleich waren nur die grazilen Stege, die auch hier die Bauten miteinander verbanden. Diesmal verliefen sie allerdings in mehreren Ebenen übereinander, was den Reitern verriet, welche Dimensionen die Gebäude hatten.

„Es scheint eine ihrer Städte gewesen zu sein", sagte Lotaras andächtig. „Seht euch an, wie groß alles ist. Hier müssen Hunderte und Tausende von ihnen gelebt haben."

„Reiten wir näher heran", entschied Nedeam.

Zunächst wirkte es so, als erhebe sich die Stadt auf einem kleinen Hügel, ähnlich der Befestigung, die sie zuvor entdeckt hatten. Aber als sie näher kamen, den Hang hinaufritten und seinen Kamm erreichten, erkannten sie die wahren Dimensionen und verfielen in grimmiges Schweigen.

Es war tatsächlich einmal eine Stadt gewesen, weitaus größer allerdings, als sie erwartet hatten. Unter ihnen breitete sich eine gewaltige Senke aus, die vollständig von Gebäuden gefüllt war. Auch hier waren die Überreste von vier breiten Straßen zu erkennen, die einst kreuzförmig durch die Stadt geführt hatten, allerdings trafen sie im Zentrum mit weiteren Wegen zusammen, welche die Stadt in viele Segmente unterteilten.

Schon vom Hang aus wurde deutlich, dass die Stadt ein gewaltsames Ende gefunden hatte. Dort, wo einst das Zentrum mit den stattlichsten Bauwerken gewesen sein musste, befand sich ein flacher Krater, der im Sonnenlicht schimmerte, als sei er mit blauschwarzem Kristall ausgekleidet. Sein Durchmesser war schwer einzuschätzen, doch in der Gruppe war man sich einig, dass er gut dreihundert Längen betrug. Von seinen Rändern her liefen schwärzliche Schneisen durch die Überreste der Stadt nach außen.

„Als sei dort ein gewaltiger Eisbrocken eingeschlagen und

auseinandergeplatzt." Llarana erschauerte. „Und als seien seine Splitter bis an die Grenzen der Stadt geschleudert worden."

„Das war kein Eisbrocken", murmelte Nedeam. „Es sieht eher verbrannt aus."

„Wollen wir näher heran?" Buldwar reckte sich im Sattel und sah sich nervös um. „Offen gesagt, Hoher Herr, gefällt mir die Vorstellung nicht, durch dieses Tal des Todes zu reiten."

„Wir sollten uns zumindest die Häuser am Rand ansehen", entschied Nedeam. „Sie scheinen kaum Schaden genommen zu haben."

Tatsächlich nahm die Zerstörung zum Stadtrand hin ab; dort standen Gebäude, die noch vollständig erhalten wirkten. Als die Gruppe langsam und vorsichtig zwischen sie ritt, fielen ihnen weitere Unterschiede zur vorherigen Siedlung auf.

„Diese Stadt hat es ohne Vorwarnung getroffen", knurrte Elwin. „Seht nur, hier liegen zahllose Alltagsdinge herum und wieder überall diese Kleiderbündel."

Dreirädrige Karren standen mitten auf den Wegen oder waren auf die Seite gestürzt. Metallene Streben an ihren Seiten verrieten, dass die Fahrzeuge einst von Stoff überspannt waren, und an den langen Deichseln hingen Zuggeschirre, doch gab es keine Spur von den Wesen, welche die Karren einmal gezogen hatten. Sie ritten an einer Stelle vorbei, die vielleicht einmal ein Markt oder Handelsplatz gewesen war. Die dort herumliegenden Gegenstände waren verfallen und durcheinandergewirbelt, doch diese Form von Marktständen kannten sie alle. Hier fanden sie auch Krüge und Flaschen aus Metall, Ton oder dem blauen Stahl Rushaans.

„Seht Euch einmal die Rückseiten der Häuser an."

Auf den Zuruf Buldwars hin drehten sie sich um. Alle Flächen, die dem Zentrum zugewandt waren, hatten sich verfärbt. Es war dasselbe blauschwarze Schimmern, das auch der Krater aufwies.

Nedeam räusperte sich. „Wir sollten diesen Ort verlassen. Hier werden wir nichts Lebendes mehr finden, nur Tod und Vernichtung."

Sie wendeten bereitwillig ihre Pferde und trabten rasch der Stadtgrenze entgegen. Als sie zwischen den letzten Gebäuden hervorritten, zügelten sie überrascht die Tiere.

Vor ihnen standen fünf gerüstete Gestalten, die halbmondförmigen Klingen ihrer Lanzen auf Nedeam und seine Begleiter gerichtet.

Sie hatten die Herren der Öde gefunden.

36

Dorkemunt brauchte nur seine Arme und Hände zu betrachten, um zu wissen, dass auch sein restlicher Körper ein farbenprächtiges Bild bot. Alle seine Glieder schmerzten, aber er konnte von Glück sagen, dass er bei dem Felsrutsch nicht ernsthaft verletzt worden war. Der Verlust seines Pferdes wog schwer, aber er war nichts im Vergleich zu dem seiner geliebten Streitaxt; ohne ihren Schutz in die Fremde zu marschieren, kam völliger Nacktheit gleich, denn sein Messer war nur ein armseliger Ersatz. Er fand einen Busch, dessen dünnen Stamm er mühsam mit der Klinge kappte. Mit einem Lederriemen, der eigentlich zum Ausbessern der Stiefel diente, befestigte er das Messer an dem Holz und besaß nun zumindest eine primitive Lanze. Kein Vergleich zu der Stoßlanze eines Pferdelords, doch sie vergrößerte seine Reichweite. Proviant hatte er genug, und Wasser ließ sich mühelos finden. Ein jüngerer, oder, wie Dorkemunt sich widerwillig eingestand, vernünftigerer Mann hätte den Rückmarsch angetreten. Aber der alte Pferdelord war nicht bereit aufzugeben, und die Sorge um Nedeam trieb ihn unaufhaltsam vorwärts. So ignorierte er die zahllosen Schürfwunden und Prellungen und die Schmerzen, die sie ihm verursachten, und marschierte stetig weiter nach Norden.

Gelegentlich hatte er das Gefühl, dass er beobachtet wurde, aber er konnte nichts entdecken.

Seine Schritte waren nicht mehr so fest und sicher, wie er sich das gewünscht hätte. „Bei den Finsteren Abgründen, ich bin ein Pferdelord und nicht daran gewöhnt, solche Wege zu Fuß zu gehen“, machte er sich Mut. „Außerdem fehlt mir das ausgleichende Gewicht meiner prachtvollen Axt."

Er ließ sich seufzend auf einen Felsen am Wegesrand sinken, um ein wenig zu verschnaufen. Dann hörte er das Geräusch. Es kam von Norden, und er kannte diesen Klang: das Schlagen vieler Hufe. Das konnten nur Pferdelords sein.

Vor ihm war nun Bewegung im Pass des Eten, und er erkannte Reiter und einen grünen Wimpel, der sich über ihren Köpfen bewegte. Männer der Mark. Nedeam kehrte zurück. Der alte Pferdelord seufzte erleichtert und erhob sich. Doch sein zu einem freudigen Lächeln verzogenes Gesicht verfinsterte sich wieder, als er den vordersten Reiter erkannte.

Garwin zügelte überrascht sein Pferd und gab das Zeichen zum Halten, als er Dorkemunt gewahr wurde. „Ihr seht furchtbar aus, guter Herr Dorkemunt. Und Ihr seid ohne Pferd. Was ist Euch zugestoßen? Wurdet Ihr angegriffen?"

Einem anderen Mann hätte Dorkemunt bereitwillig von seinem bestandenen Kampf gegen die Raubkrallen erzählt, doch Garwins Gegenwart machte ihn wortkarg. „Ein Steinschlag, Hoher Herr Garwin. Er raubte mir mein Pferd und meine gute Axt."

„Das ist wahrhaft Pech." Garwin drehte sich ein wenig im Sattel und wandte sich an einen der Schwertmänner. „Einer muss den guten Herrn zu sich in den Sattel nehmen."

„Auch Euch ist es wohl nicht sonderlich gut ergangen." Dorkemunts Gesicht drückte tiefe Besorgnis aus, als er die geringe Zahl der Männer und die vielen Verwundeten betrachtete. Wo war Nedeam? Er war doch nicht etwa …? „Ich sehe den Ersten Schwertmann nicht. Wo ist er? Sagt, ist ihm etwas geschehen?"

„Seid unbesorgt, noch müsste es ihm gutgehen." Garwin zuckte die Schultern. „Mein Erster Schwertmann hält auf eigenen Wunsch weiterhin Niyashaar."

„Euer Erster Schwertmann?“

Garwin runzelte die Stirn. „Wisst Ihr es noch nicht? Mein Vater Garodem ist tot. Ich bin nun der neue Pferdefürst der Mark. Ein Bote brachte die Nachricht nach Niyashaar. Ihr müsst doch davon erfahren haben, bestimmt seid Ihr erst nach ihm aufgebrochen.“

„Garodem tot? Das ist böse Kunde.“ Dorkemunt sah die Männer tief betroffen an. „Nein, ich wusste es nicht, Hoher Lord. Bei den Finsteren Abgründen, Nedeam ist in Niyashaar zurückgeblieben? Droht denn Gefahr?“

„Orks sind am Pass gesichtet worden, und außerdem schleichen bösartige Wesen durch die Öde.“

„Und dann zieht Ihr Euch zurück?“ Dorkemunt sah Garwin verwirrt an. „Wenn in Niyashaar Gefahr droht, so braucht man dort jedes Schwert und jede Lanze. Ein Bote würde doch reichen, um die Pferdelords der Hochmark herbeizurufen.“

„Wir werden uns der Gefahr in Niyashaar nicht aussetzen, guter Herr.“ Garwins Sattel knarrte leise, als der neue Pferdefürst sein Gewicht verlagerte. „Die Stellung ist unmöglich zu halten. Wir werden …“

„Soll das heißen, Ihr habt Nedeam und die anderen Männer zurückgelassen?“

„Es war sein Wunsch“, sagte Garwin kalt. „Er beharrte darauf, dass er mir noch nicht verpflichtet sei, da ich den Eid als Pferdefürst noch nicht geleistet habe. Er will den Posten verteidigen und erwartet, dass er Verstärkung erhält.“

Dorkemunt spuckte grimmig aus. „Die Ihr ihm schwerlich gewähren werdet, nicht wahr?“ Er sah die anderen Schwertmänner an, und ihre Gesichter wirkten verschlossen. Sie folgten Garwin, doch es schien ihnen nicht sonderlich zu gefallen. „Ihr lasst Pferdelords ohne Hilfe vor dem Feind zurück? Was seid Ihr für Schwertmänner? Garodem hätte ...“

„Lasst meinen Vater in Frieden ruhen“, unterbrach ihn Garwin grimmig. „Ich habe zu entscheiden, und ich entscheide mich gegen Niyashaar!“

„Nein, nicht gegen Niyashaar“, schrie Dorkemunt ihn wütend an. „Ihr entscheidet Euch gegen die Pferdelords in Niyashaar! Gegen Männer, die Euch zur Treue verpflichtet sind und denen auch Ihr Treue schuldet! Wahrhaftig, Garwin, Ihr macht dem grünen Umhang des Pferdevolkes keine Ehre!“

Garwins Stimme wurde eisig. „Ihr könnt tun, was immer Euch beliebt, Herr Dorkemunt.“

„Nicht, was mir beliebt“, korrigierte Dorkemunt mit tonloser Stimme. „Sondern was die Ehre eines Pferdelords verlangt.“

Garwin musterte den alten Kämpfer für einen Moment. „Tut, was Ihr wollt“, sagte er.

Dann trabte er an, und die Gruppe der Schwertmänner wirkte unschlüssig. Einer von ihnen schwang sich aus dem Sattel und führte sein Pferd zu Dorkemunt.

„Wir müssen ihm folgen, guter Herr. Aber die Hohe Dame Larwyn und Tasmund werden von all dem erfahren. Darauf gebe ich Euch mein Wort. Nehmt mein Pferd.“

„Und meine Klinge“, rief einer der Verwundeten. „Sie mag zwar kein Ersatz für Eure Axt sein, doch sie ist aus gutem Stahl. Sie wird Euch nützen können.“ Der Verletzte löste mühsam den Waffengurt und reichte ihn Dorkemunt. „Sobald ich meinen Sattel wieder bedecken kann, werde ich sie mir holen kommen.“ Der Mann spuckte verächtlich aus. „Und mit mir viele andere Pferdelords. Die Hohe Dame und Tasmund werden diese Schande nicht zulassen.“

Dorkemunt nickte und legte sich den Gurt über die Schulter. „Dann eilt nun nach Eternas. Ich selbst werde nach Niyashaar reiten. Lasst uns hoffen, dass dort noch alle am Leben sind."

Die Gruppe ritt an und folgte Garwin, während Dorkemunt das Pferd am Zügel hielt und schwer seufzte. „Kein Mann von Ehre, wahrhaftig nicht."

Er saß auf und trieb das Pferd rasch an. Niyashaar und Nedeam warteten auf Verstärkung. Doch was sie erhielten, war nur ein alter Pferdelord.

37

Niemand rührt sich", flüsterte Nedeam. „Und lasst die Hände von den Waffen."

Beide Gruppen standen sich in einem Abstand von wenigen Längen gegenüber. Die Lanzen mit den seltsamen Klingen deuteten noch immer auf die Pferdelords und Elfen, und Nedeam war klar, dass sie sich nicht einmal mehr würden wehren können, wenn die Fremden es darauf anlegten, sie zu töten. Dass sie es nicht längst getan hatten, war verwunderlich, stimmte aber zugleich hoffnungsvoll.

Nedeam ließ die Zügel seines Pferdes langsam sinken und zeigte seine Hände mit den offenen Handflächen. „Ich bin Nedeam aus dem Volk der Pferdelords, und wir kommen in Frieden."

Die Fremden schwiegen.

Es waren beeindruckende Gestalten. Wenigstens zwei Köpfe größer als ein durchschnittlicher Pferdelord und von Kopf bis Fuß gepanzert. Die schmucklosen Rüstungen schienen schwer und massiv zu sein. Sie wiesen keinerlei Zierrat auf, kein Wappen oder Symbol verriet die Herkunft ihrer Träger. Besonders fremdartig wirkten die Helme, welche die Köpfe nahezu vollständig umschlossen. Nur die Augenpartie lag offen, doch waren diese Augen weitaus fremdartiger als alles, was Nedeam jemals zuvor erblickt hatte. Zwar schienen sie menschlichen Augen zu ähneln, doch waren sie durchweg blau; Pupille, Iris und Augapfel unterschieden sich lediglich in ihrer Tönung.

„Vielleicht verstehen sie unsere Sprache nicht", wisperte Buldwar. „Oder sie können überhaupt nicht reden."

Nedeam blickte genau zwischen die Enden von einer der halbmondförmigen Klingen. Dort, wo sie am Schaft der schwarzen Lanze befestigt war, befand sich ein kleines Loch. Es wirkte, als sei sie hohl. Er räusperte sich. „Wir wollen Euch nichts Böses. Ich werde jetzt ganz langsam von meinem Pferd steigen. Ihr könnt Eure Klingen auf mich gerichtet lassen, aber Ihr werdet sie nicht benutzen müssen. Wir sind Eure Freunde."

Elwin runzelte die Stirn. „Mag sein, dass wir denen nichts Böses wollen, Hoher Herr. Aber die Burschen sehen aus, als wollten sie uns gleich abschlachten. Wir sollten versuchen, sie niederzureiten."

„Haltet still. Nur eine falsche Bewegung, und wir sind tot", sagte Nedeam rasch.

„Ich stünde lieber einer Kohorte Orks gegenüber als diesen unheimlichen Wesen." Teadem grinste verzerrt.

„Glaubt mir, ich empfinde ebenso." Nedeam lenkte sein Pferd mit den Schenkeln sachte und langsam herum, sodass die Fremden genau sehen konnte, was er tat. Ebenso langsam ließ er sich aus dem Sattel gleiten, wobei er darauf achtete, dass seine Hände stets sichtbar waren.

„Wir leben weit im Süden", wandte er sich erneut an die Wesen. „Nach Norden sind wir gekommen, weil unsere Freunde, die Elfen, ihr Land verlassen. Sie haben bislang die Grenzen unseres Landes im Norden geschützt. An einem Ort, den man Niyashaar nennt. Wir erheben keinen Anspruch auf die Öde. Oder auf das, was einst das Land Rushaan war."

„Warum verletzt ihr dann die Grenze und betretet Rushaan?"

Die Stimme klang hart.

„Sie können sprechen und verstehen uns", raunte Buldwar.

Nedeam hob die Hand, und hieß den Schwertmann schweigen. „Unser Feind ist der Schwarze Lord mit seinen Orks. Wir kämpfen schon lange gegen ihn, und nun kommen seine Legionen über den Pass von Rushaan. Sie sind eine Bedrohung für uns und auch für Euch."

„Niemand kann Rushaan ernstlich bedrohen, solange wir seine Grenzen schützen."

„Ihr seid nur wenige, und die Orks sind viele. Sehr viele. Ihr wisst nicht, welchen Sturm sie entfachen können. Wir haben es erlebt. Sie bedrohen die Reiche der freien Wesen schon seit Langem und haben Tod und Untergang gebracht."

„Wir schützen die Grenzen Rushaans."

„Tun wir Pferdelords dies nicht auch, wenn wir Niyashaar halten?"

Die fünf Wesen schwiegen erneut.

„Wir halten Niyashaar, um uns und unsere Freunde zu schützen", sagte Nedeam eindringlich. „Wir sind nicht dort, um in Euer Land einzudringen."

„Aber ihr seid eingedrungen." Eines der anderen Wesen hatte gesprochen. Es war eine Furcht erregende Gestalt, denn ihr rechtes Auge war eine finstere Höhle, und der Helm an dieser Seite war stark beschädigt. Ein mächtiger Hieb musste den Sprecher einst getroffen haben, und es war erstaunlich, dass er davon nicht getötet worden war.

„Wir müssen sicher sein, dass die Orks Niyashaar nicht umgehen. Wenn ihnen das gelingt, werden sie in unser Land vordringen und dort unsere Frauen und Kinder töten."

„Die Wächter töten, was in Rushaan eindringt." Für einen flüchtigen Augenblick schienen die Augen des mittleren Wesens in einem blauen Strahlen aufzuglühen. „Fünf Pferdereiter mit solchen Umhängen, wie auch ihr sie tragt, haben es bereits versucht, und wir haben sie gebrannt."

Nedeam biss sich auf die Unterlippe und nickte. Fünf gute

Pferdelords waren tot. Sie hatten es befürchtet, obwohl sie bislang keinen Hinweis auf die vermisste Schar gefunden hatten. Nun hatten sie Gewissheit. „Ihr habt sie für Feinde gehalten, doch das waren sie nicht."

„Sie waren Eindringlinge", stellte die einäugige Gestalt fest. „Also wurden sie gebrannt."

„Auch wir sind Eindringlinge", seufzte Nedeam. „Dennoch kommen wir in Frieden."

„Ich bin dafür, sie zu brennen", meinte der Einäugige. „Gehen wir kein Wagnis ein. Wenn wir sie vernichten, ist die Grenze wieder sicher."

Nedeam hielt den Atem an und spürte, wie seine Begleiter sich versteiften. Wenn sich das Wesen in der Mitte, offenbar der Anführer, dieser Meinung anschloss, würden die Pferdelords und Elfen keine Chance haben. Er sah den Anführer an und zwang sich zu einem Lächeln. „Auch wir wollen die Grenze Rushaans sichern. Wir halten Niyashaar, und solange wir das tun, wird kein Ork Euer Land betreten."

Der Einäugige gab ein seltsames Bellen von sich, das wohl ein Lachen war. „Er lügt. Eben noch sprach er davon, dass die Pferdereiter, die wir gebrannt haben, in der Öde nach Orks suchten."

„Ich lüge nicht", versicherte Nedeam rasch. „Ich weiß, dass Ihr den Vorposten angegriffen habt. Die elfischen Bogen waren verschwunden, und wir fanden die Kadaver von verbrannten Orks. Wir wussten, dass sie wiederkommen würden, denn diese Bestien geben nicht so leicht auf. Bevor wir Niyashaar erneut besetzten, wollten wir sichergehen, dass keine von ihnen in die Öde entkommen sind. Also suchten wir nach Spuren."

„Vielleicht spricht der Pferdereiter die Wahrheit", sagte der Anführer.

„Dennoch sollten wir kein Risiko eingehen. Brennen wir sie nieder."

Nedeam sah in dem kleinen Loch in der Lanze des Einäugigen ein blaues Glühen aufleuchten.

„Wir hätten umkehren sollen, als wir die seltsame Burg fanden", knurrte Buldwar. „Der Schlag, der Elwin traf, hätte uns eine Warnung sein müssen."

„Nedeam hat er nicht geschadet", wisperte Llarana.

„Ihr wart am Schrein?" Der Anführer trat einen halben Schritt vor. „Und habt ihn berührt?"

„Er hat mir einen üblen Stoß versetzt", knurrte Elwin grimmig.

Der Anführer sah Nedeam an, und in seinen Augen erschien ein bläuliches Glühen. „Auch du hast ihn berührt?"

„Ja, das habe ich."

„Das kann nicht sein." Der Einäugige trat ebenfalls einen halben Schritt vor. „Sie wären alle gebrannt worden. Nur Wächter bleiben unversehrt, und das dort sind keine Wächter Rushaans."

„Ich spürte, wie sich eine Wärme in meiner Hand ausbreitete", erklärte Nedeam.

„Er kann kein Wächter sein", sagte der Einäugige grimmig. „Es ist nicht möglich."

„Er wurde nicht gebrannt. Und auch sein Gefährte nicht." Der Anführer hob die Lanze ein kleines Stück an, sodass sie nicht mehr direkt auf den Ersten Schwertmann wies. „Der Schrein hat sie verschont. Wenn ihre Absichten schlecht wären, hätte er es gespürt und sie vernichtet."

„Vielleicht hat der Schrein versagt", meinte der Einäugige. In ihm würden die Pferdelords schwerlich einen Freund finden.

Der Anführer hob die Lanze in die Senkrechte. „Rede keinen Unsinn. Du weißt, dass der Schrein nicht versagt. Würde das geschehen, wäre der ewige Fluch von uns genommen."

Aus den Augenwinkeln sah Nedeam, wie der Hügel halbrechts hinter den fünf Wesen plötzlich in einem schwachen rötlichen Schimmer zu leuchten begann. Gerade so, als bescheine ihn die Abendsonne, doch es war heller Mittag.

Irritiert kniff Nedeam die Augen zusammen.

Lotaras bemerkte das und trieb sein Pferd neben Nedeam, ungeachtet der anderen Lanzen, die noch immer auf sie gerichtet waren. „Was ist, mein Freund? Hast du etwas entdeckt?"

„Ich bin mir nicht sicher. Es ist mehr ein Gefühl, dass von diesem Hügel dort Gefahr ausgeht."

„Der Pferdereiter hat die Gabe der Wächter", sagte der Anführer und wandte sich halb um. „Auch er hat die Eindringlinge gespürt und erkennt sie als Gefahr."

„Er ist dennoch kein Wächter", entgegnete der Einäugige lakonisch.

„Das stimmt. Aber vielleicht ist er etwas, das Rushaan schon lange nicht mehr besaß."

Der Einäugige sah den Anführer skeptisch an, und sein einzelnes Auge glühte in grellem Blau. „Und was sollte das sein?"

„Ein Freund", war die schlichte Erwiderung. Er sah Nedeam an. „Auch wir spüren, dass sich Eindringlinge nähern. Es sind viele. Weitaus mehr als wir selbst."

„Orks", stieß Buldwar hervor. „Es können nur die Bestien sein." Sein Gesicht verzog sich zu einem kalten Lächeln.

Nedeam nickte. „Dann lasst uns ihnen begegnen."

„Ihr wollt kämpfen?" Der Anführer der Wächter musterte Nedeam. „Obwohl ihr in der Unterzahl seid?"

Nedeam schwang sich in den Sattel. „Was bleibt uns übrig? Wir kämpfen vom Rücken unserer Pferde aus, wie es sich für Pferdelords gebührt."

Auf dem Kamm des gegenüberliegenden Hügels war nun Bewegung. Unverkennbar formierten sich dort die gerüsteten Gestalten von Rundohren.

„Zwei ihrer Kohorten“, stellte Buldwar fest. „Gegen die werden wir nicht bestehen können.“

„Wir könnten in einem der Gebäude der Stadt in Deckung gehen“, meinte Elwin. „Dann würden wir ein paar von ihnen mit unseren Pfeilen erledigen und uns dem Rest mit blanker Klinge stellen.“

Nedeam lachte auf. „Gesprochen wie ein wahrer Pferdelord.“

„Was auch immer ein Pferdelord ist, Pferdereiter Nedeam, tretet nun zur Seite.“ Der Anführer winkte mit seiner Lanze. „Ihr seid bereit, für euer Leben und für Rushaan zu kämpfen, das will ich anerkennen. Und nun macht Platz.“

Die Kohorten der Orks hatten sich mittlerweile formiert und marschierten den Hügel herunter. Nedeam fiel auf, dass sich keine Spitzohren unter ihnen befanden. Aber unverkennbar trug die übliche Anzahl des Feindes Bogen und Querbogen.

„Lotaras.“

Lotaras und Llarana sprangen aus dem Sattel, legten Pfeile an die Sehnen ihrer Bogen und schossen. Für jede andere Waffe war die Entfernung noch zu groß, doch die beiden elfischen Langbogen überwanden die Distanz mühelos. Die Wucht der Geschosse war so enorm, dass die getroffenen Rundohren nach hinten geworfen wurden.

„Ihr müsst ein wenig über ihre Köpfe zielen“, mahnte der Anführer der Wächter.

Llarana runzelte die Stirn, sah ihn kurz an und nickte gleichmütig. „Wie Ihr wollt. Aber dann bleibt mehr für Euch zu tun.“

„Wir Pferdelords werden ein paar Längen zurückreiten“, wandte sich Nedeam an die Wächter. „Wenn die Bestien zum Sturm ansetzen, brauchen wir ein wenig Anlauf.“

„Das wird nicht nötig sein.“ Der Anführer wandte sich nun endgültig den Orks zu. „Es sind kaum vierhundert, mit denen werden wir allein fertig.“

Ein Kommando ertönte bei den Orks, und die Kohorten hielten. Nedeam wusste sofort, was nun geschehen würde. „Schilde! Sie wollen …“

Ein Hagel von Pfeilen und Bolzen löste sich auf Seiten der Orks. Die Geschosse stiegen sanft auf und senkten sich dann ihren Zielen entgegen. Auch wenn die Mehrheit der Pfeile erbärmlich schlecht gezielt war, hatten die Pferdelords Mühe, sie mit den Schilden abzuwehren. Buldwar erhielt einen Pfeil in den Schenkel und fluchte grimmig, und Nedeam sah, wie Llarana sich zur Seite warf und nur knapp einem anderen Pfeil entging. Doch von den Bolzen der Querbogen erreichte kein einziger sein Ziel. Nedeam und die anderen konnten die schweren Geschosse heranfliegen sehen; ihr Flug war trügerisch langsam und verriet nichts von der Wucht, mit der die Metallbolzen auch dicke Rüstungen zu durchschlagen vermochten. Plötzlich begann, kaum zehn Längen vor den Wächtern, die Luft zu flimmern. Nebel stieg vom Boden hoch und nahm den dahinter Stehenden die Sicht auf die Kohorten. In dem Wallen flammte ein blaues Glühen auf, Donner ertönte, Blitze zuckten über die Landschaft und zerrissen den Nebel, in dem die Pferdelords und Elfen schemenhafte Gestalten erkannten.

Dann löste sich der Nebel so unvermittelt, wie er gekommen war, wieder auf, und die Gestalten weiterer Wächter wurden sichtbar. Sie hoben ihre Lanzen an und stellten sie an die Schultern. Nedeam blickte zum gegenüberliegenden Hang hinüber, der mit den Kadavern der Orks bedeckt war. Rauch stieg dort auf, und der Wind trug den Gestank verbrannten Fleisches herüber.

Der Anführer der Wächter wandte sich Nedeam und den anderen zu, als sei nichts geschehen. „Ich bin Heliopant-Priotat, Erster Wächter, der Priotat Rushaans. Seid mir willkommen. Es ist lange her, dass ich solche Worte sprach."

Auch drei seiner Begleiter richteten nun ihre Lanzen auf, nur der Einäugige zögerte. „Ich bin Onteros-Prion, und ihr seid mir nicht willkommen. Aber das Wort des Ersten Wächters gilt."

Buldwar musterte den Einäugigen kalt. „In einem sind uns diese Blauaugen ähnlich. Sie schätzen ein offenes Wort."

„Wie habt ihr das vollbracht, Heliopant-Priotat? Woher kamen plötzlich deine Männer, und wie …"

Der Erste Wächter und Paladin hob die freie Hand. „Es sind die Gaben der Wächter, Pferdereiter Nedeam. Und sie sind zugleich unser Fluch."

Onteros-Prion trat neben den Anführer, und sein einzelnes Auge funkelte noch immer böse. „Auch wenn sie nun unter dem Schutz der Paladine stehen, so solltest du ihnen nicht zu sehr vertrauen, Priotat. Sie mögen bereit gewesen sein, gegen die Orks zu kämpfen, doch das heißt nicht, dass sie auch unsere Freunde sind."

„Das können wir leicht herausfinden."

Das einzelne Auge funkelte Nedeam an. „Wenn sich einer von ihnen der Prüfung unterzieht. Wärest du dazu bereit, Pferdereiter? Aber sei gewarnt, wenn du versagst, wirst du gebrannt. Und die deinen mit dir."

„Was für eine Prüfung soll das sein?", fragte Nedeam misstrauisch.

Heliopant-Priotat streckte seine Hand aus. „Du musst nur

von deinem Pferd steigen und mir die Hand reichen."

„Und wenn ich es nicht tue?"

„Dann werdet ihr zur Grenze zurückgehen und Niyashaar aufgeben."

Nedeam seufzte. „Schön, ich habe nichts gegen einen ehrlichen Handschlag einzuwenden."

„Doch steig erst einmal ab." Der Priotat reichte einem anderen Wächter seine Lanze.

Nedeam schwang sich aus dem Sattel und trat ohne weiteres Zögern vor den Wächter. „Hier hast du meine Hand. Ich reiche sie dir in Freundschaft."

Heliopant-Priotat erwiderte nichts, sondern ergriff sie mit festem Druck. Wärme breitete sich in Nedeams Hand aus, und er versuchte, den Blick in den blauen Augen seines Gegenübers zu deuten. Sie begannen das blaue Leuchten auszustrahlen, doch war es ein eher sanfter Schimmer und nicht das Unheil verkündende helle Glühen. Die Wärme breitete sich immer weiter aus und erfasste bald Nedeams gesamten Leib. Er spürte ein Ziehen im Schädel, ein drängendes Pochen, das sich steigerte und langsam schmerzhaft wurde.

Aus den Augenwinkeln sah Nedeam, dass Llarana besorgt nach ihrer Klinge griff. „Nicht", ächzte er, und das auszusprechen kostete ihn alle Kraft. Das Gesicht des Priotat begann zu verschwimmen; die Augen beherrschten alles, ihr Blick schien in Nedeams Seele einzudringen, und vielleicht tat er das tatsächlich.

Unvermittelt löste der Erste Wächter seinen Griff und trat zurück. Er sagte nichts, doch der Einäugige stieß einen seltsamen Laut aus und richtete dann ebenfalls seine Lanze in die Höhe, wobei das drohende Leuchten in seinem Auge einem sanften Schimmer wich.

„Nun gut, es ist entschieden", stellte der Einäugige fest.

Nedeam rang nach Atem. Noch immer lief ein warmes Prickeln durch seinen Körper.

Aus den Reihen der anderen Wächter näherte sich ein einzelner und gesellte sich zu der Fünfergruppe. „Die Kraft der Lanzen ist erschöpft. Wir müssen den Schrein aufsuchen."

„Gut, Jeslat-Prion, dann gib Befehl für den Abmarsch zur Wache."

Die Wächter formierten sich zu einer Dreierkolonne, und Nedeam überschlug hastig ihre Zahl. Zusammen mit den fünfen, die ihnen zuerst begegnet waren, kamen sie auf insgesamt achtzig Kämpfer. „Keine große Zahl", murmelte er, „aber eine beeindruckende Macht."

„Ihr werdet mit uns zum Schrein kommen", entschied Heliopant-Priotat, und seine Stimme duldete keinerlei Widerspruch. „Ihr steht nun unter dem Schutz der Wächter, und wir werden euch an die Grenze Rushaans geleiten. Deine Absichten sind ehrlich, Nedeam, das konnte ich fühlen. Und da deine Begleiter Freunde von dir sind, stehen auch sie unter unserem Schutz. Dennoch müsst ihr Niyashaar verlassen."

Nedeam öffnete den Mund zum Protest, doch der Wächter legte ihm, in einer zweifellos menschlichen Geste, die Hand auf die Schulter. Diesmal verspürte der Pferdelord keinerlei ungewöhnliche Wärme, nur den sanften Druck der Hand. „Nein, ich kenne deine guten Absichten und deine Sorge, Pferdereiter. Doch es ist die Aufgabe der Prions, das Reich zu schützen. Bis die Grenzen sicher sind."

„Bis die Grenzen sicher sind", echoten die anderen Wächter hörbar.

„Das klingt nach einem Schwur", raunte Lotaras.

Der Erste Wächter sah den Elfen an. „Eher ist es ein Fluch, elfisches Wesen."

Llarana und Teadem hatten unterdessen Buldwar geholfen, seine Wunde zu versorgen. Innerhalb kürzester Zeit war die Reithose aufgetrennt, der Pfeil herausgeschnitten und die Wunde verbunden. Buldwar betrachtete nun grimmig die Pfeilspitze, nickte schließlich und warf sie mit einem verächtlichen Fluch von sich.

Sie schlossen sich der Marschkolonne der Wächter an, und Nedeam führte sein Pferd am Zügel, um die Gelegenheit zu haben, mit Heliopant-Priotat zu sprechen.

„Ihr seid rätselhafte Wesen“, gestand der Pferdelord ein. „Dieses Land ist schrecklich zugerichtet und ohne Leben. Man nennt es die Öde, doch heißt es, dass es einmal Heimat eines großen und starken Reiches war.“

„Rushaan.“ Der Erste Wächter seufzte. „Das große Reich von Rushaan, dem wir noch immer dienen. Einst war dies ein reiches, ein herrliches Land, Pferdereiter. Ein Land voller Wälder und blühender Felder. Voller Siedlungen und Städte.“ Er schwieg einen kurzen Moment. „Und voller Menschen. Wir waren ihre Wächter, die Prions des Reiches. Wir schützten Rushaans Grenzen. Viele waren wir, und stark, Pferdereiter, sehr stark. Niemand überschritt die Grenzen, wenn die Herren Rushaans es nicht wünschten. Dann kam die Zeit der Sonnenfeuer, in der das Leben erlosch. Alle starben, bis auf uns, die Wächter, die letzten Hüter.“ Heliopant-Priotat wandte den Kopf und sah Nedeam an. „Es ist ein Fluch, der uns zur ewigen Wache verdammt, Pferdereiter. Wir sind dazu verurteilt, die Grenzen für alle Zeit zu schützen. Die letzten Hohepriester Rushaans haben es geschworen, und nun wacht der Schrein darüber. Er verleiht uns magische Kräfte, mit deren Hilfe wir Verdammten bis zum Ende der Welt das Land durchstreifen und jeden Eindringling vernichten. Doch wir sind des Streifens und des Tötens müde, Pferdereiter. So schrecklich müde sind wir.“

„Wenn der Schrein den Fluch bewirkt, dann zerstört ihn doch", sagte Nedeam pragmatisch. „So könnt ihr euren Frieden finden."

Die Augen des Priotat glühten auf. „Wir schützen den Schrein, wie wir die Grenzen schützen. Wer auch immer die Hand gegen den Schrein erhebt, den werden wir ohne Gnade brennen."

Jeder der Pferdelords und Elfen wusste inzwischen, was die Wächter unter „brennen" verstanden, und sie erschauderten bei der Entschlossenheit dieser Worte. Nedeam sah den Ersten Wächter mitfühlend an. „Dann ist es wirklich ein Fluch, der auf euch lastet."

„Der Schrein und wir sind eins." Heliopant-Priotat deutete mit der Lanze über das Land. „Wir kennen den Schwarzen Lord und seine Orks. Er war immer auch ein Feind Rushaans. Er kennt unsere Macht und hat sie schon früher gekostet. Dennoch wird er es immer wieder versuchen. Wir sind nur noch wenige, und unsere Zahl schwindet weiter und mit ihr auch unsere Macht. Eines Tages werden wir die Grenzen nicht mehr schützen können. Es wird ein verfluchter und segensreicher Moment zugleich sein. Bis zur letzten Lanze werden wir den Schrein und Rushaan verteidigen, dennoch sehnen wir den Augenblick herbei, in dem wir endlich erlöst werden und Frieden finden. Dann, wenn die letzte unserer Lanzen vom Feind bezwungen ist oder die Grenzen endlich sicher sind."

Nedeam empfand Mitgefühl für diese Wesen. „Wenn die Grenzen wieder geschützt würden und keine Gefahr mehr bestünde, dann könntet ihr in Frieden gehen?"

„Das ist der Augenblick, den wir alle herbeisehnen."

„Bei den Finsteren Abgründen", meldete sich Teadem zu Wort. „Wenn ich zu ewigem Leben und Kampf verdammt wäre, würde ich mich in mein Schwert stürzen. Wahrhaftig, ich scheue keinen Kampf, doch das Leben bietet mehr als Blut und Tod."

„Für euch mag das stimmen, Pferdereiter. Wir hingegen sind die Wächter Rushaans und schützen seine Grenzen."

„Bis sie sicher sind, ich weiß", seufzte Nedeam. „Wahrhaftig, ich wollte, wir könnten etwas dazu beitragen. Zu unser beider Vorteil."

Heliopant-Priotat sah Nedeam mit blau schimmernden Augen an. „Warten wir ab, was die Zukunft uns bringt. Glaube mir, Pferdereiter, wir Wächter haben es gelernt zu warten."

Nedeam sah seine Begleiter nachdenklich an und blickte dann nach vorne. Die Silhouette der eiförmigen Türme tauchte wieder vor ihnen auf. Jene Stätte, welche die Wächter als Wache bezeichneten und wo sich ihr Schrein befand. Er dachte an Niyashaar. Zwei Kohorten der Orks waren ihnen in die Öde gefolgt. Ein schlechtes Zeichen. Der Schwarze Lord würde nicht mehr lange warten, bis er mit seinen Legionen angriff.

Es blieb nur wenig Zeit, und Nedeam hatte nur wenige Pferdelords, die sich dem Feind entgegenstellen konnten. Wenn Garwin nicht doch noch Verstärkung schickte, konnte er nur hoffen, dass sich die Wächter Rushaans als wertvolle Verbündete erwiesen. Ihre Macht war Furcht erregend, aber nicht unüberwindbar.

Alles hing davon ab, dass Niyashaar gehalten wurde.

38

Wir müssen aus diesem verfluchten Pass heraus." Fangschlag stieß mit seinem Kampfstiefel wütend auf den Boden. „Seit Tageswenden harren wir hier aus. Wir stecken hier fest wie der Korken in einer Flasche. Das ist nicht gut, wir können unsere Kräfte nicht entfalten."

Einohr zuckte mit den Schultern. „Der Allerhöchste hat entschieden, dass wir auf die Verstärkung warten sollen."

„Verstärkung, Verstärkung." Erneut stampfe Fangschlag wütend auf. „Wozu weitere Legionen? Dieses Niyashaar wird von nicht einmal einer Kohorte Pferdemenschen gehalten. Wir würden sie einfach wegfegen!"

„Der Allerhöchste will weitaus mehr, als Niyashaar einzunehmen."

In diesem Moment gab Fangschlag herzlich wenig auf die Absichten des Schwarzen Lords. Die Situation seiner Legionen war unangemessen. Sie steckten im Pass von Rushaan und waren sogar auf Transporte mit Wasser angewiesen, das eilig von Cantarim herbeigeschafft wurde. Dabei gab es in Niyashaar gutes Wasser, und die Legionen hätten ihren Durst längst daran stillen können. Fleisch hatten sie immerhin genug. Einohr hatte kaum protestiert, als Fangschlag die Hälfte der Hornbestien töten ließ. Die unberechenbaren Tiere waren in der Enge des Passes noch weitaus schlechter zu kontrollieren gewesen als in den Weiten der Ebene von Cantarim. Die Hornbestien waren es gewöhnt, sich zu bewegen, und die Enge des Passes und die Untätigkeit machten sie noch aggressiver, als sie es ohnehin schon waren. Als zwei von ihnen eine vorbeimarschierende Kohorte der Eisenbrüste angriffen, hatte Fangschlag die Geduld verloren. Bei der Schlachtung waren drei weitere Eisenbrüste getötet worden, doch dafür waren nun die Fleischvorräte aufgefüllt, und es war gutes Fleisch.

„Dieses Zögern verschafft dem Feind Zeit, sich auf uns vorzubereiten.“ Fangschlag bleckte seine Fänge. „Er weiß längst, dass wir hier sind.“

„Na und? Was kann er dagegen tun?“ Einohr lachte auf. „Wenn er vorstürmt, um sich uns zu stellen, ist er noch rascher verloren, als wenn er in Niyashaar ausharrt. Außerdem werden deine Legionen nicht einmal stürmen müssen.“

„Weil die Pferdemenschen an Altersschwäche gestorben sind, bis der Allerhöchste den Angriff befiehlt, wie?“, giftete Fangschlag. Er hatte wirklich gelernt, Geduld zu haben. Dort, wo sie angemessen war. Doch hier war Handeln geboten.

„Nein, du Oberherr der Legionen, gewiss nicht.“ Einohr blickte zu Seite und grunzte dann erfreut. „Ah, da kommt er ja endlich.“

„Wer kommt?“

„Breitbrüller. Er wird dir meinen Plan erklären. Eine wahrhaft gute Strategie. Sie wird dir gefallen, denn sie schont das Leben deiner Kämpfer.“

Fangschlag sah den kleinen Legionsführer misstrauisch an. „Dann kann es nur ein sehr hinterhältiger Plan sein. Ich kenne dich, Einohr. Du hast keine Ehre im Leib.“

Das verstümmelte Spitzohr zischte. „Der Plan ist gut. Er tötet die Pferdemenschen, nur darauf kommt es an.“

Das Spitzohr namens Breitbrüller hatte die kleine Gruppe inzwischen erreicht. Sie kauerte am Ausgang des Passes von Rushaan, von wo aus man einen guten Ausblick auf die Ebene und den Vorposten hatte.

Breitbrüller hatte einst die Auseinandersetzung mit einem anderen Spitzohr überlebt. Dabei war jedoch einer seiner Mundwinkel aufgeschlitzt worden. Die Wunde war nur schlecht verheilt, auch hatte er einen seiner Fangzähne eingebüßt, und nun wirkte sein Mund auf einer Seite unnatürlich verbreitert, sodass es aussah, als verzöge er ständig die Lefzen zu einem verächtlichen Grinsen. Er trug den ledernen Helm der Spitzohren und hatte einen metallenen Dorn daran befestigt, der seinen Rang als Führer der Donnerrohre symbolisierte. Durch das Laufen war er nun allerdings ein wenig verrutscht.

Er warf Fangschlag sein schiefes Grinsen zu, salutierte kurz und hockte sich dann auf einen der Felsen. „Ich habe alles überprüft, wie du gesagt hast, Einohr. Die Menge an Sprengpulver ist mehr als ausreichend, und Brennschnüre lassen sich anfertigen. Wir nehmen lange Tuchstreifen, fetten sie ein und wickeln etwas Pulver hinein. Es funktioniert, wir haben es ausprobiert." Seine Lefzen verzogen sich noch weiter. „Sie brennen recht schnell ab. Viel Zeit wird uns also nicht bleiben."

„Spitzohren haben schnelle Füße", erwiderte Einohr und wirkte außerordentlich zufrieden. „Wichtig ist, dass genug Sprengpulver für die Donnerrohre bleibt."

„Es heißt, die Verstärkungen werden weitere Karren mit Pulver bringen."

„Worum geht es hier eigentlich?", knurrte Fangschlag. „Was redet ihr da von Sprengpulver und Brennschnüren?"

Einohr lachte meckernd und deutete vor sich. „Siehst du die Felsenklippe, die über Niyashaar aufragt? Wir werden ein Ladung Sprengpulver an ihrem Fuß anbringen und sie mit den Schnüren entzünden. Der Felsen wird sich neigen und den Vorposten samt den Pferdemenschen unter sich begraben."

Fangschlag erblasste ein wenig. „Der Stein soll sie erschlagen? Das ist feige und eines Kriegers nicht würdig!"

„Es wird sie töten, nur das zählt.“

„Das werde ich nicht zulassen“, knurrte Fangschlag. „Meine Eisenbrüste sind bereit. Sie haben nicht so lange geübt und Geduld bewiesen, um einfach zuzusehen, wie sie um den Sieg betrogen werden.“

Einohr grinste spöttisch. „Frag doch den Allerhöchsten, was er davon hält.“

Fangschlag war mutig genug, genau das zu tun. Wenig später hielt er den Stein in der Hand und blickte in das schwarze Wallen und das Gesicht des Allerhöchsten. Die wesenlose Stimme erfüllte alles mit ihren Vibrationen. „Ich heiße gut, was der Legionsführer Einohr plant. Es geht nicht um dein Ehrempfinden, Fangschlag. Wenn der zusammenstürzende Felsen den Feind tötet und deine Legionen dadurch schont, so bleiben dir mehr Kämpfer, um meinen Plan umzusetzen. Denn deine Eisenbrüste müssen die Öde für mich nehmen, und dazu brauche ich jeden einzelnen der Kämpfer. Die Pferdemenschen und deine Befindlichkeit sind dabei ohne Bedeutung. Du wirst Einohr nach Kräften unterstützen.“

Das Glühen und Wallen des Sprechsteins erlosch.

Fangschlag schob ihn unter seinen Harnisch zurück und sah die triumphierenden Blicke der beiden Spitzohren.

„Ich brauche ein paar deiner Rundohren als Träger“, sagte Einohr grinsend. „Mit Einbruch der Nacht beginnen wir damit, das Sprengpulver am Felsen anzubringen. Diese Nacht wird gut dafür geeignet sein. Wolken ziehen sich zusammen. Sie werden die Sterne und den Mond verbergen und den Pferdemenschen die Sicht nehmen.“

Fangschlag schluckte seinen Zorn hinunter und nickte. „Mit Einbruch der Nacht.“

Er dachte an die Zeit zurück, als er frisch aus den Brutbeuteln geschlüpft war. Die Waffenmeister hatten ihn unterwiesen und ihm und den anderen Rundohren immer wieder eingeschärft, dass es ehrenhaft war, dem Feind mutig entgegenzutreten und nicht vor ihm zu weichen, sondern seine Schläge hinzunehmen und die eigenen Hiebe kraftvoll auszuteilen. So lange, bis der Feind wich und der Sieg errungen oder die Legion zerschlagen war. Es war eine Kampfweise, die keine Rücksicht auf Verluste nahm. Aber sie hatte die Legionen des Schwarzen Lords immer wieder zum Sieg geführt. Feind um Feind war niedergekämpft worden, sechs Königreiche der Menschen waren gefallen, und die wenigen, die überlebt hatten, waren nur noch ein Abglanz alter Stärke. Lediglich das Königreich Alnoa und die Pferdemenschen widersetzten sich noch, zusammen mit den Elfen und Zwergen. Der Sieg war greifbar nahe, denn immer neue Legionen wuchsen in den Bruthöhlen heran. Doch diese mussten ausgerüstet werden, und da die Rohstoffe knapp wurden, sah der Allerhöchste in dem Eisen von Rushaan den Schlüssel zum Erfolg. Er wollte die Öde daher um jeden Preis einnehmen. Aber der Widerstand der Pferdelords würde nur schwach sein. Außerdem standen fünf Legionen bereit, verstärkt durch die Donnerrohre und weitere Truppen, die bereits heranmarschierten. Eine überwältigende Übermacht. Warum sollte also nun, im Angesicht des nahen Sieges, jede Ehre aufgegeben werden? Fangschlag begriff es nicht, und es widerstrebte ihm. Doch er unterstand dem Willen des Allerhöchsten und musste sich dem fügen.

Am späten Nachmittag kam eine Gruppe der Pferdemenschen aus der Öde zurück. Zwei elfische Wesen waren darunter, und einer der Menschen schien verwundet. Es hatte also ein Gefecht gegeben. Doch gegen wen hatten die Pferdemenschen gekämpft? Gegen die beiden Kohorten, die ihnen gefolgt waren, oder gegen die „Anderen“, die sich in der Öde verbargen?

Als die Nacht hereinbrach, begann hektische Aktivität bei den Orks der vorderen Legion.

Rundohren brachten Kisten und Säcke von hinten heran und wurden dabei misstrauisch von Spitzohren beäugt, die eigentlich die Donnerrohre bedienten und nun dazu ausersehen waren, die Sprengladung am Fuß der Klippe anzubringen. Da die Rundohren mit dem Pulver sonst nichts zu tun hatten und auch nur wenig davon verstanden, gingen sie nicht besonders behutsam mit den Behältern um. Immer wieder ermahnten die Spitzohren sie zur Vorsicht und hielten beachtlichen Abstand. Breitbrüller war ständig in Bewegung, und seine giftigen Bemerkungen galten vor allem Blaubrust, jenem Kohortenführer, der die Transportmannschaft befehligte.

„Nicht nur Feuer kann das Pulver entzünden", fauchte Breitbrüller. „Manchmal reicht schon ein heftiger Schlag. Willst du, dass wir alle sterben? Diese Menge reicht aus, um den ganzen Pass zum Einsturz zu bringen."

Wahrscheinlich war das übertrieben, aber keinem Rundohr behagte die Vorstellung, unter den Gesteinsmassen der Felswände begraben zu werden. So wurden sie vorsichtiger und warfen gelegentlich forschende Blicke auf die Felsen, als befürchteten sie, schon ein spontaner Schrei könne den Untergang herbeiführen.

Schließlich stapelten sich Kisten und Säcke am Ausgang des Passes, und daneben lag die zusammengerollte Brennschnur. Breitbrüller untersuchte alles akribisch, bevor er nickte. „Gut, nun können wir es zur Klippe hinüberbringen. Ich muss dort nur eine Höhlung oder Spalte finden, wo es sich gut verbergen lässt und seine Wirkung voll entfalten kann."

Blaubrust spuckte aus. Sein Brustharnisch war auf einer Seite von zu großer Hitze angelaufen und hatte sich blau verfärbt, ein Fehler der Schmiedemeister. Das Rundohr hatte einige Male zur Probe auf den Panzer geschlagen, bevor er ihn schließlich akzeptierte. Immerhin hatte die Färbung der Rüstung ihm einen Namen verschafft. „Die Pferdemenschen waren immer achtbare Gegner", sagte er zu Fangschlag. „Welchen Ruhm bringt es, den Feind zu bezwingen, indem man ihn hinterhältig unter Stein begräbt?"

Einohr antwortete an Fangschlags Stelle. „Wenn alles zur Sprengung bereit ist, können die Legionen Niyashaar umzingeln. Das wird die Pferdemenschen daran hindern, den Posten zu verlassen, denn sie werden euren Angriff erwarten."

„Auch darin liegt kein Ruhm", knurrte Fangschlag.

„Nein", bestätigte Einohr und lachte hämisch. „Aber ihr werdet ein unvergessliches Schauspiel erleben, wenn die Klippe den Feind unter sich begräbt."

39

Meowyn hatte getan, was sie konnte, damit Garodem zu seiner Bestattung würdevoll aussah. Sie hatte seinen Leib gewaschen, seine Haare sorgfältig gestutzt und ihm seine Rüstung angelegt. Das alles war ihr nicht leicht gefallen, zumal Garodem nicht nur der Pferdefürst, sondern auch ein Freund gewesen war. Aber der Herr einer Mark des Pferdevolkes wurde auf andere Weise bestattet als ein einfacher Pferdelord. Zu seiner Beisetzung versammelten sich der König und die anderen Pferdefürsten, und es dauerte seine Zeit, bis sie alle eingetroffen waren. Da man den Leib Garodems so lange nicht in die Erde versenken konnte, musste er präpariert werden.

Es hatte viel Mühe gekostet, denn nahezu jeder verfügbare Baum der Hochmark war angezapft worden, um an das erforderliche Harz zu gelangen. Auch wenn das Baumblut verdünnt und mit einer anderen Substanz gestreckt werden konnte, benötigte man sehr viel davon, denn Garodem war kein kleiner Mann gewesen.

Die Tischler von Eternas hatten zunächst die Kiste gefertigt, dann hatte man eine dünne Schicht Harz hineingegossen und es anhärten lassen. Danach wurde die sterbliche Hülle Garodems, umgeben vom grünen Umhang des Pferdevolkes, darauf gebettet. Larwyn hatte Garodems Hand um den Griff seines Schwertes gelegt, denn kein Mann des Pferdevolkes ritt ohne seine Waffe hinauf zu den Goldenen Wolken. Als alles gerichtet war, hatte man Garodem mit der zäh fließenden Masse übergossen, bis er vollständig von ihr umschlossen war. Anschließend hatte man das Harz aushärten lassen, und vor einer Tageswende war die Kiste entfernt und der gesamte Block geschliffen und poliert worden. Nun war alles bereit. Bereit für den letzten Weg Garodems.

Inzwischen waren auch die anderen Pferdefürsten und König Reyodem eingetroffen. Die Nachricht über Garodems Tod hatte die Menschen der Marken in tiefe Trauer gestürzt. Auch wer ihn nicht persönlich kannte, hatte von seinen Taten gehört, die den Ruhm des Pferdevolkes mehrten. In der letzten Nacht hatte die Halle von Eternas von den Stimmen der Männer widergehallt, die mit Garodem geritten waren und sich nun seiner erinnerten. Dabei war so mancher Becher ihm zum Gedenken und zu seinen Ehren gelehrt worden. Nun sollte Garodem endgültig den Ritt zu den Goldenen Wolken antreten.

Die Ehrenformationen der anderen Marken waren bereit; an ihren Spitzen ritten die Pferdefürsten. Da war Henderonem, der Herr der Westmark, dessen üppiger Vollbart und buschige Augenbrauen vom Alter weiß geworden waren. Auf das Gelb der Rosshaarschweife seiner Schwertmänner folgte das dunkle Grün der Reitermark, die von Bormunt regiert wurde. Hellblaue Farben trugen die Männer der Südmark unter Welderonem, und zuletzt kamen die goldenen Schweife der Königsmark, die schwarzen der Ostmark und die dunkelroten der Nordmark. Doch diese drei Beritte wurden nicht von ihren Pferdefürsten angeführt.

Bulldemut, der Herr der Ostmark, und sein Erster Schwertmann Mor hatten es sich nicht nehmen lassen, Garodems Hülle zu tragen, ebenso wenig wie der junge Pferdefürst Meredem aus der Nordmark und der König, der seinem Onkel diese Ehre gemeinsam mit Torkelt erwies, dem Oberbefehlshaber der Pferdelords. Da Garodems Sohn nicht anwesend war, trat Tasmund an dessen Stelle, der seine Schmerzen mühsam unterdrückte.

Es war sicherlich nicht leicht, den Harzblock mit Garodems Leib zu tragen, und obwohl der Weg nur kurz war, nahm er Zeit in Anspruch. Die Menschen der Hochmark hatten sich auf der freien Fläche zwischen Burg und Stadt versammelt und sahen der Prozession ergriffen zu, die aus dem Tor marschierte und dann den Weg nach links einschlug. An dessen Ende würde der Zug über die kleine Brücke des Eten schreiten, dorthin, wo sich das lange Massengrab befand, die letzte Ruhestätte jener Menschen, die im Kampf um Eternas und gegen die Orks ihr Leben verloren hatten. Garodem hatte diesen Ort oft aufgesucht, um niemals zu vergessen, was die Menschen der Mark erlitten hatten. Für die Hohe Dame Larwyn hatte es keinen Zweifel gegeben, dass Garodem diesen Ort für sich erwählt hätte. Und dereinst würde sie ihm selbst dorthin folgen.

Es war eine würdevolle Zeremonie, und als schließlich die Beritte der Pferdelords an ihre Schilde schlugen, um Garodem zu den Goldenen Wolken zu geleiten, stimmte die Menge die Ballade an, und der symbolische Hufschlag der Pferde mischte sich mit dem Chor der Stimmen und erfüllte das Tal von Eternas.

Als alles vorbei war, zerstreute sich die Menge nur langsam. Die Ehrenberitte trabten zum großen Platz westlich der Burg hinüber, um sich dort auf den Heimweg in ihre Marken vorzubereiten, während der König und die Pferdefürsten noch mit Larwyn am Grab standen, um ihr Trost zu spenden. Dies war der Moment, in dem das Hornsignal vom Turm ertönte und der dortige Wächter mit seiner Lanze nach Norden wies.

„Nedeams Beritte kehren zurück“, brummte Tasmund und seufzte schwer. „Leider ein wenig zu spät. Er hätte Garodem sicher gerne das Geleit gegeben."

„Garwin!" Die Hohe Dame Larwyn raffte ihr Gewand und eilte zu der Brücke, denn mit den Beritten würde auch ihr Sohn aus dem Norden heimkehren.

„Geben wir ihnen etwas Zeit", seufzte König Reyodem. „Garodems Tod hat sie beide getroffen, und nun müssen sie ihren Schmerz teilen und überwinden."

„Verdammtes Pech." Bulldemut schnaubte. „Hätten wir geahnt, dass sie auf dem Weg sind, hätten wir noch etwas gewartet. Verdammtes Pech."

Als Larwyn das Tor der Burg erreichte, trabten die Ankömmlinge gerade heran. Die Herrin der Hochmark bemerkte sofort die geringe Größe der Gruppe und den hohen Anteil an Verwundeten. Sie war erleichtert, als sie Garwin erkannte, und sorgte sich zugleich, da sie Nedeam nirgends sah.

„Ruft die Heilerin Meowyn", wandte sie sich an die Torwache. „Es hat Verletzte gegeben. Und bittet den Hohen Herrn Tasmund zu mir. Etwas ist geschehen, und ich werde seinen Rat benötigen."

Garwin überblickte die Situation sofort und sprang neben seiner Mutter aus dem Sattel. „Es tut mir leid, dass ich so spät komme. Wir sind so rasch geritten, wie es der Zustand der Verletzten zuließ." Er umfing sie mit den Armen und zog sie an sich. „Die Zeremonie ist vorbei?"

„Ja, mein Sohn. Reyodem und die Fürsten machen sich gerade zum Aufbruch bereit."

„Nun, doch wohl nicht, ohne zuvor den neuen Pferdefürsten der Hochmark begrüßt zu haben", erwiderte Garwin und löste sich von ihr. „Das wäre nicht recht, denn ich will ihnen meine Entscheidungen verkünden."

„Entscheidungen? Welche Entscheidungen?" Verwirrt folgte sie ihm. „Was ist geschehen, und wo sind Nedeam und die anderen Männer?“

„Sie sind zurückgeblieben“, erwiderte er knapp. „Sie wollten meinem Befehl nicht folgen. Sobald ich den Eid als Pferdefürst geleistet habe, werde ich ihnen einen Boten senden. Dann können sie sich mir nicht länger widersetzen und müssen zurückkehren.“

„Widersetzen?“ Sie hielt ihn am Arm fest. „Wovon sprichst du? Was ist geschehen?“

„Er verweigerte mir den Gehorsam.“ Garwin wandte sich der Mutter zu und sah sie wütend an. „Kannst du dir das vorstellen, Mutter? Nedeam verweigerte sich mir. Mir, seinem Pferdefürsten!“

Larwyn erblasste ein wenig. Sie begriff sofort, dass sich im Norden Beunruhigendes ereignet hatte. „Warte, Garwin. Was auch immer geschehen ist, du musst davon berichten. Mir und dem Hohen Herrn Tasmund.“

„Sobald es mir passt.“ Er entzog sich ihrem Griff. „Zunächst müssen wir den Rat einberufen. Ich will den Eid so rasch wie möglich ablegen. Niemand soll mir die Herrschaft streitig machen.“

„Die Herrschaft? Bei allen Finsteren Abgründen, wovon sprichst du da? Wo ist deine Trauer, Garwin, mein Sohn? Dein Vater wurde soeben erst zu den Goldenen Wolken geleitet, und du redest bereits von Eid und Herrschaft? Was ist in dich gefahren?“

Reyodem und die anderen kamen unterdessen über die Brücke heran. Sie hatten aus der Ferne miterlebt, dass es zwischen Mutter und Sohn zu einem Disput gekommen war.

„Wahrhaftig“, knurrte Bulldemut, „er sollte seiner Mutter zu dieser Zeit ein Trost sein und ihr nicht weiteren Kummer bereiten. Wo ist der Erste Schwertmann? Ich kann Nedeam nirgends erkennen. Ah, ich sage Euch, hier geschieht etwas, was uns nicht gefallen kann. Das spüre ich, so wahr ich Bulldemut bin."

„Langsam, alter Freund", beschwichtigte ihn Welderonem. „Lasst uns erst einmal hören, was es zu berichten gibt."

Als Garwin den König und die Pferdefürsten erkannte, wandte er sich ihnen lächelnd zu und deutete eine Verbeugung an. „Ich heiße Euch in der Hochmark willkommen. Habt Dank für die Ehre, die Ihr meinem Vater erwiesen habt. Leider bleibt nur wenig Zeit für Trauer, da wichtige Entscheidungen anstehen, die ich treffen muss. Es wäre mir daher eine Ehre, wenn Ihr zugegen sein könntet, wenn ich den Eid als Pferdefürst leiste."

König Reyodem nickte. „Es erscheint mir ein wenig rasch, doch Ihr habt sicherlich recht. Die Hochmark sollte nicht ohne rechtmäßigen Pferdefürsten sein. Die Ehre ist ganz auf unserer Seite, Hoher Herr Garwin. Doch bevor wir die Zeit für eine Zeremonie finden, solltet Ihr berichten, was sich im Norden ereignet hat. Ihr seid mit zwei Beritten aufgebrochen und kehrt mit einer Handvoll Männer zurück."

Garwin nickte. „Seid unbesorgt. Die meisten meiner Pferdelords sind in Niyashaar geblieben, und die Verwundeten fielen keinem Feind zum Opfer, sondern wurden bei einem schweren Unwetter verletzt. Es ist ein höllisches Land dort oben. Ich werde die Öde natürlich sofort aufgeben."

„Dann ist auch Nedeam in Niyashaar zurückgeblieben?"

„Gegen meinen ausdrücklichen Willen", knurrte Garwin. „Als ich die Nachricht vom Tode meiners Vaters erhielt und das Kommando übernehmen wollte, zweifelte er meine Legitimität als Pferdefürst der Hochmark an. Er verlangte, dass ich zuerst den Eid ablege. Wahrhaftig, er verweigerte mir die Gefolgschaft."

Bulldemut kratzte sich nachdenklich am Schädel. „Ich muss sagen, das verwirrt mich. Es passt nicht zu Nedeam. Ich habe ihn als einen vortrefflichen Pferdelord kennen und schätzen gelernt."

Torkelt sah Garwin abschätzend an. „Warum beharrte der Erste Schwertmann darauf, in Niyashaar zu bleiben?"

Garwin runzelte die Stirn. „Dies ist nicht der Ort, um das zu besprechen."

Reyodem nickte. „Ihr habt recht, Garwin. Es gilt, die Form zu wahren. Hier geht es keinesfalls um Nichtigkeiten, lasst uns also die Halle von Eternas aufsuchen."

„Nehmen wir besser mein Arbeitszimmer", wandte Garwin ein. „Dann kann die Halle in der Zwischenzeit vorbereitet werden."

Der Erste Schwertmann der Ostmark, der alte Kämpfer Mor, nickte. „Es spricht für Euch, dass Ihr an unser Wohl denkt. Ein anständiges Mahl und eine kleine Erfrischung kämen uns sicherlich allen recht."

Garwin sah Mor betreten an. Er hatte weniger an Mahl und Erfrischung gedacht.

„Richtig", stimmte Torkelt zu. „In der Zwischenzeit kann der Hohe Herr Garwin uns vom Norden und von Niyashaam erzählen."

„Niyashaar", korrigierte Garwin mechanisch.

„Auch davon", ergriff der König der Pferdelords erneut das Wort. „Ihr sollt uns alles erzählen. Wahrhaftig ein großes Glück für Euch, nicht wahr? Wichtige Entscheidungen stehen an, und Ihr seid umgeben von erfahrenen Pferdefürsten, die Euch und der Hohen Dame Larwyn mit ihrem Rat zur Seite stehen können."

Garwin fühlte sich überrumpelt, doch er mochte sich König und Pferdefürsten gegenüber nicht unfreundlich zeigen.

Reyodem hatten an zwei Dingen keinen Zweifel gelassen: Larwyn würde an ihrer Besprechung teilnehmen, und man würde eine gemeinsame Entscheidung fällen. Auch wenn es dem Pferdefürsten einer Mark zustand, allein über deren Belange zu entscheiden, so war es wenig empfehlenswert, sich über den Rat des Königs und der anderen Fürsten hinwegzusetzen. Vor allem, da der Vorstoß nach Norden nicht nur die Hochmark, sondern das ganze Pferdevolk betraf. So nickte Garwin widerwillig und ging voraus.

Mor schritt neben dem alten Bulldemut. „Hier stimmt etwas nicht, Hoher Lord. Ihr kennt Nedeam wie ich auch. Wir kämpften Seite an Seite um Merdonan. Wenn Nedeam im Norden geblieben ist, dann muss er einen guten Grund dafür haben."

„Das sehe ich genauso", raunte Bulldemut. „Lasst uns hören, was der Hohe Herr Garwin zu berichten hat. Wir sollten nicht vorschnell urteilen, nur weil wir Nedeam kennen und ihn schätzen."

Als die Männer die Halle von Eternas betraten und sich der Treppe zuwandten, auf der Garodem den Tod gefunden hatte, gesellte sich Larwyn zu ihnen. Sie hatte den goldenen Stirnreif, den Garodem ihr einst zu ihrer Verbindung geschenkt hatte, mit einem schwarzen Trauerband umschlungen. „Wo ist der Hohe Herr Tasmund?", fragte sie. „Er war der Berater Garodems, und ich wünsche, dass auch er dabei ist."

Einer der sie begleitenden Ehrenposten räusperte sich. „Ich sah ihn vor wenigen Augenblicken im inneren Hof, Hohe Dame. In Begleitung eines der Männer, die mit Eurem Sohn zurückkamen."

Larwyn nickte nachdenklich. „Er soll zu uns stoßen, sobald er kann."

Der Ehrenposten vor Garodems einstigem Arbeitszimmer

salutierte ehrerbietig und öffnete die Tür. Die Stühle im Raum reichten nicht aus, und so ließ Larwyn mit den Erfrischungen zusätzliche Sitzgelegenheiten holen. Als alles bereitet war, lehnte sich Reyodem gemütlich und zwanglos zurück, prostete Larwyn und Garwin zu und machte dann eine einladende Geste. „Wahrhaftig, Garwin, ich bin schon gespannt auf Eure Geschichte. Ihr erwähntet ein schreckliches Unwetter. Gab es Tote? Ah, Garwin, entspannt Euch ein wenig und erzählt."

Garwin begann und schilderte ihnen die Ereignisse in Niyashaar und in der Öde. Er fügte nichts hinzu und ließ wenig aus, doch berichtete er die Dinge aus seiner Sicht.

Als er geendet hatte, war Larwyn leichenblass, doch alle Anwesenden sahen auf den König. Reyodem hatte die Fingerspitzen aneinandergelegt und blickte, statt zu Garwin, auf die elfische Karte an der Wand. „So habt Ihr, Garwin, Niyashaar also aufgegeben, während Nedeam es noch immer besetzt hält. Ist das richtig?"

„Der elfische Vorposten ist nicht zu halten." Garwin trat an die Karte heran, und es gefiel ihm nicht, seine Entscheidung rechtfertigen zu müssen. „Seine Befestigung ist zu schwach, und auch seine Besatzung. Einem Angriff kann man nur hier, im Pass des Eten, begegnen."

„Dennoch blieb der Erste Schwertmann im Vorposten von Rushaan zurück?" Der Erste Schwertmann. Reyodem hatte nicht „*Euer* Erster Schwertmann" gesagt, das war Garwin sofort aufgefallen. „Sagt mir, Hoher Herr Garwin, warum will er ihn halten, statt mit Euch in den Pass des Eten zurückzuweichen? Er muss schon einen recht guten Grund haben, denn nach dem, was ich von ihm hörte, hat er Garodem über alle Maßen geachtet. Er hätte es sicherlich nicht versäumen wollen, den Pferdefürsten hinauf zu den Goldenen Wolken zu geleiten."

Garwin errötete. „Es wurde eine Handvoll Späher der Orks im Pass gesichtet."

Bulldemut stieß ein grimmiges Zischen aus, Reyodem hingegen nickte bedächtig. „Das habe ich vermutet. Ihr habt nicht das Gespür Eures Vaters geerbt, Garwin. Das kann man Euch schlecht zum Vorwurf machen. Garodem hätte fraglos entschieden, den Pass zu halten. Späher der Orks bedeuten, dass die Legionen der Bestien nicht mehr fern sind. Nun gut, wir können ihnen besser begegnen, als diese Ausgeburten der Finsternis es vielleicht annehmen. Die Zeremonie zu Garodems Ehren kann sich nun als Glücksfall erweisen. Die Ehrenberitte sind noch versammelt, ebenso wie ein Großteil der Pferdelords der Hochmark."

Garwin biss sich auf die Unterlippe und nickte dann. „Gut. Sobald ich den Eid geleistet habe, werde ich als Pferdefürst die Losung geben."

„Kerl!" Bulldemut fuhr von seinem Sitz hoch, und sein Gesicht war rot vor Zorn.

Reyodem machte eine beschwichtigende Geste. „Ihr denkt ein wenig zu sehr an Eure Rechte, Hoher Herr Garwin, und etwas zu wenig an Eure Pflicht und an das Wohl der Mark."

„Und das Wohl der Männer, die einsam dort am Pass stehen und auf uns warten", knurrte Bulldemut grimmig.

Larwyn sah ihren Sohn in einer Mischung aus Unverständnis und Trauer an. „Noch bin ich, Larwyn, die Herrin der Hochmark, und ich werde die Losung geben."

„Wohl gesprochen, Hohe Dame", stimmte Reyodem zu und erhob sich. Er trat dich an Garwin heran. „Ich wünsche Euch, dass Ihr Euch wenigstens im Kampf als Pferdelord erweist."

Als die Männer und Larwyn den Raum verließen, blieb ein leichenblasser Garwin hinter ihnen zurück.

40

Scharführer Kormund runzelte die Stirn, als Nedeams Trupp nach Niyashaar einritt. Er warf einen langen Blick auf Buldwars Schenkelwunde und sah dann den Ersten Schwertmann nachdenklich an. „Mir scheint, ihr seid in der Öde auf Leben gestoßen. Sitzt ab und stärkt euch, und dann erzähle uns, was ihr entdeckt habt.“ Er wandte sich halb zur Seite. „Holt Germund, er soll sich Buldwars Schenkel ansehen. Er versteht sich am besten auf Wunden.“

„Die Hohe Frau Llarana hat sie bereits versorgt“, brummte Buldwar und ließ sich ein wenig unbeholfen aus dem Sattel rutschen.

„Schön, dann brauchen wir Germund nicht. Es gibt keine besseren als elfische Heilerhände.“ Kormund grinste Nedeam an. „Von der Hohen Frau Meowyn einmal abgesehen.“

Die Pferdelords, die im Vorposten zurückgeblieben waren, waren neugierig auf Nedeams Bericht, und so erzählte er, was in der Öde geschehen war. Als er zur Vernichtung der Kohorten kam, wurde Jubel laut, doch dann breitete sich Schweigen aus, als Nedeam von dem sprach, was die Wächter der Öde von ihnen verlangten.

„Ein Zehntag noch darf unser Banner über Niyashaar wehen. Dann hat der Schrein die Wächter erneut gestärkt, und sie werden vor uns erscheinen. Nicht als unsere Feinde, doch auch nicht als unsere Freunde. Sie verlangen, dass wir ihnen den Vorposten übergeben und die Öde von Rushaan verlassen.“

„Aber Hoher Herr, was geschieht dann mit den Orks?“, rief ein Schwertmann besorgt. „Was ist, wenn uns die Bestien auf dem Fuße folgen? Uns fehlen jede Menge Pferde, und wenn wir uns außerhalb der Mauern den Legionen stellen, werden sie uns überrennen."

Ein anderer trat vor. „Wahrhaftig, Nedeam, Ihr kennt mich. Ich fürchte keinen ehrenhaften Kampf, und wenn es mein Schicksal ist, für die Mark und unsere Familien zu den Goldenen Wolken zu reiten, so will ich dies ohne Zaudern tun. Wir werden kämpfen, Hoher Herr, das wisst Ihr. Doch wenn der Feind uns überrennt, dann steht nichts mehr zwischen ihm und der Mark."

„Garwin wird sich kaum beeilen, uns zu Hilfe zu kommen", rief ein anderer erregt.

„Wir stehen nicht allein." Nedeam hob beschwichtigend die Hände. „Auch wenn die Wächter nicht unsere Freunde sind, so sind sie doch die Feinde der Orks. Heliopant-Priotat, ihr Erster Paladin, hat mir zugesichert, dass sie Niyashaar halten wollen." Er seufzte schwer. „Sie werden die Grenzen sichern."

Buldwar ließ ein leises Schnauben hören. „So sei es."

„In jedem Fall werden wir den Vorposten noch für einen Zehntag halten müssen. In dieser Zeit sollten die Pferdelords der Hochmark eintreffen, selbst wenn sich der Hohe Herr Garwin Zeit lässt."

„Was macht Euch so sicher, dass er Truppen schickt? Er sprach nur von einem Boten."

„Die Hohe Dame Larwyn und Tasmund sind auch noch da. Sie werden Garwin an die Pflichten eines Pferdefürsten erinnern."

„Und was passiert, wenn sie kommen, Hoher Herr? Werden wir dann gegen die Wächter kämpfen müssen?"

Nedeam schüttelte den Kopf. „Sie haben mein Wort, dass wir uns zurückziehen." Er sah Zweifel in den Augen einiger und wusste, dass viele der Männer gegen die Wächter kämpfen würden, wenn Nedeam es ihnen befahl. „Das Pferdevolk erhebt keinen Anspruch auf die Öde. Wir wollen nur, dass unsere Grenzen geschützt sind. Darin sind die Wächter und wir uns einig. Also werden wir ein Bollwerk im Pass des Eten errichten, wenn der Hohe Lord Garwin dem denn zustimmt."

„Er wird es kaum ablehnen können", brummte Kormund.

„Ein Zehntag, dann wissen wir mehr", entgegnete Nedeam.

„Wenn die Orks uns so viel Zeit lassen." Kormund wandte sich den Männern zu. „Ihr habt den Ersten Schwertmann gehört, Männer. Macht Euch wieder an die Arbeit und bereitet Niyashaar für die Nacht vor. In dieser Nacht müssen wir besonders aufmerksam sein, denn Wolken verdecken die Sterne, und es wird recht dunkel sein. Nehmt vorher noch etwas Schlaf, denn in der Nacht werdet Ihr keinen bekommen."

Die Männer verstreuten sich, und Nedeam und seine Gruppe versorgten die Pferde, bevor sie in die kleine Küche hinübergingen, um dort ihren Hunger und Durst zu stillen. Die Sonne begann zu sinken, als Nedeam in den Hauptturm trat und die Treppe zur Plattform hinaufstieg. Die Ereignisse hatten ihn aufgewühlt, und er fühlte sich keineswegs müde. Anstatt zu schlafen, wollte er lieber einen Blick in den Pass werfen, solange noch genug Licht vorhanden war.

Als er oben auf der Plattform ankam, nickten ihm die beiden Schwertmänner zu, und Nedeam musste lächeln, als er den grünen Umhang sah, der trotzig an dem Fahnenstock des Turms hing. Die sinkende Sonne warf lange Schatten, und ihre rötlichen Strahlen schienen in die Öffnung des Passes hinein. Nedeam konnte dort Bewegung ausmachen. Für einen Moment schien es ihm so, als erkenne er ein ungewöhnlich großes Rundohr, an dessen Helm rote Farbe leuchtete. Er hatte nie zuvor einen roten Helm bei den Orks gesehen und vermutete, dass ihn der rötliche Schein des Sonnenuntergangs narrte. Der Pass war ohnehin in intensiveres Licht getaucht, als es dem Sonnenstand entsprach. Nedeam beschattete seine Augen und konzentrierte sich. Anscheinend machte sich erneut diese seltsame Fähigkeit bemerkbar, von der Marnalf gesprochen hatte und die Nedeam zunehmend beunruhigte. Aber es hätte dieser Begabung gar nicht bedurft, um zu erkennen, dass der Pass von Rushaan voller Orks steckte. Jeder Pferdelord in den Mauern des Vorpostens wusste das.

Nedeam seufzte leise. Es wäre hilfreicher gewesen, wenn sich die Fähigkeit bei den Paladinen gezeigt hätte. Das hätte ihm geholfen, die Stimmung der Wächter einzuschätzen. Wären die Herren der Öde in einer Aura von freundlichem Grün oder neutralem Blau erschienen? Oder eher in feindseligem Rot? Bei diesem Einäugigen wäre bestimmt Letzteres der Fall gewesen. Heliopant-Priotat hingegen erschien Nedeam als vertrauenswürdig. Er war kein Freund, doch ein Kämpfer von Ehre.

Ehre. Merkwürdig, wie oft er sich in der letzten Zeit mit diesem Begriff auseinandergesetzt hatte. Lag das an Garwin, dessen Verhalten er nicht verstand? Oder daran, dass die Elfen das Land verließen, in einem Moment, da ihre Hilfe so dringend benötigt wurde? Es war offensichtlich, dass der Schwarze Lord einen erneuten Vorstoß unternahm, dennoch verließen die elfischen Häuser ihre Heimat. Oder taten sie es gerade deswegen? Fürchteten sie zu unterliegen? Überließen sie ihre menschlichen Verbündeten und die Zwerge einfach ihrem Schicksal?

„Nedeam?“

Er zuckte zusammen, als er Llaranas leise Stimme hörte. Mit einem halbherzigen Lächeln wandte er sich der schönen Elfin zu. Aus den Augenwinkeln beobachtete er, wie die beiden Wachen einander stumm zunickten und sich dann taktvoll zurückzogen. Scheinbar spürten die Männer, dass nun sehr persönliche Worte fallen würden.

„Du hast dich verändert, Pferdemensch." Llarana trat neben ihn und blickte zum Pass hinüber.

Er wusste mit dieser Bemerkung nichts anzufangen. „Ich bin ein wenig älter geworden", versuchte er zu scherzen.

Sie sah ihn an und schüttelte unmerklich den Kopf. „Einen Atemzug vielleicht. Aber das hat dich nicht reifen lassen."

Er errötete ein wenig. „Und welche Veränderung meinst du dann?"

Sie berührte flüchtig seinen Arm. „Kannst du dich noch daran erinnern, wie wir beide im Hause meiner Ahnen gegen das Graue Wesen kämpften?"

„Wie könnte ich das jemals vergessen?"

„Als du ihm den Todesstoß versetzt hast, wart ihr für einen kurzen Augenblick verbunden. Einen geringen Teil seiner Fähigkeiten übertrug das Wesen dabei auf dich. Ich glaube nicht, dass es mit Absicht geschah. Es versuchte einfach, in deinen Geist einzudringen und dich zu beherrschen, um nicht von dir getötet zu werden. Nun, seitdem gehen Veränderungen in dir vor."

„Ich spüre es selbst, und Marnalf hat mich bereits geprüft."

„Ich weiß." Sie sah ihn ernst an. „Mein Vater und ich baten ihn darum." Sie sah, wie sich sein Gesicht verfinsterte, und legte ihre Hand über die seine. „Ich weiß, es war nicht angenehm, Nedeam, aber es gab keinen anderen Weg. Wir mussten erfahren, ob der Graue dein Wesen verändert hat. Glaube mir, wir Elfen kennen die Stärke dieser Zauberer, und Marnalf ist selbst einer von ihnen. Er teilte unsere Sorge."

„Schön", knurrte Nedeam, „ich hoffe, ich habe die Prüfung bestanden."

„Sei nicht verletzt. Du weißt, dass du sie bestanden hast."

Llarana löste ihren Griff und drehte sich zur Seite, um seinem Blick auszuweichen. „Doch weißt du auch, was in der Öde geschah? Als der Wächter dich prüfte? Weißt du, warum er uns verschonte und uns gehen ließ? Warum er uns beistehen will, wenn man es denn so bezeichnen mag? Nun, weil er mit dir verschmolz. Es war wie bei der Schröpfung. Nein, schüttle jetzt nicht den Kopf. Es ist so. Ich konnte es spüren, und Lotaras auch."

„Du meinst, die Wächter sind Elfen? Verdammt, das würde ihre Unsterblichkeit erklären."

„Nein, sie sind keine Elfen, Nedeam. Sie sind ... etwas anderes. Doch sie müssen über einige besondere Gaben verfügen. Dieser Erste Wächter verschmolz mit dir. Nicht stark genug, um deinen Geist zu leeren, aber auf eine Weise, die ihm deine Gedanken offenbarte. In ihnen sah er, dass du die Wahrheit sprachst und gute Absichten verfolgst." Sie legte die Hände flach auf eine der Zinnen, und er sah, wie ihre Finger sich unruhig bewegten. „Konntest du auch in seinen Geist eindringen?"

„Nein. Ich habe nicht gemerkt, dass Heliopant-Priotat eine solche Verbindung eingegangen wäre."

„Es war keine wirkliche Schröpfung", sagte sie nachdenklich. „Aber etwas Ähnliches. Ich weiß, dass deine Wunden schneller heilen, Nedeam. Das sind Veränderungen, die mich beunruhigen. Du bist noch immer Nedeam, der Pferdelord, und doch bist du kein normales menschliches Wesen mehr."

„Was willst du damit sagen? Dass ich mich zu einer der Bestien verwandeln könnte? Oder in ein unsterbliches Wesen?"

„Nein." Sie stieß sich von der Zinne ab. „Nur, dass vielleicht Hoffnung besteht."

Llarana wandte sich ohne weitere Worte ab. Als sie die Plattform verließ, blieb Nedeam verwirrt und ratlos zurück.

41

Dorkemunt mochte keine Schwerter. Er hatte sie noch nie sehr geschätzt. Ein Schwert musste man am Griff packen, wenn man damit stoßen oder schlagen wollte. Man konnte den Schwerpunkt nicht selbst bestimmen wie bei einer guten Axt. Ah, seine Axt war vortrefflich gewesen. Mit einem langen Stiel, der Dorkemunts Arm eine große Reichweite verliehen hatte, und einer schweren Doppelschneide, die jede Rüstung hatte zertrümmern können. Nein, die Klinge des Schwertmanns mochte von vorzüglicher Qualität sein – immerhin hatte der Schmied Guntram sie gefertigt; doch er empfand sie als unhandlich. Am Waffengurt konnte er sie nicht tragen, da sie zu lang war und immer wieder zwischen seine Beine geriet. Er konnte sie auch nicht über den Rücken schnallen, da er sie so kaum aus der Scheide bekam. Ach, wahrhaftig, es war zum Verzweifeln. Er hatte nun ein gutes Pferd, gewiss, doch er vermisste seine Axt. Nicht einmal der Schild war ihm geblieben.

Der alte Pferdelord hatte das Schwert missmutig am Sattelknauf befestigt, und seine Abneigung gegen diese Art von Waffen wurde nicht gerade geringer, als sie beim Reiten immer wieder gegen seinen Schenkel wippte. Eine ordentliche Stoßlanze, damit wäre er vertraut gewesen. Aber ein Schwert? Dorkemunt haderte mit sich und seinem Schicksal, während ihn die Sorge immer weiter nach Norden trieb.

Als er das leise Poltern eines Steines hörte, sah er in die Richtung, aus der das Geräusch gekommen war. Er befand sich noch immer im Pass des Eten, und es war normal, dass sich Steine und Felsen lösten, doch die Sinne des alten Kämpfers waren geschärft, und er spürte sofort, dass sich etwas zwischen den Felsklippen verbarg.

Er zügelte sein Pferd und beugte sich ein wenig vor, um das Schwert rasch ziehen zu können. „Wer immer dort herumschleicht, zeigt Euch, ich schätze es nicht, wenn man sich vor mir verbirgt."

„Nun, ganz offen gesagt wissen wir noch nicht recht, was wir von dir halten sollen", kam die Erwiderung irgendwo zwischen den Felsen hervor.

„Ah, ihr sprecht in der Mehrzahl", rief Dorkemunt. „Und doch traut ihr euch nicht, einem einzelnen Pferdelord gegenüberzutreten?" Zwischen den Steinen war Tuscheln zu hören, und der alte Pferdelord stützte die Hände aufs Sattelhorn. „Nun, was ist? Vor euch steht Dorkemunt aus der Hochmark der Pferdelords."

Erneut polterten Steine, dann schob sich eine kleine, aber massige Gestalt mit roten, von Staub bedeckten Bartzöpfen aus der Deckung hervor. Der kleine Mann hielt einen Gegenstand in Händen, der eigentlich nur als Waffe dienen konnte. „Ich bin Herollom aus der gelben Kristallstadt Nal't'hanas. Bezichtigst du mich mangelnden Mutes?"

Mit einem Zwerg hatte Dorkemunt nicht gerechnet. Er schüttelte den Kopf. „Der Mut der kleinen Herren ist mir wohlbekannt, Herollom aus der gelben Kristallstadt Nal't'hanas. Wahrhaftig, ich habe schon an der Seite von Axtschlägern gestanden und weiß, welch furchtlose Kämpfer ihr seid."

„Das will ich meinen." Herollom winkte, und eine Gruppe weiterer Zwerge erhob sich aus der Deckung. „Wir haben von den deinen gehört, Schwertschwinger Dorkemunt."

Der alte Pferdelord schnaubte verächtlich. „Eine gute Axt schätze ich höher als ein Schwert."

Die Blicke der anderen Zwerge wurden sofort freundlicher. Doch Herollom wies mit skeptischer Miene auf die geliehene Klinge. „So, so. Und warum trägst du ein Schwert am Sattel und keine Axt?“

„Ich hatte eine unerfreuliche Zusammenkunft mit zwei Raubkrallen“, gestand Dorkemunt. „Es kostete die Räuber das Leben und mich meine schöne Axt. Das Schwert und das Pferd erhielt ich von einem vorbeikommenden Pferdelord.“

„Gleich zwei Raubkrallen?“ Einer der Zwerge schniefte. „Zu dieser Jahreszeit treten sie reichlich auf.“

„Wir sollten vorsichtig sein“, mahnte ein anderer Zwerg. „Er ist mir nicht geheuer. Viel zu klein für einen Pferdemenschen. Könnte eher einer von uns sein, aber er hat keine Bartzöpfe.“

„Wir Pferdelords brauchen keine Zöpfe, um unsere Ehre zu zeigen“, brummte Dorkemunt. „Ich begnüge mich mit einem Bart, ihr guten Zwergenmänner. Und mit meiner Körpergröße bin ich sehr zufrieden. Nur wenn ich ein Pferd besteigen will, ist sie manchmal etwas hinderlich.“

„Dennoch.“ Der Skeptiker beäugte den alten Pferdelord misstrauisch. „Er hat den grünen Umhang des Reitervolkes und auch ein Pferd, das ist wohl wahr, doch er ist klein, und seine Haut ist bunt gefleckt. Die der anderen war das nicht. Er könnte ein ehrloser Ausgestoßener sein. Er sagt, er hätte Schwert und Tier von einem anderen. Möglicherweise hat er es sich mit Gewalt genommen.“

„Ich bin gestürzt“, erklärte Dorkemunt und schilderte ihnen dann den Kampf gegen die Raubkrallen.

„Zwerge bekommen keine solchen Flecken“, versicherte der Skeptiker. „Ich hörte, die Haut der Orks sei ähnlich bunt wie deine.“

Dorkemunt sah den Sprecher an und spürte Wut in sich aufsteigen. „Ah, wahrhaftig, Herr Zwerg, rede nur weiter so, und ich werde ausprobieren, ob sich an deinem Fell nicht auch solche Flecken zeigen können."

„Ruhig, Parnuk", ermahnte Herollom den Skeptiker. „Er kann kein Ork sein. Er reitet ein Pferd, und seine Zähne sind zu kurz und nicht spitz genug."

„Ich weiß nicht." Parnuk zupfte nervös an einem seiner Bartzöpfe. „Die anderen hatten außerdem blaue Haare auf dem Kopf."

Dorkemunt sah den Anführer der Zwerge forschend an. „Ich habe eine Menge Axtschläger in Nal't'rund kennengelernt, guter Herr Herollom. Wahrhaft tapfere Männer. Einer solchen Unfreundlichkeit wie bei euch bin ich dort allerdings nie begegnet. Eure gelbe Kristallstadt scheint mir kein angenehmer Ort zu sein."

„Nun, die Pferdemenschen, die dir vorausritten, schienen sich durchaus wohlgefühlt zu haben."

„Hieß einer von ihnen Nedeam?"

Herollom runzelte die Stirn. „Ja, so hieß ihr Axtführer." Herollom nahm den Bolzen von der Schleuderwaffe und schob sie zurück in ein Futteral am Rücken. Hinter seiner anderen Schulter ragte der Griff einer Kampfaxt hervor.

„Das ist mein Freund." Dorkemunt seufzte. „Ich bin ihm auf der Spur."

„Was hat er angestellt, dass du ihn verfolgst? Er ist doch dein Freund."

Dorkemunt knurrte verdrießlich. „Wir waren immer zusammen und haben stets Seite an Seite gekämpft. Nun ist er zum ersten Mal ohne mich hinausgeritten, und ich mache mir Sorgen."

Einer der Zwerge nickte. „Das kann ich gut verstehen. Axtschläger stehen in einem besonderen Bund, wenn sie der Gefahr gemeinsam ins Auge sahen."

„Dieser Nedeam schlug uns ebenfalls einen Bund vor.“ Herollom blickte nachdenklich nach Norden. „Er berichtete unserem guten König, die Elfen würden das Land verlassen, und die Grenze sei bald in Gefahr.“

„Nun, guter Herr, sie ist schon in Gefahr. Ich begegnete einigen Männern, die vom Pass von Rushaan zurückkehrten. Dort hat man Späher der Orks gesichtet.“

„Der Pass ist weit weg.“

„Aber Orks laufen schnell. Sie haben lange Beine.“

„Unsere Stadt liegt gut verborgen.“

„Das dachte man in anderen Städten auch.“

Herollom seufzte. „Dieser Freund, Nedeam, steht noch am Pass?“

„Er wird dort kämpfen, damit die Orks nicht bis zu euch und uns vordringen.“

Der Axtschläger blickte abermals nach Norden. „Orks kommen immer in Massen. Deine Freunde am Pass sind nur wenige.“

„Deswegen reite ich dorthin.“

„Du bist ein mutiger Kämpfer, Dorkemunt von den Pferdelords.“ Herollom kratzte sich missmutig im Nacken. „Wir sind nicht mehr viele Axtschläger in Nal't'hanas. Doch was du da sagst, macht mir Sorgen. Ich glaube, Sandfallom und unser guter König sollten davon erfahren. Nun, Dorkemunt, wenn du dein Schwert nicht magst und eine gute Axt zu schätzen weißt, dann solltest du uns in unsere schöne Stadt begleiten.“ Herollom musterte den kleinen Pferdelord abschätzend. „Es würde dein Schaden nicht sein. Wir können dir zumindest eine hervorragende Axt fertigen.“

„Und ich sollte bei der Gelegenheit ein paar Worte an eure Axtschläger richten“, brummte Dorkemunt.

Herollom nickte ernst. „Vor allem an Sandfallom. Es gibt

Worte, denen Taten folgen können, nicht wahr?“

Der alte Pferdelord strich sich unschlüssig über das Kinn. Er würde Zeit verlieren, wenn er die Zwerge in ihre Stadt begleitete. Andererseits war er sich sicher, dass Nedeam und die Pferdelords in Schwierigkeiten steckten. Selbst wenn Dorkemunt nur ein paar der Axtschläger von Nal’t’hanas nach Norden führen konnte, würden sie eine wertvolle Verstärkung sein.

„Schön, reden wir ein paar Worte“, stimmte er zu. „Vielleicht werden ihnen ein paar kräftige Taten folgen.“

42

Wir sollten in den ‚Donnerhuf' gehen." Pelgrim leckte sich über die Lippen. „Wir sind selten genug in Eternas. Wann haben wir schon die Gelegenheit, Malvins berühmte Schänke aufzusuchen?"

„Seine berüchtigte Schänke, meint Ihr wohl?" Bomzibart spuckte verächtlich aus. „Mag ja früher mal ein netter Ort gewesen sein, guter Herr Pelgrim, aber was man in letzter Zeit so hört …"

„Der ‚Donnerhuf' ist eine Legende", erwiderte Pelgrim. Er trug den braunen Umhang eines einfachen Viehhirten, war also kein Pferdelord. Nicht jeder Mann des Pferdevolkes fühlte sich zum Kämpfer berufen, das wurde allgemein respektiert. Denn auch wenn Männer wie Pelgrim der Losung nicht folgten und dem Feind nicht entgegenritten, so verteidigten sie doch tapfer die Heime und jene, die darin zurückbleiben mussten. „Dort gibt es immer gute Geschichten."

„Unsinn. Der Wirt Malvin webt aus Nichtigkeiten Legenden, damit die Leute ihm zuhören und kräftig saufen", erwiderte Bomzibart grob. „Dort bekommt Ihr nur verdünnten Gerstensaft und gestreckten Wein."

„Und wenn Ihr Pech habt, begegnet Ihr der Schuhmacherin Esyne", rieb Asgrim Salz in Pelgrims Wunde. „Sie argumentiert lieber mit Fäusten und Füßen als mit Worten."

Der Viehhirte seufzte schwer. „Nun ja, einer netten Schlägerei zuzusehen …"

„Halt den Mund", knurrte Asgrim. „Es wäre nicht angemessen. Gerade erst haben wir den guten Pferdefürsten Garodem zu den Goldenen Wolken geleitet, und Ihr denkt an

Euer Vergnügen. Ihr solltet Garodems Andenken nicht auf solche Weise beschmutzen."

„Ich habe Durst", verteidigte sich Pelgrim.

„Dagegen ist nichts einzuwenden." Bomzibart wies die Straße entlang. „Dort vorne ist ein Brunnen mit gutem, klarem Quellwasser."

„Bah, das kann ich auch bei uns im Quellweiler saufen."

Asgrim und Bomzibart ließen dem nörgelnden Pelgrim keine Wahl und zogen ihn einfach mit sich. „Es gibt Wichtigeres zu tun, als sich im ‚Donnerhuf' ein paar Zähne ziehen zu lassen", sagte Bomzibart entschieden. „Ihr habt ja völlig recht, guter Herr. Wir waren schon lange Zeit nicht mehr in Eternas, und deshalb werden wir die Gelegenheit nutzen und den guten Herrn Guntram aufsuchen."

„Guntram? Den greisen Schmied?" Pelgrim verdrehte die Augen. „Wozu denn das? Unsere Pferde sind gut beschlagen, und Schurmesser und Werkzeug haben wir reichlich. Was sollen wir also dort?"

„Ich will meinen Hammer abholen." Bomzibart nickte zu seinen Worten. „Ich habe ihn in Auftrag gegeben, als wir die Hornviecher zum Markt trieben."

„Wir haben selbst einen Schmied im Weiler", erwiderte Pelgrim. „Er hätte Euch ebenso gut einen Hammer fertigen können."

„Nicht einen solchen." Bomzibart grinste. „Ihr werdet es schon sehen."

Die drei Männer waren, wie so viele andere Bewohner der Mark, zu Garodems Ehrengeleit nach Eternas gekommen. Die Zeremonie war gerade erst vorüber, und nun strömte die Menge in die Stadt zurück, verstärkt durch zahlreiche Männer und Frauen aus den Weilern, welche die Gelegenheit nutzten, um Waren zu erstehen, die es bei ihnen zu Hause nicht gab.

Den wenigsten war nach Feiern zumute; doch die Menschen würden nicht in Trübsinn verfallen, zu oft hatten sie schon den Verlust geliebter Menschen zu beklagen gehabt. Spätestens mit dem Einbruch der Dämmerung würden sie sich in Gruppen zusammenfinden, die alten Balladen anstimmen und ihre Becher und Pokale heben. Dann würden die Rundtänze beginnen, und Lachen würde sich erneut in die Gespräche der Menschen mischen.

Derzeit quoll Eternas förmlich über. Viele Bewohner der Weiler und Gehöfte würden die Nacht in der Stadt verbringen, und da es bereits kühl wurde, nahmen die Bürger von Eternas die Gäste bereitwillig auf. Man half sich gegenseitig, wie es sich für das Pferdevolk gebührte. Die Straßen und Gassen waren überfüllt, Stimmen schwirrten durcheinander, und die Händler und Handwerker nutzten die Gelegenheit, ihre Waren an Mann oder Frau zu bringen. Vor dem Handelshaus des Herrn Helderim standen mehrere Karren und Pferde aus den Siedlungen der Mark. Helderim hatte eine Lieferung Klarsteinscheiben aus dem Königreich Alnoa erhalten, die außerordentlich begehrt waren. Sie ersetzten zunehmend die Fensterbespannungen aus Schafsdarm, denn sie waren leichter zu pflegen und ließen zudem mehr Licht hindurch. Nachteilig war nur ihre geringe Bruchfestigkeit, und so hatte Helderim eine Sorte angefordert, die ein wenig robuster war als jene, die in den Provinzen Alnoas genutzt wurde. Während Asgrim, Bomzibart und Pelgrim am Handelshaus vorbeischlenderten, beobachteten sie, wie Tauschwaren oder Goldschüsselchen den Besitzer wechselten. Inzwischen hatte sich die Verwendung der goldenen Schüsselchen ausgebreitet, die ursprünglich nur im Reich der Weißen Bäume als Zahlungsmittel gedient hatten. Nun ließ auch König Reyodem sie anfertigen, mit seinem eigenen Siegel darauf. In den Weilern und Gehöften bevorzugte man zwar noch den Tausch von Waren oder Arbeitsleistung, aber es war abzusehen, dass sich das neue Zahlungsmittel auch dort durchsetzen würde.

Auch in Bomzibarts Tasche klirrten ein paar der Münzen. Er war ein sparsamer Mann und hielt, wie die meisten Pferdelords, nichts von Verschwendung. Zudem bot der Weiler ihm und den seinen nahezu alles, was sie zum Leben brauchten. Wenn es jedoch um die Herstellung von Waffen oder Rüstungen ging, dann wandten sich die meisten Pferdelords noch immer an Guntram in Eternas.

Asgrim und Bomzibart waren beide Scharführer des Quellweilers. Asgrim hatte sich vor sechs Jahreswenden mit seinem Weib Ranya verbunden, und kaum dass ihr Haus fertig gestellt war, hatten sie es auch schon vergrößern müssen. Inzwischen hatte Ranya ihrer dritten Tochter das Leben geschenkt, und der stolze Vater erinnerte seinen Freund Bomzibart gelegentlich daran, dass es nun an ihm sei, mit der entsprechenden Anzahl Söhne nachzuziehen. Es sah nun ganz danach aus, als werde sich diese Hoffnung erfüllen, denn auch Bomzibart war seit einer Jahreswende verbunden und sah der Geburt des ersten Kindes entgegen. Ein Sohn würde es werden, daran hatte er keinen Zweifel, obwohl es ihm eigentlich egal war. Bomzibart hatte die kleinen Töchter des Freundes schon oft genug auf den Knien geschaukelt und dabei nasse Beinkleider bekommen. Dennoch war er immer wieder entzückt darüber, wie die Mädchen Asgrims Heim auf den Kopf stellten.

„Ich hoffe, der gute Herr Guntram hat den Hammer fertig."

„Wenn wir warten müssen, hätten wir uns zuvor durch einen Trunk in Malvins ‚Donnerhuf' stärken sollen", maulte Pelgrim und blickte missmutig drein.

„Ich schätze klares Wasser und einen klaren Kopf", erwiderte Bomzibart.

Asgrim lachte auf. „Ah, komm, guter Freund, einem Gerstensaft bist du nicht abgeneigt."

„Nicht in Malvins Schänke. Nicht im ‚Donnerhuf'."

„Wirklich, guter Herr Bomzibart, ich weiß nicht, was es gegen die Schänke einzuwenden gibt."

„Gebt endlich Ruhe, guter Herr Pelgrim." Bomzibart sah den Viehhirten finster an. „Wenn Ihr Euch nach gepanschtem Wein und losen Zähnen sehnt, dann geht doch hinüber. Ist nicht zu verfehlen, folgt einfach Esynes keifender Stimme und den Schmerzensschreien der anderen Gäste."

„Schon gut, schon gut", murmelte Pelgrim beschwichtigend und vergrub seine Hände in den Taschen seines Wamses.

Helles Klingen war zu vernehmen, das rhythmische Schlagen, mit dem ein Hammer auf Amboss und Werkstück prallte. Neben Guntram standen zwei Männer, die zusahen, wie er eines ihrer Pferde beschlug.

Der alte Schmied sah den Schatten der drei Ankömmlinge und blickte kurz auf, ohne seine Arbeit zu unterbrechen. Dann kniff er die Augen zusammen und nickte. „Ah, der gute Herr Bomzibart aus dem Quellweiler. Ihr kommt sicher wegen Eures Werkzeugs. Wartet, ich bin gleich so weit. Nur dieses Eisen noch."

„Ich sagte es doch", murrte Pelgrim, „wir hätten vorher einen Trunk nehmen sollen."

Bomzibart sah auf den großen Wasserkübel, in dem Guntram soeben das glühende Eisen abschreckte, und war versucht, den Viehtreiber gleich hinterherzutunken. Sein Blick huschte durch den Raum. Hinter der Esse, deren Blasebalg von der Brennsteinmaschine betrieben wurde, standen mehrere Tonnen, in denen Stangen aus Roheisen und fertige Produkte lagerten. Seinen Hammer konnte er jedoch nirgends erkennen, und so wippte er unruhig auf den Fersen, bis Guntram den letzten Hufnagel gebogen, abgetrennt und befeilt hatte. Der Schmied schob Zange und Hammer in die Taschen seiner Lederschürze, wischte sich die Hände an einem öligen Tuch ab und trat dann an den drei Männern vorbei in seine Werkstatt.

„Es war dieser merkwürdig geformte Hammer, nicht wahr, guter Herr?“ Guntram kratzte sich am Schädel, schniefte vernehmlich und suchte dann an anderer Stelle. „Kann mich gut daran erinnern, wahrhaftig. Merkwürdiges Ding, aber ich habe es genau nach Eurem Wunsch gefertigt. Ah ja, da hinten ist er. Entschuldigt, aber er ist schon seit einer Weile fertig.“

Klirren und Scheppern ertönte, gefolgt von einem langen Fluch, dann tauchte der alte Schmied wieder auf. Er hielt einen ungewöhnlichen Gegenstand in den Händen, der durchaus an einen Hammer erinnerte und doch anders war.

Pelgrim lachte beim Anblick des Gegenstandes meckernd auf. „Ah, wahrhaftig, guter Herr Bomzibart, damit werdet Ihr kaum einen Nagel treffen können.“

Der Scharführer nahm den Gegenstand aus Guntrams Händen und begutachtete ihn kritisch. Guntram wischte sich unterdessen erneut die Hände an dem Tuch ab. „Genau nach Euren Maßen, guter Herr. Der Stiel ist aus bestem Holz, eine halbe Länge vom Ende bis zum Kopf, das Ende in Metall gefasst und mit einer ledernen Schlinge versehen, wie Ihr es verlangt habt. Gerade so wie bei einer guten Kampfaxt. Alles genau nach Euren Wünschen, wie ich schon sagte.“ Guntram trat näher und ließ den Lappen über den Hammerkopf gleiten. „Aber der gute Herr, hier neben Euch, hat sicher recht. Damit werdet Ihr kaum einen Nagel treffen können. Oder Ihr müsst sehr gut zielen.“

„Das wird ihm wenig helfen", lachte Pelgrim „Damit lässt sich kein Nagel einschlagen. Und zum Holzspalten taugt das Ding genauso wenig."

Bomzibart schwieg und ließ seine Hand darüber gleiten. „Sagt, guter Herr Guntram, habt Ihr einen alten Harnisch hier, den Ihr nicht mehr benötigt?"

„Einen alten Brustpanzer?" Guntram kratzte sich erneut. „Ah, ich denke, so etwas habe ich hinten noch herumliegen. Mein Gehilfe, dieser Nichtsnutz, hat ihn gefertigt. Viel zu schwer und unhandlich. Kein vernünftiger Mann will das klobige Ding tragen. Viel gutes Eisen, und alles verschwendet."

„Dann ist er genau richtig", sagte Bomzibart grinsend. „Seid so gut und holt ihn her."

Guntrams und Pelgrims Blicke ließen keinen Zweifel daran, dass sie Bomzibart für verrückt hielten. Asgrim hingegen strich nachdenklich über sein Kinn. „Du führst doch etwas im Schilde, mein Freund."

„Lass dich überraschen, Asgrim." Bomzibart grinste breit. „Ich denke, es wird dir gefallen."

Guntram brachte einen Harnisch heran. Die Form war durchaus gelungen, doch man sah sofort, dass seine Wand zu dick war. Er wies ungleichmäßige Dellen auf, dort wo der Gehilfe das Metall unbeholfen getrieben hatte. „Man könnte ihn vielleicht als Brennsteinbecken verwenden."

„Seid so gut und legt ihn dort auf den Holzblock, guter Herr." Bomzibart wiegte den seltsamen Hammer in der Hand. Sein Schlagteil war eine gute Spanne lang, vorne daumenstark und hinten, am Stiel, etwa dreimal so dick.

Guntram nickte, trat zurück und verschränkte die Arme vor der Brust. „Wollt Ihr ihm mit dem seltsamen Hammer eine Delle schlagen?"

„Keine Delle", entgegnete der Scharführer. „Ein Loch."

Bomzibart holte nicht einmal weit aus, sondern schlug fast aus dem Handgelenk zu. Es gab einen metallischen Schlag, und der ungewöhnliche Hammerkopf verschwand bis zum Stielansatz im Brustpanzer. Als der Scharführer ihn mühelos zurückzog, blieb ein beachtliches Loch in der Panzerung zurück.

„Bei den Finsteren Abgründen", ächzte Guntram und trat vor, um den Schaden zu begutachten.

Pelgrims Lachen gefror, und seine Kinnlade sackte nach unten, während Asgrims Gesicht ausdruckslos wurde. Er stellte sich neben den alten Schmied und fuhr die Konturen des Loches mit dem Finger nach. „Nägel kann man damit nicht einschlagen, aber Rüstungen ganz hervorragend. Ich glaube, sogar noch weitaus dickere Rüstungen als diese dort. Wahrhaftig, Bomzibart, was du da in Händen hältst, ist ein wahrer Kriegshammer."

Sein Freund nickte und wies auf die Rüstung. „Der Gedanke kam mir, als ich das letzte Mal Herrn Guntram zusah, wie er eine Rüstung ausbeulte. Da fragte ich mich, was wohl geschähe, wenn man dafür einen etwas spitzeren Hammer nähme. Ein Hammer ist schwer – da sitzt Wucht hinter einem Schlag. Man braucht nicht einmal besonders viel Kraft, um einen Panzer zu durchschlagen."

Asgrim nickte. „Verstehe. Und da sich der Kopf nach hinten hin verbreitert, setzt er sich auch nicht fest und lässt sich leicht wieder herausziehen. Wahrhaftig, da hast du eine beachtliche Waffe ersonnen."

„Kriegshammer … gefällt mir", brummte Bomzibart. „So werde ich ihn nennen. Schön, guter Herr Guntram, was soll er kosten?"

Guntram schüttelte entschlossen den Kopf. „Nichts, guter Herr. Zeigt ihn nur ordentlich herum. Ich denke, es werden etliche Pferdelords kommen und auch so einen, äh, Kriegshammer haben wollen."

„Wie schnell könnt Ihr einen weiteren bauen?"

Guntram sah Asgrim abschätzend an. „Schmieden, guter Herr, schmieden. Das ist beste Schmiedekunst, das kann ich Euch sagen."

„Nun?"

Guntram kratzte sich. „Eine gute Tageswende wird es dauern."

„Schön, dann ..."

Asgrim verstummte irritiert. An der Straße breitete sich Unruhe aus. „Etwas geht vor sich. Ich glaube, da ist ein Reiter, dort hinten auf der Straße."

Asgrim irrte nicht. Ein Schwertmann kam herangeritten, langsam nur, da er sich einen Weg durch die Menschenmenge bahnen musste, und schrie etwas. Ein Ruf wanderte die Straße entlang, sprang von Mund zu Mund, hinterließ Überraschung und entschlossene Gesichter.

„Die Losung ist gegeben! Den Eid gilt es zu erfüllen! Die Hohe Dame Larwyn ruft die Pferdelords zu den Waffen! In einem Zehnteltag sammeln sich die Beritte an der Festung von Eternas! Eile ist geboten, Ihr Männer des Pferdevolkes! Die Losung gilt!"

Asgrim und Bomzibart sahen einander in grimmigem Schweigen an. Schließlich räusperte sich Guntram. „Ihr habt es gehört, Ihr Herren. Wenn ich es recht bedenke, könnte ich noch rasch einen zweiten Kriegshammer fertigen. Es gibt da ein Stück Eisen, an dem ich die Form probierte. Ich kann es rasch nacharbeiten und stielen." Guntram scheuchte Pelgrim aus dem Weg. „Ein halber Zehnteltag, Ihr guten Herren, und er wird fertig sein."

Bomzibart nahm seinen Kriegshammer, schob die Handschlaufe über das Handgelenk und schwang ihn zur Probe ein paar Mal hin und her. „Der Bote sagte nichts von Wegzehrung."

„Nein, aber ich weiß, dass die Vorratslager der Schwertmänner in der Festung gut gefüllt sind, und ich wette, man ist schon dabei, alles bereitzustellen."

Das quirlige Treiben in den Straßen von Eternas begann sich zu wandeln. Während zuvor alles durcheinandergewirbelt war, setzte nun eine Strömung in Richtung Burg ein. Die Schwertmänner der anderen Marken, die ebenfalls dem Ruf gefolgt waren, und die Pferdelords der Hochmark strebten dem Sammelpunkt zu. Beritten oder zu Fuß drängten sie sich durch die Menge, die bereitwillig zur Seite wich. Von überall her wurden Fragen gerufen, auf die es noch keine Antworten gab. Niemand wusste, warum die Losung gegeben worden war, doch alle folgten ihrem Ruf.

Auch Asgrim und Bomzibart drängte es, zur Festung zu eilen. Ungeduldig sahen sie Guntram zu, der hastig an dem zweiten Kriegshammer arbeitete. Doch trotz der Eile ließ es der alte Schmied nicht an Sorgfalt fehlen.

„Was meinst du, was wird die Mark aufbieten können?"

Asgrim überlegte kurz. „Vier Beritte von uns, noch einmal so viele vom Horngrund und den umliegenden Gehöften. Ein weiterer vom Hammergrund. Die Schwertmänner bringen vier in den Sattel. Halt, nein, zwei von ihnen ritten ja bereits ..."

Sie sahen sich erneut betroffen an, und Bomzibart nickte. „Da hast du es, mein Freund. Zwei Beritte rückten bereits nach Norden aus. Zusammen mit Nedeam und Garodems Sohn. Sie müssen in Bedrängnis geraten sein."

„In große Bedrängnis, wenn wir so bald aufbrechen sollen." Asgrim spuckte aus. Er packte den zweiten Kriegshammer, den Guntram soeben gestielt hatte, und schwang ihn zur Probe. „Also elf Beritte von uns. Dazu noch die der Pferdefürsten. Es ist eine Weile her, dass eine solche Streitmacht gegen den Feind ritt."

„Wenn wir hier noch lange plaudern, reiten sie ohne uns", brummte Bomzibart.

Sie rannten die Straße entlang und ließen Pelgrim hinter sich zurück. Inzwischen waren sicherlich schon Larwyns Boten unterwegs, um die Weiler und Gehöfte über die Losung zu benachrichtigen. Man würde von dort keine weiteren Pferdelords einberufen, doch die Bewohner mussten erfahren, dass die Streitmacht ins Feld rückte. Nun waren die Zurückbleibenden auf sich allein gestellt, denn es würde nur eine kleine Truppe in der Mark bleiben, um sie zu schützen.

Asgrim und Bomzibart erreichten den zur Burg gewandten Stadtrand. Dort hatten sie ihre Pferde friedlich grasen lassen und die Lanzen mit den Wimpeln ihrer Beritte neben sie in den Boden gerammt. Trotz der Unruhe, die überall spürbar war, hatten sich die Tiere nicht entfernt, sondern schnaubten leise und warteten auf ihre Besitzer. Augenblicke später trabten die beiden Scharführer hinüber zum großen Platz neben der Burg, wo sich die Truppen bereits sammelten. Auf dem Weg dorthin schlossen sich ihnen Männer ihrer Beritte an.

Auf dem Platz herrschte Gedränge und noch mehr Hektik als in der Stadt. Überall waren Pferdelords zu sehen, die ihre Ausrüstung und Pferde überprüften. Helfer rannten umher und trugen Provianttaschen und Wasserflaschen, Handpferde wurden zusammengetrieben, Lastpferde mit zusätzlicher Verpflegung und Köchern voller Reservepfeile beladen. Noch immer trafen Männer aus der Stadt ein, während sich die Pferdelords mehr und mehr unter den Wimpeln ihrer Einheiten sammelten und zum Beritt gruppierten.

Aus dem Tor der Festung trabten unterdessen König Reyodem und die Pferdefürsten heraus, begleitet von ihren Bannerträgern. Auch die Hohe Dame Larwyn und ihr Sohn waren unter den Reitern.

Asgrim brachte Ruhe in die beiden Glieder seines Beritts und trabte dann zu seinem Freund hinüber. „Ich kann das Banner der Hochmark nirgends erkennen. Nur die des Königs und der anderen Pferdefürsten. Verdammt, Bomzibart, was hat das zu bedeuten?"

„Keine Ahnung." Sein Freund neigte sich im Sattel und vergewisserte sich, dass der Kriegshammer richtig am Sattelhorn befestigt war. „Jedenfalls nichts Gutes. Garwin sollte es führen. Er ist schließlich Garodems Erbe. Nein, da stimmt etwas nicht, mein Freund. Aber reite nun zurück zu deinen Männern. König Reyodem wird wohl ein paar Worte an uns richten wollen."

Der König der Pferdelords sah prachtvoll aus in seiner Rüstung und unter seinem grünen Banner. Die Beritte waren im Geviert angetreten, und als die Gruppe um Reyodem in die Mitte trabte und dort verharrte, senkte sich erwartungsvolles Schweigen über den Platz. Aber es war nicht der König, der sich an die Männer wandte, sondern die Hohe Dame Larwyn.

„Pferdelords der Marken, Ihr habt die Losung vernommen und seid zu den Waffen geeilt. Auch wenn ich Euch nicht selbst in die Schlacht führen kann, so ist es doch meine Pflicht, Euch mitzuteilen, warum Ihr einberufen wurdet. Pferdelords der Hochmark ritten nach Norden, hinauf zur nördlichen Öde und zum Pass von Rushaan. Dort liegt der elfische Vorposten Niyashaar. Er wird von unseren Pferdelords gehalten, ist aber von Orks bedroht. Wir wissen nicht, ob Niyashaar noch in unserer Gewalt ist. Doch zwischen diesem einsamen Vorposten und der Hochmark gibt es keine Befestigung mehr, keine Streitmacht außer jener, die nun hier versammelt ist. Mein Herz wird Euch begleiten, wenn König Reyodem Euch nun nach Norden führt. Ich bin sicher, Ihr braven Pferdelords, Garodem wird es mit Stolz erfüllen, wenn er von den Goldenen Wolken auf Euren Ritt hinabblickt."

Ein paar der Männer schrien ihre Zustimmung und andere stimmten ein. König Reyodem nickte Larwyn zu und erhob dann seine Stimme. „Ihr Reiter des Pferdevolkes. Pferdelords der Hochmark sind in Not und stehen einem unerbittlichen Feind gegenüber. Einem Feind, dem wir schon oft begegnet sind und in dessen Leiber wir unsere Lanzen senkten. Wir werden schnell reiten und nicht rasten oder ruhen, bis wir jenen beistehen können, die auf unsere Hilfe warten. Ihr Pferdelords der Marken, Eile sei nun Euer Gebot. Schneller Ritt ..."

„... und scharfer Tod", kam die Erwiderung aus den Kehlen der Reiter.

Reyodem ritt an, gefolgt von den Pferdefürsten und den Bannerträgern. Hörner ertönten, und die Beritte schwenkten nacheinander ein: elf aus der Hochmark und nochmals zwölf Einheiten Schwertmänner aus den anderen sechs Marken. Ein Beritt der Königsmark ritt scharf an, um die Spitze zu übernehmen und Reyodem und die Hohen Lords von jeder unliebsamen Überraschung abzuschirmen.

Zwischen Stadt und Festung und auf deren Wehrgängen hatten sich Menschen versammelt, und ihre Blicke folgten den entschwindenden Reitern nach Norden. Das Winken wurde weniger, der Jubel erstarb, als der Staub die Sicht auf die Männer nahm. Und den Zurückbleibenden blieb nur die Ungewissheit, ob die ihren heimkehren würden.

43

Ich glaube deinen Worten, guter Herr Dorkemunt von den Pferdelords." König Hendruk Hartschlag stützte sich seufzend auf eine Armlehne seines Throns und sah den alten Pferdelord nachdenklich an. „Ich glaube auch den Worten deines Freundes Nedeam. Ja, ich glaube euch beiden. Und doch muss wohl bedacht sein, was nun zu tun ist."

„Leben sind in Gefahr, was gibt es da zu bedenken?" Der alte Pferdelord stand im Thronsaal der gelben Kristallstadt und sprach nun schon eine Weile mit dem alten König. Seine anfängliche Hoffnung, die Zwerge würden Nedeam und den Pferdelords zu Hilfe eilen und sie im Kampf gegen die Orks unterstützen, schwand zunehmend. Immer wieder musste er an Balruk denken. Der König der grünen Kristallstadt hätte kaum einen Moment gezögert, in einer solchen Lage die Waffenkammer zu öffnen und seine Axtschläger auszusenden. Wahrhaftig, Balruk wäre ohne Zaudern an ihre Spitze getreten. Doch Hendruk Hartschlag machte seinem Namen keine Ehre, und dieser sogenannte Erste Axtschläger von Nal't'hanas, Sandfallom, lehnte mit unbeteiligtem Gesicht an einer der Kristallsäulen und schien sich unendlich zu langweilen.

„Natürlich sind Leben in Gefahr, guter Herr Pferdelord." Der König wies seufzend über den Saal. „Aber ich trage die Verantwortung für all die Leben in Nal't'hanas, das muss ich stets bedenken."

Dorkemunt stieß ein leises Knurren aus und verspürte Lust, unhöflich zu werden.

„Eine schöne Arbeit."

„Was heißt das?“ Der alte Pferdelord blickte irritiert zu Sandfallom, und der König ließ sich auf seinen Thron sinken.

„Die Statue dort.“ Sandfallom stieß sich von der Säule ab und deutete auf eine der zahlreichen Skulpturen, die im Hintergrund des Saales standen. Sie zeigten Szenen aus dem Leben der Zwerge und waren aus den verschiedensten Materialien gearbeitet. Einige wirkten auf Dorkemunt eher unvollendet, so als habe der Künstler auf halbem Weg resigniert, andere waren überraschend detailliert und sehr lebensgetreu. „Eine ausgezeichnete Arbeit“, bekräftigte Sandfallom. „Wirklich hervorragend.“

Hendruk Hartschlag folgte Sandfalloms Fingerzeig. „Welche Statue meinst du, guter Sandfallom?“

Dorkemunts Gesicht rötete sich zunehmend. „Hier geht es um lebende Wesen und nicht um die Fingerfertigkeit eines Steinschlägers, verdammt.“

Sandfallom schüttelte wehmütig den Kopf. „Die Statue stellt einen unserer größten Krieger dar.“

Die Augen des Pferdelords verengten sich. Damit konnte wohl nur die körperliche Größe gemeint sein. Er hatte nicht das Gefühl, dass sich in dieser Stadt auch nur ein einziger wahrer Krieger befand. Von ihm selbst einmal abgesehen.

Sandfallom ging gemächlich an Dorkemunt vorbei und ignorierte den giftigen Blick, den der Pferdelord ihm dabei zuwarf. Dann trat er an die Statue heran und fuhr mit den Fingern ihre Konturen ab. „Ein wirklich großer Krieger. Er allein bezwang eine Horde von fünfzig Barbaren der Neard.“

Hendruk Hartschlag stieß ein leises Krächzen aus. „Ah, Sandfallom, nun weiß ich, wen du meinst. Das ist lange her, mein Freund. Sehr lange.“

„Damals besuchten einige von uns die rote Kristallstadt Nal’t’bron. Ein Besuch, der alte Freundschaften neu belebte und bei dem viele Becher geleert wurden. Es war eine gemischte Gruppe aus Männern, Frauen und Hüpflingen, und sie wussten nichts von der Gefahr, in der sie schwebten: Barbaren hatten die Grenze überschritten und lauerten ihnen auf dem Rückweg auf. Noch bevor sie die Gefahr erkannten, war die Hälfte von ihnen niedergemacht, dann stürmten die Feinde heran."

„Ein wilder Kampf begann", seufzte Hendruk Hartschlag. „Ah, ein furchtbar wilder Kampf. Barbaren waren diese Neard. Wilde Barbaren. Selbst die Frauen und Hüpflinge haben sie abgeschlachtet. Ja, selbst die Hüpflinge."

Dorkemunt begriff nun, dass diese Geschichte mit dem König selbst zusammenhing, und schluckte die unhöfliche Bemerkung hinunter, die ihm auf der Zunge gelegen hatte.

„Ja, auch die Hüpflinge", sinnierte Sandfallom. „Damals machte sich einer der Axtschläger einen Namen. Einen großen Namen."

„Schmeichle mir nicht, Sandfallom." Der König lachte gutmütig. „Ich bin längst aus dem Alter heraus, in dem ich dafür noch empfänglich war."

„Am Ende waren nur noch zwanzig Barbaren und jener Axtschläger übrig. Er war von einem Schlag betäubt, und die Barbaren hielten ihn für tot. Aber er lebte. Als er wieder zu sich kam, nahm er die Verfolgung der Mörder auf." Sandfallom nickte zu seinen Worten. „Ein einziger Axtschläger, und er tötete sie, einen nach dem anderen."

„Ah, damals durchströmte noch Kraft meine Glieder." Hendruk Hartschlag beugte den Arm und starrte missmutig auf die erschlafften Muskeln. „Kein anderer Zwerg konnte es mit mir aufnehmen. Sandfallom, erzählte ich dir schon von meinem Kampf gegen Breoruk?"

„Du hast es gelegentlich erwähnt", sagte Sandfallom und

wandte sich dem Thron zu. „Deinen ehrwürdigen Namen hast du zu Recht erhalten, Hendruk Hartschlag, und du bist uns ein guter König.“

„Ah, bei aller Bescheidenheit, das kann man sagen.“ Hartschlag lehnte sich im Thron zurück. „Ich habe immer nur das Wohl der Stadt im Auge.“

Sandfallom nickte. „Das Wohl der Stadt und seiner Bewohner.“

„So ist es, guter Sandfallom, so ist es.“

„Du sorgst dich stets um eine sichere und geschützte Stadt, mein König.“

„Wie du es sagst.“ Hendruk Hartschlag nickte dem Ersten Axtschläger wohlgefällig zu.

„Und um genug Nahrung für ihre Bewohner.“

Der König runzelte die Stirn. Sein Blick wurde forschend. „Sag, Sandfallom, mein guter Freund, ich kenne diesen Blick in deinen Augen, und er missfällt mir. Ich mag alt und kraftlos sein, doch mein Geist ist scharf wie eine Axt.“

„Natürlich, mein König, genauso ist es.“ Sandfallom deutete eine leichte Verbeugung an. „Du hast uns stets weise geführt, selbst als das verheerende Unglück geschah und uns der Felsenhimmel über dem Kopf zusammenstürzte.“

„Das will ich wohl meinen“, knurrte Hartschlag. „Na schön, Sandfallom, sprich aus, was du zu sagen hast. Dein Gerede von dem großen Krieger … Glaubst du, ich wüsste nicht, worauf du hinauswillst?“

Bevor Sandfallom antworten konnte, wurde das Portal des Saals aufgestoßen, und eine Gruppe Axtschläger trat ein, die einen weiteren Zwerg in ihrer Mitte hatten.

„Olruk!“, rief Dorkemunt überrascht und eilte dem kleinen Freund entgegen.

Der kleine Axtschläger war am Ende seiner Kräfte, aber

wohlauf. Ein breites Grinsen überzog sein Gesicht, und als sich die Freunde gegenüberstanden, versuchte der Zwerg instinktiv, an den nicht vorhandenen Bartzöpfen des Pferdelords zu ziehen. Er räusperte sich verlegen und legte dann die Hände an Dorkemunts Schultern.

„Es war ein weiter Weg, und ich bin geeilt, so schnell ich konnte, mein Freund. Ah, du weißt, unsere Beine sind ein wenig kurz. Doch nun ist es geschafft, und ich bin unter Freunden." Olruk zupfte aufgeregt an seinen Bartzöpfen. „Ich habe nicht erwartet, dich hier zu sehen, alter Freund. Wahrhaftig, ein großartiger Anblick für meine Augen. Wo sind die anderen?"

„Welche anderen?"

Olruk nickte. „Die Horden eurer Pferdereiter, mein Freund. Die Beritte, welche die Macht der Orks zerschmettern werden. Nedeam und seine Männer rechnen fest mit ihnen ... Sag mir nicht, dass du allein bist, mein Freund."

„Doch, so ist es leider", seufzte Dorkemunt.

„Das ist nicht gut, überhaupt nicht gut." Der Zwerg seufzte schwer. „Ich bin nach Nal't'hanas geeilt, da ich es bis Nal't'rund nicht mehr geschafft hätte. Es eilt, alter Freund, es eilt wirklich. Die Orks stehen am Pass, und es sind Unmengen von ihnen."

„Du hast sie also gesehen?"

„Das habe ich, mein Freund." Olruk zuckte die Schultern. „Du weißt, wir Zwerge verstehen uns darauf, Steine zu schlagen und sie zu erklimmen. Ich schlich mich mitten in der Nacht aus Niyashaar heraus und wandte mich dem Pass zu. Dabei musste ich zwei Spähern der Bestien ausweichen. Wahrhaftig, mein Freund, ich hätte ihre Schädel gerne mit der Axt gespalten, doch ich wollte kein Aufsehen erregen, du verstehst? Ich war neugierig, was sich im Pass verbarg, und habe die Felsen bestiegen. Zwar konnte ich nicht weit in den Pass hineinschauen, aber ich sage dir, er ist voll von den Bestien. Daher bin ich sofort hierher geeilt, denn Niyashaar und unsere Freunde brauchen Hilfe.“

Ein heftiges Pochen war zu hören, und alle wandten sich dem Thron zu, auf dem der König saß und seine zeremonielle Axt immer wieder mit dem Griff auf eine der Armstützen schlug. Das Gesicht Hendruk Hartschlags war ausgesprochen unfreundlich. „Was ist das für ein Getuschel? Wenn es etwas zu berichten gibt, dann habt ihr die Worte an mich zu richten!“

Olruk sah seinen Freund an. „Du hast ihn um Waffenhilfe gebeten?“

„Das habe ich getan.“

„Und die Waffenkammer ist noch nicht geöffnet?“

Dorkemunt schwieg, und Olruk sah Sandfallom grimmig an. Der zupfte verlegen an seinen Bartzöpfen. „Er ist der König. Er entscheidet. Manchmal braucht er seine Zeit.“

„Die wir aber nicht haben“, knurrte Olruk.

Dorkemunts kleiner Freund trat vor den Thron, kniete sich auf ein Bein nieder und ergriff seine beiden Bartzöpfe. Er fasste sie in einer Hand zusammen, griff mit der anderen in sein Wams und zog ein kurzes Messer daraus hervor. Sandfallom stieß ein leises Ächzen aus, während der König sich auf seinem Thron vorbeugte und Dorkemunt nicht recht wusste, was Olruk beabsichtigte.

„Hendruk Hartschlag, König der gelben Kristallstadt Na’l’thanas, vor dir kniet Olruk, Axtschläger der grünen Kristallstadt Nal’t’rund, und ich bitte dich um die Waffenhilfe der Bruderschaft der Zwerge.“ Der Zwerg setzte die Klinge an den Zöpfen an. „Ich entbiete dir meine Ehre als Pfand.“

„Halt!“ Hendruk Hartschlag erhob sich halb von seinem

Thron. „Du willst dich für die Männer in Niyashaar entehren? Es sind nur Menschen!"

„Sie vergossen ihr Blut für unsere Stadt", erwiderte Olruk mit ruhiger Stimme. „Sie mögen Menschen sein, und doch sind sie Freunde."

Nun trat Sandfallom neben Olruk, kniete sich ebenfalls hin und fasste seine eigenen Bartzöpfe. „Und hier kniet Sandfallom, der Erste Axtschläger der gelben Kristallstadt Nal't'hanas, und auch ich bitte um Waffenbruderschaft."

Dorkemunt begriff nun, dass die prachtvollen Bartzöpfe tatsächlich eine ganz besondere Bedeutung für die Männer des kleinen Volkes hatten. Rechts und links, an ihm vorbei, traten weitere Axtschläger vor, und auch sie knieten nieder.

Hendruk Hartschlag stieß einen abgrundtiefen Seufzer aus und sank in seinen Thron zurück. „Behaltet eure Zöpfe und eure Ehre." Er sah Sandfallom eindringlich an. „Bei den feurigen Schlünden der Tiefe, du weißt so gut wie ich, dass wir kaum dreihundert Kämpfer aufbieten können."

„Einst bezwang ein einzelner Axtschläger mit Namen Hendruk zwanzig Barbaren der Neard. Können da dreihundert tapfere Axtschläger nicht tausend Bestien bezwingen?" Hendruk Hartschlag starrte seinen Kommandeur finster an. Sandfallom wies auf den riesigen Schild über dem Thron. „Dieser Schild symbolisiert den Schutz, den du der Stadt und dem Volk gewährst. Hätte Hendruk Hartschlag vor hundert Jahreswenden gezögert, ihn aufzunehmen, um Freunden in der Not beizustehen?"

Der König schloss für einen Moment die Augen. „Nein", sagte er dann zögernd. „Das hätte er nicht."

Es gab ein metallisches Klicken, als das reich verzierte Ende der Axt Gelbschlag in die Seitenlehne des Throns hineinglitt. Hendruk drückte sie tiefer, bis sie hörbar einrastete, und drehte sie dann leicht. Von irgendwoher war das Rumpeln eines sich öffnenden Tores zu hören.

Dorkemunt sah, wie die knienden Zwerge sich erhoben und mit einem lauten Schrei ihre Äxte emporreckten. Und er spürte unsägliche Erleichterung.

Nal't'hanas zog in den Krieg.

44

Mit Einbruch der Dunkelheit hatten sich die Orks auf den Weg gemacht. Zumindest jene, die dazu ausersehen waren, die Sprengladung an der Klippe von Niyashaar anzubringen. Die Nacht war günstig für das Vorhaben. Dichte Wolken hatten den Sternenhimmel verdeckt, und zudem lag ein leichter Nebel in der Luft, der die Sicht erschwerte und die leisen Geräusche verschluckte, unter denen sich die Gruppe aus Spitzohren und Rundohren auf den Weg machte. Während die Rundohren sich mit Kisten und Säcken abmühten, beschränkten sich die Spitzohren darauf, den Weg zu erkunden. Die Späher hatten zwar einen günstigen Pfad entdeckt, doch man konnte nicht sicher sein, ob die Pferdemenschen nicht eine Streife außerhalb der Mauern hatten.

Breitbrüller war von zwiespältigen Gefühlen erfüllt. Zwar hoffte er auf einen Erfolg der Sprengung, doch zugleich sehnte er auch die Gelegenheit herbei, seine neuen Donnerrohre an den Menschen zu erproben. Es waren Waffen ganz nach seinem Geschmack, denn sie konnten den Tod über viele Hundertlängen hinwegtragen – sehr viel weiter, als ein menschlicher oder elfischer Bogen schoss. Für ein Spitzohr war das ein sehr erfreulicher Umstand, denn er konnte die Rolle der kleinen Orks schon bald verändern und hervorheben. Mochten die gepanzerten Rundohren auch mit geschwellter Brust herumstolzieren, die Zukunft des Kampfes würde darin liegen, die Menschen in ihre Festungen zu treiben und sie dann in aller Ruhe aus sicherer Entfernung abzuschlachten.

Breitbrüller hatte gegenüber den Rundohren hierzu eine Bemerkung gemacht, und Kohortenführer Blaubrust hatte die

Fänge gebleckt. „Wer, glaubst du wohl, wird die Menschen daran hindern, aus ihren Festungen hervorzustürmen und dich und deine Donnerrohre zu vernichten? Nein, Breitbrüller, letztlich wird es immer darauf hinauslaufen, dass man sich Klinge an Klinge begegnet. Daran werden deine lärmenden Rohre nichts ändern."

Dies war nicht der Augenblick zu streiten, denn sie mussten sich lautlos durch die Nacht bewegen. So hatte Breitbrüller geschwiegen und seinen verstümmelten Mund nur zu einem schiefen Grinsen verzogen.

Der Marsch durch die Finsternis dauerte länger, als sie ursprünglich geplant hatten. Die schweren Lasten hielten sie auf, und sie mussten behutsam gehen, damit keines der Rundohren stürzte. Das Pulver war grob gekörnt, und Breitbrüller hatte gelernt, dass es in diesem Zustand recht empfindlich war; schon ein heftiger Schlag konnte es entzünden. Er wollte jedoch die Eingeweide der Pferdemenschen über die Öde verteilen und nicht die eigenen.

Sie erreichten den Fuß der Klippe erst gegen Mitternacht, und während die Gruppe rastete, huschte Breitbrüller zwischen den Felsen entlang und suchte eine passende Stelle, an der sich die Ladung anbringen ließ. Blaubrust begleitete ihn, und es war offensichtlich, dass dem Rundohr unbehaglich zumute war.

„Warum schleichen wir hier noch herum?", knurrte der Kohortenführer. „Lass uns Kisten und Säcke aufstellen, die Schnur anbringen und verschwinden."

„Man kann das Pulver nicht einfach zünden", erwiderte Breitbrüller grinsend. „Wenn man es einfach nur hinstellt, dann knallt es vielleicht laut, doch ob dabei die Felsen zerschmettert werden, ist fraglich. Möglicherweise fallen ein paar Steine herunter, aber es soll ja die ganze Klippe stürzen, nicht wahr? Nein, Blaubrust, dazu brauchen wir eine Spalte, in die ich die Ladung hineinschieben kann. Dann müssen wir sie mit anderen Felsen verdecken, das steigert die Wirkung, aber um das zu verstehen, bist du leider zu dumm."

„Ich bin nicht dumm", verteidigte sich Blaubrust. „Aber ich wette, du suchst nur ein Versteck für das Pulver, weil du feige bist. Du hast ja nur Angst, dass die Pferdemenschen es finden könnten, bevor es knallt."

„Sie stecken hinter ihren Mauern und wagen sich nicht raus." Breitbrüller zischte. „Und hör auf, so zu keifen. Sonst entdecken sie uns noch."

Blaubrust verzog seine Lefzen, und etwas Speichel tropfte von seinen Fängen herab. „Jedenfalls solltest du dich beeilen. Dies hier ist die Öde. Du hast selbst gehört, was für unheimliche Wesen hier herumschleichen."

Die Aussicht, den „Anderen" zu begegnen, behagte Breitbrüller überhaupt nicht. Er war zuversichtlich, dass seine Donnerrohre jeden Menschen, Elfen oder Zwerg zerschmettern konnten, aber die Herren der Öde waren etwas ganz anderes. Wer wusste schon, ob sie überhaupt Leiber hatten? Es hieß, dass sie aus einem Glühen und Wallen bestanden, aus dem tödliche Blitze hervorzuckten …

„Diese Stelle ist gut."

Breitbrüller beugte sich am Fuß der Klippe in eine Spalte. Seine Augen durchdrangen die diesige Nacht weitaus besser, als menschliche Augen es vermocht hätten. Nur der elfische Sehsinn war dem eines Orks noch überlegen. Das Spitzohr tastete die Spalte ab; sie hatte genau das richtige Maß. Ihre Wände waren glatt. Wahrscheinlich war sie entstanden, als das Wasser zahlloser Regenstürme die Klippe hinunterrann, um sich an ihrem Fuß zu sammeln. Im Verlauf unzähliger Jahreswenden hatte es so diese Spalte ausgespült, die genau an der richtigen Stelle lag, dem Vorposten von Niyashaar zugewandt.

„Woher willst du wissen, dass sie gut ist?"

Breitbrüller seufzte. „Halt endlich die Lefzen still. Ich muss nachdenken."

Das Spitzohr wusste zwar, wie man eine Explosion auslöste, doch hatte es keinerlei praktische Erfahrung. So konnte es nur schätzen, welche Menge von dem Pulver sie brauchten.

„Ist eine große Klippe", brummte Blaubrust. „Eine gewaltige Klippe."

„Ich weiß", knurrte Breitbrüller. „Und jetzt sei endlich still, sonst hören uns die Pferdemenschen noch."

Das Rundohr hatte recht, es war eine sehr große Klippe, die da über Niyashaar aufragte. Besser, er riskierte nichts und packte das gesamte Pulver in die Spalte.

„Schön, wir werden alles nehmen." Breitbrüller leckte sich über die Lefzen. „Sag deinen Rundohren Bescheid, sie sollen die Kisten und Säcke herbringen. Und zwar leise."

„Ich weiß, dass wir leise sein müssen", knurrte Blaubrust.

Erneut bewegten sie sich durch die Nacht. Die Orks trugen das Pulver zu der Felsspalte, und Breitbrüller achtete darauf, dass es richtig darin verstaut wurde. Er war sich nicht sicher, ob er die Behälter öffnen sollte. Das Pulver würde dann frei liegen und sich so vielleicht besser entzünden. Oder sollte er sie doch geschlossen lassen? Vielleicht reichte es aus, wenn eine der Kisten explodierte. Die könnte dann die anderen mit ins Feuer der Vernichtung reißen. Er atmete tief ein. Es lag viel Feuchtigkeit in der Luft, vielleicht zu viel; das graue Sprengpulver war empfindlich gegen Nässe. Nein, er würde die anderen Behälter geschlossen lassen und nur einen öffnen, um daran dann die Brennschnur anzubringen.

„Das war der letzte Pulversack", meldete Breitbrüller. „Jetzt ist alles unter der Klippe.“

„Gut, deine Rundohren können zurückmarschieren. Meine Spitzohren werden die Brennschnur anbringen und auslegen.“

Die Brennschnur maß fast eine Tausendlänge. Sie bestand aus aneinandergeknoteten Tüchern und Binden, die man zuvor eingefettet hatte, um dann Pulver darin einzurollen. Breitbrüller hatte eine kurze Brennschnur ausprobiert, und sie hatte funktioniert. Dennoch traute er der Konstruktion nicht recht. Auch wenn seine Spitzohren die Schnur sehr vorsichtig trugen, konnte es durchaus sein, dass sich die Tücher irgendwo lösten.

„Gebt mir das eine Ende, und dann geht langsam und vorsichtig zurück“, befahl er seinen Helfern. „Legt sie behutsam aus, sie darf auf keinen Fall beschädigt werden.“

Er schob eine halbe Länge der Brennschnur in eine der unteren Kisten und beschwerte das Ende sorgfältig mit Steinen, damit es nicht versehentlich herausrutschte. Er hörte das leise Knirschen von Steinen und gelegentliches Flüstern, als die anderen Spitzohren die enorme Schnur langsam entrollten und auf dem Boden auslegten. Als er zufrieden war, richtete er sich ächzend auf und blickte auf Niyashaar hinunter. Der zerklüftete Kegel der Klippe ragte mehrere Hundertlängen auf und war dem Vorposten zugeneigt. Die Explosion musste ein Stück des Sockels zerstören, dann würde sich die enorme Masse neigen und auf Niyashaar hinunterschmettern. Die kleine Befestigung war kaum eine Hundertlänge entfernt.

Breitbrüller konnte schemenhaft die südliche Mauer der Anlage und den Turm erkennen. Das war nicht gut. Der Nebel lichtete sich offenbar. Es war nun höchste Zeit zu verschwinden, sonst bemerkten die Menschen noch, was hier vor sich ging.

Langsam und geduckt lief er an der Brennschnur entlang

und vergewisserte sich, dass sie intakt geblieben war. Ihr anderes Ende lag in Richtung Pass. Sobald Fangschlag die Legionen aus der Schlucht herausgeführt und den Posten umzingelt hatte, würde Breitbrüller die Schnur entzünden. Es würde ein großartiger Anblick sein, wenn die Klippe die Menschen unter sich begrub.

Dann fand er die Stelle, an der die Schnur auseinandergerissen war.

Die anderen Spitzohren hatten es offenbar nicht bemerkt und waren einfach weitergegangen. Nun lag das andere Ende der Schnur einige Längen entfernt am Boden, zu weit, um die beiden Stücke wieder miteinander zu verbinden. Breitbrüller stieß einen leisen Fluch aus und blickte besorgt zum Himmel hinauf. Erneut fluchte er. Es war nun nicht mehr lange bis zur Nachtwende, zu wenig Zeit also, um die Schnur zurückzunehmen und wieder zu verbinden. Im Osten wurden die Bergspitzen bereits in einen roten Schimmer getaucht. Es blieb nicht einmal genug Zeit, um die Legionen aus dem Pass zu führen. Er musste die Schnur zünden, so kurz sie nun auch war. Wenn er es nicht tat, war alles gefährdet.

Er blickte wieder zum Vorposten, und nun konnte er auch die Helme mit den seltsamen langen Haaren daran erkennen. Es wurde hell; er musste handeln.

Breitbrüller entzündete die Brennschnur, dann rannte er los, so schnell er konnte.

45

Der wilde Donner in der Schlucht war verhallt, doch immer noch prasselten einzelne Steine und größere Felsbrocken vom Hang herab. Staub wallte auf in dichten Schwaden, hüllte die Beritte aus der Hochmark ein und nahm ihnen Sicht und Atem. Hustend und fluchend rangen die Männer nach Luft.

Sie hatten nur kurz gerastet, um die Pferde zu versorgen, und waren nach kaum einem halben Zehnteltag weitergeritten. Der Pass des Eten war von Dunkelheit und dem Donnern der Hufe erfüllt gewesen, und als die Reiter der Vorhut die Gefahr erkannt hatten, war kaum Zeit geblieben, die Nachfolgenden zu warnen. Wilde Unordnung war entstanden, als ein Teil des östlichen Hanges sich löste und in die Tiefe rutschte. Einer jener Steinschläge, wie sie im Gebirge üblich waren, aber er war ungewöhnlich schwer und kam sehr ungelegen.

„Beruhigt die Pferde", brüllte Reyodem durch die Staubwolken. „Haltet sie ruhig. Scharführer der Vorhut, berichtet mir! Scharführer!"

Ein Reiter mit dem Wimpel eines Beritts schälte sich aus dem Dunst. Alles an ihm war grau und braun gepudert. Nur die Augen des Mannes und die seines Pferdes schienen aus der Staubschicht hervorzuleuchten. Hustend trabte er heran.

„Ein Steinschlag, König Reyodem", krächzte er und wandte sich halb im Sattel. „Ein guter Teil der Wand hat sich gelöst. Wir haben Glück, nicht darunter begraben worden zu sein."

„Wie schlimm ist es?"

Der Scharführer nahm einen Schluck Wasser, spülte seinen Mund und spuckte aus. Sein heiseres Krächzen wurde verständlicher. „Schlimm genug, mein König. Der Grund des Passes ist fast drei Längen hoch mit Schutt bedeckt. Wir werden ihn nicht überqueren können."

„Bei den Finsteren Abgründen, das ist verdammtes Pech", knurrte Reyodem verdrießlich.

Neben ihm schälten sich nun auch die Gestalten der anderen Pferdefürsten aus dem staubigen Dunst. Bulldemut warf einen grimmigen Blick nach vorne. „Schöner Steinschlag, was?"

„Der Pass ist drei Längen hoch bedeckt", bestätigte Reyodem grimmig.

„Das wird uns eine Weile aufhalten." Bulldemut fluchte erbittert. „Wir werden ihn erst freiräumen müssen, bevor wir weiter vordringen können."

„Setzt so viele Männer ein wie möglich", befahl Reyodem dem Scharführer. „Nehmt zunächst die beiden vorderen Beritte und fordert an, was Ihr sonst noch benötigt. Und beeilt Euch, Scharführer."

Der Mann nickte mit finsterem Gesicht. „Eile tut Not, mein König, ich weiß."

Befehle ertönten nun entlang der Beritte, in die langsam wieder Ordnung kam.

„Einen Lichtblick gibt es", stellte Bulldemut fest. „Wir haben keinen Mann verloren."

Reyodem spuckte aus. „Aber dafür Zeit. Und ich weiß nicht, wie viel Niyashaar davon noch bleibt."

46

Ich bin froh, dass die Nacht endlich vorüber ist und das Morgenrot sichtbar wird.“ Hatmerlemin zog fröstelnd den Umhang enger um die Schultern und blickte nach Osten. Die Spitzen der Berge waren in einen rötlichen Schein getaucht.

Neben ihm stützte sich ein Schwertmann auf den Schaft seiner Stoßlanze. „Diese Nacht war seltsam. Man sah die Hand vor Augen nicht, und ich möchte schwören, dass dort draußen jemand durch die Dunkelheit geschlichen ist. Eigentlich habe ich erwartet, dass die Bestien über uns herfallen.“

„Ein Glück, dass sie sich damit noch Zeit lassen“, brummte Hatmerlemin. „Offen gesagt, der Gedanke daran, was sich alles dort im Pass verbirgt, bereitet mir Unbehagen. Wisst Ihr, mein Freund, es ist nicht die Furcht vor dem Feind, sondern die Ungewissheit über das, was uns erwartet. Die Orks haben nie lange gezaudert, anzugreifen. Doch diese stecken schon seit Tageswenden im Pass. Worauf warten sie?“

„Woher soll ich das wissen?“ Der andere runzelte die Stirn und beugte sich ein wenig zwischen den Zinnen vor. „Warte. Ich glaube, ich sehe etwas. Dort, auf halber Strecke zwischen Klippe und Pass. Könnte ein Spitzohr sein. Ist schwer zu erkennen.“

„Einer ihrer Späher.“ Hatmerlemin gähnte herzhaft. „Die treiben sich ständig draußen rum. Aber sie beunruhigen mich kaum. Diese kleinen Bastarde haben nicht den Mut, etwas zu versuchen.“ Er lächelte halbherzig. „Sie sind nur in der Masse stark. Aber dann sind sie gefährlich, weil sie gemeinsam ihre Pfeile lösen. Zum Glück sind sie miserable Schützen. Aber die Menge ist enorm."

„Das ist nichts gegen ihre Querbogen. Ich habe mal miterlebt, wie so ein Bolzen einen Mann in der Reihe vor mir traf. Durchschlug vorne seinen Harnisch und trat am Rücken wieder halb heraus."

„Ihr übertreibt, mein Freund. Das mag allenfalls ..." Hatmerlemin verstummte und legte dem anderen Schwertmann die Hand an den Arm. „Ihr habt recht. Da schleicht so ein verdammtes Spitzohr rum. Ich glaube, es hat bemerkt, dass wir es gesehen haben. Schaut nur, wie der Bursche wetzt. Feige Bastarde, wie ich es sagte."

„Was meint Ihr, was geschieht, wenn sie angreifen?"

Hatmerlemin lachte kalt. „Bevor die Beritte eintreffen? In dem Fall werden wir ruhmreich zu den Goldenen Wolken reiten."

„Fürchtet Ihr Euch davor?" Der andere sah Hatmerlemin abschätzend an.

Der zuckte die Schultern. „Ich glaube, niemand freut sich auf den letzten Ritt. Vor allem, wenn man dabei hinter seelenlosen Mauern steht und dem Feind nicht auf dem Rücken seines Pferdes begegnen kann, wie es einem Pferdelord gebührt."

Der andere seufzte. „Wenigstens brauchen wir uns nicht um Frau oder Kinder zu sorgen. Ein Vorteil, wenn man Schwertmann ist."

„Und zugleich ein Nachteil." Hatmerlemin strich sich über das Gesicht. Er fühlte sich müde und ausgebrannt. „Manchmal frage ich mich schon, wie es wohl wäre, eine richtige Familie zu haben."

„Seht Ihr das, guter Herr Hatmerlemin?" Der Schwertmann zupfte ihn am Arm. „Da brennt etwas. Und vom Boden steigt Rauch auf."

„Unsinn, das wird Nebel sein."

„Seht doch selbst. Es ist nur wenig, aber dafür dichter Rauch, und er kriecht über den Boden."

„Kriecht? Wo?"

„Dort, wo das Spitzohr gerade war." Der Schwertmann lehnte die Lanze an die Mauer und beschattete seine Augen. Die ersten Sonnenstrahlen blitzten über das Gebirge hinweg und blendeten ihn. „Der Rauch kriecht nach Süden, auf die Klippe zu."

„Ihr habt recht", murmelte Hatmerlemin. „Kriechender Rauch. Wahrhaftig, diese Öde ist ein merkwürdiges Land."

Mit den Augen folgten sie dem seltsamen Phänomen bis zum Fuß der Klippe. Plötzlich flammte es dort orangebraun auf. Unter ihren Füßen begann der Boden zu vibrieren, ein Grollen war zu hören, und eine mächtige Wolke erhob sich. Einem Sturmwind gleich, bewegte sie sich auf Niyashaar zu, Pulverqualm, Staub und Trümmer mit sich führend, von kleinsten Steinchen bis hin zu kopfgroßen Brocken.

Die beiden Schwertmänner starrten der Wolke entgegen und ahnten nicht einmal, was da auf sie zukam. Aber es wäre ohnehin zu spät gewesen, noch zu reagieren. In dem einen Augenblick sahen die Männer dem Unheil noch entgegen, im nächsten hatte es sie schon mitgerissen.

Die Druckwelle erfasste sie und schleuderte sie nach hinten. Hatmerlemin schrie und fühlte, wie er durch die Luft geworfen wurde; hilflos ruderte er mit Armen und Beinen, bis er mit einem brutalen Schlag vor die gegenüberliegende Mauer prallte. Das Bersten seiner Knochen spürte er schon nicht mehr. Dem anderen Schwertmann blieb jede Qual erspart. Ein Steinsplitter spaltete seinen Schädel, und er war tot, noch bevor er gegen den Hauptturm schlug.

Überall prasselten Felssplitter gegen Mauerwerk und Boden, und etliche der Wachen wurden von ihnen getroffen. Jene Pferde, die sich ungeschützt im Innenhof aufhielten, bäumten sich panisch auf, rissen sich von den Leinen los und liefen in der Anlage umher. Dabei überrannten sie, was ihnen in den Weg kam.

Die Männer, die von Mauern gedeckt waren, hatten Glück, da Druckwelle und Splitter ihnen nicht so sehr zusetzten.

Nedeam hatte im Turmzimmer auf der Bettstatt gelegen. Der harte Schlag der Explosion warf das Bett nach oben, das dann haltlos wieder zu Boden stürzte. Der Erste Schwertmann schrie auf, bevor er in die Konstruktion zurückkrachte und mit ihr zusammenbrach. Elfischer Klarstein zerbarst und spickte eines der Regale samt der Bücher mit scharfkantigen Splittern. Lotaras, der in dem gepolsterten Stuhl gedöst hatte, erwachte, als einer dieser Splitter seinen rechten Oberarm traf und dort einen tiefen Schnitt hinterließ. Über ihnen, auf der Plattform, knickte zur gleichen Zeit der Fahnenmast ein, erschlug einen der beiden Turmwächter und riss den anderen in den Hof hinunter. Der grüne Umhang, der so lange als Ersatzfahne gedient hatte, begrub den Toten wie ein Leichentuch unter sich.

Aber dies war nur ein Vorgeschmack dessen, was noch folgen sollte.

Glücklicherweise waren alle Männer mit dem ersten Morgenlicht erwacht und bereits fertig angekleidet und gerüstet, als die Detonation über sie hinwegfegte. Nun rannten sie aus den Gebäuden heraus, um nachzusehen, was geschehen war. Entsetzte Schreie wurden laut, als sie zu der riesigen Felsklippe blickten.

Zunächst schien der gewaltige Felsen der Explosion standzuhalten. Die Detonation hatte die Spalte an seinem Sockel aufgestemmt, und Risse wanderten den Stein hinauf. Einzelne

Felsen lösten sich und stürzten hinab, doch der Koloss stand weiterhin stabil. Aber dann war ein unheimliches Geräusch zu hören.

„Der Felsen neigt sich“, schrie ein Schwertmann schockiert auf. „Schaut nur, er kippt um! Er wird auf uns herabstürzen!“

Abermals war ein Dröhnen zu hören, und man spürte die Vibration des Bodens, als die Klippe sich langsam zu neigen begann. Erst sah man es nur daran, dass die Risse sich vergrößerten und immer mehr Fragmente abbrachen.

Nedeam und die anderen im Turm handelten instinktiv und hasteten die Treppe hinab, um in den Hof zu gelangen. Dort hatten sich Schwertmänner beherzt darangemacht, die Pferde aus dem umgebauten Stall herauszuholen, andere versuchten unterdessen, die verängstigten Tiere im Innenhof einzufangen. Die Pferdelords spürten, dass nur eine schnelle Flucht sie retten konnte, und doch gerieten sie nicht in Panik. Noch nicht. Als der Neigungswinkel der Klippe zusehends flacher wurde, änderte sich das Bild.

„Bei allen Finsteren Abgründen“, keuchte Scharführer Kormund entsetzt. „Wir sind verloren.“

Nedeam, Lotaras und die restlichen Kämpfer aus dem Turm stürzten in dem Augenblick in den Innenhof, als blanke Todesangst die Pferdelords dort ergriff und der Instinkt jede Vernunft zur Seite fegte. Männer auf Pferden hasteten zum Tor, andere rannten auf die Mauer empor und versuchten sich durch einen Sprung in Sicherheit zu bringen.

Die Klippe neigte sich immer schneller, dann schlug sie auf und zerbrach in unzählige Teile.

Der Turm, ein großer Teil der Südmauer und eines der Unterkunftsgebäude wurden darunter begraben, und mit ihnen die Männer und Pferde, die sich nicht mehr hatten retten können. Andere starben unter den abgesplitterten Fragmenten; ein hausgroßes Bruchstück zertrümmerte mühelos die nördliche Mauer und walzte über eine Gruppe Schwertmänner hinweg, die sich gerade an ihrem Fuß geammelt hatte. Eine gewaltige Staubwolke stieg auf und hüllte alles ein, Schreie und Wimmern drangen aus dem Schutt hervor.

Dies war der Moment, in dem die Orks aus dem Pass hervorbrachen.

Fangschlag hatte wütend aufgeschrien, als die Explosion so unerwartet erfolgte. Seine Legionen hatten erst in Stellung gehen und Niyashaar umstellen sollen, aber zu diesem Zeitpunkt war nicht einmal eine einzige Kohorte vorgerückt. Er verfluchte die Spitzohren im Allgemeinen und Breitbrüller im Besonderen und bellte zwischendurch seine Befehle. Noch während sich die Klippe neigte, rannten die ersten Einheiten im Laufschritt vor. Aber der Anblick des stürzenden Felsens war derart überwältigend, dass sogar die disziplinierten Rundohren stehen blieben und ehrfürchtig verfolgten, wie Niyashaar unterging. Erst als die gewaltige Staubwolke sich erhob, setzten Fangschlags lautstarke Befehle sie wieder in Bewegung.

Das Zögern der Eisenbrüste hatte der Besatzung des Vorpostens eine winzige Frist verschafft.

Vom tosenden Lärm der aufprallenden Felsmassen nahezu taub und nach Atem ringend, begann sich zwischen all dem Schutt und Staub menschliches Leben zu regen. Während verschreckte Pferde umherirrten, taumelten und krochen Männer aus dem hervor, was einst der Vorposten von Niyashaar gewesen war.

„Norden“, keuchte Nedeam und spuckte Staub aus. „Wir müssen nach Norden. In die Öde. Unsere einzige Chance.“

Er blickte sich um und war entsetzt, wie wenige Männer noch auf den Beinen waren. Eine geisterhafte Gestalt tauchte neben ihm auf, und er brauchte einen Moment, bis er Llarana unter der dicken Schicht Schmutz erkannte, die sie bedeckte. Hinter ihr taumelte Lotaras heran. Der Elf hielt sich den Arm, und der Ärmel seines Gewandes war mit Blut getränkt. Weitere Gestalten erschienen, einzeln oder in kleinen Gruppen. Kormund war nur an der Lanze zu erkennen, von welcher der Wimpel seines Beritts herabhing.

„Sie kommen aus dem Pass“, ächzte der alte Scharführer und wies nach Osten. „Hunderte, Tausende von ihnen.“

„Wir müssen in die Öde fliehen“, sagte Nedeam hastig.

„Warum nicht nach Westen, zum Pass des Eten?“ Kormund schwenkte seinen Wimpel, damit ihn die Männer sahen und sich an ihm sammelten. „Falls Verstärkung kommt, würden wir ihr so entgegeneilen und könnten uns mit ihr vereinigen.“

„Das würde ich tun, wenn ich sicher wäre, dass die Beritte kommen“, gestand Nedeam.

Kormund nickte betroffen. „Ich verstehe.“

„Unsere einzige Chance ist es, uns mit den Wächtern zu vereinigen.“

„Eine fragwürdige Chance, mein Freund.“

„Aber unsere einzige. Komm, wir müssen die Männer sammeln. So viele wie möglich.“

„Nach Norden! In die Öde!“, riefen sie den Überlebenden zu.

Knapp zwanzig Männer hatten es geschafft, auf Pferden aufzusitzen, und galoppierten nun umher, um weitere Tiere einzufangen, die anderen Unversehrten kümmerten sich um die verletzten Kameraden.

„Es wird ein Rennen werden, Nedeam.“ Lotaras wies in den Pass.

„Und wir können es kaum gewinnen“, seufzte Nedeam.

„Doch versuchen müssen wir es. Denn hier sind wir ohne Deckung und zu verstreut, so hätten sie leichtes Spiel."

Wahrscheinlich hatten die Orks ihren Sieg noch gar nicht begriffen. Nur wenige Gruppen von Pferdelords flüchteten nach Norden, um sich zwischen den Felsen dort zu sammeln. Nedeams Wimpel war verloren, und so diente ihnen nun der von Kormund als Orientierung.

Zwei Kohorten Rundohren rückten unterdessen nach Niyashaar vor. Vielleicht waren sie nur neugierig, was der stürzende Felsen angerichtet hatte, oder sie wollten sicher sein, dass dort wirklich kein Leben mehr war. Als Nedeam die Deckung der ersten Felsen erreichte, blickte er zum zerstörten Vorposten zurück und biss die Zähne aufeinander. Er musste mitansehen, wie zwei verletzte Männer durch eine Mauerlücke ins Freie taumelten und sofort von den Rundohren erschlagen wurden. Dann brach eine der Kohorten durch die Bresche ins Innere der Festung vor; sollten dort nun noch Verwundete sein, würden die Bestien keine Gnade gewähren. Die zweite Kohorte gruppierte sich indessen um, und es war abzusehen, dass sie den Flüchtenden nachsetzen würde. Am Pass marschierten zudem weitere Einheiten auf, um sich vor seinem Eingang zu formieren.

„Bei den Finsteren Abgründen, mehr sind wir nicht?" Schwertmann Teadem sah sich verstört um. „Alle anderen wurden von diesem verfluchten Felsen erschlagen?"

An die vierzig Pferdelords waren der Katastrophe entronnen, die Hälfte davon beritten. Zehn der Männer hatten schwerere Verletzungen erlitten und würden kaum mehr kämpfen können.

„Wie konnte das nur geschehen?" Nedeam starrte nach Niyashaar hinüber. „Welcher Zauber hat diesen gewaltigen Felsen zerschmettert?"

„Zahllose Jahreswenden haben ihm zugesetzt“, murmelte Kormund. „Den Rest hat wohl dasselbe Zeug bewirkt, mit dem die Bestien einst die Mauer von Eternas sprengten. Erinnerst du dich? Damals hat ein Graues Wesen ein seltsames Pulver mit Feuer entzündet. Die Mauer zerbarst, und die Orks drangen gegen die Bresche vor, an der Garodem die Letzten von uns versammelt hatte, um sich dem Sturm der Orks entgegenzustellen. Das war der Augenblick, in dem du und Dorkemunt mit den Beritten eintrafen und die Hochmark retteten.“

„Ja, daran kann ich mich erinnern.“ Nedeam seufzte, als er an Dorkemunt dachte. Der alte Freund fehlte ihm an seiner Seite.

„Diese Bestien lassen sich merkwürdig viel Zeit“, knurrte Teadem.

„Sie wollen ihren Sieg auskosten“, erwiderte Buldwar. „Aber bevor sie uns schlachten, werden sie teuer für unser Fleisch bezahlen müssen.“

„Wohl gesprochen, Buldwar.“ Nedeam reckte sich. „Wir erwarten sie hier am Rand der Öde. Zwischen diesen Felsen finden wir Deckung, während sie über das freie Feld müssen. Wir lassen ihre erste Kohorte vordringen, dann schlagen wir zu. Sobald sie zurückweicht, fliehen wir tiefer in die Öde hinein. Vielleicht verschafft uns das etwas Zeit, meine Freunde.“

Lotaras, dessen Arm gerade von Llarana verbunden wurde, schüttelte resigniert den Kopf. „Ich werde kaum von Nutzen sein. Ich kann den Arm nicht bewegen und meinen Bogen nicht spannen. Aber ich will versuchen, mein Schwert mit der linken Hand zu führen.“

„Wir haben dreißig kampffähige Männer“, stellte Nedeam fest und warf Llarana einen kurzen Blick zu. „Und eine kampffähige Elfin. Jeder von uns hat ein Schwert, knapp die Hälfte zudem Lanze oder Bogen. Wer einen Bogen hat, tritt in die zweite Reihe. Wir müssen die Orks schwächen, bevor sie heran sind. Danach werden wir ihnen mit blankem Stahl entgegentreten. Verteilt Euch nicht zu weit, damit wir uns gegenseitig beistehen können, und lasst die Bestien nicht zwischen die Felsen, sonst ergeht es uns schlecht."

Buldwar wies auf die Reiter. „Sollen wir ihnen zu Pferde begegnen?"

„Die Reiter sollen vorstoßen, wenn wir anderen die Rundohren in Kämpfe verwickelt haben. Doch vor allem wird es ihre Aufgabe sein, uns in letzter Not aufzunehmen und rasch aus der Gefahrenzone zu tragen. So, wie es im Kampf um Nal't'rund geschah."

Die Männer nickten wenig begeistert. Vielleicht wäre der Plan nicht einmal schlecht gewesen, wenn sie fünfzig Männer mehr gehabt und ihnen nur eine oder höchstens zwei Kohorten gegenübergestanden hätten. Aber so war die Wahrscheinlichkeit, dass sie diesen Kampf überlebten, sehr gering. Wenn sie sich sofort zur Flucht wanden, dann mochten sie einen winzigen Vorsprung herausschinden, doch nur auf Kosten jener, deren Verletzungen einen scharfen Ritt nicht zuließen. Zudem würden die Pferde in diesem Gelände die doppelte Last nicht lange tragen können. Nein, sie mussten hier, an dieser Stelle, gemeinsam bestehen oder untergehen. Die Frage, ob ihnen das gefiel, stellte sich nicht; dafür blieb keine Zeit, denn die Orks marschierten bereits.

Die erste Kohorte hatte die Felsengruppe fast erreicht, drei Reihen Rundohren, Schulter an Schulter. Die vorderste Reihe trug die langen Spieße, mit denen sie einem Reiterangriff begegnen würde, die zweite Reihe führte ausschließlich Schlagschwerter mit, und die dritte Reihe ...

„Querbogen!“ Kormund ächzte überrascht. „Aber die Schützen sind keine Spitzohren, sondern Rundohren. Und sie alle führen den Querbogen.“

„Das ist wirklich übel“, brummte Buldwar. „Habt Ihr nicht auch einmal eine nette Nachricht, guter Herr Scharführer? Verflucht, seit wann beherrschen die Rundohren solche Waffen? Sie schlagen sonst doch immer nur mit ihren Schwertern drauf.“

Nedeam betrachtete die Kohorte aufmerksam und suchte nach Schwachpunkten. „Auch ihre Rüstungen wirken anders. Viel stärker.“

„Macht ruhig weiter.“ Buldwar spuckte aus.

„Sie sind in Reichweite“, rief Kormund.

„Löst die Pfeile“, befahl Nedeam.

Es war kein Hinterhalt. Die Orks wussten, dass die Pferdelords zwischen den Felsen standen, schließlich verbargen sie sich nur unvollkommen und waren dicht gedrängt. Aber Nedeam hatte dies mit Bedacht so angeordnet, denn er wollte nicht, dass sich die Reihen der Rundohren auf der Suche nach versteckten Feinden auseinanderzogen; die Bestien wären dann verstreut zwischen die Felsen gelangt, und sie dort zu bekämpfen, wäre sehr verlustreich geworden.

Dann lösten sich Pfeile, die zu der vorderen Kohorte hinüberzischten; eine kleine Salve, der sofort die nächste folgte. Aber man würde nicht viele Pfeile auf den Feind abgeben können. Zwar hatten die Wachen von den Mauern und einige der Männer aus den Gebäuden ihre Bogen und Pfeilköcher mitgenommen, doch ein jeder von ihnen war von Druckwelle oder Trümmern herumgewirbelt und zu Boden geschleudert worden, sodass nicht wenige der Pfeile nun beschädigt und unbrauchbar waren.

Einige Rundohren stürzten unter dem Beschuss, doch sofort schlossen sich die Lücken wieder. Auf einen Befehl hin beschleunigten die Orks den Marschtritt noch.

„Sie verkürzen die Distanz", bemerkte Lotaras sachlich. „Dann werden sie bald ihre Querbogen auslösen und mit der Klinge vorstürmen."

Doch das war nicht alles: Die Kohorte, die nach Niyashaar eingedrungen war, näherte sich nun ebenfalls in Kampfformation, rund zwei Hundertlängen hinter der vorderen. Eine Tausendlänge entfernt, am Ausgang des Passes, standen weitere sechs Einheiten, und immer mehr Orks quollen aus dem Pass hervor. Aber keine der dort aufmarschierten Kohorten machte Anstalten, weiter vorzurücken. Vermutlich wollten sie das Schauspiel in Ruhe genießen, bei dem vierhundert ihrer Kämpfer die vierzig Gegner überrollten.

Niemand achtete auf das, was sich im Westen ereignete.

47

Die Zwerge aus Nal't'hanas waren vorgerückt, so rasch sie konnten. Sie waren anstrengende Patrouillen in den Bergen gewohnt, und ihre muskulösen Körper verfügten über beachtliche Kraftreserven. Doch dieser Gewaltmarsch drohte sie langsam zu erschöpfen. Sandfallom hatte seine Axtschläger beobachtet und sich immer wieder besorgt an Dorkemunt gewandt, der die Zwerge unermüdlich zur Eile trieb.

„Ich kann deine Sorge verstehen, guter Herr Dorkemunt", hatte der Erste Axtschläger versichert, „doch ich muss darauf achten, dass meine Äxte auch scharf sind, wenn wir dem Feind begegnen. Es hat keinen Sinn, sich den Bestien zu stellen, wenn man kaum mehr atmen kann und die Arme zu schwach sind, um die Waffe zu führen."

Dreihundert Zwerge führte Sandfallom ins Feld. Sie alle trugen die metallenen Helme mit der ungewöhnlichen fünfeckigen Grundform. Vorne an der Stirn befand sich eine Fassung, die ein fünfseitiges Stück gelben Kristalls hielt, der in der Sonne funkelte. Die Männer trugen derbe Lederkleidung und einen metallenen Brustharnisch. Im Gegensatz zu den Zwergen aus Nal't'rund führten sie jedoch keine Schilde. Am Rücken kreuzte sich der Waffengurt, in dem eine schwere Streitaxt und die Bolzenschleuder steckten, die beide über die Schulter hinweg gezückt wurden; an den Hüften hingen lederne Taschen mit den metallbefiederten Bolzen.

„Habt ihr schon einmal gegen die Bestien gekämpft?"

Sandfallom schüttelte den Kopf. „Unsere Stadt blieb von ihnen verschont. Einige von uns sind einmal einer Streife der

Orks begegnet, aber die Männer hielten sich verborgen, um sie nicht auf Nal't'hanas aufmerksam zu machen."

Dorkemunt fragte sich, ob dies eher aus Umsicht oder aus Ängstlichkeit geschehen war, aber dann schüttelte er unbewusst den Kopf. Er hatte die kleinen Freunde aus der grünen Kristallstadt im Gefecht erlebt, und an ihrem Mut konnte kein Zweifel bestehen. Allerdings schienen Sandfallom und seine Axtschläger keine wirkliche Kampferfahrung zu haben. Wie würden sie sich also verhalten, wenn sie plötzlich einer erdrückenden Übermacht von Orks gegenüberstanden?

Immer wieder trabte er der kleinen Streitmacht voraus und spähte ungeduldig in Richtung Niyashaar. Dabei glitt seine Hand unablässig über den Stiel der Axt, welche die Zwerge für ihn gefertigt hatten. Es war noch nicht wirklich seine Axt, aber sie konnte es werden, wenn sie sich im Kampf bewährte. Die Waffe bestand aus zwei großen fünfseitigen Schneiden und einem armlangen Stiel, den Schmucksymbole der Zwerge zierten. Sie lag gut in der Hand, und die Klingen waren schwer und perfekt dafür geeignet, den Panzer eines Rundohrs zu durchtrennen; der Handriemen war fest und konnte mit einer Schlaufe gesichert werden. Ja, die Waffe machte einen guten Eindruck, doch sie musste sich erst bewähren, ebenso wie die Axtschläger der Stadt sich erst bewähren mussten.

Dorkemunt hatte seinem Freund Olruk angeboten, hinter ihm aufzusitzen, doch der kleine Freund zog es vor, in den Reihen der anderen Zwerge zu marschieren. Scheinbar unbeschwert plauderte er mit ihnen über seine Erlebnisse im Kampf gegen Graue Wesen und Orks. Doch Dorkemunt wusste, dass er damit gegen die Anspannung ankämpfte, die sie alle erfüllte.

Die Zwerge waren überraschend zäh. Obwohl ihre Beine kurz waren und der schnelle Marsch an ihren Kräften zehrte, legten sie kaum eine Rast ein. Dorkemunts Pferd musste öfter saufen, als die kleinen Herren an ihre Wasserflaschen griffen. Sie waren auch die Nacht hindurch marschiert, die kalt und diesig gewesen war und in der das fehlende Sternenlicht es ihnen nicht leicht gemacht hatte, den richtigen Weg zu finden. Dorkemunt war der Truppe stets ein Stück vorausgeritten, um den Pfad zu erkunden. Seinem Orientierungssinn nach hatten sie die Richtung nach Osten eingehalten, und er hoffte, dass sie sich nicht zu weit von der Straße entfernt hatten. Als die ersten Sonnenstrahlen sichtbar wurden, seufzte der kleine Pferdelord erleichtert. Er reckte sich im Sattel und sah sich um. Dann stieß er einen jubelnden Schrei aus, als er ein gutes Stück voraus die Konturen einer riesigen Felsklippe erblickte. Er glaubte sogar einen aufragenden Turm und darüber einen winzigen grünen Fleck zu erkennen.

Dorkemunt zog sein Pferd herum und galoppierte zu den Zwergen zurück. „Ich kann Niyashaar sehen, und es scheint unversehrt. Es ist nicht mehr weit – ein kurzer Marsch noch, und wir sind da.“

„Das ist eine gute Neuigkeit“, seufzte Olruk vernehmlich. „Wahrhaftig mein Freund, auf diesem Weg habe ich mir ein paar Blasen zugezogen, die …“

Der Zwerg verstummte jäh, als ein fernes Grollen ertönte, dem kurz darauf ein berstender Schlag folgte.

„Niyashaar“, stöhnte Dorkemunt ahnungsvoll. „Es kann nur von dort kommen.“

Olruk zog bestürzt an seinen Bartzöpfen. „Was mag sich ereignet haben?“

„Wir werden es sehen.“ Sandfallom wandte sich um und sah die Truppe seiner Axtschläger an. „Bereitet euch auf den Kampf vor, Axtschläger von Nal’t’hanas. Möge dieser Tag in die Legenden der Zwerge eingehen und den Ruhm unserer gelben Kristallstadt mehren.“

Bartzöpfe wurden in den Nacken gelegt und sorgfältig verknotet, damit das Zeichen der Manneswürde und Ehre im Kampf nicht zu sehr litt. Hände griffen über Schultern hinweg und zogen die merkwürdigen Bolzenschleudern hervor; Geschosse wurden bereitgehalten, um in die Kerben gelegt zu werden.

„Du reitest besser voraus und erkundest, was geschehen ist, Dorkemunt“, sagte Olruk und trat an den Freund heran. „So sind wir vorbereitet, wenn wir nach Niyashaar vordringen.“

Der kleine Pferdelord nickte und ritt an.

Während er davonsprengte, gab Sandfallom einige knappe Befehle, und die dreihundert Zwerge formierten sich zu einer engen Kolonne, die acht Männer breit war. Dann stieß er den Arm in die Höhe, und die Kämpfer nahmen Laufschritt auf.

Dorkemunt war schon ein Stück voraus und sah nun wieder Niyashaar und die Felsenklippe vor sich. Sein Gesicht wurde bleich, als er die Veränderungen bemerkte. Im ersten Moment glaubte er, nichts könne den Sturz der Klippe überlebt haben, doch dann sah er vereinzelt Bewegung. Aber nur wenige Männer waren dem Tod entronnen, und er beobachtete sie nun auf ihrer wilden Flucht nach Norden. Die Überlebenden waren mit Staub und Schmutz bedeckt, und Dorkemunt konnte einen einzelnen Berittwimpel nur deshalb erkennen, weil er heftig hin und her geschwenkt wurde. Sein Träger schien Kormund zu sein, doch der alte Pferdelord war sich nicht sicher. Er konnte nur hoffen, dass eine der rennenden Gestalten Nedeam war. Man sah nur wenige Reiter und eine ganze Anzahl Pferde, die ziellos flüchteten. Einige von ihnen würden sicher in den Mägen der Orks enden. Er hob den Blick und sah zum Pass. Mit einem erbitterten Fluch wendete er sein Pferd.

„Niyashaar wurde zerstört. Fragt mich nicht, welcher Zauber das bewirkt hat. Immerhin gibt es Überlebende, und sie flüchten in die Öde. Die Orks setzen ihnen nach, doch wie es aussieht, sind es nur wenige."

„Male es auf." Sandfallom zog einen Bolzen hervor, reichte ihn Dorkemunt und wies mit dem Kopf auf den Boden. Der alte Pferdelord saß ab, und als er mit seiner Skizze fertig war, nickte der Erste Axtschläger bedächtig. „Demnach rechnen sie nicht mit uns. Wir werden in der Kolonne vorgehen, ihre beiden vorrückenden Kohorten zerschlagen und uns dann mit deinen Freunden vereinen. Danach werden wir uns rasch mit ihnen zum Pass des Eten zurückziehen." Sandfallom sah Olruk an und lächelte. „Auch wenn es manchen Füßen nicht bekommen wird." Er nahm den Bolzen aus Dorkemunts Hand und deutete damit auf ihn. „Du wirst dich auf dein Pferd setzen, in einem weiten Bogen von der Seite zu deinen Kameraden stoßen und dich ihnen anschließen."

Sandfalloms Stimme ließ keinen Widerspruch zu, und Dorkemunt rätselte, warum die Zwerge in ihrer engen Kolonne vorrücken wollten. Er hätte es sinnvoller gefunden, sich zu verteilen, und konnte nur hoffen, dass dieser Axtschläger wusste, wovon er sprach.

Sandfallom wusste es. Auch wenn er selbst und seine Kämpfer noch nicht gegen Orks angetreten waren, so hatte sein Volk doch Erfahrungen im Krieg gesammelt und dieses Wissen sorgfältig bewahrt. Von Generation zu Generation war es weitergetragen worden, und Sandfallom war zuversichtlich, dass die überlieferte Vorgehensweise sich bewähren würde.

Als sie den Rand der Öde erreichten, war die vordere Kohorte der Orks soeben dabei, zwischen die Felsen zu stürmen, während ein Stück dahinter die zweite Einheit heranmarschierte. Sie beide wurden völlig vom Erscheinen der Zwerge überrascht.

Sandfallom ließ die Achterkolonne im Laufschritt vorgehen, und als der Feind in Reichweite der zwergischen Bolzenschleudern kam, befahl der Erste Axtschläger seinen Männern, in den langsamen Schritt überzugehen. „Schlagt sie.“

Im Kampf waren die Zwerge keine Freunde großer Worte und beschränkten sich lieber auf große Taten. Ohne viel Geschrei hob die erste Achterreihe die Bolzenschleudern, zog sie weit über die Schultern zurück und warf die Arme dann blitzschnell nach vorne, sodass sich die metallgefiederten Bolzen aus den Rinnen lösten. Einige Orks aus der hinteren Kohorte hatten die Zwerge entdeckt und machten ihre Gefährten auf sie aufmerksam. Dies war der Augenblick, in dem die ersten Bolzen in die Formation der Rundohren einschlugen, deren Panzerungen sie mühelos durchbohrten. Kaum hatten die vorderen acht Zwerge ihre Bolzen gelöst, teilten sie sich nach rechts und links, und die nächste Achterreihe löste die Bolzen, um sich danach ebenfalls zu teilen und der nächsten Platz zu machen. Es waren nur jeweils acht Bolzen, doch es schien ein endloser Strom dieser Geschosse zu sein. Unentwegt schlugen sie in die Flanke der zweiten Kohorte, die nun hastig versuchte, herumzuschwenken und Front zu den Zwergen zu machen. Immer wieder stürzten getroffene Rundohren zu Boden, und nur wenige Querbogen wurden auf die Zwerge gelöst. Deren massige Kolonne bildete sich auf den Schwenk der Rundohren hin rasend schnell zu einer Linie um, die vier Glieder tief gestaffelt war.

Sandfallom schätzte die Verluste der angegriffenen Kolonne ab. „Die linke Schneide löst sich und steht den Pferdereitern bei. Die rechte schlägt die Bestien vor uns.“

Es brauchte nicht viel Zeit, einen Bolzen in die Schleuder zu legen, sie zurückzunehmen und das Geschoss gegen den Feind zu werfen. Und so kam die zweite Kohorte nicht mehr dazu, sich umzugruppieren und eine feste Formation einzunehmen. Die Verluste waren zu groß, und ihr Widerstand war unorganisiert. Einige Rundohren stürzten sich mit gefällten Spießen oder gezückten Schlagschwertern den Zwergen entgegen, während andere stehen blieben und versuchten, ihre Querbogen einzusetzen. Eine Handvoll Zwerge wurde durch feindliche Bolzen getötet, aber am Ende erreichte nur eine kleine Gruppe von Rundohren ihre Linie. Zum ersten Mal tauchte Sandfallom nun die Schneide seiner Axt in dunkles Blut, dann war an dieser Stelle jegliche Gefahr gebannt.

Die Zwerge, die gegen die zweite Kohorte gekämpft hatten, stießen laute Jubelrufe aus, denn die Leichen der Bestien bedeckten den Kampfplatz, während nur wenige Axtschläger ihr Leben gelassen hatten.

Sandfallom gab sich jedoch nicht dem Rausch eines leicht errungenen Sieges hin. Besorgt beobachtete er die Truppen der Orks, die noch am Pass standen. „Folgt der linken Schneide, Männer von Nal't'hanas. Wir müssen uns wieder vereinen!"

Nicht nur die Orks, sondern auch die Menschen und Elfen zwischen den vorderen Felsen wurden vom Erscheinen der Zwerge überrascht. Ihr Kampf gegen die erste Kohorte war voll entbrannt, und die kleinen Zwerge wurden erst bemerkt, als sie sich mit wildem Kampfeseifer dazwischenwarfen.

Gerade noch hatte Nedeam verzweifelt gegen zwei Rundohren gekämpft und dabei versucht, einen verletzten Schwertmann zu schützen, da durchtrennte im nächsten Augenblick eine Zwergenaxt den Nacken eines der Rundohren, während sich eine weitere bis zum Stiel in die Brust des anderen grub. Zwischen den Felsen war ein erbitterter Kampf entbrannt, bei dem manche der Krieger wilde Schreie ausstießen, während andere stumm um ihr Leben rangen. Doch das Klirren der Waffen verhallte nun rasch und machte dem Stöhnen und Wimmern der Verwundeten Platz.

Die Pferdelords und Elfen waren überwältigt von der unerwarteten Hilfe, und Nedeam starrte fassungslos zu einem kleinen Mann hinüber, der auf einem Pferd heranritt und dabei dunkles Blut von den Schneiden seiner Axt wischte.

„Dorkemunt?“

Der alte Pferdelord kletterte von seinem Pferd, und die beiden Freunde fielen sich stumm vor Rührung in die Arme. Olruk trat heran, schnäuzte sich ergriffen und grinste unentwegt, obwohl sein Gesicht mit Bestienblut bespritzt war.

„Wahrhaftig, ihr seid zur rechten Zeit gekommen.“ Nedeam konnte es noch immer nicht fassen. „Ich habe nicht mehr daran geglaubt, einen weiteren Sonnenaufgang zu sehen, doch nun bin ich wieder voller Hoffnung.“ Er trat zu Sandfallom, der soeben seine Axt mit metallischem Klingen aus einem orkischen Brustpanzer befreite. „Diese Tat werden wir euch niemals vergessen, guter Herr Zwerg.“

Sandfallom nickte. „Wir werden es ebenso wenig vergessen. Heute haben wir zum ersten Mal gegen die Orks des Schwarzen Lords gekämpft.“

„Und ihr habt euch wacker geschlagen.“

Kormund kam heran, die Lanze mit dem Wimpel in der Armbeuge. Das Tuch war mit dem Blut einer Bestie verschmiert; der alte Scharführer hatte die Lanze durch die Brust eines Orks gerammt. „Ich will uns diesen rührigen Moment nicht verderben, Ihr guten Herren, aber wir sollten zusehen, dass wir von hier verschwinden.“ Er wies zum Pass hinüber. „Die Bestien sind nicht gerade erfreut über das, was hier geschehen ist, sie werden rasch reagieren.“

„Du hast recht, alter Freund.“ Dorkemunt hängte die Axt

über den Sattelknauf. Es war nun seine Axt, denn sie hatte sich bewährt. „Ich frage mich ohnehin die ganze Zeit, warum sie zögern."

„Vermutlich glauben sie, dass noch größere Truppenteile im Hinterhalt liegen, die über sie herfallen, sobald sie uns angreifen." Kormund spuckte aus. „Aber es liegen wohl keine weiteren Truppen im Hinterhalt, nicht wahr?"

Dorkemunt schüttelte seufzend den Kopf. „Dies hier ist alles, was die Zwerge aufbieten konnten."

„Und keine Anzeichen von den unseren?"

„Es tut mir leid, Nedeam."

„Dann müssen wir tiefer in die Öde hinein." Nedeam sah den Anführer der Zwerge eindringlich an. „Ansonsten könnten wir nur nach Westen zum Pass des Eten ausweichen. Aber die Orks würden uns folgen und uns stellen, denn dort gibt es kaum Deckung."

Sandfallom sah nun ebenfalls zum Pass von Niyashaar hinüber. „Was meinst du, Nedeam? Wie viele von ihnen stehen dort?"

„Jedenfalls zu viele für uns."

Der Erste Axtschläger nickte bedächtig. „Dann also die Öde." Er blickte sich um. „Sammelt an Bolzen ein, was noch zu gebrauchen ist, und nehmt die Verwundeten auf. Wir marschieren in die Öde hinein." Sein Blick traf Nedeam. „Obwohl ich mir einen freundlicheren Ort vorstellen kann."

Buldwar hatte überlebt und die Worte des Zwerges vernommen. Er spuckte aus und nickte dann. „Wir begegneten den Herren, die hier leben, und glaube mir, guter Sandfallom, ich stimme dir von Herzen zu."

Aber sie hatten keine Wahl.

Am Pass setzten sich bereits Kohorten in Bewegung, und ihre Kämpfer waren ausgeruht.

Die Zwerge und die Überlebenden aus Niyashaar nahmen ihre Verwundeten auf und wandten sich nach Norden. Erneut befanden sie sich auf der Flucht vor den Bestien, und auch wenn sie nun zahlreicher waren als zuvor, hatten sich ihre Überlebenschancen nicht wesentlich erhöht.

48

Asgrim hatte Mühe, die Zügel seines Pferdes zu halten, und beschränkte sich darauf, es mit den Schenkeln zu lenken. Missmutig betrachtete er die blutig aufgeschürften Knöchel seiner Hände.

Bomzibart ritt neben seinem Freund und sah ihn mitfühlend an. „Es war eine elende Plackerei, die Felsen und Steine aus dem Weg zu räumen. Ein Pech, dass einige nachrutschten und deine Finger dazwischen gerieten. Kannst du deine Lanze noch führen?"

„Was bleibt mir übrig?" Asgrim nuckelte an den Knöcheln. „Nötigenfalls kann ich mit dem neuen Kriegshammer zuschlagen. Das erfordert nicht so viel Kraft."

„Das ist wohl wahr." Bomzibart lehnte sich im Sattel zurück und warf einen Blick auf die Reiter des Beritts. „Die Männer sind unruhig. Seit wir den Pass des Eten verlassen haben und uns an dieser unheimlichen Öde entlangbewegen, kommt kein rechter Scherz über ihre Lippen."

„Wundert dich das? Dieses wüste Land setzt dem Gemüt zu. Außerdem machen sich die Männer Sorgen, was wohl mit Niyashaar geschehen sein mag." Asgrim wischte sich die Knöchel an der Hose ab und fluchte, weil es heftig brannte. „Nicht zu wissen, was einen erwartet, kann einem Kämpfer arg zusetzen. Jeder kennt wohl diese unbestimmte Furcht."

Bomzibart nickte. „Hauptsache, sie verfliegt, wenn man den Feind vor sich sieht."

„Wenn es ein Feind ist, dem man auch begegnen kann." Asgrim blickte missmutig um sich. „Rechts die Berge, links die Öde, und wir genau dazwischen. Man erzählt sich seltsame

Dinge von der Öde. Dass es einst ein großes Reich war und dass die Seelen seiner Toten es noch immer beherrschen."

Bomzibart neigte sich im Sattel und spie aus. „Ich sorge mich mehr um die Lebenden, mein Freund. Wir haben eine beachtliche Macht aufgeboten, und doch wird sie gering sein, gemessen an dem, was der Schwarze Lord uns entgegenstellt. Man sollte ihn und seine verfluchten Orks niemals unterschätzen."

„Reyodem ist ein guter König, und ich habe Bulldemut und den jungen Pferdefürsten Meredem in der Schlacht um Merdonan erlebt. Es sind mutige Männer, wahre Pferdelords."

Bomzibart lächelte kalt. „Daran will ich nicht zweifeln, mein Freund. Ich sorge mich auch eher um den, der an unserer Spitze reitet."

„Garwin, der Sohn Garodems?"

Bomzibart spuckte erneut aus und nickte. „Ganz recht. Wahrhaftig, ich kann kaum glauben, dass sie von gleichem Blut sind."

Asgrim sah seinen Freund überrascht an. „Du glaubst doch nicht, die Hohe Dame Larwyn ...?"

„Unsinn, was redest du da? Natürlich nicht. Sie ist über jeden Zweifel erhaben." Bomzibart seufzte schwer. „Nein, er ist mit Sicherheit Garodems und Larwyns Sohn, und doch ist etwas an ihm, was mich stört. Etwas Unaufrichtiges, wenn du verstehst, was ich meine."

„Er ist ein Pferdelord wie wir."

„Nein, nicht wie wir", widersprach Bomzibart.

„Dennoch folgen wir seinem Befehl." Asgrim blickte hinauf zu seinem flatternden Wimpel. „Wie es die Ehre eines Pferdelords verlangt."

„Ich bin schon manchem Mann in den Kampf gefolgt."

Bomzibart wandte den Blick wieder nach vorne. Sie ritten im vorderen Drittel der langen Kolonne und würden bald die Spitze übernehmen. Reyodem ließ die Beritte sich untereinander abwechseln, denn die Pferde wirbelten Staub auf, der sich auf Mann und Tier senkte und allen den Atem nahm. „Es mag auch mancher Narr darunter gewesen sein, aber alle waren sie tapfere Pferdelords."

„Zweifelst du an Garwins Mut?"

„Er mag einem Feind tapfer begegnen, mein Freund. Aber er gesteht sich seine Fehler nicht ein. Dazu braucht es den meisten Mut, und der fehlt dem Hohen Herrn." Bomzibart neigte sich ein wenig im Sattel und blickte auf den Boden hinab. „Wenn er wirklich Pferdefürst der Hochmark wird, dann bin ich wahrhaft froh, keiner seiner Schwertmänner zu sein. Ein Mann mag ein Narr sein, aber wenn er ein aufrechter Narr ist, weiß ich ihn doch zu schätzen."

Asgrim zuckte die Schultern. „König Reyodem übertrug ihm den Befehl über unsere Beritte. Das ist ein Zeichen, dass er in Garwins Fähigkeiten vertraut."

„Findest du?" Bomzibart lachte leise. „Ich denke, er will Garwin Gelegenheit geben, sich zu bewähren. Die Hochmark stellt fast die Hälfte der Beritte, da mag es dem Hohen Herrn Garwin nicht sonderlich schwerfallen, sich hervorzutun. Hast du schon bemerkt, dass sich der Erste Schwertmann der Ostmark bei uns herumtreibt? Was meinst du wohl, warum er nicht bei Pferdefürst Bulldemut und den Beritten der Ostmark ist?"

„Er ist ein alter Kämpfer und kennt die Orks. Garwin hat noch nicht genug Erfahrung."

„Wir haben so manchen Pferdelord in unseren Reihen, der die Bestien ebenso gut kennt." Bomzibart grinste kalt. „Ich wette, mein Freund, Mor ist das Auge, das der König auf Garwin gerichtet hält.“

„Meinst du, der König misstraut Garwin?“

„Jedenfalls misstraue ich ihm.“

Asgrim räusperte sich verlegen. Für ihn war die Welt ganz einfach untergliedert: Die Dinge waren entweder gut und richtig oder aber schlecht und falsch; dazwischen gab es für ihn nichts. Er war schon unter Garodem geritten und hatte niemals Zweifel gehabt, und doch hatte auch er sich unbehaglich gefühlt, als Reyodem den Befehl über die Beritte der Hochmark an Garwin übertrug.

„Nun, Garwin wird uns gut führen“, brummte Asgrim mit mehr Zuversicht, als er empfand.

„Sicher.“ Bomzibart schnaubte verächtlich. „Doch wahrscheinlich werden wir nie wissen, wohin er uns führen wird.“

Im selben Augenblick preschte von vorne ein Reiter der Westmark heran. „Die ersten drei Beritte der Hochmark an die Spitze“, rief er im Vorbeireiten. „Die ersten drei Beritte der Hochmark! Und haltet die Augen offen.“

„Als müsste er das noch erwähnen“, knurrte Asgrim verdrießlich.

Sie bewegten sich entlang der Öde, und ein jeder von ihnen hielt die Augen offen und eine Hand in der Nähe der Waffen.

49

Es war ein Wettlauf gegen die nachrückenden Orks, und niemand konnte sagen, wer ihn gewinnen würde. Noch knapp zwanzig Pferdelords und zweihundertsechzig Zwerge waren es, die durch die Öde flüchteten. Die Schwertmänner waren nun alle wieder beritten, doch kaum die Hälfte von ihnen war noch kampffähig. Die Zwerge hatten kaum Verwundete, was sich als großes Glück erwies, denn sie hätten die anderen sicherlich behindert. Drei der tapferen kleinen Männer mussten getragen werden, und die Pferdelords hatten zu diesem Zweck ein paar zugeschnürte Wämse über einige Stoßlanzen geschoben und so behelfsmäßige Tragen hergestellt.

Die Zwerge wiederum waren es, die den Rückzug deckten und den Männern und Llarana etwas Zeit verschafften. Trupps von ihnen legten sich immer wieder in der Deckung von Felsen oder Spalten in den Hinterhalt; sie schleuderten ihre Bolzen, wenn die Vorhut der Orks auftauchte, und schlossen sich dann hastig den anderen wieder an, während die Bestien noch nach den Schützen suchten.

Seit mehreren Zehnteltagen waren sie nun unterwegs, und was Nedeam mit den Reitern zuvor in kurzer Zeit bewältigt hatte, erwies sich nun als ein schwerer, an Kräften und Nerven zehrender Marsch. Immerhin hatten sie ein Ziel und brauchten nicht blindlings in die Öde zu flüchten.

„Ohne die tapferen kleinen Kerle aus Nal't'hanas hätten uns diese Bastarde längst gepackt", stellte Nedeam anerkennend fest, als sie an einer der wenigen Wasserstellen rasteten. „Ich hoffe, unsere Verwundeten halten durch und die Wächter der Öde stehen uns bei."

„Das hoffe ich auch, mein Freund", brummte Kormund erschöpft und stützte sich auf seine Lanze, während er sein Pferd tränkte. „Es ist eine Flucht, und die Orks treiben uns vor sich her. Früher oder später können die kleinen Freunde sie nicht mehr aufhalten. Was meinst du, Dorkemunt? Wie stehen unsere Aussichten?"

Der kleine Pferdelord hatte die Hände auf das Sattelhorn gestützt. Da er klein und leicht und sein Pferd ausgeruht war, ritt er immer wieder hinaus und spähte nach dem Feind. Beritten war er weitaus schneller als der beste Läufer der Orks, und so hatte er es geschafft, einmal kurz hinter ihre vordere Linie vorzustoßen.

„Auf einen ruhmreichen Kampf und einen glorreichen Ritt zu den Goldenen Wolken? Großartig, mein Freund." Der kleine Pferdelord grinste müde. „Die Chancen auf den nächsten Sonnenaufgang? Ohne übertreiben zu wollen, wir können uns glücklich schätzen, wenn wir das Abendrot noch erblicken."

Nedeam hatte seine Wasserflasche aufgefüllt und verschloss sie nun wieder. „Was meinst du, wie viele es sind? Du hast als Einziger ihre ganze Streitmacht gesehen."

„Glaube mir, ich hätte gerne darauf verzichtet." Dorkemunt schwang sich aus dem Sattel, nahm seinen Kuppelhelm vom Kopf und öffnete die Satteltaschen, um etwas Getreide für sein Pferd in den Helm zu füllen. Während die Stute fraß, blickte der alte Pferdelord sie wehmütig an. „Es sieht schlecht aus. Ich konnte wenigstens fünf Legionen an ihren schwarzen Bannern erkennen. Das ist aber noch nicht alles. Aus dem Pass kommen noch weitere Orks, und ich kann nicht sagen, wie viele es sind. Außerdem haben sie merkwürdige Karren mir großen Rohren dabei. Jeweils zwei sehr lange und dicke

Rohre, eng aneinandergefügt. Sie müssen sehr schwer sein, denn es braucht eine Menge Rundohren, um auch nur einen der Wagen zu bewegen."

„Was meint Ihr, Freund Dorkemunt", warf Lotaras ein, „worum handelt es sich dabei?"

„Um keine ihrer üblichen Waffen wie Katapulte oder Pfeilgeschütze, die kenne ich ja. Aber sie werden sich nicht zum Spaß mit diesen schweren Dingern abmühen."

Llarana stand über Lotaras gebeugt und erneuerte den Verband an seinem Arm. Der Elf hatte versucht, einen der menschlichen Bogen zu benutzen, wobei sich die tiefe Schnittwunde erneut geöffnet hatte. „In jedem Fall werden es Waffen sein. Aber da sie groß und unhandlich sind, stellen sie keine Bedrohung dar, solange wir uns bewegen."

„Wir müssten die alte Festung der Wächter bald erreicht haben." Nedeam konnte sich noch gut an den Weg dorthin erinnern.

„Ich mag diese Blauaugen nicht sonderlich", seufzte Buldwar, „aber ich fände es ganz angenehm, wenn sie uns ein Stück entgegenkämen."

„Wir haben nicht viel, was wir den Orks entgegensetzen können. Pfeile und Bolzen werden bald erschöpft sein, dann bleiben uns noch Schwerter, Äxte und Lanzen." Nedeam wies zu den Zwergen hinüber. „Mit den Vorräten sieht es ähnlich aus. Wasser finden wir genug, aber feste Nahrung haben wir bald keine mehr. Davon haben wir nichts aus Niyashaar herausgebracht. Wir werden bald eines der Pferde schlachten müssen."

Olruk saß auf einem der Felsen und hatte den Beutel mit den Fleischstreifen umgehängt, die Dorkemunt ihm zum Geschenk gemacht hatte. „Ich habe noch einiges von dem köstlich gewürzten Fleisch, und die Herren aus Nal't'hanas haben

Proviant für drei Zehntage mitgenommen. Sie werden gerne mit euch teilen."

Dorkemunt runzelte die Stirn. „Gebackene Pilzbreifladen. Wie köstlich."

„Immerhin sättigen sie", brummte Olruk.

„Auch wenn die Zwerge mit uns teilen, früher oder später müssen wir uns nach Essbarem umsehen", seufzte Buldwar.

„Ich glaube, der Hunger ist gar nicht unser größtes Problem." Nedeam lachte bitter. „Vorher müssen wir es mit den Orks austragen."

Sie alle sahen auf, als Sandfallom herankam. Der Erste Axtschläger blickte ernst und stillte zunächst seinen Durst, bevor er sich an die anderen wandte. „Beim letzten Hinterhalt haben wir sechs gute Axtschläger verloren. Die Bestien stellen sich auf unsere Taktik ein. Der Voraustrupp hat nicht erst Deckung gesucht, sondern ist sofort gestürmt, ohne Rücksicht auf Verluste. Im Nahkampf haben wir ihn dann geschlagen, aber wir müssen davon ausgehen, dass sich die Orks nicht länger hinhalten lassen."

„Dann sollten wir sofort aufbrechen." Nedeam richtete sich auf und sah sich um. Rund um die kleine Wasserstelle lagerten Menschen und Zwerge, dicht an dicht. Trotz der permanenten Lebensgefahr hatten es die Schwertmänner der Mark geschafft, ihre Kleidung ein wenig zu säubern. Sie blieb zwar noch verschmutzt, aber das Grün der Umhänge war nun wieder zu erkennen. Es war nicht Eitelkeit, was die Männer zu solchen Maßnahmen trieb, sondern die schlichte Erkenntnis, das Kleidungsfasern in einer Wunde böse Entzündungen hervorrufen konnten. Je schmutziger die Kleidung, desto bösartiger die Folgen. Eine Wunde war übel genug, doch wenn Eiter oder Wundbrand hinzukamen, war zumeist ein elender Tod die Folge.

Zwergen und Menschen waren die Strapazen anzusehen, doch keiner von ihnen wirkte entmutigt. Anders sah es bei den Verletzten aus, für die man nur wenig tun konnte. An der Wasserstelle hatten sie erstmals die Gelegenheit, ihre Wunden notdürftig zu säubern; einige waren mit hastigen Stichen vernäht worden, andere nun von Binden bedeckt, deren Streifen man aus den verschiedensten Kleidungsstücken herausgetrennt hatte.

„Wir müssen weiter", befahl Nedeam, und als die Zwerge ihren Ersten Axtschläger ansahen, nickte Sandfallom zustimmend. „Es ist nicht mehr weit bis zur Festung der Herren der Öde. Die Orks folgen uns dichtauf, also sollten wir uns beeilen."

Da eilte ein Zwerg der Nachhut heran. „Sie kommen. Eine Kohorte, und dicht dahinter folgt mindestens noch eine Legion. Sie sind verdammt schnell."

Einer der schwerer verletzten Männer richtete sich halb auf. „Ich bin es leid, den Bestien immer meinen Rücken zu zeigen, Hoher Herr. Und einigen anderen Verletzten geht es ebenso. Unsere Wunden sind zu schwer, und früher oder später werden wir an ihnen sterben. Lasst uns hier mit unseren Waffen zurück, damit wir den Bestien als Kämpfer begegnen und in Ehren zu den Goldenen Wolken reiten können."

„Das kommt nicht in Betracht", erwiderte Nedeam. „Wir sind noch nicht so weit, dass wir ein solches Opfer …"

„Da sind sie!" Wie zur Bestätigung des Alarmschreis klatschte der Bolzen eines Querbogens neben Nedeam in die Felsen.

„Gewähre ihnen die Ehre", raunte Kormund. „Sie sind tapfere Pferdelords und wissen, was auf sie zukommt. Nedeam, ich sage es nicht gerne, aber wir brauchen den Vorsprung, den sie uns verschaffen können."

„Hoher Herr, Ihr müsst Euch beeilen“, rief ein anderer Verwundeter. „Sonst wird unser Kampf umsonst sein!“

„Aufbruch!“ Nedeam rief den Befehl und rannte zu dem Platz, wo die Verwundeten lagerten. In Zwerge und Menschen kam Bewegung, während weitere Bolzen und Pfeile heranflogen, von denen einige ihr Ziel fanden. Vor Nedeam richtete sich ein Axtschläger kerzengrade auf, breitete die Arme aus, als wolle er den Ersten Schwertmann willkommen heißen, und stürzte dann leblos vornüber.

„Euer Opfer wird niemals vergessen werden“, sagte er zu den Männern, die bereit waren, ihr Leben hinzugeben. „Nie zuvor gab es einen ruhmreicheren Ritt als den Euren.“

Er legte zum Abschied jedem von ihnen die Hand an die Schulter und versuchte, sich ihre Gesichtszüge einzuprägen, um sie niemals zu vergessen. Überrascht sah er dann vier Zwerge heranhumpeln, die sich gegenseitig stützten. „Wir haben mit Euren Wolken zwar nicht viel zu schaffen“, brummte einer von ihnen, „aber wir werden Eure Pferdemenschen dorthin begleiten.“

„Unvergessen“, ächzte Nedeam, dem die Kraft für weitere Worte fehlte. Da packte ihn einer der Zwerge grob am Arm und stieß ihn in die Richtung, welche die anderen Flüchtlinge genommen hatten. „Trödelt nicht herum. Hier gibt es nun Arbeit für gute Äxte zu verrichten.“

Der Erste Schwertmann nickte benommen und wollte noch etwas entgegnen, da schrammte ein Bolzen an seinem Helm entlang und riss ein paar Haare aus dem Rosshaarschweif. Er drehte sich wortlos um und rannte, so schnell die Füße ihn trugen, hinter den anderen her. Die Schreie und Flüche, die nun in seinem Rücken ertönten, verstummten rasch und wichen dem Triumphgeschrei der Bestien. Es war vorbei, tapfere Männer waren gestorben. Sie hatten nicht viel Zeit herausschlagen können, doch jede noch so kleine Spanne zählte nun.

Die Männer flüchteten vor den Bestien, die ihnen dichtauf folgten, und deren Gebrüll die Fliehenden vorantrieb. Immer wieder wurde einer aus ihren hinteren Reihen von einem Pfeil oder Bolzen getroffen, doch dann endlich tauchte der Hügel mit den eiförmigen Bauten vor ihnen auf.

Die alte Wache Rushaans, der Schrein seiner Wächter.

„Ich hoffe, es ist jemand zu Hause“, keuchte Kormund, der sich neben Nedeam hielt.

„Und ich hoffe, er öffnet die Tür und lässt uns ein“, stimmte Buldwar zu. Der verwundete Schwertmann saß auf seinem Pferd und hatte einen verletzten Zwerg hinter sich, während zwei weitere Männer rechts und links neben ihm herrannten und sich an den Steigbügeln festhielten, um den Schwung des Tieres zu nutzen.

Gelegentlich drehten sich ein paar der Zwerge und Bogenschützen, die noch Geschosse für ihre Waffen hatten, um, doch ihre hastig in atemlosem Lauf gezielten Schüsse trafen kaum ein Ziel und schafften es nicht, die Orks aufzuhalten.

Die alte Festung rückte immer näher und verhieß Rettung.

„Bei den Finsteren Abgründen.“ Nedeam spürte wilde Verzweiflung in sich. „Die Anlage ist nicht besetzt, und die Zugbrücke ist oben. Wir kommen nicht hinein.“

Der Zugang war versperrt, und die Räume zwischen den Zinnen waren leer. Anscheinend hatten die Wächter die Festung doch verlassen und streiften wieder durch die Öde.

„Unter der Scheibe sammeln“, befahl Nedeam kurz entschlossen. „Und dann bildet eine Kampflinie.“

Der Abstand zwischen Boden und Scheibe betrug kaum drei Längen, sodass die Scheibe die Überlebenden wie ein riesiger Schild vor Geschossen aus der Luft schützen würde.

Aber sobald die Orks nah genug heran waren, um direkt zu schießen, würden ihre Pfeile und Bolzen eine verheerende Wirkung entfalten, denn es gab kaum Schilde, um sie abzuwehren.

Nach Luft gierend und mit letzter Kraft gelangten sie unter die Scheibe. Die vorderste der sie verfolgenden Kohorten war kaum noch eine Hundertlänge entfernt, als es dann geschah: Donnernde Geräusche füllten die Luft, lange Blitze zuckten von der Mauer der Festung herab, bohrten sich in die Leiber der Rundohren und verbrannten sie. Donnerschläge und Blitze folgten in immer schnellerem Rhythmus aufeinander, bis sie zu einem einzigen Grollen und Gleißen verschmolzen, das noch eine Weile anhielt und dann so plötzlich, wie es gekommen war, wieder verschwand.

Nedeam und die anderen starrten den Hang hinunter, der mit den verbrannten Leibern ihrer Verfolger bedeckt war. Hinter ihnen waren weitere Kohorten von Orks erschienen, doch sie rückten nicht vor, sondern starrten nur auf das unerklärliche Bild.

„Die Zugbrücke“, schrie auf einmal ein Schwertmann. „Sie lassen sie herunter.“

Mit leisem Klirren und Quietschen begann sich die Zugbrücke zu senken. Auf halbem Weg gab es einen peitschenden Knall, als einer der geflochtenen Drähte entzweiriss; der andere konnte das Gewicht nicht halten und gab ebenfalls nach. Mit dumpfem Laut schlug das Ende der Zugbrücke auf den Boden auf.

„Wartet, Männer.“ Nedeam drängte sich hastig vor, um die Rampe als Erster zu betreten. Erleichterung und Zweifel erfüllten ihn gleichermaßen. Die Wächter waren angetreten und hatten die Orks verbrannt, doch hieß das nicht zwangsläufig, dass ihnen die unerwarteten Gäste, die da unter ihrer Festung standen, willkommen waren. Vielleicht warteten die Prions nun mit glühenden Augen darauf, dass die Überlebenden auf die Plattform strömten, um sie dort umso leichter brennen zu können.

Fünf Wächter standen oben und erwarteten Nedeam. Der in der Mitte war Heliopant-Priotat, und an seiner Seite, unverwechselbar, das Einauge Onteros-Prion. Er war es auch, der das Wort an den Pferdelord richtete. „Du hast die Vereinbarung nicht eingehalten, Pferdereiter."

Heliopant-Priotat nickte. „Du hast den Feind hierhergeführt und viele Männer mitgebracht, weitaus mehr, als in Niyashaar waren. Die meisten von ihnen gehören dem Volk der Zwerge an. Ich will nicht gleich eine üble Absicht unterstellen, doch ich erwarte eine Erklärung dafür."

„Niyashaar steht nicht mehr. Nur wenige von uns haben überlebt, und wenn die kleinen Herren nicht erschienen wären, würde auch ich nicht mehr vor euch stehen können." Nedeam erklärte in hastigen Worten, was sich zugetragen hatte.

„Warum seid ihr nicht nach Westen geflohen, in euer eigenes Land?", fragte Onteros-Prion. Sein einzelnes Auge schimmerte in intensivem Blau, und die Lanze in seiner Hand bewegte sich leicht.

Heliopant-Priotat schien genau zu wissen, was in seinem Gefährten vor sich ging. „Spar dir das Brennen, Wächter, ich weiß es auch so. Sie wollten den Feind nicht zu sich führen und vertrauten auf die Macht der Lanzen. Ist es so, Pferdereiter Nedeam?"

„Es ist so."

Der Einäugige wollte offensichtlich etwas sagen, doch der Priotat hielt ihn zurück. „Und nun denkst du, dass wir Lanze an Lanze mit euch kämpfen. Dass du und die deinen unter dem Schutz Rushaans stehen. Ist es so, Pferdereiter Nedeam?"

„Es ist so, Herr der Wächter."

„Brennen wir sie nieder", stieß Onteros-Prion hervor. „Danach brennen wir die anderen, dann ist die Grenze wieder sicher."

„Du weißt, wie sehr ich mir eine sichere Grenze herbeisehne." Nedeam glaubte ein leises Seufzen zu vernehmen. „Wie wir alle sie herbeisehnen. Aber nun ist Niyashaar gefallen. Nie zuvor haben die Orks den Posten angegriffen, denn sie fürchteten, unsere Macht damit herauszufordern. Jetzt haben sie es dennoch getan, und sie scheinen bereit, die Öde zu betreten. Wir kennen die Bestien schon lange, mein Freund; sie müssen stark und zahlreich sein, dass sie das wagen."

„Ein Grund mehr, sicherzugehen und …"

„Prion!" Heliopant-Priotat wandte sich Onteros-Prion zu, und seine Augen glühten plötzlich in intensivem Blau. „Du vergisst dich, Wächter!"

Das einzelne Auge flackerte unruhig. „Du hast recht, ich vergaß mich. Mein Dasein für Rushaan, Priotat."

Die Stimme des Ersten Wächters klang wieder ruhig, fast sanft. „Tue es nicht noch einmal. Ein Prion dient ausschließlich den Interessen Rushaans, und der Priotat wacht darüber. So lange, bis die Grenze sicher ist."

„Bis die Grenze sicher ist, Priotat."

„So bestimmt es der Fluch, den der Schrein erfüllt." Heliopant-Priotat wies mit der Lanze auf die Zugbrücke. „Das Tor der Wache Rushaans ist geöffnet, Pferdereiter Nedeam. Dem Klang der Zugseile nach wird es sich auch nicht wieder schließen lassen. Du kannst die deinen also in die Wache führen. Doch niemand wird den Schrein betreten."

„Ich danke dir, Priotat."

Nedeam gab rasch seine Befehle und ermahnte die gemischte Truppe, den Hauptturm nicht zu betreten. Während die Männer und Llarana mit den wenigen verbliebenen Pferden heraufkamen, wandte sich der Erste Wächter erneut an Nedeam.

„Wie viele der Orks werden nach Rushaan marschieren?"

„Davon weiß Dorkemunt mehr als ich. Er hat sie ausgespäht. Zumindest einen Teil ihrer Truppen." Nedeam winkte seinen Freund heran.

Heliopant-Priotat musterte Dorkemunt. „Du bist recht klein für einen Pferdereiter. Gibt es ähnliche Verbindungen zwischen Menschen und Zwergen wie zwischen Menschen und Elfen?"

„Ich mag ein wenig kurz geraten sein, Hoher Herr, aber ich bin durch und durch ein Pferdelord."

Der Einäugige wies auf Dorkemunts neue Axt. „Diese Waffe wurde von Zwergen geschmiedet. Nur sie verwenden die alten Zeichen."

War es Dorkemunts Schicksal, sich nun immer wieder dafür rechtfertigen zu müssen, dass er so klein und ohne seine brave Axt war? Er sah Onteros-Prion mühsam beherrscht an. „Ich bin ein wahrer Pferdelord, so wie mein Freund Nedeam. Aber ich sage Euch in allem Ernst, von Zwergen abzustammen ist nichts, wofür man sich schämen müsste. Es sind gute Wesen, vorzügliche Kämpfer und wahre Freunde."

„Dem stimme ich zu", sagte der Priotat, bevor sein Unterführer antworten konnte. „Die Abstammung spielt keine Rolle, allein die Farbe des Blutes ist von Bedeutung. Sag, Pferdereiter, wie viele Orks nähern sich der Wache?"

„Ich schätze sie auf fünf Legionen, also zehntausend Kämpfer." Dorkemunt seufzte. „Es können auch mehr sein, da ein Teil von ihnen noch im Pass verborgen war. Außerdem führen sie seltsame Wagen mit Metallrohren mit sich. Ich weiß nicht, was sie mit ihnen bezwecken."

„Vielleicht haben sie damit die Klippe zu Fall gebracht", vermutete Nedeam. „Du sprachst von dem Pulver, mit dem sie einst die Mauern von Eternas bersten ließen. Möglicherweise haben die Rohre etwas damit zu tun."

„Ob es Lanzen sind?", fragte einer der Wächter.

Heliopant-Priotat sah den Mann an und schüttelte dann den Kopf. „Eher nicht. Ihr Geheimnis hat der Herr der Finsternis nie ergründen können. Wenn er es besäße, würde er nicht so viele Truppen nötig haben."

„Ich hoffe nur, die Macht des Schreins ist stark genug", warf ein anderer Wächter ein. Er deutete mit der Lanze auf den großen Turm. „In all den Jahrtausendwenden hat er an Kraft eingebüßt. Er braucht immer länger, um zu erstarken. Wenn der Feind in großer Zahl anrückt, wird das einiges an Reserven verbrauchen."

„Du hast recht, das müssen wir bedenken. Bereiten wir uns vor. Onteros-Prion, teile deine Prions zur Verteidigung der Mauer ein. Du, Jeslat-Prion, nimmst eine Gruppe und sicherst die Zugbrücke. Ich selbst werde mich in den Schrein begeben, vielleicht lassen die Reserven es zu, dass wir eine der großen Lanzen verwenden."

„Die verbrauchen aber sehr viel Kraft", gab ein Wächter zu bedenken.

„Ich weiß, Prion. Daher werden wir sie nur kurz einsetzen. Doch nun geht und führt meine Befehle aus."

Die Wächter zerstreuten sich, und Nedeam sah zu, wie die Überlebenden von Niyashaar sich auf der riesigen Scheibe verteilten. Obwohl nicht alle von ihnen die Macht der Wächter kennengelernt hatten, fühlten sie sich einigermaßen sicher. Nedeam erkannte es daran, wie sie ihre Waffen säuberten und die schartigen Klingen mit angefeuchteten Steinen glätteten und schärften. Das leise Schaben war ringsum zu hören, denn Menschen wie Zwerge dachten in diesen Momenten zuerst daran, sich auf den nächsten Kampf vorzubereiten.

Nedeam ging zu Llarana hinüber, die sich um die Verwundeten kümmerte. Er hatte viel von seiner Mutter Meowyn gelernt, und so ging er der Elfin zur Hand. Sandfallom kam ebenfalls herübergeschlendert, und während er ermutigende Worte zu seinen Männern sprach, warf er immer wieder abschätzende Blicke auf die Wächter. Als er neben Nedeam stand, senkte er die Stimme, sodass nur dieser und Llarana seine Worte verstehen konnten.

„Diese Wesen, die Ihr ‚die Wächter' nennt, sind mir unheimlich. Ich habe die Wirkung ihrer Lanzen gesehen und frage mich, welche Magie dahintersteckt." Er betrachtete nachdenklich die Enden seiner Bartzöpfe. Obwohl er sie zu reinigen versucht hatte, waren sie noch immer blutbefleckt. Er rümpfte die Nase, als er den Gestank des dunklen Bestienblutes wahrnahm. „Auch ihre Augen sind sehr seltsam. Dieses blaue Glühen darin … Was meinst du, Nedeam, sind es magische Wesen?"

„Ich weiß es nicht", bekannte der Pferdelord. „Ähnliche Wesen sind mir nie zuvor begegnet."

„Es sind Menschen", murmelte Llarana. „Zumindest waren die Herren Rushaans menschliche Wesen. Die Wächter sprachen von einem Fluch, der sie getroffen hat. Das mag ihr Wesen verändert haben."

Sandfallom runzelte die Stirn. „Auch wir Zwerge fluchen recht häufig, aber von einem solchen Fluch habe ich noch nie gehört."

„Glaubt mir, kleiner Herr, es gibt viele Dinge, die sich nicht mit unserem Verstand erklären lassen", erwiderte die Elfin. „Auch mein elfisches Haus Deshay traf einst ein Fluch, der seine Krieger für Jahrtausendwenden in Stein verwandelte."

„Kein Fluch“, korrigierte Nedeam. „Es war der Bann Grauer Wesen.“

„Ob Zauber oder Fluch, die Magie ist auch uns Elfen ein Geheimnis.“ Llarana seufzte und zog die Binde am Arm eines Verwundeten fest, der ihrem Gespräch mit schmerzverzerrtem Gesicht lauschte. „Es gibt gute und schlechte Magie, wie es gute und schlechte Wesen gibt. Wollen wir hoffen, dass die Wächter zu den Guten gehören.“

„Sie kommen!“ Einer der Zwerge an der südlichen Mauer reckte sich zwischen den Zinnen und wies aufgeregt vor sich. „Sie sprudeln zwischen den Felsen hervor wie Wasser aus einer Quelle.“

Der Axtschläger hatte nicht übertrieben. Die Orks quollen aus der Deckung hervor und formierten sich zu ihren Kohorten. Ein Legionsbanner wurde sichtbar, dann ein zweites. Der Anblick der beiden zuvor verbrannten Kohorten schien die Bestien nicht zu erschrecken.

„Sie haben fraglos Mut“, sagte Nedeam anerkennend.

Kormund trat neben ihn, und sein Berittwimpel flatterte trotzig über den Zinnen. „Ich glaube, sie sind einfach nur dumm.“

„Nein, damit tust du ihnen Unrecht.“ Nedeam schüttelte entschieden den Kopf. „Sie sind Bestien, aber sie sind nicht dumm.“

„Und einige von ihnen haben sogar Ehre.“ Dorkemunt sah seine Freunde ernst an. Sein Gesicht war noch immer vom Sturz gezeichnet, und es würde wohl noch eine Weile dauern, bis die bunten Flecken verschwunden waren. „In Merdonan kämpfte ich einmal gegen ein Rundohr. Es war einer ihrer Legionsführer.“

„Ja, du erzähltest davon, mein Freund. Als du die Waffe verloren hast, wartete er, bis du sie wieder in Händen hattest.“

„So war es, Nedeam. Genauso war es." Dorkemunt seufzte schwer. „Ich erwähne es nur deshalb, weil ich meine, sein Banner im Pass erkannt zu haben."

„Das Banner deines damaligen Gegners?"

Der kleine Pferdelord nickte. „Ich hoffe, die Wächter werden ihn nicht verbrennen. Offen gesagt behagt es mir nicht, dass der Kampf zwischen ihm und mir damals nicht entschieden wurde. Vielleicht können wir das heute nachholen."

Nedeam sah zu den formierten Truppen hinunter. „Ja, vielleicht könnt ihr das."

„Tretet von der Mauer zurück." Es war die Stimme des einäugigen Onteros-Prion. Der Unterführer der Wächter schritt an der Mauer entlang und scheuchte Menschen und Zwerge fort. „Dies ist eine Angelegenheit der Prions. Macht Platz für die Lanzen Rushaans."

Die Paladine des untergegangenen Reiches traten zwischen die Zinnen, und Nedeam hatte Gelegenheit, sie in Ruhe zu betrachten.

„Sie sind sich sehr gleich." Llarana fiel es ebenfalls auf. „Alle haben sie die gleiche Größe und Statur. Es sind nur Kleinigkeiten, die sie voneinander unterscheiden. Jener dort lässt zum Beispiel die Schulter ein wenig hängen und dieser da zieht das linke Bein unmerklich nach. Ansonsten kann man sie allenfalls an den Schäden an ihren Rüstungen erkennen."

„Und an der Anzahl ihrer Augen", knurrte Buldwar. „Die mit nur einem Auge sind jedenfalls die unfreundlicheren."

Nedeam musste lachen. „Solange sie auch zu den Orks unfreundlich sind." Er trat mit den anderen unmittelbar hinter die Wächter, um über deren Schultern hinweg einen Blick auf den Feind zu haben.

„Sammelt die Kraft eurer Lanzen, Prions", ertönte Onteros-Prions Befehl. „Der Priotat wird die Große Lanze einsetzen.“

Zwei der kleineren eiförmigen Türme waren den Legionen der Orks zugewandt. An dem rechten von ihnen war nun ein metallisches Klicken zu hören, und an der gekrümmten Außenwand des Turmes öffnete sich eine längliche Klappe, die sich wie eine Zugbrücke senkte, um dann einige Längen über dem Boden in der Waagerechten zu verharren. Nahezu lautlos erschien nun ein Gegenstand in der Öffnung, der eine frappierende Ähnlichkeit mit den Lanzen der Wächter aufwies, allerdings gut vier Mal so groß wie diese war: die Große Lanze.

Ihre halbmondförmige Klinge stand zunächst senkrecht, doch dann drehte sie sich, bis sie parallel zum Erdboden verlief.

Erschrockene Schreie ertönten bei Zwergen und Menschen, als die Große Lanze zum Leben erwachte. Der donnernde Hall, der von ihr ausging, war noch weitaus mächtiger als der Lärm der stürzenden Felsklippe. Dann mischte sich ein grelles Pfeifen hinein, bei dem Nedeam und die anderen hastig die Ohren bedeckten. Ein Blitz zuckte zwischen den Enden des Halbmondes hervor, oder vielmehr eine rasche Folge armdicker gleißender Strahlen.

Einige der Zuschauer kannten die Wirkung der kleinen Lanzen, welche die Leiber zwar schrecklich verbrannten, die metallenen Rüstungen jedoch verschonten. Die Große Lanze dagegen verschonte nichts und niemanden. Selbst der Boden schien zu brennen, wo die Blitze ihn trafen. Diese bewegten sich rasend schnell über die vordere Legion, die einfach aufhörte zu existieren. Sie verschwand und hinterließ nur eine Furche kochenden Erdreiches.

Für einige Augenblicke schwieg die tödliche Waffe, dann

flammte sie abermals auf. Es geschah so schnell, dass die Bestien keine Zeit fanden, zu reagieren. Aber selbst wenn sie zwischen die Felsen geflüchtet wären, hätten sie dort wohl keinen Schutz gefunden.

Wieder wanderten Donner und Blitz über die Kohorten hinweg, doch Nedeam bemerkte, dass sich etwas änderte. Drei der Kohorten verschwanden, von der nächsten blieben nur glühende Überreste, dann erlosch die Waffe, und endlich begannen die überlebenden Orks zu fliehen.

„Die Kraft der Großen Lanze ist verbraucht", stellte Onteros-Prion sachlich fest.

„Wollen wir hoffen, dass der Schrein nicht zu sehr gelitten hat", sagte ein anderer Wächter.

„Welch furchtbare Macht." Dorkemunt blickte auf das Schlachtfeld hinunter.

Dann ertönte in der Ferne ein anderes Donnern, leiser als das der Großen Lanze. Ein Pfeifen war nun zu hören, das anschwoll und zu einem Brummen wurde. Nedeam sah undeutlich einen Gegenstand, der auf die Festung zuflog und dann über sie hinwegstrich.

„Was war das?", fragte Buldwar überrascht.

„Keine Ahnung. Hab ich noch nie zuvor gesehen." Sandfallom zog erregt an seinen Bartzöpfen. „Aber ich fürchte, es hängt mit den fahrbaren Rohren der Orks zusammen."

Erneut erklang Donner, dann Pfeifen und Brummen und schließlich ein berstender Schlag.

Betroffen wandten sie den Blick nach rechts. Etwas hatte dort die Mauer getroffen, und nun wirbelte eine zartblaue Metallplatte durch die Luft. Ein Teil der Panzerung war abgesprengt worden, und in dem freigelegten Mauerstück erschien ein Riss.

„Die Geschosse beschädigen die Festung." Kormund starrte

finster nach Süden. „Es kann nur von den Wagenrohren kommen. Sie müssen dort hinten stehen, irgendwo zwischen den Felsen."

Nedeam wandte sich Onteros-Prion zu. „Könnt ihr etwas dagegen unternehmen?"

Das einzelne Auge des Prions glühte. „Nicht von hier aus. Wir müssen schon hinausgehen."

Das nächste Geschoss zerschlug eine Zinne und köpfte einen der Wächter. Sein Körper wurde nach hinten geschleudert und verschwand, von einem blauen Wabern umgeben. Nur die beinahe unbeschädigte Rüstung blieb zurück.

Die Große Lanze bewegte sich ein Stück und wies nun zwischen die Felsen, offensichtlich hatte Heliopant-Priotat die Gefahr erkannt. Aber zwischen den Enden des Halbmondes erschien nur ein mattes Leuchten.

Dann war jenseits der Felsen erneuter Donner zu hören, doch diesmal von mehreren Schlägen zugleich. Vor der Festung stiegen zwei Einschlagsfontänen auf, und während zwei oder drei weitere Geschosse wirbelnd über die Köpfe der Verteidiger hinwegbrummten, trafen andere ihr Ziel. Eines von ihnen krachte in den linken Turm und erschütterte ihn, wobei ein Klang entstand, als schlüge man auf einen großen Gong; das Ei war an der Einschlagstelle eingedellt, und mehrere Platten hatten sich gelöst. Ein anderes Geschoss schmetterte in die Wehrmauer der Scheibe, und der resultierende Riss weitete sich zur Bresche, als Mauerwerk und metallener Schutz auseinanderbrachen. An anderer Stelle schleuderte etwas in eine Gruppe von Zwergen und verwandelte sie in einen Haufen blutiges Fleisch.

„Die Finsteren Abgründe mögen die Bestien verschlingen", fluchte Dorkemunt erbittert. „Da haben sie sich etwas ausgedacht, was uns übel zusetzen wird."

„Wie ich schon sagte", seufzte Nedeam, „sie sind nicht dumm."

Was zunächst als einseitiger Kampf zugunsten der Verbündeten erschien, kehrte sich nun ins Gegenteil. Sie waren der neuen Waffe der Orks hilflos ausgeliefert.

„Wenn wir hier abwarten, werden sie uns mit ihren Geschossen vernichten." Nedeam wandte sich Onteros-Prion zu. „Wir müssen hinaus und diese Waffen zerstören. Wird die Kraft eurer Lanzen dazu reichen?"

Der Einäugige schwieg einen Moment, und Nedeam dachte schon, er könne oder wolle nicht antworten, da zuckte der Prion die Schultern. „Der Schrein ist geschwächt. Unsere Lanzen werden ihre volle Macht nicht entfalten können. Nein, Pferdereiter, ich fürchte, wir können nicht hinaus."

Nedeam sah seine Freunde an. „Dann bleibt uns nichts, als die Köpfe einzuziehen und abzuwarten, bis die Orks zu uns hereinwollen."

50

Garwin trabte auf seinem Grauschimmel an der Kolonne entlang. Die Beritte der Hochmark hatten sich zurückfallen lassen, und König Reyodem war mit denen der Königsmark an die Spitze gewechselt. „Aufsitzen", rief Garwin und machte eine auffordernde Geste mit der Hand. „Vorwärts, Schwertmänner, aufsitzen!"

„Absitzen und führen, danach ein wenig Trab und Galopp, dann wieder absitzen, um die Pferde zu führen, so hab ich es gern." Bomzibart hielt sein Pferd an, stieg in den Steigbügel und zog sich hinauf.

Neben ihm setzte sich ein anderer Pferdelord des Quellweilers zurecht und grinste breit. „Den Hohen Herrn Garwin habe ich nicht so oft zu Fuß gesehen, Scharführer. Er scheint sein Pferd nicht schonen zu wollen. Ist wohl sehr besorgt um die Ordnung unserer Beritte."

Bomzibart stellte die Wimpellanze in den Köcher am Steigbügel. „Wenn sein Pferd nicht mehr frisch genug für einen Angriff ist, wird er zurückbleiben müssen. Nun, sonderlich bedauern würde ich das nicht."

„Ihr schätzt ihn nicht unbedingt, wie?" Der Pferdelord zog seinen Umhang gerade und nahm die Zügel auf. „Immerhin wird er bald Pferdefürst unserer Hochmark sein."

„Ja, das wird er wohl." Bomzibart war versucht, auszuspucken. „Vielleicht wäre es an der Zeit, in eine andere Mark umzusiedeln oder eine neue zu gründen."

Der Hornbläser des Beritts hatte die Unterhaltung mit angehört und trabte nun neben seinen Scharführer. „Auch wenn er Pferdefürst ist, wird die Hohe Dame Larwyn noch immer ein Wort mitzureden haben. Außerdem solltet Ihr nicht vorschnell urteilen, Garwin mag sich noch bewähren."

Bomzibart blickte hinauf in den nächtlichen Sternenhimmel. Vor einem Zehnteltag war es dunkel geworden, und die Beritte waren schnell vorangekommen; sie mussten sich schon in der Nähe von Niyashaar befinden. Je näher sie dem Vorposten kamen, desto eiliger hatten sie es und desto drückender wurde die Sorge um jene, die dort auf Hilfe hofften.

Es war eine sternenklare Nacht und die Sicht war gut, noch begünstigt durch die kalte Luft. Kurz vor Einbruch der Dämmerung hatte ein leichter Nieselregen eingesetzt, und auch wenn er inzwischen wieder aufgehört hatte, waren Umhänge und Kleidung der Männer klamm. Wenigstens war auch der Boden feucht geworden, und so wirbelte kein Staub mehr unter den Hufen der Pferde auf.

Garwin trabte erneut an den Beritten entlang. Während die Pferdefürsten und der König bei ihren Einheiten blieben, schien der Sohn Garodems von Unruhe getrieben.

„Wartet. Habt Ihr das gehört?" Der Hornbläser hob lauschend den Kopf.

Bomzibart tat es ihm gleich, doch außer dem Pochen und den üblichen Geräuschen, die ein Beritt auf dem Marsch verursachte, vernahm er nichts Ungewöhnliches.

„Da war es wieder." Der Hornbläser bewegte sich unruhig im Sattel. „Ein fernes Grollen. Irgendwo dort, im Norden. Da, schon wieder."

Jetzt hatte Bomzibart es ebenfalls gehört. Das Geräusch war sehr leise, der Hornbläser musste ungewöhnlich gute Ohren haben. Er blickte nach Norden, von wo das Geräusch erklungen war.

„Vielleicht ein fernes Gewitter?", spekulierte der Hornbläser und kniff die Augen zusammen.

Bomzibart schüttelte den Kopf. „Man kann die Blitze eines Gewitters weiter sehen, als man das Grollen hört. Aber dort sind keine Blitze."

Der Scharführer konzentrierte sich und wartete auf das nächste Grollen. Als es ertönte, glaubte er für einen Moment ein seltsames orangegelbes Licht aufflammen zu sehen. „Was es auch ist", brummte er, „es ist kein Regensturm."

Die Geräusche kamen unregelmäßig und wurden immer wieder von einem unmerklichen Flackern begleitet. Bomzibart beschlich ein unangenehmes Gefühl, und als Garwin abermals herantrabte, sprach er ihn an. „Hoher Herr, dort im Norden geht etwas Seltsames vor sich. Es grollt, und Leuchten ist zu sehen."

„Nur ein gewöhnlicher Regensturm", erwiderte Garwin.

„Verzeiht, Hoher Herr, aber ich habe schon viele Regenstürme erlebt. Das dort im Norden ist keiner."

„Wir sind hier am Rand der Öde, guter Herr Scharführer." Garwin lächelte. „Da mag es schon seltsame Dinge geben." Die Beobachtung seiner Pferdelords schien ihn weder zu beunruhigen noch sonderlich zu interessieren.

Hinter ihnen erklang rascher Hufschlag. Bomzibarts Freund Asgrim kam in Begleitung eines anderen Pferdelords heran. Das Gesicht Asgrims wirkte besorgt. „Könnt Ihr das Poltern hören?"

„Ja, und wir sehen auch die komischen Flammen."

Asgrim deutete auf den Reiter neben sich. Es war ein alter und erfahrener Kämpfer, unter dessen schlichtem Kuppelhelm graue Haare sichtbar waren. „Das ist der gute Herr Kamwin. Ich weiß nicht recht, was ich davon halten soll, aber Ihr solltet Euch seine Worte anhören."

Garwin sah den alten Pferdelord auffordernd an, der sich daraufhin verlegen räusperte. „Na ja, das ist so, Hoher Herr, vor vielen Jahreswenden sah ich mal ein ähnliches Feuer. Glaubt mir, diese merkwürdig gefärbten Flammen werde ich mein Lebtag nicht vergessen. Das liegt nun schon einige Jahreswenden zurück. Es war damals, als der Sturm der Orks über Eternas hereinbrach. Zu der Zeit war ich noch ein junger und kraftvoller Pferdelord, müsst Ihr wissen." Kamwin räusperte sich erneut und bemerkte den drängenden Blick Asgrims. „Ja, ja, ich weiß. Nun, als die Orks vor der Festung standen, da fertigte die damalige Heilerin der Mark eine Brennpaste für Garodem, mit der die Katapulte der Bestien in Brand geschossen werden sollten. Niemand ahnte ja, dass die Heilerin selbst eines der furchtbaren Grauen Wesen war. Nun, jedenfalls mussten wir einen Brei aus verschiedenen Zutaten mischen, der dann getrocknet und zerbröselt wurde. Das hinterhältige Wesen zeigte uns, worauf wir achten mussten, damit nichts Übles geschah."

„Kommt zur Sache, guter Herr", drängte Garwin seufzend.

„Ja, natürlich, Hoher Herr. Wo war ich? Ach, ja, sie zeigte uns, wie leicht sich die Brennpaste in Brand setzen ließ. Es war dasselbe orangegelbe Flammen, das man dort im Norden sieht, Hoher Herr."

Bomzibart strich sich über das Kinn. „Dieselben Flammen? Seid Ihr Euch sicher?"

„Glaubt mir, Scharführer, wer diese Flammen einmal gesehen hat, der vergisst sie nicht. Das furchtbare Wesen hat mit ihnen die Mauern von Eternas bersten lassen."

„Hier geht es nicht um alte Geschichten." Garwin bewegte sich unruhig im Sattel. „Wir nähern uns dem Vorposten Niyashaar, wegen ihm sind wir hier."

„Bei den Finsteren Abgründen." Bomzibart ignorierte Garwins Worte und strich sich erneut über das Kinn. „Was meinst du, Asgrim, ob sich dort im Norden Graue Wesen oder Orks herumtreiben? Ob sie gerade wieder die Mauern einer Festung sprengen?“

„Verdammt, mein Freund, woher soll ich das wissen?“ Asgrim kratzte sich verlegen im Nacken. „Aber seltsam ist das schon, nicht wahr?“ Er sah Garwin an. „Vielleicht sollten wir erkunden, was dort vor sich geht, Hoher Herr?“

Der zukünftige Pferdefürst lachte auf. „Wenn Ihr wollt, dann reitet doch und seht nach. Aber ich bin dagegen, dass wir unsere Zeit und Kraft verschwenden.“ Garwin lachte erneut und ritt dann ohne weitere Worte davon.

Asgrim wirkte unschlüssig, doch Bomzibart lächelte sanft. „Schön, wir haben den Hohen Herrn Garwin gehört. Kommst du mit, Asgrim, oder muss ich allein reiten?“

„Du willst wirklich nach Norden? Nur wegen ein paar komischer Geräusche und Flammen?“

„Wir sind zum Kämpfen hergekommen, mein Freund, und dort im Norden wird gekämpft. Das spüre ich. Das weiß ich.“

„Und wenn du dich irrst?“

„Mein Gefühl sagt mir, dass dort jemand unsere Hilfe braucht. Und was haben wir zu verlieren?“

„Garwin wird dagegen sein.“

„Er sagte, wir könnten tun, was wir wollen.“ Bomzibart grinste breit.

„Er hat dich gemeint, mein Freund. Nicht unsere Beritte.“

„Sei nicht kleinlich. Ein Scharführer der Pferdelords reitet nicht ohne seine Männer. Das war zu allen Zeiten so, und Garwin weiß das ebenso gut wie wir.“

„Es wird ihn nicht erfreuen.“ Asgrim blickte abschätzend auf die Beritte, die hinter ihnen folgten.

„Wir sind zum Kämpfen hier und nicht, um den Hohen Herrn zu erfreuen."

Ohne die Erwiderung seines Freundes abzuwarten, gab Bomzibart mit seiner Wimpellanze das Zeichen und zog sein Pferd herum. Die vorderen Männer des Beritts zögerten kurz, doch dann folgten sie, und der gesamte Beritt schwenkte ein.

Asgrim stieß einen heiseren Fluch aus. „Verfluchter Sturkopf. Nun gut, ich kann ihn kaum allein reiten lassen." Er sah Kamwin grimmig an. „Bring König Reyodem die Nachricht, dass wir nach Norden schwenken."

Während der alte Pferdelord an der Kolonne entlang nach vorne preschte, um die Botschaft zu überbringen, führte Bomzibart seinen Beritt nach Norden, und Asgrim folgte ihm. Die nachfolgenden Beritte der Hochmark kannten den Grund für das Manöver nicht, aber da die vorderen Einheiten einschwenkten, taten sie es ihnen gleich. So trabten bereits elf Beritte der Hochmark nach Norden, als der alte Kamwin die Gruppe um König Reyodem erreichte und hastig Bericht erstattete.

„Dieser verfluchte Kerl", brüllte Garwin wütend auf und zog sein Pferd herum. „Ich werde …"

„Mit Verlaub, Hoher Herr, Ihr habt es ihm doch gestattet", wandte der alte Kamwin ein.

„Ich sagte es im Scherz, verdammt."

„Gemach, Hoher Herr Garwin." Reyodems Stimme war milde und duldete doch keinen Widerspruch. „Ich verstehe Euch gut, das könnt Ihr mir glauben. Die Truppe so dicht vor Niyashaar und ohne genaues Wissen zu teilen, ist eine grenzenlose Dummheit. Doch handelt nun nicht ebenso unüberlegt und impulsiv wie Euer Scharführer. Auch ich habe das Grollen und Flammen bemerkt, und es beunruhigt mich. Bulldemut, was meint Ihr? Wie weit ist es noch bis Niyashaar?“

Der Pferdefürst der Ostmark warf einen raschen Blick auf die anderen. „Wenn wir uns beeilen, werden es noch zwei oder drei Zehnteltage sein. Wir können den Pass noch vor der Nachtwende erreichen.“

„Torkelt?“ Der König sah den Oberbefehlshaber der Pferdelords an. „Ihr nehmt eine Schar guter Männer und reitet voraus. Ich muss so rasch es geht erfahren, ob Niyashaar noch gehalten wird. Erst dann werden wir entscheiden, ob wir zum Pass von Rushaan vorrücken, nach Norden schwenken oder in den Pass des Eten zurückkehren.“

„Und ich werde reiten und die Beritte der Hochmark zurückholen“, stieß Garwin hervor.

„Der Erste Schwertmann der Ostmark, Mor, wird Euch begleiten, Hoher Herr.“ Reyodem sah Garwin eindringlich an. „Noch kann ich nicht sagen, ob sich Eure Beritte den meinen oder meine den Euren anschließen müssen. Die Lage ist sehr unklar, Hoher Herr Garwin. Wir wissen nicht genau, wo der Feind steht und ob wir es vielleicht sogar mit mehreren Gruppen zu tun haben. Das kann noch übel für uns ausgehen. Behaltet also einen klaren Kopf.“

Garwin nickte widerstrebend und ritt dann, gefolgt von Mor, in die Nacht hinaus.

Bulldemut stieß ein leises Brummen aus. „Sie können ziemliche Sturköpfe sein, die Männer der Hochmark. Aber sie gehören zu den besten Kämpfern, König Reyodem. Garodems Männer haben ein Gespür für die Bestien.“

Reyodem nickte bedächtig. „Eben das befürchte ich. Denn wenn im Norden wirklich gekämpft wird und es in Niyashaar ruhig ist, dann ist das ein schlechtes Zeichen. Möglicherweise haben wir hier einen Bissen erwischt, an dem wir uns noch verschlucken werden. Torkelt? Torkelt! Ah, er ist schon aufgebrochen. Scharführer, wähle mir zwei gute Männer aus. Schnelle Reiter mit Handpferden. Sie sollen zurück zum Pass des Eten. Die Zwerge und die Hochmark müssen erfahren, dass der Feind möglicherweise bald vor ihren Grenzen auftaucht. Die Hohe Dame Larwyn wird wissen, was zu tun ist."

Bulldemut seufzte. „Dann habt Ihr also kein gutes Gefühl, König Reyodem?"

„Nein, alter Freund, wahrlich nicht."

51

Es war eine sternenklare Nacht, und so sehr Nedeam den Anblick der Gestirne auch schätzte, so froh wäre er doch gewesen, wenn diesmal dichte Wolken am Firmament gestanden hätten. Die gute Sicht ermöglichte es den Orks, ihre neuen Waffen auch in der Nacht abzufeuern, und so schlugen die Geschosse der Bestien unablässig in die Festung der Wächter und die Reihen ihrer Verteidiger.

Zwar verhüllte die Nacht den Anblick der geschundenen Leiber, aber die Schreie der Getroffenen wiesen darauf hin, dass die Geschosse immer wieder ihr Ziel fanden. Viele Männer verbargen sich im Schutz der vorderen Mauer, andere kauerten hinter dem großen Hauptturm, und der Rest versuchte einfach, sich so klein wie möglich zu machen, um nicht getroffen zu werden. Inzwischen wusste man, dass es sich bei den Geschossen um metallene Kugeln handelte, die über Ketten miteinander verbunden waren. Oft genug rissen die Kettenglieder, auch schien man mit den neuen Waffen nicht besonders gut zielen zu können. Aber dennoch war der Schaden, den sie verursachten, beträchtlich. Nur der eiförmige Turm, der sich hinter dem Hauptturm befand, war noch unversehrt. Aus den Panzerungen der anderen waren Platten herausgeschlagen worden, und das dahinterliegende Mauerwerk wies Risse und Lücken auf. Die nach Süden zeigende Wehrmauer bestand nur noch aus Fragmenten. Die Wächter hatten sich zu ihrem Schrein in den Hauptturm zurückgezogen, um dort die Kraft ihrer Lanzen zu stärken. Man konnte nur hoffen, dass ihnen dies gelang, denn es gab kaum einen Zweifel, dass die Bestien bald stürmen würden.

Nedeam lag an der Vorderkante der zerstörten Wehrmauer, nicht, weil er mutiger als die anderen Männer gewesen wäre, sondern weil es einfach keinen großen Unterschied machte, wo man nach Deckung suchte. Die Einschlagorte waren nicht vorherzubestimmen, und Nedeam wollte wenigstens eine Ahnung davon haben, was beim Feind vor sich ging.

Neben ihm lagen Olruk und Dorkemunt sowie Sandfallom und Llarana. Lotaras und Kormund waren irgendwo bei den anderen.

„Wenigstens hat sich die Plackerei für die Orks gelohnt." Dorkemunt spie missmutig über den Rand der Scheibe. „Diese Wagenrohre sind mörderisch. Nicht so treffsicher wie ein Pfeil oder Bolzen, aber sehr zerstörerisch. Außerdem haben diese Mistdinger eine ziemliche Reichweite. Ich glaube, sie stehen dort hinter dieser Felsengruppe."

„Ja, dicht beieinander." Nedeam sah seinen alten Freund an. „Wenn wir jetzt einen Beritt und gute Pferde hätten, dann würde es mich reizen, einen Ausfall zu versuchen und die Wagenrohre zu zerstören."

„Ich könnte eine Schar guter Axtschläger beisteuern", brummte Sandfallom.

„Erwähnte ich schon, dass unsere Beine ein wenig kurz sind?" Das war unzweifelhaft Olruk. „Wir kämen nicht schnell genug an die Wagen heran, um sie zu zerstören."

„Wir wüssten nicht einmal, wie man das bewerkstelligt", warf Dorkemunt ein.

Olruk grinste. „Wir Zwerge zerschlagen harten Fels, Kristall und Erze. Meinst du, da würden wir an ein paar Wagenrohren scheitern?"

„Diese Rohre stehen aber mindestens fünf Hundertlängen entfernt." Nedeam löste seine Wasserflasche vom Gürtel und nahm einen tiefen Schluck. „Und dazwischen lauert mindestens eine volle Legion.“

„Vielleicht können die Wächter sie verbrennen.“

Nedeam reichte die Flasche an Olruk weiter und schüttelte den Kopf. „Sie sind im Schrein und stärken sich. Fragt mich nicht, was das bedeutet.“

„Ich habe keinen von ihnen jemals Wasser trinken oder etwas essen sehen“, stellte Llarana fest. „Ich glaube, sie brauchen so etwas nicht. Es muss mit diesem Brunnen im Schrein zusammenhängen.“

„Das ist kein Brunnen“, erwiderte Nedeam. „Eher eine seltsame Scheibe.“

„Alles an dieser Öde ist seltsam.“

„Ja, bis auf die Orks.“ Dorkemunt lachte auf. „Sie vermitteln einem fast ein heimeliges Gefühl, nicht wahr? Im Ernst, Freunde, in diesem Land ist man vom Tod umgeben, und selbst an seinen Wächtern scheint nicht viel Lebendiges zu sein. Das alles hier ist mir unheimlich. Da beginne ich einen Ork zu schätzen, der hat wenigstens einen Leib, in den ich meine Axt senken kann.“

„Wie ist sie denn so?“, fragte Olruk.

„Wer?“

„Na, deine neue Axt.“ Olruk lächelte. „Beste Handwerkskunst der Zwerge. Kommst du damit zurecht?“

„Eine seltsame Frage, mein Freund. Ich habe damit ein paar Brustpanzer und Schädel zerteilt. Ihre Schneiden könnten etwas schwerer sein, aber, ja, ich komme mit ihr zurecht.“

„Das ist gut, mein Freund, denn du wirst sie bald brauchen.“ Olruk prüfte, ob seine Bartzöpfe gut im Nacken verknotet waren. „Dies hier ist ein wahrhaft beeindruckendes Abenteuer, meine Freunde. Würdig, in den Balladen der Zwerge besungen zu werden. Ich hoffe, ich kann sie meinen Hüpflingen noch persönlich erzählen.“

„Hört mal." Sandfallom richtete sich halb auf.

Sie lauschten und Nedeam nickte. „Die Wagenrohre schweigen."

„Dann sind ihnen entweder die Eisenkugeln ausgegangen", meinte Dorkemunt grimmig, „oder sie bereiten sich nun auf den Sturm vor."

„Ist etwas zu erkennen?" Olruk beugte sich ein wenig vor. „Ah, ja, ich sehe Bewegung zwischen den Felsen. Viel Bewegung. Ich denke, meine Freunde, sie werden uns nun persönlich begrüßen wollen."

„Bereiten wir ihnen einen gebührenden Empfang." Nedeam wandte sich halb um. „Die Orks sammeln sich. Geht in Stellung, wie wir es besprochen haben. Ich selbst werde die Wächter rufen."

„Das ist nicht nötig", ertönte Heliopant-Priotats Stimme. „Die Prions kennen ihre Pflicht."

Nedeam sah den Ersten Wächter, den Priotat der Prions, forschend an. „Bleibt es so wie besprochen?"

„Wie besprochen", bestätigte Heliopant. „Die Wächter werden die Mauer besetzen und dem Feind die Macht ihrer Lanzen entgegenschleudern." Er zögerte kurz. „Doch die wird nicht lange halten, denn in der kurzen Zeit konnte der Schrein kaum erstarken."

Sie hatten beratschlagt, wie sie dem Angriff begegnen konnten. Viele Möglichkeiten gab es nicht. Die Vorräte an Bolzen und Pfeilen waren derart geschrumpft, dass sie damit kaum noch etwas ausrichten konnten, und so waren die einzigen Mittel, mit denen sie die Bestien auf größere Entfernung bekämpfen konnten, die Lanzen der Wächter Rushaans. Die Prions würden daher die Überreste der Mauer besetzen und ihre Blitze auf die Feinde werfen, solange die Lanzen dabei mitspielten. Aber es würde den Feind kaum aufhalten.

„Tut euer Bestes, Heliopant-Priotat. Auch wir werden unser Bestes geben." Nedeam deutete auf die Luke der heruntergelassenen Zugbrücke. „Wenn sie nach oben wollen, müssen sie hier hindurch. Wir werden den Rand der Luke besetzt halten, und sobald die Orks ihre hässlichen Schädel hindurchstrecken, werden sie unseren Lanzen, Schwertern und Äxten begegnen."

„So soll es sein." Heliopant-Priotat gab einen Wink, und die Wächter schritten zu den Überresten der Mauer hinüber. Zu ihnen traten drei oder vier Bogenschützen und eine Gruppe Zwerge, die alles eingesammelt hatten, was an Pfeilen und Bolzen noch vorhanden war.

Auch die anderen Pferdelords und Zwerge sammelten sich und gingen in Position. Eine seltsame Stille senkte sich über die alte Festung. Man hörte die Atemzüge und das gelegentliche Scharren von Füßen, da und dort auch ein metallisches Klirren. Aber niemand sprach. Sie alle standen in erwartungsvollem Schweigen da und waren sich gewiss, an diesem Tag den Tod zu finden. Er schien ihnen so unausweichlich, dass sie kaum Furcht empfanden.

Llarana und Lotaras wanderten suchend über die Scheibe, und als sie Nedeam erblickten, löste sich die Elfin und kam zu ihm herüber. Es war die Zeit der Nachtwende, und im Osten ging die Sonne auf. Ein zartes Glühen glitt über die Landschaft und tauchte die Elfin in ein sanftes Licht.

Llarana trat unerwartet dicht an ihn heran und ergriff zu seinem Erstaunen seine Hände. „Dies ist der Tag, an dem wir der Ewigkeit begegnen. Du, Nedeam, wirst zu den Goldenen Wolken deines Volkes emporreiten, und ich werde Teil der ewigen Aura werden. Es mag sein, dass wir uns nie wieder begegnen. Doch wer kann schon vorhersagen, was das Schicksal einem bestimmt? Mein Volk weiß, wie schmerzhaft es ist, wenn man voneinander scheidet, ohne sich ausgesprochen zu haben. Nein, sage jetzt nichts, Nedeam aus dem Pferdevolk." Sie legte ihm einen Finger auf die Lippen und lächelte sanft. „So sage ich dir nun die Worte, die mir am Herzen liegen. Ich, Llarana-olud-Deshay aus dem Haus des Urbaums, liebe dich."

Sie presste ihren Finger fester gegen seine Lippen, als wolle sie Nedeam an einer Antwort hindern, dann trat sie rasch zurück und wandte sich ab. Nedeam fühlte sich wie betäubt und wollte ihr gerade folgen, als der Unheil verkündende Schrei von der Mauer ertönte.

„Sie kommen!"

Es war die Zeit des Sonnenaufgangs, und gewiss würde es der letzte für die Verteidiger der alten Wache Rushaans werden.

Nedeam trat an die Mauer heran, obwohl er nun viel lieber in Llaranas Nähe gewesen wäre. Soeben spähte Sandfallom zwischen zwei Bruchstücken der Brüstung hindurch. „Schade, dass der Boden schon wieder abgekühlt ist. Es hätte sie aufgehalten, wenn sie sich ihre Füße verbrannt hätten."

Wie in Reaktion auf seine Worte begannen nun die Lanzen der Wächter Donner und Blitz auf die Orks zu schleudern. Gemessen an der Wirkung der Großen Lanze war der Effekt eher bescheiden, dennoch wurden ganze Gruppen der Bestien verbrannt. Die Lanzen kannten kein Erbarmen, sie stanzten die seltsamen Löcher in die Panzerungen der Rundohren und verbrannten, was sich dahinter verbarg. Nedeam spürte wilden Hass in sich aufsteigen, als die Bestien es einfach hinnahmen und weitermarschierten. Jetzt, da Llarana ihm ihre Liebe gestanden hatte, sollte ihr Leben zu Ende gehen? Nicht, solange noch ein Tropfen Blut durch seine Adern floss und seine Hand die Klinge führen konnte!

„Wohl gesprochen, Pferdereiter." Nedeam sah verwirrt zu

Heliopant-Priotat und bemerkte nun, dass er seine Gedanken laut ausgesprochen hatte. Zum zweiten Mal zeigte der Erste Wächter eine überraschend menschliche Geste, als er seine Hand auf Nedeams Schulter legte. „Ich bedaure, dass euch beiden kein langes Glück beschieden ist. Gehe zu ihr, Pferdereiter. Wir Prions wachen über die Mauer; wache du über dein Weib, solange du es vermagst."

Zwischen den Felsengruppen und der alten Festung wimmelte es von Orks. Obwohl Hunderte von ihnen verbrannten, stapften ihre Kohorten entschlossen vor, ohne auf Donner und Blitze zu achten. Dann begann die Kraft der Lanzen zu erlahmen. Einige Rundohren wurden getroffen, und die nurmehr aufglühenden Brustpanzer fügten ihren Trägern üble Verbrennungen zu, doch ihre Leiber zerfielen nicht. Dann verglimmte das grelle Glühen zwischen den Spitzen der Halbmonde zu einem matten Schimmer. Immer mehr Wächter hoben ihre Lanzen senkrecht in den Himmel, als Zeichen dafür, dass ihre Kraft erloschen war.

„Nun gut, Ihr Pferdelords und Axtschläger", rief Nedeam und wunderte sich, wie ruhig seine Stimme klang. „Jetzt werden sie über die Rampe stürmen. Zeigt ihnen unseren Stahl. Schneller Ritt ...!"

„... und scharfer Tod!", kam die dünne Erwiderung aus einer Handvoll Kehlen; ein trotziges Aufbegehren gegen das, was kommen würde.

Schon war Brüllen unter der Scheibe zu hören und das Stampfen zahlloser gepanzerter Kampfstiefel. Die Zugbrücke dröhnte metallisch unter ihrem Tritt, als die Orks in breiter Front heraufstürmten.

„Schlagt Sie!", rief Sandfallom mit kaltem Lächeln. „Und haltet die Rampe!"

Nedeam eilte suchend über die Scheibe. Kein Ort in dieser

Festung würde nun noch Sicherheit bieten können, und wenn er den Tod fand, dann an Llaranas Seite. Wo waren Dorkemunt und die anderen Freunde? Er hätte es sich denken können: Sie alle hatten sich bei Kormund eingefunden, dessen Lanzenwimpel trotzig im schwachen Wind auswehte.

„Wir haben Glück", brummte Kormund. „Sie können nur über die Rampe vordringen, da sie keine Sturmleitern haben. So können immer nur ein paar Zehnen auf die Zugbrücke steigen. Und die bekommen einen wahrhaft herzlichen Empfang."

„Postier unsere Schilde vorne." Nedeam deutete auf zwei Schwertmänner, die hinter den Axtschlägern standen, da sie über deren Köpfen hinweg kämpfen konnten. „Denk daran, die Bastarde sind nicht dumm. Wenn sie merken, dass einfaches Vorstürmen nicht ausreicht, dann werden sie von unten ihre Pfeile und Bolzen abschießen und unsere Männer von der Einfassung holen."

„Verflucht, das ist den Biestern zuzutrauen." Kormund rief ein paar hastige Befehle.

Von der Einfassung der Rampenluke war nichts mehr zu erkennen. Dicht an dicht standen dort die Axtschläger und eine Handvoll Pferdelords und hieben auf die Orks ein, die über die Schräge heraufdrängten. Einige der Verteidiger wurden von Spießen oder Schlagschwertern getroffen und nach hinten geworfen oder stürzten auf die Rampe hinab. Eines der Rundohren nahm einen tödlichen Stoß ungerührt hin und packte in seinen letzten Lebensmomenten noch die Arme zweier Zwerge, um sie zu sich und hinab in den Tod zu ziehen.

„Bei den Finsteren Abgründen!" Dorkemunt packte Nedeams Arm und wies zur Südmauer. „Sie kommen über die Mauer! Sieh nur, die verdammten Bestien sind auf der Mauer und greifen von dort an!"

„Das kann nicht sein", ächzte Olruk. „Sie haben keine Leitern."

„Aber sie können aufeinanderklettern", schrie Nedeam und zog seine elfische Klinge. „Wir müssen sie aufhalten."

Zusammen mit einigen Zehnen an Zwergen stürzten sie zur Mauer hinüber. Die behelmten Köpfe von Orks erschienen zwischen den Zinnen, doch Lanzen mit halbmondförmigen Klingen zuckten vor und stießen die Bestien zurück. Ein Schwarm Bolzen wurde von unten gelöst und traf sowohl Rundohren als auch einige der Wächter. Zwei von diesen verglühten, drei andere schienen ihre Wunden einfach zu ignorieren. Einer erhielt einen Bolzen in die Brust und wurde von dem Geschoss zurückgestoßen. Obwohl er sofort wieder an die Zinnen trat, war schon ein Rundohr hervorgesprungen. Der Wächter tötete es. Dann war der zweite Ork auf der Mauer, dann der dritte. Der vierte zog sich gerade empor, als Nedeam und seine Freunde die Stelle erreichten. Seine elfische Klinge zerteilte Helm und Schädel des Gegners bis zur Halskrause der Panzerung und glitt mit leichtem Klingen wieder daraus hervor, als Nedeam sie zurückzog. Kormunds Wimpellanze durchbohrte indes die Brust eines anderen, Llaranas Klinge schlitze den Panzer des nächsten auf.

Aber an anderen Stellen drangen weitere Orks über die Mauer. Immer mehr der Wächter waren in erbitterte Nahkämpfe verwickelt, sie erwiesen sich als unglaublich stark, noch weitaus stärker als die Rundohren, aber sie waren nicht unbesiegbar. Die massive Übermacht warf die Wächter zu Boden, und die Rundohren hieben mit ihren Schlagschwertern auf sie ein, bis die Leiber der Unglücklichen verglühten.

Nedeam und die seinen kämpften im dichten Getümmel, und plötzlich fand er sich unmittelbar neben dem Einäugigen, dessen Auge bösartig glühte. Seine Lanze wirbelte, stieß vor und zuckte zurück, kreiste erneut, schlug zu, stieß vor … Eine rasende Abfolge von Bewegungen, elegant und tödlich wie bei elfischen Kriegern. „Heute werden die Wächter ihren Frieden finden, Pferdereiter“, rief der Prion unvermittelt. „Dafür sollte ich dir danken. Ich glaube, du bist mir nun doch willkommen.“

Die Halbmondklinge stieß vor, trennte den Schädel eines Rundohrs oberhalb der Halspanzerung säuberlich durch und schwenkte schon zum nächsten Ziel.

An der Rampe ertönte unterdessen wildes Geschrei. Nedeam sah aus den Augenwinkeln, wie die Formation der Verteidiger aufbrach und Rundohren die Axtschläger zurückdrängten. Teadem und Buldwar standen Rücken an Rücken, teilten den Tod aus und waren sich gewiss, ihn bald selbst zu empfangen. Llarana stürzte unter einem Hieb zu Boden, und Nedeam schrie verzweifelt auf und rannte nach vorne.

Dann erklang das Horn.

Dieses verfluchte und geliebte Horn.

„Gebt keine Gnade“, brüllte in einiger Entfernung Bomzibart und reckte seinen Kriegshammer empor. „Gebt ihnen nur Euren Stahl!“

Sie waren im Rücken der Bestien und sahen die umkämpfte Festung vor sich. Elf Beritte der Hochmark standen bereit, und das Feld zwischen ihnen und den Verteidigern war voller Feinde, mehr, als die meisten der Männer jemals gesehen hatten. Niemand zögerte, und keiner blieb zurück. Nur wenige Längen trabten sie, dann begann der rasende Galopp. Die Lanzen wurden gefällt, und der schmetternde Klang der Hörner trieb sie in den Feind.

„Tod!“, brüllten erregte Pferdelords. „Tod! Tod den Bestien!“

Ihre Annäherung war nahezu unbemerkt geblieben, denn

die Legionen der Orks konzentrierten sich voll auf die Erstürmung der alten Festung. Sie wurden erst in dem Moment auf die Beritte aufmerksam, als die hinterste Legion praktisch in den Boden gestampft worden war. Dieses Mal begegneten die Reiter keinen entgegengereckten Spießen und engen Kampfformationen. Stattdessen brachen sie ungehindert in die Reihen der Orks ein, stießen mit den Lanzen zu, hieben mit Schwertern und hackten mit ihren Äxten. Einige Reiter stürzten getroffen zu Boden oder wurden von Rundohren aus den Sätteln gezerrt, doch die Orks bildeten keine geschlossene Ordnung, und so hatten die Reiter auf ihren Pferden leichtes Spiel.

Bomzibart hatte die Lanze seines Berittwimpels in die linke Hand genommen und führte seinen neuen Kriegshammer in der Rechten. Es gab keine Panzerung, die dem Hammer hätte widerstehen können, und Bomzibart selbst hatte nur ein oder zwei leichte Wunden davongetragen. Oben an der Mauer der Festung sah er die Orks. Er blickte sich nach seinem Hornbläser um, konnte ihn aber nirgends entdecken. Die Beritte begannen sich zu zerstreuen, und das war nicht gut. Sie mussten zusammenbleiben, denn die Übermacht der Bestien war noch immer groß.

Er sah seinen Freund Asgrim, der sich soeben mit einigen Pferdelords eine blutige Gasse durch eine Gruppe Orks hieb, und ritt auf ihn zu. „Sie kämpfen oben in der Festung!“, brüllte Bomzibart nach Leibeskräften. „Wir müssen dort hinauf und den unseren beistehen!“

„Kämpft die Rampe frei!“, rief Asgrim sogleich und schlug dann seinen Hammer von oben in einen Ork. Mit Leichtigkeit löste er ihn wieder, während er mit der anderen Hand seine Lanze in einen Angreifer stieß. „Zur Rampe! Zur Rampe, Pferdelords des Quellweilers!“

Unter den Beritten der Hochmark befanden sich auch

zwei, die nur aus Schwertmännern bestanden. Diese waren es gewöhnt, in engen Formationen zu reiten und zu kämpfen, und wirkten als geschlossener Verband. Einer ihrer Scharführer hörte Asgrims Schreie und hob seinen Wimpel zum Zeichen, dass er verstanden hatte. Auf wundersame Weise schaffte es dieser Scharführer, inmitten des Kampfgetümmels einen halben Beritt um sich zu sammeln und zu formieren. Natürlich mussten die Männer erbittert kämpfen, um eine Viererkolonne zu bilden, doch schließlich schafften sie es. Der eine oder andere Reiter wurde gefällt, und Pferde stürzten, als die Orks auf die Tiere einhieben, doch die Truppe der Schwertmänner war nicht aufzuhalten.

Um eine Rampe zu erstürmen, saß man gemeinhin vom Pferd ab, schützte sich mit dem Schild und kämpfte sich voran. Doch diese Schwertmänner blieben im Sattel, stießen mit ihren Lanzen und führten das Schwert in der anderen Hand, während ihre Pferde keilten und um sich bissen. Schritt um Schritt kämpfte sich die Einheit so voran, bis sie den Fuß der Rampe erreichte.

Das Geschehen unterhalb der Festung verlagerte sich nun zur Zugbrücke hin, die erbittert umkämpft war. Die Orks versuchten sich an ihrem Fuß zu sammeln, während die Pferdelords eben dies zu verhindern trachteten und jene Schwertmänner unterstützten, die sich ihren Weg nach oben erfochten.

Dort auf der Scheibe war der Kampf zu einem wilden Durcheinander geworden. Überall fochten Gruppen oder Einzelkämpfer miteinander. Abgesehen von einer Handvoll Wächter und Nedeams Gruppe schien es von Rundohren nur so zu wimmeln. Doch das täuschte: Die kleinen Zwerge kämpften erbittert, und wer von ihnen noch Kraft hatte, nutzte sie zum Sprung, um seine Axt in den Nacken eines Rundohrs zu treiben. Andere wiederum zertrümmerten zunächst die Knie der

Bestien, um sich dann den Schädeln der zu Boden Gehenden widmen zu können. Die Kraft der kleinen Männer war unglaublich und die Tatsache, dass sie sich so lange gegen eine erdrückende Übermacht halten konnten, verdiente Respekt. Dennoch schien die Niederlage unabwendbar.

„Die unseren sind da", keuchte Dorkemunt und befreite seine Axt aus dem Panzer eines Rundohrs, um mit ihr den Schlag eines anderen Orks zu parieren. Dessen Schwert traf den Stiel, der bei der alten Axt zerbrochen wäre, doch bei der neuen ebenfalls aus Metall bestand und hielt. Dorkemunt stieß ein grimmiges Knurren aus, drehte sich unter dem nächsten Hieb des Angreifers hindurch und schlug ihm eine der Schneiden in den Leib. „Die Hörner der Hochmark. Nur sie haben diesen Klang. Es sind unsere Pferdelords."

„Sie kämpfen um ihr Leben, ebenso wie wir", keuchte Nedeam.

Llarana lebte. Sie hatte den Kopf gewandt, und man konnte sehen, dass das Schlagschwert sie nur mit der flachen Seite getroffen hatte, doch sie war bewusstlos und blutete aus einer üblen Platzwunde. Die Freunde hatten einen Kreis um sie gebildet, um sie zu verteidigen.

„Hörst du ... das? Das war ... ein ... anderes Horn", ächzte Dorkemunt im Takt seiner Hiebe. „Keines ... der unseren."

„Keines der Hochmark", erwiderte Nedeam. Seine elfische Klinge fuhr hoch, parierte den Hieb eines Schlagschwertes, zerteilte zunächst die Klinge und dann auch das überraschte Gesicht des Rundohrs. „Aber eines der unseren. Pferdelords, Freunde. Pferdelords!"

König Reyodem hatte seine verbliebene Truppe geteilt. Sechs Beritte galoppierten aus dem Süden heran, angespornt vom Klang der Hörner der Hochmark und dem Schlachtenlärm. Garwin und Mor, die den Anschluss an die Beritte der

Hochmark verpasst hatten, waren zu diesem Truppenteil gestoßen und hatten sich mit ihm vereint – Schwertmänner, Knie an Knie, mit kaltem Stahl und kaltem Zorn. Sie gaben den Ausschlag.

„Oh, verdammt, dort ist er!“ Dorkemunt wies aufgeregt zu einer Gruppe Rundohren hinüber. „Ich erkenne ihn. Die beiden Kämme auf dem Helm sind rot, aber verdammt, das ist er!“

„Das ist wer?“

„Das Rundohr aus Merdonan.“ Dorkemunt hieb einen Ork zur Seite. „Seht es mir nach, aber der dort gehört mir. Heute wird sich erweisen, wer von uns der bessere Kämpfer ist.“

Auch das riesige Rundohr mit den beiden roten Kämmen auf dem Helm hatte den kleinen Pferdelord erkannt. Es reckte sein Schlagschwert zum Himmel und brüllte auf.

Die beiden Kontrahenten achteten kaum noch auf die Schlacht, die um sie herum tobte.

„Den lasst mir“, schrie Dorkemunt. „Keiner rührt ihn an. Der gehört mir!“

Das Rundohr schien ähnlich zu denken. Auch seine Stimme war zu vernehmen. „Keiner rührt mir den Zwerg ohne Zöpfe an! Lasst eure Klauen von ihm, Kämpfer der Legion! Dieser Mann gehört allein mir und meinem Schwert!“

Jede Gefahr durch andere Kämpfer ignorierend, schienen die beiden Gegner nur noch Augen füreinander zu haben und stürmten wild aufeinander zu.

52

Einohr stieß wilde Flüche aus. Auf die stupiden Rundohren, die blindlings auf die Festung losgestürmt waren und dabei nicht einmal auf ihre Rückendeckung geachtet hatten, und ebenso auf die Pferdelords, deren Anblick er einfach nur hasste. Er hatte Glück, denn die Batterie seiner Donnerrohre und seine Spitzohren waren hinter den Klippen in Stellung gegangen und beteiligten sich nicht am Sturm auf den Feind. Die Pferdelords hatten sie nicht bemerkt, und Einohr und seine Schützen hatten eine gute Sicht auf das Schlachtfeld.

Bei den Donnerrohren standen auch die zwei Kohorten Rundohren, die als Zugmannschaften gedient hatten, und ihr Anführer Blaubrust kam nun zu Einohr gerannt.

„Die verfluchten Pferdemenschen. Sie sind unseren Kämpfern in den Rücken gefallen."

Einohr grinste kalt. „Ja, es sieht ganz danach aus. Und weiter?"

„Wir müssen ihnen helfen." Blaubrust fingerte unruhig am Griff seines Schlagschwertes. „Wir sind seitlich hinter ihnen und könnten den Pferdemenschen nun gleichfalls in den Rücken fallen. Lass sie uns schlachten, Legionsführer."

„Sei nicht so dumm, Rundohr, und streng dein bisschen Verstand an", fauchte Einohr. „Da unten kämpfen fünf volle Legionen und verlieren die Schlacht. Was meinst du wohl, was du mit deinen beiden Kohorten bewirken könntest? Bah, sie würden dich in den Boden trampeln, du Narr. Nein, ich brauche dich hier. Wir müssen zurück zum Pass von Rushaan, und ich kann nur hoffen, dass die verfluchten Menschen nicht auch schon dort sind. Sonst kommst du doch noch zu deiner Schlächterei."

„Wir können Fangschlag und die Legionen nicht im Stich lassen", empörte sich Blaubrust.

„Du bist einfach dumm", seufzte Einohr.

„Das bin ich nicht", erwiderte Blaubrust wütend. „Ich bin Kohortenführer."

„Ich kann es dir beweisen." Einohr schüttelte seufzend den Kopf und zog sein Messer aus dem Gurt. „Kannst du die Schrift auf dieser Klinge lesen?"

„Welche Schrift?" Blaubrust beugte sich irritiert vor und starrte auf die Klinge.

Einohr rammte sie ihm durchs Auge ins Gehirn, und das Rundohr war tot, bevor sein Leib den Boden berührte. „Ich sagte doch, dass du dumm bist, verdammtes Rundohr."

Er stieß die Klinge einige Male in den Boden, um sie zu säubern, und sah sich dabei verstohlen um. Von den anderen Rundohren hatte keiner den Vorfall bemerkt. Das war gut, denn er brauchte die einfältigen Burschen noch. Die Schlacht war verloren, und das würde den Schwarzen Lord überhaupt nicht freuen. Aber wenn er, Einohr, es schaffte, wenigstens die neuen Donnerrohre zu retten, dann würde er beim Allerhöchsten sicherlich in günstigerem Licht erscheinen.

Er hastete zur Stellung hinunter. „Wir ziehen uns zum Pass von Rushaan zurück. Beeilt euch, bevor die Pferdemenschen uns folgen."

„Was ist mit Blaubrust?", fragte der andere Kohortenführer.

„Er informiert Fangschlag, dass wir am Pass in Stellung gehen und ihn dort erwarten."

Das Rundohr nickte zögernd.

Einohr konnte zufrieden sein. Im Grunde war die Schlacht gar nicht so schlecht verlaufen, zumindest nicht für ihn. Die

Pferdelords würden Fangschlag beseitigen und seine überbewerteten Eisenbrüste ebenso. Er, Einohr, hingegen würde die wertvollen neuen Waffen retten. Ja, er hatte schon so eine Ahnung, wer die Schuld an diesem Debakel trug und wer in Zukunft die roten Kämme eines Legionsoberführers tragen würde.

53

Unterhalb der Festung wandelte sich der Lärm der Schlacht. Das Gebrüll der Bestien begann zu verstummen und die triumphierenden Schreie der Pferdelords erhoben sich. „Sie fliehen! Sammelt Euch, Pferdelords! Sammelt Euch an den Wimpeln und formiert Euch neu!“

„Deine Freunde scheinen gerade die Beine in die Hand zu nehmen“, knurrte Dorkemunt, als er und das Rundohr sich zu umkreisen begannen. „Vielleicht solltest du das auch tun, solange es noch möglich ist.“

An der Einfassung der Rampe tauchten von Rosshaar geschmückte Helme auf, Reiter drängten nach oben, und die Orks auf der Scheibe gerieten weiter in Bedrängnis.

„Heute geht es zu Ende, Pferdemensch“, sagte das Rundohr. „Wir werden entscheiden, wer von uns der Bessere ist.“

„Ich freue mich, dass du es ebenso siehst.“ Dorkemunt grinste kalt. „Ich habe diesen Moment herbeigesehnt, Rundohr. Ich muss gestehen, dass du mich beeindruckt hast. Sag, du großer starker Bursche, hast du einen Namen oder heißt du einfach nur Rundohr?“

„Ich bin Fangschlag, und du wirst nun erfahren, warum ich so heiße.“

„Ich bin Dorkemunt, und ich werde es dir nicht leicht machen.“

Fangschlag zog die Lefzen hoch und nickte. „Das weiß ich. Du bist ein kleiner Kerl, aber ein guter Kämpfer. Sonst würde ich gar nicht gegen dich antreten.“

„Danke für das Kompliment.“

Sie umkreisten sich noch immer. Gelegentlich zuckte das

Schlagschwert vor, um Deckung und Reaktion des alten Pferdelords zu prüfen, dann wieder war es die Axt, die den Gegner testete. Um sie herum verstummte der Kampflärm allmählich. Verwundete schrien oder litten stumm in grimmigem Schmerz, und Männer und Wächter gingen umher, um zu töten, was an Bestien noch lebte.

Nedeam machte eine abwehrende Handbewegung, als sich einer der Schwertmänner auf das Rundohr mit den roten Helmkämmen stürzen wollte. „Lasst sie. Das ist ihre Sache."

„Womöglich tötet der Bastard den guten Herrn Dorkemunt noch", brummte der Schwertmann besorgt.

„Wenn es so kommt, dann würde es Dorkemunt nicht anders wollen." Nedeam seufzte und war selbst tief besorgt um den Freund und Ziehvater. „Er will diesen Kampf, und er will ihn auf diese Weise."

Übergangslos begann der Schlagabtausch. Ein Wirbel von Schlägen, Stößen und Hieben entfesselte sich, bei dem die brutale Kraft des Rundohrs gegen die Schnelligkeit und Beweglichkeit des kleinen Pferdelords stand. Niemand hätte eine Wette darauf abgeben wollen, wer von beiden als Sieger aus diesem Kampf hervorgehen würde.

Dann, nach einer missglückten Attacke, schien es vorbei mit dem alten Pferdelord. Nedeam schrie entsetzt auf, als die Axt Dorkemunt aus der Hand gerissen wurde und davonwirbelte. Der Erste Schwertmann hatte schon die Muskeln angespannt, um seine Klinge in den Körper des Rundohrs zu rammen, doch dieses senkte das Schlagschwert.

„Nimm sie wieder auf", brummte Fangschlag an Dorkemunt gewandt. „Ich weiß, dass ihr Pferdemenschen den Brauch habt, mit eurer Waffe in der Hand zu sterben. Du sollst nicht ohne Ehre von dieser Welt gehen."

Bei den Umstehenden erhob sich ungläubiges Raunen, und

Dorkemunt sah das Rundohr schwer atmend an. Er nickte langsam. „Wahrhaftig, du hast die Ehre eines Pferdelords."

„Ich bin ein Rundohr."

„Aber kein gewöhnliches." Dorkemunt ging betont langsam zu seiner Axt.

Nedeam wusste, dass der Freund auf Zeit spielte, um wieder zu Atem zu kommen, und er begriff, dass der alte Pferdelord diesem Kampf nicht mehr gewachsen war. Vor acht Jahreswenden, in Merdonan, war das sicherlich noch anders gewesen, aber nun … Ihre Blicke trafen sich, und Dorkemunt zuckte die Schultern. „Ich weiß, was du denkst, Nedeam. Doch es ist eine Frage der Ehre, das wirst du bestimmt verstehen."

„Ihr Pferdemenschen haltet viel von eurer Ehre, nicht wahr?" Fangschlag lächelte, doch es sah keineswegs verächtlich aus. „Darin gleicht ihr uns Rundohren. Denn wir sind anders als die Spitzohren."

Dorkemunt lachte leise. „Da hätten wir wohl etwas, was wir beide nicht sehr schätzen. Bereit?"

„Wenn du es bist?"

Metall prallte auf Metall, und dieses Mal stoben Funken. Das Rundohr hatte mit aller Kraft zugeschlagen, und obwohl die Axt den Hieb abwehrte, ging Dorkemunt stöhnend in die Knie. Doch statt zu weichen, warf er sich nach vorne und prallte gegen die Knie des Gegners. Fangschlag ächzte und geriet ins Straucheln, und instinktiv trat der alte Pferdelord zu. Er traf mit voller Wucht zwischen die Beine des Rundohrs, ein Tritt, der jeden Mann auf der Stelle gefällt hätte. Doch Fangschlag grunzte nur und versuchte, das Bein des Pferdelords zu ergreifen. Dorkemunt schrie auf und trat wie ein Wilder, bis das Rundohr das Gleichgewicht verlor und vornüberstürzte. Der alte Pferdelord war schneller herum als sein Gegener, und als Fangschlag sich aufrichten wollte, spürte er die Schneide der Axt an seinen Halswirbeln.

„Tod! Tod“, riefen einige der Pferdelords.

„Erschlagt ihn“, stimmten auch Zwerge zu.

Aber die meisten schwiegen. Sie spürten, dass hier etwas Ungewöhnliches vor sich ging. Warum zögerte Dorkemunt? Kein Pferdelord hätte unter normalen Umständen ein besiegtes Rundohr verschont.

Fangschlag war derselben Auffassung. „Mach ein Ende, Pferdemensch Dorkemunt. Im Kampf gibt es keine Gnade.“

„Ich weiß.“ Dorkemunt zog die Schneide zurück. „Aber es gibt Ehre, und die hast du mir gewährt. Es wäre nicht recht, dich nun durch ein paar Tritte zu bezwingen.“

Fangschlag richtete sich auf und blickte auf sein Schlagschwert. „Du willst weiterkämpfen?“

„Nun, du bist ein Rundohr und ich ein Pferdelord, nicht wahr?“

„Du wirst verlieren, Pferdelord.“

„Wahrscheinlich.“

Ein seltsames Schweigen lag über den Zuschauern. Das Rundohr starrte noch immer auf sein Schlagschwert. „Ich glaube, ich will dich gar nicht töten. Es wäre irgendwie nicht … nicht richtig.“

„Ich glaube, der Bursche fürchtet sich vor dem guten Herrn Dorkemunt“, spottete einer der umstehenden Schwertmänner.

Der Mann erstarrte, als Dorkemunts Axt nur einen Hauch vor seiner Kehle verharrte. „Wahrhaftig, guter Mann, niemand soll den Mut dieses Rundohrs bezweifeln.“ Dann ließ der alte Pferdelord die Axt sinken und schüttelte benommen den Kopf. „Verdammt, was ist nur in mich gefahren?“

Nedeam sah Fangschlag forschend an. „Nun, dies scheint mir das erste Mal zu sein, dass ein Pferdelord seine Axt für ein Rundohr erhoben hat."

„Ich muss einen üblen Schlag auf den Kopf bekommen haben, dass mir das passiert", knurrte Dorkemunt.

„Ich würde gerne mehr von diesem Rundohr erfahren", sagte Nedeam nachdenklich. „Etwas an ihm ist wirklich ungewöhnlich."

Fangschlag machte keine Anstalten, seine Waffe aufzunehmen. Sein Blick glitt rastlos umher. Da trat Dorkemunt vor, bückte sich und hielt ihm das Schwert hin. Das Rundohr verengte die Augen. „Du willst also wirklich kämpfen?"

„Nun, ich bin ein wenig ermattet, wie ich zugeben muss. Was hältst du davon, wenn wir später weitermachen?"

„Später?"

„Wir könnten eine wenig Waffenruhe halten. Falls du weißt, was ich damit meine."

„Ich weiß es."

„Gut, treffen wir also eine Übereinkunft. Du kannst deine Waffe behalten, wirst damit aber keinen Unfug anstellen. Also, ich meine damit ..."

„Ich weiß, was du damit meinst." Fangschlag bleckte die Fänge. „Ich soll warten, bis du wieder zum Kampf bereit bist?"

„Stimmst du dem zu?"

Atemloses Schweigen herrschte, dann nickte das Rundohr bedächtig. „Ich stimme zu."

„Schwörst du es bei deiner Kriegerehre?"

„Bei meiner Ehre."

„Schön", seufzte Dorkemunt, „ich sehe, wir sind uns einig." Er wandte sich den Umstehenden zu. „Kommt ihm nicht zu nahe und belästigt ihn nicht, es sei denn, er fängt an, mit seinem Schwert herumzufuchteln. Ich glaube, in dieser Schlacht ist genug Blut geflossen, wir müssen seines nicht noch hinzufügen."

Ein Schwertmann mit dem Wimpel eines Beritts der Südmark räusperte sich. „Wir werden alle ein Auge auf ihn haben, unser Wort darauf. Es ist ein seltsames Gefühl, ein Rundohr zwischen uns zu haben und nicht sofort die Lanze in seinen Leib zu stoßen."

Fangschlag bleckte erneut die Fänge, doch Dorkemunt machte eine beschwichtigende Geste. „Dies ist auch ein seltsames Land, meine Freunde. Man nennt es nicht umsonst die Öde und ein Reich des Todes. Ich bin sehr dafür, es rasch wieder zu verlassen."

Nedeam spürte eine Hand an seiner Schulter und sah Heliopant-Priotat hinter sich stehen. „Auf ein paar Worte, Pferdereiter Nedeam. Du hast bislang für die deinen gesprochen und auch für die Zwerge. Nun sind sehr viel mehr Pferdereiter hier versammelt. Sprichst du auch für sie?"

Nedeam sah die Schwertmänner der anderen Marken und war sich sicher, dass wenigstens einer der Pferdefürsten mit ihnen geritten war. Er wusste allerdings nicht, dass sich in diesem Moment auch Garwin ein Stockwerk unter ihm befand. Aber Nedeam wäre jetzt ohnehin nicht in der Stimmung gewesen, auf dessen Befindlichkeiten Rücksicht zu nehmen. So nickte er. „Ja, ich spreche auch für sie."

„Viele von uns haben heute ihren Frieden gefunden und wurden vom Fluch erlöst." Der Erste Wächter wies auf seine kleine Schar. „Dies sind alle Prions, die noch geblieben sind, um die Grenzen zu schützen. Siebzehn Lanzen an der Zahl."

„Es tut mir leid, Priotat. Viele haben in der Schlacht ihr Leben gelassen, und manche der Verletzten werden ihnen noch folgen. Es wird viel Trauer geben in den Marken des Pferdevolkes und ebenso in der Kristallstadt der Zwerge. Aber ich teile auch Euren Schmerz."

Heliopant-Priotats Augen schimmerten in sanftem Blau.

„Wir sind nur noch wenige, Pferdereiter. Zu wenige, um die Grenzen weiterhin zu sichern. Doch erst wenn diese sicher sind, können wir in Frieden gehen. Wir Prions sind also auf Hilfe angewiesen. Heute haben wir Rushaan gemeinsam verteidigt, wir kämpften Lanze an Lanze. Nedeam, Pferdereiter, wirst du uns helfen, die Grenze zu schützen?“

Nedeam seufzte leise. Er empfand tiefes Mitgefühl mit den Wächtern. Ganz gleich, was für Wesen sie sein mochten, ihre Lage musste verzweifelt sein. „Ja, Heliopant-Priotat, ich werde euch helfen.“

Er hatte allerdings nicht die geringste Vorstellung, wie das zu bewerkstelligen war.

54

Einohr hatte die Rundohren unbarmherzig angetrieben, immer in der Furcht, die Pferdemenschen könnten die Verfolgung aufnehmen. Aber anscheinend waren sie zu sehr damit beschäftigt, ihren Sieg zu feiern. Zusätzlich zu den beiden Kohorten der Rundohren verfügte der kleine Legionsführer noch über fast sechshundert Spitzohren. Späher, Schützen und vor allem die Bedienungsmannschaften der Donnerrohre. Der einzige Lichtblick für Einohr war die Tatsache, dass sie diese Waffen gerettet hatten und er noch immer über einen beachtlichen Vorrat an Geschossen und Pulver verfügte.

Sie bewältigten den Weg zu dem zerstörten Vorposten in überraschend kurzer Zeit, und als sie die Ruinen erblickten, musste Einohr erkennen, dass er sich zu sehr um mögliche Verfolger gesorgt hatte und zu wenig um das, was noch vor ihnen lag.

Seine Augen weiteten sich erschrocken, als er eine lagernde Truppe der Menschenwesen erkannte, die gerade dabei war, die Toten aus den Trümmern zu bergen. Ein Beritt trabte auf den Pass zu, wohl in der Absicht, diesen ein Stück weit zu erkunden. Die verfluchten Reiter hatten Einohrs Truppe sofort bemerkt. Ein Horn blies, und in die Menschen kam hektische Bewegung, als sie sich zum Kampf formierten.

„Bringt die Donnerrohre in Stellung“, befahl Einohr, der die Bedrohlichkeit der Situation sofort erkannte. „Schnell, beeilt euch. Kohortenführer, bring deine Rundohren nach vorne und halte die verfluchten Pferdemenschen auf, bis die Donnerrohre geladen sind.“

Der Kohortenführer und seine Rundohren waren stolz oder dumm genug, genau das zu versuchen. Sie hasteten zwischen den Felsen hervor, während die Schützen hinter ihnen Deckung suchten und die Mannschaften der Donnerrohre diese in Position brachten und hastig für den Einsatz vorbereiteten.

Einohr rannte zu Breitbrüller hinüber, der die Ausrichtung der Waffen überwachte. „Komm, wir verschwinden von hier."

Breitbrüller runzelte überrascht die Stirn. „Ich dachte, wir …"

„Willst du dich schlachten lassen? Sie werden uns überreiten und mit ihren Lanzen aufspießen. Aber vielleicht verschaffen die Rundohren und deine Donnerrohrmannschaften uns genügend Zeit, um in den Pass zu fliehen. Vergiss die verfluchten Donnerrohre. Der Allerhöchste wird froh sein, wenn wir beide übrig bleiben und ihm Bericht erstatten."

Breitbrüller leckte sich nervös über die Lefzen und nickte dann. „Du hast recht."

König Reyodems sechs Beritte machten kurzen Prozess. Wie von Einohr vorhergesagt, stampften die Pferdelords den Feind förmlich in den Boden. Ein einziges Donnerrohr brüllte auf und spie sein Geschoss erfolglos aus, dann wurden die Bedienungen der Waffen getötet. Dies war nicht der Tag der Orks. Ihre Truppen waren vernichtet und die neuen Waffen nebst beachtlichen Pulvervorräten in die Hände der Menschen gefallen.

Nur Einohr und Breitbrüller gelang es in dem kurzen Getümmel, unentdeckt zum Pass von Rushaan zu gelangen und in ihm zu verschwinden.

Unbestreitbar hatte der kleine Legionsführer ein besonderes Talent dafür, zu überleben.

55

Der Ritt zurück in die Heimat würde zu lange dauern, und so blieb ihnen nichts anderes übrig, als die Gefallenen in der Öde zu bestatten. König Reyodem sah es als richtig an, sie bei den Ruinen von Niyashaar zur letzten Reise zu geleiten. Mancher Pferdelord und Zwerg hatte sein Leben gelassen, und es hatte viele Verwundete gegeben, von denen etliche nicht überleben würden.

Sandfallom hatte Reyodems Vorschlag zugestimmt, die Toten beider Völker gemeinsam zu bestatten. „Sie haben Seite an Seite gestritten, König Reyodem, so sollen sie auch Seite an Seite ruhen. Die euren werden zu den Goldenen Wolken emporreiten, die unseren steigen zum Goldenen Schürfgrund hinab. Doch diese Schlacht macht sie alle unvergessen."

Es war eine schlichte und sehr bewegende Zeremonie. Die Wächter der Öde, des toten Reiches und der toten Stadt Rushaan standen währenddessen ein wenig abseits, und als die Menschen vom Grab zurücktraten, donnerten und blitzten ihre siebzehn Lanzen zum Ehrensalut.

Der König, die Pferdefürsten und Sandfallom berieten gemeinsam mit Nedeam, wie man das Versprechen, das er gegeben hatte, einlösen könnte. König Reyodem blickte zum Pass hinüber. „Die alte Festung der Wächter hat schwer gelitten, und Niyashaar ist zerstört. Es hat wenig Sinn, diesen Vorposten neu zu errichten, denn er müsste erheblich verstärkt werden für den Fall, dass die Bestien es erneut versuchen. Aber dafür sind die Nachschubwege einfach zu lang. Wir müssen eine neue Festung bauen, am Zugang des Passes des Eten. So können wir zugleich die Städte der Zwerge und uns selber schützen. Wir werden die neue Feste gemeinsam halten, als Zeichen des Bundes zwischen dem Pferdevolk und den kleinen Herren.“

„Aber wir können die Öde nicht dem Schwarzen Lord überlassen“, wandte Bulldemut ein. „Dieser Fangschlag redet ja nicht viel, aber es ist offensichtlich, dass der Oberherr der Orks an die Erze der Öde gelangen will. Wir können ihm das nicht gestatten, König Reyodem.“

„Der Pass ist der einzige direkte Zugang der Bestien nach Rushaan?“ Sandfallom zog nachdenklich an seinen Bartzöpfen.

Nedeam wies über seine Schulter zu den Wächtern hinüber. „Zumindest der einzige direkte. Es gibt zwar noch einen weiteren Pfad hoch oben im Kaltland, doch den können die Bestien nicht nehmen. Sie vertragen die Kälte nicht und würden dort erstarren. Nein, von dort können sie nicht kommen.“

„Also bleiben ihnen nur dieser Pass und diejenigen im Süden, zu den Marken des Pferdevolkes und dem Reich Alnoa“, stellte der Erste Axtschläger von Nal’t’hanas fest. Wenn dieser Zugang unpassierbar ist, besteht also für die Öde keine Gefahr mehr, zumindest solange der Pass des Eten geschützt wird.“

„Damit wäre die Grenze also sicher“, murmelte Nedeam. Er sah die Blicke der anderen und lächelte. „Wie es der Wunsch und Schwur der Wächter war.“

„Es sind traurige Wesen“, sagte Reyodem mitfühlend, „dazu verurteilt, durch die Öde zu streifen und keinen Frieden zu finden.“

„Nur, wenn wir ihnen nicht helfen können.“

Sandfallom ließ sich von Olruk eine Flasche mit Blor reichen und grinste breit, als Pferdefürst Henderonem die Stirn runzelte. „Ihr solltet es einmal versuchen, Hoher Lord. Es reinigt die Gedanken und den Magen und taugt sogar zum Säubern von Wunden." Er nahm einen kleinen Schluck und reichte die Flasche zurück. „Nun, ich meine, wir Zwerge können Euch bei der Lösung des Problems behilflich sein. Die Orks zerstörten den Felsen von Niyashaar mit ihrem Sprengpulver, nicht wahr? Es war immerhin ein großer und stattlicher Felsen. Nun, mit dem Pulver lassen sich bestimmt auch die Wände des Passes zerbersten. Es ist noch reichlich davon da."

„Ihr könnt damit umgehen?", fragte Reyodem überrascht.

Sandfallom zuckte die Schultern. „Das kann man sicherlich erlernen. Zwar hält sich dieser Fangschlag mit Hinweisen zurück, aber da ist ja noch der alte Pferdelord, der von der Brennpaste erzählt hat. Es wird wohl nicht so schwer sein, das Pulver zu entzünden. Und mischen brauchen wir es ja nicht, da es schon fertig ist. Wir müssen es nur noch sorgfältig zwischen die Felsen packen und in die Luft jagen."

Eine Tageswende später hatten die fleißigen Zwerge das verbliebene Pulver mit Hilfe der Pferdelords in den Zugang des Passes gebracht. Nedeam hatte lediglich einen kleinen Rest zurückbehalten, den er seiner Mutter Meowyn zeigen wollte. Man hatte die Donnerrohre der Orks erobert, und vielleicht konnte die erfahrene Heilerin herausfinden, wie man das Pulver herstellte. Und Guntram, der alte Schmied, würde sicher in Erfahrung bringen, wie man die neuen Waffen nutzen konnte.

Die Zwerge hatten rechts und links der steilen Felswände kleine Höhlen gegraben und die Kisten und Säcke mit dem Pulver darin verstaut. Ihre geschickten Hände hatten die erforderlichen Brennschnüre gefertigt, und als sie schließlich ausgelegt waren, trat Sandfallom mit einer Fackel zu Heliopant-Priotat und hielt sie diesem entgegen.

„Es wäre nur recht, wenn du die Schnüre entzünden würdest. So kannst du selbst dafür sorgen, dass eure Grenze künftig sicher ist."

Der Priotat nickte langsam, ohne etwas zu erwidern, und die anderen Wächter sahen mit stark glühenden Augen zu, wie ihr Führer zum Pass hinüberschritt und die Brennschnur entzündete. Eine Flammenspur wanderte über den Boden, während Heliopant zu den Wartenden zurückkehrte.

Alle blickten gebannt zum Pass.

Diejenigen, die den Sturz der Klippe auf Niyashaar überlebt hatte, fühlte sich schmerzlich an das Grauen erinnert, als das Vibrieren und Grollen begann. Im Pass waren Krachen und Bersten zu hören, und eine gewaltige Wolke aus Gesteinsstaub stieg empor.

Als sich der Staub wieder halbwegs gesenkt hatte, begaben sie sich in den Pass. Nach wenigen Hundertlängen versperrten gewaltige Felsblöcke und Unmengen von Schutt den Pfad. Trotz der Gefährdung durch nachrutschendes Gestein kletterten einige der Zwerge mühevoll in die noch intakten Felswände hinauf, und nach dem, was sie später berichteten, stand fest, dass der Pass nicht mehr zu benutzen war.

„Sicherlich, wir Zwerge würden ihn räumen können", gestand Sandfallom ein. „Ihr wisst, wir verstehen uns auf solche Arbeiten. Doch selbst wir würden wohl eine Jahrtausendwende dafür brauchen."

„Also ist die Grenze nun sicher. Nach all der unendlichen Zeit." Heliopant-Priotat stützte sich auf seine Lanze. Alle Anspannung schien von ihm und seinen Wächtern abgefallen. „Nun werden wir unseren Frieden finden. Ihr könnt kaum ermessen, was das für uns bedeutet." Er sah zu Nedeam hinüber. „Du, Pferdereiter Nedeam, der du die Prüfung bestanden hast, würdest du uns einen letzten Dienst erweisen?"

Die anderen respektierten den Wunsch der Wächter, und so war Nedeam ihr einziger Begleiter, als sie abermals zu ihrer alten Festung aufbrachen. Dort schwelten noch immer die Scheiterhaufen, auf denen man die Leichen der Bestien verbrannt hatte, als die kleine Gruppe die so hart umkämpfte Rampe hinaufschritt. Blut bedeckte noch immer viele Stellen des Bodens und würde erst vom nächsten Regensturm abgewaschen werden. Die Anlage selbst war in einem erbarmungswürdigen Zustand. Die feindlichen Geschosse hatten viele der Panzerplatten abgelöst und das Mauerwerk zerschlagen, und schon der nächste Eishagel würde der Festung weiter zusetzen. Sie war dem Verfall preisgegeben, doch das spielte nun keine Rolle mehr.

Die letzten Wächter Rushaans traten nacheinander auf die Scheibe, die in den Boden des Hauptturms eingelassen war. Sie wallte in sanfter Bewegung und schimmerte in intensivem Blau, als die Prions einen Kreis bildeten und ihre Lanzen senkrecht an die Schultern stellten.

Heliopant-Priotat blickte zu Nedeam. „Nun, da die Grenzen endlich sicher sind, ist der ewige Fluch von uns genommen, und wir können in Frieden gehen. Nichts mehr wird an Rushaan und seine einstige Größe erinnern, außer den verfallenden Ruinen und dem Tod."

„Nein, Heliopant-Priotat. Man wird sich eurer erinnern." Nedeam lächelte. „In unseren Legenden und Balladen werdet ihr weiterleben."

Heliopant nickte. „Es ist gut, wenn man nicht vergessen wird. Und wenn wir unseren Frieden in der Gegenwart eines Freundes finden." Unerwartet streckte der Erste Wächter die Hand aus, und der überraschte Nedeam ergriff sie. „Möge dir, Nedeam, das Glück beschieden sein, das uns Wächtern verwehrt blieb. Und nun trete zurück, mein Freund. Sofort nachdem wir gegangen sind, musst du die Wache verlassen. Lebe wohl, Nedeam von den Pferdereitern."

Heliopant-Priotat reckte seine Lanze gegen die durchsichtige Kuppel des eiförmigen Turms. „Die Grenzen sind sicher", sagte er, und seine Augen begannen noch heller zu glühen.

„Die Grenzen sind sicher", echoten die anderen und hoben ebenfalls die Lanzen.

„Mögen wir unseren Frieden finden." Heliopant-Priotat senkte nun seine Lanze mit einer ruckartigen Bewegung in das Glühen der Scheibe, und die anderen taten es ihm gleich.

Das Wallen und Glühen wurde intensiver und schmerzte in Nedeams Augen. Die Konturen der Wächter begannen zu verschwimmen, Hitze breitete sich aus.

Nedeam dachte an die Warnung des Ersten Wächters und rannte aus der Anlage heraus. Als er wieder auf seinem Pferd saß und in einigem Abstand zu der alten Festung war, verharrte er und blickte zurück. Aus der durchsichtigen Kuppel des Turms brach ein intensiver blauer Strahl hervor und verlor sich in der Unendlichkeit des Himmels. Der Turm selbst glühte auf, die Metallplatten warfen Blasen, und ein Zischen war zu hören, während die gesamte Konstruktion, einer schmelzenden Kerze gleich, in sich zusammensank.

Die Wächter der Öde, die Paladine der toten Stadt, waren nicht mehr.

56

Seit mehreren Tageswenden waren die Beritte zurück in der Hochmark. In die Freude über ihre Heimkehr hatte sich Trauer um jene gemischt, die nie wieder mit ihren Familien und Freunden vereint würden. Die Heimkehrer fanden die Mark in Bereitschaft vor, denn Tasmund und Larwyn hatten sofort reagiert, als die Boten des Königs erschienen waren. Von Signalturm zu Signalturm war die Losung in die Marken des Pferdevolkes übermittelt worden, und immer mehr Beritte trafen wohlgerüstet ein. Sie wurden nun nicht mehr benötigt, aber die Nachricht vom Sieg in der Öde würden sie zurück in ihre Heimat tragen. König Reyodem hatte dennoch vier Beritte nach Norden entsandt, wo sie gemeinsam mit den kleinen Freunden der Zwergenstädte mit dem Bau einer Festung am Pass des Eten beginnen würden. Niemand glaubte ernstlich, dass die Orks den Pass von Rushaan würden räumen können, aber man wollte keinerlei Risiko eingehen.

Doch bevor König Reyodem und die Pferdefürsten die Hochmark verließen, wollten sie noch die Zeremonie begehen, mit der die Mark in neue Hände übergeben würde.

Die Halle von Eternas, in der die Zeremonie stattfinden sollte, war überfüllt. Der König und die Pferdefürsten saßen an der Stirnseite, wo das übergroße Banner der Hochmark an der Wand hing. An den Seiten standen und saßen die Scharführer der Mark und eine Abordnung aus der Stadt, den drei Weilern und den kleinen Gehöften. Sie alle wollten zugegen sein, wenn der neue Pferdefürst den Eid ablegte.

Die Blutlinie bestimmte die Folge der Fürsten. Der Vater vererbte diese Position auf seinen Sohn oder seine Tochter. Da eine Frau die Pferdelords nicht in den Kampf führen durfte, erwählte sich die Tochter einen Gemahl, der dann zum Pferdefürsten ernannt wurde. Es hatte Fälle gegeben, in denen ein Pferdefürst ohne Nachkommen verstarb. So hatten in Eodan, der Hauptstadt der Nordmark, die Schwertmänner und die Ältesten der Stadt den jungen Meredem gewählt. Garodem jedoch hatte einen Sohn gezeugt, und dass dessen Anspruch auf die Hochmark rechtmäßig war, konnte niemand bezweifeln. Dennoch wollten sich nicht alle damit anfreunden, dass er nun den Eid des Pferdefürsten ablegen würde. Niemand bezweifelte Garwins Mut, doch es gab Stimmen, die hinterfragten, ob er bereit und fähig sei, die Geschicke einer Mark zu leiten.

Als Garwin nun in voller Rüstung hinter dem Bannerträger der Hochmark nach vorne schritt, war die Halle von einer ungewöhnlicher Stille erfüllt, und Garwins Schritte hallten darin unnatürlich laut wider. Nedeam, der vorne neben den Pferdefürsten stand, zog seine elfische Klinge und begann sie langsam und im Takt von Garwins Schritten gegen seinen Rundschild zu schlagen. Nun folgten auch andere seinem Beispiel; das Dröhnen begann die Halle zu füllen und verkündete das Einverständnis der Pferdelords mit dem, was nun folgen würde.

Nedeam musste sich eingestehen, dass seine Gefühle zwiespältig waren, doch die Mark musste einig sein, um in der Zukunft zu bestehen.

Schließlich verstummten die Schritte, und König Reyodem erhob sich, zog sein Schwert und legte es an die geneigte Lanze des Banners. „Garodem, der Pferdefürst der Hochmark, war ein guter Freund und wahrhaftiger Pferdelord. Er ist nicht mehr unter uns, und nun geht sein Banner in die Hand seines Sohnes Garwin über. Garwin, Sohn Garodems, seid Ihr gewillt und bereit, das Banner der Hochmark aufzunehmen?"

Garwins Stimme war fest und ohne Zaudern. „Ich bin bereit."

„So sprecht nun den Eid der Pferdelords und berührt dabei das Banner, um Euren Willen und Eure Bereitschaft vor den Marken des Pferdevolkes zu bekunden."

Garwin kniete mit einem Bein nieder und berührte die blaue Einfassung des Banners. „In des Lebens Wonne und des Todes Not soll Eile sein stets das Gebot, in Treue fest dem Pferdevolk, der Hufschlag meines Rosses grollt, soll Lanze bersten, Schild zersplittern, so wird mein Mut doch nie erzittern, ich stehe fest in jeder Not, mit schnellem Ritt und scharfem Tod."

„Erhebt Euch nun, Hoher Lord Garwin, Pferdefürst der Hochmark." Reyodem schob sein Schwert in die Scheide zurück, und erneut erfüllte das Dröhnen der Schilde die Halle. „Und nehmt Euren Platz in der Reihe der Pferdefürsten ein."

König Reyodem hob die Hand. „Ich kannte Garodem, so wie Ihr alle ihn gekannt habt. Er hat die Mark weise geführt und sich in der Schlacht bewährt. Er war ein großer Kämpfer, und doch stützte er sich in seinen Entscheidungen auf einen Menschen, dem er das Wohl seiner Mark bedingungslos anvertraut hätte. Einen Menschen, der ihm mit Rat und Tat zur Seite stand. Es steht einem Pferdefürsten wohl an, sich auf einen solchen Menschen zu stützen und seine Entscheidungen mit ihm zu teilen."

Nedeam und viele andere runzelten die Stirn. Das waren ungewöhnliche Worte bei der Vereidigung eines Pferdefürsten, und König Reyodem musste einen besonderen Grund dafür haben. Worauf wollte er hinaus? Auch Garwin schien überrascht, doch er versuchte dies hinter einem erstarrten Lächeln zu verbergen.

„Die Fähigkeiten des Hohen Lords Garwin sind über jeden Zweifel erhaben. Um ihm zudem die Weisheit so mancher Lebensjahre verfügbar zu machen, habe ich, König Reyodem, im Bund mit den Pferdefürsten der Marken beschlossen, ihm die Hohe Dame Larwyn zur Seite zu geben. So können und werden sie gemeinsam über die Belange der Mark entscheiden und für ihr Wohlergehen Sorge tragen."

Sie alle begriffen, was das zu bedeuten hatte. Garwins Gesicht war ein wenig blass geworden. Er war nun nicht der unumschränkte Herrscher der Hochmark, der er hatte sein wollen. Der König hatte ihm seine Mutter Larwyn zur Seite gegeben, und so würde Garwin keine Entscheidung gegen ihren Willen treffen können. Alle hatten dies vernommen, und der neue Pferdefürst konnte sich nicht darüber hinwegsetzen. Garwins Gesichtsausdruck verfinsterte sich, zumal nun Jubelrufe und zustimmendes Dröhnen ertönten.

Nedeam sah den jungen Pferdefürsten forschend an, und ihre Blicke trafen sich. Glaubte Garwin, dass er, Nedeam, hinter dem Beschluss des Königs steckte? Der Erste Schwertmann spürte in diesem Augenblick, dass, wenngleich der Gegner an den Grenzen vorerst bezwungen war, er in Garwin einen unversöhnlichen Feind gefunden hatte.

57

Es war die Zeit der Abenddämmerung. Die Sonne stand weit im Westen, und das Tageslicht begann sich rötlich zu färben. Sie waren über die kleine Brücke des Eten gegangen und hatten sich dem langen Grab genähert, wo nun auch Garodem ruhte.

Hinter ihnen folgte eine kleine Gruppe Schwertmänner, denn zwischen den Freunden ragte die massige Gestalt Fangschlags auf. Der Anblick eines Rundohrs rief bei den Bewohnern der Mark große Unruhe hervor. Schließlich waren jene, die in dem Grab lagen, einst von Orks erschlagen worden. Doch nun schritt eine dieser Bestien, ganz ungestört, zwischen den Menschen umher. Die Schwertmänner hatten den offiziellen Auftrag, das Rundohr im Auge zu behalten, doch galt ihr Schutz eher dem Ork selbst, dem immer wieder hasserfüllte Bemerkungen von Stadtbewohnern zugeworfen wurden.

Fangschlag nahm die Schmähungen mit stoischem Gleichmut hin. Er schritt an Dorkemunts Seite und hatte sich, so gut es ging, in den braunen Umhang eines Mannes vom Pferdevolk gehüllt. Dennoch ließen sich seine gewaltige Statur und sein kantiger Schädel nicht verbergen.

„Ich hasse ihn", sagte Fangschlag unvermittelt und sah den kleinen Pferdelord mit gebleckten Fängen an. „Ich meine Einohr. Man fand Blaubrust, vom Dolch eines Spitzohrs ermordet, und ich sah die Spuren der Kämpfe bei Niyashaar. Er hat seine Männer im Stich gelassen, und das nicht zum ersten Mal, Pferdemensch Dorkemunt. Er hat keinerlei Ehre."

„Ein Kämpfer ist nichts ohne seine Ehre", erwiderte

Dorkemunt bedächtig. „Man kann ihm seinen Besitz und das Leben nehmen, doch niemals die Ehre."

„Das kann nur er selbst", stimmte Fangschlag zu. Er streckte seine Hände aus und reckte die Klauen. „Ich sehne mich danach, ihm das Herz mit meinen eigenen Klauen aus der Brust zu reißen."

„Dann hast du wohl eine Warteliste für deine Feinde." Dorkemunt lächelte. „Wer steht denn obenauf? Ich meine, willst du erst mich erledigen oder lieber diesen Einohr?"

„Wenn ich dich töte, Pferdmensch, dann werden deine Kameraden mich sofort erschlagen, nicht wahr?"

Dorkemunt nickte. „Ich glaube, das werden sie tun."

„Ja, das glaube ich auch." Sie hatten das andere Ufer des Eten erreicht und standen nun an dem langen Grab. Fangschlag stieß ein leises Knurren aus. „Wenn ich dich töte, in allen Ehren, versteht sich, und die anderen Pferdemenschen mich erschlagen, dann wird Einohr davonkommen."

„Ja, so wird es wohl sein."

„Nun, dann werde ich zuerst Einohr töten."

Dorkemunt sah das Rundohr nachdenklich an. „Lass uns einen Bund schließen, Fangschlag. Wir beide stellen unseren persönlichen Kampf zurück und sorgen gemeinsam dafür, dass du Einohr das Herz rausreißen kannst. Stimmst du dem zu?"

„Gemeinsame Sache, bis Einohr tot ist?"

„So ist es gedacht."

Fangschlag leckte sich über die dunklen Lippen. „Dem stimme ich zu."

Nedeam und Llarana waren ein Stück weitergegangen und standen nun direkt vor Garodems letzter Ruhestätte. Die Elfin trug einen dicken Kopfverband und hatte eines der weich fließenden Gewänder ihres Volkes angelegt. Sie spürte die Trauer, die Nedeam erfüllte, und ergriff seine Hand. „Du erinnerst dich an meine Worte in der Festung der Paladine?“

Nedeam nickte. Seit der Schlacht war er ihr aus dem Weg gegangen. Anfangs hatte es einfach zu viel zu tun gegeben, und als Nedeam endlich die Gelegenheit gehabt hätte, mit der Elfin zu sprechen, hatte ihn erneut die Furcht erfasst, sie könnte ihre Worte bereuen. Dieser Augenblick an Garodems Grab führte sie wieder zusammen.

„Ich habe deine Worte nicht vergessen, Llarana. Aber ich hatte Angst, dir zu begegnen.“

„Das verstehe ich nicht. Ich habe dir meine Liebe gestanden. Welchen Grund hast du da, mir auszuweichen?“

„Du hast es im Angesicht des Todes gesagt.“

„Ist es deshalb weniger wahr?“ Llarana zog ihn halb herum, sodass er ihr in die Augen sehen musste. „Bei uns Elfen erwählt die Frau den Mann. Ich weiß, bei euch ist das anders. Hat es dich erschreckt, dass ich dich erwählte?“

„Ich habe Angst um dich“, gestand er ein. „Lotaras sprach von den Folgen, wenn du …“

Sie legte ihm einen Finger auf die Lippen. „Lotaras ist ein Freund, Nedeam. Ein besserer Freund, als du dir vorstellen kannst. Die Häuser der Elfen werden zu den Neuen Ufern gehen, aber Lotaras und seine Schwester bleiben.“

„Sie … bleiben?“

„Um unser Glück zu teilen.“ Sie lächelte sanft. „Wenn du es willst.“

Nedeam hatte nicht viel Erfahrung darin, wie Frauen des Pferdevolkes küssten. Die Elfin Llarana jedenfalls verstand sich meisterhaft auf diese Kunst. Aber vielleicht lag das auch nur daran, dass sie beide sich endlich gefunden hatten. Als sie sich zögernd wieder voneinander lösten, war die Sonne fast untergegangen. Über Llaranas Schulter hinweg sah Nedeam Dorkemunt und Fangschlag.

Das geliebte elfische Wesen folgte seinem Blick. „So leuchtet in aller Finsternis auch stets ein Licht der Hoffnung."

Es war ein wahrhaft denkwürdiger Moment: Ein Mensch und ein Ork standen in friedlicher Eintracht nebeneinander und sahen gemeinsam in den Sonnenuntergang.

– ENDE –

Die Pferdelords (6) – Personenregister

(Die Zahlen in Klammern bezeichnen das Alter der Person.)

Menschen

Nedeam	Erster Schwertmann der Hochmark Garodems *(31)*
Dorkemunt	sehr kleinwüchsiger Pferdelord, Nedeam Ziehvater und Freund *(69)*
Garodem	Pferdefürst der Hochmark *(62)*
Tasmund	Berater und Erster Schwertmann
Larwyn	Frau Garodems *(40)*
Garwin	Garodems und Larwyns Sohn *(19)*
Meowyn	Heilerin der Hochmark, Nedeams Mutter *(49)*
Kormund	Scharführer des Ersten Beritts
Mortwin	Pferdelord
Hildur	Pferdelord aus Tasmunds Beritt,
Hatmerlemin	Schwertmann aus Kormunds Beritt
Margwyn	Alte Köchin der Burg Eternas
Terwin	Schwertmann aus Kormunds Beritt
Buldwar	Schwertmann aus Kormunds Beritt
Elwin	Schwertmann aus Kormunds Beritt
Hellgut	Begleiter Nedeams
Teadem	Begleiter Nedeams
Helderim	Händler
Guntram	Eisenschmied in Eternas
Malvin	Schankwirt des „Donnerhuf“
Henelyn	Witwe von Kelmos, lebt mit Dorkemunt auf dem Gehöft
Anderim und *Lenim*	Söhne von Henelyn *(12)* und *(15)*
Asgrim	Scharführer aus dem Quellweiler
Bomzibart	Scharführer aus dem Quellweiler

Marken des Pferdekönigs

Reyodem	König des Pferdevolkes
Torkelt	Kommandeur der Pferdelords des Königs
Marnalf	Guter Grauer
Henderonem	Pferdefürst der Westmark
Bormunt	Pferdefürst der Reitermark
Bulldemut	Pferdefürst der Ostmark
Mor	Erster Schwertmann der Ostmark
Meredem	Pferdefürst der Nordmark
Welderonem	Pferdefürst der Südmark

Elfen

Elodarion	Einer der ältesten Elfen, Erster des Hauses Elodarion im Zeichen der Lilie
Eolyn	Elodarions Gefährtin
Lotaras	Bruder von Leoryn aus dem Hause Elodarion
Leoryn	Heilerin
Jalan-olud-Deshay	Erster des Hauses Deshay im Zeichen des Baumes
Llarana (Wind des Südens)	Tochter Jalans
Elgeros	Bogenführer, Haus Tenadan im Zeichen der Wildblüte
Neolaras	Unterführer
Geodas	Elf
Keodaros	Elf

Zwerge

Balruk	König der grünen Kristallstadt Nal't'rund
Nedoruk	Waffenmeister, Erster Axtschläger der Kristallstadt Nal't'rund
Olruk	Axtschläger, Freund Nedeams und Dorkemunts
Hendruk Hartschlag	König der gelben Kristallstadt Nal't'hanas
Sandfallom	Erster Axtschläger
Elmoruk	Führer eines Jagdtrupps
Parnuk	Schürfer
Herollom	Axtschläger
Maratuk	Axtschläger

Orks/Graue

Einohr	Spitzohr der Orks, Legionsführer
Fangschlag	Rundohr und Legionsoberführer
Ardalf	Grauer, Brutmeister von Cantarim
Santual	Grauer, Waffenmeister von Cantarim
Schlagstark	Unterführer in Fangschlags Legion
Zweiklauen	Kohortenführer, Schlagstark untergeordnet
Graubrand	Rundohr und Führer der Zugmannschaft der „Ferntöter"
Breitbrüller	Spitzohr, Kommandant der „Ferntöter"
Blaubrust	Rundohr

Paladine/Prionen von Rushaan

Heliopant-Priotat	Führer der Wächter
Onteros-Prions	Paladin
Jeslat-Prions	Paladin

Wichtige Maße:

Länge	2 Meter
Tausendlänge	2 Kilometer
Zehnteltag	Rund 2 Stunden
Tageswende	Tag
Zehntag	Zehn Tage
Mond	Monat
Jahreswende	Jahr / 10 Monde

Freuen Sie sich schon jetzt auf den
7. Band der Pferdelords:
„Die Pferdelords und das vergangene Reich von Jalanne“

LESEPROBE

Das Land sieht aus, als sei es mit Blut bedeckt.“

Der Mann, der dies sagte, trug die blitzende Vollrüstung der Gardekavallerie des Reiches Alnoa und führte zwei hoch aufragende gelbe Federn an seinem Helm. Er reckte sich im Sattel und blickte die Kolonne der Hundert Männer entlang, die er als Hauptmann führte.

Es war ein fruchtbares Land voller Schönheit. Der rötliche Boden war dicht mit Gräsern und Blumen bewachsen. Sanfte Hügel wölbten sich und zahlreiche kleine Bachläufe zogen dem mächtigen Fluss Brel entgegen. Baumgruppen und kleine Wälder erhoben sich und im Süden und Osten gab es riesige Wälder. Alles war erfüllt vom reichhaltigen Leben der Tiere, Pflanzen und Insekten. Und doch war dies ein Land des Todes.

Jalanne.

Einst ein mächtiges Königreich und ein getreuer Verbündeter Alnoas, war seine Größe nun ebenso vergangen wie das Leben seiner Bewohner. Immer wieder stießen die Reiter auf die bedrückenden Hinterlassenschaften des vergangenen Reiches Jalanne. Kleine Siedlungen und Gehöfte, die langsam verfielen, Äcker, die nicht mehr bestellt wurden. Jahrtausendwenden waren seit den großen Schlachten vergangen und doch wirkten viele Gebäude noch immer seltsam unberührt und einladend. Doch keiner der Reiter würde eine der Ruinen betreten. Als damals all das schreckliche Blutvergießen geendet hatte, da waren die Leiber der Getöteten zerfallen, wo der

Tod sie ereilte. Niemand hatte sie bestattet und die Knochen lagen noch überall, kaum bedeckt von den letzten Überresten der Bekleidung.

„Ja, Bernot, einst war dieser Grund tatsächlich mit Blut bedeckt." Der Reiter neben dem Hauptmann war kleiner und zierlicher und die drei Federn zeigten seinen höheren Rang. Von seinem Gesicht war unter dem Helm kaum etwas zu erkennen, doch die Stimme klang ungewöhnlich weich und leicht spöttisch, als er antwortete. „Doch nun ist es guter roter Boden, Bernot. Fruchtbarer Boden." Die Stimme wurde nachdenklich. „Das Einzige, was das vergangene Reich Jalanne hinterlassen hat."

„Wir werden die toten Lemarier auf der alten Straße finden", meinte Hauptmann Bernot ta Geos leise. „Sie sind stur und fantasielos. Immer laufen sie auf der Straße und wundern sich, wenn es den Irghil leichtfällt, sie zu schlachten."

Während Reiter ausschwärmten und Vorposten bildeten, hielt sich die Hauptmacht des Beritts auf ihrer Hügelkuppe bereit. Nur eine Handvoll Männer ritt mit dem Kommandeur zur Straße. Hauptmann ta Geos blieb bei der Truppe und knirschte vernehmlich mit den Zähnen. Es gefiel ihm nicht, den Kommandeur außerhalb des Schutzes seines Schildes zu wissen. Aber wenn die Bestien erschienen, musste ein erfahrener Offizier die Männer führen.

Kurz darauf trabte der Kommandeur zurück und Bernot ta Geos atmete erleichtert auf, als sein Vorgesetzter das Pferd neben ihm zügelte. „Und?"

„Die Spuren sind deutlich und weisen nach Osten", murmelte der Kommandeur.

Sie kannten sich lange und Bernot wusste um die Nuancen in der Stimme seines Befehlshabers. „Die Spuren sind also zu deutlich? Eine Falle?"

„Ein Köder."

Bernot nickte. „Dennoch werden wir ihnen folgen?"

„Dennoch werden wir ihnen folgen."

Der Hauptmann seufzte leise. „Sollen wir erst die Toten bestatten?"

„Nein."

„Nein?" Bernot schürzte die Lippen. „Das ist nicht ... ehrenhaft. Sie so einfach da liegen zu lassen."

„Nein, das ist es nicht, mein Freund." Die Stimme des Kommandeurs klang wehmütig. „Doch dies ist Jalanne. Das vergangene Reich. Die Toten würden es nicht anders wollen."

Der Hauptmann zögerte einen Moment. Schließlich nickte er und gab das Zeichen zum Abritt. Die Spur der Irghil war nicht zu übersehen. Je weiter die Männer nun nach Osten trabten, desto weniger gefiel dem Offizier dieser Umstand. Es war zu leicht. Immer wenn es leicht begann, endete es auf schwere Weise.

Michael H. Schenk
Die Pferdelords und der Sturm der Orks

Die Macht der Türme ist gebrochen, der eine Ring vernichtet. Und doch ...
Eine Legende erwacht zum Leben!

Band-Nr. 65001
8,95 € (D)
ISBN: 978-3-89941-356-4
672 Seiten
Band 1 der Pferdelords-Serie

Michael H. Schenk
Die Pferdelords und die Kristallstadt der Zwerge

Die Kristallstadt der Zwerge ist von Orks überrannt worden. Jetzt stehen die Zwerge unter der Knechtschaft der Orks und ihre einzige Hoffnung ruht auf dem Zwergenkönig und seiner Begleitung, die in letzter Sekunde entkommen konnten ...

Band-Nr. 65002
8,95 € (D)
ISBN: 978-3-89941-357-1
624 Seiten
Band 2 der Pferdelords-Serie

Michael H. Schenk
Die Pferdelords und die Babaren des Dünenlandes
Band-Nr. 65003
8,95 € (D)
ISBN: 978-3-89941-358-8
640 Seiten
Band 3 der Pferdelords-Serie

Michael H. Schenk
Die Pferdelords und das verborgene Haus der Elfen
Band-Nr. 65011
8,95 € (D)
ISBN: 978-3-89941-402-8
672 Seiten
Band 4 der Pferdelords-Serie

Michael H. Schenk
Die Pferdelords und die Korsaren von Um'briel
Band-Nr. 65014
8,95 € (D)
ISBN: 978-3-89941-471-4
624 Seiten
Band 5 der Pferdelords-Serie

Robin D. Owens
Die Zauberin von Lladrana
Band-Nr. 65015
7,95 € (D)
ISBN: 978-3-89941-477-6
www.mira-fantasy-blog.de
544 Seiten

Robin D. Owens
Die Hüterin von Lladrana
Band-Nr. 65006
7,95 € (D)
ISBN: 978-3-89941-361-8
www.mira-fantasy-blog.de
512 Seiten

James A. Sullivan
Der letzte Steinmagier
Band-Nr. 65012
8,95 € (D)
ISBN: 978-3-89941-428-8
608 Seiten

Hildegard Burri-Bayer
Das Vermächtnis des Raben
Band-Nr. 65010
8,95 € (D)
ISBN: 978-3-89941-399-1
352 Seiten